한국 고소설과 섹슈얼리티

한국고소설학회 편

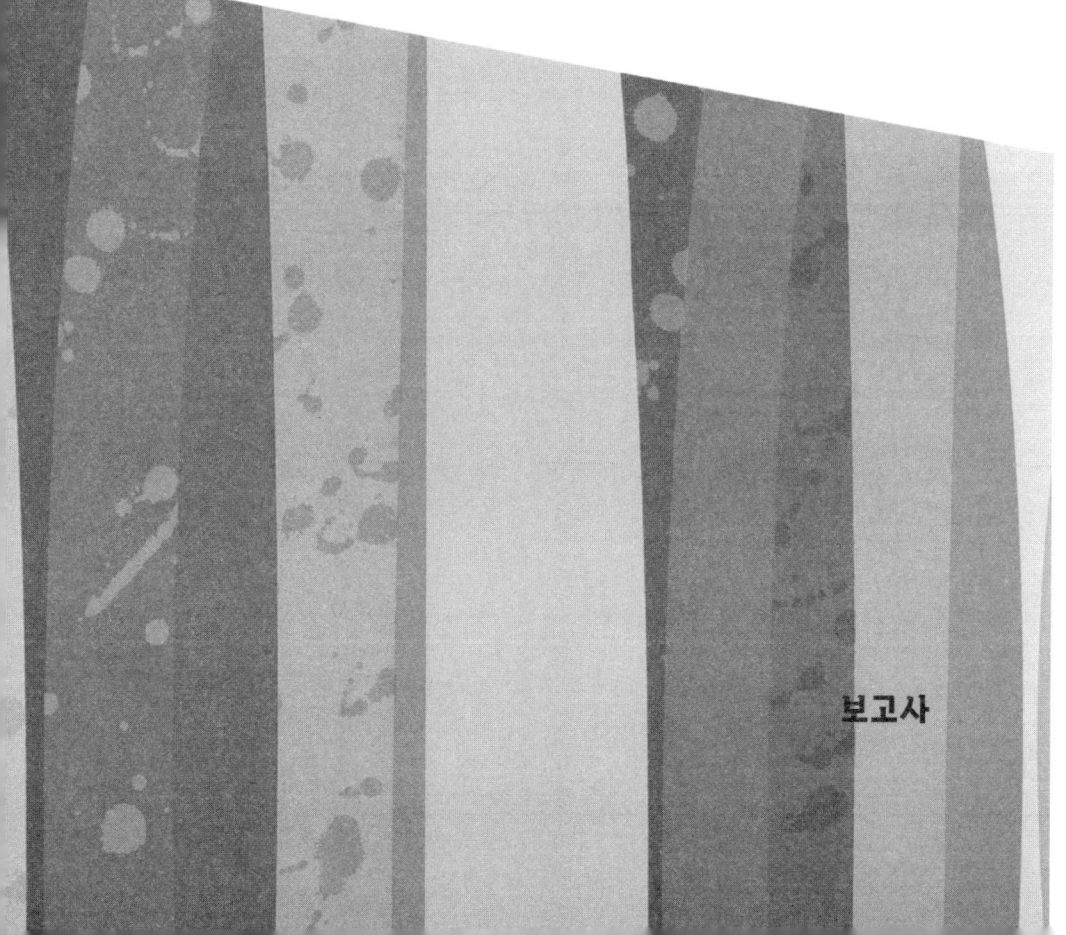

보고사

[집필진] 한국고소설학회

서지영(고려대학교 민족문화연구원 HK연구교수)
김지영(서강대학교 강사)
김경미(이화여자대학교 한국문화연구원 HK연구교수)
조혜란(이화여자대학교 한국문화연구원 학술교수)
정규식(동아대학교 초빙교수)
전성운(순천향대학교 교수)
유광수(연세대학교 강사)
정하영(이화여자대학교 교수)
박상란(동국대학교 강사)
김준형(고려대학교 강사)
최기숙(연세대학교 교수)
윤예영(대림대학 강사)

한국 고소설과 섹슈얼리티

2009년 4월 27일 초판 1쇄 펴냄
2010년 10월 1일 초판 2쇄 펴냄

집필진 한국고소설학회
발행인 김흥국
발행처 도서출판 보고사

책임편집 박현정
표지디자인 이성주

등록 1990년 12월 13일 제6-0429호
주소 서울특별시 성북구 보문동7가 11번지 2층
전화 922-5120~1(편집), 922-2246(영업)
팩스 922-6990
메일 kanapub3@chol.com
http://www.bogosabooks.co.kr

ISBN 978-89-8433-726-8 93810
ⓒ 한국고소설학회, 2009

정가 23,000원

한국 고소설학회에서 3회에 걸쳐 행한 기획 주제 발표 논문을 모
아서 『한국 고소설과 섹슈얼리티』라는 제목의 단행본으로 출간하게
되었다. 학술 대회는 장효현 교수가 회장을 맡은 전 임원진이 기획
하여 개최했는데, 원고 수합이 늦어져서 이제야 책으로 묶여졌다.

언제부터인가 여성에게 "섹시(sexy)하다"고 말하는 것이 욕이 아
니라 칭찬으로도 받아들여지게 되었듯이, 우리 사회에서 성(性) 문
제는 더 이상 금기(禁忌)적이거나 내밀하게 이루어져야 할 담론이
아니다. 그러나 학술대회에 참가한 어느 원로 교수가 '섹슈얼리티
(sexuality)'란 용어의 선정성 문제를 들어 학술대회의 주제에 대해
이의를 제기했던 것처럼, 성애(性愛) 문제를 공개적으로 이야기
하는 일반 사회의 흐름을 우리 고소설학계가 자연스럽게 받아들
이지 못해왔던 것도 사실이다. 그간 고소설 연구에서 '섹슈얼리티
(sexuality)' 문제를 다룬 경우가 없지는 않았지만, 이 문제를 정면
으로 다루지 못한 건 이러한 우리 학계의 정서 때문이었다.

그러나 우리 고소설에서 '섹슈얼리티(sexuality)' 문제는 핵심적
제재에 해당하는 것이라 할 수 있다. 성적 욕망이 강하게 억압된

3

유가 사회의 산물이기 때문에 고소설과 섹슈얼리티가 무관하리라 생각될 수도 있지만, 오히려 상층 지식인에 의해 배격을 받았던 고소설이 성적 욕망의 분출구 역할을 하기도 했던 것이다. 예컨대, 대부분의 애정 전기 소설에서 남녀 주인공이 만나는 순간 성애를 갖는 것으로 형상화되는 것은, 그것들이 현실 세계에서 억압된 성적 욕망의 문제를 본격적으로 다룬 양식임을 뜻한다. 그리고 비록 희곡 형식이긴 하지만 최근에 발견된 〈북상기〉〈백상루기〉 등의 작품으로 미루어볼 때, '섹슈얼리티(sexuality)' 문제 자체에 대한 관심을 다룬 소설이 존재했으리라 짐작할 수 있다. 그 밖에 영웅소설 판소리계소설 장편 가문소설 등에서도 '섹슈얼리티(sexuality)' 문제가 작품 이해에서 간과할 수 없는 요소임을 익히 알면서도 우리 학계에서는 이 문제를 본격적으로 다루지 않았다. 이 책의 발간을 계기로 이 문제가 본격적으로 논의될 수 있으리라 믿는다.

이 책에는 총 12편의 논문을 3부로 나누어 실었다. 제1부에는 "섹슈얼리티와 고소설의 양식·등장인물의 성(性)·사회 규범"이라는 제목 아래 4편의 논문을 묶었고, 제2부에는 "섹슈얼리티와 고소설의 작품 형상"이라는 제목 아래 5편의 논문을 묶었으며, 제3부에는 "섹슈얼리티와 고소설의 인접 장르"라는 제목 아래 3편의 논문을 묶어 실었다. 이들 논문을 통해 고소설 양식과 섹슈얼리티의 관계, 고소설에 등장하는 인물에 따른 섹슈얼리티의 양상, 고소설에 투영된 사회규범과 성에 대한 욕망의 길항 관계 등이 해명될 것이며,

고소설 개별 작품에 나타나는 섹슈얼리티 또는 고소설과 인접하는 설화에 나타나는 섹슈얼리티의 실상이 드러나리라 생각한다.

논문을 수록한 필자 여러분에게 감사드리며, 학술 발표를 기획한 장효현 교수를 비롯한 이전 회기 운영진 여러분, 그리고 원고를 수합하여 묶어내는 작업을 맡은 김현양 출판이사에게 감사드린다. 마지막으로 어려운 사정에도 불구하고 출판을 맡아주신 보고사 김흥국 사장님과 책을 예쁘게 편집해주신 박현정 님에게 감사드린다.

한국고소설학회장 박일용

5

목차

발간사 / 3

제1부_ 섹슈얼리티와 고소설의 양식 · 등장인물의 성 · 사회 규범

규범과 욕망의 틈새 : 조선시대 문학 속의 섹슈얼리티 [서지영] ········ 11

조선시대 애정소설에 나타난 사랑과 성 [김지영] ····························· 39

19세기 소설에 나타난 여성 섹슈얼리티 [김경미] ···························· 81

고소설에 나타난 남성 섹슈얼리티의 재현 양상 [조혜란] ··············· 107

제2부_ 섹슈얼리티와 고소설의 작품 형상

〈최치원〉의 성적 욕망과 자기 정체성 확립 [정규식] ····················· 139

〈소현성록〉에 나타난 성적 태도와 그 의미 [전성운] ····················· 165

〈옥루몽〉에 나타난 성애 표현의 의미 [유광수] ···························· 191

〈변강쇠가〉 성담론의 기능과 의미 [정하영] ······························ 231

〈사랑가〉의 변모 양상과 성적 주체의 문제 [박상란] ····················· 263

제3부_ 섹슈얼리티와 고소설의 인접 장르

〈각수록〉에 나타난 성과 그 의미 [김준형] ································ 291

'관계성'으로서의 섹슈얼리티 : 성, 사랑, 권력 [최기숙] ················ 321

조선 후기 문헌 설화의 여성 전형 연구 [윤예영] ·························· 355

제1부

섹슈얼리티와 고소설의 양식
· 등장인물의 성 · 사회 규범

제1부

규범과 욕망의 틈새 : 조선시대 문학 속의 섹슈얼리티

조선시대 애정소설에 나타난 사랑과 성

19세기 소설에 나타난 여성 섹슈얼리티

고소설에 나타난 남성 섹슈얼리티의 재현 양상

규범과 욕망의 틈새
: 조선시대 문학 속의 섹슈얼리티

1. 담론 속의 성, 재현의 진실

인류 문명의 역사는 성의 억압의 역사였음을 단언했던 프로이드(1856
-1939) 이후의 '억압가설'은 지금까지 성을 바라보는 가장 일반적인
시각이라 할 수 있다. 하지만 서유럽의 성의 계보를 재구성한 미셸 푸
코는 이러한 억압과 종속이라는 단순 구도로 설명할 수 없는 제도 권력
과 섹슈얼리티의 다층적인 관계망을 드러내었다.[1] 특히 그는 역사적으
로 성은 결코 침묵된 적이 없으며 다만 다르게 말해졌을 뿐이라는 언급
을 통해, 시대마다 권력이 어떻게 성을 '다른 방식으로' 담론화해 왔는
지를 문제 제기하였다. 이러한 권력과 성이 갖는 복잡다단한 관계 및
그것이 가지는 역사적 의미에 주목한 푸코의 시각을 원용한다면, 성과
관련하여 금욕주의적 형태를 취하고 있는 조선시대의 섹슈얼리티는 어
떻게 논의될 수 있을까?

지금까지 한국 문학 및 문화사 일반에서 조선시대 유교는 중세 사회

---

1) 미셸 푸코, 이규현 역, 『성의 역사 I -앎의 의지』, 나남, 1990, 35~53쪽.

의 수직적 권력의 기반으로서 인간의 본능적 욕망을 억압한 봉건적 이데올로기로 논의되어왔다. 하지만, 이렇게 오랫동안 일반화되어 온 유교 속의 성에 대한 우리의 '억압가설'이 당대의 고유한 형식 속에서 욕망에 대한 무수한 담론을 양산한 조선시대 문화의 심층으로 나아가는 것을 막는 장애물은 아니었는지 문제 제기할 만하다. '유교=욕망의 억압'이라는 고정된 공식을 넘어서, 규범과 욕망이 충돌하는 틈새로 빠져나와 윤리의 그물로부터 이탈하거나, 재현의 정치학 속에서 끊임없이 새로운 옷으로 갈아입는 섹슈얼리티의 실제를 새롭게 바라볼 필요가 있을 것이다. 특히 인간의 근원적 욕망을 가장 민감하게 그려내는 문학(특히 소설)은 유교 공식담론의 주변부에서 허구의 장치를 통해 조선시대 '섹슈얼리티', 즉 성에 대한 생각과 일상적·제도적 관행, 성을 바라보는 의식과 무의식, 욕망과 실제의 간극 등을 다양한 방식으로 재현하고 있어 주목된다.[2] 따라서 본 연구는 남녀 간의 애정을 다룬 소설 속에 구현되는 사랑—섹슈얼리티— 혼인의 고리에 주목함으로써 조선시대 에로스의 공식이 가지는 의미들을 문학 외부의 사회사적 시각에서 탐색해 보고자 한다.

한편, 조선시대 섹슈얼리티의 발현 및 쾌락에 대한 연구에 있어서 당대의 욕망의 형식을 가능케 한 사회적·역사적 지층이 충분히 고려되지 않은 점 또한 지적할 만하다. 문학(소설) 속에 재현되는 욕망의 표출은 초역사적인 인간 보편의 자질이면서, 특정 시대의 사회적 산물이자 삶의 형식을 반영하는 역사적 현상이기도 하다. 유교를 기반으로 하는 조

---

2) 본고가 사용하는 섹슈얼리티는 남녀 간의 성적 행위, 인간의 성이 구성되는 다양한 사회적 맥락(관행, 제도, 권력), 인간의 리비도의 본능과 욕망의 문제를 다루는 정신분석학적 층위까지 포괄하는 폭넓은 개념으로서의 섹슈얼리티이다.(Pat Caplan ed. *The cultural construction of sexuality*, London & New York: Tavistock Publications, 1987, pp.1 ~10 ; 조주현, 「섹슈얼리티를 통해 본 한국의 근대성과 여성 주체의 성격」, 『섹슈얼리티 강의』, 한국성폭력상담소 편, 동녘, 1999, 44~59쪽)

선시대에 양산된 애정서사에는 특유의 욕망의 문법이 있을 뿐 아니라, 조선시대 내에서도 성애를 둘러싼 욕망의 발현 문제는 시간의 추이에 따라 역동적인 변화를 보이고 있다. 본 연구는 조선시대 애정서사의 개별 작품론이나 세세한 텍스트 분석을 시도하기보다는, 유교의 틀 속에서 쾌락이 발현되는 양상과 욕망의 사회적 관계망을 전기-중기-후기로 이어지는 통시적 흐름을 통해 살피고, 각 시대의 애정서사가 지니는 역사적 의미를 탐색하는 데 초점을 두고자 한다.

2. 쾌락의 활용 : 조선시대 '예(禮)'와 욕망의 공식

『논어』에 "어진 이를 어질게 여기기를 색을 좋아하는 마음과 바꾸도록 하라."[학이편]라는 구절이나 군자의 삼계(三戒) 중의 하나로 제시되는 '여색(女色)'[계씨편(季氏篇)]은 유교의 섹슈얼리티에 대한 금욕적 태도를 반영하는 대표적인 기술들로 논의되어 왔다. 공자가 '사부사(思無邪)'한 것으로 평했던 『시경』의 민간가요 가운데 30여 편의 남녀 애정시를 '음시(淫詩)'로 규정했던 주자의 시각은 주자학을 기반으로 하였던 조선시대 유교의 도덕주의적 성격을 보다 가시화하였다.3) 실제로 조선시대에 유교와 신분제, 가부장제의 작동 속에서 일상의 미시적 층위에서까지 배치되었던 '예(禮)'는 개인의 몸에 대한 전근대식 훈육 기제라 할 수 있다. 이러한 "인간의 호오(好惡)와 그로 인한 욕망을 규율하는 장치"4)로서의 '예(禮)'는 섹슈얼리티를 포함한 인간의 본능적 욕

---

3) 이재훈, 「주자 시경설 연구」, 서울대 박사학위논문, 1994, 245~321쪽.
4) 한형조, 「전통 예(禮)의 원리와 기능」, 『전통예교와 시민윤리』, 한국정신문화연구원 편, 청계, 2001, 30쪽.

망을 억압한 사회적 기제로 논의된다. "재물을 좋아하고 색을 좋아하는 호화호색(好貨好色)은 인간의 보편욕망이지만, 남의 욕구를 인정하지 않고 자기의 것만 충족시키려는 행위는 도덕적인 승인을 받을 수 없다"라는 말(『맹자』, 梁惠王下)에서와 같이, 유가의 보편주체는 성적 주체이면서 윤리적 승인을 받아야하는 주체였던 것이다.

그런데 성적 주체이면서 동시에 윤리적 주체인 유가의 주체가 욕망과 관계 맺는 양식은 결코 단일하게 논의될 수 없는 복합적인 층위를 가진다. 유교에서 희로애락은 외계와 상황에 대한 인간 에너지의 자연스런 표현이며, 유교는 실질적으로 인간의 욕망 그 자체를 죄악시하지는 않은 것으로 논의될 수 있기 때문이다.[5] 공자의 '과유불급(過猶不及)'[『논어』 선진편(先進篇)]에서와 같이 유교의 중용의 도는 이러한 욕망을 제어하는 힘으로 작동하였다. 하지만, 그것은 과도한 욕망·성애에 대해서 징치했을 뿐이었으며, 욕망 자체는 외적으로 강제하거나 금기시 할 수 없는 인간의 자연적 본성으로 파악되었다.[6] 가령, 조선시대 '풍류'는 유가의 윤리적 틀 속에서 양반남성들의 문화적 욕구와 정념, 육체적 욕망을 충족시키는 기제였다. '무과(無過)'의 범위 내에서 다양한 인간 성정의 발현을 허용하였던 풍류는 서서화악(詩書畵樂)의 교양 취미와 사교취미뿐 아니라, 기녀를 통한 섹슈얼리티의 향유를 가능케 한 문화적 장치였던 것이다.[7] 따라서 유교의 예(禮)는 인간의 쾌락을

---

5) "희로애락의 情이 발하지 않은 것이 中이요, 발하여 모두 절도에 맞는 것이 和이다."[喜怒哀樂之未發, 謂之中, 發而皆中節, 謂之和], 성백효 역주, 『中庸 集註』, 전통문화연구회, 1991, 61쪽.

6) 예란 결국 인간 사회의 혼돈과 무질서를 규율하기 위한 것인데, 유학은 이것이 순전히 외적 강제만이 아니라 자연의 질서이며, 동시에 각자의 내적 본성을 실현하는 길이라 설득한다.(한형조, 앞의 글, 34쪽)

7) 조선 후기 풍류의 역사적 성격에 관해서는 서지영, 「조선시대 중인층 풍류공간의 문화사

'금지'했다기보다 오히려 쾌락을 적절하게 '배분'하고 '활용'한 장치로 작동하였다고 볼 수 있다. 이는 육욕을 죄의 근원으로 보는 서구 중세 기독교의 금욕주의적 전통과는 차별화되는 지점을 제기한다.[8] 또한, 몸/정신, 자아/타자 등의 근대적 이분법으로 온전히 설명되지 않는 동양적 전통에서의 '나'란 "육체와 정신이 분리되지 않은 '몸' 그 자체이다."[9] 이러한 전근대 유교 사회의 정신과 육체의 통일체로서의 '몸'과 쾌락의 관계는 금욕의 틀을 넘어서 보다 입체적으로 논의될 필요가 있다.[10] 유교가 인간의 욕망을 억압하였다고 보는 동시대의 일반화된 시선 속에는 육체·본능의 영역을 정신·이성의 영역과 분리시키고 몸과 감성의 영역, 섹슈얼리티를 열등한 것으로 위계화한 근대의 시선이 보다 깊숙이 침투해있는 것은 않은지 문제 삼을 만하다.

한편, 이러한 쾌락을 적절하게 활용하는 윤리적 틀로서 예(禮)의 담론을 상정할 때, 유교에서 긍정되는 '보편' 욕망이 삶 속에 과연 누구의 욕망인가라는 문제가 제기된다. 유교의 '예'는 일상의 영역에서 개인의 몸을 규제하는 장치이면서 철저하게 차별성을 바탕으로 하는 원리였다.[11] 형이상학적 차원에서 육체와 정신의 통일체로서의 유가적 몸은

적 의미-서구 살롱과의 비교를 중심으로」, 『진단학보』 95호, 진단학회, 2003. 6. 참조. 조선시대 유자(儒者)의 교양과 사교, 일상의 미학과 예술 취미를 대변했던 '풍류'는 문화적 취향에서 가족 제도 안에서 온전히 충족되지 않았던 성애적 욕구까지 포괄하여 사대부 남성들의 다양한 층위의 욕망을 충족시키는 문화적 구성물이었음을 확인할 수 있다.

8) 필립 아리에스 외, 김광현 역, 「구시대 부부들의 성생활-기독교의 교리와 현실세계」, 『성과 사랑의 역사』, 황금가지, 1996, 160쪽.

9) 이승환, 「유가적 몸과 소속된 몸」, 『전통과 현대』 여름호, 1999, 20쪽.

10) 유교에서 쾌락이 도덕과 분리된 것이 아니라 그것의 활용을 통해 도덕화하였으며, 유가가 욕망을 능동적 활동 속에 포함시켜 성욕을 '금지'가 아닌 '절제'나 '조절'의 원리 속에 운용한 것으로 본 논의로 이숙인, 「여성 몸의 유교적 구성-몸의 주체화를 위하여」, 『전통과 현대』 여름호, 1999, 62쪽 ; 『동아시아 고대의 여성사상』, 여이연, 2005, 168~186쪽 참조.

11) "예악은 차이를 인정한 비대칭의 조화와 균형을 목표로 한다. 예는 근본적으로 위계적이

제도와 일상의 영역에서 초역사적인 관념적 차원이 아니라 구체적이고 역사적인 몸으로 실재한다. 신분과 젠더의 차별화된 위계를 기반으로 하였던 조선 사회에서, 욕망의 문제 역시 신분과 젠더를 떠나서 논의될 수 없다. 가령, 보편의 이름으로 논의되는 유교의 이상적 자아상인 '군자'나 군자로서 갖추어야 할 자질인 '덕(德)'은 양반 남성들의 경우 섹슈얼리티 · 욕망 등의 문제와 직접적으로 충돌하지는 않는다. 하지만 양반 여성들의 경우 이러한 보편자질들은 남성과는 다른 방식으로 적용된다. 유교의 성별체계를 뚜렷이 드러내는 『열녀전』의 경우, 여성의 '덕(德)'은 '색(色)'의 대립 개념이 되는데,[12] 여성에게 부여되는 '군자'의 칭호는 추한 외모를 가졌으나 지식과 사리에 밝으며 '색(色)'이 발현되지 않는 무성적 여성을 지칭하고 있다.[13] 궁극적으로 보편의 이름으로 논의되는 욕망의 긍정은 당대의 지배담론을 생산했던 '특수' 계층, 즉 '사대부 남성'들의 욕망을 대상으로 한 것이었다.[14] 조선시대 욕망이란 신분 · 젠더에 따라 상이하게 규정되고 위계적으로 운용되는 특수한 기호이다.[15] 사대부 남성들의 풍류는 유자(儒者)들의 조화로운 성정의 발현을 추구하였지만, 그 이면에 기생과 같은 천한 신분의 여성들의 몸을 매개로 활용하였던 것이다.

　이렇게 조선시대 사회의 몸과 욕망의 문제는 유교 · 신분제 · 가부장제의

　　고, 나아가 신분제적 바탕을 갖고 있다."(한형조, 앞의 글, 35~36쪽)

12) 이숙인, 앞의 책, 191~199쪽.

13) 이는 〈辯通傳〉에서 齊나라 선왕의 정후가 된 추녀 '種離春'의 경우이다.(유향, 이숙인 역, 『열녀전』, 예문서원, 1997, 355쪽)

14) 브라이언 터너, 임인숙 역, 『몸과 사회』, 몸과 마음, 2002, 17~19쪽.

15) 김영미는 이러한 여성에게 부과된 德/色의 지표는 여성들 자체의 욕망의 발현이라기보다는 유교의 이상을 추구하는 (남성)주체가 스스로의 욕망을 여성에게 투사하여 타자화한 현상이라 해석하기도 한다.(김영미, 「그녀는 추하기 짝이 없었다. 그리고 왕비가 되었다」, 『동아시아 여성의 기원』, 이화중국여성문학연구회 편, 이화여대출판부, 2002, 149~154쪽)

교합 속에서 구성된 사회적 층위의 산물로 파악된다.[16] 당대 욕망의 공식은 신분과 젠더 등의 사회적 기제, 형이상학적 관념과 구체적 일상의 간극, 제도상의 명목론과 실제적 관행의 차이 등 사회의 다양한 외피들에 둘러싸여 있다. 문학은 그러한 외피들을 뚫고 발현된 당대 욕망의 특수한 형식들을 담고 있는 텍스트들이다. 특히 허구와 실제를 교차하면서 재현되어 있는 각 시기 소설 담론 속의 성애의 형식들은 시간의 흐름 속에서 새로운 시대정신과 결합하며 조선시대 에로스의 지형을 그려내고 있다.

3. 조선 전·중기 애정서사의 역사성

1) 사랑의 절대성과 주변성

김시습의『금오신화』속의 애정담들은 권력의 주변부에 있는 양반층 남성과 문벌 있는 집안의 여성 간의 애정과 결합의 좌절에 관한 이야기들이다. 이러한 작품들은 낭만적 '사랑'의 모티프를 통해 조선전기 사대부 층의 권력 내부의 갈등과 인간의 성정을 억압하는 중세 사회 전반의 질곡을 드러내는 것으로 논의되었다.[17] 하지만 이 텍스트들이 담보하고 있는 성애와 남녀 간의 욕망의 문제는 조선전기라는 역사적 맥락의 산물로서 재검토될 만하다.[18] 〈이생규장전(李生窺牆傳)〉에서 이생

---

16) 브라이언 터너, 앞의 책, 102~105쪽.

17) 박일용,『조선시대 애정소설-사실과 낭만의 소설사적 전개양상』, 집문당, 1993, 85~97쪽.

18) 신분제 하에 일부일처제를 근간으로 했던 고려시대에도 상층부의 결혼은 여전히 특권적 지위를 유지하는 수단이자 신분상승의 도구로 작동하였지만, 이 시기에는 내외법이나 출가외인, 여성의 재혼금지 등의 유교적 젠더장치는 발견되지 않으며 조선시대에 비해 혼인을 둘러싼 남녀의 성애적 관계도 상대적으로 자유로웠던 것으로 보인다.(국사편찬위원회 편, 『혼인과 연애의 풍속도』, 두산동아, 2005, 68~94쪽) 조선전기의 성애와 혼인의 관행 역시

과 최랑은『시경』의 '관저'편에서 동양적 사랑의 원형으로 제기되는 "풍류재자와 요조숙녀의 만남"[19]의 전형을 보여준다. 남성의 경우 비록 한미한 양반 출신의 남성이지만 사랑에 절대적 가치를 부여하는 적극적인 욕망의 주인공이다. 한편, 여주인공들은 문벌 귀족 출신의 외적 조건에다 재색을 겸비한 여성들이며, 섹슈얼리티에 대해서도 열려있는 존재들로서 남성들의 낭만적 판타지를 충족시키는 이상적 여성으로 재현되고 있다. 〈이생규장전〉에서 최랑의 모습은 '자태'가 아리땁고, '자수'를 잘하며, '시문'도 뛰어난 '요조숙녀'의 전형이다.[20] 〈만복사저포기(萬福寺樗蒲記)〉에서 양생의 여인 또한 얼굴과 자태가 곱고 단정한 선녀 같은 형상을 하고 있다. 거기에다 이 여성들은 남성들의 구애에 적극적으로 반응할 뿐 아니라,[21] 첫 만남에 어떠한 갈등이나 시간적 지연 없이 즉각적으로 사랑을 승인하는 여성들이다. 그 결과 남녀 주인공은 혼전의 자유로운 성애를 누리는 열정적인 연인이 된다.[22]

그런데 이들의 사랑은 혼인이라는 사회제도와 연관되면서 현실적 장애와 직면하게 되는데, 신분상의 차이로 인한 집안의 반대나 전쟁 등은

시기적으로 이러한 고려시대의 습속으로부터 크게 벗어나지 않았을 것으로 추정된다.

19) 김시습, 심경호 역, 〈李生窺牆傳〉, 『금오신화』, 홍익출판사, 2000, 98쪽.

20) 김시습, 위의 책, 98쪽.

21) 이는 주인공 양생과 여인뿐 아니라, 여인의 이웃으로 소개되는 여성들을 통해서 매우 직접적으로 묘사된다. "해마다 제비는 동풍에 춤추지만/ 애끓는 춘심은 사랑 일 헛되어라// 부러워라 연꽃은 꽃받침이 붙어있어/ 한밤 같은 못에서 둘이 함께 목욕하니"[年年燕子舞東風, 腸斷春心事已空, 羨却芙蕖猶並蒂, 夜深同浴一池中]〈萬福寺樗蒲記〉, 앞의 책, 68쪽)

22) "좋은 인연이냐 궂은 인연이냐/ 부질없이 시름 앓아 하루가 일년이네// 스물여덟 자 시로 중매가 이뤄졌으니/ 남교에서 어느 날 신선을 만나랴"[好因緣邪惡因緣, 空把秋暢日抵年. 二十八字媒已就, 藍橋何日遇神仙]〈李生窺牆傳〉, 위의 책, 100쪽), "저는 애당초 그대의 아내가 되어 평생토록 키와 빗자루를 손에 드는 집안 허드렛일을 맡아 하면서 끝까지 환락을 맺으려 하였어요.[本欲與君, 終奉箕箒, 永結歡娛]"(위의 책, 101쪽), "이생은 최처녀와 애정의 즐거움을 극도로 누렸다. 그리고 마침내 여러 날을 그곳에 유숙하였다." [生與女, 極其情歡, 遂留數日]〈李生窺牆傳〉, 위의 책, 109쪽)

그들의 결연을 일시적으로 지연시킨다. 이러한 갖가지 장애에도 불구하고 위 작품들에서 그려지는 남녀 간의 본연적 욕망에 기반 한 파토스(정념)와 에로스의 결합체로서의 사랑은 여러 갈등 요소들을 극복하고 결연을 성취하는 방향으로 진행된다.[23] 하지만, 최종적인 서사의 결말에서 남녀의 본연적 풍정을 바탕으로 한 결연이 여성의 죽음과 같은 운명적인 요인으로 인해 궁극적으로 좌절되거나(〈이생규장전〉), 아예 현실에서 이루어지지 않는 환각으로 드러나고 있는데(〈만복사저포기〉), 이러한 부정적인 결말은 새로운 해석의 지평을 요구한다.

위 작품들에서 남녀 간의 순수한 애정의 실현이 무화되거나 허구적인 것으로 드러나는 결말은 궁극적으로 '현세에서의 남녀 간의 애정 성취의 불가능성'을 제기한다. 비록 주인공들이 사랑에 절대적 가치를 부여하며 성취의 욕구를 드러냄에도 불구하고 사랑의 불가능성이 제기되는 이면에는 일차적으로 남녀 간의 순수한 애정 결합이 당대 현실 속에서 얼마나 실현되기 어려운 문제인지가 역설적으로 제기된다. 위 작품들에서 모든 것에 우선하여 사랑을 추구하는 남자 주인공은 물적 토대나 현실적 권력이 거의 부재한 당대 사회의 주변인에 지나지 않는다. 〈만복사저포기〉에서 양생은 간절하게 풍류와 법도를 알고 시문도 하는

---

23) 박희병은 한국 전기(傳奇)소설의 문법을 애정욕망을 우선시하는 낭만성에서 찾고, 고독과 애상의 정조 이면에 비극성을 초월하고자 하는 의지와 대상에 대한 변하지 않는 절의를 인식론적 기반으로 제시하였다.(박희병, 『한국전기소설의 미학』, 돌베개, 1997, 15~242쪽) 본고에서는 이러한 조선전기 애정서사의 소설 미학을 양산한 사회 역사적 맥락에 초점을 두고자 한다. 또한, 이러한 전기성은 인간의 보편욕망을 억압하는 현실의 질곡과 더불어, 이에 대한 작가 특유의 낭만적인 극복방식 등으로 논의되어왔다. 김시습의 작품들은 조선전기 신진사류 혹은 중앙정계에 부상하기 전의 '사림층의 동반자'로서의 사회적 입지를 보여주는 소외된 지식인이 사랑을 통해 당대의 현실질서의 극복을 낭만적으로 꿈꾸면서 비판적 태도를 드러내는 것으로 논의되었다.(박일용, 앞의 책, 86~117쪽) 하지만 본고는 작가 중심의 해석보다는 김시습이 자리했던 조선 전기 사회가 구성하고자 한 사랑과 섹슈얼리티의 공식이 지니는 다층적인 의미에 주목하고자 한다.

총명한 요조숙녀를 원하지만, 현실적으로 사랑과 결혼으로부터 소외된 주변자적 위치를 극단적으로 드러낸다. 또한 세속적인 권력에서 소외된 주변인으로서 이생이나 양생이 선택하는 '사랑'은 그 자체가 당대 현실 속에서는 다양한 가치들에서 밀려난 주변적인 것임을 시사한다. 왜냐하면, 그들은 많은 것을 가진 자로서 현실의 다양한 가치들 중에서 특별히 사랑을 선택한 것이 아니라 아무것도 가진 것 없는 주변인으로서 그들에게 유일한 가치로 남은 사랑을 선택한 것이기 때문이다. 이때 그들이 제기하는 사랑의 절대성은 역설적으로 그 이면에 현실 속에서의 사랑의 주변성을 담보하게 된다.[24)

나아가 김시습의 작품들에서 제기되는 사랑의 불가능성의 문제는 사랑 자체의 불가능성, 즉 현실의 삶 속에서 온전히 성취될 수 없는 욕망의 본질에 대한 문제에까지 나아가고 있어 흥미롭다. 이는 이들 작품이 지니는 전기성(傳奇性), '환상성'의 장치와 긴밀히 연계된다. 〈만복사저포기〉에서의 명혼 모티프, 즉 이승에서 부재하는 원귀와의 결합이 지

---

24) 박일용은 〈李生窺牆傳〉이나 〈萬福寺樗蒲記〉에서 이루어지는 초월적 공간에서의 환상 체험은 주인공의 간절한 소망이 창출한 환상의 형식이자, 현실세계에서는 불가능한 사랑을 하는 남녀의 질곡적 상황을 보다 효과적으로 드러내는 장치라 보았는데 이는 타당한 지적이라 생각한다.(박일용, 「〈만복사저포기〉의 형상화 방식과 그 현실적 의미」, 『고소설연구』 18집, 고소설학회, 2004, 41~45쪽 ; 「〈이생규장전〉의 밀회 장면에 나타난 환상성과 그 현실적 의미」, 『고소설연구』 20집, 고소설학회, 2005, 10쪽). 그런데, 두 작품에서 특히 〈만복사저포기〉에서 두드러지는 여성 인물의 적극적인 애정 주도 및 본능의 긍정을 '인간의 기본적인 소망조차 말살하는 중세적 질서의 부조리'에 대한 여성의 저항으로 보고 있는데(박일용, 「〈만복사저포기〉의 형상화 방식과 그 현실적 의미」, 44~56쪽), 필자의 견해로는 조선전기와 중기 애정서사에 발견되는 여성인물의 적극적 자기표현을 애정 문제에 대해 사대부 여성들을 침묵시켰던 조선후기의 작가적 상상력에 비해 오히려 이념이나 규범으로부터 상대적으로 자유로운 시기의 산물로 해석할 수 있지 않을까 한다. 또한 본고는 위 작품들에서 욕망을 좌절시키는 기제가 유교 이념이나 신분, 젠더 등의 중세적 사회 질서보다는 현실 속의 사랑의 주변성이나 죽음이나 환각과 같은 인간의 존재론적인 한계에 기인하는 지점에 주목한다.

니는 환상성은 일차적으로 인간 본연의 욕망을 긍정하는 장치로 기능
하기도 한다.25) 하지만 사랑의 주인공은 이승으로부터 추방된 원귀이
며 그들이 일시적으로 머물면서 성애의 욕망을 해소하는 공간은 이승
으로부터 소외된 변방의 공간이다. 표면적으로 삶과 죽음의 경계를 넘
어서까지 사랑을 성취하고자 하는 낭만적 상상력을 제기하지만, 그들
의 절실한 욕망은 이승에서는 결코 채워지지 않는다는 절망을 동시에
내포한다. 정신분석학적인 비유를 들자면 이는 상징계(현실적 질서) 속
에서는 결코 손에 넣을 수 없는 '텅빈 기표'이자 '원초적 결여'와 같은
것이다.26) 이는 '사랑'이라는 기표를 통해 인간의 욕망이란 근원적으로
결코 충족될 수 없는 것임을 암시하는 김시습의 비극적 시선과 맞닿아
있다. 문학에서 '환상성'은 궁극적으로 문화적 속박으로부터 야기된 결
핍을 보상하려는 특징을 지니며, 이러한 문학적 환상물은 그것이 양산
된 사회적 맥락과 깊이 연관될 수밖에 없다.27) 하지만 『금오신화』의
환상성은 현실적·사회적 층위에서의 결핍만으로는 온전히 설명되지
않는 에로스에 대한 근원적 통찰이 제기되고 있다. 『금오신화』 속의 환
상성의 이면에는 유교적 합리성으로 설명되지 않는 불교적 인식론(인
연설, 윤회설 등)이 기저하고 있지만,28) 한편으로 사랑의 부재를 통해

---

25) 〈만복사저포기〉에서 양생이 여인의 이웃들과 만났을 때, 남녀 간의 본능적 정회(情懷)를
  시문을 통해 적나라하게 표현하는 자리에서 한 여성(김씨)이 이를 음탕하다고 나무라면서,
  "우리의 풍정이 속인에게 알려질까 걱정이오."[風情恐與俗人通](〈萬福寺樗蒲記〉, 앞의
  책, 71쪽)라고 염려한다.
26) 권택영, 「욕망에서 사랑으로─라깡과 크리스테바의 타자」, 『우리시대의 욕망읽기』, 라
  깡과 현대정신분석학회 편, 문예출판사, 1999 ; 아니카 르메르, 이미선 역, 『자크 라깡』,
  문예출판사, 1994, 236~246쪽.
27) 로즈메리 잭슨, 서강여성문학연구회 역, 『환상성─전복의 문학』, 문학동네, 2001, 11~12쪽.
28) 〈萬福寺樗蒲記〉의 여인은 스스로 시경·서경으로 대표되는 유교적 계율을 어긴 몸이라
  이지만 '풍정'을 이길 수 없었다고 토로하는데, 당대 유교규범이 부여하는 사회적 긴장이
  아직 이들의 욕망을 제어할 정도는 아님을 짐작할 수 있다.(앞의 책, 77쪽)

인간 욕망의 본원적 결핍을 이야기하는 작가 김시습의 존재론적 탐색이 자리하고 있다.

김시습의 『금오신화』를 통해 본 조선 전기의 애정서사의 특징은 일차적으로 남녀 간 '사랑'의 절대적 가치를 토로하지만, 그것이 처한 현실적 주변성 또는 사랑의 불가능성을 동시에 보여주는 역설적 지점에 놓여있다. 또한 이들은 환상성의 장치를 통해 현실(이승)의 층위에서의 갈망과 성취구도로 온전히 해소되지 않는 인간 욕망의 근원적 결핍을 제기하는 동시에, 그것에 대한 초월에의 지향성을 열어 놓는다. 이러한 애정 서사의 양가성은 에로스의 가치가 신분이나 젠더 상의 권력, 혼인의 제도적 관행, 기타 사회적 언어들에 온전히 포섭되지 않았던 조선 전기 시공간의 산물로 해석될 여지가 있다.

2) 현실과 환상의 이중주

조선 전기의 전기성(傳奇性)을 바탕으로 한 사랑의 '판타지' 내부에서 확인되는 성애의 양식은 조선중기에 이르러 다소 변화의 양상을 보이고 있어 주목된다. 17세기 주변부 지식인의 시선이 투영된 〈주생전〉에서도 『금오신화』와 같이, 지배계층 내부의 권력적 위계가 주인공의 결연의 장애요소로 등장하며 주변인으로서 그들이 선택한 사랑의 주변성이 암시된다. 하지만 〈주생전〉의 경우 사랑이 지니는 원천적 가치를 토로하고 환상의 장치를 통해 욕망의 근원적 결핍과 한계를 제기하는 『금오신화』에 비해 사랑이 구성되는 현실적인 조건이나 현실에서의 사랑의 과정 그 자체에 보다 밀착해 있다. 〈주생전〉은 권력의 주변부에 있는 양반 주생을 둘러싸고, 신분이 다른 두 여성, 기생 '배도'와 사대부층 여성 '선화'를 등장시킴으로써, 남녀 간의 애정이 신분적 기제와 어떠한 연관성을 가지는지를 보다 뚜렷하게 가시화시킨다. 먼저 기녀 배도는 조선시대 사대부 남성들의 풍류문화를 매개하고 잉여적 쾌락의 대상으로 소비되었던 기녀 계층의 한계를 벗어나, 양반과의 지속적·사적인 관계를 적극적으로 시도하는 욕망의 주체로 등장한다. 하지만, 〈이생규장전〉에서의 최랑의 입지를 잇는 선화는 주생에게 애정의 욕망 충족뿐 아니라 혼인을 통한 사회적 보상까지도 동반하는 이상적인 연인으로 선택되고, 결국 기생 배도는 버려진다. 여기서 배도와 선화의 차이는 단순한 신분의 차이만은 아니다. 그것은 물적, 사회적 권력의 토대 하에 구성되는 문화적 계급의 차이를 포함하는데, 이는 당대 사랑을 구성하는 중요한 요소로 기능한다. 배도는 뛰어난 시문 실력과 더불어 자태도 아름다웠지만29), '금빛 병풍'과 '채색담요'를 배경으로 광채를 내고 있는 선화가 가지는 계급적 아우라와 비견되지 못한다.30)

〈주생전〉의 선화는 『금오신화』의 최랑이나 양생이 만난 여인과 마찬가지로, 남성들의 고아한 취향과 성적 매력을 동시에 충족시켜 주는 이상적 여인상이다. 그런데 〈이생규장전〉에서 이생이 최랑을 만나기 위해 담장을 넘는 모험을 감행했을 때 최랑이 정원 한 구석에서 그를 쉬이 맞았다면, 〈주생전〉에서 주생 역시 선화를 만나기 위해 규율을 위반

---

29) "주생은 이미 배도의 외모를 사랑하게 된 터에 또 그녀가 지은 시를 보자, 마음이 미혹되어 온갖 상념이 일었다."[生旣悅其色, 又見其詩, 情迷意惑](권필, 이상구 역, 〈주생전〉[김구경 소장본], 『17세기 애정전기소설』, 월인, 1999, 38쪽)

30) "나이 14, 5세 정도 되는 소녀가 주인 옆에 앉아 있었는데, 구름처럼 고운 머릿결에는 푸른빛이 맺혀있고, 아리따운 뺨에는 붉은 빛이 어리어 있었다. 밝은 눈동자로 살짝 흘겨 보는 모습은 흐르는 물결에 비친 가을 햇살 같았으며, 어여쁨을 자아내는 미소는 봄꽃이 새벽이슬을 머금은 듯했다."[有少女, 年可十四五, 左右夫人之側, 雲鬢結綠, 翠臉凝紅. 明眸斜眄, 若流波之映秋日, 巧笑生倩, 若春花之含曉露](〈주생전〉, 앞의 책, 44쪽)

하고 담장을 넘지만, 선화의 처소에 이르기 위해서 "굽이진 기둥"과 "주렴과 장막이 겹겹이 드리워진"[31] 복도를 돌아들어가야만 했다. 이는 조선 전기 소설에 비해 남녀 간의 사랑에 이념적 외피가 부가된 흔적을 암시한다. 하지만 이러한 사대부 여성 섹슈얼리티의 봉쇄를 상징하는 규방 공간에 침입해 들어간 주생에게 쉽게 동침을 허락하는 선화의 모습은 흥미롭다. 선화는 『금오신화』의 여인들과 마찬가지로 규방의 연정을 곡진하게 표현하는 욕망의 주체이며, 이들은 남성과의 최초의 만남에서 동침을 거부하지 않는다. 여기서 사대부계층의 여성들에게 강요된 유교의 정절 이데올로기에 의해 크게 구속되지 않는 듯한 선화의 태도와 행위를 어떻게 설명할 수 있을까?

일차적으로 선화는 남성들의 상상적 욕망을 자극하고 대리적으로 해소하는 판타지의 허구적 산물이다. 하지만 이러한 낭만적 허구물로서 소설이 가지는 한계를 상정하더라도, 이러한 재현 속에 투사되어 있는 작가의 욕망과 상상력 또한 당대 현실적 산물로서 개연성을 지님을 상정한다면, 17세기 〈주생전〉의 '선화'는 사대부층의 여성이 조선 전기·중기까지, 여전히 사랑 또는 성애의 주체로 자리하고 있음을 시사한다. 또한, 배도가 주생을 통해 자신의 기생으로서의 처지를 탈피하고자 하는 현실적인 동기와 주생이 신분적으로 비천한 배도와 문화적·경제적 상층계급 출신의 선화 사이에서 최종적으로 선화를 선택하는 지점은 사랑이라는 낭만적 판타지의 외피 이면에 신분적·현실적 토대와 원천적으로 긴밀하게 연계되는 욕망의 회로를 보다 뚜렷하게 가시화시킨다. 이러한 17세기 한미한 양반 남성들의 사랑지상주의와 판타지 속에는 권력의 주변부에서 사랑 또는 여성을 통해 사회적 상승을 대리 충족

---

31) "是夜無月, 踰垣數重, 方到仙花之室, 曲楹回廊, 簾幕重重"(〈주생전〉, 앞의 책, 49쪽)

하고자 하는 현실 지향적 욕망이 암시되고 있다.[32] 또한『금오신화』에
서와 같이, 사랑의 판타지가 이승과 저승의 경계를 넘어서 해소되는 낭
만적인 상상력과 달리, 〈주생전〉은 '이상적' 성애와 결연의 대상이었던
상층사대부 여성과 '실질적'인 성애의 공급자였던 기녀 사이에서 배회하
는 양반 남성들의 보다 현실적 상상력에 보다 기대고 있다는 점에서 그
차이를 드러낸다.

조선중기, 17세기 소설이 보여주는 애정 서사의 역사성은 〈구운몽〉,
〈운영전〉, 〈위경천전〉, 〈최척전〉을 통해서 보다 풍부하게 논의될 만하
다. 이 시기의 소설들에서도 일차적으로『금오신화』에서와 같이 남녀
간 애정에 절대적 가치가 부여되는 지점이 발견된다. 〈구운몽〉의 경우
동양의 일부다처제 전통을 바탕으로 한 양반남성의 특권적 위치가 중
심이 되고 비현실적인 판타지의 성격이 농후하지만, 양소유와 여덟 여
인들(2처, 6첩) 간의 자유분방하고도 다채로운 애정행각, 그리고 동성
애적 징후까지 포함하는 섹슈얼리티에 대한 열린 태도는 유교적 규율
에 온전히 속박당하지 않은 당대인의 욕망의 무의식을 발현하고 있어
흥미롭다.[33] 〈주생전〉과 유사한 구조로 전개되는 〈위경천전〉에서 위
생과 소숙방의 관계는 그 애정의 정도가 지나쳐 죽음에까지 이른 절대
적 사랑의 표본을 보여준다.[34] 그리고 〈최척전〉의 경우, 남녀 간의 연
정이 자연스럽게 혼인으로 이어지고 갖은 환란과 시련 속에서도 부부
의 백년해로의 욕망을 지속적으로 추구되고 있어 전기 애정서사의 원
형을 확인할 수 있다.[35] 하지만 이러한 작품들은 서사의 한 축에서 남

---

32) 이러한 여성(사랑)을 통해 현실적 결핍을 대리 충족하고자 하는 주변부 지식인의 현실적
　　욕망은 〈옥단춘전〉과 같은 조선 후기 기녀 등장 소설들에서 보다 두드러지게 투영되어 있다.
33) 김만중, 정규복·진경환 역주, 『구운몽』, 고려대민족문화연구소, 1996.
34) 이상구 역, 〈위경천전〉, 『17세기 애정전기소설』, 월인, 1999, 71~101쪽.

녀 간의 애정의 절대성을 낭만적인 시각으로 그리고 있지만, 또 다른
축에서는 그들의 사랑을 방해하는 전쟁(〈최척전〉)이나 부모의 반대
(〈위경천전〉)와 같은 현실적 제약들이 서사에서 보다 큰 비중을 차지하
게 된다. 또한, 17세기의 또 다른 소설 〈운영전〉의 경우 궁녀라는 전혀
다른 신분의 여성이 애정담의 주인공으로 등장하면서, 남녀 본연의 애
정이 신분에 따라 차등적으로 적용되는 역사적 현실을 전면적으로 제
기한다.[36] 〈구운몽〉이 '꿈'이라는 환상적 기제를 통해 인간 욕망의 긍
정과 쾌락의 즐거움을 낙천적인 시선으로 형상화한다면, 〈주생전〉의
기녀 배도나 〈운영전〉의 궁녀 운영은 신분과 젠더기제에 기반 한 제도
권력이 사랑과 충돌하는 과정에서 어떤 환상적 기법으로 온전히 낭만
화 되지 않는 사랑의 고통을 이야기한다. 이러한 조선 중기 소설들에서
가시화되는 쾌락의 '즐거움'과 '고통', '낭만'과 '현실'이라는 대립적 축
은 남녀 간의 '사랑'을 교차하는 두 얼굴이다. 이러한 사랑의 양면성을
관통하는 중기 소설의 핍진한 시선은 에로스에 내재하는 사회적 갈등
을 약화시키고 욕망의 본질적 영역을 탐색하는 조선 전기소설의 초월
적 상상력과 차별화된다.

4. 조선후기, 에로티시즘으로의 도피

1) 가족제도 밖의 사랑과 열녀 기녀의 전형화

'풍류재자와 요조숙녀'라는 동양적 사랑의 원형을 담고 있는 조선 전

---

35) 이상구 역, 〈최척전〉, 『17세기 애정전기소설』, 월인, 1999, 199~239쪽.
36) 〈운영전〉, 앞의 책, 102~167쪽.

·중기의 애정 서사는 조선후기로 가면서 보다 두드러진 변화를 보이고 있어 주목된다. 우선 조선후기의 소설에서는 전기나 중기와 같이, 한미한 '양반 남성'과 '사대부 여성들'의 자유로운 만남, 혼전 성애, 그리고 혼인으로 이어지는 애정서사를 찾기 힘들다. 대신 사랑과 혼인은 서로 분리되고, 이는 각각 다른 신분의 여성들에 의해 수행되고 있음을 뚜렷이 확인할 수 있다. 즉 규방의 여성들은 집안 간의 중매의 형식으로 혼인하여 철저히 가족 속의 정실부인의 이미지로 표상되는 반면, 혼인으로 이어지지 않는 사랑은 가족제도 밖에서 풍류를 매개하는 기녀들의 몫이 되고 있는 것이다.37) 조선 전기·중기에도 기녀는 양반 남성들의 성애적 대상으로 자리하였지만, 소설에서 그들이 사랑의 지배적 아이콘으로 등장하지는 않는다. 하지만 조선후기에 이르러 기녀는 기존의 사대부 여성들을 대신하여 양반 남성들의 낭만적 판타지의 대상이 되며, 사랑의 절대성을 노래하는 애틋한 정념의 주인공이 된다. 이러한 사랑과 혼인의 분리 그리고 규방과 기방의 이분법적 구도는 일차적으로 유교 이데올로기의 경화를 가속화시킨 조선후기 사회의 구조적 산물로 파악된다. 이는 바로 가족 속의 섹슈얼리티가 보다 금욕적인 형태로 통제되는 반면, 억제된 에너지는 기방과 같은 풍류공간에서 더 풍부하게 발현되는 조선후기 욕망의 경제학을 토대로 한다.

그러한 과정에서 가족제도 밖의 사랑의 주인공인 기녀들은 이전과는 다른 형태의 표상성을 띤다. 조선시대 양반남성과 기녀와의 사랑은 비록 현실적으로 허용된 관행이었지만, 적장자의 어머니인 정실부인에게 절대적 지위를 부여하였던 가족 제도 밖의 일탈된 사랑이며, 이는 금기

---

37) 조선후기에 기녀가 등장하는 서사(설화, 소설)에 대한 현황은 조광국, 『기녀담, 기녀등장소설 연구』, 월인, 2000 참조.

와 위반의 욕망을 채워주는 에로티시즘의 한 형태라 할 수 있다.[38] 규방의 여성들이 정숙함과 고아한 미덕을 갖춤에 반해, 기녀들은 양반남성들의 풍류공간에서 기예와 섹슈얼리티를 공급한 존재로서 공식담론 속에서 이들은 유혹적인 음녀(淫女)의 전형이었다.[39] 그런데 조선후기 소설들에서의 기녀의 형상은 정절을 지키는 열녀 기녀로 재현되고 있다.[40] 17세기 〈주생전〉에서 사대부 출신의 선화와 기녀 배도는 주생과 삼각관계에 있었던 연적(戀敵)으로서, 그들은 신분적 차별성과 문화 계급적 자질은 확연히 구분되었으며 주생은 기녀 배도를 버리고 상층부 출신의 선화를 선택한다.[41] 하지만, 조선후기 소설에서 기녀는 사대부 규방 여성의 이미지를 대체하고 있다. 즉 양반남성과 정숙한 기녀 사이의 사랑의 플롯이 지배적인 형태를 띠게 되는데, 이때 등장하는 기녀들은 자신들의 섹슈얼리티를 적절하게 조절하거나 때로 무화시킴으로써, 음란한 쾌락의 지표인 '이브'적 형상에서 사랑과 헌신의 지표인 '마리아'의 형상으로 전이 또는 상승되고 있다. 이러한 기녀의 변신은 당대

---

38) 여기서 에로티시즘은 제도와 금기에 대한 인류의 본원적 위반의 욕망으로 접근하는 조르주 바타이유의 가설을 바탕으로 한다.(조르주 바타이유, 조한경 역, 『에로티시즘』, 민음사, 1989) 하지만 조선시대 양반과 기녀의 사적인 사랑은 공식적으로 금기시된 관계였음에도 불구하고 신분제의 작동 아래 공공연히 허용된 관습적 사랑으로 정착하였으며, 조선후기에 이르러 기녀의 사유화(私有化)는 중인층 남성에게까지 확산되는 등 제도 문면으로 가시화되는데, 이때 금기와 위반이 야기 시키는 사회적 긴장은 약화되는 양상을 보인다.

39) 황진이와 같은 도발적이고 유혹적인 기생 이미지를 넘어 많은 야담에서 기생은 양반남성을 파멸시키는 팜므파탈적 이미지로 재현되기도 한다.

40) 서지영, 「조선시대 기녀 섹슈얼리티와 사랑의 담론」, 『한국고전여성문학연구』 5집, 한국고전여성문학회, 2002, 305쪽.

41) "배도가 그 사이에 앉아 있었는데, 배도는 그 소녀에 비하면 봉황에 섞인 갈가마귀나 올빼미요, 옥구슬에 섞인 모래나 자갈일 뿐이었다. 그 소녀를 본 주생은 넋이 구름 밖으로 날아가고 마음이 공중에 뜬 듯이 황홀하였다. 그래서 몇 번이나 미친 듯이 소리를 지르며 달려 들어갈 뻔했다."[桃坐于其間, 不啻若鴉鶚之於鳳凰, 砂礫之於珠璣也. 魂飛雲外, 心在空中, 幾欲狂叫突入數次](〈주생전〉, 앞의 책, 44쪽)

사회가 신분에 따라 구획한 여성 섹슈얼리티의 이분구도 즉 열녀(사대부여성)/음녀(기녀)를 넘어서는 이율배반적 존재가 양산되는 과정을 의미한다. 〈춘향전〉에서와 같이, '규중처자'이기도 하고 '천한 기생'이기도 한 춘향의 모호한 정체성42) 속에는 공존하기 힘든 이질적 속성이 합성되어 있다. 즉 양반 남성에게 관능적 기술을 바탕으로 풍류를 제공하는 기녀로서의 자질과 지아비에게 절개를 지키는 사대부 여성의 덕목을 동시에 갖춘 춘향은 조선후기 기방에서 양산된 특수한 여성 아이콘을 대변한다.

한편, 양반과 기녀의 사랑은 유교 및 신분제와 가부장제 속에서 남녀 간의 신분적·성적 위계를 바탕으로 형성되는 역사적 사랑으로서, 가족제도 밖에서 풍류의 이름으로 소비되는 에로스의 한 형식이었다. 그런데 당대 소설 속에서 이들의 사랑은 양반과 기녀 사이의 가족 제도 밖에서 이루어지는 단순한 섹슈얼리티의 교환이 아니라, 친밀감(정감)을 동반한 성애(sexual love)의 형태를 띠며 나아가 현실적으로 불가능한 정식 혼인을 열망하기에 이른다. 〈춘향전〉을 위시하여 많은 소설에서 형상화되는 양반 남성과 기녀 사이의 행복한 결연과 정실부인이 되는 기녀의 모습은 허구적인 상상력을 통해 현실의 결핍을 메우고자 그들의 욕망을 반영하고 있다.43) 제도적 현실과 불일치하는 이러한 허구

---

42) 춘향의 신분적, 자질적 정체성은 하나의 판본 내에서도 혼란스럽게 제시될 뿐 아니라, 다양한 이본들 속에서 이질적으로 구성됨으로써 유동적이고 불안정하다.

43) 19세기 김해지방 관기였던 강담운의 경우, 차산 배전(1843~1899)과의 사랑을 통해 백년해로를 꿈꾸었으며 이러한 열망은 그의 시 속에 다음과 같이 형상화되어 있다. "님은 높은 용나무 되고, 나는 덩굴되어/ 백년 동안 얼싸안은 가지가 되리// 숲 찾는 도끼 가까이 올까 두려우니/ 정의 뿌리 베어가면 그를 어찌할꼬"[郎作高榕妾女蘿 百年纏繞在枝柯// 生來怕近搜林斧 割到情根奈爾何], "寄遠"(이성혜 역, 『只在堂 姜澹雲 詩集』, 보고사, 2002, 56쪽). 하지만, 이들의 백년해로는 성사되지 못했는데 실제로 조선시대 양반 남성과 기녀와의 사랑은 제도 안으로 편입되기 힘든 결혼제도 밖의 사랑에 머무른다.

속의 사랑의 낭만적 지향성은 혼인과 사랑을 분리시켜 작동시킨 조선
후기 사회의 이중기제가 양산한 모순을 드러내는 지표이기도 하다. 『춘
향전』은 신분에 따라 차등적이고 배타적으로 그리고 정략적으로 혼인
을 추진시키면서, 성애의 욕망은 가족제도 밖에서 충족시켰던 전근대
사회의 쾌락과 욕망의 법칙에 균열을 가하고 있다. 비록 소설의 형식으
로나마, 양반과 기녀는 사회 속의 갖가지 갈등적 요소들을 넘어서 에로
스의 절대적 가치를 제도 속에 구현하고 사랑과 혼인이 일치되는 근대
적 형태의 사랑을 꿈꾸었던 것이다.44)

2) 권력화된 성애와 판타지의 해체

사랑과 섹슈얼리티를 둘러싼 조선후기 사회의 역동적 이면을 드러내
는 지표로서 이러한 양반 남성과 기녀 사이의 사랑을 초점화 하는 작품
외에, 당대 소설들 속에는 유교 이데올로기가 에로스의 문제에 과도하
게 개입되어 있는 현상을 반영하는 작품들과, 당대 사회의 욕망의 공식
을 해체하고 변형시키고자 한 계열의 작품들을 확인할 수 있다. 먼저,
전자의 경우는 권력과 성애의 긴밀한 연관 관계, 즉 성애가 신분 및 젠
더 장치 속에 보다 강력하게 포획되는 양상을 드러내는 작품들이다.

---

44) 서구에서 발현된 근대적 사랑은 19세기 전후, 유럽에서 남녀 간의 성애와 결혼제도를
조화롭게 결합시킨 낭만적 사랑에서 찾을 수 있다. 신흥 부르주아 계급의 금욕주의적 도덕
관을 바탕으로 하여 양산된 낭만적 사랑은 자유연애결혼 및 근대 일부일처제의 근간이
되며, 이후 전 세계적으로 보편적인 사랑의 형식으로 확산된다.(안소니 기든스, 배은경
·황정미 역, 『현대사회의 성·사랑·에로티시즘-친밀성의 구조변동』, 새물결, 2001, 75~
112쪽 ; 볼프강 라트, 장혜경 역, 『사랑 그 딜레마의 역사』, 이글리오, 1999, 158~193쪽)
한국에서 이러한 근대적 사랑의 형태는 20세기 초 식민지 시대 서구문화의 유입을 통해
등장하는데, 조선후기의 〈춘향전〉에서 비록 제도적 차원의 변화는 아닐지라도 문화의 심
층 속에서 근대적 유형의 사랑이 모색되었다는 측면은 주목할 만하다.

〈옥루몽〉의 경우, 장편영웅소설로서 다채로운 주제들을 담고 있지만, 남녀 간의 애정이 당대 사회의 지배 이념에 교착되는 양상과 '풍류'의 틀 속에서 재구성되고 있는 권력화된 판타지의 예를 잘 보여준다고 볼 수 있다. 19세기 전문적인 작가층의 형성과 상업적 출판을 목적으로 한 대중적 장편 한문소설45)의 하나인 〈옥루몽〉은 조선후기 계급적·성적 위계의 산물이자 당대 지배층 남성들의 섹슈얼리티를 발현 양상을 대변하는 '풍류'의 기호가 대중적 코드 속에 얼마나 널리 유통되었는지를 보여준다.

양창곡과 강남홍의 만남은 '소년재사'와 '절대가인'의 만남으로서 조선후기 대중 소설 속에 사랑의 주인공으로서 전형적으로 등장하는 양반남성과 기녀의 모습이다. 여기에서도 전기·중기 애정서사에서 사대부가 출신의 여성을 의미했던 '요조숙녀'가 기녀로 대체되어 있음을 확인할 수 있다. 하지만 강남홍은 기녀임에도 불구하고 '지조', '문장', '가무', '자색'을 갖춘 출중하며, 양창곡과 처음 밤을 보낼 때 순결의 상징인 '앵혈'이 발견되는 정숙한 기녀이다.46) 신분적으로 천한 존재이지만, 사대부 규방여성들의 덕목을 모두 갖춘 기녀로 탈바꿈함으로써 강남홍은 '풍류재자'의 짝인 '요조숙녀'의 지위에 오르게 된다. 그런데 〈춘향전〉에서, 춘향이 정숙한 규방여성의 덕목과 유혹적 요부로서의 자질을 동시에 가지며, 이몽룡과의 관계는 남녀 간의 본연지정을 긍정하는 성애였음을 보여줌에 반해, 〈옥루몽〉에서 남녀 간의 만남 또는 결연은 이성간의 사랑의 차원이 아니라, '지인지감'(知人之鑑)과 같은 탈

45) 김경미, 「19세기 소설사의 한 국면—성표현관습의 변화를 중심으로」, 『한국고전연구』 9집, 2003, 71~75쪽.
46) 남영로, 김풍기 역, 『옥루몽—1』[세창서관 한문현토본], 그린비, 2006, 61쪽, 85쪽.

성애적 관계로 전이된다.[47] 여기서 '지기(知己)'는 신분과 젠더의 차별을 넘어서고, 남녀 또는 부부관계의 위계를 넘어서는 수평적인 만남의 장을 만드는 이상적 기제로 설명될 수도 있다. 하지만 '지기(知己)'와 같은 중립적인 가치를 담보하는 기제의 등장이 성애를 기반으로 하는 남녀 간의 만남의 특수성을 무화시키는 점은 이념적 명분 속에 남녀 간의 애정이 포섭되고 중화되는 지점을 제기한다.[48]

또한, 강남홍은 이러한 가족 제도 밖의 격조 있는 풍류의 대상이 되는 것을 넘어서 양창곡의 부인으로 윤소저를 직접 천거하며, 윤소저와 돈독한 우정을 교류한다. 이러한 가족 안의 여성과 가족 밖의 여성을 조화롭게 관계 맺게 하는 서사 전략 속에서 처첩 간의 질투와 관계상의 갈등은 무화되고, 배타성과 독점성을 특징으로 하는 남녀 간의 욕망의 문제는 의리와 도리 등의 각종 유교적 규범 속에 봉합된다.[49] 가부장제가 이중적으로 관리했던 여성 섹슈얼리티의 두 극단(정숙함/음란함)을 담보한, 계급적으로 다른 두 여성인, 기녀와 규방의 여성은 '지조'라는 동일한 품성을 부여받고 협력자로 배치된다. 그 결과, 가족 안의 명

---

47) 항주의 교방에서 가장 뛰어난 기녀였던 강남홍의 경우, 성품이 청고하고 강직하여 지기가 아니면 결코 복종하지 않고 몸을 허락하지 않는다고 반복적으로 기술되며, 이러한 지인지감, 지기의 관계는 남녀 관계 외에 여성들 간의 관계, 즉 강남홍과 윤소저와의 관계에서도 확인된다.(남영로, 앞의 책, 42쪽, 68쪽, 94쪽)

48) 이승수는 〈옥루몽〉에서 남성과 여성들의 관계 전반을 주도하는 원리가 바로 '지기'이며, 이는 우도가 19세기 지식인들의 자의식의 일면이자, 명분과 이념으로 경직된 당대 사회를 극복하는 새로운 관계의 원리였음을 지적하였다.(이승수, 「〈옥루몽〉 소고 1— 남녀지기론의 허실과 여성의 발견」, 『한국고전여성문학연구』 1집, 한국고전여성문학회, 2000, 183~208쪽) 하지만, 〈옥루몽〉에서의 '지기'는 남녀간의 성애적 관계를 이념적·규범적 논리로 봉합하려는 조선후기 애정 담론의 특징으로 논의될 필요가 있다.

49) "강남홍은 윤소저의 현숙함에 마음으로 탄복하였고, 윤소저는 강남홍의 총명함을 사랑하게 되었다. 서로간의 정의가 두터워져 앉으면 책상을 함께 하고 누우면, 베개를 나란히 하면서 고금인물의 덕과 공적, 문장을 토론하니, 서로 너무 늦게 만난 것을 안타까워할 정도였다."(남영로, 앞의 책, 2006, 94쪽)

분과 가족 밖의 풍류(쾌락)가 갈등 없이 조절되고 향유됨으로써 지배층 남성의 욕망은 조화롭게 충족된다. 〈옥루몽〉에서 강남홍, 벽성선, 일지련 등 양창곡의 세 첩은 기녀이거나 이민족 출신이지만 사대부가 여성들 못지않은 부덕과 재주를 지니며, 안팎에서 양창곡을 보조하고 어려움을 헤쳐 나가는 탁월한 여성영웅들이다.[50] 하지만 이들 여성들은 양창곡을 능가하는 능력을 지녔을 뿐 아니라 남성들보다 더 철저하게 유가의 이상적 가치를 추구하는 인물들이다. 〈옥루몽〉의 개성적이고 주체적인 여성인물들은 그 자체로서 새로운 여성상의 구현으로 논의될 수도 있지만,[51] 이들을 탈여성화하는 서사 전략은 궁극적으로 여성성 자체를 탈각시키고 여성인물을 유가의 남성들의 사회적 욕망이 투사된 허구적 대리물로 기능하게 한다. 이런 의미에서 〈옥루몽〉은 구조적으로 〈구운몽〉에서의 낭만적 판타지의 전통을 계승하고 있지만, 〈구운몽〉에 비해 인물의 성격과 행위의 기반이 보다 더 유가적 이데올로기에 교착되어 있으며, 여성인물의 남성화와 남녀관계의 탈성애화로 인해 인간(남녀)의 보편욕망에 대한 긍정은 〈구운몽〉에 비해 오히려 문면으로 후퇴하고 있다고 볼 수 있다. 또한 〈옥루몽〉 서사 전반을 관통하는 남성 욕망과 재현의 정치학 속에는 권력에 의해 조정되는 섹슈얼리티의 형식이 문제 제기되는데, 여기서 풍류의 이름 속에 긍정되는 섹슈얼리티가 궁극적으로 양반남성의 입장에서 추구되는 욕망이며, 그러한

---

50) 최지연, 「〈옥루몽〉의 여성 인물 형상화와 그 의미」, 『한국고전연구』 10집, 한국고전연구학회, 2004, 69~90쪽.

51) 최지연은 강남홍에서 '새로운 여성영웅의 모습과 유가적 공명의식'을, 벽성선에서 '도선적 풍류예인과 탈속의식의 표출', 일지련에서 '소박한 농부적 정취와 여민동락의 즐김'을 읽어내고 있다.(최지연, 앞의 논문, 77~90쪽) 하지만, 이러한 인물들이 보여주는 탈여성화 양상과 이상적 가치지향은 남성인물 양창곡 나아가 작가의 정치적 무의식을 반영하는 허구적 매개물임을 확인할 수 있다.

욕망이 쾌락의 구조를 젠더화시키는 과정을 재확인시킨다.[52] 이러한
젠더화된 구조 속에서의 남녀 간의 사랑은 열정과 폭력, 사랑과 강간
·간통 사이의 모호한 경계를 오가게 된다.[53]

이러한 성애의 젠더화가 서사 속에 보다 강력하게 작동하는 양상을
한 축으로 한다면, 조선후기의 소설들에서는 전대(前代)의 멜로 판타지
를 의도적으로 해체하고 나아가 성애에 초점을 두어 지배이념으로서의
유교 및 양반계급의 허구성을 희화화하는 작품들이 또 다른 축을 이룬
다. 여기에는 성애의 주인공들에 대한 풍자 및 계급적 비판 뿐 아니라,
성애 자체를 풍자의 대상으로 제기되는 훼절소설들이 있다. 이 가운데,
〈오유란전〉은 풍류의 일부로서 향유된 양반 남성들의 기녀와의 사랑의
행위 자체를 희화화하면서, 조선 전기의 환상적 판타지의 흔적들을 여
지없이 해체시키는 작품으로서 주목된다. 김시습의 〈이생규장전〉에서
원귀와의 결합 모티프는 〈오유란전〉에서 인물들의 속임수 속에 재구성
되면서 오히려 남녀 간의 생사를 초월한 사랑의 '허구성'을 드러내는
희극적인 장치로 기능한다. 또한 낭만적 사랑으로 포장된 양반남성들

---

52) 조혜란의 연구, 「고소설에 나타난 남성섹슈얼리티의 재현양상」(『고소설 연구』 20집,
   2005, 397~406쪽)에서 지적한 바와 같이, 〈소현성록〉에서 강간을 해서라도 지우려는 남
   성의 앵혈과 지위도 지워지지 않는 여성의 앵혈의 대조적 측면과 여성의 순결에 대한 '강
   박' 및 '앵혈에 대한 고착'은 조선후기 유교 (성)규범의 강화를 반영하는 섹슈얼리티의 젠더
   화 양상들이라 할 수 있다.
53) 〈옥루몽〉 속의 성애적 표현 속에 폭력성이 은폐되는 양상과 그것이 풍류와 가부장적
   이데올로기에 의해 정당화되고 미화되는 측면에 대한 연구(유광수, 「옥루몽, 성애표현의
   서사적 기능과 은폐된 폭력성」, 『한국고전여성문학연구』 10집, 2005)와 조선후기, 사랑의
   이름 속에 은폐된 폭력과 강간이 이루어지는 사례와 간통이라는 개념이 신분과 젠더에
   따라 다르게 적용되는 사례를 야담에서 찾은 논의(최기숙, 「관계성으로서의 섹슈얼리티:
   성, 사랑, 권력-18, 19세기 야담집 소재 '강간', '간통' 담론을 중심으로」, 『여성문학연구』
   10집, 한국여성문학학회, 2003) 등의 연구 역시 조선후기 소설에서 발견되는 권력 구조
   속의 젠더화된 성애의 특징을 잘 보여준다.

과 기녀 간의 유희에 대한 희화화뿐 아니라, 유교적 예(禮) 속에 포장되거나 은폐되었던 섹슈얼리티 자체를 직접적으로 가시화하고 있다. 웃음 그 자체를 목적으로 하는 희극의 요소들(위트·유머·익살)과 달리, 풍자는 '조소'를 유발하는데 이는 웃음을 무기로서 사용하고, 그것으로써 작품 외부에 존재하는 어떤 과녁을 겨냥한다.54) 여기서 겨냥되는 바는 바로 유교 이데올로기의 지지 속에 풍류, 또는 사랑의 가면을 쓰고 향유되었던 쾌락의 실상이며, 그러한 섹슈얼리티를 향유하였던 지배층 남성들의 육체에 대한 전면적 폭로이다. 이는 이생이 오유란의 유도 하에 발가벗은 몸으로 저자거리를 나설 때 드러나는 성기에 대한 적나라한 묘사에서 확인된다.55) 풍자하는 주체는 풍자하는 대상에 대해 우월한 태도를 유지하며, 도덕적으로나 지적으로 열등한 존재를 경멸적 웃음의 대상으로 공격하는 것을 특징으로 한다.56) 〈오유란전〉에서 발견되는 풍자의 시선은 양반과 기녀 간의 낭만적 사랑이 지니는 현실적 허구를 보여줄 뿐 아니라, 조선시대 권력층 남성들의 허위의식과 섹슈얼리티에 대한 성찰이 양반 계층의 내부에서 일어났음을 제기하고 있다는 면에서 주목된다.

한편, 19세기의 또 다른 소설 〈절화기담〉이나 〈포의교집〉은 성적인 주체이면서 동시에 윤리적 주체였던 유가적 주체에서 윤리가 후방으로

---

54) M. H. 에이브럼즈, 최상규 역, 『문학용어사전』, 예림기획, 1997, 334쪽.

55) 〈오유란전〉[국립도서관본], 『조선후기 해체소설선』, 신해진 역, 월인, 1999, 234쪽. 〈오유란전〉, 〈변강쇠가〉, 〈절화기담〉 등 19세기 소설 속의 성이 놀이의 대상으로서 유희적으로 다루어지고, 금기시되었던 성애가 시각적으로 장면화되고 탈신비화되며 남녀의 육체를 노출시켜 정면으로 응시하는 등, 성에 대한 새로운 시선의 변화를 제기한 논의로 김경미, 「19세기 소설사의 한 국면─성표현관습의 변화를 중심으로」, 『한국고전연구』 9집, 2003, 69~90쪽 참조.

56) 이상섭, 『문학비평용어사전』, 민음사, 1992, 280~281쪽.

물러나고, 성애적 주체의 모습이 부각되어 주목되는 작품이다.57) 여성 섹슈얼리티에 대한 외적 규제가 보다 강화되고 특히 결혼 제도 안의 성적 일탈에 대한 처벌이 더욱 강화된 조선후기58)에 〈절화기담〉의 순매와 〈포의교집〉의 초옥 같은 유부녀들은 어떠한 윤리적 자의식 없이 사랑의 행위에 몰두함으로써 기존의 소설적 전형성으로부터 이탈하는 흥미로운 지점을 제기한다. 푸코가 말한 것처럼 역사적으로 권력과 쾌락은 감시와 통제의 메커니즘 속에 서로 충돌하면서 달아나는 일종의 게임을 벌여왔다.59) 특히, 비록 순매와 초옥이 평민층 여성들이기는 하였지만 가족 제도 안으로부터 유출되는 쾌락의 흔적들은 조선후기 '에로스'의 승화를 강력히 요구했던 가부장적 이데올로기의 외적, 내적 규율을 뚫고 분출되는 욕망의 틈새를 보여주고 있다.

5. 섹슈얼리티의 이중기제와 조선후기 욕망의 지형도

조선시대 문학(소설) 속에 에로스의 표상은 통시적 흐름 속에서 지속적으로 변화되어 왔는데, 이러한 표상의 변화는 원천적으로 각 시대가 지향한 인식론적 변화를 기반으로 한다. 전기 소설에서 뚜렷이 추구되

---

57) 김경미·조혜란, 『19세기 서울의 사랑-절화기담, 포의교집』, 여이연, 2003.

58) 조선후기로 갈수록 간통이나 강간과 같은 성범죄에 대한 국가의 규제는 계층 전반에 걸쳐 강화되었지만, 사대부 남성들은 권력적 이해관계 속에서 법망을 피해가는 반면, 사건의 실질적인 책임이나 처벌은 여성들이 감당하였으며, 특히 사대부 여성들은 죽음이라는 극단적인 선택을 하도록 요구받았으며 이를 통해 가문의 명예가 회복되고 사건이 무마되었던 사례들이 지배적이었음이 밝혀졌다. 이에 대한 논의는 장병인, 「조선시대 성범죄에 대한 국가규제의 변화」, 『역사비평』 56집, 2001 ; 「조선 중·후기 간통에 대한 규제의 강화」, 『한국사연구』 121집, 한국사연구회, 2003 참조.

59) 푸코, 앞의 책, 63쪽.

는 사랑에 대한 낭만적 상상력은 이후 유교 이데올로기가 강화되고 갖가지 사회적 조건들의 개입을 받으면서 점차적으로 약화되거나 현실적 상상력으로 대체되는 모습을 보인다. 또한 후기로 갈수록 에로스와 혼인 제도의 분리 양상이 뚜렷해지면서 사랑이 결혼제도 밖에서 잉여적으로 소비된 현실이 보다 가시화된다. 또한 이 시기에는 과도한 풍류의 향유 속에서 사랑 자체가 희화화되는 시선의 변화를 보여주기도 한다.

이러한 18~19세기 조선후기 사회는 유교 이념 속의 쾌락이 다형적인 형태로 드러나는 흥미롭고도 문제적인 시기이다. 열녀 담론이 다량으로 생산되는 이 시기에는 가족제도 안에 주자학적 이데올로기가 보다 경직된 형태로 드러나는 반면, 양반남성들의 섹슈얼리티는 가족 밖의 풍류공간을 중심으로 보다 풍부하게 향유된다. 이러한 여성의 이분화를 통한 섹슈얼리티의 이중적 작동은 당대 사회가 가부장제를 보다 확고히 존립시키는 것과 에로스의 향유를 동시적으로 추구하기 위해 만들어낸 쾌락의 형식이라 할 수 있다. 정숙한 기녀가 양반 사대부와의 신분적·성적 위계를 기반으로 한 전근대적 사랑의 헤로인이 되는 현상 역시 이러한 사회적 토대를 기반으로 한다. 한편, 조선후기에는 전대(前代)의 '판타지' 형식을 해체하고 '풍자'를 통해 섹슈얼리티의 전복을 꾀하고 있는 소설 작품들에서 확인되듯이, 당대 사회의 외피를 걷어내고 문화의 심층으로 들어가 보면, 신분적 차별성에 따라 배치되었던 문화적 구획이 실질적으로 약화되고 기존의 공식이 와해되는 문화 내부의 역동적인 지점 또한 발견된다. 〈삼선기〉, 〈이춘풍전〉, 〈게우사〉 등 일련의 소설들은 중인층으로 전락하는 양반남성이나 중인층 한량계급의 남성과 기녀가 짝을 이루는 로맨스를 서사 틀로 함으로써, 조선 후기 소설에 지배적인 양반남성과 기녀간의 사랑의 구도를 이탈하고 있

다. 사대부계급의 교양 및 유희 문화의 축이었던 풍류가 조선후기에 이
르러 중인층 남성 및 기녀 계층으로 확산되고, 그들이 매개자의 역할을
넘어서 스스로 풍류의 주체로 등장하며, 성애의 주인공으로 부상하는
양상은 하위 계급에 의해 발현된 문화적 전복의 징후들이라 할 수 있다.

유교 이데올로기가 정치·문화·윤리의 핵으로 작동되면서도, 그 이
면에 다각적인 균열과 틈새, 저항의 지점이 산포되어 있는 조선후기의
이질적인 풍경들을 어떻게 설명할 수 있을까? 표층적으로 유교적 윤리
기제가 전 계층으로 확산되면서 지배력을 획득하지만, 일상의 영역에
서 섹슈얼리티는 유교적 예(禮)의 틀과 신분과 젠더 기제의 틈새를 뚫
고 다양한 형식으로 발현되고 있다. 사회학자 브라이언 터너(Bryan S.
Turner)는 권력 담론과 개인의 몸의 관계를 설명하면서, 담론의 편재
성을 보여주는 것이 그 담론이 전적으로 효과를 발휘하였음을 증명하
는 것은 아니라 지적하였다.[60] 조선 시대 유교 담론은 지배 담론으로
서 전근대 사회의 욕망의 발현 형식에 주도적으로 개입하였으며, 조선
후기에 이르러 그것의 이데올로기적 강제력을 보다 강화하였지만, 그
것의 효과는 표층적이고 산발적이면서 불균질적인 모습을 띤다. 하지
만 조선후기는 표층/심층, 명분/실제, 가족 제도 안/밖에서 이질적이고
차별화된 방식으로 작동된 섹슈얼리티의 이중기제가 제도와 일상 전반
에 견고한 축으로 뿌리내리는 시기였다. 이러한 전근대 에로스의 공식
은 동시대 문화 속에서도 여전히 기억되고 작동되는 욕망의 기제로서
지속적인 성찰을 요구한다.

---

60) 브라이언 터너, 앞의 책, 103쪽.

조선시대 애정소설에 나타난 사랑과 성

김지영

1. 문화적 산물인 애정소설

　이 글은 조선시대 애정소설의 문학적 관습을 분석함으로써 당시의 애정관과 애정소설의 문화적 기능에 대해 추론하고 있다. '사랑'이라는 것은 시대와 장소에 따라 발견되는 방식과 절차가 다르고 그 안에 담긴 연인들의 이상과 좌절 역시 그에 따라 독특한 특징을 가질 만큼 문화적이고 역사적인 속성을 가지고 있다. 조선시대의 애정소설은 애정전기류에서 파생되어 전기적이면서 환상적인 요소를 보여주었지만, 점차 현실의 문제를 반영하며 남녀들의 사랑이 성장하기 어려웠던 조건을 보여주기에 이른다. 이 글에서는 사랑에 대한 당대의 감각적, 문화적 맥락을 복원하고 비유적 표현과 애정시라는 담화 양식의 활용 방식을 살펴봄으로써 조선시대 애정소설에서 발견되는 고급한 문학으로서의 관습적 빗장을 풀어내어 조선시대 애정 이야기의 특징을 좀 더 쉽게 설명해보고자 한다.

　'사랑'이라는 것이 강렬한 낭만적 감정으로 발견된 것은 그다지 오래된 일이 아니다. 개화기를 거치면서 '자유연애'라는 개념이 사람들에게 대단히 충격적인 것으로 받아들여졌던 것을 보면 당시 '사랑'이나 '연애'의 실재를 둘러싼 담론에 상당한 지각 변동이 일어났던 것을 알 수 있다. 조선 말기와 개화기 사이에 그랬던 것처럼 조선시대의 사람들과 현대의 우리들 사이에도 사랑을 발견하는 서로 다른 방식이 존재한다. 조선시대 애정소설에서 남녀의 첫 만남부터 성애가 이루어지기까지 걸리는 시간, 만남의 장소, 연애과정과 시련, 이루어지지 않은 사랑의 비극적인 결과 같은 사랑의 세부 장면들을 자세히 들여다보면, 우리는 거기에서 일정한 사랑의 시나리오를 읽을 수 있다. 그리고 거리에서 만난 한 여인에게 반하여 한 달간 여인의 방밖에서 밤을 지새우는 서생, 양가집 담을 넘어 들어가 깊은 규방에 감춰져 있는 처녀를 멋들어진 시한 수로 유혹하는 남성, 귀신이 되어서도 배필을 만나 운우지락을 이룰 것을 부처님께 탄원하는 여귀, 이웃집 선비에게 연정을 품다가 못 참고 한밤중에 그의 처소에 뛰어든 처녀와 같은 생동하는 인물들을 만날 수 있다. 이들이 주고받는 시 속에 나오는 인물들, 그들과 관련된 고사나 그것이 압축하고 있는 장면들, 남녀의 감정을 표현하는 데 자주 사용된 사물이나 배경들, 이 남녀 애인들이 마음속에 품고 있는 이상적인 커플들, 그들의 사랑이 규정되는 방식과 인용 상황들, 애정소설에서 사라진 혹은 억압되어 감추어진 관습과 그 의미 등이 바로 이 글에서 분석하고자 하는 구체적인 대상이다. 이를 통해 우리는 사랑에 얽힌 당대의 여러 관습들을 추론해 볼 수 있다. 그리고 그 중에는 실제적인 관습도 있지만 문학적인 관습이라 해야 할 것들이 더 많다.

애정에 관련된 이야기는 세계 어느 곳, 어느 시대에나 있었고 그것은 곧 인기 있는 대중적 이야기로 사랑받아 왔지만, 조선시대의 애정소설들은 한문으로 쓴 것이 많았고 작가층이나 독자층도 주로 문인 남성층이었다는 점에서 다소 고급한 문학 양식에 속한다. 따라서 일반 대중적 애정소설과 같은 차원에서 이해할 수는 없다. 애정이란 주제 자체가 대단히 보편적·대중적인 것이라는 점을 생각해보면 이러한 조선시대 애정소설의 문학적 관습은 특수한 맥락을 양산하는 것처럼 보이기도 한다. 하지만 대중적 애정소설도 시간이 흐름에 따라 생겨난 감각의 차이 때문에 해석을 필요로 하는 경우가 종종 발생한다는 사실을 생각하면 애정소설이 문화적 해석 맥락을 갖는다는 사실은 공통된다 할 수 있다. 조선시대의 애정소설을 읽기 위해선 사랑에 대한 당대의 감각적, 문화적 맥락을 이해할 필요가 있는 것이다.

이를 위해서는 먼저 문학적 현실과 역사적 현실을 병행해서 살펴볼 필요가 있다. 조선시대 애정소설을 읽을 때는 그 안에서 맺어지는 애정 관계들이 당대의 현실과 일정한 거리가 있다는 점을 염두에 두어야 하기 때문이다.[1] 애정소설에서 현실에 대한 문제제기적 성격을 찾아볼 수 있다는 점은 충분히 인정할 수 있다. 단지 변화된 현실을 반영하는 방법에 대한 이해에는 차이가 있어야 한다. 중요한 것은 여전히 애정소설에는 가부장적 질서와 남성적인 시선이 뚜렷하게 자리 잡고 있으며 그것이 변화된 현실을 반영했다고는 볼 수 없다는 사실이다.

---

1) 박일용은 애정소설을 "두 남녀의 결합을 방해하는 현실적 질곡을 부각시키고, 그것을 극복하려는 인간의 의지를 그림으로써, 서사 세계의 갈등을 부각시키는 데 서술 시각의 초점이 놓여지는 소설"이라고 정의하면서, 애정소설이 근대적인 소설형태에 가장 근접한 작품으로서 남녀의 애정문제를 형상화하고 있다고 말하고 있다. 하지만 애정소설을 근대적 소설로 분리해서 읽는 방식에는 문제가 있다고 생각한다. "개인적인 문제에 주목하여 감정적 형상을 드러내 보였다"는 점에서 근대적 개인주의 질서와 유사한 면모가 있다고 할 수는 있지만, 애정소설이 "당대의 가부장적인 사회 질서에 반대하여 강압적인 중세사회에 대해 대사회적인 문제제기적 성격을 가지며 여타 유형의 소설들에 비해 탁월한 소설적 형상성을 얻어냈다"고는 볼 수 없을 것 같다. 박일용의 논의에서 '근대성'에 대한 정의가 소급적 해석의 여지는 없는지 생각해볼 필요가 있다. 박일용, 『조선시대의 애정소설』, 집문당, 1993, 14쪽.

두 번째로는 당대의 담화 방식에 대한 분석을 통해 당대인들이 유행이나 금기, 관습들에 어떻게 대응했으며 사랑이나 욕망을 어떻게 이해했는지 살펴보아야 한다. 실제의 성풍속사는 억압적인 성관습이나 그로부터 지나치게 일탈적인 요소들에 주목하는 경향이 있다. 이 두 가지 요소들은 분명히 존재했던 사실이지만 대부분 현실에서는 이처럼 극단적인 요소들을 통해 사랑이라는 문제를 이해하지는 않는다. 그보다는 애정이야기와 같이 좀 더 완곡한 방법으로 사랑을 이해하거나 그에 대한 환상을 갖는다. 특수한 사랑이야기는 감정을 자극하여 고양시키는 바가 있다. 억압과 일탈, 특수와 보편이 모두 뒤섞인 상태에서 가장 특수하게 보편적인 감정을 불러일으키는 것이 바로 사랑이야기의 관습이라 할 수 있다.

이와 같은 전제를 바탕으로 이 글은 조선시대 애정소설의 문학적 관습에 대한 분석을 통해 당시의 애정관과 애정소설의 문화적 기능에 대해 추론하려 한다. 따라서 이 글은 당대인이 무엇을 욕망하고 어디서 좌절했으며 어떻게 살고자 했는지를 그리게 될 것이다. 그 목적에 맞게 연구 대상의 범위를 설정하려면 먼저 기존에 애정소설로 분류된 것들을 다 포괄할 수는 없을 것 같다. 조선시대 소설 중에는 애정 관계를 전혀 다루지 않은 소설이 거의 없기 때문에 가정 소설이나 군담 소설류로 분류될 수 있는 것까지 애정소설의 범주에 포함되는 경우가 많기 때문이다.[2] 여기서는 애정 관계 자체에만 초점을 맞춰 읽을 수 있는

---

2) 정종대는『염정소설구조연구』에서 지금까지의 염정소설 유형 분류의 문제점을 지적하면서 "작품의 여러 구성 요소들이 주인공의 애정 생활의 표현 쪽으로 집중되어 있지 않은 경우를 제외한다"고 했지만, 그가 분류한 애정소설의 목록 역시 남녀의 애정 관계 자체에만 초점을 맞춘 작품들의 범위를 넘어서고 있다. 그가 말한 33개의 작품 중『숙향전』,『숙영낭자전』,『금향정기』,『백학선전』,『옥단춘전』,『권용선전』,『권익중전』,『홍백화전』,『쌍미기봉』등은 사랑이라는 주제 이외에 군담이나 가족 문제 등의 다른 주제에 관심

작품들로 연구 범위를 제한한다. 김시습의 『금오신화』의 〈만복사저포기〉와 「이생규장전」, 권필의 〈주생전〉, 이옥의 〈심생전〉, 그 외 〈최척전〉, 〈운영전〉, 〈상사동기〉, 〈위경천전〉을 기본 자료로 삼았다.[3] 기타 이우성·임형택 편역의 『이조한문단편집』에 실린 고전 산문에서도 몇 가지 제재를 취했다.[4]

결과적으로 이 논문에서 대상으로 한 작품들은 학계에서 애정 전기(傳奇) 소설로 분류되어 있는 것들이 주가 되었다.[5] 원(元)나라 때 우집(虞集)의 『사운허기(寫韻軒記)』의 기록 속에 보이는 "幽怪(그윽하고 괴이한 일), 遇合(우연한 만남), 才情(재자가인의 사랑), 恍惚(황당한 일)

이 분산되어 있으므로 애정의 측면을 집중적으로 다루기 어렵다. 영웅이나 가족이라는 주제가 전통 사회에서 가졌던 커다란 영향 때문에 이 작품들에서 사랑이라는 주제를 제대로 다루기는 어려운데, 그 이유에 대해선 본론 3장 1절에서 잠시나마 언급해보고자 한다. 정종대, 『염정소설구조연구』, 계명문화사, 1990, 22쪽.

3) 앞으로 나올 이 작품들에 대한 현대역은 김시습의 『금오신화』는 심경호가 옮긴 『매월당 김시습 금오신화』(홍익출판사, 2000)에서, 그리고 나머지는 이상구 역의 『17세기 애정전기소설』(월인, 1999)에서 재인용했음을 밝힌다.

4) 대표적인 애정소설로 알려진 〈춘향전〉은 논의에서 제외했는데, 그 이유는 이 작품에 대해선 개별적 논의 외에도 판소리계 소설로 다루어진 기왕의 논의가 수다하여 이 논문의 논의와는 다른 맥락을 낳을 가능성이 많고, 굳이 언급하지 않아도 누구나 줄거리 연상이 가능하기에 거론할 필요를 느끼지 않았다. 하지만 큰 범주에서는 여기에서 다룬 논의에 포함될 수 있을 것으로 본다.

5) 애정소설이라는 장르, 혹은 애정 전기라는 양식상의 문제들은 이 논문에서 다루고자 한 주제에서 벗어나기에 크게 고려하지 않았지만, 적어도 전기 소설에 대해 양식의 문제로 지적해 오던 것에 대해선 언급할 필요가 있을 것 같다. 윤재민은 애정 전기소설들에 나오는 남성 주인공에 초점을 맞춰 전기소설을 "한미한 가문의 서생 출신"의 주인공이 상층 여성과의 사랑을 통해 뛰어난 능력을 가지고 있으면서도 현실에서는 펼칠 수 없었던 것을 특수한 공간에서 맘껏 펼쳐 보이는 양식으로 규정했다. 애정 전기에서 신분갈등을 읽어내는 것은 당대 현실을 연구 맥락에 개입시키는 것으로 역사적 맥락에서 보면 타당할 수도 있겠지만, 이러한 것을 양식적으로까지 분류하는 것은 양식 개념에 어긋나는 것이다. 또한 작가와 독자층이 문인 남성이었다는 사실을 고려한 결과 전기소설을 사대부 문인 남성층의 꿈과 욕망을 반영하는 양식이라 결론짓는 것은 상당히 남성중심적 사고관에서 나온 독서 결과라 생각된다. 윤재민, 「전기소설의 인물성격」, 『민족문화연구』 28집, 고려대학교 민족문화연구소 편, 1995, 62~64쪽.

들을 상상하여" 이야기를 만들어내고 "이것을 일러 傳奇라"[6) 했다는 말
에서 전기의 양식적 특성을 잘 발견할 수 있다. 개별적으로 나름의 창
작성이 있으리란 점은 충분히 짐작할 수 있지만 전기란 것 자체가 대체
로 공통된 패턴을 가지고 있기에 전기가 하나의 양식적 특성을 가지고
있었음은 분명해 보인다. 그러나 전기소설이라는 범주가 장르로 인식
가능한 것은 아니라는 점을 지적하고 싶다. 하지만 애정 이야기를 쓸
때 전기성이 흔히 결합되었던 것을 보면 애정이라는 문제는 분명 공통
된 문화적 양상과 인식을 반영한다고 할 수 있다.

　조선시대 애정소설은 남녀의 사랑이나 성역할을 다르게 규정함으로
써 일정한 패턴의 사랑 이야기를 만들고 있다. 하지만 특수한 사랑이야
기에는 사랑에 대한 당대의 관습이 반영되어 있기 마련이다. 첫눈에 사
랑에 빠진 남녀가 현실의 제약 조건들을 극복해가는 과정은 남녀 모두
에게 결코 쉽지 않은 과정이었다. 애정소설에 동원된 여러 가지 고사와
비유적 표현들은 그러한 그들의 고민과 원망을 담은 채 낭만적 사랑의
관습을 이어가고 있다. 이 글은 조선시대 애정소설이 당대에 했던 기능
이 무엇이었는지를 자리매김해보고, 애정소설이라는 주변적 장르를 당
대의 맥락 속에서 살펴볼 수 있는 가능성이 어디까지인지 알아보고자
한다. 당대의 정론적 독법 속에서도 살아남을 수 있었던 애정소설의 독
서 관습이 어떤 것이었나를 추정해봄으로써 애정소설을 '외설스러움'
과 '고상함'이라는 상반된 코드들 사이에 놓고 좌지우지해왔던 당대의
해석 맥락에 문제를 제기해볼 수 있을 것이다.

---

6) 윤재민, 「전기소설의 성격」, 『한국한문학연구』 19집, 한국한문학회 편, 1996, 335쪽.

2. 애정소설에 나타난 사랑의 성격

1) 여성의 사랑과 남성의 사랑, 그 재현의 차이

애정소설에 나타나는 남녀의 사랑은 한 마디로 정의해 '몰래 하는 사랑'이다. 이쭝티엔은 중국 문화 속에서의 남녀관계, 혼인제도, 남녀의 각종 인간상 등 남녀에 얽힌 문제를 검토하면서 이 '몰래하는 사랑'에 대해서도 여러 가지 재미있는 정의를 세우고 있다.[7]

중국 고대의 사랑 이야기들 가운데에는 소녀들의 상사병을 묘사한 것이 많은데, 그 증상으로는 주로 거식증, 불면증, 게으름, 우울증, 불안감 등이 있으며, 상사병에 걸린 소녀들은 하나같이 꽃이 피거나 떨어지는 것만 보아도 눈물을 줄줄 흘릴 만큼 감상적으로 변했다. …… 중국의 고대는 이런 사회였으므로 이른바 '첫눈에 정이 생긴다(一見鍾情)'는 대단히 특이한 연애방식이 존재할 수 있었다. '첫눈에 정이 생긴다'는 것은 말할 것도 없이 상대방이 누구인지도 모르는 채 한 번 보고 바로 사랑하는 마음이 생기는 현상을 가리킨다. …… 깊은 규중에서 자라난 소녀들은 평소에 같은 또래의 이성과 접촉할 기회가 전혀 없었으므로 어쩌다가 남자를 만나면 쉽게 마음이 흔들려 사랑하고 싶은 생각이 들게 되었을 것이다. 그리고 이러한 사랑이 고귀하다고 하는 까닭은 그것이 현실적인 이해관계를 초월하였기 때문이다.

여기서 이쭝티엔은 이와 같이 '몰래하는 사랑'의 감정을 주로 여성의 감정으로 규정하고 있다. 첫눈에 사랑의 감정이 생겨날 수 있었던 것은 고대 사회에서 여성이 놓여 있었던 위치 때문이라고 그는 설명한다. 즉 깊은 규중에서 갇혀 자랄 수밖에 없었던 여성들의 사회적인 위치 때문에 이러한 새로운 애정 방식이 탄생했다는 것이다. 여기서 그는 애정소

---

7) 易中天, 홍광훈 옮김, 『중국의 남자와 여자』, 법인문화사, 2000, 301~330쪽 참조.

설에 흔히 등장하는 이러한 애정 방식을 마치 현실에서 있었던 일처럼 기술하고 있지만 사실 '사마상여(司馬相如)와 탁문군(卓文君)'의 이야기가 『사기(史記)』와 『한서(漢書)』에 기록된 이래 '몰래한 사랑'의 전형적인 예로 사람들의 입에 오르내린다거나, 남녀 간의 정을 다룬 이야기들이 『정사(情事)』로 편찬되어 전해졌던 것은 그것이 드문 일이었기 때문이다. 이러한 이야기들이 사람들의 뇌리에 깊게 남게 된 것은 오히려 이와 유사한 남녀 간의 애정 이야기들이 많이 창작된 후였다. 실제였던 사마상여의 이야기는 '사통(私通)'을 경계하는 하나의 전거로 사용되었지만, '김생(金生)과 취취(翠翠)', '위랑(魏郎)과 빙빙(娉娉)', '배항(裴航)과 운영(雲英)', '문소(文簫)와 오채란(吳彩鸞)', '장석(張碩)과 두란향(杜蘭香)' 등 유명한 애정 이야기 속의 주인공들은 아름답고 기이한 사랑 이야기로 기억되었던 것이다. 이처럼 현실 속에서는 벌어지기 힘든 이야기들이 문학으로 기록되면서 오히려 그것이 규방에 갇혀 있는 소녀들의 관습처럼 인식된 것은 문학과 현실이 서로 영향을 주고받았기 때문에 일어난 현상이었다. 그렇기 때문에 당대 사람들이 남녀의 사랑에 대해 가지고 있던 생각을 제대로 살펴보기 위해서는 애정소설이 했었던 문화적 기능이 무엇이었는지 잘 알아야 할 것이다.

먼저 애정소설에 등장하는 여성 인물들의 사랑은 현실과 환상의 결합을 바탕으로 존재한다. 애정소설의 관습에서 본다면, 남성들이 접근해 올 때 여성들이 쉽게 맞아들이고 사랑하게 되는 이유는 그 남성들이 갖고 있는 강한 성적인 매력 때문이라기보다는 이상적인 이성에게 매혹 당하고 싶은 여성들의 내재적 욕망 때문이라고 할 수 있다.

저는 본래 약질로 깊숙한 규방에서 자라면서, 매번 젊은 청춘이 쉬이 흘

러가는 것을 생각할 때마다 거울을 가리고 홀로 안타까워했습니다. 비록
님을 그리는 꽃다운 마음을 품었다가는 님을 대하면 부끄러움이 일어나 어
쩔 줄 몰랐습니다. 길가 언덕의 버드나무를 보면 님을 그리는 마음이 넘쳐
흐르고, 나뭇가지 위에서 우는 꾀꼬리 소리를 들으면 새벽녘 꿈에 본 님
생각이 몽롱하게 피어났습니다. 그러던 어느 날 아침, 채색 나비가 소식을
전하고 산새가 길을 인도하여 동방에 달이 떠오를 때 어여쁜 그대가 문간
에 있었습니다.   (〈주생전〉)8)

　저는 깊은 규방에서 생장하여 아직 애정에 관한 일을 알지 못합니다. 그
러나 무르익은 매실은 서리에도 떨어진다고 시인이 풍자했으며, 비사처럼
빨리 흘러가는 세월은 젊고 고운 얼굴을 남겨두지 않습니다. 저는 봄바람
이 버드나무를 나부끼는 정원에서와 가을비가 오동잎에 떨어지는 밤에는
외로운 침실에서 홀로 잠을 자며 꽃다운 나이를 원망했습니다. 그런데 오
늘 저녁은 어떤 저녁이기에 이렇듯이 좋은 분을 해후하고 서로 만나서 비
로소 제 소원을 이루게 되었는지요?   (〈위경천전〉)9)

　남녀의 정욕은 음양의 이치에서 나온 것으로 귀하고 천한 것의 구별이
없이 사람이라면 모두 다 갖고 있는 것입니다. 그런데 저희는 한 번 깊은
궁궐에 갇힌 이후 그림자를 벗하며 외롭게 지내왔습니다. 그래서 꽃을 보
면 눈물이 앞을 가리고, 달을 대하면 넋이 사라지는 듯하였습니다. 저희들
이 매화 열매를 꾀꼬리에게 던져 쌍쌍이 날지 못하게 하고, 주렴으로 막을
쳐서 제비 두 마리가 같은 둥지에 깃들지 못하게 하는 것도 다름이 아닙니
다. 저희 스스로 쌍쌍이 노니는 꾀꼬리와 제비를 부러워하고 질투하는 마
음을 견딜 수 없었기 때문입니다.   (〈운영전〉)10)

8) 이상구 역, 『17세기 애정전기소설』, 81~82쪽. 원문은 다음과 같다. "妾本弱質, 養在深
閨, 每念韶華之易邁, 掩鏡自惜, 縱懷行雨之芳心, 對人生羞, 見陌頭之楊柳, 則春情駘蕩, 聞
枝上流鶯, 則曉思濛朧. 一朝, 彩蝶傳信, 山禽引路, 東方之月, 姝子在闥."
9) 같은 책, 78쪽. 원문은 "妾生長深閨, 未諳情事. 然而摽梅霜落, 詩人有諷, 飛梭歲月,
不貸紅顏, 春風楊柳之院, 秋雨梧桐之夜, 孤眠洞房, 恨負芳年. 今夕何夕? 見此良人, 邂逅
相逢, 適我願乎".
10) 같은 책, 151~152쪽. 원문은 "男女情欲, 稟於陰陽, 無貴無賤, 人皆有之. 一閉深宮, 形單

'춘정(春情)'으로 표현되는 이 장면에는 자주 등장하는 소재들이 있다. 봄에 피는 꽃과 달, 꾀꼬리와 제비, 가을비와 오동잎 소리는 여성들의 외로움을 강화시키는 대표적인 소재들이다. 여성 인물들은 평소에 높은 담을 두른 규중 깊은 곳에 기거하며 꽃피는 봄과 달뜨는 저녁이면 자신들의 신세를 한탄하며 '춘정'에 젖는다. 규중의 소녀가 봄날의 아름다운 경치를 보고 마음이 이상야릇해져 시름에 잠기는 장면은 그림이나 시 속에서도 흔히 찾아볼 수 있는 것이었다. 여성들은 언젠가 평소 자신이 꿈꾸던 재자남(才子男)을 만나 '봉추지연(奉箒之緣)'[11]을 맺기를 바라고 있다.

하지만 연애 과정에서 남성을 유혹할 때는 적극성을 띤 매력적인 여성이었다가 한번 관계를 맺은 후에는 정절을 지키는 열녀로 변신하는 여성의 모습은 왠지 이중적으로 느껴진다. 사실 조선시대의 공식 담론에는 성에 관련된 여성의 태도나 행동을 설명할 수 있는 개념이 음부(淫婦)와 열녀(烈女) 두 가지밖에 없었다. 그 중간 단계를 묘사할 만한 적당한 개념과 절차가 없기 때문에 여성의 이러한 변화가 갑작스럽고 이중적인 것으로 느껴질 수밖에 없는 것이다. 하지만 애정소설은 이러한 현실을 과감하게 괄호치고 두 여인상을 결합해버린다. 이 장면에 나타나는 여성의 운명은 깊은 규방에 몸이 묶인 채 억압당했던 자신의 욕망을 이성에 대한 막연한 동경과 상상을 통해 자신의 미래에 온전히 투사시키고 있다는 점에서 슬픈 것일 수밖에 없다. 이것이 바로 여성들에게 환상을 유발시킨 애정소설 속의 현실이었던 것이다.

이에 비해 애정소설의 남주인공은 여주인공을 처음 보자마자 순간적

隻影, 看花掩淚, 對月消魂. 梅子擲鶯, 使不得雙飛, 簾帳燕幕, 使不得兩巢, 無他, 自不勝健羨之意, 妬忌之情耳".

11) 비로 쓰레기를 청소하는 등 자질구레한 집안일을 하면서 남편을 섬기는 인연, 곧 부부(夫婦)의 인연을 말한다.

이면서도 강렬하게 폭발하는 육체적 욕망을 느낀다. 여기서 환상과 결합할 여지는 별로 발견되지 않는다.

> 주생은 넋이 구름 밖으로 날아가고 마음이 공중에 뜬 듯이 황홀하였다. 그래서 몇 번이나 미친 듯이 소리를 지르며 달려 들어갈 뻔하였다. (〈주생전〉)12)
> 김생은 그녀를 바라보고 있다가 마음이 크게 흔들리어 스스로를 억제할 수가 없었다. (〈상사동기〉)13)
> 위생은 즉시 죽음을 각오하고 끓어오르는 정을 풀려고 하였다.…마침내 미친 듯한 마음이 크게 일어나 여섯 마리의 말이 함께 달리듯 마음을 억누를 수가 없게 되었다. (〈위경천전〉)14)
> 그대를 한번 본 이후로 날아갈 듯 기뻐 마음을 안정시킬 수가 없었습니다. (〈운영전〉)15)

여기서 남성의 사랑을 가리키는 즉각적이고 간단한 표현들은 여성의 사랑과는 그 속성이 다른 것이다. 위의 예들에서 공통적으로 발견되는 표현은 '마음(魂)이 공중에 뜬 듯이 미친 듯(狂)'하였다는 것이다. 이들은 순간적으로 제어할 수 없는 강한 욕정을 느끼고 그것을 풀지 못하면 넋이 나가고 몸이 상할 정도에 이른다. 여성의 사랑에 비해 강렬하고 열정적이지만 애정소설에서 중점적으로 형상화하는 대상에 속하지는 않는다. 애정소설에서 구체적인 남성의 형상을 그려내기는 그리 수월치 않다. 애정소설에서 여성은 소위 가장 여성적인 외양과 여성적인 감정 상태로 그려지는 반면, 남성은 재자남이나 군자 등의 보편적인 개념

---

12) 이상구 역, 같은 책, 44쪽. 원문은 "魂飛雲外, 心在空中, 幾欲狂叫突入者數次".
13) 같은 책, 161~162쪽. 원문은 "生望而視之, 神魂飄蕩, 不能自抑".
14) 같은 책, 76쪽. 원문은 "卽欲冒死逞情, …狂心大發, 六馬同奔, 終莫能製".
15) 같은 책, 123쪽. 원문은 "自一番目成(之後), 心飛魂越, 不能定情".

으로밖에 형상화되지 않기 때문이다. 남성의 시선을 통해서 여성은 '여성적인 모습'으로 그려졌지만 여성의 시선은 뚜렷하지 않기 때문에 남성이 '남성적인' 이유에 대해서는 설명되지 않는 것이다. 이렇듯 애정소설에서는 '여성적인' 것은 남성에 의해 규정되고 '남성적인' 것은 일반적인 개념 뒤에 가려져 있다.

애정소설은 이처럼 여성과 남성의 사랑을 어느 정도 전형화시킴으로써 사랑의 시작에서부터 여성과 남성에게 각각의 성역할을 부여한다. 여기서 표현된 바에 따르면, 여성은 항상 사랑에 대한 몽상과 꿈에 빠져 있고 남성은 순간적인 욕망으로 여성의 영역에 침범해 들어간다. 애정소설의 탄생 조건은 이렇게 해서 마련되는 것이다. 결국 애정소설의 주된 서사 구조는 여성에게 매혹 당하자마자 곧바로 성관계를 맺으려 욕망하는 남성과 남성의 유혹을 쉽사리 받아들이고 관계를 허락하는 여성, 그리고 그들이 결혼에 이르기까지의 시련을 이겨내는 과정을 그리게 된다.

2) 비유적 표현으로 둘러싸인 낭만적 사랑

조선시대 애정소설에 나타난 남녀의 사랑은 당대의 일반적인 혼인 관습을 바탕으로 하면서도 거기에서 어느 정도 일탈된 모습을 보여준다. 처음 사랑이 시작될 때 남성들은 사랑을 얻기 위해 개인적인 통상적 책무, 자신의 지위나 입장을 잊는 경우가 흔하며, 죽음까지도 불사하려 한다. 하지만 사랑을 얻고 난 후 이들을 사로잡았던 성적인 열정의 요소들은 여러 가지 고사를 동원한 비유적인 표현 속에서 낭만적인 분위기로 가려진다. 애정소설에 나타난 사랑이 '열정적 사랑'에서 '낭만적 사랑'[16]으로 변하는 것은 애정소설이 타협하는 지점이 결혼이기 때

문이다. 순간적으로 불타오르는 열정적 사랑은 결혼에 있어 불안정한
요소가 될 뿐이지만, 당대인의 환상이나 이상과 어느 정도 결부된 낭만
적 사랑은 결혼을 부정하지 않기 때문에 기존의 결혼 관념과 타협할
수 있다. 보편적으로 낭만적 문학이 수동성과 무능력의 증거이자 표현
으로 여겨졌다는 사실을 상기해보면,17) 이러한 일탈은 결코 적극적인
반항의 표현이라 할 수 없다. 애정소설 역시 그러한 원인으로 해서 발
견되는 구조적인 취약성과 부족한 것들이 있다. 하지만 이러한 취약성
들이 조선시대의 사랑과 성에 접근하기 위해 우리가 뚫고 들어가야 할
자리이며 우리에게 남은 유일한 열쇠이기도 하다. 애정소설에서 발견
되는 관습적 표현들에는 당대인들의 원망(願望)과 근심, 이상과 좌절이
담겨져 있기 때문이다.

　애정소설에 흔히 나오는 '규원(窺垣)'이란 말은 담장 안을 엿보는 행
위를 가리키는데, 여기서 '담'을 넘는 행위는 여러 가지 비유적 의미를
동반한다. 미혼의 여성과 남성이 만날 기회가 드물었던 시대에 남성이
'담을 넘는' 행위는 곧 전적으로 남성의 것이었다. 〈위경천전〉에서 위
생이 순간적인 욕정에 이끌려 담을 넘으려 하였을 때 그는 그것을 '박달
나무를 꺾는 것(折樹檀)'으로 비유했는데, '절수단'이란 말은 남의 집 담
을 넘어가 그 집 처녀의 정조를 빼앗는 죄를 범했다는 뜻으로 쓰였다.

---

16) '열정적 사랑'과 '낭만적 사랑'이라는 개념은 앤소니 기든스나 스티븐 컨 등의 학자들이
　　쓴 일반적인 개념을 빌렸다. 앤소니 기든스에 의하면, 열정적 사랑의 열정이란 사랑과 성
　　적 애착 사이의 연관을 표현하는 말로 타자와의 감정적인 연루가 강렬히 스며들어 자기의
　　통상적 책무를 무시하게 만들 만큼 가히 종교적 열의에 가까운 것이 열정적 사랑인데 반해
　　낭만적 사랑은 결혼의 '정숙한' 섹슈얼리티의 이상과 결합하여 숭고한 사랑의 요소들이
　　성적인 열정의 요소들을 지배하는 경향이 있는 것으로 구분 지었다. 앤소니 기든스, 배은
　　경·황정미 옮김, 『현대인의 성·사랑·에로티시즘』, 새물결, 2001, 78~89쪽.
17) 앤소니 기든스, 같은 책, 84쪽.

여성의 입장에서는 이러한 행위를 '행로(行露)'라는 말로 비유했는데, 이는 '행로첨의(行露沾衣)'라는 말에서 유래한 것으로 '행로지점(行露之霑)'은 곧 여인이 절개를 지키지 않고 눈이 맞은 사내와 애정 행각을 벌이는 것을 말했다. 애정소설에 쓰인 '절수단'이나 '행로'라는 표현은 본래의 맥락에서 많이 변용되어 이처럼 미혼남녀가 몰래 하는 사랑을 가리키는 말로 쓰였다. 흔히 남성이 여성을 엿보게 되어 있지만 여성이 남성을 엿보는 경우도 전혀 없었던 것은 아니었다. 〈최척전〉에는 이옥영이 몰래 최척이 글 읽는 장면을 엿듣다가 「표유매(摽有梅)」[18]가 적힌 쪽지를 창틈으로 던지는 장면이 있는데 이것은 자신의 짝을 스스로 선택하겠다는 그녀의 의지를 표현한 것이었다. 〈최척전〉에서는 그것이 자신의 일생을 결정짓는 중요한 선택으로 표현된다. 따라서 '절수단'이나 '행로'는 규범을 어기는 행위만을 의미하는 것이 아니라 자신의 욕망을 따라 살고자 하는 의지의 표현이기도 했다.

하지만 그것은 분명 용납 받지 못하는 '훼덕(毀德)' 행위였기 때문에 현실에서 맞닥뜨리게 되는 결과는 만만치 않았다. 물론 그것은 남성보다는 여성에게 더 가혹했다. 미혼남녀의 사랑을 우아한 표현으로는 '투향(偸香)', 즉 '향을 훔친다'고 하였는데 향을 훔치는 남성의 입장에서도 몰래 하는 행위에 대한 두려움과 근심을 벗을 수는 없었다.[19] '절수단'이나 '투향'의 행위 후 두려워하는 남성들 때문에 여성들은 버림받을지도 모른다는 근심에 떨게 된다. 애정소설에서 버림받은 여자에 대한 비유가 많은 것은 바로 그녀들의 이러한 근심을 반영한 것이었다. 〈주생전〉

---

18) 『시경』 「소남(召南)」편, '표매'는 떨어지는 매실을 말하는 것으로 '결혼의 좋은 시기를 놓치지 말라'는 비유로 쓰였다.

19) "향을 훔치고 구슬을 도적질하는데 어찌 겁이 나지 않겠소"(偸香盜璧, 安得不怯), 〈주생전〉, 주생의 말.

에서 배도가 주생에게 '이익(李益)과 곽소옥(霍小玉)의 사연'을 주지시
킨 것[20]과, 남자에게 버림받은 여자가 자신을 비유하는 말로 '비단부채
(紈扇)'[21]나 '봉비의 뿌리(葑菲之下體)'[22] 같은 것을 사용한 것 등이 바
로 그 예이다. 버림받을 것에 대한 두려움은 곧 다른 사람들로부터 '행
로'를 범했다는 비웃음과 멸시를 받게 될지도 모른다는 것과 상통한다.
〈주생전〉에서 선화는 이를 염려하여 "낭군은 절단지기(折檀之譏)를 범
하고, 저는 행로지욕(行露之辱)을 받을 것"이라고 말한 것이다. 자신들
의 행위가 사랑이었는지, 음란한 '짓거리'였는지 이 연인들은 행위 후
에야 비로소 고민하기 시작하는 것이다.

이 때 여성들은 남성보다 먼저 자신의 행위를 정당화하기 시작한다.
〈위경천전〉의 여주인공 소숙방(蘇淑芳)은 이별을 암시하는 위생에게
낯빛을 바꾸며 단호하게 말한다. 비록 자신들의 만남이 은밀하게 이루
어진 것이긴 하나 서로 사랑하는 마음은 조금도 틈이 없다. 자신은 평
소에 '숙진사항지풍(淑溱俟巷之風)'을 생각해 본 적이 없고 '금슬종고지
락(琴瑟鐘鼓之樂)'만을 생각해왔기[23] 때문에, 자신의 행위가 잘못된 것

---

20) 이익과 곽소옥은 당나라 때 장방(蔣防)이 지은 전기소설 〈곽소옥전〉의 주인공으로, 이익
   은 기생인 곽소옥에게 해로를 약속해놓고는 곧바로 다른 여인과 결혼을 한다. 버림받은
   원한에 쌓인 곽소옥은 결국 죽게 되고 원혼이 되어 이익의 아내들을 일찍 죽게 한다. 이중
   티엔, 같은 책, 283~284면 참조.

21) 부채는 여름에만 소용되고 가을에는 소용이 되지 않는 데서 실연한 여인이 자신을 비유
   해 하는 말로 쓰이게 되었다. 〈주생전〉에는 "가을바람을 원망하지 않도록(秋風之怨)"이라
   는 표현이 있는데, 이는 한나라 班婕妤의 〈怨歌行〉이라는 시에 자신을 '合歡扇'에 비유하
   여 "가을이 오면 서늘한 바람이 무더위를 앗아가" 버림받게 될 것을 노래한 것이 『고문진보』
   에 실려 널리 알려지면서 쓰이게 된 표현이다.

22) '순무나 비와 같은 채소의 뿌리'라는 말은 『시경』「패풍(邶風)」〈곡풍(谷風)〉편 중 "采葑
   采菲, 無以下體(순무나 비와 같은 채소를 캐는 것은 뿌리만 쓰기 위한 것은 아니라네)"에
   서 나온 것으로 역시 버림받은 여자를 비유한 말이다.

23) '숙진사항지풍'은 남녀가 몰래 밀회를 즐기는 풍속을 말하고, '금슬종고지락'은 정식으로
   예를 갖추어 맺어진 부부의 즐거움을 말한다.

일 리 없다는 것이다. 애정소설 속의 그녀들은 그들의 사이가 '양홍(梁鴻)과 맹광(孟光)'같고 '포선(鮑宣)과 환소군(桓小君)'[24]같길 희망했다. 그녀들이 꿈꾸는 것은 '연리지(連理枝)'나 '비익조(比翼鳥)'처럼 사랑하는 사람과 한 몸이 되어 죽어서라도 떨어지지 않는 것이었다. 이 두 가지 말은 모두 화목한 부부나 남녀 사이를 가리키는 말이었는데 그녀들은 이 말로써 자신들의 바람을 표현한 것이다. 결국 그녀들은 죽음으로써라도 자신들의 정절을 보증하고 그것이 사랑이었음을 증명하고자 한다. 하지만 그들의 만남은 '월하노인(月下老人)'의 인연, 즉 중매를 거치지 않은 것이다. 이런 만남으로 인한 내면적인 고통은 그들에게 병이 되어 나타난다. 애정소설에 흔히 등장하는 병든 연인들은 그들을 단죄하는 외부의 압력에 의해 병든 것이 아니라 그들의 내면에 이미 깊게 자리 잡은 도덕과 계율의 억압에 의해 병든 것이다. 상사로 인해 든 병 때문에 쉽게 죽어버리는 연약한 연인들은 이들의 내면에 사랑의 시련을 이겨낼 만한 힘이 없다는 것을 말해준다. 만남을 사랑으로 완성하지도 못하고 음란이라는 이름으로 단죄 받는 것도 감당할 수 없었던 그 혹은 그녀들은 우리 고전 소설에 흔치 않은 비극을 만들어내기에 이른다.

조선시대 애정소설은 결코 우리에게 사랑의 모든 것을 보여주려 하지 않는다. 중국의 고전소설인 〈금병매〉나 〈홍루몽〉이 인간관계의 갈등이나 현실의 복잡한 맥락 속에서 연약한 인간이 가진 탐욕의 추한 면을 그리고 있다는 점을 생각해볼 때, 조선시대의 애정소설이 현실의 사랑

---

24) 포선은 한(漢)나라 고성(高城) 사람으로 젊어서 환소군의 부친에게 수학(受學)했다. 포선이 환소군을 데리고 처음 시집으로 갈 때 부유했던 환소군은 화려한 치장을 하고 포선을 뒤따랐다. 그러나 포선이 이를 싫어하자 환소군은 짧은 치마로 갈아입은 후 녹거(鹿車)를 이끌고 시집으로 갔으며, 시집에서는 손수 항아리를 머리에 이고 물을 길으며 아내로서의 도리를 다하여 마을 사람들이 크게 칭찬했다.

속에 낭만과 더불어 육욕이나 타락, 추함이 있다는 것을 보여주지 않는 것은 현실을 외면한 것으로 생각될 수도 있다. 하지만 이것은 오히려 조선시대의 도덕관념이 성과 사랑에 있어 어떤 식으로 남녀를 제한했는 가를 역설적으로 보여주는 지점이 된다. 육체를 묘사하는 방식을 제한 하여 반드시 비유적인 기제를 동반시켰다는 것, 육체의 아름다움이 대 단히 정형화되었다는 점이 그 증거이다. 애정소설에 표현된 사랑은 기존 의 관습에 순종하는 것이 아니라 낭만적 사랑의 관습을 따름으로써 오히 려 기존의 관습을 거부하면서 노출하는 역설적 방식을 취했던 것이다.

3. 애정소설에 나타난 성애(性愛)의 문제

1) '후사 잇기' 문제가 사라진 자리

조선시대 애정소설에서 다루고 있는 애정의 문제를 분석하다보면 기 존 이데올로기 중 애정소설이 수용하는 것과 거부하는 것이 무엇인가 를 알 수 있다. 먼저 결혼, 정절 등은 애정소설에서도 중시하는 개념이 다. 애정소설에는 〈주생전〉이나 〈운영전〉처럼 결혼의 절차에까지 이르 지 못하고 헤어지거나 죽는 경우도 있었지만 남녀가 관계를 맺게 되는 바탕에는 기본적으로 결혼이 전제되어 있었다. 〈최척전〉이나 〈심생전〉 처럼 여성이 관계를 맺기 전에 미리 결혼을 요청하는 경우도 있었고, 〈이생규장전〉, 〈위경천전〉, 〈상사동기〉처럼 먼저 사랑을 나눈 후 나중 에 결혼 절차를 밟아나가는 경우도 있었다. 다만 다른 의미가 거기에 개입되면서 결혼과 정절이 갖는 의미와 절차가 달라졌다. 그래서 애정 소설에서는 결혼이 미완성 상태로 끝나는 경우가 많았고 정절은 여성

스스로가 선택하는 사항이 되었다. 결혼과 정절은 여성들에게 강압적으로 부과되는 의무였을 경우 고통과 압제의 수단이 되지만 애정소설에서처럼 여성들이 기존의 개념 속에서 자신의 정체성을 표현하는 하나의 방편이 될 수도 있는 것이다. 이처럼 결혼과 정절의 문제는 사랑이 펼쳐지는 기본적인 장이 현실이었음을 말해준다. 하지만 사랑을 중심으로 하는 애정소설은 안정된 가족생활을 그다지 중시하지 않는다. 〈최척전〉을 제외하곤 애정소설 중 결혼 후의 가족 문제가 나오는 작품은 찾아볼 수 없을 뿐 아니라 가족의 문제에 초점을 맞춘 소설은 애정에 대해 말해주는 것이 적다. 소설 속에서는 가족과 애정, 두 가지의 주제를 원활하게 병행시키지 못하는 것이다.

여기서 조선시대의 일반적인 관습이나 애정소설을 제외한 대부분의 다른 소설들이 보여주는 특성과도 다른, 애정소설만의 특징을 발견할 수 있다. 대부분의 조선시대 소설은 서두 부분에 인물의 가계에 대한 전기적 기록이 나타난다. 보통 주인공이 되는 인물의 조부 이상의 선조부터 가계가 제시되는데, 부모 대에 후사가 없어 대가 끊길 위기에 처하면 부처님께 자식 얻기를 축수 드리고 그 소원이 이루어지면 신비한 태몽과 함께 비범한 주인공이 탄생하게 된다. 이러한 구조 유형이 많은 소설에서 반복되고 있는 걸 보면 '후사 잇기'의 문제가 당대에 대단히 중요한 의미를 갖고 있었을 뿐만 아니라 서사의 형성에도 필수적인 것이었음을 알 수 있다.

조선시대의 성교육은 모두 임신과 관련된 것, 그것도 아들 낳기와 관련된 것이었다. 씨내리기 좋은 날의 기준에 따라 합방일이 결정되는 문화에서, 그것도 본처와의 성생활에서 욕정이나 사랑을 기대하기란 어려웠다.[25] 한편에선 성에 관련된 세세한 기술과 주의점 등을 가르치고 있는 도교의 방중술(房中術)에 관한 책이 대단히 성행했지만, 그 책들은 실제 내용과는 상관없이 건강과 관련된 것으로 읽혀졌다. 성과 관련된 담론에서 생식 숭배나 조상 숭배, 장생술 등을 제외하면 남는 것은 '음란' 아니면 부부 관계 밖에 없다. 하지만 '음란'에는 부정적인 의미가 너무 강하고 부부 관계에서는 성욕이나 사랑이 이야기되지 않는다. 이러한 배경에서는 성애가 이야기될 만한 담론이 없다. 그래서 남자의 사랑은 정력의 차원에서 논의되고, 여자의 사랑은 아예 논의되지 않았던 것이다. 성과 사랑은 특정한 문화적 맥락에서 연결되는 것인 데다 조선시대에는 성과 사랑보다는 성과 결혼이 직결되어 이해되었기 때문에 합방일이나 방중술 속에서는 에로틱한 것을 발견하기 힘들다. 하지만 애정소설은 다른 고전 소설들과 달리 전기적 기록으로 시작되지 않았고 '후사 잇기'의 문제도 전혀 중요하게 다루지 않았다. 애정소설은 '후사 잇기' 문제를 지움으로써 성과 사랑의 관계를 이야기할 자리를 마련할 수 있었던 것이다.

조선시대 소설에서 '후사 잇기'라는 문제는 단순히 전형화된 서사적 패턴에서 그치지 않는다. 그것은 결혼이란 제도에 들어감과 동시에 생산에 대한 부담과 그에 따른 여러 가지 책임감, 가족 내의 갈등 관계 속으로 밀려들어갈 수밖에 없었던 당대 젊은 남녀들의 현실 맥락에서 탄생한 권력화된 사회적 기제이기도 했다. 17세기부터 일반화되기 시작한 족보 간행, 서원과 향안 등을 중심으로 한 배타적인 결사체의 활성화, 그리고 동족 부락의 형성 등26) 가부장제가 강화되고 있음을 보여주는 역사적 사실들은 '후사 잇기' 문제의 중요성을 뒷받침하는 가시

---

25) 정성희, 『조선의 성풍속』, 가람기획, 1998, 69~71쪽 참조.
26) 조혜정, 『한국의 여성과 남성』, 문학과 지성사, 1988, 67쪽.

적인 근거가 되면서 그것의 서사화를 강화시키는 데에도 일정한 기여를 했다. 또한 이 '후사 잇기' 문제에는 성정치학적 측면도 깊게 내재되어 있다. 성에 관한 당대의 역사적·사회적 담론 속에서 사랑이 아니라 방중술이나 음란과 같이 이질적인 판단 기제에 의해 작동되는 언술들만을 발견하게 되는 것은 생산이라는 문제가 성을 통제하는 데 얼마나 광범위한 역할을 했는지를 보여준다. '후사 잇기'라는 서사적 패턴은 사랑의 주체가 되어야 할 두 남녀를 조상과 후손이라는 연속적인 가계의 그물망 속에 놓음으로써 여성의 행동을 '삼종지도(三從之道)'와 '부덕(婦德)'이라는 관념 속에 제한하는 역할을 한다. 전기적 기록으로 시작되는 소설에서 사랑이 주제가 되지 못하고 여성의 정절이 강화되는 이유를 우리는 이로 미루어 짐작해볼 수 있는 것이다.

이처럼 애정소설에서 남녀 간의 사랑과 가족이라는 주제가 병행되지 못하는 이유는 상대적으로 가족이라는 주제가 너무 강한 것이었기 때문이다. 또한 가족이라는 주제가 포괄할 수 있는 서사적 영역 역시 대단히 넓어 가족의 문제를 어느 방향으로든 비껴갈 때 애정소설은 사랑을 이야기할 수 있는 좀 더 넓은 영역을 확보한 것이 된다. 사랑이라는 감정을 유지·발전시키기 위해서는 두 남녀를 가족이나 사회와 같은 더 넓은 공간으로부터 분리시키고 둘만의 친밀한 영역 속에서 발견되도록 할 필요가 있다. 이런 이유에서 '규방(閨房)'과 같은 가족 내의 일반적 공간이 애정소설 속에서는 남녀가 임의로 넘나들 수 있는 사랑의 공간으로 재창조된다. 원래는 보호의 명목으로 여자를 가정에 속박하고 사회로부터 은폐시키는 기능을 했던 폐쇄된 공간, 억압의 공간인 '깊은 규방(深閨)'이 애정소설에서는 오히려 부모의 감시로부터 멀리 떨어진 은밀하고도 자유로운 성애의 공간으로 나타나는 것이다. 이렇게 볼 때

〈최척전〉은 어느 정도 예외적이다. 〈최척전〉은 남녀 간의 사랑으로 시작해 가족애로 발전시키고 있으며 최척과 옥영이 결혼한 후인 중반에서야 '후사 잇기' 패턴을 반복한다. 하지만 이 경우에도 서두를 전기적 기록으로 시작하지는 않았으며 후사를 이은 후에도 애정이라는 주제의 강도는 전혀 약해지지 않는다. 여전히 최척과 옥영이 주인공이며 아들인 몽석은 그들의 사랑을 더 굳게 해주고 전쟁 후 흩어진 가족을 묶어주는 기능을 강화하는 역할을 할 뿐 세대 유전의 또 다른 주인공으로 등장하지 않는 것이다. 이는 『최척전』이 가족의 문제 역시 사랑으로 포괄하고 있음을 보여주는 것이다. 여기서 또 알 수 있는 사실은 "초기엔 전기성과 결합했던 애정소설이 후기로 가면서 전기성을 탈각하고 가족 서사의 가능성을 배태하며"27) 가족이라는 문제를 중시하기 시작했다는 점이다. 기존에 애정소설로 분류된 것들 중 가정소설과 겹치는 것이 많은 이유도 애정이라는 문제를 가족 속에 배치하고자 했던 조선 후기의 소설화 경향과 관련이 있었다.

하지만 애정소설이 결혼을 중시하면서도 안정된 가족생활을 다루지 못하는 주된 이유는 성애를 어떻게 다루는가가 소설 전반에 걸쳐 강한 자장을 형성하고 있기 때문이다. 여기서 문제가 되는 것은 성과 사랑이 직결되지 않았던 문화적 관습을 애정소설이 어떻게 투과시키고 있는지, 투과된 것은 현실의 관습과 어떻게 달라지는지 하는 것이다. 애정소설은 사랑과 성의 연관 문제를 나름대로 '숭고화'하는 방향으로 해결하고자 한다. 하지만 사랑이라는 감정에는 여러 가지 균열된 지점이 있다. 애정소설에 나타난 사랑은 여자의 사랑인 것처럼 그려져 있는데,

---

27) 김문희, 「17세기 애정소설의 장르적 역동성」, 『한국고전연구』 7집, 한국고전연구학회 편, 2001, 65쪽.

이 때 여성들은 사랑을 시작하는 데 있어 주도적인 입장을 취한다. 이 여성들은 시도 잘 짓고 외모도 하늘에서 하강한 선녀처럼 아름답다. 남성들 역시 용모가 준수하고 성품이 온화하며 우아한 기품이 넘쳐흐르는 '풍류남아(風流男兒)'이다. 지성과 외모, 두 가지 모두가 매혹의 요소가 된다. 하지만 다른 고전 소설의 인물들이 '재자가인(才子佳人)'인 것과 애정소설에 등장하는 주인공들이 재자가인인 것은 차별화 될 수 있다. 영웅소설에서는 영웅의 조건 중 하나로서 제시되지만, 애정소설에서는 그들의 '재자가인성'을 본격적으로 문제 삼고 있기 때문이다. 이것을 '재자(才子)'와 '가인(佳人)'의 두 가지 측면에서 '애정시'와 '아름다움'의 문제로 나누어 살펴보려 한다. 이는 곧 '정신'과 '육체'에 대한 애정소설의 관습을 보여주게 될 것이다.

2) 애정시와 '정(情)'이라는 문제가 보여준 사랑의 정신적 측면에 대한 이해

애정소설 작품들은 여러 편의 한시를 포함하고 있다. 애정소설에서 시를 잘 짓는 것은 남녀의 가장 큰 미덕 중 하나로 인식된다. 남자는 그렇다 치더라도 왜 여성에게까지 시작 능력이 요구되었던 것일까? 애정소설에서 전제한 여성의 시작(詩作) 능력이 갖는 의미와 실제 그 시들이 작품 속에서 하는 역할은 애정소설의 문학 관습에서 중요한 의미를 갖는다.

애정소설에 나오는 '낭만적인 애정시를 유려하게 지을 수 있는 정신적 반려로서의 아름다운 여인'은 사실 다른 문헌상에서는 찾아보기 힘든 존재이다. 허난설헌같이 한시 능력이 뛰어났던 여성이 현실에서는

사랑을 얻지도, 정신적 반려가 되지도 못했던 사실을 떠올려 보면 시작
능력이 여성에게 반드시 요구되는 능력은 아니었음을 알 수 있다. 오히
려 남성들에게 정신적 반려의 역할을 감당했던 것은 기생들이었다. 현
재 여성의 것으로 전하는 대부분의 규방가사 작품들은 여성이 지켜야
하는 내훈(內訓)을 가르치고 있다. 여기서 알 수 있듯이 부녀자들이 받
은 교육은 철저하게 가부장적 질서에 순응하고 있었다. 하지만 기생들
이 받은 교육의 내용은 이와는 현저하게 달랐다. 이들이 받은 교육은
남성들의 취미와 기호에 맞춘 성 기술부터 분위기를 고양시킬 수 있는
춤과 무용에서 작시법에까지 이르렀으며 고급한 기생일수록 후자의 능
력을 더 중시했다. 이 역시 남성들의 기준에 맞춘 오락적·유흥적 필요
에 의한 교육이라 할 수 있는데, 이러한 교육은 남성들의 취미에 맞추
기 위해 그들이 받은 교육과 유사한 키치적 성격을 띠게 되었을 것이
다. 하지만 기생들이 받은 시 짓기 교육은 기술적 차원에선 남성들의
시와 유사했을지 몰라도 그 안에는 여성들의 심성과 감수성이 반영되
어있었다. 그런데도 애정소설에서 시를 남녀의 만남에서 중요한 기제
로 내세우고 있는 이유는 무엇일까? 정신적인 교감은 자고로 상대방에
대한 사랑의 감정을 불러일으키는 데 중요한 역할을 한다. 정신적인 교
감, 어울림에서야 비로소 사랑이라 말할 수 있는 현상이 나타나기 시작
한다. 그런 의미에서 그리스의 귀족 계층 남성들은 남성들에 대한 감정
만을 사랑이라 생각하기도 했다.[28] 여기서 우리는 양갓집 규수인 애정

---

28) "1818년에 플라톤의『향연』을 번역한 셸리는 어째서 플라톤이 남성의 동성애적인 사랑
만을 노래했는지 서문에서 설명하고 있다. 그는 고대 그리스 여성들이 교육을 제대로 받지
못했다는 사실에서 그 원인을 찾았다. 사랑하는 사람들은 정신적으로도 서로 어울려야
한다.…사랑의 용해라는 낭만주의적인 이념은 사랑하는 두 사람이 완전히 동일해야 한다
는 전제를 깔고 있다. 즉 동일한 교양과 동일한 권리를 지녀야 하는 것이다." 고트프리트
리슈케·앙겔리카 트라미츠, 김이섭 옮김, 『세계풍속사』 3, 까치, 2000, 117쪽.

소설 여주인공들의 모습이 기생의 모습과 겹쳐지고 있음을 알 수 있다. 애정소설은 당대 여성의 몇 가지 유형과 역할을 혼용시키면서 비로소 여성을 '사랑'의 대상으로 만들고 여성에게 '인간'적 의미를 부여하기 시작했던 것이다.

　우리는 실제 있었던 일화들에서 남녀가 처음 만날 때 시를 짓는 능력이 이성끼리 자신의 짝을 선택하고 인정하는 중요한 기준이 되었던 예들을 찾아볼 수 있다. 『청구야담』 권2에 실린 '최곤륜 등제배방맹(崔崑崙 登第背芳盟)'이란 제목으로 실린 글에서는 지전(紙廛) 상인의 딸이 젊은 문사의 부실이 됨을 소원으로 하고 자기 스스로 길 가던 남성을 남편으로 선택하는 과정이 나온다. 어느 정도의 문식이 있는 여성으로 나오는 상인의 딸은 믿음과 사랑을 바탕으로 남성과 서로 이해하고 감정이 통하는 생활을 하길 원했던 것이다. 반대로 〈좌계부담〉에는 예술적 재능이 있는 규수를 취택하겠다는 생각으로 삼십이 넘도록 장가를 들지 않다가 가난하지만 맑은 문사(文辭)와 고운 언어를 갖춘 재주 있는 처녀를 만나 부부가 된 백화당주인(百花堂主人)에 관련된 글이 실려 있다.[29] 이 글에서는 시를 짓는 능력이 여자가 남자를 선택할 때는 물론이거니와 남자가 여자에게 반하는 하나의 큰 이유로 제시되어 있다. 여기서 남성의 시를 짓는 능력은 여성이 남성의 능력을 평가하는 기준이 되었고, 여성의 시를 짓는 능력은 남성에게 정신적 만족감을 주는 역할을 했다. 하나의 기준을 통해 여성과 남성이 만나는 지점이 되고 있는 것이다. 그러나 그것은 현실 속에서 흔히 있는 일은 아니었기에 『청구야담』의 이야깃거리로 채택되었다는 사실 역시 무시할 수 없다.

　애정소설 안에 나타나는 시작 능력에 대한 평가와 실제 그 시가 내포

---

29) 이우성·임형택, 『이조한문단편집』 상, 일조각, 1996, 255쪽, 276쪽 참조.

하고 있는 의미가 일치하지 않는 경우가 많다는 사실은 여기서 중요한
의미를 갖는다. 애정소설에는 시에 대한 정확한 품평이 나오는 경우가
드문데도 애정소설의 남녀 주인공은 분명히 서로의 시에 감탄하고 있
다. 먼저 그 구체적인 이유로 우리가 찾을 수 있는 것은 고사를 적절히
사용하고 고아한 문장 표현을 쓸 수 있는 능력 정도이다. 이러한 것들
은 독서량과 학식의 범위를 알려주는 징표로서, 적절한 비유 구사 능력
이 시에 대한 가치 평가 기준이 된다. 하지만 실제 작품 속에서는 서로
상대방의 마음을 읽고 자신의 이상과 바람을 표현하는 하나의 도구로
사용되는 경우가 많다. 애정소설에 나오는 시들은 품평의 대상이 아니
라 서로의 가치관과 감정 상태를 확인하고 때로는 관계를 허락하는 은
유적인 의미로까지 기능하면서 의사소통의 수단이 되는 것이다. 시가
관계를 허락하는 은유적인 표현으로까지 쓰이고 있는 것을 고려해보면
제법 시가 활용되는 맥락이 크다고 할 수 있다. 〈주생전〉에서 주생이
선화의 처소에 몰래 숨어들어 갔을 때 선화와 주생이 주고받은 시 구절
을 생각해보자. 선화는 〈하신랑(賀新郞)〉이라는 악곡을 연주하는데, 그
내용은 "주렴 밖에 누가 와서 비단 창을 두드리는고? 안타깝게도 요대
에서 노니는 꿈 깨뜨리네. 아아, 대밭을 스치는 바람이런가"이다. 이에
대해 주생은 "바람이 대밭에 스친다고 말하지 말라. 바로 고운 님이 온
것이라네"라고 응답한다. 주생이 선화가 연주한 곡에 대해 자신이야말
로 선화가 기다리던 '고운 님'이라고 말한 것은 주(周)나라 목왕(穆王)
이 서왕모(西王母)를 만나 노닐었다는 선경(仙境), '요대(瑤臺)'가 의미
하는 바가 자연스럽게 만들어낸 맥락이다. 이들이 주고받은 시를 통해
우리는 선화가 이미 주생이 와있음을 알고 있었다는 사실을 짐작할 수
있다. 요대가 곧 님을 만나 사랑을 나누길 원하는 선화의 마음이라고

해석한 것은 주생만의 착각은 아니었던 것이다.

애정소설 작품 중 특히 〈운영전〉은 실제 시평(詩評)의 맥락과 여성이 지은 시의 성격을 보여주는 데 상징적으로 중요한 의미를 갖는 작품이다. 안평대군은 의도적으로 시를 잘 짓는 여성 집단을 만들기로 계획하고 그 계획에 따라 자신의 이론을 실천한다. 그는 "하늘이 재주를 내릴 때 어찌 유독 남자에게만 많이 내리고 여자에게는 적게 내렸겠느냐?"라며 궁녀들 10명을 뽑아 그들에게 시를 가르치지만 이들의 존재를 궁궐 밖 사람들이 알까 염려하여 궁녀들의 출입을 엄격히 통제한다. 이 두 가지 행동은 서로 매우 모순적인데 이는 안평대군의 계획이 정말 가상적이고 실험적인 것이었음을 보여주는 것이다. 안평대군이 궁녀들에게 시킨 교육은 정규적인 기초 지식을 가르친 후 실전 연습을 통해 기술을 익히는 것이었다. 안평대군은 정기적으로 궁녀들에게 시를 짓게 하여 상벌을 매겼는데, 여기서 안평대군은 시의 기법과 그 의미뿐만 아니라 시를 짓는 시인의 내면까지 엄격히 통제하고자 하는 존재로 나타난다.

먼저 소학언해를 주어 외우게 한 뒤에 중용·대학·논어·맹자·시경·서경·통사를 모두 가르쳤습니다. 또 이백과 두보 등 唐詩를 몇 백 수 뽑아서 가르치니, 과연 5년도 안되어 10명 모두가 재주를 이루게 되었습니다. 대군은 궁에 돌아오면 항상 우리를 眼前에 앉히고 시를 짓게 하여 잘못된 곳을 바로잡아 주었으며, 시의 高下를 차례대로 매기고 상과 벌을 내려서 우리를 격려하였습니다. 이로 인해 우리의 탁월한 기상은 비록 대군에게는 미치지 못했지만, 음률의 청아함과 句法의 완숙함은 성당 시인들의 울타리를 엿볼 만했습니다.30)

---

30) 이상구 역, 같은 책, 103~104쪽. 원문은 "先授諺解小學讀誦, 而後庸學論孟詩書通宋,

이 인용문을 통해 우리는 궁녀들이 받은 교육이 어떠한 것이었으며 이들의 시가 풍기는 분위기가 어떤 것이었을지 짐작할 수 있다. 이것은 〈운영전〉 속 궁녀들이 받았던 교육이긴 하지만 당대 시 교육의 한 예라고도 볼 수 있다. 시를 짓거나 해석하는 데에 기술적인 절차와 규정적인 평가 기준이 있었음을 말하고 있기 때문이다.

안평대군은 "한 줄기 푸른 구름이 궁중의 나무에서 일어나 성벽 꼭대기를 둘러싸기도 하고, 또 산기슭으로 날아가기도 하였다"[31]라는 시제를 주고 10명의 궁녀들에게 시를 짓게 한 후 세 번에 걸쳐 평을 한다. 처음에는 전체 작품을 한 번에 살펴보고, 두 번째로 여러 차례 '읊어보고(吟詠)', 세 번째로 '천천히 궁구(翫繹)'한다. 첫 번째는 종합적인 인상을 표현하고, 두 번째는 음률과 격조 등과 같은 전체적인 미감을 평가하고, 세 번째는 거기 담긴 뜻을 음미한 것이다. 시의 풍격(風格)을 평하는 기준은 작가나 작품에 따라 천차만별로 다양하다. 하지만 인물비평과 작품비평을 유기적으로 하나의 것으로 본다[32]는 점은 공통적이다. 풍격 비평은 작품을 곧바로 작가와 연결 짓기보다는 "특정 비평 대상이 발산하는 분위기의 '미적 특성'"을 변별하고자 한다.[33] 이것은 곧 작품이 발산하는 분위기를 통해 현재 그 작가의 심리 상태나 정서적 상태를 읽어내는 것이기도 했다. 안평대군이 시를 읽는 방법도 근본은 이와 다르지 않았다. 그는 10명의 궁녀들의 시를 살펴보고 난 후, "자란의 시가 생각이 심원하여 사람으로 하여금 깨닫지 못하는 사이에 감탄

盡教之. 又抄李杜唐音數百首, 敎之, 五年之內, 果皆成才. 大君入, 則使妾等, 不離眼前, (作)詩斥正, 第其高下, 用賞罰, 以爲勸奬之地. 其卓犖之氣像, 縱不及於大君, 而音律之淸雅, 句法之完熟, 亦可以窺盛唐詩人之藩籬也".

31) 같은 책, 105쪽. 원문은 "有一林靑煙, 起自宮樹, 或籠城堞, 或飛山麓".

32) 팽철호, 『중국고전문학 풍격론』, 사람과 책, 2001, 34쪽.

33) 같은 책, 53쪽.

하며 춤추게 하는구나"[34]라고 평가하면서 "오로지 운영의 시에만 쓸쓸히 님을 그리워하는 뜻이 드러나 있다"[35]고 말한다. 이런 판단이 가능했던 이유는 "시는 성정(性情)에서 나오는 것이기에 감추어 숨길 수가 없다"[36]는 생각 때문이었다. 성정을 강조하는 경향은 이 작품 곳곳에서 발견된다. 안평대군이 성삼문에게 궁녀들이 지은 시를 보여줬을 때 그 역시 시 속에서 그들의 성정을 읽어냈던 것이다.

안평대군에게 최고의 평가를 받은 자란의 시는 "이른 아침 마을 어귀가 어둡더니, 비끼어 높은 나무 아래로 이어졌네. 잠깐 사이에 홀연히 날아가, 서쪽 묏부리와 앞 시내에 걸쳐 있네"[37]이며, 예외적으로 지적받은 운영의 시는 "저 멀리 보이는 푸른 구름 고우니, 아름다운 이는 깁 짜기를 마치었구나. 바람을 맞으며 홀로 슬퍼하더니, 날아가 무산(巫山)에 떨어졌도다"[38]이다. 자란의 시가 생각이 심원하며 사람들을 감탄하고 춤추게 한다고 한 것은 이 시에 나타난 발상이나 표현이 새롭고 홀연하며 역동적이기 때문이다. 춤추게 한다는 표현은 '날아가', '걸쳐 있네'라는 표현이 주는 발흥(發興)이다. 이 시는 시제가 감추어질 정도로 절제된 표현을 하고 있지만 성정의 드러남은 찾아볼 수 없다. 한편 운영의 시에 나오는 '무산(巫山)'이란 곳은 초양왕(楚襄王)이 선녀를 만나 운우지정(雲雨之情)을 나누었다는 고사가 전해오는 곳인데, 이것은 사람들에게 남녀가 함께 나누는 즐거움을 연상시키는 소재였다. 따라서 운영의 시는 그녀의 마음에 연정의 대상이 있음을 은연중 드러내

---

34) 이상구 역, 같은 책, 108쪽. 원문은 "紫鸞之詩, 意思深遠, 令人不覺嗟嘆而蹈舞也".
35) 같은 책, 108쪽. 원문은 "獨雲英之詩, 顯有惆悵思人之意".
36) 같은 책, 108쪽. 원문은 "詩出性情, 不可掩匿".
37) 같은 책, 107쪽. 원문은 "早向洞門, 橫連高樹低. 須臾然飛去, 西岳與前溪".
38) 같은 책, 107쪽. 원문은 "望遠靑煙細, 佳人罷織紈. 臨風獨惆悵, 飛去落巫山".

는 것으로 해석된다. 운영의 마음에 '무산'을 꿈꾸는 마음이 있다는 것
은 그에게 정인(情人)이 있음을 의미하는 것이었다.

　시에 대한 품평이 어떠했든 간에 중요한 것은 〈운영전〉을 이끌어가
는 시가 자란의 시가 아니라 운영의 시라는 점이다. 〈운영전〉 속에 삽
입된 시에 대한 품평은 〈운영전〉이 말하고자 하는 바, 지향하는 바를
보여주기 때문이다. 시를 활용하는 것은 '정(情)'이라는 문제를 이야기
하는 데에 대단히 효과적인 방법이었다. 당대의 일반적인 시가 모두
'정'에 대해 말하고 있는 것은 아니지만, 적어도 소설에 사용된 시는 정
적인 차원을 강화하기 위해 활용되고 있기 때문이다. 〈운영전〉에서 강
조하는 본래적인 성품은 남녀의 '정'이었다. 운영은 김진사를 만나기
전부터도 "가을달과 봄꽃에 매번 성정을 잃었고, 오동잎에 떨어지는 밤
비에는 애가 끓는 듯 고통스러워 했"으며, "그러다 호남(豪男)을 한 번
보고서 심성(心性)을 잃어버렸"던 것이다. 운영의 일은 비단 그녀 혼자
의 문제가 아니라 10명의 궁녀 모두의 문제였기 때문에 결국 그들의
내면을 흔들고 운영에게 동조하게 했던 것이다. 안평대군은 궁녀들을
속세와 분리시켜 놓음으로써 천상 선인(仙人)을 기르려 했지만 운영을
비롯한 9명의 궁녀들은 결코 천상 선인이 아니었다. 그녀들은 오히려
음양의 이치와 자연스러운 본성을 안평대군에게 역설하기에 이르는 자
연인이고자 하였다. 결국 그녀들은 안평대군의 교육과 통제에 저항하
고 안평대군이 세웠던 계획이 실패했음을 보여준다.

　〈운영전〉에서 안평대군의 교육에 균열을 일으킨 문제 역시 '정'이었
다. '정'을 강조하는 자리에서는 반드시 남녀의 사랑을 이야기할 수 있
게 된다는 사실은 '정'이라는 문제가 사랑을 담론적으로 뒷받침하는 데
기여하는 바가 크다는 것을 말해준다. 이 작품은 여성의 시와 남성의

시에 차별을 두어 현실성과 인물화에 어느 정도 성공하고 있는데, 특히 여성의 시에 표현된 소재나 주제는 그리움과 슬픔이라는 정서를 뒷받침하고 있다. 굳이 정서를 강화하고자 하면 그 외의 다른 종류의 것도 많이 있겠지만 애정소설은 그리움과 슬픔이라는 정서를 통해 잘 알려지지 않고 쉽게 규정되지 않는 사랑을, 욕망이 아닌 감정의 하나로 처리하고 있는 것이다. 시를 통해 애정소설에서는 남녀의 사랑을 노골적이지 않은, 은밀하고 숭고한 것으로 표현했고 그 결과 사랑에서 육체를 지우고 정신을 먼저 부각시킬 수 있었다. 육체와 정신을 분리시킨 것이 아니라 육체가 있는 사랑 역시 숭고하게 표현한 것이다. 그러나 그 육체의 표현 방식을 이해하는 것은 쉽지 않은 일이다. 이를 알기 위해서는 애정소설이 육체를 어디에, 어떻게 위치시키고 있는가를 알아야 한다.

3) 아름다움과 '성애'라는 문제가 보여준 사랑의 육체적 측면에 대한 이해

조선시대 애정소설에는 '아름답다'고 느끼는 것과 육체적인 욕망이 거의 동시에 발생되고 있는데도, 육체적인 욕망에 의해 결합하는 것은 결코 쉽지 않은 일로 그려진다. 애정소설에 '요대(瑤臺)'나 '무산(巫山)', '봉도(蓬島)', '봉래산(蓬萊山)', '약수(弱水)'와 같은 도교적인 공간이 자주 등장하는 것도 이런 현실과 관련되어 있다. 귀신과 사랑을 나누는 이야기인 〈만복사저포기〉를 보면 양생이 지은 시에 "기쁘구나 어쩌다 봉래섬에 잘못 들어와, 신선 고을의 풍류 분들을 만나게 되다니"[39]라는 구절이 있는데 여기 나온 '봉래섬'이란 곳은 사람이 죽어서야 갈 수 있는 곳이었다. 여기에 산 사람이 가 있다는 것은 사랑에 신비스러움을

---

39) 심경호 옮김, 같은 책, 74쪽. 원문은 "自喜誤入蓬萊島, 對此仙府風流徒".

더해주는 역할을 하기도 했지만, 이곳은 대개 현실에서는 다가가기 어려운 '불가침(不可侵)'의 영역을 의미한다는 점에서 사랑의 실현에까지 요구되는 현실의 어려움을 함축적으로 드러내준다. 〈최척전〉에서 최척이 옥영에게 보낸 답서에 "봉산으로 가는 길은 멀고 약수는 건너기 어려웠습니다"40)라고 말한 것은 '봉산'이라는 말로써 마음과 실행, 감정과 도리, 이상과 현실의 거리가 그만큼 멀었음을 암시한 것이다.

일단 '아름다움'은 사랑하는 대상을 발견하게 하는 중요한 요소이다. 하지만 조선시대의 소설이나 담론에서 육체에 대한 언급을 만나기란 그리 쉬운 일이 아니다. 사랑을 이야기하는 것이나 육체를 이야기하는 것이 똑같이 힘든 문제였기 때문이다. 우리가 먼저 만나게 되는 것은 몽환적인 분위기 속에서 아름다운 대상으로 부상된 여주인공들의 모습이다. 〈위경천전〉의 여주인공 소숙방이 처음 등장하는 장면을 보면, "자줏빛 장미꽃 아래에 붉은 연등이 하나 매달려 있고, 그 아래에 미인이 한 사람 앉아 있었다. 나이는 17, 8세 정도 되었는데, 얌전하고 선녀 같은 자태가 이 세상 사람이 아닌 듯하였다"고 되어 있다.41) 〈주생전〉에서 주생이 본 선화의 외모는 좀더 구체적이다.

나이가 14, 15세 정도 되어 보이는 소녀가 부인 옆에 앉아 있었는데, 구름처럼 고운 머릿결에는 푸른빛이 맺혀 있고, 아리따운 뺨에는 붉은 빛이 어리어 있었다. 밝은 눈동자로 살짝 흘겨보는 모습은 흐르는 물결에 비친 가을 햇살 같았으며, 어여쁨을 자아내는 아름다운 미소는 봄꽃이 새벽이슬을 머금은 듯했다.42)

---

40) 이상구 역, 같은 책, 192쪽. 원문은 "蓬山路脩, 溺水難涉".
41) 같은 책, 75쪽. 원문은 "引領望之, 紫薇花下, 懸一紅蓮燈. 下有一美人, 年可十七八, 綽約仙姿, 非世上人也".
42) 같은 책, 44쪽. 원문은 "有少女, 年可十四五, 坐于夫人之側, 雲鬟結綠, 翠臉凝紅. 明眸

선화의 아름다움을 묘사하는 데 사용된 단어는 '운빈(雲鬢)'과 '취검(翠臉)', '명모(明眸)'와 같이 아름다운 여인의 외모를 묘사하는 데 흔히 쓰이던 것들이다. 〈상사동기〉의 영영(英英) 역시 '윤이 나는 검은 머릿결을 가볍게 흔들자, 푸른 소매는 봄바람에 나부끼고 붉은 치마는 맑은 냇가에 어리어 반짝'이는 모습으로 묘사된다. 그녀의 외모뿐만 아니라 태도와 몸짓까지 아름다움을 배가시키는 요소로 언급된다. "사뿐사뿐 걷는 고운 발걸음에 길가의 먼지마저 일지 않았다. 허리와 팔다리는 가냘프고 어여뺐으며, 태도가 매우 아름다웠다."[43] 〈주생전〉에서도 살짝 흘겨보는 맑은 눈동자와 새벽이슬을 머금은 듯한 아름다운 미소가 선화의 아름다움을 더해주고 있다. 이처럼 여성의 '아름다움'은 외모나 태도처럼 외면적인 모습을 중심으로 기술되어 있다.

이에 비해 남성의 '아름다움'의 기준을 외모에서 찾기는 어렵다. 여성이 느끼는 남성의 '아름다움'은 그의 정신적인 면과 큰 관련이 있다. 〈상사동기〉의 남주인공인 성균관 진사 김생(金生)에 대한 서술을 살펴보면, "그는 용모가 준수하고 아름다웠으며 인품이 매우 뛰어났다. 또 글을 잘 지었을 뿐 아니라 농담도 잘 하였으니 참으로 이 세상에서 보기 어려운 기남자(奇男子)라 할만 했다. 그래서 마을 사람들이 그를 풍류랑(風流郞)이라 일컬었다"[44]고 묘사되어 있다. 애정소설에서 남성에 대해 이만큼 종합적으로 서술하고 있는 경우는 거의 드문데, 이는 여성이 자신의 시선으로 남성을 관찰하는 경우가 드물었기 때문이다. 여기

斜眄, 若流波之映秋日, 巧笑生倩若春花之含曉露".

43) 같은 책, 161쪽. 원문은 "年纔二八, 蓮步輕移, 陌塵不起, 腰肢嫋嫋, 態度婷婷 … 輕搖綠鬢, 翠袂飄拂乎春風, 紅裳照耀乎晴川".

44) 같은 책, 160쪽. 원문은 "爲人容貌粹美, 風度絕倫, 善屬文, 能笑語, 眞世間奇男子也. 鄕里以風流郞稱之".

나오는 '기남자'나 '풍류랑'이라는 별칭은 역시 사람들의 평판을 통해 규정된 것이며, 일반적으로 숭상되는 남성상이 어떤 것인지를 말해주고 있을 뿐이다.

남성의 '아름다움'은 외모가 아니라 말이나 행동, 기품 등에 의해 발견될 수 있다. 〈위경천전〉에서 자신의 침실에 갑자기 뛰어든 위경천을 보고 처음에는 깜짝 놀라 심하게 거부하던 소숙방은 "위생의 온화한 말투가 협기 어린 소년이나 무뢰배의 말투와는 다른 것을 보고는 다소 의아한 표정을 짓는다. 이에 위생이 낮고 가는 목소리로 여기까지 오게 된 곡절을 이야기하자 처녀는 마음이 점차 누그러지는 듯하더니 처음처럼 심하게 거부하지도 않는다."[45] 여기서 소숙방의 태도를 바꾼 것은 위생의 말투가 신분이나 학식이 천박하지 않은 고상한 남성처럼 느껴졌기 때문이다. 그리고 그 모습은 평소 소숙방이 원했던 남성상과 맞아떨어졌다. 〈최척전〉에서 이옥영이 최척에게 연정을 품은 이유 역시 그가 자신의 이상과 잘 어울렸기 때문이다. 이옥영이 최척에게 적극적인 구애를 펼쳐 보일 수 있었던 것은 그녀가 오랫동안 최척을 주시하고 그의 인품을 가늠해보았기 때문인 것이다.[46]

그러나 여기서 '아름다움'은 사랑을 발견하게 하는 요소일 뿐 사랑의 완성과는 거리가 멀다. 아름다움과 사랑의 직접적인 연관을 깨뜨리는 것은 오히려 육체이다. 육체적 욕망은 애정소설을 사랑과는 좀 더 멀리 떨어진 지점으로 이끌어 간다. 〈위경천전〉에는 소숙방의 외모에 대한

---

45) 같은 책, 77쪽. 원문은 "女見生之溫雅詞氣, 非俠少倡類之流, 似有疑訝之色. 生低聲細語, 曲盡所由, 則女稍似小薄, 而拒之亦不如初也".
46) 같은 책, 193쪽. "가까운 곳에서 낭군을 뵈오니, 말씀이 온화하고 행동거지가 단정하며, 성실하고 진솔한 빛이 얼굴에 넘쳐흐르고, 우아한 기품이 보통 사람보다 한결 빼어났습니다(近觀郎君, 言辭雍容, 舉止端祥, 誠信之色, 蕩然於面目, 閑雅之氣, 拔萃於凡流)."

언급이 간단하게 '미인'이나 '선녀'라고 묘사되어 있을 뿐, 직접적으로
위생을 끌어들인 것은 '앞마을의 노래 소리'와 '온갖 꽃들의 향기', '벌
과 새 소리', '아름다운 여인네들에게서 나는 난초(蘭草)와 사향(麝香)
향기'인 것으로 서술되어 있다. 소숙방을 보았을 때 이미 위생은 참을
수 없는 지경까지 이르러 있었기에 '미친 듯한 욕정'에 끌려 그녀의 침
실로 뛰어든 것이다.47) 여기서 위생은 순전히 육체적인 욕망만을 따르
고 있다. 〈상사동기〉에는 육체에 대한 언급이 그보다 많을 뿐만 아니라
적극적인 구애 행위까지 스스럼없이 묘사되어 있다.

> 김생은 영영의 허벅지를 어루만지며 …… 영영의 흰 손을 잡고 하얀 젖가
> 슴을 어루만지며 옥처럼 어여쁜 다리를 휘감았다. 오로지 마음이 하고 싶
> 은 대로라면 못할 것이 없을 것 같았다. 그러나 끝내 사랑의 즐거움을 나눌
> 순 없었다.48)

위에 나타난 영영의 육체(흰 손, 우유 빛 젖가슴, 옥 같은 다리)는
김생의 욕망의 형태를 구체적으로 밝혀준다. 하지만 정작 김생은 이 장
면에서는 영영과 결합하지 못한다. 이 소설에서는 육체적 묘사를 성애
의 장면과 바로 연결 짓지 못하는 것이다. 결합하는 장면은 "이윽고 김
생과 영영은 서로 이끌고 함께 잠자리에 들어가 비로소 마음껏 사랑을
나누었다"49)로 간단하게 요약된다. 〈최척전〉이나50) 〈심생전〉에서51)

---

47) 같은 책, 77쪽. "처녀는 그 안에 누워 있었는데, 비단 이불이 반쯤 밀쳐져 옥같이 하얀
    살결이 희미하게 드러나고, 삼단처럼 아름다운 머릿결이 베개에 비겼으며, 향기로운 땀이
    뺨에 맺혀 있었다(女臥於其中, 羅衾半堆, 玉脘微(露), 綠雲依枕, 香汗凝顋)."
48) 같은 책, 173쪽. 원문은 "生拊髀 … 遂執其素手, 捫其酥乳, 接其玉脚, 唯心所欲, 無所不
    爲, 至於講歡, 則不可也".
49) 같은 책, 179쪽. 원문은 "卽而相携昵枕, 纔盡繾綣之意".
50) "아름다운 두 남녀가 서로 합치게 되니, 그 기쁨이란 이루 말할 수 없었다(兩美會合,

처럼 '회합(會合)'이나 '동침(同枕)' 같은 일반적인 명사를 쓰거나 '견권(繾綣)'[52]이란 의태어로 대체한 경우도 있다. 심지어 〈만복사저포기〉에서는 귀신과의 결합조차도 '즐거움'이나 '인간(人間)'이란 평범한 말로 표현하고 있다.[53] 애정소설은 육체에 대한 언급을 지연시키거나 성애 장면을 축소·은폐함으로써 사랑과 육체가 직접적인 연관이 있음을 보여주기를 꺼려하고 있다.

하지만 육체가 없는 사랑은 애정소설이 표현하고자 하는 바가 아니다. 성애 장면을 비유적인 표현으로 대신한 경우에도 훨씬 감각적이고 자극적인 체험을 할 수도 있기 때문이다. 아래의 표현들은 충분히 성애 장면을 연상시키며 에로틱한 감상을 불러일으킨다.

> 위생이 비록 끌어안아도 처녀는 부끄러워 눈썹을 지긋이 들어올리기는 했으나 눈길은 은근하였으며, 몸은 가벼운 버들개지처럼 가눌 수 없는 듯 하였다. 위생은 봄구름이 피어나듯 멈추지 않고 짙은 애무를 계속하다가 마음이 흡족해진 뒤에야 끝내었다. (〈위경천전〉)[54]
>
> 선화는 짐짓 못 들은 체 하면서 즉시 촛불을 끄고 잠자리에 들었다. 주생은 방안으로 들어가 선화와 동침을 하였다. 선화는 나이가 어리고 몸이 허약해 정사를 감당하지 못하였다. 그러나 옅은 구름 속에서 가랑비가 내리고, 버들가지가 하늘거리며 꽃이 교태를 부리듯이 향기로운 울음소리로 속삭이는가 하면, 잔잔하게 미소 짓거나 얼굴을 살짝 찌푸리곤 하였다. 주생

其喜可知)."
51) "그래서 같이 동침을 하게 되었다. 애타게 사모하던 끝에 그 기쁨이야 오죽하였으리오."
52) '서로 정이 깊이 들어 떨어지지 않는 모양'이란 뜻의 숙어이다.
53) 심경호 옮김, 같은 책, 63쪽. "그 두 사람은 거기서 보통 사람과 조금도 다름없이 남녀의 즐거움을 나누었다(相與講歡, 一如人間)."
54) 이상구 역, 같은 책, 77쪽. 원문은 "生押雖之, 羞眉懶擡, 眠波依微, 體若輕楊, 如不能 堪. 生春雲蕩漾, 濃態未停, 極盡繾綣而罷".

은 벌이 꿀을 탐하고 나비가 꽃을 사랑하듯이 정신이 혼미하고 화락하여 날이 새는 것도 깨닫지 못했다.   (〈주생전〉)55)

이처럼 오랜 지연 끝에 단 한 번으로 끝나고 마는 성애 장면들은 작품 전체의 분량이나 의미화 과정에서 그다지 큰 비중을 차지하지 않는다. 그럼에도 불구하고 텍스트 전체의 해석을 뒤집는 역할까지도 할 수 있었다. 실제로 많은 사람들이 애정소설 작품들을 음탕한 것, 부도덕한 것으로 읽었는데 그 원인은 크게 두 가지로 꼽을 수 있다. 첫 번째는 앞서 말한 바와 같이 '중매 없는 남녀의 만남'이 규범으로부터 일탈된 것으로 생각되었기 때문이며, 두 번째는 여기서 말한 바와 같이 정사 장면의 묘사가 사람들로 하여금 음탕한 것에만 주의하게 하는 것으로 생각되었기 때문이다. 이 두 가지는 당대 담론이 요구한 적합성의 기준에서 크게 벗어난다. 애정소설에도 적합성이란 기준이 요구되었다는 사실은 애정소설이 읽히는 방식이 크게 제한되어 있었음을 암시한다.

애정소설은 분명 사랑의 문제를 다루고 있으면서도 육체에 대해서는 대부분 비유와 연상으로 만족했다. 그리고 육체에 대한 언급이 불가피할 때는 요약이나 은유와 같은 '감춤'의 기제를 통해 표현했다. 그러나 그것이 아무리 지연되고 감추어져 있더라도 정사 장면에 이르러서는 육체에 대한 연상 능력을 충분히 발휘하게 만들고 있음을 부정할 수 없다. 이것은 당대 사회로 봤을 때는 오히려 대담한 노출의 시작이었다. 19세기로 가면 우리는 좀 더 노골적 육체를 만날 수 있을 것이다. 위와 같은 은유적 표현은 짧은 순간이나마 육체에 대한 '노출'을 감행하여 사랑에 육체가 있음을 확인시키고 리얼리티를 부여했다. 하지만 대

---

55) 같은 책, 50쪽. 원문은 "仙花佯若不聞, 卽滅燭就睡. 生入與同枕, 仙花稚年弱質, 不堪情事, 微雲細雨, 柳嫩花嬌, 芳啼軟語, 淺笑輕顰. 生蜂貪蝶戀, 意迷神融, 不覺近曉".

부분의 애정소설 작품들은 단 한 번의 정사 장면만을 그리고 있을 뿐, 그 다음은 시련과 고통, 비극적 결말만을 남겨둔다. 여기서 우리는 애정소설의 비극적 결말을 교훈적 요소로 끌어들이는 정론(正論)적 독법을 만나게 된다.

4. 애정소설이 '가르친' 것-감정교육

　애정소설에 대한 평가는 그것이 유행하던 당시부터 문제적인 것이었다. 실제로 애정소설은 남녀의 만남이나 정답게 주고받는 말, 그들의 자태에 대한 묘사가 곡절하고 살아있는 듯하여 사람들을 '음란'한 것에 주목하게 만든다고 생각되었다. 따라서 애정소설이 순수하게 무엇인가를 '가르치고' 있다고 보기는 어려웠다. 그런데도 이런 '음란한' 글을 교훈적으로 읽을 수 있었다면, 우리는 애정소설에 대해 쓰인 '음란'이란 말이(부정적인 의미를 동반하면서도) 단순히 어떤 특정 유형의 글을 가리키는 말로 사용된 것은 아닌가 짐작해볼 수 있다. 즉 이 말이 도덕적 평가를 의미하는 데까지 이르지 않고 어떤 유형의 글에 대한 인상적 느낌을 즉각적으로 표현한 말일 수 있다는 것이다. 흔히 애정소설 독자들은 '음란'이라는 첫 느낌과 함께 또 다른 느낌들-가령 앞서 말한 '슬픔'이라든지 '문장의 고아함'이라든지 '기이함', '즐거움', '기쁨' 등의 다양한 감정과 평가-을 동시에 표현할 수 있었다. 가장 강력한 기준이라 할 수 있는 '명교(名敎)'가 엄연히 존재하고 있는데도 애정소설류의 글이 널리 읽힐 만한 가치가 있었다면, 이는 무언가 '명교'가 가르칠 수 없는 다른 것을 애정소설이 가르칠 수 있었다고 보았기 때문이다.

애정소설은 다른 어떤 종류의 글보다도 독자들에게 감정적인 체험을 가능하게 해주었을 것이라 생각할 수 있다. 〈주생전〉에서 주생의 이야기를 기록한 '나'가 "그들의 기이한 만남과 아름다운 기약에 슬픔을 금할 수가 없었다"56)고 한 것이나 〈운영전〉에서 유영이 김생과 운영의 이야기가 기록된 책자를 펼쳐보고 망연자실하여 침식을 잊어버린 것을 보면 애정소설의 독자들은 애정소설에 나타난 이루어지지 않는 사랑을 통해 슬픔이 주는 감정의 폭을 체험하게 되었던 것 같다. 단순히 애정소설의 결말이 비극으로 끝날 때만 비극성을 주는 것은 아니었다. 때로는 원만하게 화합하고 때로는 비극적인 결말을 맺게 되는 서로 다른 신분의 남녀 결합은 그 결과가 아니라 과정에서 당대인들에게 비극성을 체험하게 해주었을 것으로 보인다. 뿐만 아니라 당대의 도덕이 주는 제한을 더 강하게 느끼는 역할도 하였을 것이다. 애정소설은 당대 가치관을 뒤엎는 것이 아니라 그것이 얼마나 강한 것인가를 느끼게 해줌으로써 역설적으로 당대 가치관에 반발했다고 할 수 있다. 애정소설이 당대 사회에 대해 독자들로 하여금 무언가를 강하게 느낄 수 있도록 만들어주었다면 그 기제는 '저항'이 아니라 '슬픔'이었다. 애정과 슬픔이 결합되는 것, 이것이 바로 애정소설이 보여주고 있는 '사랑'에 대한 이해이다. 애정소설을 읽는 독자들은 '사랑'이 일으킨 비극성에서 교훈적인 요소를 발견했던 것이다.

이와 같이 애정소설이 '가르친다'는 것은 그것이 유교적 이데올로기를 전파한다거나 아니면 단순히 그런 모양으로 포장되어 있음을 의미하는 것이 아니었다. 만약 그렇다면 지금까지 애써 말한 애정소설의 관습들은 그 존재 의미를 잃어버릴 것이다. 그보다는 '새로움'과 '교훈' 두

---

56) 같은 책, 67쪽. 원문은 "歎奇遇而愴佳期".

가지를 포함한 '가르치는' 방식이 애정소설의 독서 관습에 반영되어 있었다고 말하는 것이 더 사실에 가깝다. 〈심생전〉처럼 교훈적인 것을 언급하는 논평이 포함되어 있는 경우에도 애정소설에 해당하는 작품을 독자들이 어떤 이유에서 '교훈적으로' 읽었는지는 쉽게 단언할 수가 없다. 다만 애정소설 작자들에게도 풍속과 교화에 어긋나지 않고 명교를 손상시키지 않아야 한다는 최소한의 의무가 따라다녔다는 사실과, 실제로 많은 작가들이 서(序)나 발(跋)을 통해 사람들의 마음에 유익한 바가 되고자 했다는 의도를 밝혔던 사실로 미루어, 기본적으로 애정소설은 고급한 독서 관습을 바탕으로 만들어진 교훈적인 장르의 형태를 띠는 경우가 많다고 할 수 있다. 그러나 애정소설의 이면에 깔린 이러한 독서관습은 애정소설에서 교훈을 찾는 방식을 대단히 상투적이고 자의적인 것으로 보이게 만든다. 따라서 우리가 애정소설이나 그와 관련된 주석에 표현된 대로 그 교훈적 의미를 표면적인 데서 찾으려 한다면 당대의 복합적인 문화 관습을 제대로 읽어낸 것이라 할 수 없다. 조선시대 애정소설은 독자들에게 '명교'로는 얻을 수 없었던 '감정교육'의 기능을 담당했다고 할 수 있다. 여기서 말하는 '감정'이란 것은 인간의 다양한 모든 감정을 포괄하는 것이 아니라 사랑이라는 특수한 감정 상태를 이르는 것으로, 그 교육적 효과는 '기이'나 '망연자실' 등의 말에서 보이는 것처럼 '허무'와 '환멸'에 가까웠다. 애정소설의 사랑은 독자들이 꿈꾸는 대상이 아니라 엿보는 대상일 뿐이다. 그들이 거기서 느끼는 것은 사랑이 감정을 지나치게 낭비하여 피곤하고 고통스런 과정이라는 것, 욕망은 사랑의 감정이 일어날 때까지 기다려주지 않는 순간적인 감정일 뿐이라는 사실이다. 이런 것을 느끼게 되었다면 애정소설은 비극성을 통해 공식적으로 무언가를 가르쳤다고 볼 수 있는 것이다. 그 외 애정소설에 대해 자주 언급되는 '기이'하고 '새로운' 느낌은 처음 보는 낯선 것에 대한 감정 표현일 뿐 아니라 특정한 유형을 맞닥뜨릴 때마다 그렇다고 느끼는 일상적인 감정으로 이해될 수 있다. 먼저 이 감정을 통해 애정소설임을 감지하고 '허망' '탄식' 등의 '감정교육'을 통해 현실의 냉혹함을 느끼는 것, 이것이 애정소설이 '가르치는' 방식이었다고 할 수 있는 것이다.

애정소설은 하나의 낭만적 장르로서 그 한계 역시 분명하다 할 것이다. 애정소설에서 형상화되는 전형적인 남성상과 여성상은 당대의 사회적 맥락에다 어느 정도의 환상을 가미해서 탄생한 이상형에 가깝다. 이러한 사실은 애정소설이 당대에 한 역할이 자유로운 애정이 억압받는 조건을 보여주는 데 있는 것만은 아니라는 점을 환기시킨다. 애정소설이 간접 체험하게 만드는 감정이나 사랑의 강도 역시 당대 사회에서 발생한 남녀관계의 변화를 암시하면서도 그 안에서는 기존의 질서가 오히려 강화되고 있었다. 그러나 우리는 복합적인 문화적 산물로 애정소설을 봄으로써 당대 현실의 변화와 한계를 동시에 체험해볼 수 있어야 할 것이다. 애정소설의 교훈적 역할이란 것도 당대의 공식적 맥락 속에서 변화된 지점들을 포착해야만 이해될 수 있는 것이기 때문이다.

이 글에서는 19세기 작품들을 본격적으로 다루지 못했는데 분명 19세기 작품들에 나타난 사랑과 성애의 모습 중에는 여기서 다룬 작품들과 다른 지점이 발견된다. 여기서 다룬 작품들과 19세기 작품들이 어떤 연관 관계를 갖는지 밝히는 것도 중요한 과제 중 하나이겠지만 이 논문은 사랑이 보여주는 공통적인 문화적 양상을 다루다 보니 언급하지 못했다. 하지만 그 변화는 애정 전기 소설에서 전기성이 갖는 모습이 달라지고 그 양상이 사라지는 것과 병행해서 접근할 수 있을 것이다. 다

만 19세기 작품들에서 발견되는 그 변화란 것을 그 이전의 애정소설들
과 한 맥락에서 다뤄볼 수 있는 점만을 짧게 덧붙이고자 한다.

　19세기 작품인 〈절화기담〉과 〈포의교집〉에는 좀 더 적극적이고 과감
한 새로운 유형의 여성주인공이 등장하고 있는데 이를 통해 19세기에
일어난 변화를 체험해볼 수 있다.[57] 오늘날의 시점에서 이 이야기들을
조선시대의 다른 이야기들과 비교해 본다면, 유교적 정절 이데올로기
에 매몰되지 않은 '진일보'한, '오늘날과 비슷한' 사랑이야기로 보이기
도 할 것이다. 하지만 '아래서 위로'의 시점이 아니라 '위에서 아래로'의
시간적 흐름에서 본다면 이 변화는 매우 자연스러운 것이다. 이 두 작
품에 나오는 인물들은 존경할 만한 데나 주인공다운 데가 없어 이미
'고상한' 재자가인적 풍모를 가지고 있지 않다. 하지만 다시 생각해보
면 이전의 애정소설에서도 재자가인적 풍모가 형식적인 데 그치는 경
우가 많았으며 이 두 작품의 주인공들 역시 외양적으로는 그러한 모습
을 여전히 갖추고 있다. 또한 이미 혼인한 하층 신분의 여성이 사랑의
주인공으로 등장하여 이 이야기들은 불륜을 소재로 한, 전혀 교훈적인
면모가 없는, 고상하지 않은 이야기로 생각될 수 있다. 하지만 교훈이
란 것을 '정절'이나 '충효'와 같은 고정된 몇 가지 관념을 계도하는 것만
으로 한정지어 생각하지 않는다면 여기서 교훈이란 것이 갖는 의미는
다각화될 수 있다. 앞서 말했듯이 이전의 애정소설 역시 '정절'을 가르
치는 주된 내용으로 삼지는 않았다. 그것은 하나의 선택 사항처럼 인용
되는 일종의 상징적 코드였다. 정절에 관한 여러 가지 표현들은 당시의
사회적 가치관을 상징하는 비유적 표현이었던 것이다. 그에 비해 이 두

---

57) 두 작품에 대해선 김경미·조혜란 역주, 『19세기 서울의 사랑 : 절화기담, 포의교집』,
　　여이연, 2003 참조.

작품은 상징적인 의미 층위가 사라지고 없다는 점에서 분명 앞선 작품들과 다르다. 그러나 문장의 표현이나 주제적 기능에 있어서는 거의 달라지지 않았다. 기이한 이야기와 볼거리에 대한 놀라움이나 허망한 사랑의 결말에 대한 탄식 역시 이 두 작품에서도 여전히 살아있는 공통적 요소이다. 달라진 게 있다면 상징적 의미 층위가 사라지거나 고상함의 결이 얇아진 것이지 19세기의 시대적 변화에 따라 근대적 면모를 보여준 것이라 말하는 것은 역시 소급적 해석의 우려가 있다. 결국 이 두 작품도 스타일의 차원에선 여전히 전대 조선시대 애정소설과 같은 맥락에 놓여 있다.

조선시대 애정소설은 '사랑'이라는 주제를 통해 당대 사람들이 원망(願望)하는 공간으로서 하나의 장르적 역할을 감당했다. 또한 일상적이고 관습적인 애정 관계의 여러 장면들을 함축하면서 당대 독자들의 심미적 반응을 또 하나의 관습으로 수용하고 있었다. 애정소설 속에 그려진 낭만적 사랑은 이상적인 것에 가깝기는 하지만 그렇다고 진정한 결혼을 이루는 요소가 되지는 않았다. 오히려 그러한 환상 속에서 남녀가 서로를 이해하지 못하게 만드는 불안요소로 작용하기도 했다. 조선시대 애정소설은 결국 '사랑의 실패에 대한 이야기'였다고도 할 수 있다. 그러나 남녀의 만남과 헤어짐, 기쁨과 슬픔, 인생의 성쇠를 보여줌으로써 인생과 감정에 대한 간접체험의 역할을 충분히 감당할 수 있었다. 그것이 희망과 꿈의 경험이 아니라 허망과 탄식의 경험이었다 하더라도 오히려 바로 그것이 '교훈'적인 문학 관습 속에서도 살아남을 수 있었던 애정소설의 힘이었다고 해야 할 것이다.

19세기 소설에 나타난 여성 섹슈얼리티

김경미

1. 서론

　조선시대의 사회와 문화를 다룬 지금까지의 연구에서 성(性)의 문제는 본격적인 주제가 되지 못했다. 유교가 지배했던 조선 사회를 바라보는 연구자의 시선 역시 고정되거나, 이념적인 데 얽매어 있었기 때문이다. 그런 점에서 유교는 욕망의 억압을 전제한다는 고정된 공식, 즉 유교 속의 성에 대한 '억압가설'이 당대의 고유한 형식 속에서 욕망에 대한 무수한 담론을 양산한 조선시대 문화의 심층으로 나아가는 것을 막는 장애물이 아니었는가 하는 문제 제기[1]는 귀담아 들을 만하다. 더욱이 지배 이념으로서 유교가 완전히 정착되기까지 수백 년이 걸렸음에

---

1) 서지영, 「규범과 욕망의 틈새」, 『한국고전연구』 15, 한국고전연구학회, 2007, 242쪽. 푸코는 '억압의 가설'을 제시하면서 성의 억압이 정말로 자명한 역사적 사실인가? 권력의 역학 특히 사회 안에서 작용하는 역학은 본질적으로 억압적 차원의 것인가? 억압을 비판하는 담론은 그때까지 이의 없이 기능해 온 권력의 기제를 가로질러 그것의 통로를 차단할 것인가? 하는 세 가지 질문을 제기하였다. 그리고 이 질문들의 목적은 가설이 틀렸다는 것을 입증하는 것이 아니라 왜 성적 욕망이 이야기되어 왔으며, 무엇이 말해졌으며, 여기서 권력은 어떤 작용을 했는가, 그로부터 어떤 지식이 형성되었는가를 보는 것이라고 하였다. 이러한 질문들은 조선후기 성 담론을 살피는데도 유효한 질문이 될 것이다. 미셸 푸코, 이규현 역, 『性의 역사』 제1권, 나남, 1991, 30~31쪽.

도 조선 사회의 성격을 유교적 사회였다는 하나의 잣대로 설명하는 것이야말로 조선사회를 단조롭게 만들어버리는 비역사적 태도이기 때문이다. 실제로 조선시대 내내 성에 관한 담론은 유교와의 길항 속에서 계속해서 만들어져 왔다. 그 예로 조선전기 이후 등장한 소화나 골계담이 성에 관한 내용으로 채워져 있고, 심지어는 성기를 의인화한 가전(假傳)까지 창작되었으며, 전기소설은 성적인 충동이 중요한 모티브로 사용하고 있는 것을 들 수 있다. 그러나 이는 주로 남성들이 주체가 되어 한 이야기들로서 이 작품들을 쓰고 향유한 남성 사대부들이 성에 대해 거리낌 없이 이야기하고 즐길 수 있는 위치에 있었음을 보여준다. 물론 이들이 이야기하는 과정에서 유교적 이념으로부터 오는 제약이나 자체 검열이 작동했을 것이다. 그랬기에 이들은 이를 공식적인 자리에서는 이야기하지 않았고 정색하고 이야기하지 못하고 웃음에 얹어서 이야기하거나 은유적으로 이야기했던 것이다. 그런데 조선후기에 오면 사정이 달라지는 것을 볼 수 있다. 무엇보다도 조선후기의 장르를 대표하는 사설시조나 판소리 및 소설 속에 노골적인 성적 욕망이나 성애에 대한 관심이 두드러지고 그에 대한 묘사가 직접적으로 이루어진다는 점이다. 이러한 흐름은 조선 사회와 문화의 저변에 흐르고 있는 새로운 기류를 보여주는 것으로 연구자들의 새로운 관심을 촉구한다.

이 중 남녀 풍정을 다룬다고 해서 지배 권력으로부터 배척의 대상이 되고, 내내 불편한 관계에 있었던 소설은 성 담론의 한 형태로 주목할 만하다. 조선후기 소설에 등장하는 새로운 인물들은 다른 삶의 지향을 갖고 있거나, (비록 좌절할지라도) 일단은 다른 삶의 양식을 택한다. 몇 가지 예만 들어보면 〈심생전〉의 남녀 주인공이나 〈포의교집〉의 이생이나 초옥, 〈절화기담〉의 이생이나 순매 같은 인물들이 그들이다.[2]

이들의 새로움은 이들의 성적 욕망이나 성정체성과 관련된다. 이 인물들이 선택한 삶의 지향이나 양식은 각 개인의 섹슈얼리티에 대한 태도를 반영하며, 그 시대의 문화나 규범적 이데올로기와 길항하거나 갈등 관계에 놓이기도 한다. 이런 이유로 섹슈얼리티는 조선후기의 사회나 문화, 그리고 개인을 이해하는 데 중요한 지점을 제공한다. 필자는 섹슈얼리티를 성적인 욕망들, 성적인 정체성 및 성적 실천을 포괄하는 개념으로 사용하며, 이 때 성이란 다양한 사회, 문화적 맥락 내에서 다른 사회와의 상호작용을 통해 구성된다는 입장을 취한다.

개별 장르 연구에서 이 부분에 집중하여 진행해 온 논의는 성의 문제를 주로 인간의 본능이나 욕망의 문제와 연결하여 인간성 긍정 및 근대성의 표지로 읽어내는 경우가 대부분이었다. 그런데 인간의 성은 비단 본능이나 욕망의 문제가 아니라 사회적이고 문화적인 함의들, 다양한 사회적 힘, 권력과 담론들의 관계에서 생겨나는 것으로, 성이란 '자연적'인 현상이 아니라 사회적, 역사적 힘의 산물[3], 즉 사회적 구성물이다. 따라서 성을 표현하는 양식도 기본적으로 당대의 사회, 문화적인 틀뿐만 아니라 구체적으로는 각 개인의 삶의 양식과도 연관되며, 섹슈얼리티에 대한 논의도 매우 복잡한 양상을 띠게 된다. 즉 섹슈얼리티는 억압과 해방의 문제를 넘어서는 정치적인 문제이며 미시적 권력 관계를 보여주는 문제인 것이다. 이는 곧 섹슈얼리티, 성 담론의 문제는 문화적인 데 국한시켜 다루어질 수 없다는 뜻이기도 하다. 따라서 조선후기가 직면했던 사회경제적 변화를 비롯하여 유교 이데올로기의 변화

---

2) 한문소설 이외에 〈숙영낭자전〉의 백선군, 〈방한림전〉의 방관주, 〈변강쇠가〉의 변강쇠나 옹녀 등도 여기에 속한다.

3) 제프리 윅스, 서동진·채규형 역, 『섹슈얼리티 : 성의 정치』, 현실문화연구, 1997, 18쪽.

및 가부장제의 강화 등 조선후기 사회의 일상을 구성한 다양한 요소들과 관련하여 설명될 때 성 담론에 대한 설명은 충분한 설득력을 가질 수 있을 것이다.

또한 필자는 성 담론을 근대성의 표지로 받아들이고 그러한 성적 욕망을 20세기 이후, 특히 1930년대 소설에서 찾는 논의4)에 대해서도 문제를 제기하고자 한다. 성적 욕망이 근대성의 형성과 긴밀한 상관관계를 갖는다는 점에는 동의하지만, 그 형성과정에 대한 역사적 고찰이 필요하다고 보기 때문이다. 성적 욕망이 근대성의 형성과 긴밀한 상관관계를 갖는다면, 성적 욕망이 전근대성의 해체와도 긴밀한 상관관계를 갖는다는 역이 성립될 수 있을 것이고, 그 해체의 과정은 새롭게 형성될 근대성의 방향과 역시 긴밀한 상관관계를 가질 것이기 때문이다.

본고에서는 18, 19세기 한문소설을 중심으로 성 담론이 구성되는 방식을 다루고자 한다. 한문소설에 주목하는 것은 창작층과 독자층의 측면에서 국문소설과는 다른 측면이 있다고 보기 때문이다. 성에 대한 관심과 논의는 조선전기 이전부터 끊이지 않고 이어져 왔으나 조선후기에 오면 이것은 성 담론의 형태를 띠기 시작하는 것으로 보인다.5) 담론의 측면에서 볼 때 중요한 것은 그것이 누구에 의해 만들어졌고, 어떻게 구성되었는가, 권력은 어떤 작용을 했으며, 이를 통해 성에 대한 지

---

4) 심진경, 앞 책, 26쪽.
5) 리타 펠스키는 서구에서 성적 욕망이 정체성의 근본적인 지표이자 자아 진리의 핵심으로 등장하는 것은 근대사회에 와서라고 보고 있고, 푸코 역시 성을 근대문화의 근본적이고도 본질적인 범주로 설정하고 있다. 푸코에 의하면 섹슈얼리티는 근대에 들어와 공공연하게 알려지면서 개인의 행동, 인격, 자기 정체성을 분류하는 기준이 되었다. 즉 남성/여성, 혹은 이성애/동성애와 같은 성적 주체성의 문제는 이제 인간의 모든 경험의 핵심이자 진리체계의 근원을 이루는 것으로 받아들여졌다. 심진경, 『한국문학과 섹슈얼리티』, 소명출판, 2006, 12~13쪽. 필자는 조선후기에 오면 성적 욕망에 대한 자각이 이루어지고 다른 성정체성에 대한 인식이 형성되기 시작한다고 보기 때문에 성 담론이라는 용어를 쓰기로 한다.

식이 어떻게 형성되었는가의 문제일 것이다. 이 글에서 이 문제들을 모두 해결할 수 없음은 자명하다. 그 한 방편으로 이 글에서는 우선 18, 19세기 한문소설을 중심으로 성 담론의 특성과 섹슈얼리티의 구성 방식을 보고자 한다. 이를 위해 먼저 18,19세기 성 담론의 특성을 살펴보고 소설이 섹슈얼리티를 어떻게 전면화하고 있는지, 그리고 이 시기 한문소설이 재현하고 있는 성 담론은 어떤 방식으로 구성되었는지를 보기로 한다.[6]

2. 조선후기 성 담론의 특성과 섹슈얼리티의 재현

조선후기 성 담론의 특성을 이야기하기에 앞서 잠시 조선후기의 성격에 대해 간단하게 언급하고자 한다. 이는 왜 하필 18, 19세기를 중심으로 성 담론을 다루는가에 대한 답이기도 하다. 조선후기는 상업의 발달, 연행과 사행을 통한 중국과 일본 문화의 유입, 경세력을 기반으로 한 중인계층과 경화세족의 계급적 안정을 배경으로 한 도시(특히 서울) 유흥의 발달이 이루어졌던 시기이다.[7] 18세기 서울은 상업 발달로 인해 중세의 왕도에서 점차 상업도시로 전환하였다. 상업 발달로 인한 경

---

6) 고소설에 나타난 섹슈얼리티의 문제는 김경미, 「19세기 소설사의 한 국면—성표현 관습의 변화를 중심으로」, 『한국고전연구』 9, 한국고전연구학회, 2003 ; 유광수, 「옥루몽, 성애 표현의 서사적 기능과 은폐된 폭력성」, 『한국고전여성문학연구』 10집, 한국고전여성문학회, 2005 ; 조혜란, 「고소설에 나타난 남성 섹슈얼리티의 재현 양상」, 『고소설연구』 20, 한국고소설학회, 2005 ; 서지영, 「규범과 욕망의 틈새」, 『한국고전연구』 15, 한국고전연구학회, 2007 ; 이상구, 「고소설에 나타난 성적 욕망과 좌절」, 『고소설연구』 25, 한국고소설학회, 2008 등이 있다.

7) 여항문화와 경화세족의 문화에 대해서는 강명관, 『조선후기여항문학연구』, 창작과비평사, 1997 ; 『조선시대 문학예술의 공간』, 소명출판, 2001 참조.

제적 풍요가 고루 분배된 것은 아니었지만, 그 결과는 서울 주민들을 사치 풍조에 젖게 만들었다. 또한 화폐 경제의 성숙으로 서울은 화폐경제가 모든 것을 지배하는 사회가 되었다. 따라서 서울 사람들의 주요한 갈등도 대부분 경제적 이해관계를 둘러싸고 일어났다. 18세기 서울의 상업 발달과 더불어 경화사족이라고 불리는 층들은 권력과 동시에 상당한 부를 축적한 세력으로 자리를 잡았다. 이들의 부의 기초는 권력을 이용한 토지 겸병이 아니라 상업 유통 과정에서 발생하는 이윤이었다.[8] 여항인들은 18세기 상업도시 서울이 배출해낸 새로운 인간 유형으로 도시적 삶을 즐길 만한 경제적 부와 시간적 여유, 그리고 일정한 지식을 소유한 계층이었다.[9] 18세기의 이러한 문화 지형은 19세기에 들어와서도 크게 달라지지 않았을 것으로 생각된다.

조선후기 활발하게 전개된 것으로 보이는 성 담론은 서울의 상업 도시로의 전환과 무관하지 않을 것으로 보인다. 이러한 변화 속에서 '성적인 것'들이 문화에서 모습을 드러내기 시작했는데 그것이 춘화도의 유행과 음사소설의 성행이다. 춘화도와 음사소설은 거의 같은 층위의 성 담론으로 수용되었을 것으로 보이는데, 이것들이 서울의 도시적인 분위기 형성과 관련이 있음은 문한명(1839~1894)이 집주한 〈후탄선생 정정주해 서상기〉에 "남녀가 서로 안고 사랑을 나누는 장면을 그린 것을 춘화도라 한다. 요즘 경성이나 번화한 곳에 이런 게 있다."[10]고 전한 것을 통해 알 수 있다. 중국으로부터 유입된 음사소설과 중국 및 일본으로부터 유입되었을 것으로 보이는 춘화도의 수용이나[11] 섹슈얼리

---

8) 고동환, 『조선시대 서울도시사』, 태학사, 2007, 190~193쪽.
9) 강명관, 앞의 책, 1997 ; 고동환, 위의 책, 213.
10) 정용수 역, 『후탄선생정정주해』, 국학자료원, 2006, 513쪽.
11) 이 부분에 관한 논의는 김경미, 「음사소설의 수용과 19세기 한문소설의 변화-〈금병매〉

티의 실천도 노동으로부터 면제되고 경제적인 토대가 있어야 가능한 것이다.

조선후기 성 담론의 형성은 위에 언급한 변화들과 관련되어 있다. 여기서는 그간에 이루어진 연구결과들을 토대로 그 특성을 네 가지로 정리하고자 한다.

첫째, 정에 대한 긍정을 토대로 남녀의 정욕을 본연적인 것이며 가장 진실한 것으로 파악하기 시작했다. 연암이 조선의 열녀 전통에 비판적이었던 것도 바로 이 정에 대한 인식과 긴밀한 관련이 있다. 조선후기 성 담론과 관련하여 가장 주목되는 논의를 펼친 사람은 이옥이었던 것으로 보인다. 그는 음사소설로 지목되었던 〈금병매〉나 〈육포단〉 같은 소설을 긍정적으로 평가했을 뿐만 아니라 다음에서 보듯 남녀의 정욕을 긍정하였다.

대저 천지만물에 대한 관찰은 사람을 관찰하는 것보다 더 큰 것이 없고, 사람에 대한 관찰은 정(情)을 살펴보는 것보다 더 묘한 것이 없고 성에 대한 관찰은 남녀의 정을 살펴보는 것보다 더 진실된 것이 없다. 이 세상이 있으매 이 몸이 있고, 이 몸이 있으매 이 일이 있고, 이 일이 있으매 곧 이 정이 있다. 그러므로 이것을 관찰하여 그 마음의 사정(邪正)을 알 수 있고, 그 사람의 현부(賢否)를 알 수 있고, 그 일의 득실을 알 수 있고, …… 그 시대의 오륭(汚隆)을 알 수 있다.[12]

를 중심으로」, 『고전문학연구』 25, 2004 참조.

12) 이옥, 二難, 〈俚諺〉, 『이옥전집』 2, 295~298쪽, "夫天地萬物之觀, 莫大於觀於人, 人之觀, 莫妙乎觀於情, 情之觀, 莫眞乎觀乎男女之情. 有是世, 有是身, 有是身, 有是事, 有是事, 便有是情. 是故, 觀乎此, 而其心之邪正可知, 其人之賢否可知, 其事之得失可知, …… 其世之汚隆可知矣." 『이옥전집』 3, 228쪽.

이옥은 천지만물 즉 세계를 이해하는 데 가장 긴요한 것으로 사람을 놓고 있고, 사람을 이해하는 데는 정을, 정을 이해하는 데는 남녀의 정을 긴요한 것으로 놓고 있다. 이 말은 곧 마음의 사정, 사람의 현부, 일의 득실, 시대의 성쇠 등 도덕이나 치세와 같은 유교적 가치를 나타내는 말로 이어져서 결국 남녀의 일을 풍속의 하나로 만들고 있다. 이옥 역시 유교적 이데올로기의 하중을 벗어나지 못하고 있다는 증거이다. 그러나 여기서 주목할 것은 정 가운데서 남녀의 정을 확실하게 지목하고, 이것이 문학의 제재나 주제로 들어가는 것에 대해 적극적으로 긍정하고 있다는 점이다.

그런데 유독 남녀의 정만은 곧 인생의 본연적인 일이고, 또한 천도의 자연적인 이치인 것이다. …… 그러므로 그 마음, 그 사람, 그 풍속, 그 땅, 그 집안, 그 나라, 그 시대의 정을 또한 이로부터 살펴볼 수가 있다. 천지만물에 대한 관찰도 이 남녀의 정에서 살펴보는 것보다 더 진실한 것은 없다. ……그러므로 나는 말한다. 『시』의 正風과 淫風은 시가 아니라 곧 춘추이다. 세상이 일컫는바 음사로 가령 〈금병매〉나 〈육포단〉과 같은 류도 모두 음사라고만 할 수는 없다. 그 작자의 마음을 추구해 보면 정풍으로 구분되는 것이라 하더라도 모두 다루지 못할 것이 없다.[13]

이옥은 남녀의 정을 인생의 본래 있는 것, 천도의 자연적인 이치, 그리고 풍속을 반영하는 것이라고 보고 있다. 즉 이옥은 남녀의 정을 본능적인 것이며 사회적인 것으로 파악하는 것이다. 여기서 더 나아가 이

---

13) 이옥, 二難, 〈俚諺〉, 『이옥전집』 2, 295~298쪽, "獨於男女也, 則卽人生固然之事也, 亦天道自然之理也. …… 故其心其人, 其事其俗, 其土其家, 其國其世之情, 亦從此可觀, 而天地萬物之觀, 莫眞於觀男女之情矣. …… 是故, 吾則曰：詩之正風淫風, 非詩也, 乃春秋也. 世之所稱淫史若金瓶梅肉浦團之類, 亦皆非淫史也. 原其作者之心, 則雖謂之正風淫風, 亦無所不可矣."『이옥전집』 3, 228~230쪽.

옥은 인간사회도 천지만물도 남녀의 정을 통해서 볼 때 가장 진실하다고 주장한다. 남녀의 정이 가장 본연적이며 진실하다는 것, 이것이 이옥의 주장이다. 이런 맥락에서 〈금병매〉와 〈육포단〉 같은 작품의 의의가 인정된다. 〈금병매〉나 〈육포단〉은 남녀의 성애가 중심인 소설이다. 〈육포단〉은 중국에서 음서라 불리는 소설들 중 〈금병매〉를 제외하고는 가장 유명한 작품으로, 적나라한 성행위를 표현하고 있어 청나라 초부터 몇 차례에 걸쳐 금서가 된 소설이다. 유교적 관점에서 보았을 때 이 책은 선뜻 긍정하기 어려운 내용을 담고 있다. 그럼에도 이옥은 이처럼 남녀의 정을 다룬 작품이 인정물태의 모든 면을 포괄하여 보여준다고 하며 긍정적인 평가를 내리고 있는 것이다.

둘째, 여성의 섹슈얼리티에 대해 더욱 민감한 반응을 보인다는 점이다. 이는 조선후기 열녀전이 양산되는 한편, 열녀 담론이 해체되는 면모를 통해 알 수 있다. 열녀의 순절은 조선시대 양반 여성들에게 가해진 유교적 도덕률의 폭력성을 보여주는 전형적인 예이다. 열녀전 및 열녀 설화와 같은 열녀 서사는 열녀 혹은 정녀 이데올로기를 통해 여성의 섹슈얼리티를 통제하고, 남편이 죽은 여성의 몸을 탈성화(脫性化)하는 장치로 작동했다. 이는 여성 개인 차원에서 이루어진 것이 아니라 가문의 차원에서 이루어졌고, 그 결과 국가로부터 포상을 받았다. 열녀 담론은 국가 차원에서 여성의 섹슈얼리티를 통제한 것이다. 열녀의 숫자는 성 담론이 형성되는 조선후기에 이르러 줄어드는 것이 아니라 오히려 늘어났다. 열녀전의 창작도 조선후기에 가장 많이 이루어졌으며 개화기까지 지속되었다.

그런데 조선후기에 오면 이러한 열녀 담론에 새로운 변화가 일어난다. 박지원이 〈열녀 함양 박씨전〉 서문에서 심각한 문제 제기를 했고,

정약용이 열녀 이데올로기에 비판적인 견해를 폈다. 그리고 서얼 출신의 작가 김소행은 〈삼한습유〉라는 작품을 통해 열녀전을 패러디함으로써 열녀전을 해체하고자 했다. 박지원은 서문에서는 심각한 문제 제기를 했지만, 그가 남긴 〈열녀 함양 박씨전〉은 전형적인 열녀전이라는 점에서 열녀 담론의 자장에서 완전히 벗어나지 못한 면모를 보여준다. 그러나 여성의 정욕을 인정하고 있다는 점에서 성 담론의 변화를 볼 수 있다. 열녀 담론의 본격적인 해체는 〈삼한의열녀전〉, 즉 〈삼한습유〉에서 일어났다. 죽어서 열녀가 된 여성이 이전에 마음에 두었던 남자와 다시 결혼하게 한다는 설정은 열녀전의 전통에 대한 심각한 문제 제기이고 해체인 것이다. 이는 섹슈얼리티의 통제를 통해 여성을 통제하고자 했던 조선의 지배 권력에 대한 문제 제기이기도 하다.

셋째, 동성애나 다른 성적 취향에 대한 관심과 담론화이다. 중국으로부터 수입된 소설 가운데는 동성애를 비롯하여 성적인 쾌락을 극단적으로 추구한 작품들이 포함되어 있었다. 이 영향 때문만은 아닐지라도 조선후기 기록에는 동성애에 대한 관심이 드러난다. 지금과 같이 동성애라는 말이 존재하지 않았기 때문에 이는 남색(男色), 남총(男寵), 용양(龍陽), 계간(鷄姦), 외색(外色) 등의 용어로 지칭되었다. 그러나 이에 대한 기록은 조선전기 통신사 기록에 거의 빠지지 않고 등장하며, "짐승 같은 일"로 비난되고 있다. 백과전서적 저술을 남긴 이규경은 〈남총〉이란 항목으로 중국의 남총에 관해 장황하게 정리한 뒤에 우리나라의 경우는 짧게 한 문단으로 기록하면서 민간의 무뢰배들이나 사찰의 추한 중들이 이런 짓을 할 뿐이라고 하였다. 여기서 관심을 끄는 것은 그 마지막에 덧붙여져 있는 불서의 말과 〈오잡조〉의 기록이다.

우리나라의 경우는 민간의 무뢰배들이나, 사찰의 추한 중들이 서로 이런 짓을 할 뿐이다. 불서에, 사람의 몸에 성적 흥분을 일으키는 곳이 일곱 군데로 기록되어 있는데, 즉 앞의 음부, 뒤의 항문 및 입과 두 손·두 발의 가운데라고 하였으니, 서역 천축(天竺)에도 이런 풍습이 있는 것이다. 〈오잡조〉에 이르기를, "입으로 침[唾]을 받아먹는 자가 있고, 또한 입으로 오줌을 받아먹는 자도 있으니, 애무해서 성적 흥분을 일으키는 것이야 무어 그리 괴이할 것이 있겠는가." 하였다.[14]

민간의 무뢰배들이나 사찰의 추한 중들이나 하는 짓이라고 하고서 불서에 성적 흥분을 일으키는 곳이라 한 것을 다 기록하고 있다. 또 마조히즘에 해당할 것 같은 성행위에 대해서 기록한 뒤 그에 비하면 애무해서 성적 흥분을 일으키는 것이야 그리 이상할 게 있느냐고 한 것을 그대로 인용하고 있다. 민간의 무뢰배나 사찰의 추한 중들이나 하는 짓이라고 해서 동성애 자체를 타자화시키고는 있으나 그렇게 괴이할 것이 없다는 입장을 취하고 있는 것으로 보인다. 이능화에 의하면 "조선조 철종 말년부터 고종 초까지 대단히 성행했으나 오늘날에는 볼 수 없다"[15]고 했으니 이규경 당시 아마 동성애가 성행했을 것으로 보인다.[16] 이규경의 위 기록은 동성애에 대한 긍정적인 인식은 보여주지

---

14) "我東則閭巷無賴等, 寺刹醜髡, 互相效習而已. 【佛書載人身受婬有七處, 卽前後竅及口與兩手兩足彎也. 此俗, 西域天竺亦有之】 ≪五雜組≫曰: 有以口承唾者, 亦以口承便溺者, 其受婬, 又何足怪也." 이규경, 『오주연문장전산고』 人事篇 / 人事類 性行.

15) 이능화, 『조선해어화사』, 동문선, 18쪽.

16) 동성애에 대한 기록은 당대에는 찾아보기 어렵다. 대신 1930년대에 와서 오히려 조선시대의 동성애에 대해 신랄하게 이야기하고 있는 것을 볼 수 있다. "동성 간의 동성애는 이조시대에 있어서 성황(클라이맥스)에 달"하였는데 "소위 '남색'이라는 것"이다. 이석훈, 「동성애만담2」, 『동아일보』, 1932. 3. 19. 이외에도 「색색형형의 경성첩마굴(妾魔窟) 가경가증(可慶可憎)할 유산급의 행태」(1924년 『개벽』)라는 제목으로 당시 경성 민씨 집안의 남자들과 첩들을 신랄하게 비판하면서 남첩(男妾)이 많은 택영영감과 관계가 있는 '김모', '이모' 등은 당시 요직을 차지하고 있다고 하였다. 신지연, 「1920~30년대 '동성(연)애' 관

않지만 이를 하나의 항목으로 기록하고 있다는 점에서 달라진 태도를 보여준다. 매우 절제된 형태이기는 하나 매죽당 이씨와 조소사에 관한 이야기인 〈좌계부담〉의 기록과 임경주(1718~1745)의 〈매죽당 이씨전〉도 주목되는 자료이다. 위 두 기록은 매죽당 이씨와 조소사의 절친한 우정과 한 사람이 죽자 따라죽었다는 내용을 쓴 것으로 우정의 서사와 연애의 서사를 넘나들고 있다. 〈매죽당이씨전〉에서는 몇 년 뒤에 죽었다고 했지만 조옥잠이 죽은 뒤 안타까워하는 사를 읊었다는 서술 뒤에 바로 피를 토하고 죽었다고 해서 조옥잠의 죽음과 연관이 있는 것처럼 서술하고 있다. 두 기록에서 보이는 그리움과 상실감, 그리고 (情死에 가까운) 따라죽기에까지 이르는 두 사람의 관계는 동성애라는 언어를 갖지 못했기 때문에 친구관계, 우정이라는 말로 표현된 것이지 실상은 동성애적인 관계에 가까운 것으로 보인다.[17] 이상에서 보듯이 동성애에 대해서는 일본이나 중국의 풍습을 폄하하면서 전하거나 우리나라의 경우는 무뢰배들이나 사찰의 추한 중들이 하는 성행위라고 소개하면서 폄하하고 타자화하는 태도를 보인다.[18] 그러나 이 때 거론되는 것은 주로 남성들의 동성애로 이는 일탈적이고 성애적인 부분이 확대되어

런 기사의 수사학」, 『민족문화연구』, 고대민족문화연구원, 2006, 277~278쪽.

17) 이에 대한 자세한 논의는 김경미, 「젠더 위반에 대한 조선의 새로운 상상, 〈방한림전〉」, 『한국고전연구』17, 한국고전연구학회, 2008. 이 두 기록은 두 여성의 관계를 지적인 교유, 우정으로 형상화한다. 이는 조선후기에 활발하게 일어난 우정담론의 한 형태로 볼 수도 있다. 그러나 앞서 〈방한림전〉에서도 보았듯이 우정, 지기라는 말은 동성애적인 요소를 포함한 관계를 지칭하는 데도 곧잘 쓰일 수 있는 언어이다. 따라서 위 두 여성의 관계도 우정이라는 전제 하에 맑고 고상하게 표현되어 있을 뿐이다. 〈방한림전〉에 등장하는 두 여성인물의 관계도 지기나 우정으로 환원된다. 이때 우정, 지기라는 언어는 동성애적인 관계를 은폐하는 언어로 동성애를 탈성화하는 태도를 드러낸다. 이는 여성 동성애의 경우 더욱 우정이나 지기로 받아들이려는 경향이 강한 것과 관련이 있을 것으로 생각된다.

18) 조선 전기에도 동성애에 대한 기록들이 실록에 보이지만 조선후기에 와서 더욱 부정적인 대상으로 파악되고 있는 것으로 보인다.

있는 것을 볼 수 있다.

넷째, 성의 담론화에 대한 유교적 통제가 약화된다는 점이다. 이는 소설이나 사설시조에 섹슈얼리티가 직접적으로 묘사되는 것은 물론 성애에의 탐닉이나 그로 인한 허무주의적인 경향을 담은 기록들이 나온 것을 통해 확인할 수 있다. 이옥이 기록한 〈협창기문(俠娼紀聞)〉의 내용은 조선후기 '새로운' 삶의 태도를 보여준다. 여기서 협창, 즉 협기 있는 기녀로 명명된 기녀는 서울에서 이름난 도도한 창기였다. 그런데 자신의 정인(情人)이 을해년 옥사에 연루되어 제주 관노가 되자 주위 사람들에게 도움을 요청해서 돈을 모은다. 그리고 제주도로 가서 그 사람을 극진히 받들고 서울에 돌아가지 못할 것은 뻔하니 즐기다가 죽자고 제안한다. 그 뒤 매일 화주(火酒)를 마시고 취하면 이끌어 함께 자기를 밤낮을 가리지 않고 했다. 얼마 뒤 정인이 죽자 정성껏 장사를 치러주고 자신도 술을 마시고 한 번 통곡한 뒤 절명했다. 권력으로부터 쫓겨난 남자를 화려하고 풍성하게 대접하고 다시는 중심으로 가지 못할 테니 즐기다 죽기로 한 이 두 사람에게 있어 섹슈얼리티는 권력과의 길항 관계에서 다시 해석될 여지가 있는 것으로 생각된다. 주목되는 것은 이옥이 이 일을 기록으로 남기면서 유교적 윤리의 시선에서 평가하고 있지 않다는 것이다.

이상에서 조선후기의 성 담론의 특성을 살펴보았다. 이를 바탕으로 소설에서 섹슈얼리티가 어떻게 재현되고 있는지를 보기로 한다.

첫째, 성애가 소설의 중심 소재 또는 주제로 부각되고 성애의 장면화가 이루어진다. 이와 아울러 불륜도 자연스럽게 소설의 소재로 자리 잡게 된다. 양반과 유부녀인 천민 여성 사이의 사랑을 다룬 〈절화기담〉이나 〈포의교집〉이 그 예이다. 〈절화기담〉의 경우 서사의 주된 내용은 주인공 이생과 남편이 있는 여종 순매가 주위의 눈을 피해 만나 성애를 이루는 과정이다. 성애 자체가 주인공 남녀 특히 남주인공의 관심사이며, 이들은 사랑의 유희를 위해 전심전력할 뿐이다. 여주인공 순매를 한 번 본 뒤로 순매에게 사로잡힌 주인공 이생은 순매와의 잠자리를 위해 끈기 있게 참고 기다리다 결국은 순매와 잠자리를 갖는다.[19] 사나운 남편의 눈을 피해 숨바꼭질하듯 만나는 이생과 순매에게 도덕률에 속박되어 있는 흔적을 찾기는 어렵다. 이들의 관심은 성애에 있을 뿐이다.

17세기에 창작된 〈주생전〉이나 〈위경천전〉에서 성애에 대한 묘사는 부분적인 데 비해 〈절화기담〉에서는 성애에 대한 묘사가 반복되고 있으며, 이 자체가 주인공의 주된 관심이라는 점에서 차이가 있다. 이러한 양상은 〈옥루몽〉에서 양창곡의 아들인 양기성이 기생인 설중매를 찾아간 대목으로 잘 나타난다.[20] 여기서 더 나아가 〈북상기〉의 예에서 보듯이 포르노그래피에 가까운 성애의 장면화가 이루어진 작품이 창작되었다.[21]

둘째, 성이 백과전서식 설명의 대상이 되거나 구체적인 묘사의 대상이 되고 있다. 김소행의 〈삼한습유〉에는 성에 대한 지식을 백과사전적

---

19) 〈절화기담〉에 나타난 사랑의 성격을 다룬 논문으로는 윤채근(2002), 「〈절화기담〉에 나타나는 환유적 사랑」, 『한국고전연구』 8집이 있다.

20) "양생은 소년이라. 일종의 정욕이 취흥을 따라 일어나는 것을 참을 수가 없어 침상 위에 나아가 원앙이 수놓아진 띠를 풀고, 부용이 그려진 치마를 벗기어 초나라 양대에서 구름과 비가 어우러지듯 엎치락뒤치락하며 사랑을 나누었다. 매랑이 취한 눈이 흐려지고 사지에 힘을 잃었으나 다시 일어나더니 옷을 바로 하고 마음속으로 생각하기를 '다만 일개 미남자인 줄만 알았지 풍정이 이렇듯 보통 사람보다 뛰어난 줄 알았으리오. 저 곽상서 같은 자는 한낱 비루하고 방탕한 사내에 지나지 않는구나' 하였다."(楊生少年. 一種情慾, 隨醉興而難制. 就床上, 解鴛鴦帶, 脫芙蓉裙, 楚天陽臺, 雲雨飜覆. 梅娘醉眼朦朧, 肢體無力, 更起而整齊衣裳, 心中思量, 吾見楊生, 但以爲一個美男子, 豈知風情之如此過人. 如霍尙書者, 一個鄙夫蕩客.) 〈옥루몽〉, 『활자본고전소설전집』, 580쪽.

21) 안대회, 「북상기 연구」, 한국고전문학연구회 발표요지.

으로 보여주고 있다. 성이란 용어가 오늘날처럼 성적인 일체의 것을 환기시키는 것으로 사용되기 시작한 것은 근대 이후의 일이고, 조선시대에는 성이란 용어 대신 '情'이나 '慾' 또는 '色'으로 성적인 것을 표현하거나 음과 양이라는 추상화된 개념을 가지고 성을 설명했다. 〈삼한습유〉에서도 음과 양이라는 추상화된 개념을 동원해서 신체와 남녀의 정욕에 대한 지식을 구성하고 있는 것을 볼 수 있다.

뿐만 아니라 〈오유란전〉에서 보듯 많지 않은 분량이지만 성과 관련하여 육체성을 환기시키고 있을 뿐만 아니라 이를 희화적으로 묘사하고 있다. 〈삼한습유〉가 성에 대해 상당한 분량의 지식을 열거하고 있으면서도 음양을 이용해서 설명하는 등 직접적인 묘사를 피하고 있는 것과는 달리 〈오유란전〉은 짧은 순간이지만 성기나 벗은 몸에 대해 직접적인 묘사를 보여주고 있어 다소 충격적이다. 이 직접성에서 오는 충격을 완화하기 위해 작가는 대상을 희화화시킨다. 〈오유란전〉에서 희화화는 주인공의 허위를 폭로하기 위한 장치로 쓰이고 있는 동시에, 성을 전면화시켜 이야기하는 방식의 하나로 쓰이고 있다. 그리고 이러한 장면은 희화적이기는 하나 성적 존재로서의 인간을 부각시켜 보여주고 있다는 점에서 중요한 의미를 가진다. 게다가 〈오유란전〉에서 성은 놀이의 대상으로 그려진다. 즉 진지한 사랑의 결과로서 성이 등장하는 것이 아니라 놀이의 대상으로 등장함으로써 성의 유희성을 표현하고 있다.

셋째, 몸에 대한 직접적이고 노골적인 묘사가 등장한다. 〈북상기〉, 〈후탄선생정정주해 서상기〉에서 보듯 성행위가 노골적으로 묘사된다. 〈후탄선생정정주해 서상기〉는 〈금산사기〉를 쓴 문한명(1839~1894)이 주해한 것으로 집주 내용 가운데 노골적이고 직접적인 내용이 그대로 들어가 있다.22) 판소리 사설인 〈변강쇠가〉도 그 대표적인 예이다. 〈변강쇠가〉는 성적 존재로서의 인간을 이미지화해서 보여주고 있는 텍스트라 할 수 있다. 그러나 성기로 환원되고 있는 이 강한 이미지를 통해 변강쇠와 옹녀는 특이한 존재로 부각되고 있다. 〈변강쇠가〉는 백주의 성 행위 장면을 보여줄 뿐만 아니라 바로 강쇠와 옹녀로 하여금 서로의 성기를 빤히 응시하면서 이를 직접적이고 노골적으로 묘사하게 하고 있다. 이 장면에 대해서는 사회사적23), 미학적24) 해석이 다양하게 나와 있다. 그런데 여기서 무엇보다 충격적인 것은 노출시키지 말아야 하고 발설하지 않아야 하며 가장 은밀한 것으로 간주되었던 것을 백주에 드러내 빤히 '응시'하고 있다는 것이다.

넷째, 여성의 섹슈얼리티를 전면화시키면서 동시에 타자화한다. 18세기에 기록된 〈환처〉는 여성을 통해 여성의 섹슈얼리티를 전면화시켜 이야기하게 하고 있는 작품이다.25) 임매(任邁)가 편저한 「잡기고담」에 실려 있는 이 작품은 노부부의 결연담으로 그 결연담을 여성이 이야기할 뿐만 아니라 성욕을 있는 그대로 드러내 이야기하고 있다. 〈환처〉는 내시의 아내가 내시의 집을 나와서 다른 남자를 선택하게 되는 과정을 이야기하면서 다른 이야기들에서는 생략되곤 했던 성적인 욕망을 구체

---

22) "이 일이 바로 이루어져 함께 안고 누워 …… 그 기쁨과 재미가 어찌 손가락으로 사정하는 것과 같을 수가 있겠느냐?" 정용수 역, 『후탄선생정전주해 서상기』, 국학자료원, 2006, 470쪽.

23) 서종문, 「변강쇠가 연구」, 『판소리사설 연구』, 형설출판사, 1994, 233쪽. 흔히 '기물타령'이라고 불리는 이 장면은 성기의 장면화라고 할 수 있는데, 이 장면은 비유하고 있는 대상이 제사상에 오르는 것들이거나, 일상생활을 하는 데 필요한 세간살림이라는 점에서 유랑민의 정착의지가 드러난다고 해석했다.

24) 김종철, 「〈변강쇠가〉와 기괴미」, 『판소리의 정서와 미학』, 역사비평사, 63쪽. 남녀 애정 행위의 한 수단이거나 부분일 뿐인 성기를 하나의 작중 사물로서 작품의 전면에 부각시키면서 기괴미를 낳고 있는 것으로 해석했다.

25) 이 작품은 진재교에 의해 소개되었다. 진재교, 「〈雜記古談〉 소재 〈宦妻〉의 서사와 여성상」, 『고소설연구』 13, 2002 참고.

적으로 묘사하고 있다. 이를 통해 여성의 섹슈얼리티가 전면화되어 이야기된다. 그런가 하면 여성의 몸은 대상화되고 물질화된다. 〈후탄선생정정 서상기〉 집주에는 성행위나 쾌락과 관련한 내용들이 종종 나오는데 이때 언제나 남자의 성이 주체가 된다.[26]

　다섯째, 성적 욕망에 충실한 인물들이 등장한다. 앞서 섹슈얼리티가 재현되는 양상을 보면 예교와의 길항이 심각하게 드러나지 않는다. 서울의 경우 도시의 상업적, 유흥적 분위기 속에서 예교에 구속된 삶으로부터는 어느 정도 벗어났을 것으로 보이며, 느슨해진 예교의 틈새로 욕망대로 움직이는 새로운 인간형이 나오게 되는 것으로 보인다. 〈심생전〉의 심생이 임금님 행차를 구경하러 갔다가 돌아가는 길에 역시 구경을 나온 호조 계사의 딸과 마주친 뒤 맹목에 가깝게 따라가서는 한 달 가까이 그 방 문 앞에서 죽치고 앉아 있는 것이 그 예이다. 심생에게는 예교를 의식한 절제란 없다. 잠깐 문을 열어준 여자의 팔을 덥석 붙들고 들어오라고 하기도 전에 방에 들어가 있는 자신을 발견한다. 그럼에도 집에서 산으로 보내자 한 마디 연락도 없이 가서는 여자가 죽었다는 것을 알고 과거를 포기하고 또 일찍 죽는다. 이처럼 심생은 의리보다는 정에 이끌리는 인물이라 할 수 있다. 물론 심생이 끝내 여자와의 행복한 결혼생활을 누리지 못하는 것은 예교를 어긴 대가라 할 수 있겠지만 심생이란 개인에게 있어 중요한 것은 성적 욕망임에 틀림없다. 〈심생전〉은 결과적으로 여성 인물도 관심을 표명하고 죽음에까지 이르는 사

---

26) "분발이란 여색이 생각나 발동하여 양경이 높이 쳐든 상태를 가리킨다. 지두는 불가의 말에 손으로 정액을 쏟아낸다는 말이 있다. 혼자 홀아비가 된 선비나 어린 아이임을 잊은 경우를 '용개'라고 한다. 소핍이란 정액이 떨어졌음을 말한다. 대개 남자가 정에 이끌리면 남녀관계를 맺으므로, 비록 하루에 몇 번이라도 정액을 쏟게 되지만, …… 이치상 그렇다." 정용수 역, 『후탄선생정전주해 서상기』, 국학자료원, 2006, 425쪽.

랑을 하는 것으로 결구하고 있다. 그러나 심생의 행동은 일방적이다. 여주인공은 추문이 날 것을 우려하여 어쩔 수 없이 심생을 받아들인다. 그럼에도 이와 같은 행동에 대해 이옥은 진실로 꼭 이루겠다는 뜻을 세우면 규중의 처자라도 오히려 감동시킬 수 있다는 서당 선생의 말로 자신의 입장을 대신하고 있다. 심생의 태도는 〈주생전〉의 주생이나 〈위경천전〉의 위생이 보여준 일방적인 태도와 같은 선상에 있다. 이는 이는 남성의 성적 욕망이 허용되는 분위기 속에서 남성 섹슈얼리티가 폭력적인 성격을 띠게 되는 것을 보여준다.

3. 조선후기 한문소설의 섹슈얼리티 재현 방식

성 담론을 논의할 때 중요한 것은 그것이 어떤 양상으로 드러났느냐가 아니라 어떤 방식으로 구성되었는가의 문제이다. 다시 말해 섹슈얼리티가 누구의 입장에서 구성되었으며, 어떤 방식으로 구성되고 있으며, 어떻게 위계화되고 있는가를 보는 것이 중요한 것이다. 따라서 조선후기에 들어 성 담론이 광범위하게 이루어지고 파격적인 수준으로 이루어진다고 해도 그것이 담론의 주체가 누구이며, 누구를 배제하고 누구를 재현하는가에 따라 성 담론의 성격은 달라질 것이기 때문이다. 이 장에서는 조선후기의 성 담론의 구성 방식에 대해 언급하기로 한다.

첫째, 조선후기에 오면 〈절화기담〉이나 〈환처〉의 예에서 보듯, 성은 거래되는 것으로 재현된다. 물론 연애나 사랑의 이름으로 성이 거래되는 양상이 〈절화기담〉에만 나타나는 것은 아니다. 경판 〈춘향전〉에서 이도령을 처음 만난 춘향이 불망기를 요구하는 것은 거래의 단적인 양상이다. 이후 목숨을 걸고 사랑을 지키는 것으로 낭만화되어 있지만, 실상 그 사랑의 실상은 거래로부터 시작된 것이다. 〈절화기담〉에서는 낭만화될 여지도 없이 거래되고 있는 성을 볼 수 있다. 여주인공 순매에게 마음이 끌린 이생은 노파를 매개로 순매를 만나고 싶어 한다. 그러나 이 때 순매는 이미 결혼한 상태이고 신분도 이생보다 낮다. 그럼에도 이생은 순매와 만나고 싶어 한다. 이생에게 있어 순매는 성적인 대상에 지나지 않는다. "인생은 물거품 같고 풀 위의 이슬과 같은 것! 청춘은 다시 오기 어렵고 좋은 일도 늘 있는 것은 아니"라고 하면서 하룻밤의 기약을 아끼지 말라고 유혹한다.27) 그러나 바로 그렇기 때문에 순매는 그런 이생과 만나줄 듯 말 듯 하면서 거래를 시작한다. 그러나 그 거래는 노파를 통해 이루어진다. 노파는 이생이 애타게 순매를 만나고 싶어 할 때마다 돈을 요구한다.

> 속담에 돈은 많을수록 좋다고 합죠. 돈이 많은즉 좋은 술로는 간난이의 입에 재갈을 물리고, 잘 생긴 남자로는 복련이의 마음에 들게 할 수 있습니다. …… 약간의 돈을 제게 맡기시면 상공을 위해 일을 주선해 보지요.28)

순매 역시 급히 돈을 쓸 데가 있다고 하면서 은 노리개를 잡혀 돈을 꾸고 싶어 하고, 이생은 즉시 돈을 준다. 이런 거래는 작품 전반에 걸쳐 지속된다. 정교하게 만들어진 붉은 은장도와 옥으로 된 노리개를 주면서 청나라에서 제일 좋은 상점의 물건이라고 하기도 하고, 노파에게 약값으로 얼마간의 엽전을 주기도 한다. "차라리 네 치마폭에서 죽을지언정 너를 절대 그냥 놓아 보낼 수 없"(76면)다고 했던 이생은 마침내 성

---

27) 김경미·조혜란, 『19세기 서울의 사랑 절화기담 포의교집』, 여이연, 2003, 42쪽.
28) 위의 책, 44쪽.

사된 만남에서 순매에게 조촐한 초가집을 제안하기도 한다. 그러나 순매는 사나운 남편이 있는 이승에서의 기박한 운명도 어쩔 수 없는 것이라고 하며 제안을 거절한다. 물론 거래되는 성이라고 해서 삭막하기만 한 것은 아니다. 연연해하며 헤어지면서 차마 손을 놓지 못하고 순매도 돌아보고 또 돌아보면서 가기 때문이다.

〈환처〉의 여주인공 역시 거래를 통해 남편을 얻는다. 주인공 노파는 내시에게 시집갔으나 비단옷과 좋은 밥보다는 가난하더라도 진짜 남자와 살겠다는 결심을 하고 탈출한다. 그리고 자신의 처지를 곰곰이 따져서 자신에게 가장 유리한 것은 중과 결혼하는 것이라고 결정한다. 그리고 처음 만난 중이 있던 절의 주지승에게 자신이 가지고 나온 돈으로 빚을 갚고 시어머니의 허락을 받는 것이다. 이 둘의 관계가 성립할 수 있었던 것은 주인공 노파의 돈이 있었기 때문이다. 여기서 이들의 거래 관계가 다시 한 번 확인된다.

이러한 거래 관계는 조선후기 상업화와 관련이 있는 것으로 보인다. 진재교는 환처의 인물상에서 새로운 경제적 여성상을 읽어내고 있거니와, 〈절화기담〉에서는 이생과 순매 둘 다가 거래를 하고 있으나 이생이 주체적인 위치에 있는 반면, 〈환처〉에서는 여주인공이 거래의 주체이고, 중은 수동적인 역할을 할 뿐이다. 오히려 중의 어머니와 주지승이 거래의 주체가 되고 있다. 이러한 양상은 섹슈얼리티가 거래의 대상이었음을 보여준다.

둘째, 섹슈얼리티가 일방적이거나 폭력적으로 실천되는 방식으로 재현된다. 그 예를 〈심생전〉과 〈환처〉를 통해 볼 수 있다. 앞서 잠깐 언급했지만 〈심생전〉의 심생은 한번 눈이 마주친 여자를 따라가서 그 여자가 만나줄 때까지 매일 밤 여자의 방문 앞으로 찾아간다. 결국 주위에 이미 소문이 나고 더 이상 어쩔 수 없이 되어 여자는 심생을 받아들인다. 여기에는 중인의 딸인 여자주인공과 경화세족인 심생 사이의 신분 위계에서 오는 힘의 관계도 작용했을 것이다. 여자가 끝내 거부하지 못하고 심생을 받아들이면서 한낱 중인의 딸인 자신에게 정성을 바치는 심생을 거부하면 하늘이 미워할 것이라고 말한다. 이로써 여자가 자발적으로 심생을 받아들인 것처럼 보이지만, 실상은 양반집 도련님을 죽게 만들지도 모른다는 두려움, 소문에 대한 두려움 때문에 할 수 없이 받아들이는 것이다. 〈심생전〉에서 여자가 한 말이나 여자가 쓴 편지에는 심생에 대한 사랑의 감정이나 그리움이 표현되어 있지 않다. 〈심생전〉은 심생의 욕망에 대한 이야기이며, 그것의 해결도 일방적이고 폭력에 가까운 방법으로 이루어진다. 이것이 가능했던 것은 신분적, 성적 위계가 뚜렷했던 조선시대에 양반 남성의 권력을 가졌기 때문이다. 이를 통해 〈심생전〉이 남성 섹슈얼리티가 일방적이고 폭력적인 방식으로 재현하고 있음을 볼 수 있다.

〈환처〉에서 여주인공이 달아나는 중을 쫓아가서 성 관계를 맺는 것 역시 일방적이다. 여주인공은 내시에게 시집가서 경제적으로는 부족함이 없는 생활을 하지만 "나중에 정욕이 점차 생겨나면서 그것이 무엇인지 차차 알게 되니 내시에 대한 미움이 점점 심해졌다"고 하면서 내시의 집에서 도망하여 길에서 처음 만나는 남자를 만나 따라가야겠다고 결심한다. 그리고 나이가 엇비슷한 젊은 중을 만나 사흘을 따라가다가 중의 팔뚝을 잡고 부부가 되어 살림 차리고 살자고 권유한다. 이 말을 들은 중은 "갑자기 얼굴이 온통 빨개지고", "고개마저 숙여 눈물을 흘리"는데 내시의 아내는 얼굴을 쓰다듬고 숲속으로 데리고 들어가 합궁한 뒤 중의 집으로 가서 중의 어머니를 만나 사실을 이야기하고 절에서

빼낸 뒤 함께 평생을 살며 부를 이룬다.

셋째, 성이 위계화되는 방식으로 재현된다. 〈환처〉에서 여주인공이 내시를 버리고 다른 남자와 결혼을 했지만 비난의 대상이 되지 않는 것은 무엇일까? 그것은 내시가 성적으로 불완전한 존재였기에 가능했다. 〈환처〉는 여성의 욕망을 전면화해서 이야기하고 있고, 여성의 주체적인 삶의 의지를 보여준다는 점에서 중요한 의미를 갖는다. 그러나 동시에 〈환처〉는 내시라는 권력으로부터 거세된 존재를 섹슈얼리티의 측면에서 배제하고 타자화하는 텍스트이기도 하다. 〈환처〉를 통해서 볼 때 내시를 둘러싼 성 담론이 내시를 어떻게 타자화하며, 섹슈얼리티의 위계가 어떻게 이루어지는지를 볼 수 있다. 또한 동성애가 이성애에 비해 짐승 같은 것, 하천한 사람들이 하는 것으로 재현된다. 이 역시 섹슈얼리티가 위계화된 방식을 보여준다. 이옥이 말한 바 세계를 알 수 있게 해주는 본연의 것은 오로지 '남녀'의 정이기 때문이다. 20세기 이후 조선 양반들이 신랄하게 비판되면서 이들을 '동성애'와 관련시킨 예를 보았다. 그러나 조선시대의 소설에서는 이러한 예를 직접 찾기 어렵다. 야담에 이여송이 미소년을 데리고 다닌 것과 같은 예가 보이기는 하지만 한문소설에서는 예를 찾기가 어렵다. 중국에서 유입된 음사소설에는 이러한 예가 많지만 조선의 소설에서는 매우 절제된 형태로 이야기된다. 아직 한문소설에서는 이러한 예를 찾지 못했으나 판소리 〈적벽가〉와 〈방한림전〉, 〈매화전〉 등에 동성애적인 면모가 드러난다. 다음은 19세기 후반 또는 20세기 초반에 창작된 것으로 보이는 〈매화전〉의 한 부분이다.

일일은 양유 매화의 손을 잡고 왈, 그대 아름다운 태도를 보니 내 마음이

상하도다. 어찌하여 사랑하는 마음을 풀리요. 하니, 매화 왈, 그대는 장부 아니로다. 피차 남자 간에 무엇이 사랑타 하리요. 안색을 부러 편히 하고 손을 뿌리치거늘 양유 무안하여 왈, 나는 한 방에서 공부한 벗이 되어 사랑하는 마음으로 그러하더니 그다지 무안케 하느뇨. 무수히 자탄하거늘 매화 왈, 그대 마음 고이하도다. 십오 전에 나를 대하여 음양을 탐함 같으니 어찌 병이 되지 아니하리요. 아무리 그러하나 피차 남자라 원을 어찌 풀리요. 이러구러 세월을 보내더니 일일은 양유 자탄 왈, 그대는 나의 몸을 만지고 나는 그대 몸을 만지지 못하니 어찌 붕우지도가 있다 하리요. 밤이 깊도록 자탄을 마지아니하거늘 매화 위로 왈, 어찌 나로 하여금 병이 되느뇨. 오늘 밤 나의 몸을 만져 보고 마음을 풀게 하라. 양유 대희하여 매화의 가슴을 만지며 왈, 그대의 가슴이 별로 살이 많아 여자의 젖가슴 같도다. 하고 또 한 몸을 만져보거늘 매화 대경하여 손을 떨치고 일어나거늘 양유 할일 없이 세월 보내더라.29)

　여기서도 '몸을 만지고' 싶어 하는 욕망을 '붕우지도', 벗이라는 범주 속에서 우정으로 치환하고자 하는 것이 보인다. 동성애에 대한 이러한 구성 방식은 〈방한림전〉에서도 마찬가지이다. 방관주는 다른 성정체성을 가진 인물이고 방관주와 영혜빙은 동성결혼을 했으나 이 둘의 관계는 끝까지 지기 관계 속에서 마무리되고 있기 때문이다.30)

4. 결론

　조선후기 소설에서 보이는 위 같은 면모는 조선후기 성 담론이 소설

---

29) 「새자료 매화전」, 『한국학보』 2-4, 일지사, 1976, 266쪽.
30) 이 부분은 김경미, 「젠더 위반에 대한 조선의 새로운 상상, 〈방한림전〉」 참조.

이라는 허구의 장을 통해 다양한 측면을 드러내고 있었음을 보여준다. 정의 긍정으로 요약될 수 있는 섹슈얼리티에 대한 인식과 긍정 속에서 성은 지식의 대상으로 설명되기도 하고, 자세한 묘사를 통해 호기심을 충족시키기도 하고, 정에 충실한 인간이 등장하기도 했다. 그리고 더 나아가 성에 탐닉함으로써 권력에 저항하는 새로운 인물이 등장하기도 한다. 성 담론의 변화는 조선후기 사회의 변화를 반영하며, 유교 권력 에 대한 도전과 해체의 시도를 보여준다. 그러나 이 담론은 주로 남성 문인들에 의해 구성된 것으로 남성 섹슈얼리티가 중심에 놓여 있으며, 여성의 섹슈얼리티는 대상화되거나 탈성화(脫性化)되고 있다. 이 연장 선상에서 남성 섹슈얼리티는 폭력적인 면을 가린 채 사랑의 이름으로 서사화되고 있음을 볼 수 있다. 또한 동성애를 오랑캐들이나 하층 무뢰 배들, 또는 절의 추한 중들이 하는 것으로 말함으로써 섹슈얼리티는 정 상적인 것과 비정상적인 것, 이상한 것 등으로 위계화되고 있다. 또한 섹슈얼리티에 대한 관심은 성기나 성애적인 것에 집중되어 나타나고 있다. 한 마디로 조선후기 담론이나 소설에는 이에 대한 직접적인 묘사 가 종종 나타난다. 한 마디로 조선후기는 성에 대한 관심과 기호가 그 어느 때보다 넘쳐났던 시기이다. 앞서 언급한 것 이외에도 〈녹파잡 기〉31) 같은 기록물이 나온다거나, 미인도(美人圖)를 바라보며 남녀간 의 정사를 갈망하는 태도를 더욱 노골적으로 표현하는 경향32)도 이러 한 사실을 뒷받침해 준다.

　앞서 언급했듯 조선후기 성 담론은 주로 남성 문인들에 의해 주도되

---

31) 안대회, 「평양기생의 인생을 묘사한 소품서 녹파잡기(綠波雜記) 연구」, 『우리 한문학과 일상문화』, 이화한문학연구회 엮음, 2007.

32) 고연희, 「미인도(美人圖)의 감상코드」, 『우리 한문학과 일상문화』, 이화한문학연구회 엮음, 2007, 516쪽.

었다. 선진적인 학자들이 여성의 섹슈얼리티를 언급하기도 했으나 그것이 곧 여성의 섹슈얼리티를 긍정한 것은 아니었다. 열녀담론에 대한 비판이 가해지는 한편 더 많은 열녀전이 창작된 것이 그 예이다. 따라서 남성의 섹슈얼리티 재현의 영역은 확장되어 갔지만, 여성의 경우는 여전히 유교적 이데올로기에 강한 제약을 받은 것으로 보인다. 동성애의 경우도 마찬가지이다. 작자의 성별을 알 수 없는 〈방한림전〉의 경우 동성 결혼의 예를 보여주지만 섹슈얼리티의 측면은 완전히 소거되어 있다. 그러나 그마나 한문소설에서는 그 예를 찾기가 어렵다.

여기서 한 가지 조선후기 남성 문인들이 성을 담론화하는 데 왜 그처럼 적극적이었는가는 잠깐 언급할 필요가 있을 것으로 보인다. 이 문제는 조선후기 성 담론이 전근대성의 해체와 어떠한 관련이 있는가를 보여줄 것이기 때문이다. 조선후기 남성 문인들이 성 담론의 구성에 적극적이었던 것은 중국 문화로부터의 영향도 있었지만, 유교적 남성 주체 -유교 경전을 공부해서 유교 이념을 내면화하고 과거시험에 합격해서 관리가 되어 유교 이념을 실현하거나, 혹은 평생 학자로 일관하는- 로서의 한계에 대한 또 다른 표현이었을 것으로 추측된다. 따라서 조선후기 남성 문인들의 성 담론은 유교적 남성 주체가 해체되어 가는 한 측면을 보여준다. 그러나 유교적 남성 주체들은 자신들의 남성적-가부장적- 위치에 대해서는 별다른 자각이나 성찰 없이 오히려 성적 욕망을 제약 없이 표현하고, 그만큼의 사유지(私有地) 이른바 사적 영역을 확장해 간 것으로 보인다. 유교적 남성 주체의 해체가 여성의 섹슈얼리티를 타자화하고 대상화하는 가운데 이루어진다는 점은 주목되는 측면이다. 이처럼 유교적 남성 주체에 의한 성 담론은 전근대성의 해체, 더 나아가 근대성의 형성이 얼마나 일면적이고 불균형하게 진행되었는가를 보여준다. 이 지점에서 달리 주목되어야 할 것은 판소리계 소설이나 구비설화에서 재현된 섹슈얼리티의 양상일 것이다. 이 역시 유교적 남성 주체의 성 담론에 일정하게 오염되었을지라도.

고소설에 나타난 남성 섹슈얼리티의 재현 양상

조혜란

1. 서론

기존의 고소설 연구에서 성에 대한 논의는 주로 인간의 본능이나 욕망의 문제와 연결하여 거론해 왔으며, 그 결과 작품 속에서 성의 문제를 다루면 대개 인간성의 긍정이나 근대적인 표지 등으로 해석되어 왔다[1]. 그런데 인간의 성은 단지 본능의 문제에 국한되는 것만이 아니라 오히려 사회적이고 문화적인 함의들, 다양한 사회적인 힘, 권력과 남론들의 관계 속에서 생겨나는 것이다[2]. 이 같은 입장에서 보면 기존의

---

1) 그런데 고소설 연구사를 보면 남녀 간의 사랑이나 성의 문제도 성 자체를 논의의 대상으로 다루기보다는 신분의 문제나 하층민의 현실 등 사회적인 우의의 표현으로 해석하는 경우들이 많다. 이 문제에 대해 중점적으로 논의한 경우는 사설시조인데, 이 경우도 본격적인 성 담론이라기보다는 본능이나 욕망의 긍정 혹은 근대성의 표지 등으로 해석하고 있다. 고소설의 경우, 김종철은 『판소리의 정서와 미학』에서 신재효본 판소리계 소설들에 나타나는 성 표현들에 대해 언급하면서 성 자체를 본격적으로 연구할 필요가 있다고 논의의 필요성을 제기하였고, 정하영·김경미의 논문을 비롯하여 다음에 열거하는 논의가 고소설과 관련하여 성 혹은 성 담론 자체를 다룬 논문들이다. 김종철, 『판소리의 정서와 미학』, 역사비평사, 1996 ; 김경미, 「음사소설의 수용과 19세기 한문소설의 변화」, 『고전문학연구』 25호, 한국고전문학회, 2004 ; 정하영, 「〈변강쇠가〉 성담론의 기능과 의미」, 『고소설연구』 19, 한국고소설학회, 2005 ; 서지영, 「규범과 욕망의 틈새–조선시대 소설 속의 섹슈얼리티」, 『한국고전연구』 15집, 한국고전연구학회, 2007 ; 김경미, 「젠더 위반에 대한 조선 사회의 새로운 상상, 〈방한림전〉」, 『한국고전연구』 17집, 한국고전연구학회, 2008 참고.

성 담론은 성과 관련한 인간 욕망의 문제는 잘 드러내었지만 성에 작동하는 권력과 정치성의 문제는 간과한 측면이 있다. 고소설에 재현된 성의 문제를 섹슈얼리티(sexuality)의 문제로 접근하는 것은 바로 이런 필요에 의해서이다. 섹슈얼리티라는 용어는 성기 중심의 성 행위라는 뜻에서 포괄적으로 사용되는 성(sex)이나 출생 이후 사회화 과정에서 획득하게 되는 문화적인 성이란 의미에서의 성별(gender)이라는 의미와도 구별3)되는 것으로, 성 행위를 포함하여 신체, 성 정체성 등 개인적, 사회적 삶의 전반에서 나타나는 성적 의미를 갖는 모든 태도, 가치, 믿음, 행동 등을 의미한다4).

고전문학에서 섹슈얼리티에 관련한 기존 논의는 주로 여성과 관련하여 전개되어 왔다. 여성을 이야기할 때 섹슈얼리티가 문제가 되는 이유는 가부장제 사회에서 여성을 논할 때 판단의 준거가 되는 것이 바로 다름 아닌 여성의 몸, 여성의 성과 관련된 것이기 때문이다. 권력의 장 안에서 작동하는 하나의 사회적 구성물인 섹슈얼리티5)에 대한 논의는 인간의 본능 혹은 성정(性情)의 문제6)로 표현되기도 하는 성(性)에 대한 조명일 뿐만 아니라 그 사회에 작동하는 권력(특히 성별 권력)에 대한 시각을 전제로 한 접근이라는 의미를 내포한다.

가부장제 사회에서 여성의 몸, 여성의 성은 늘 관리의 대상이자 통제

---

2) 성에 대한 이러한 관점은 미셸 푸코, 이규현 외 역, 『성의 역사Ⅰ』, 나남출판사, 1990 참고.
3) 서동진, 『누가 성정치학을 두려워하랴』, 문예마당, 1996, 24쪽.
4) 박수선 외, 「미혼성인남녀의 섹슈얼리티에 관한 기초연구」, 『대한가정학회지』 42권 5호, 2004, 56쪽.
5) 앤소니 기든스, 배은경 외 역, 『현대 사회의 성·사랑·에로티시즘』, 새물결, 2001, 57쪽.
6) 고소설 연구에서 성에 대한 탐구는 주로 인간 본능의 긍정, 성정의 긍정 등의 용어로 표현되어 왔다. 그 일례로, 임형택·이우성 역, 『이조한문단편집 상』, 일조각, 1980, 212쪽.

의 대상이었으며, 남성 시선의 대상이었다. 이는 고소설과 관련하여 문제가 되는 조선시대는 물론이고 오늘날까지도 여전히 그러하다. 영상 매체든 문자 매체든 여성이 시선의 주체였던 적은 별로 없으며, 심지어 여성들조차 남성 시선의 대상으로서의 여성 재현 양상들에 너무나 익숙하다7). 그렇기 때문에 여성에 대해 이야기하고자 할 때는 여성의 섹슈얼리티가 어떤 방식으로 가부장제 권력에 의해 대상화되었는가를 분석해 낼 필요가 있다. 이것이 섹슈얼리티 논의가 주로 여성 문제와 관련하여 전개되었던 까닭이기도 하다. 오늘날의 정황도 그러할진대 조선시대에 유통되었던 고소설에 나타난 섹슈얼리티 문제에 관심을 가질 때, 여성의 섹슈얼리티에 가부장제 권력이 개입한다든지 혹은 여성의 섹슈얼리티가 규제와 억압 및 관리의 대상이었다는 논의는 어쩌면 너무나도 당연한 결과일 수 있으며, 남성들의 성적 판타지가 종종 여성의 신체에 대한 폭력과 연결된다는 것은 주지의 사실이다. 조선시대에는 기생은 물론 양반 여성들까지도 섹슈얼리티 문제로부터 자유로울 수 있는 개인은 없었다. 성적인 욕망을 지닌 여성은 타고난 악인으로 간주되었으며 성적인 매력을 지닌 여성 역시 음란한 혹은 위험한 여성으로 분류되었다. 물론 여기에는 부덕(婦德)을 둘러싼 당대의 이중적인 가치 체계가 작동하고 있었다8).

---

7) 시선의 주체인 남성에 의해 대상화된 여성의 몸에 대한 논의는 심정순 편, 『섹슈얼리티와 대중문화』, 동인, 1999, 46~49쪽 참고. 이 글은 로라 멀비의 「시각적 쾌락과 내러티브 시네마」라는 논문을 중심으로 남성의 시각이 머무는 장소로서의 여성의 몸에 대해 서술하고 있다.

8) 성에 대한 유교적 담론의 이중적 태도에 대해서는 이숙인, 「정음(貞淫)'과 '덕색(德色)'의 개념으로 본 유교의 성담론」, 『철학』 67, 한국철학회, 2001 참고. 부덕에 대한 이중잣대가 고소설에서 재현된 경우를 분석한 논문으로는 조혜란, 「여성, 전쟁, 기억 그리고 〈박씨전〉」, 『한국고전여성문학』 9, 한국고전여성문학회, 2004 참고.

그런데 이 이중 잣대로 인해 남성들의 성은 자유로울 수 있었다. 남성과 여성 모두 섹슈얼리티를 지니고 있음에도 불구하고 여성들의 섹슈얼리티는 열녀 제도나 여성 교육 등을 통해 담론의 쟁점이 되는 방향으로 강화되었던 반면 남성들의 경우에는 섹슈얼리티와 관련한 부분에 대해서는 문제 삼지 않는 방식으로 전개되었다. 여성과 남성의 섹슈얼리티에 대한 이와 같은 비대칭적이고 불균형한 담론화의 경향은 사실상 여성을 성애적 존재로 국한시키거나 적어도 그런 면을 가진 존재로 규정해왔던 시선과 관련 있으며, 상대적으로 남성은 섹슈얼리티가 아닌 다른 대사회적 의미를 지닌 존재로 구성하려는 시각을 암암리에 내포하고 있는 것이다. 그러므로 고소설을 섹슈얼리티와 연관지어 논의할 때에는 여성 섹슈얼리티가 어떤 방식으로 유표화 되었는가의 문제만이 아니라 남성 섹슈얼리티가 어떤 방식에 의해 정상적인 것, 굳이 문제 삼을 필요 없는 것으로 비가시화되었는가 하는 문제까지도 조명해야 하며, 그렇게 되었을 때 비로소 고소설에 재현된 섹슈얼리티의 양상이 상보적으로 고찰되는 것이라 하겠다.

본고의 목적은 고소설에 나타난 남성 섹슈얼리티의 재현 양상을 고찰하고 그 의미를 살피는 것이다. 그런데 고소설 관련 기존 연구에서 남성 섹슈얼리티를 다룬 논의를 찾아보기 어려웠다. 여성들의 섹슈얼리티에 대한 논의가 많은 것에 비해 남성들의 섹슈얼리티에 대해서는 지금까지도 활발하게 논의되고 있지 않은데 이는 가부장제 사회가 남성들에게 부여한 특권의 결과라 하겠다. 본고는 여성들의 섹슈얼리티 재현 양상을 염두에 두면서 이와 관련하여 남성 섹슈얼리티 재현 양상을 고찰하려는 것이므로 여성들의 경우와 마찬가지로 남성들의 경우도 그들의 동정(童貞)과 성에 대한 태도를 중심으로 살필 것이다. 이를 위

해 본고는 남성들의 동정 문제가 잘 드러나는 〈소현성록〉과 그들의 성
에 대한 태도를 보여주는 〈오유란전〉을 대상 작품으로 삼아 논의를 전개시
키고자 한다.

2. 고소설에 나타난 섹슈얼리티 재현의 전형적 요소들

여성 인물의 경우 성과 관련한 문제는 주로 여성의 성적 순결, 여성
의 성에 대한 사회적 판단, 수절 혹은 정절 등의 문제와 관련하여 논의
된다. 그러므로 고소설에서 재현되는 섹슈얼리티 재현 양상의 문제를
분명하게 드러내기 위해서는 남성의 성도 같은 지점에서 고찰하는 것
이 유용할 것으로 보인다. 고소설에서 섹슈얼리티의 문제가 잘 드러나
는 지점은 바로 유혹 및 겁탈, 자신의 성에 대한 태도의 문제 등이 재현
되는 서사에서이다. 그리고 고소설에서 이런 문제를 상징적으로 그리
고 극명하게 집약하는 요소로는 '앵혈'과 '절개(혹은 훼절)'의 문제를 들
수 있을 것이다. 앵혈의 경우는 주로 여성인물을 이야기할 때 등장하는
것으로, 여성들은 이를 매우 소중한 표지로 간직하였다. 그런데 앵혈이
남성인물과 관련하여 등장하는 작품이 있는데, 그것을 바라보는 남성
인물의 태도가 여성인물과 전혀 다르다는 점이 흥미롭게 다가왔다. 또
절개를 지키지 못하는 것, 다시 말해 훼절의 경우도 이와 비슷한 양상
을 보이는데 여성인물들의 경우 훼절은 곧 죽음과도 연결 가능한 것이
지만 남성인물들의 훼절은 오히려 출세와 연결되고 있다. 그러므로 본
고는 앵혈과 훼절, 이 두 가지 사항과 관련하여 남성들의 섹슈얼리티
재현 양상을 살피기로 한다.

1) 성적 순결의 표지, 앵혈

고소설에서 '앵혈(鶯血)'은 주로 여성의 처녀성을 상징하는 표시로 등장한다. 고소설에서 남녀 간의 성애를 낭만적으로 묘사하고 있는 작품을 찾기는 어렵다. 이렇게 성적인 표현을 절제하고 있지만 그러나 처녀성의 상징인 앵혈은 성적인 문제를 특화시켜 드러내는 전형적인 장치이기도 하다. 비록 성 관계를 갖지 않아 앵혈이 그대로 남아 있다고 해도 그것은 곧 성적 행위를 연상시키는 상징이기 때문이다. 남성 인물들의 경우는 앵혈을 찍지 않는다. 왜냐하면 그들에게는 성적 순결을 지켜야 할 의무가 지워지지 않기 때문이다.

그런데 고소설에서 앵혈이라는 요소가 종종 사용됨에도 이 단어는 고전 용어 사전류에는 수록되어 있지 않았고, 대신『표준국어대사전』에는 등록되어 있는데, 이 사전에서는 앵혈이 '여자의 팔에 꾀꼬리의 피로 문신한 자국으로, 처녀가 성교를 하면 이 자국이 없어진다'고 서술하여 그것이 처녀성의 상징임을 설명하고 있다. 비슷한 단어로 주표(朱標)라는 표현을 쓰기도 하는데, 문신이라고는 하나 팔뚝에 마치 점을 찍듯 찍으면 붉은 점이 간편하게 완성된다. 실제로 이 방법이 처녀성을 증명할 수 있는 것인지에 대한 과학적 근거는 없다고 한다. 과문한 탓으로 중국 소설에서 앵혈이라는 표현을 찾기 어려웠는데 대신 서진(西晉) 시대 장화(張華: 232~300)가 쓴『박물지』「희술(戱術)」에 보면 앵혈과 비슷한 기능을 했던 것으로 '수궁사(守宮砂)'라는 것이 있다. 수궁사란 '도마뱀을 그릇에 넣어 기르면서 주사(朱砂)를 먹이면 도마뱀의 몸이 온통 붉은 색이 되는데, 계속 먹여서 일곱 근이 되었을 때 여러 번 절구질을 하여 갈아서 여자의 사지(四肢)에 바르면 죽을 때까지 없어지지 않으며, 오직 성 관계를 가졌을 때만 없어진다'고 기록되어 있다. 그리고 연이어 동방삭이 이런 설을 한무제에게 이야기하자 한무제가 시험해 보니 과연 효험이 있었다[9]는 기록도 덧붙였다. 이를 보면 중국의 수궁사와 고소설의 앵혈은 그 기능이 같은 것임을 알 수 있다. 중국의 경우 수궁사는 위진 이래로 전설처럼 인용되던 것으로 보이며 소설에서 적극적으로 수용되지는 않은 것으로 보이는데[10], 이것이 조선의 소설에서는 매우 중요한 상징으로 종종 거론되고 있는 것이다.

고소설에서 앵혈은 결국 여성 인물들의 처녀성, 성적인 순결성을 보증해 주고 그것을 유표화시켜 주는 수단이다. 앵혈은 여성들의 성을 가시화시켜 관리하고 통제하는 데 편리하도록 한 것으로, 결국 처녀막 상징인 셈이다. 앵혈은 고소설의 여타 하위장르들에 비해 가문소설에서 상대적으로 자주 등장하기는 하나, 군담소설이든 한문장편소설이든 여성 인물의 성적 순결을 증명해야 할 필요가 있는 경우라면 소설적 장치로 앵혈을 차용해 왔다. 가부장 혈통의 순수함을 통해 가문이 유지되는 일이 중요했던 소설에서 처녀성을 보증해 주는 앵혈이 등장하는 것은 매우 타당한 결합인 것으로 보인다. 팔 위에 앵혈을 지녔던 여성 인물들이 보상받는 것을 보면 고소설에서 앵혈은 그 자체로 선(善)인 것처럼 여겨질 지경이다. 그래서인지 때로는 그 처녀성이 과잉되어 나타나기도 한다. 고소설의 경우 섹슈얼리티가 철저하게 관리되었던 상층 귀족 여성들만이 아니라 때로는 기생들의 경우에도 앵혈 문제가 심각하

---

9) 장화, 김영식 역, 『박물지』, 홍익출판사, 1998, 133~134쪽.
10) 그런데 중국의 경우 수궁사는 『옥방비결』과 같이 주로 방사와 관련되는 도가류 문장이나 무협소설에서 등장한다고 한다. 방사의 경우는 양기를 보전하기 위해 처녀를 찾는 것이므로 이는 고소설의 앵혈이 상징하는 규방의 처녀성과는 구별된다. 그러나 규방의 처녀성이든 혹은 양기 보전을 위한 처녀성이든 여성의 성이 대상화된다는 점에서는 동일하다.

게 대두되며 심지어 혼인한 여성 중에서 남편과의 잠자리를 거부하여 그 팔에서 앵혈이 발견되는 경우도 있기 때문이다.

어떤 경우에서든 고소설에서의 앵혈은 해당 여성의 성적 순결을 가시화시켜 증명해 주는 것으로, 보상받기에 충분한 것으로 의미화된다. 즉 여성의 처녀성을 기리는 방향으로 의미화되는 것이다. 그런데 이 앵혈을 남성 인물에게 찍는 작품들이 있어 주목을 요한다. 고소설 중 가문소설에서는 유달리 남성 인물의 팔뚝에 앵혈을 찍는 모티프가 등장하는 작품들이 있다[11]. 가문소설은 다른 고소설 하위 장르에 비해 이성 간의 접촉과 같은 성적인 분위기가 많이 그려지는 편인데[12], 남성 인물에게 앵혈을 찍는다는 설정 역시 가문소설의 이 같은 경향과 연관이 있을 것이다. 여성 인물에게는 목숨과도 같은 앵혈을 대하는 남성 인물의 태도를 보면 성 문제를 대하는 남성 인물 및 향유층의 인식을 알 수 있을 것으로 보인다.

2) 남성훼절과 남성 섹슈얼리티

앵혈과 더불어 고소설에서 성적인 분위기를 강하게 환기시키는 요소로는 절개의 문제를 들 수 있다. 여기에서의 절개는 정신적인 강직함의 문제가 아니라 신체적인 정절의 문제로 치환된다. 여성에게 있어 절개, 즉 몸을 지키는 문제는 목숨과도 같은 것이었다. 그런데 남성 인물들의 경우 절개는 대개 정치적인 입장과 관련되며 자신의 섹슈얼리티의 문제와는 거리가 먼 것으로 그려진다. 지조와 같은 단어의 쓰임도 마찬가

---

11) 필자가 과문한 탓이겠으나 이러한 설정은 가문소설에서만 확인 가능하였다.
12) 한길연, 「대하소설의 의식성향과 향유층위에 관한 연구」, 서울대 박사학위논문, 2005, 68~91쪽.

지이다. 성별에 따라 환기시키는 정황이 다른 것이다. 대부분의 경우, 지조 혹은 정절과 같은 단어가 특히 신체의 문제와 관련되며 이것이 곧 가치 판단의 치명적인 기준이 되는 것은 여성이다. 그런데 고소설에 등장하는 남성 인물 중 성에 대한 태도의 문제를 자신의 가치의 문제와 연관 짓는 인물들이 있어 주목을 요한다.

성을 오로지 가치의 문제와 결부시켜 정절을 지키는 것은 어떤 다른 필요에 의해 정절을 지키는 것과는 다르다. 예를 들어 〈이진사전〉의 남자 주인공 이옥린도 첩과 함께 동침을 하기는 하나 굳이 성적 결합은 피한다. 그런데 이는 소실로 인해 집안이 몰락하는 것을 막고자 동침을 안 하는 것일 뿐 정절이나 자신의 성적 순결 자체가 목표가 아니다. 외면적으로는 똑같이 금욕적인 태도로 보인다고 해도 이옥린의 섹슈얼리티는 재생산에 복무하는 섹슈얼리티로서 경제적인 문제와 연결되는 것이므로, 정신적인 가치의 문제와는 거리가 있다. 그런데 이와는 달리 남성 인물 스스로 자신의 섹슈얼리티를 걸고 선비로서의 지조를 지켜내려는 인물들이 있다. 즉 섹슈얼리티와 가치의 문제를 연관 지어 자신의 태도를 결정하는 인물인데, 고소설에서 이런 남성들은 하나의 군으로 지칭될 만큼 그 존재가 두드러진다. 이런 인물들은 고소설 연구사에서 남성훼절소설이라고 불리는 작품들에 등장한다.

훼절이란 단어가 여성과 관련되어 쓰임이 많다는 사실을 우리는 경험적으로 알고 있다. 그렇기 때문에 '남성'과 '훼절'이 만나서 이루어지는 조어는 보편적인 쓰임을 빗겨나는 것이다. 우선 기존 논의에서 '남성훼절소설'이라는 용어에 대해 서술한 내용을 인용해 보기로 한다. 먼저 이 용어는 여세주에 의해 제시되었는데, 그는 '여색(女色)'에 초연하고자 했던 양반이, 다른 어떤 남성의 사주를 받은 기녀의 계략에 유혹

되어 훼절당하고 기녀와 또 다른 계략에 빠져서 웃음거리가 되고 망신
을 당하게 된다는 서사적인 줄거리13)'를 지닌 작품을 이 유형으로 묶었
다. 김종철은 '남성훼절'이라는 용어는 사용하지는 않았으나 여세주와
비슷한 작품군을 다루면서 '여색에 초연하다고 자처하는 주인공이 주
변 인물들의 공모에 의해 오히려 호색적 성격을 폭로당하는 것을 주지
로 하는 일군의 작품들14)'이라고 그 범주를 설명했으며 〈오유란전〉도
〈종옥전〉과 비슷한 시기에 성립된 작품으로 추정했다15).

　〈오유란전〉의 이생은 자신의 섹슈얼리티를 자신이 신념하는 가치 및
태도의 문제와 관련지어 해석하는 입장에 서 있던 인물이다. 그 결과
그는 성적 순결을 유지하고자 했다16). 자신의 섹슈얼리티를 엄격하게
단속함으로써 선비 혹은 군자가 되고자 했던 인물인 것이다. 이에 비해
그 친구인 김생은 남성의 섹슈얼리티를 선비의 지조와 연결 짓는 친구
의 태도를 교정해 주고자 한다. 남성 섹슈얼리티에 대한 이해가 달랐기
때문이다. 고소설에는 남성 인물들이 자신을 성적인 존재로 상정하면
서 서사가 전개되는 작품들이 매우 드문데, 남성 인물 자신의 성에 대
한 태도를 문제 삼는 작품들에서는 남성 인물들의 성 인식이 고찰 가능
하다. 그러므로 남성과 훼절이라는 두 용어의 조우는 남성 섹슈얼리티
를 살피는 데 유용한 각도를 제공할 것으로 보인다.

---

13) 여세주, 「조선조 남성훼절형 소설의 형성과 변이양상 연구」, 계명대학교 박사학위논문,
　　1990, 8쪽.
14) 김종철, 「중세해체기의 두 웃음」, 『판소리의 정서와 미학』, 역사비평사, 1996, 127쪽.
15) 앞글, 129~131쪽. 〈종옥전〉은 1803년에 지었다가 1838년에 개작한 것이므로 〈오유란
　　전〉 역시 19세기 작품으로 볼 수 있다.
16) 물론 이생이 보이는 경직성의 문제는 여전히 있다. 그리고 이 경직성이 웃음을 유발하는
　　중요한 요인으로 작동하게 된다는 점도 여전하다. 그러나 이 논문에서 다루고자 하는 바는
　　남성 섹슈얼리티 자체에 대한 이생의 태도이므로 경직성의 문제까지도 포함 가능할 것으
　　로 보인다.

다음 장에서는 위에서 논의한 두 요소를 중심으로 해당 작품에서 나타나고 있는 남성 섹슈얼리티에 대한 이중적 태도를 분석해 보기로 한다.

3. 고소설에 재현된 남성 섹슈얼리티의 이중적 태도

1) 〈소현성록〉에 나타난 남성 섹슈얼리티의 재현 양상

가. 앵혈에 대한 성별 인식의 차이

앞에서도 언급했듯 가문소설 중에는 남성 인물의 팔 위에 앵혈을 찍는 경우들이 있는데, 〈소현성록〉과 〈현몽쌍룡기〉도 여기에 속한다. 이두 작품들의 앵혈은 단지 처녀성만이 아니라 앵혈을 중심으로 하여 성별과 권력의 문제를 잘 보여준다는 점에서 주목할 필요가 있다. 우선〈소현성록〉의 예를 들어보면, 권5에서 석파가 집안의 소녀들에게 앵혈을 찍는 장면이 나온다.

> ······나히 십셰예 니르러는 <u>셕패 뎌의 긔운이 츙텬ᄒ믈 보고 소기고져 ᄒ야 일</u>은 여러 ᄋ소져들를 플히 듀뎜홀시 운셩이 겨틱 이시믈 타 풀흘 내라 ᄒ니 셩이 무심코 풀흘 낸대 셕패 우김질로 싱혈을 딕으니 싱이 급히 스스되 불셔 슬히 드러 옥긔예 잉되 되엿는디라 셕패 대소 왈 그딕 하 사오나오니 싱혈로 보람ᄒ야 둑 부인을 엇괴ᄒ리라 공지 홀일이 업서 웃고 왈 늘근 할미 일 업거든 청산송하의 깃드려 만년이나 살거시어늘 엇디 이런 희롱을 ᄒᄂ뇨 셕부인이 즐왈 네 말을 이럿틋 굴히디 아니코 조모를 욕ᄒ니 승샹긔 고ᄒ야 죄를 닙히리라 공지 샤죄ᄒ고 셔당의 나와 <u>다시옴 풀흘 보며 즐겨 아냐 싱각ᄒ되 내 몸이 셰샹 긔남ᄌ 대댱부로 엇디 녀ᄌ 싱혈을 딕고 일신들 이시리오 ᄒ야 민</u>"ᄒ더니 홀연 씌듯고 소왈 셕패 날을 보채니 내

흔 계교로 뎌를 속이리라 ᄒ야 몸을 니러 안흐로 드러가 일희당 동산의 올
라 구버보니 셕파ᄂᆞᆫ 업고 셕파의 기른바 쇼영이 난간 밧긔 가 노니 쇼영은
셕파의 외족이라 부뫼 구몰ᄒᆞ니 패 ᄃᆞ려다가 길러 죵요로운 사름을 어더
맛디랴 ᄒᆞ니 나히 십이셰오 지뫼 졀셰ᄒᆞ더라 운셩이 셕파를 믜워 심듕의
우셔 골오되 내 당당이 쇼영을 쳡 사마 싱혈을 업시ᄒᆞ리라 몸을 낮촤 난간
의 니르러 쇼영을 녑히 쪄 동산의 니르러 쇼영을 져혀 왈 네 만일 소리ᄒᆞ야
발악홀딘대 부친끠 고ᄒᆞ고 너를 죽이리라 <u>쇼영이 두려 소리를 못ᄒᆞ니 싱이</u>
<u>깃거 친ᄒᆞᆯ믈 밋고 당부 왈 네 싱심도 말을 누셜티 말라 내 타일의 널르뼈</u>
<u>금차 항녈을 사ᄆᆞ리라</u> 셜파의 크게 웃고 푸흘 보니 싱혈이 업ᄂᆞ디라 <u>환희</u>
<u>ᄒᆞ야 셔당으로 도라오니라 쇼영이 블의예 운셩의 핍박ᄒᆞ믈 닙고 넉시 놀라</u>
<u>어린 ᄃᆞᆺᄒᆞ야 다만 우더니</u> 셕패 니르러 보고 연고를 무르디 쇼영이 울며 왈
앗가 삼공지 니르러 무단히 핍박ᄒᆞ니 엇디 노홉고 셟디 아니리오 <u>셕패 급</u>
<u>히 보니 풀히 듀뎜이 업ᄂᆞ디라 크게 놀라 뇌뎡이 만신을 분쇄ᄒᆞᆺ시 안자</u>
다가 도로혀 대쇼왈 밉고 믜온 낭군을 승샹끠 고ᄒᆞ면 큰 죄를 닙을 거시니
발셜티 말 거시로다 드듸여 쇼영ᄃᆞ려 ᄀᆞ만이 네 싱심도 이런 말을 구외예
내디 말라 ᄒᆞ고 추후ᄂᆞᆫ 거즛 모르ᄂᆞᆫ 톄 ᄒᆞ고 디내나 심듕의 ᄀᆞ이업시 너기
며 운셩을 본 적마다 보채여 승샹끠 고ᄒᆞ렷ᄂᆞ라 져히니 싱이 비록 민망ᄒᆞ
나 ᄉᆞᆨ디 아니코 발명ᄒᆞ믈 졀히 ᄒᆞ니 셕패 싀트시 너겨 이후ᄂᆞᆫ 희롱도 아
냐 ᄇᆞ려두니 운셩의 힝ᄉᆡ 이ᄀᆞ티 넘나고 믜온디라 승샹이 비록 이 일 모르
나 원ᄂᆡ 방탕ᄒᆞ고 졍딕디 아니믈 알고 방외예 내디 아냐……(띄어쓰기, 밑
줄 : 필자)17)

석파는 집안의 소녀들에게 앵혈을 찍다가 소운성에게도 앵혈을 찍는
데, 앵혈을 찍는 이유는 '저의 기운이 충천하기' 때문이다. 이 장면은
고소설에서 여자에게 찍는 앵혈을 남성 인물에게 찍는 장면으로 장난

---

17) 〈소현성록〉(이화여대 소장본) 권5, 59~62쪽.

스럽게 전개된다. 그러나 제 기운이 충천해서 찍는다는 석파의 말에는 유의할 필요가 있다. 여기에는 혈기방장한 소운성의 성, '충천한 성적 기운'을 단속하고자 하는 의도가 있었던 것으로 보이기 때문이다. 소운성의 앵혈은 소운성에게 성적 경험이 없다는 사실, 즉 그의 성적 순결함이 유표화되는 순간이며, 남성의 섹슈얼리티가 가시화된 순간이기도 하다. 그런데 고소설의 여성 인물들이 앵혈을 순순하게 받아들이고 그 것이 없어질까 봐 고심하는 데 비해 소운성은 그것이 찍히는 순간 자신이 방심했던 것을 후회하면서 앵혈을 지우고자 노력한다. 자신이 '세상 기남자 대장부로 태어나 일시라도 여자 앵혈을 참을 수 없다'는 그 불쾌감의 저변에는 무엇이 자리하고 있을까?

앵혈은 처녀성, 처녀막의 상징이며, 처녀막은 직접적으로 신체 내 타자의 침입을 통해서 여성 자신이 성적으로 전유당할 상황이 있음을 환기시키는 신체의 일부인 것이다. 그런데 그런 앵혈이 남성인 자신의 팔뚝에 새겨져 있다는 것은 자신이 마치 그런 여성이 된 듯한, 다시 말해 자신이 성적인 주체로서의 남성이 아니라 남성의 대상인 여성의 자리에 놓이게 되는 셈이다. 이는 소운성에게 자신의 남성 섹슈얼리티에 대한 도전이자 훼손으로 받아들여진 것이다. 그러나 그 사실을 언표하는 것 자체만으로도 자존심 상하므로 운성은 그 문제를 공론화시키지 않는다.

그러나 운성은 마치 처녀막을 가시화하는 것과 같은 방식으로 자신의 성적 순결을 가시화하는 앵혈을 견딜 수 없었다. 결국 소운성은 힘없는 석파의 친척 조카 소영을 죽이겠다는 협박으로 강간하여 앵혈을 없애고서야 비로소 만족해한다. 남성 인물은 자신이 성적인 존재로 유표화되는 것만이 수치스럽고 견디지 못하는 것일 뿐, 폭력을 사용한 것에 대해서는 일말의 회의도 없으며 그 행위의 부당함에 대한 성찰 역시 보이지 않는다. 불의에 폭력의 피해자가 된 소영은 '놀라고 노하고 서러우나' 한 마디도 못한다. 앵혈을 둘러싸고 벌어진 이 사건은 섹슈얼리티에 대한 성별 권력 관계를 극명하게 보여준다. 이 장면에서 여성인 소영의 몸은 도구화된 성으로 소모될 뿐이다. 여성에게 유일하게 허여되었던 재생산의 성도 아니고, 심지어 남성 인물의 쾌락 욕망과 관련된 성도 아니다. 서조모(庶祖母)인 석파 역시 이 성폭력에 대해 제대로 문제제기하지 못하는데, 이 역시 권력 관계에서 비롯된 것이다[18]. 석파는 소영의 팔에서 앵혈이 사라진 것을 보고는 온 정신이 다 나가는 듯한 충격을 받는다.

남녀 인물들에게 공히 앵혈을 찍는 〈소현성록〉의 이 장면은 성적 순결을 대하는 남성과 여성의 태도가 전혀 다르다는 것을 재현해 주고 있다. 한 쪽 성에게 앵혈은 소중하게 지켜야 할 것인 반면[19], 또 다른 성에게는 수치의 대상으로 없애야 하는 것이다.

이번에는 〈현몽쌍룡기〉 권1에 등장하는 비슷한 장면의 예이다.

> ······일″은 화시 잉혈을 가져 여러 ᄋ시비를 쥬졈ᄒ더니 낭공직 겻히 셧거늘 회사 회희를 즐기ᄂᆫ디라 농흥다려 팔을 닉라 ᄒᆞᆫ디 공직 본디 쇼활ᄒᆞᆫ디라 무심코 팔을 닉거늘 화시 잉혈을 흐억이 직으니 공직 디경ᄒᆞ여 급히 씨스디 옥비의 잉되 찬연ᄒᆞ여 지″ 아니ᄒᆞᆫᄂᆞᆫ디라 공직 노왈 희롱도 홀 일이 잇ᄂᆞ니 셔믜 엇디 날 갓흔 댱부로서 쥬졈을 씩고 이시라 ᄒᆞᄂᆢ 화시 쇼왈 공직 ᄎᆞ공ᄌᆞ 갓흐면 뉘 감히 희롱ᄒᆞ리오 하 방일ᄒᆞ니 진짓 이리ᄒᆞ미

---

18) 석파는 가족의 경계에 위치한 서조모로서 그 집안의 정통 혈통인 손자 소운성에 비하면 가족 내의 타자적 존재가 된다. 그러기에 그녀는 할머니임에도 불구하고 손자에게 정중하게 대접받지 못하는 것이다.

19) 소운명의 부인이 되는 이소저의 경우도 고아가 되어 떠돌았지만 팔에 있는 앵혈로 그 정절을 인정받아 소씨 집안에서 받아들여진다.

라 불구의 부인이 드러오리니 쥬졈 업시ᄒ믈 근심하리오 공직 분노ᄒ여 긔식이 분″ᄒ여 쑤지져 왈 하늘이 져 화시를 엇디 삼겻관딕 단졍티 아니미 져딕도록 ᄒ고 셔뫼 쥬졈 업시홀 가인을 아니 어더 주면 긴 날 욕이 비경ᄒ리라 화영셜 삼인이 대쇼ᄒ니 츠공직 졍식 왈 셔뫼 그ᄅ시다 아등이 경박ᄒ나 당″이 졍도로 인도ᄒ고 희롱의 거조를 아니ᄒᆷ죽ᄒ거ᄂᆞᆯ 여ᄌᆞ의 표졈을 댱부의게 직으시니 극히 단졍ᄒᆞᆫ 딕 버셔나신가 ᄒ노라……츠시 농홍이 비샹의 쥬졈을 직희고 크게 분ᄒ여 싱각ᄒᆞ딕 댱뷔 ᄋᆞ여의 쥬졈을 비샹의 두고 엇디 일시나 견딕리오 닉 취쳐ᄒ믈 기드리면 오히려 삼ᄉ 연애 되리니 일개 미인을 어더 비샹쥬졈을 업시ᄒ고 인ᄒ여 쇼셩지녈의 메오미 쾌티 아니랴……네 날을 직희고 다ᄅᆞᆫ 호걸을 셤기디 말나 타일 부모긔 알외고 맛당이 금차지녈의 두리라……셜파의 크게 웃고 팔을 닉여보니 쥬뢰 흔젹이 업ᄂᆞᆫ디라 환희ᄒ여 ᄂᆞ려오니 힝ᄉᆞ의 넘나고 능여ᄒᆞ미 이ᄀᆞᆺ더라……(띄어쓰기, 밑줄 : 필자)[20]

후에 조무라고 불리는 등장인물의 어렸을 때 일화 중 하나이다. 조무가 어렸을 때 ~~用~~ 홍이라고 불렸는데 이 장면 역시 서모가 여러 소녀들에게 주점 즉 앵혈을 찍다가 장난삼아서 기운이 생생한 용홍의 팔에도 앵혈을 찍는 장면이다. 용홍도 '어찌 장부에게 주점을 찍고 있으라고 하느냐'고 항변하니 서모는 머지않아 부인을 얻으면 없어질 것이니 근심할 것 없다고 대답하였다. 그러나 용홍은 '분노하여 기색이 분분하여 꾸짖'었고 얌전하다고 칭찬을 들었던 동생 용창 역시 서모에게 '여자의 표점을 장부에게 찍으셨으니 극히 단정하지 못하다'면서 형에게 동조한다. 그리고 용홍은 '장부가 여자의 주점을 팔에 두고 어찌 한시라도 견디겠느냐'면서 '취처하려면 삼사 년은 걸릴 터이니' 일단 미인을 얻어 주점을 없애겠다고 방침을 정한다. 이 장면을 보면 용홍에게는 '어찌

---

20) 『현몽쌍룡기』(한국학중앙연구원 소장본) 권1, 38~45쪽.

'장부가'로 시작하는 문장이 많다. 자신이 장부(丈夫)라는 분명한 인식
은 여성의 표지인 앵혈이 자기 신체에 찍힌 것을 견뎌 내지 못하도록
만든다. 용창의 동조를 보면, 이는 용홍처럼 혈기 있는 인물만이 아니
라 용창처럼 잘 훈육된 신체를 지닌 인물도 마찬가지인 것으로 보인다.
이 밖에 〈현씨양웅쌍린기〉 권7에도 장시문 형제가 현경문의 팔에 앵혈
을 찍어 놀리는 장면이 있으며, 더 찾으면 다른 예들도 더 있을 것으로
보인다. 즉 앵혈에 대한 성별 인식이 다르다는 것은 〈소현성록〉만의 특
징이 아니라 가문소설 전반에 걸쳐 재현되는 요소라고 하겠다. 다만
〈소현성록〉과 여타 가문소설의 이 장면 재현에 차이가 있다면 소운성
이 자신의 앵혈을 지우는 과정이 더 즉각적이고 폭력적이며 여성을 도
구화하는 측면이 강하다는 점인데 이로 인해 〈소현성록〉은 성별에 따
른 성 인식의 차이를 더 첨예하게 드러내어 주는 작품이 되었다.

나. 〈소현성록〉에서 제기되는 섹슈얼리티의 문제들

고소설에서 앵혈은 여성의 팔에 찍히며, 지워지지 않은 앵혈은 그에
해당하는 응분의 보상으로 연결된다. 즉 성적 순결이 보상받기에 충분
한 것으로 기려지는 방향으로 서사화되는 것이다. 그런데 앞에서 확인
했듯 가문소설 중에는 앵혈에 대해 단지 찬양의 태도만이 아니라 다양
한 층위의 의미를 읽어낼 수 있는 작품도 있다. 다음은 〈소현성록〉에서
앵혈이 등장하는 또 다른 장면에 대한 인용으로, 소운성의 부인 중 한
명이었던 명현공주의 임종 장면이다.

……공쥐 님종의 칠왕이 그 손을 잡고 눈믈을 흘녀 문왈 현미 가히 니를
말이 잇ᄂ냐 공쥐 답왈 쳡이 다른 연괴 업스되 다만 원ᄒᄂ 바는 소운셩과

형시의 머리를 버혀 져재거리예 호령ㅎ면 죽어 즐거운 녕혼이 되리로소이
다 언필의 망ㅎ니 츈취 십구셰라 칠왕이 실셩통곡ㅎ고 궁듕의 곡셩이 텬니
를 움죽이러라 습염ㅎ기를 당ㅎ야 왕이 그 손을 잡고 우다가 믄득 보니 공
쥐 우비샹의 잉도 일미 가시디 아냣는디라 왕이 대경ㅎ더니 쏘ㅎ 탄ㅎ야
굴오디 공쥐 비록 그르미 만흐나 운셩이 엇디 이대로록 ㅎ리오……21)

　이 장면에서 명현공주의 앵혈은 그녀가 죽을 때까지 남편과 동침하
지 못했음을 알려주는 표지이다. 명현공주의 팔 위에 남아 있던 앵혈은
지켜야 하는 앵혈이 아니라 지워졌어야 하는 것이다. 그러므로 이 앵혈
은 불쌍함의 표지가 된다. 〈소현성록〉은 남아 있어야 자랑스러운 앵혈
만이 아니라 남아 있으면 오히려 수치스러운 앵혈도 있음을 보여주고
있다. 이보다 후대의 소설에서 앵혈이 주로 여성의 처녀성의 상징으로
만 기능했던 것에 비해 〈소현성록〉에서는 앵혈에 대한 다양한 해석을
보여준다.

　이같이 〈소현성록〉에서는 성적 순견에 대해 남성과 여성의 태도가
다르게 재현되고 있으며, 또 한편으로는 남성 섹슈얼리티가 가시화되
어 있기도 하다. 물론 강간을 해서라도 앵혈을 지우려는 소운성은 남성
자신이 성적인 존재로 유표화되었을 때 선택할 수 있는 보편적인 태도
를 견지한 것일 수 있다. 그러나 그 재현은 운성의 태도가 과연 올바른
것이었는가에 대해서 독자의 회의를 유도해 낼 수도 있다. 또 작품에는
남성 섹슈얼리티뿐만 아니라 여성의 성적인 욕망도 가시화되어 있다.
자기 마음에 드는 남자와 임의로 살림을 차린 소광의 딸인 소교영은—
물론 가모장 양부인에 의해 자결을 재촉 받고 징치되지만— 날 때부터
악인으로 설정된 인물이 아니다. 징치의 수준이 어머니에 의한 살인 방

---

21) 〈소현성록〉(이화여대 소장본) 권8, 88쪽.

조라는 점에서 여전히 충격적이고 문제적이지만 여성의 성적 욕망은 가부장제에 위협적 요소이므로 가부장제 강화와 관련 있는 이 소설에서 그녀는 처벌받아야 했다. 그러나 상층 여성의 성적 욕망이 가시화되었다는 점은 여전히 특기할 만한 것이다. 뿐만 아니라 이상적인 여성상으로 긍정되는 인물인 소월영조차 첩에 대해 '투기'하는 마음이 있음을 그대로 드러내기도 한다. 게다가 남성 인물들의 경우도 아름다운 외모가 강조된다. 경우에 따라서는 여성보다 남성이 더 예쁜 것처럼 그려지기도 한다. 그리고 운명의 발화를 통해 부덕이 있는 여성이 아니라 미인을 얻고 싶다는 남성의 욕망도 가려지지 않은 채 그대로 드러난다.

  긍정적 인물의 사랑에 대한 욕구, 거의 여성화되었다고 해도 과언이 아닌 남성들의 아름다운 외모, 미인에 대한 욕망 등 〈소현성록〉은 다양한 측면에서 섹슈얼리티의 문제를 재현해 낸다. 지금까지 확인한 바에 의하면 가문소설 외에 등장하는 앵혈은 여성에게만 부과되며, 앵혈은 양반이든 천민이든 성적 순결의 표지인 동시에 덕과 명예의 상징이 된다. 이와 비교해 보면 남성의 성적 순결을 어느 한순간 낚아채듯 문제삼은 〈소현성록〉은 상대적으로 섹슈얼리티 문제에 대해 덜 경직되어 있는 것으로 보이며 〈소현성록〉에 비해 관습화된 측면을 보이기는 하나 〈현몽쌍룡기〉 역시 남성의 성적인 순결을 가시화한다. 물론 〈소현성록〉에 대해서는 〈창선감의록〉과 더불어 상층 남성 중심의 질서를 더욱 공고히 하는 형식으로 당대 소설이 자리잡게 하는 데 기여했다는 평가[22]도 있고, 또 실제로 『금오신화』나 〈구운몽〉에 비해 그 진지함이 덜해 보이기도 한다. 그럼에도 불구하고 이들 가문소설에는 앵혈을 중

---

22) 정길수, 「17세기 장편소설의 형성 경로와 장편화 방법」, 서울대 박사학위논문, 2005, 218~219쪽.

심으로 섹슈얼리티를 둘러싸고 있는 작은 차이 혹은 다양한 경우의 수들
이 재현되어 있는데, 이는 섹슈얼리티와 성별 권력의 문제를 재현하고
있다는 점에서 주목해야 하는 부분이라 하겠다.

2) 〈오유란전〉에 나타난 남성 섹슈얼리티의 재현 양상

가. 남성 섹슈얼리티의 비가시화와 남성 인물들의 공모

한문단편 중에도 남성들의 성에 대한 태도를 집중적으로 다루고 있
는 이야기들이 있는데 〈심심당(深深堂) 한화(閑話)〉[23]가 바로 그것이
다. 여기에는 남녀 관계를 주제로 한 6개 작품이 들어 있는데, 여기에
서의 남녀 관계는 애정담이라기보다는 남성 인물들의 남성 섹슈얼리티
에 대한 태도가 잘 드러나는 작품들이다. 제1화는 평생을 의탁하고자
하는 여성의 원을 물리쳐 자결하게 만든 남성의 이야기이고, 제2화는
조광조가 자신의 외모에 반해 상사병이 생긴 딸과 이를 불쌍히 여긴
그녀 아버지의 청을 매몰차게 거절한 이야기이다. 두 이야기의 끝에는
모두 그 남성들의 잘못, 즉 경직된 성 의식을 지적하는 평이 부기되어
있다. 제3화는 권석주의 일화로, 그가 초례만 치르고 과부가 된 손부(孫
婦)를 위해 부탁을 하는 여인들의 바람을 거절하니 그 손부가 자결했는
데 권석주가 누차 과거에 급제하지 못하고 끝내 시화(詩禍)로 죽은 것
은 이 여자의 앙갚음이라는 세인들의 평이 붙어 있다. 제4화는 이자의
라는 인물이 끝내 여자의 청을 거절하자 그녀는 죽으면서 귀신이 되겠
노라고 했는데, 과연 그 집안에 재앙이 있어 끝내 곤궁하게 살다가 죽
었다는 이야기이며, 제5화 역시 민정중이 술에 취해 자신의 방에 들인

---

23) 이우성·임형택 역, 앞의 책, 212~225쪽.

여자를 못 알아보고 물리쳐 결국 그녀는 병으로 죽고 민정중에게는 평생 여귀의 살이 뻗쳤다고 했다. 6화는 정철이 술과 여색으로 자신을 더럽힌 것을 애석하게 여기는 내용이다.

앞의 네 개의 이야기에 등장하는 남성들은 소위 정남(貞男)으로서 자신의 성을 엄격하게 지켰기 때문에 문제가 된 예들이다. 그 중 3화와 4화는 그들이 예(禮)를 이루기 위해 자신의 정절을 지킨 까닭에 결국 시화로 죽거나 여귀의 저주를 받은 것으로 귀결된다. 남성들이 자신의 성을 가치의 문제와 연결시켰을 때 그들에게 주어지는 보상은 무엇인가? 이 이야기들은 여성에게는 목숨을 걸고 자신의 성을 지켜야 한다는 것이 지상과제처럼 주어지는 반면 남성들의 경우는 자신의 성적 지조를 지키면 '모진 남자'라는 평가와 더불어 '죽을 수도 있는 혹은 죽어 마땅한' 남자로 해석될 가능성이 있음을 보여 준다. 즉 남성의 성적 순결은 응분의 보상은커녕 죽음으로 연결될 수 있는 위험스러운 것, 두려운 것이 되고 마는 것이다.

이같이 남성들의 성 자체가 문제되는 이야기를 불교 설화에서 찾아본다면 『삼국유사』 소재 〈광덕 엄장〉을 들 수 있을 것이다. 그런데 〈광덕 엄장〉과 〈심심당 한화〉와는 차이가 있다. 불교 설화에서는 실제로는 동침을 안 하고 정절을 지키면서 이성(異性)의 존재에 대해서는 수용적인 태도를 지니되 성적인 유혹은 극복하는 방향으로 이야기가 전개된 반면, 〈심심당 한화〉의 경우에는 유교의 선비들이 실제로 동침을 했어야 하는 것으로 이야기가 전개되고 있다. 물론 이 차이는 인연을 벗어나고자 하는 불교의 교리에서 비롯된 것일 수도 있다. 그러나 〈심심당 한화〉의 내용을 보면, 이러한 설화는 향유자들 사이에서, 예를 들어 '물에 빠지면 죽을 수도 있다, 전쟁터에 나가면 죽을 수도 있다, 남성이 성에 대해 엄격하면 죽을 수도 있다'는 식의 믿음을 형성하고, 남성의 정절은 곧 공포로 연결된다는 막연한 두려움을 공유하게 할 수도 있다. 혹시 여기에는 자신들의 성적 쾌락을 보장받고 뭔가 다른 것으로 포장하고 싶어 하는, 성에 대한 자신의 태도를 정면으로 문제 삼고 싶지 않은 남성들의 욕망이 관여하고 있는 것은 아닐까?

〈오유란전〉에서 이생은 자신의 성적 순결을 포기하고서야 혹은 성적인 경험을 하고서야 비로소 과거에 급제할 수 있는 것으로 그려졌다. 이 작품은 양반 남성 풍류의 한 끝에 자리 잡은 남성들의 성적 쾌락을 긍정한다. 동시에 남성이 자신의 성적 순결과 가치를 연관 지으려는 태도에 대해서는 남성답지 못한 것, 도량이 부족한 것, 풍류도 이해 못하는 것, 쩨쩨함 등의 표지를 붙여버리는 것이다. 진정한 남성이 되기 위해서는, 소위 '우리'인 남성 연대 안에 편입되기 위해서는 이생과 같은 태도는 부정적인 요소, 극복해야만 하는 요소가 된다. 소위 정남(貞男)들의 태도를 긍정하는 것은 자신들의 성적 쾌락에 위협적인 요소일 수 있기 때문이다. 만약 그들이 인정되면 상대적으로 성적 쾌락을 긍정하는 자신들의 논리가 흔들릴 수 있고, 자신들의 도덕성이 문제될 수 있다. 그러므로 남성들의 공모 속에서 남성 섹슈얼리티는 가치나 태도의 문제와 연관지어서는 안 되며, 유표화시켜서도 안 되는 것으로 비가시화되고 만다. 이는 여성의 섹슈얼리티가 늘 부덕(婦德), 덕(德)의 문제와 결부되며 유표화되는 것과는 정반대의 방식이다.

그렇다면 남성들의 공모에 합류한 이생이 잃은 것은 무엇일까? 비록 오유란에 의해 연출된 것이기는 하나 자신의 군자됨의 지표를 자신의 성을 유표화함으로써 증명하고자 했던 이생은, 결과적으로 쾌락으로서의 성이 아니라 정서적 교감까지 포함한 성을 추구한 셈이 되었다. 그

한 예로, 이생이 오유란의 가짜 무덤을 보면서 애도하는 장면을 들 수 있는데, 그에게 오유란은 음녀가 아니라 정녀로 인식되었음을 알 수 있다. 수절에 실패한 과부였음에도 불구하고 말이다. 이생에게 오유란은 풍류나 쾌락의 대상이 아니었다. 처음에 이생은, 여성의 섹슈얼리티를 규제하는 대신 양반 남성들의 성적 욕망은 풍류라는 이름으로 미화하던 당대의 지배담론에 대해 일정한 거리를 유지했던 인물이다. 그리고 그 결과 이생은 친밀감과 열정을 수반하는 낭만적 감정을 경험하게 되었던 것이다. 속인 것은 오유란이지 이생이 아니었다. 속아 넘어갔다는 배신감을 맛보았을망정 그의 감정은 충실한 것이었다. 그러나 그랬기 때문에 과거에 합격하고 벼슬한 후, 너무나도 수월하게 친구 김생과 화해하고 쉽게 동화해 버리는 이생의 모습은 왠지 석연하지가 않다.

남성들과의 공모를 통해 이생은 남성 중심의 권력 구조에 틈입해 들어갈 수는 있었다. 그러나 자신이 중요하게 내걸었던 지조는 여지없이 훼손당했다. 그런데 막상 서사에서는 자신의 가치에 대한 훼손감이 간과되어 있다. 이생과 김생의 화해가 주는 석연치 않음은 바로 이런 불균형에서 비롯한 것일 가능성이 있다.

나. 남성 훼절과 여성 훼절의 차이

훼절이라는 단어는 신체에 대한 훼손감, 성적인 주체성에 대한 훼손감을 동반한다. 그리고 이런 훼손감은 여성의 신체를 환기시킨다. 그런데 남성훼절소설의 주인공들은 자신의 성적 순결이 침해를 당했어도 그런 성적 훼손감을 경험하지는 않는 것으로 보인다. 여성 훼절의 경우와 달리 그들이 성적인 수치심을 심각하게 경험하지 않는 데에는 몇 가지 까닭이 있을 수 있겠다. 우선 자신을 훼절시키기 위해 투입되는 여성과의 관계에서 자신은 주도적인 입장에서 자신이 원하는 여성과 성적인 결합을 이룬 것이라고 여기기 때문일 것이다. 또한 자신의 친구에 의한 상황 연출은 위계화된 성폭력과는 전혀 거리가 먼 것으로서, 다시 말해 결단코 권력 관계에 의한 성적 침해가 아니기 때문일 것이다. 그 상황에서 그들은 여전히 성적인 주체였으며 그들이 경험한 억압은 우호적인 성격의 것이었다. 그러므로 이들의 성적 수치심은 전면화되지 않으며, 작품 속에서 당사자들은 성적으로 훼손된 감정, 남성성의 훼손으로 인해 고통 받는 모습으로 재현되지 않는다. 이들의 남성성은 여전히 건재하기 때문이다. 이들이 고통받거나 혹은 수치스럽거나 아니면 화가 나는 것은 지인이 자신을 속였기 때문인데, 그러나 그 문제도 심각하게 문제제기하지 않고 분명하게 해결하지 않은 채 합의한다. 그 결과 그들은 공모하는 사이가 되고 서로서로 봐주는 사이가 된다.

훼절이란 절개 혹은 지조의 훼손을 의미하며, 절개 혹은 지조 등의 단어는 남성보다는 여성과 관련하여 많이 사용된다. 시가문학에서 종종 등장하는 여성 화자의 문제, 즉 남성을 해바라기하는 여성의 태도는 임금에 대한 신하의 태도로 유비하곤 했는데 이 유비가 가능했던 이유는 섹슈얼리티와 권력 관계의 상관성 때문이다. 여성의 경우 훼절은 곧바로 여성 섹슈얼리티에 대한 침해, 성적인 침해로 연결된다. 그러나 남성 훼절담의 경우는 훼절했으나 오히려 남성성은 훼절당하지 않는 결과를 낳는다. 이것이 바로 훼절담이라는 명명과 서사의 내용이 충돌하는 지점이며, 여성의 훼절과 '소위 남성의 훼절'이 본질적으로 구별되는 지점이다.

4. 결론 : 고소설사의 맥락에서 본
남성 섹슈얼리티의 재현 양상과 그 의미

남성가부장제가 시행된 이래로 여성의 성적 감응성은 제한되거나 거부되어 온 반면 남성들의 섹슈얼리티는 일반적으로 아무런 문제가 없는 것으로 수용되었다[24]. 늘 중심의 성이었던 남성 섹슈얼리티는 새롭게 거론되거나 어떤 표지를 달거나 할 필요조차 없는 것이었다. 고소설에 있어서도 문제가 되는 것은 여성의 성이었으며, 처녀성, 성적 순결 등의 문제가 정절 이데올로기화되어 여성의 몸을 규제하였다. 특히 조선시대는 유교적 가부장제가 강하게 작동하는 사회였다는 점을 감안해 보면 고소설에서 남성들의 성에 대한 태도나 인식은 조선시대 내내 비슷한 양상을 보일 것으로 예상되기도 한다. 그러나 그렇다고 해서 고소설에서 남성 섹슈얼리티가 전혀 문제가 되지 않았던 것은 아니다. 앞에서 고찰한 것처럼 남성 인물에게도 성적 순결의 표지가 실험된다든지 혹은 훼절이 문제된다든지 하는 재현 양상이 드러나는 작품들이 있었다. 비교적 초기에 속하는 〈소현성록〉에서 섹슈얼리티 해석의 다양한 국면들이 재현되었고, 그보다 후기 작품인 〈오유란전〉에서는 남성주인공이 자신의 섹슈얼리티 문제를 웃음의 대상으로 만들어 비가시화시켜 버리는 것을 확인할 수 있었다.

이 장에서는 앞의 논의를 이어 고소설사의 맥락에서 남성 섹슈얼리티 재현 양상을 살피고 그 의미에 대해 생각해 보고자 하는데, 고소설에서 남녀 애정을 다룬 작품들은 많지만 우선 전기소설을 대상으로 살펴볼 예정이다. 주지하듯 성에 대해 비교적 자유로운 인식을 보여주는

---

24) 앤소니 기든스, 앞의 책, 264쪽.

판소리계 소설이나, 애정 자체가 작품의 중요한 사건인 애정소설, 혹은 천정인연을 찾는 것이 서사에서 중요한 비중을 차지하는 군담소설도 남녀의 애정 문제를 다루고 있다. 그러나 이 하위장르들 중 시대의 흐름에 따라 남성인물의 성 인식 혹은 성에 대한 태도를 잘 드러내는 장르로 가장 적합한 것은 무엇보다도 애정전기소설이라고도 불리는 전기소설일 것으로 보이기 때문이다.

전기소설의 대표적인 작품은 『금오신화』이다. 남성 문사의 장르였던 전기소설에는 물론 남성 판타지가 투영되어 있다. 그러나 15세기 작품인 『금오신화』와 17세기 이후의 작품을 비교해 보면 남성 섹슈얼리티가 재현되는 양상에는 차이가 있다. 예를 들어 〈만복사저포기〉의 양생의 경우를 보면, 양생은 그녀가 떠나간 후 다시 다른 대상을 찾지 않는다. 사실 그녀는 인간도 아닌 귀신이었음에도 말이다. 그가 자신의 결핍을 충족시켜 줄 대상으로 다른 여성을 지속적으로 찾지 않는다는 점에서 양생의 태도는 다른 남성 인물들의 성적 태도와 구별 가능하다. 양생과 그녀와의 관계는 일대일의 관계였으며 그 관계는 대체 불가능한 것이기도 했다. 그리고 그 한 번으로 충족되는 것이었기에 양생에게 성적 정복 대상으로서의 여성은 더 이상 필요치 않은 것이었을 수 있겠다. 물론 15세기 서사문학에 나타난 남성 섹슈얼리티 재현 양상이 다 양생의 경우와 같다고 설명하려는 것은 아니다. 여전히 강하고 정력적이며 성적 쾌락을 당연시했던 남성의 성이 긍정되었겠지만 15세기의 남성 섹슈얼리티 재현 양상에는 〈만복사저포기〉의 양생과 같은 경우가 있었음을 명시하고자 하는 것이다.

17, 18세기에 들어 전기의 관습이 변용되거나 해체되면서 계승되는 작품들이 등장하는데 〈주생전〉, 〈위경천전〉, 〈빙허자방화록〉 등이 여

기에 속한다. 이들 작품은 모두 남녀가 성적인 결합을 맺는 과정에서 남성의 시선에 포착된 여성을 형상화해 내고, 여성을 성적 정복의 대상으로 재현하고 있다. 〈심생전〉의 심생은 연애 과정에서 매우 진지했으나 부모와 갈등 관계에 빠지자 그 여성을 포기하는 쪽을 선택한다. 혼인 전 남자와 관계를 맺은 여성에 대한 조선 사회의 시선을 모를 리 없었으나 부모의 명에 순종하기 위해 상대 여성을 포기했던 그의 선택은 여성이란 '속현(續絃)하듯' 대체 가능한 존재라는 조선시대의 논리를 내면화한 결과일 수 있다. 더 나아가 〈정생전〉에서 재현되는 남성의 태도는 보다 전형적인 것으로, 그에게 중인 여성은 한때의 쾌락의 대상이었을 뿐이다[25].

15세기 『금오신화』에서 남성 주인공이 보여주었던 성에 대한 태도는 상대 여성의 수를 늘려나가는 방식으로 재현되지 않았지만 후대 전기소설 남성 주인공들의 성은 상대 여성의 숫자를 늘려가는 방식으로 재현되거나[26] 혹은 여성이 대체 가능한 존재라는 가부장제 사회의 이데올로기를 수행하는 방식으로 재현되고 있다. 즉 조선 사회가 유교적 가부장제가 공고한 사회였다는 것은 이미 주지의 사실이어서 남성들의 성에 대한 태도나 인식 또한 동일한 양상으로 재현될 것이라는 예상과는 달리 시대의 흐름에 따라 변화가 나타났다. 전기소설의 경우에는 후대 양상과 차별화된 지점을 보여주는 작품이 『금오신화』에 국한되었지만, 여기에 앞에서 논의했던 〈소현성록〉이나 〈오유란전〉의 경우를 더

---

25) 〈정생전〉의 정생은 그녀가 자신의 출세에 방해가 될지도 모른다는 생각이 들자 자신의 아이를 임신한 그녀의 호소를 무시하였고 그 결과 그 여성은 죽음에 이르게 되었다.

26) 한 남성이 여러 명의 여성과 성적인 관계나 혼인 관계를 맺는 것은 전기소설만이 아니라 여타의 고소설에서 흔히 나타나는 설정이기도 한데, 〈구운몽〉이 그 대표적인 작품이라 하겠다.

해 본다면 시대의 흐름에 따라 고소설에서 재현된 남성 섹슈얼리티의 차이점이 더 잘 드러나 보인다.

조선 사회는 여성만이 아니라 남성에게도 수기(修己)를 강조했지만, 여성의 성이 유교적인 이데올로기 하에서 규제되고 고착되었던 데 비해 남성의 성은 상대적으로 자유로웠다. 〈소현성록〉에서는 그런 남성 섹슈얼리티에 딴지라도 걸 듯 장난이라는 방법을 통해 우회적으로 도전해 보지만 여타 소설에서 앵혈은 오로지 여성들의 처녀성을 상징해 주는 수단으로만 등장할 뿐이다. 심지어 후대에 이르면 〈하진양문록〉에서도 여성의 성적 순결에 대한 관습적인 고착을 찾아볼 수 있다. 이 작품에서 하옥주의 팔에 새겨진 앵혈은 칼로 깎아내도 없어지지 않을 정도인데, 이는 여성의 신체 깊숙이 각인된 처녀성을 보여주고 있다. 없어질까 염려되는 앵혈은 손상될까 두려운 처녀막을 상징한다. 그렇다면 살 깊숙이 박혀 각인된 하옥주의 앵혈은 성적 순결에 대한 하옥주와 더불어 소설 향유층의 강박을 보여주는 것 같다[27]. 중국 소설에서 앵혈이나 수궁사와 같은 언급이 드문 것을 볼 때 이는 여성 섹슈얼리티에 대한 조선의 통제 강도를 짐작하게 해 주는 것이다.

마지막으로 〈오유란전〉을 비롯하여 19세기 작품들로 추정되는 남성 훼절소설군에 이르면 남성 섹슈얼리티는 남성들의 공모 가운데 마치 입사(入社)와도 같은 의미를 부여받으며 '도깨비감투'를 쓰듯 비가시화되어 버린다. 이때 남성의 성적 순결 혹은 그것과 가치를 결부시키는 행위는 남성답지 못한 행위라는 표지를 얻게 되는 셈이다. 고소설 서사에서 남성의 섹슈얼리티는 더 이상 가시화시켜 문제 삼지 않게 된 것이다[28].

---

27) 현재까지의 검토를 토대로 했을 때, 후대 소설에서의 앵혈은 이렇듯 여성의 성적 순결에 대한 상징으로만 등장하는 것으로 추정된다.

고소설에 나타난 남성 섹슈얼리티를 고찰한 결과 후대로 갈수록 성별에 따른 섹슈얼리티의 위계화 현상이 뚜렷해지는 것을 확인할 수 있었다. 15세기의 작품에서는 남성들도 사랑의 대상을 향한 수절의 양상을 보이는데 비해, 같은 전기소설이라 해도 후대 작품들에서 재현되는 남성 섹슈얼리티의 양상은 수절과는 거리가 먼 것으로서 여성을 자신의 욕망의 대상으로 삼는 경향이 분명하게 나타나고 있었다. 뿐만 아니라 17세기의 〈소현성록〉에서는 성에 대한 남성들의 이중적이고도 폭력적인 방식을 가시화하고 있지만 후대의 훼절소설에서는 그나마의 시도도 사라져 버린다. 서사에서 남성 주인공이 성적인 존재라는 것을 드러내는 방식은 오로지 풍류라는 수사와 함께 미화되는 방식을 취하게 된 것이다. 물론 〈소현성록〉을 비롯한 가문소설 역시 궁극적으로 다처다첩제를 인정하고 있다. 그러나 가문소설이 희화화의 방식을 통해 남성 역시 섹슈얼리티를 가진 존재임을 부각시키는 것은 여덟 명 정도의 여자는 거느려야 만족스럽게 여기는 듯한 〈구운몽〉의 서사와 구별되는 지점이 있으며, 아예 남성들의 성을 가치의 문제와 연결시키려는 시도까지도 차단해 내는 남성훼절류 소설들과도 다르다. 고소설에서 남성 섹슈얼리티가 재현되는 양상을 보면, 15세기 이후 17세기를 관통하면서 남성들의 성은 확대되고 강화되는 방향으로 재현되었던 반면, 여성들의 성은 정절이라는 이데올로기를 통해 축소되는 방향으로, 심지어 기생들에게도 열(烈)을 요구하는 방향29)으로 재현되어 남녀 성별에 따

---

28) 한 가지 예외적인 작품이 있는데, 바로 〈변강쇠가〉의 경우이다. 변강쇠의 성이 작품에 전면화되는 것은 그의 성적 욕망과 그의 신체가 양반 남성의 것이 아닌, 즉 자신들과 무관하다고 여겨지는 주변적 존재의 것이기에 가능했던 것으로 보인다. 그 까닭에 변강쇠의 성은 남성의 성이라도 유표화되고 한껏 대상화되어 있다.

29) 그 대표적인 작품이 〈열녀춘향수절가〉일 것이다.

른 섹슈얼리티의 위계가 구축, 강화되고 있음을 알 수 있다.

　그런데 19세기 후반에 이르면 남성 주인공의 성적인 욕망, 남성 주인공의 성적인 관심이 풍류로 미화되지 않은 채 재현되는 작품이 등장한다. 바로 〈포의교집〉과 같은 작품이 그 예이다. 이 작품에서 남성주인공의 성적인 욕망은 상대 여성에 의해 도전 당한다. 이는 고소설에서 남성 섹슈얼리티를 재현하는 수사나 방식이 바뀌어서라기보다는 작품이 생산되는 시대가 19세기 후반인 데서 기인하는 것으로 보인다. 본고는 고소설에서 남성 섹슈얼리티가 재현되는 양상을 고찰하려는 첫 번째 시도이므로 일단은 그 양상과 의미에 대해 거시적으로 분석하고 정리하는 작업을 수행하였다. 이와 관련하여 연구 대상 작품을 넓히고 보다 섬세하게 논의하는 작업이 필요한데 이는 추후의 과제로 돌린다.

제2부

섹슈얼리티와
고소설의 작품형상

제2부

〈최치원〉의 성적 욕망과 자기 정체성 확립

〈소현성록〉에 나타난 성적 태도와 그 의미

〈옥루몽〉에 나타난 성애 표현의 의미 : 은밀한 폭력과 정당화된 폭력

〈변강쇠가〉 성담론의 기능과 의미

〈사랑가〉의 변모 양상과 성적 주체의 문제

〈최치원〉의 성적 욕망과 자기 정체성 확립

1. 서론

전기소설을 '섹슈얼리티(sexuality)'라는 격자로 바라보기 위해서는 다양한 의미 층위를 가진 '섹슈얼리티'를 문학 해석을 위해 어떻게 한정할 것인가라는 문제와 그것을 통한 해석이 얼마나 유효한가에 대한 문제 제기가 선행되어야 한다.

전자의 경우, 섹슈얼리티가 함의하는 여러 층위의 의미 자질들을 예외 없이 검토하여 그것의 개념을 체계적으로 정리하는 것이 필요하지만 특정 작품을 해석하기 위한 전제적 작업으로는 무리가 따른다고 할 수 있다. 그러므로 섹슈얼리티의 여러 의미 층위 가운데 특정 작품과 결부되는 측면을 선택하고 그것에 집중해서 논의를 진행할 수밖에 없다. 사정이 이러하므로 특정 작품과 섹슈얼리티의 상관관계를 면밀히 따져 그 작품에 가장 적합한 섹슈얼리티의 특성을 찾아 그것을 중심으로 논의를 진행하는 것이 필요하다.

후자의 경우, 언필칭 한국 전기소설의 주류가 애정전기[1]이며 거기에

---

1) 박희병, 「傳奇的 人間의 美的 特質」, 『韓國傳奇小說의 美學』, 돌베개, 1997, 35쪽.

는 남녀의 만남과 이별, 그리고 재회로 이어지는 애정 관계가 작품의
중핵 모티프로 등장함과 동시에 남녀의 육체적 관계가 선명하게 부각
되고 있으므로 이른바 섹슈얼리티는 장르관습일 수 있다는 점과 관련
된다. 이럴 경우, 작품에 형상화된 섹슈얼리티는 전기소설의 장르적 성
격의 명징화(明徵化)에 희생되어 작품 해석의 핵심 동력으로 작용하지
못 할 수 있다는 한계를 지닌다.[2] 따라서 섹슈얼리티가 전기소설의 장
르관습 혹은 장르적 성격을 분명히 하기 위한 장치로 정리된다면 섹슈
얼리티를 통한 해석의 타당성은 상당히 축소될 가능성이 높다.

　본고에서는 이러한 문제에 적절히 대응하기 위해 나말여초의 전기소
설 〈최치원(崔致遠)〉의 섹슈얼리티를 '성적 욕망(sexual desire)'이라
는 측면으로 한정하여 논의를 전개하고자 한다. 그리고 이러한 시각을
통하여 작품에 내재하는 성적 욕망이 사회적 권력에 대한 저항과 자기
정체성 확립이라는 의미와 밀접하게 관련되어 있음을 밝혀, 작품의 의
미를 새롭게 해석함에 있어 섹슈얼리티적 시각이 가지는 유효성을 구
명하고자 한다.

---

2) 전기소설의 장르적 성격을 논함에 있어 '낭만성'은 중요하게 거론되어 온 술어이다. 하지
　만 낭만성에 관한 그간의 논의를 살펴보면, 현실성의 대립 축으로 이해하거나 환상성의
　짝으로 설정해온 것이 보통이다. 또한 이러한 범박한 이해, 혹은 지나치게 확장시켜 적용
　한 것에 대한 비판(장효현, 「형성기 고전소설의 현실성과 낭만성의 문제」, 『민족문학사연
　구』 10집, 민족문학사연구소, 1997, 123쪽 ; 박희병, 「傳奇小說의 문제」, 『韓國傳奇小說
　의 美學』, 돌베개, 1997 ; 강상순, 「조선후기 장편소설의 낭만성 검토」, 『우리어문연구』
　19, 우리어문학회, 2002, 8~9쪽)들도 있었다. 이러한 일련의 과정을 통해 낭만성의 특징
　에 대한 상당한 진척이 있었지만 여전히 남은 문제는 있다. 낭만성의 근원에 관한 다각적
　접근, 낭만성의 시대별·작품별 변모 과정, 남녀의 육체적 결합과 낭만성의 관계 등에 대해
　서 보다 정치한 논의가 필요한 부분이라 할 수 있다.

2. 성적 욕망으로서의 섹슈얼리티

문학 작품에 남녀의 육체적 관계에 대한 구체적인 서사화가 등장함에도 불구하고, 그것을 단순히 인간 본성의 긍정이나 성에 대한 긍정적 시각으로 정리하는 것은 온당한 섹슈얼리티적 해석이라 할 수 없다. 문학 작품은 세계에 대한 작가의 욕망의 형상물이다. 장르 혹은 개별 작품에 따라 그 양상은 다르겠지만 작가의 욕망은 어떤 방식으로든 반영되기 마련이다. 특히 특정 작품에 투사된 욕망이 성적인 행동, 성적인 언어를 중심축으로 형상화되거나 전적으로 성적인 것에 집중되어 표출된다면 그것은 작품의 본질적 의미가 성과 밀접하게 연관되어 있다는 방증일 것이다.

욕망은 일종의 충족되지 않는 욕구에 대한 갈증이라 할 수 있다. 그러므로 인간은 다양한 방식으로 성적 욕망을 추구한다. 성기, 성행위, 성관념 등에 대한 언어적 혹은 예술적 텍스트에서부터 직접적인 성행위의 실천에 이르기까지 결핍된 성욕의 충족을 위한 방법들은 무한하다. 이런 측면에서 욕망은 삶의 근원적 에너지라 할 수 있으며 나아가 성적 욕망은 인간 존재, 인간 문화의 형성 및 발달과 밀접하게 연관되어 있다.

이러한 성적 욕망을 바탕으로 하는 섹슈얼리티는 인간의 삶의 본능이자 에너지이다. 그것은 단순히 성행위만을 의미하는 것이 아니라 인간 자아의 정체성을 성찰하는 중요한 부분이다. 그것은 제도와 인간의 관계에서 성적 규범의 갈등 요인이며 사회변화의 동력이며, 사회의 다양한 상황 속에서 다면적으로 형성되고 변화하는 역사적 구성물이다.[3]

인간의 삶에서 중추적인 기능을 하는 섹슈얼리티는 일반적으로 '성

---

3) 김금녀, 「섹슈얼리티의 전통성과 근대성에 관한 연구」, 『首善論集』 25집, 성균관대학교, 2000, 165쪽.

적 행동, 성적 현상, 성욕 또는 성본능, 그리고 성에 관한 사회문화적 상징(체계)'라는 의미로 이해되지만, '성본능과 그것의 만족에 관계된 행동들의 총체'라는 사전적 의미에서부터 '생물계에서 관찰할 수 있는 성적이거나 성에 연결된 양태들의 전체'라는 생물학적 의미, '성적 만족의 다양한 양태들의 전체'라는 심리학·성과학적 의미, '성적 충동이 뚫고 지나가는 영역'이라는 정신분석학적 의미4)에 이르기까지 개념의 편폭이 다양하다.

이처럼 복잡다단한 섹슈얼리티의 의미 층위 가운데 '성적 욕망'을 부조시키는 이유는 그것이 가지는 권력과의 친연성 때문이다. 푸코에 의하면 성적 욕망은 권력관계에서 강하게 나타나며, 다양한 전략들을 위한 거점 또는 연결점의 구실을 할 수 있는 도구로 이용될 가능성이 높다고 한다.5) 그는 '권력'은 특정한 국가 내의 제도와 기구들의 총체로서의 '정권'과 같은 것이 아니라 하나의 조직된 전체를 구성하는 세력관계들의 다양성이며 끊임없는 투쟁과 충돌을 거쳐 그것들을 변화시키고 강화시키는 놀이라고 했다. 또한 제도나 구조도 아니고 일부 사람들에게 부여되어 있는 특정한 권세가 아니라 도처에서 발생하는 주어진 한 사회에서 복잡한 전략적 상황에 부여되는 이름이라는 것이다.6) 그러므로 권력은 다양한 세력관계를 바탕으로 사회 내의 여러 인간관계는 물론 남녀 사이에서도 그들을 변화시키고 관계를 강화시키기 위한 구체적인 전략이라 할 수 있다.

그렇다면 권력과 성적 욕망은 어떻게 연결되는가? 그것은 성에 대한

---

4) 미셸 푸코, 이규현 옮김, 『성의 역사』 1권, 나남, 1990, 9쪽(역자서문 중에서).
5) 미셸 푸코, 이규현 옮김, 위의 책, 117쪽.
6) 미셸 푸코, 이규현 옮김, 위의 책, 106~107쪽.

권력과 지식의 특수한 관계 속에서 명료화된다. 즉, 권력과 지식의 담합으로 성에 대한 특수한 형태의 담론7)을 형성하게 되는데 그 담론의 생산에는 필연적으로 성적 욕망이 결부되는 것이다. 성에 대한 앎의 의지가 고조될수록 권력은 지식을 바탕으로 다양한 형태의 담론을 생산하게 되고, 바로 그때 성적 욕망은 담론 생산의 직접적인 역할을 수행한다고 할 수 있다.

나아가 푸코는 성적 욕망의 다양한 기제들을 전술적으로 반전시킴으로써 권력의 지배력에서 벗어나 육체, 쾌락, 앎의 다양성과 저항 가능성을 이용하려면 성으로부터 자유로워져야 한다고 했다. 그리고 성적 욕망의 장치를 반격하기 위해서는 육체와 쾌락을 거점으로 삼아야 한다고 말했다. 그가 말한 '성으로부터의 자유'는 성적 욕망의 장치가 진전되어온 맥락을 따르지 않는 것을 의미한다. 즉, 권력과 지식이 만든 다양한 형태의 성담론(성도덕, 성과학 등)에서의 자유로움을 말한다고 할 수 있다. 그리고 '성적 욕망의 장치를 반격'하기 위한 거점으로서의 '육체와 쾌락'에는 '성적 욕망과 그것의 장치를 뒷받침하는 권력의 술책들에 의해 그 엄격한 성의 왕정에 종속되어 성의 비밀을 억지로 빼앗고 가장 진실한 고백을 강탈하는 임무에 헌신'해왔던 우리들 자신의 '해방'이 달려 있다고 했다.8)

그가 말한 육체와 쾌락은 성적 활동과 연관된다. 성적 활동은 인간의 가장 완성된 존재 양식으로의 복원이며, 자연으로부터 부여 받은 강력

---

7) 푸코는 19세기 동안 성에 대한 관심이 고조되면서 여성 육체의 히스테리화, 어린이의 성에 대한 교육, 생식행동의 사회 관리화, 도착적 쾌락의 정신의학적 편입 등으로 대표되는 네 가지의 형상의 지식의 특권적 담론이 형성되었다고 했다.(미셸 푸코, 앞의 책, 117~119쪽)

8) 미셸 푸코, 앞의 책, 167~170쪽.

한 쾌락이다.[9] 그러므로 규범화되어 있는 성담론에 얽매이지 않은 성적 활동으로서의 육체와 쾌락은, 권력과 지식이 생산한 성적 욕망의 장치를 반격하는 행위이다. 이는 궁극적으로 권력으로부터의 진정한 해방이며 나아가 타인과 자기와의 관계에서 자신의 정체성을 확인하는 과정이라 할 수 있다.

이상에서 설명한 성적 욕망으로서의 섹슈얼리티는 전기소설 〈최치원〉을 해석하는 데 많은 시사점을 제공한다. 이 작품은 15세기 성임(成任)이 편찬한 『태평통재(太平通載)』 권68에 수록되어 있는 것으로 많은 연구자들에 의해 다양하게 논의되었던 작품이다. 특히 장르적 성격에 관한 논의[10]와 작가 및 창작 시기에 대한 논의[11]는 〈최치원〉 연구의 주류라 할 수 있을 것이다. 하지만 이 작품은 한국소설사에서 문제적 작품으로 인식된 나머지, 소설의 발생과 관련되는 거대담론에 편입되어 개

---

9) 미셸 푸코, 문경자·신은경 옮김, 『성의 역사』 3권, 나남, 1990, 61~62쪽.

10) 작품의 장르적 성격에 관한 대표적인 논의들은 다음과 같다. 조수학, 「崔致遠傳의 小說性」, 『영남어문학』 2, 영남어문학회, 1975 ; 이헌홍, 「崔致遠傳의 傳奇小說的 構造」, 『睡蓮語文論集』 第9輯, 부산여자대학교, 1982 ; 임형택, 「羅末麗初 傳奇文學」, 『한국한문학연구』 5집, 한국한문학회, 1982 ; 김종철, 「서사문학사에서 본 초기 소설의 성립문제」, 『고소설 연구논총 다곡이수봉선생 화갑기념논총』, 1988 ; 박일용, 「소설의 발생과 수이전 일문의 장르적 성격」, 『조선시대의 애정소설』, 집문당, 1993 ; 장효현, 「傳奇小說 연구의 성과와 과제」–장르 개념과 장르사의 문제, 『민족문화연구』 제28호, 민족문학사연구소, 1995 ; 김현양, 「〈최치원〉의 장르 성격 논의에 대한 비판적 검토」, 『민족문학사연구』 제10호, 민족문학사연구소, 1997 ; 박희병, 『韓國傳奇小說의 美學』, 돌베개, 1997.

11) 작가 및 창작 시기에 관한 기존 논의들을 제시하면 다음과 같다. 지준모, 「전기소설의 嚆矢는 新羅에 있다」, 『어문학』 32, 한국어문학회, 1975 ; 김혜숙, 「수이전의 작가」, 『한국문학사의 쟁점』, 집문당, 1986 ; 김건곤, 「新羅殊異傳의 作者와 著作 背景」, 『정신문화연구』 34, 한국정신문화연구원, 1988 ; 조수학, 「殊異傳의 著述者와 文體考」 『영남어문학』 17, 영남어문학회, 1990 ; 소인호, 「수이전의 저자와 문헌성격에 관한 반성적 고찰」, 『고소설연구』 3, 한국고소설학회, 1997 ; 정출헌, 『고전소설사의 구도와 시각』, 소명, 1999 ; 이검국·최환, 『신라 수이전 고론』, 중문, 2000 ; 소인호, 「최치원의 작자와 연원의 문제」, 『고소설사의 전개와 서사문학』, 아세아문화사, 2001 ; 이동환, 「쌍녀분기의 작자와 그 창작배경」, 『민족문화연구』 37집, 고려대 민족문화연구소, 2002.

별 작품에 대한 다각적 논의의 기회를 상실했었다고 할 수 있다. 그 결과, 대부분의 논의들이 서사문학사적 위상이라는 측면에서 장르사적 혹은 소설사적 특성에 치중되었고 상대적으로 작품의 개별적 특성에 관해서는 많은 관심을 기울이지 않았었다고 할 수 있다. 이런 점에서 이 작품을 섹슈얼리티라는 시각으로 해석하는 것은 방법론적인 다양화의 측면에서나 개별 작품의 해석적 측면에서 나름의 의미가 있다고 하겠다.[12]

〈최치원〉은 역사적 실존 인물인 최치원과 팔낭자·구낭자라는 두 원귀의 '만남-결연-이별'이라는 구도로 이루어진 나말여초의 전기소설이다. 그런데 주목할 점은 최치원과 두 여인의 만남과 결연의 과정을 보면, 거기에는 성적 욕망으로서의 섹슈얼리티가 진하게 배어있다는 점이다. 작품을 지배하는 시와 산문에는 다양한 성적 상징들이 등장한다.

이 작품을 해석함에 있어 섹슈얼리티의 관점이 힘을 발휘하는 이유는, 작품의 섹슈얼리티가 남녀의 우연한 만남과 격정적인 육체관계를 통해 사회적 권력에 대한 저항의 구체적 방법으로 발전하기 때문이다. 작품 속의 주체와 대상이 주고받는 언어들은 권력과 지식의 작용으로 형성된 담론으로, 그들의 성에 대한 의식이 충실히 반영되어 있다. 거기에는 권력으로부터 자유로울 수 없는 인간의 모습이 진솔한 감정으로 드러나 있으며 동시에 권력으로부터 자유롭기 위한 치열한 저항이 스며들어 있다고 할 수 있다.

---

12) 고소설을 텍스트로 삼은 기존 연구 가운데 섹슈얼리티와 직간접적으로 관련되는 논의들을 제시하면 다음과 같다. 신태수, 「古小說의 性愛 樣相과 그 社會的 性格」, 『고소설연구』 제8집, 한국소설학회, 1999 ; 김지영, 「조선시대 애정소설에 나타난 사랑과 성」, 『한국고전여성문학연구』10, 한국고전여성문학회, 2005 ; 정하영, 「〈변강쇠가〉 성담론의 기능과 의미」, 『고소설연구』제19집, 한국고소설학회, 2005 ; 유광수, 「〈옥루몽〉에 나타난 성애표현의 의미-은밀화된 폭력과 정당화된 폭력」, 『고소설연구』제20집, 한국고소설학회, 2005 ; 조혜란, 「고소설에 나타난 남성 섹슈얼리티의 재현 양상」, 『고소설연구』제20집, 한국고소설학회, 2005.

3. 권력에 대한 저항과 주체성 확립

1) 주체와 대상의 성적 욕망

섹슈얼리티를 매개로 한 남녀 간의 관계는 단순한 감정의 표현이나 교환의 문제로 제한되지 않으며, 이것을 체험하고 표현하고자 하는 주체와 대상과의 관계 및 그들이 기반해 있는 사회와의 관계 속에서 의미를 구현하기 마련이다.[13) 그러므로 작품 속의 주체와 대상이 형성하는 담론은 필연적으로 그들 간의 관계 혹은 사회와 그들의 관계라는 그물망에서 벗어날 수 없다. 〈崔致遠〉에서 최치원과 두 여인이 만나는 과정을 보면 이러한 사실을 잘 알 수 있다.

> "고운 심성의 그대들이여 그윽한 꿈에서 만나,
> 밤새 외로운 나그네 위로한들 무슨 허물이겠는가?
> 외로운 객사에서 운우의 정을 즐긴다면,
> 그대와 더불어 낙천신(洛川神)을 함께 부르리."[14)

이 시는, 최치원이 율수현위(溧水縣尉)로 있으면서 현의 남쪽 초현관(招賢館)에 놀러 갔다가 언덕에 있는 오래된 무덤 앞에서 읊은 시이다. 이 시에서 처음 보는 쌍녀분(雙女墳)이라는 무덤의 주인을 굳이 '방정(芳情)'이라고 한 데는 그 이유가 있다. 방정은 원래 상대방의 마음에 대한 경칭이다. 따라서 상대를 너그럽고 아름다운 심성의 소유자라고 치켜세우고 있는 것이다. 반면 자신을 '나그네(旅人)'로 대칭시켜 쓸쓸

---

13) 최기숙, 「'관계성'으로서의 섹슈얼리티 : 성, 사랑, 권력」, 『여성문학연구』 10, 2003, 한국여성문학연구회, 245쪽.

14) 『太平通載』 권68, 〈崔致遠〉, "芳情儻許通幽夢 永夜何妨慰旅人 孤館若逢雲雨會 女君繼賦洛川神"

하고 초라한 신분임을 밝히고 있다. 이러한 대립의 효과는 자명하다. 상대방의 내면적 아름다움을 극대화시켜 자신과의 만남을 적극적으로 유도하려는 화자의 의도가 깃들어 있다고 하겠다. 더구나 그 만남이 육체적 관계를 목적으로 하는 운우의 정을 즐기는 데 있음을 분명히 하고 있어 이 시는 성적 욕망이 구체적으로 발현되어 있다고 하겠다.

작품의 주체인 최치원의 헌시에 화답하는 팔낭자의 시에도 성적 욕망이 두드러진다.

> "살아 있을 때는 항상 낯선 사람을 부끄러워했었는데,
> 오늘은 알지도 못하는 이에게 교태를 품습니다."[15]

최치원의 시에 비해 다소 우회적이기는 하지만 주체를 그리는 대상의 욕망이 분명하게 드러난다. 그 욕망이 어디를 지향하고 있는지 흐릿하지만 '교태를 품는다(含嬌)'라는 시구를 통해 그것이 성적 욕망임을 암시하고 있다. 이어지는 구닝자의 시는 보다 분명하다.

> "항상 진녀(秦女)를 따라 속세를 버리려고,
> 임희(任姬)[16]처럼 미인을 사랑하는 것을 배우지 않았습니다.
> 양왕과 더불어 운우의 정을 나누고자 하니,
> 생각이 복잡하여 정신이 혼란스럽습니다."[17]

---

15) 『太平通載』 권68, 〈崔致遠〉, "當時在世長羞客 今日含嬌未識人"

16) 任姬의 실체 관해서는 박희병(「羅麗時代의 傳奇小說」, 앞의 책, 127쪽 ; 『韓國漢文小說』, 한샘출판사, 1995 ; 『韓國漢文小說 校合句解』, 소명, 2005, 61쪽)이 『太平廣記』 권452 〈任氏〉에 등장하는 여주인공 임씨를 지칭한다고 밝힌 바 있다.

17) 『太平通載』 권68, 〈崔致遠〉, "每希秦女能抛俗 不學任姬愛媚人 欲薦襄王雲雨夢 千思萬憶損精神"

시에 등장하는 진녀와 임희는 각각 속세를 초월한 인물과 세속적 사랑을 추구한 인물의 상징이다. 여인은 초월적 가치를 지향한 진녀를 따라 세속적 욕망을 좇지는 않겠다고 다짐했었지만 이제 치원을 만나게 되니 평소의 의지와는 다르게 진녀를 버리고 임희를 따르게 되었음을 말하고 있다. 이러한 시적 화자의 자세는 '운우지정을 나누고자'한다는 부분에서 극명히 드러난다. 운우의 정은 남녀의 육체적 사랑을 단적으로 나타내는 것이므로 최치원의 헌시에 부합하는 답시라 할 수 있다.

전기의 남녀 주인공이 육체관계를 맺기 전에 흔히 시를 주고받는 것은 교감의 한 과정이라 할 수 있다. 이러한 시의 수창(酬唱)은 서로의 깊은 감정을 이해하고, 서로가 동일한 취향을 가졌으며 모두 외로움을 느끼는 존재들이라는 사실을 상호 확인하는 본질적 계기가 된다.[18] 따라서 주체와 대상이 주고받는 시는 서로의 상태가 어떠한지 서로가 무엇을 원하는지 분명히 하게 된다. 이러한 상호 확인의 과정은 〈崔致遠〉의 곳곳에 등장하는데, 그것은 주고받는 시와 대화의 많은 부분이 같이 성적 욕망으로 수렴되어 있음을 알 수 있다.

이처럼 〈崔致遠〉에는 주체와 대상의 성적 욕망이 강하게 드러나고 있다. 그런데 여기서 주목할 점은 주체와 대상이 만나는 과정의 성적 욕망이 성적 문란함으로 진행된다는 것이다. 작품에 형상화된 최치원은 시종일관 여성들을 대상으로 성적 희롱을 일삼는다. 이러한 성적 문란함은 작품의 여러 곳에서 발견되는데, 이는 화려한 문사적 재능의 이면에 내재한 주체의 성적 욕망의 외화라고 할 수 있을 것이다.

"공은, 취금이 마음에 들어 그녀에게 치근거렸다. 취금이 화를 내며 '수

---

18) 박희병, 「傳奇小說의 문제」, 『韓國傳奇小說의 美學』, 돌베개, 1997, 30쪽.

재께서는 답장이나 주시지 공연히 사람을 욕보이십니다.'라고 했다."[19]

최치원은 팔낭자와 구낭자를 만나기 전부터 일개 시비인 취금에게
조차 치근거린다. 그의 이러한 행동은 작품을 성적 욕망이라는 코드로
바라보지 않으면 쉽게 이해되지 않는 부분이다.[20] 이는 주체와 대상을
성적 타락으로 이끌려는 의도로, 권력에 저항하는 성적 욕망의 단초라
할 수 있다. 이러한 최치원의 성적 문란함에의 지향은 작품의 여러 곳
에서 확인된다.

"진실부라 알고 있었는데,

---

19) 『太平通載』 권68, 〈崔致遠〉, "公悅而挑之 翠襟怒曰 秀才合與回書 空欲累人".

20) 이 장면에 대한 기존의 논의 가운데 김경미·정출헌·조혜란(「초기한국소설사에 나타난
가부장제 기획·여성·욕망」, 『파라para21』 2, 2003, 289쪽)의 논의는 주목을 요한다. 이
대담에서 조혜란은 최치원의 이러한 행위를 통해 이른바 '한량(閑良)' 이미지를 추출해냈
다. 여인들과 시를 주고받으면서 말실수를 해 '신뢰할 말한 문사인줄 알았는데, 알고 봤더
니 바람둥이'라고 타박을 당하는 최치원에게서 우리는 충분히 한량의 이미지를 읽어낼 수
있다. 이에 대해서는 이정원(『조선조 애정 전기소설의 소설시학 연구』, 서강대 박사학위논
문, 2003, 32쪽)도 대체적인 공감을 표했다. 취금에게조차 치근거리는 최치원을 볼 때,
꽃 피고 새 우는 춘삼월, 호숫가에 배를 띄워 기녀들과 음주가무를 즐기는, 지배권력으로
서의 남성적 지위를 거침없이 뿜어내는 한량의 모습이 오버랩 되는 것은 지극히 당연하다.
하지만 최치원을 한량의 이미지로만 고정하는 것은 다소 무리가 따른다. 최치원의 이러한
행위가 한량적 성향의 일부라면, 이는 지배권력으로서의 남성 욕망이 투사된 것으로 '최치
원-여인'의 관계가 분명한 '지배-피지배'의 구도로 설정되어야 할 것이다. 그로 인해 최치
원의 우월적 위치가 일관적으로 유지되면서 피지배의 상징인 취금이나 팔·구낭자가 최치
원의 그러한 언행을 수용하는 위치로 진행되어야 할 것이다. 그러나 작품의 실상은 그렇지
않다. 최치원의 언행에 대한 취금의 태도와 이어지는 두 여인의 반응에서 확인되듯이, 여
기에서의 여성들은, 최치원의 농지거리를 일방적으로 받아들여 값싼 웃음거리를 제공하는
존재가 아니라 자신들의 의사를 분명히 밝히면서 최치원의 불량스러운 태도에 대한 거부
감을 단호하게 드러내는 존재로 등장한다. 그러므로 〈崔致遠〉에 등장하는 이러한 장면들
은, 여성의 목소리가 건재한 상태에서 주체와 대상을 성적 타락으로 이끌려는 최치원의
성적 욕망이 발산되어 빚어진 장면이라 할 수 있을 것이다. 따라서 〈崔致遠〉의 최치원이라
는 인물 속에 일정 부분 한량적 성향이 내재하고 있다는 점에서는 동의할 수 있으나 그것을
인물의 지배적 성격으로 고정시키는 것은 재고의 여지가 있어 보인다.

미처 식부인인 줄 몰랐군요."21)

인용한 시에 등장하는 두 인물, 진실부와 식부인은 상반되는 인물이다. 전자는 조왕(趙王)의 유혹을 뿌리친 여인이지만, 후자는 지아비가 죽자 초(楚)의 문왕(文王)과 결혼하여 두 아이를 낳은 여인이다. 이러한 사실은 다음의 붉은 치마 여인의 말에서 분명히 드러난다.22) 이처럼 작품의 두 여인은 최치원에 의해 정숙하고 예의바른 여성이 아니라 쉽게 정절을 져버리는 인물, 즉 성적 타락함을 함유한 존재로 묘사된다. 하지만 최치원의 이러한 의도는 상대를 자극하게 되고 즉각적인 반발을 사게 된다.

"담소를 나누고자 했더니 오히려 경멸을 당했군요."23)

인용문과 같이, 여인들은 자신들을 지조와 절개가 없는 인물에 비유한 최치원에게 강한 불만을 토로한다. 최치원이 취금에게 당한 봉변과 유사하다. 이처럼 취금과 여인들에게 강한 반발을 샀다면 그만둘 만도 한데 이러한 '성적 문란함의 유도와 그에 대한 반발'은 작품 속에 계속 이어진다.

"듣자하니 어질지 못하군요.
인연이 그렇다면 그 여인과 자야할 것을"24)

"공연히 무뢰배와 연을 맺어,
경박한 말에 모욕을 당하는군요."25)

---

21) 『太平通載』 권68, 〈崔致遠〉, "將謂得知秦室婦 不知元是息夫人".
22) 『太平通載』 권68, 〈崔致遠〉, "息嬀曾從二婿 賤妾未事一夫".
23) 『太平通載』 권68, 〈崔致遠〉, "始欲笑言 便夢輕蔑".
24) 『太平通載』 권68, 〈崔致遠〉, "聞語知君不是賢 應緣慣與女奴眠".

이 시들은 세 사람의 육체적 관계가 막 끝난 후에 두 여인이 읊은 것이다. 앞의 시는 팔낭자가 뒤의 시는 구낭자가 읊은 것인데, 처음부터 바랐던 사람이 아니라 우연히 만나 잠자리를 하게 되었다고 한 최치원의 언사에 발끈하여 읊은 시이다. 팔낭자는 자신이 마음에 들지 않는다면 마땅히 다른 여자와 잠자리를 했어야 한다고 말한다. 구낭자는 최치원을 불한당 혹은 무뢰배[風狂漢]로 지칭하고 있다. 앞의 경우와 다소 차이는 있지만, 우연히 만난 사람과 곡진한 운우의 정을 나누었다는 것은 결국 대상의 성적 타락을 함의하는 표현이라 할 수 있다. 즉, 최치원의 말을 통해, 이미 마음속에는 다른 사람이 자리하고 있는, 처음 보는 존재에게 몸을 쉽게 허락한 두 여인은 성적으로 타락하게 된다.

그런데 이러한 성적 타락은 남성인 최치원에 의해 이루어진다는 점이다. 이러한 행위에 대해서는 프로이트의 주장을 상기할 만하다. 프로이트에 의하면 남성들이 불륜적 사랑의 대상으로 여성을 선택할 때에는 몇 가지 조건을 둔다고 한다. 그 중 하나가 그 대상이 매춘부 같아야 한다는 것이다. 즉, 정숙하고 흠잡을 데 없는 여성은 자신을 사랑의 대상이라는 위치로 끌어올릴 그런 매력을 발휘하지 못하며 단지 성적으로 이런저런 나쁜 소문이 떠돌거나 정절과 신뢰에 의심이 가는 여성만이 사랑의 대상이 될 수 있다는 것이다.[26]

성적 문란함을 지닌 매춘부적 여성이 가장 최고의 가치를 지닌 사랑의 대상으로 인식되는 이유는 그러한 여성들과의 애정 관계는 다른 모든 흥미를 배제할 정도로 정신적 에너지를 최대한 발휘하면서 이루어

---

25) 『太平通載』 권68, 〈崔致遠〉, "無端嫁得風狂漢 强被輕言辱地仙".

26) 지그문트 프로이트, 김정일 옮김, 『프로이트 전집 7: 성욕에 관한 세 편의 에세이』, 열린책들, 1997, 207쪽.

지며 또한 그 여자를 사랑할 수 있는 유일한 사람이 바로 자신이라고 느끼기 때문이다. 그러므로 주체와 대상의 성적 타락은 서로의 절대적 관계를 공고히 하는 직접적 계기가 되고 더욱 강렬한 성적 결합을 도모하는 동력으로 작동할 수 있다. 이런 측면에서 최치원은 시비인 취급에게조차 성적 욕망을 발산하면서 스스로의 타락을 도모함과 동시에 두 여인을 끊임없이 매춘부화하게 된다고 할 수 있다.

〈崔致遠〉에 등장하는 주체와 대상의 성적 욕망은 권력이 형성한 담론을 충실히 따른다. 최치원과 두 여인 주고받은 시와 대화는 권력과 지식의 합작품이다. 권력에 의해 생산된 그러한 담론에는 성적 욕망이 깊이 관여되어 있다. 등장인물들은 운우지정을 말하지만 그들은 동시에 운우지정의 아우라(Aura)에 갇혀 있다. 뛰어난 문사인 최치원과 정절을 지켜 생을 마감한 두 여인은 운우지정이 얼마나 속된 것인지 잘 알기 때문에 항상 반(反)운우지정의 영역에 존재했었다. 현실 세계의 질서는 반운우지정의 세계이며 그들은 그것으로부터 벗어날 수 없다. 그러므로 주체와 대상은 사회적 권력으로부터 자유롭지 못한 것이다.

그러나 〈최치원〉은 반운우지정의 영역에만 머물지 않는다. 그것을 과감히 전복시킨다. 즉, 현실계가 아닌 환상계를 통해 운우지정의 영역으로 접어들게 되는 것이다. 이러한 전환을 통해 사회적 권력에 대한 저항을 표출하고 나아가 자신의 정체성을 확인하는 데까지 발전하게 된다. 이처럼 〈최치원〉의 주체와 대상의 성적 욕망은 권력과 지식의 자장 속에 자리하고 있으면서 서서히 그 영역의 가장자리로 이동하려는 강렬한 에너지로 작용한다.

2) 육체와 쾌락, 그리고 자기 정체성

〈최치원〉에서 현실계의 최치원과 명계(冥界)의 두 여인이 만나는 환
상 공간은 사회적 권력에 대한 저항 공간이다. 이 공간은 세속을 초월
하여 이상을 추구하는 공간이다. 고독한 인물끼리의 하룻밤 만남은 세
계와 화합할 수 없었던 자들이 만들어 낸 역설적인 만남27)이면서 세계
를 향한 강렬한 저항의 메시지이다. 그로 인해 외로운 나그네인 최치원
과 부모의 의사 때문에 현실세계에서 자신들의 욕망을 펼치지 못한 두
여인의 처지 그리고 그러한 처지에서 우러나오는 절실한 내면적 욕구
가 구체화됨으로써 살아 숨쉬는 인물이 형상화되고 있다.28)

그런데 〈崔致遠〉의 권력에 대한 저항은 구조적 특징을 지닌다. 그것
은 불륜적 사랑의 구조와 유사하다는 점이다. 프로이트는 불륜적 사랑
에 빠진 사람들이 선택하는 대상은 대개 이미 그 누군가와 관련이 있거
나 종속되어 있는 여자 혹은 남자라고 했다. 즉, 남편이나 아내 혹은
약혼자로서 소유권을 주장할 만한 다른 사람이 있는 경우를 말하는 것
이다. 불륜에 빠진 사람들은 불륜의 대상이 된 상대방을 혼자서만 즐기
겠다는 마음보다는, 무의식적으로 삼각관계를 즐긴다는 것이다. 여기
에는 상처 입은 제삼자가 반드시 있게 되는데 그 원형이 바로 '아버지'
라는 것이다. 그리고 도덕적 통제를 상실하여 타락에 빠진 그들 각자가
서로를 구원해 주고 있다고 생각하면서 놀라울 정도로 열정적인 애정
을 표출한다고 했다.29)

---

27) 김종철, 「고려 전기소설의 발생과 그 행방에 대한 재론」, 『어문연구』 26, 충남대 국문과,
   1995, 189쪽 ; 정출헌, 「나말여초 서사문학사의 구도와 수이전」, 『고소설사의 구도와 시각』,
   소명, 1999, 44쪽 ; 이상구, 「나말여초 전기의 특징과 소설적 성취」, 『배달말』 30, 배달말학
   회, 2002, 327쪽.
28) 박일용, 앞의 글, 83쪽.

불륜에 빠진 남자는 그녀가 자신을 필요로 하고 그가 없으면 모든 도덕적 통제를 상실하여 급격하게 형편없는 지경으로 몰락하고 말 것이라 확신한다. 그러면서 그녀를 그 몰락으로부터 구원하려고 하는 것이다. 결국 불륜을 저지르는 사람은, 단순히 당사자와 금지된 애정을 은밀히 즐기는 것이 아니라, 상대방과 법적 제도적으로 공인된 제삼자에게 심각한 타격을 주는 것을 무의식 속에 잠재시키고 있으며, 종속되고 구속된 상대방을 구원하고 해방시켜 주고자 한다는 것이다.

〈최치원〉의 두 여인은 아버지의 뜻을 따르지 않아 죽음에 이르렀다. 여인의 아버지인 율수현 초성향(楚城鄕) 장씨(張氏)는 지방의 토호였다. 현의 관리가 되지 못하고 엄청난 부(富)를 축척하여 사치를 일삼았던 인물이었다. 그런 그가 두 딸을 소금장수와 차장수에게 시집보내려고 혼인을 허락했다.[30] 하지만 두 여인은 그러한 아버지의 처사를 따르지 않았다. 나아가 '마음에 차지 않는 남편감을 바꿔 달라(姉妹每說移天 未滿于心)'고 하면서 자신들의 의사를 구체적이면서도 적극적으로 피력하기까지 했다.

이 과정에서 우리는 두 여인이 이미 누군가에게 종속된 존재임을 알 수 있다. 두 여인은 각각 소금장수·차장수와 정혼(定婚)한 사이이다.[31] 그러므로 두 여인은 소금장수·차장수에게 종속된 존재라고 할 수 있다. 하지만 두 여인의 소금장수·차장수에 대한 종속은 궁극적으로 아버지에 대한 종속에 기인한 것이라 할 수 있다. 그것은 두 여인과 소금장수·차장수의 혼인을 일방적으로 정한 당사자가 바로 두 여인의 아버

---

29) 지그문트 프로이트, 앞의 책, 205~217쪽.

30) 『太平通載』 권68, 〈崔致遠〉, "阿奴則定婚鹽商 小妹則許嫁茗估".

31) 원문의 '定婚'과 '許嫁'는 동일한 의미로서 '혼인을 정했다'를 뜻한다. 그러므로 두 여인은 이미 소금장수와 차장수에게 종속되었다고 할 수 있다.

지이기 때문이다. 하지만 그 종속은 견고했다. 아버지가 정한 혼인을 거부하다가 죽음에 이르게 되었다는 것은 현실 사회에서 그 종속이 얼마나 확고한 것이었는지를 암시한다.

두 여인이 종속되어 있는 아버지는 부라는 사회적 권력에 종속된 존재이라 할 수 있다. 여인의 아버지가 상인들에게 딸들을 시집보내려한 이유가, 자신의 지향 가치인 부를 쌓기 위함이었음을 상기한다면 그는 딸들을 자신의 부를 확장하기 위한 수단으로 삼았다고 할 수 있다. 그러므로 아버지는 물론 두 여인 역시 사회적 권력인 부에 종속된 자유롭지 못한 존재라 할 수 있다. 이러한 상황에서 두 여인이 아버지의 의사에 반대하여 죽게 되었다는 것은 그녀들이 아버지의 지향 가치인 부를 거부했다는 것을 의미한다.[32] 결국 두 여인의 죽음 뒤에는 아버지와 부라는 강력하고 견고한 사회적 권력이 자리하고 있었고 두 여인은 그 권력에서 자유롭지 못했던 것이다.

두 여인은 아버지의 뜻을 따르지 않았고 급기야 요절을 하게 되었다.[33] 그리고는 원귀가 되어 생전의 한을 풀기 위해 최치원과 결연하게 된다. 두 연인의 소원은 자신들이 바라는 사람과 결연하는 것이었다. 그런데 그 결연이 궁극적으로 육체적 관계를 지향하고 있다. 이는 사회적 권력에 대한 저항임과 동시에 육체적 쾌락을 통한 자기 정체성

---

32) 김현양(앞의 논문, 426~427쪽)은 '아버지의 富에 대한 욕구와 두 여자의 수재와의 결연에 대한 욕구의 대립을 통해 사회적 의미를 간취할 수 있음'을 주장하였다. 그러면서 작품은 이러한 사회적 의미가 보다 유기적으로 해석될 수 있도록 하는 데는 실패했다고 했다. 다시 말해, 왜 차장수와 소금장수에게 시집보내려 했는지, 두 여자는 왜 아버지의 뜻을 따를 수 없었는지, 두 여자가 추구하는 수재의 가치는 구체적으로 무엇인지, 그 가치가 왜 현실 속에서는 획득될 수 없었는지 등이 작품에서 구체적으로 서사화되지 않았음을 지적하였다.

33) 『太平通載』 권68, 〈崔致遠〉, "漂水縣楚城 張氏之二女也 先父不爲縣吏 獨占鄕豪 富似銅山 侈同金谷 及姊年十八 妹年十六父母論嫁 阿奴則定婚鹽商 小妹則許嫁茗估 姊妹每說移天未滿于心 鬱結難伸 遂至夭亡".

의 확립 과정이라 할 수 있다.

  "오고 가는 자들이 모두 비루한 사람들이었는데, 지금 다행히 수재를 만
났습니다. 그대의 기상은 오산처럼 빼어나서 함께 오묘한 이치를 말할 만
합니다."34)

  "세 사람이 한 이불 아래 누우니 그 곡진한 정을 말로 표현할 수 없었다."35)

  두 여인은 아버지가 정해준 신랑감을 버리고 자신들이 선택한 한 남
성을 받아들인다. 아버지의 명을 거역하고 죽음을 선택한 것도 그러하
거니와 두 여인이 한 남성과 동침을 한 것은 철저히 현실 세계에 대한
저항이다.36) 이러한 구도 속에서 최치원은 현실 세계에서 이미 다른
남자(아버지 혹은 소금장수와 차장수)와 사회적 권력에 종속되었던 두
여인과 성적 욕망을 추구한다. 이들의 육체적 결합은 사회적 권력에 대
한 저항의 구체적 형상이다.

---

34) 『太平通載』 권68, 〈崔致遠〉, "往來者皆是鄙夫 今幸遇秀才 氣秀鼇山 可與話玄玄之理".
35) 『太平通載』 권68, 〈崔致遠〉, "三人同衾, 繾綣之情, 不可具談".
36) 일반적인 상황에서는 두 여인이 한 남자를 섬기는 것을 두고 현실에 대한 저항이라고
 하기는 어려울 것이다. 순(舜)임금을 섬긴 아황(娥皇)과 여영(女英)의 경우나 주유를 모신
 두 여인과 같은 전례적 관습을 거론하지 않더라도 당시 사회에서 얼마든지 가능한 일이다.
 하지만 〈崔致遠〉의 경우를 순임금이나 주유의 경우와 같은 보편적 상황과 동일하게 해석
 할 수는 없을 것이다. 아버지의 의사에 대한 강한 반발로 발단된 〈崔致遠〉의 동침은 단순
 히 두 여인이 한 지아비를 섬기는 차원이 아니라 지나가는 나그네인 한 남자와 아버지의
 의사에 반대하여 죽은 두 여인이 동일한 시공간에서 동침을 하는 것으로 설정되어 있어
 어느 정도 현실 사회에 대한 저항의 메시지를 담고 있다고 할 수 있다. 여인들이 작품에서
 굳이 순임금과 주유의 예를 들었던 것은 자신들을 그들과 동일시하여 자신들의 행위를
 정당화하기 위한 것이라 할 수 있다. 17세기 애정전기소설인 〈雲英傳〉에는 순임금을 섬긴
 아황과 여영이 인간적 욕정을 부정한 존재로 인식되고 있는 장면('妾等皆閭巷賤女 父非大
 舜 母非二妃 則男女欲情 何獨無乎')이 등장하고 있음을 볼 때, 이러한 해석의 타당성이
 확보된다고 할 수 있다.

두 여인에게 아버지는 일종의 권력이다. 당시 사회에서 부모가 정한 혼처를 마다하고 자신의 의지대로 상대를 구한다는 것은 불가능하다. 아무리 자신의 주장을 내세우고 부모의 결정에 반대하더라고 상황은 좀처럼 변화하지 않는다. 때론 그 정도가 심하여 죽음이라는 극단적 상황에 이르더라도 공고히 자리 잡은 질서 체계는 틈을 주지 않는다.

이러한 상황에서 최치원은 두 여인과 뜨거운 육체적 사랑을 나눈다. 정절을 지켜야 하는 두 여인이 다른 남자와 육체적 사랑을 나누게 됨으로써 그녀의 아버지는 상처 받게 되고 반대로 그녀들은 상처를 치유하게 된다. 물론 그것이 현실계가 아닌 환상계의 사건이지만 이는 곧 만남에서부터 지속적으로 의도되었던 반운우지정에 대한 전복이면서 성적 욕망을 통한 사회적 권력에 대한 저항이다. 이로 인해 최치원은 무덤 속까지 품고 있던 여인들의 한을 풀어 줌과 동시에 그녀들을 아버지로부터 나아가 사회적 권력으로부터 해방시키게 되는 것이다.[37]

그런데 이러한 사회적 권력으로부터의 해방이 남녀의 육체적 관계를 통해 절정에 이른다는 것은 앞서 밝힌 푸코의 지적과 상통한다. 푸코는, 인간은 권력과 지식에 의해 형성된 성적 욕망으로부터 자유로울 수 없다고 했다. 그러면서 인간의 자유는 그러한 성적 욕망에 저항하는 것이며 그 저항의 거점은 육체와 쾌락이 되어야 한다고 했다.

〈최치원〉 역시 이러한 특징을 보인다. 위의 인용문에서 여인들이 최

---

[37] 이러한 구도가 선명하게 부각되는 작품이 바로 〈周生傳〉과 〈雲英傳〉이다. 〈周生傳〉에서는 주생과 선화의 육체적 결합으로 배도가 치명적인 상처를 입게 되며, 〈雲英傳〉에서는 김진사와 운영의 결합으로 안평대군이 상처를 입게 된다. 특히 〈雲英傳〉의 경우, 김진사와 운영의 육체적 결합이 인간적 성정(性情)을 부정하고 그것의 발산을 금지한 대군에 대한 강한 반발의 의미를 담고 있어 상처 입은 자의 구체적인 모습, 그리고 권력에 대한 저항의 메시지가 분명하게 드러나고 있다고 할 수 있다. 이런 점에서 〈雲英傳〉은 〈崔致遠〉의 불륜적 사랑의 구도를 소설적으로 한층 핍진하게 형상화한 작품이라 할 수 있을 것이다.

치원을 오산(鼇山)에 비유하고 그와 더불어 '오묘한 이치(玄玄之道)'를 논할 만하다고 한 것은 다분히 육체적 성관계를 상징하는 것으로 볼 수 있다. 또한 '견권(繾綣)'은 본래 '서로 정이 깊이 들어 떨어지지 않는 모양'을 의미하므로 이 역시 운우지정의 다른 표현이라 할 수 있다. 그리고 한바탕 즐거운 운우지정을 나눈 후 두 여인은 다음과 같은 시를 읊는다.

> "이로부터 천년의 한만 맺히고
> 깊은 밤의 즐거움 다시 찾을 기약 없네."[38]

> "그대와 이별하는 걸음걸음 가슴은 애끊고
> 비 흩어지고 구름 사라지니 다시 꿈꾸기도 어렵구나."[39]

위의 시는 세 사람의 육체를 통한 쾌락이 얼마나 컸는지 추측케 한다. 시적 화자는, 아무리 오랜 시간이 지나도 오늘 밤과 같은 즐거움은 다시는 없을 것이며 붙어 있던 서로의 육체가 분리되어 버리니(雨散雲歸) 꿈결 같이 달콤한 세상을 접할 수 없다고 읊고 있다. 육체의 결합과 그것으로 인한 쾌락을 극명히 제시해 준다.

권력은 어떤 대상을 강제로 억압하는 데 그치지 않고 적극적으로 개인을 사회제도적 체계 내로 환원시킨다. 그로 인해 권력은 개인적 욕망을 침잠시키며 주체를 끊임없이 부유(浮游)하게 한다. 때론 폭력을 동반하기도 하며 때론 사회적 이념으로 무장하기도 한다. 인간에게 있어 이러한 권력으로부터의 자유는 원칙적으로 불가능하다. 단지 그것에 저항하면서 권력이 형성한 담론에 대항할 뿐이다. 그리고 그 저항의 거

---

38) 『太平通載』 권68, 〈崔致遠〉, "從玆便結千年恨 無計重尋五夜歡".
39) 『太平通載』 권68, 〈崔致遠〉, "辭君步步偏腸斷 雨散雲歸入夢難".

점이 육체와 쾌락이라는 것은 성적 욕망이 근본적으로 권력과 지식으로부터 파생되지만 그들에 의존하지 않는 주체성을 확보해야 한다는 것이다. 이를 위해서는 권력 관계 및 지식 형태 사이의 관계로는 환원될 수 없는 새로운 차원인 자기와의 관계를 발견하고 전체 체계가 재조직되어야 한다.40)

이런 측면에서 〈최치원〉에 형상화된 성적 욕망은 기존의 권력과 지식에 기대어 있으면서도 그것으로부터의 일탈을 도모한다고 할 수 있다. 그리고 그 일탈은 육체적 쾌락을 거점으로 이루어지는 것이다. 등장인물들이 주고받은 시와 대화들이 육체적 사랑으로 수렴하고 있음을 볼 때, 최치원이 주도한 성적 문란함과 불륜적 사랑의 구도는 육체적 쾌락을 추구하기 위한 과정이었다고 할 수 있다. 이로 인해 성적 문란함에 반발하던 두 여인도 궁극적으로 자신들이 추구한 가치를 육체적 쾌락을 통해 이루게 되었던 것이다. 다시 말해 현실계에서 이루지 못한 권력에 대한 저항으로서의 가치 추구를 환상계에서의 육체적 관계를 통해 이루었다고 할 수 있다.

그런데 작품 속에 구현된 이러한 저항과 일탈의 양상은 역사적 실존 인물인 최치원의 삶과도 어느 정도 연관된다.41) 최치원의 현실적 삶은 '신라-당-신라'라는 공간적 이동을 통해 이루어진다. '현실계-명혼계-현실계'로 이루어진 〈崔致遠〉의 구도와 유사하게 신라의 삶은 비교적 불우했지만 당에서의 삶은 그의 전성기라 할 만했다. 신라 하대의 육두품 지식인 출신인 최치원은 신분적 한계를 극복하기 위해 당으로 유학

---

40) 질 들뢰즈, 권영숙·조형근 옮김, 『들뢰즈의 푸코』, 새길, 1995, 155쪽.
41) 작품 속의 최치원과 실존 인물 최치원의 상동성에 관해서 박희병은 '〈崔致遠〉이 형상화해 놓고 있는 주인공의 모습에는 실제 인물인 최치원의 어떤 본질적 면모가 포착'된다고 했다.(박희병, 「羅麗時代의 傳奇小說」, 『韓國傳奇小說의 美學』, 돌베개, 1997, 129쪽)

을 가게 되고, 거기에서 과거에 합격하여 비교적 안정된 시기[42]를 보내게 된다. 헌강왕 11년(885)에 신라로 귀국하여 쇠락하는 신라를 재건[43]하기 위해 여러 방면으로 노력했지만 그의 노력으로는 이미 국운을 상실한 신라를 바로 세우기엔 역부족이었다. 이후 지방의 태수를 역임하다가 노년에는 가야산에서 생을 마감하게 된다.

그의 생애에서 신라는 그의 신분적 한계를 분명히 하는 공간이었다.

---

42) 최치원의 생애에 있어 체당 유학기에 대한 평가는 신중히 해야 할 필요가 있다. 일반적으로, 빈공과에 합격한 뛰어난 인재를 지방의 현위직에 두었다는 사실을 바탕으로 최치원의 불우성을 부각시키기도 한다. 이러한 논지를 바탕으로 학문의 높은 경지와 하찮은 대우를 대립시켜 최치원 생애 전체를 '불우(不遇)'라는 코드로 포장하는 것은 바람직하지 않다. 이를 논증하기 위해서는 빈공과에 급제한 최치원에 대한 당의 처사와 최치원 자신의 심리적 상태 등을 면밀히 따져 보아야 할 것이다. 일반적으로 '현위(縣尉)'는 상현(上縣)에 2인, 하현(下縣)에 1인씩을 두어 '分判衆曹 收率課調'를 맡아보는 종9품상에 해당하는 관직으로 지금의 경찰, 행정이 주 임무인 벼슬이었다.(『新唐書』권49下, 志弟39下, 百官4下) 그런데 이 현위라는 관직은 최치원이 유학한 만당 시기에 과거급제자들이 받았던 일반적인 관직이었다. 당의 유종원 역시 과거에 급제하고는 현위 벼슬을 받았다. 유종원(773~819)의 생애를 살펴보면, 26세에 박학굉사과(博學宏辭科)에 급제하여 집현전 서원정자(集賢殿書院正字)의 벼슬을 제수 받고, 29세에 남전현위(藍田縣尉)로 승진하게 된다.(劉光裕·楊慧文, 『柳宗元新傳』, 上海人民出版社, 1989) 그러므로 현위 벼슬을 받은 것이 최치원이 외국인으로서 견제를 받았다거나 소외당했다는 충분한 논거가 되기는 어렵다. 또한 최치원이 당에 있을 당시의 심리적 상황에 대해서는 〈추야우중(秋夜雨中)〉과 같은 시를 통해 짐작할 따름인데, 이 시의 경우 창작 시기가 여전히 문제시되고 있으므로 작품 속의 고독감과 그리움의 정서가 유학기의 불우를 형상화한 것이라고 단정하기는 어렵다. 설령 이 작품의 창작 시기가 체당 휴학기라 할지라도 고국을 떠난 이방인의 향수를 읊은 것이라 할지언정 소외받고 견제받는 설움에 대한 호소라고 하기에는 무리가 따른다. 이국땅에서 비교적 안정적이면서 편안하게 지내더라도 고국에 대한 그리움은 생기게 마련이며 쓸쓸함과 외로움의 감정은 인지상정이라 할 수 있기 때문이다. 이러한 견해는 이미 윤재민(「전기소설의 인물 성격」, 『민족문화연구』28, 고려대 민족문화연구소, 1995, 56쪽), 김경미·정출헌·조혜란(앞의 글, 289~299쪽), 이정원(앞의 논문, 33쪽) 등에서도 부분적으로 제시된 바 있다.

43) 신라 하대의 정치적 상황, 최치원의 귀국 과정, 헌강왕과 최치원의 관계 등에 관해서는 최영성(『최치원의 사상 연구』, 아세아문화사, 1990)과 이재운(『최치원 연구』, 백산자료원, 1999, 36~41쪽)에 상세히 언급되어 있다. 이들 자료를 통해, 헌강왕은 당에 유학 가 있는 최치원을 상당히 총애했으며 그와 함께 신라의 재건을 도모하기 위해 그의 귀국에 깊이 관여했다는 사실을 알 수 있다.

반면 당은 비교적 신분적 한계에서 자유로운 공간이었다. 따라서 당이라는 시공간은 반신라적 공간으로 신분적 한계라는 사회적 권력에서 비교적 자유로운 곳이었다. 하지만 귀국 후의 신라는 여전히 그에게 관대하지 않았다. 이미 고변(高駢)의 막하로 있을 때 지은 〈檄黃巢書〉로 당대의 명문장가로 칭송받아 최고의 경지에 도달했지만 그러한 경지도 신라에서는 아무런 쓸모가 없었다. 따라서 최치원에게는, 〈崔致遠〉에 등장하는 두 여인의 아버지와 같은 조국 신라가 있었다. 이렇게 본다면 〈崔致遠〉의 두 여인이 아버지와 부라는 사회적 권력에 종속되어 있었던 것처럼 실존 인물 최치원 역시 사회적 권력에 종속되어 있었다고 할 수 있다.

　작품에서 최치원은 두 여인을, 자신과의 육체적 관계를 통해 사회적 권력으로부터 해방시켜 주었다. 그러면서 마지막에 그는 다음과 같이 읊는다.

　　"대장부여 대장부여!
　　늠름한 기상으로 여인의 한을 풀어 주었으니,
　　요망한 여우에게 홀렸다 생각지 말라."[44]

---

44) 『太平通載』권68, 〈崔致遠〉, "大丈夫大丈夫 壯氣須除兒女恨 莫將心事戀妖狐". 이 시는 작품 말미의 장편시의 끝부분이다. 이 부분은 〈최치원〉 해석의 요처라 할 수 있다. 특히 '요호(妖狐)'를 어떻게 풀이하느냐 하는 것은 작품의 해석에 있어 중요한 문제이다. 기존의 논의에서는 환상계 속의 두 여인을 일장춘몽과 같은 존재이거나 혹은 정도를 벗어난 괴이한 존재로 해석하여 부정적인 의미로 풀이하기도 하였다. 하지만 그러한 해석은 다음과 같은 문제를 안고 있다. 바로 뒤에 이어지는 시(浮世榮華夢中夢 白雲深處好安身)에 드러나는 인식의 전환의 근원이 무엇인지에 대한 이해가 성기게 된다는 점이다. 이 시는 두 여인과의 환상 체험 후, 적지 않은 시간이 지난 뒤에 읊은 것이다. 시 속에는 세속적 욕망으로부터의 초월이라는 인식의 전환이 잘 형상화되어 있다. 그런데 작품은 이러한 인식의 전환의 계기를 분명하게 제시하지 않고 있다. 흐릿한 암시만 있을 뿐인데, 그것으로는 독자의 당혹감을 잠재우기 부족하다. 이러한 문제 때문에 본고에서는 '요호(妖狐)' 즉, 두

두 여인을 해방시켜준 최치원은 자신의 감정을 이와 같이 에둘러 표현했다. 특히 시의 표면에는 두 여인을 '요망한 여우'로 지칭하면서 굳이 거리두기를 하려는 화자의 의도가 엿보이지만, 그 이면에는 그 여우가 바로 자신과 육체적 관계를 맺은 존재임을 넌지시 암시하고 있어 그녀들에 대한 우호적 감정을 드러내고 있다.

> "뜬 구름 같은 세상의 영화는 꿈속의 꿈이구나.
> 하얀 구름 자욱한 곳에 이 한 몸 의지하리."[45]

인용한 시는 작품에 등장하는 마지막 시이다. 이 시에는 두 여인의 해방이 곧 주체성 자각을 통한 자기 정체성 확립이라는 자신의 해방과 무관하지 않음을 나타내고 있다. 열정적이고 격렬했던 육체적인 사랑은 끝나고 그녀들은 다시 명계로 떠났다. 그녀들이 편안히 명계로 귀의할 수 있었던 것은 환상계 속에서 이루어진 최치원과의 성적 욕망의

여인과 환상 체험을 최치원이 현실 세계의 허무함을 깨우치게 되는 인식의 전환의 계기로 해석해야 한다는 점을 주장하는 바이다. 작품 속에 두 시의 시간적 간극이 얼마인지는 알 수 없지만 두 시를 연접해 배치한 것을 참조한다면, 작가는 최치원의 인식의 전환의 기저에는 오래된 기억 속에 내재한 두 여인과의 환상 체험에 대한 반추가 자리 잡고 있었다는 것을 암시하려 했던 것이라 할 수 있을 것이다. 이렇게 본다면 '요호'는 두 여인으로 대우되고 두 여인은 최치원의 인식의 전환에 결정적인 역할을 한 존재로 풀이될 수 있다. 이런 측면에서 '요호'는 얼마든지 긍정적인 존재로 풀이될 수 있을 것이다.

45) 『太平通載』 권68, 〈崔致遠〉, "浮世榮華夢中夢 白雲深處好安身". 기존 연구자들에 의해 〈최치원〉에서 이 시가 등장하는 작품의 말미는 원작에 해당되지 않고 누군가에 의해 후기된 것으로 인식되고 있다. 연구자도 그러한 견해에 동의한다. 그런 측면에서 이 부분을 앞부분과 연속선상에 두고 논의하는 것이 타당한가라는 의문을 제기할 수 있을 것이다. 하지만 작품의 서술시각에 입각한다면, 앞뒤의 단절은 논의에 있어 문제가 되지 않는다고 할 수 있다. 즉, 가상적 허구 영역과 역사적 전기(傳記) 영역이라는 이질적인 두 영역이 하나의 작품 속에 배치되었다면 그것은 서술자의 의도에 의해 그렇게 된 것이라 할 수 있기 때문이다. 그러므로 그 이질적 두 영역을 관통하는 서술시각을 확보하여 작품 전체의 의미를 해석하는 것은 의미 있는 작업이라 할 수 있다.

체험 때문이다. 결국, 최치원은 육체적 관계를 통하여 사회적 권력의
상징인 아버지에게 종속되어 있던 여인들을 해방시켜 주었던 것이다.
하지만 두 여인과의 환상계 속에서 이루어진 성적 욕망의 체험은 단지
두 여인을 해방시키는 데 머물지 않고 최치원 자신의 해방에 깊숙이
관여하게 되었던 것이다. 두 여인과 성적 체험은 최치원 자신이 종속되
어 있던 사회적 권력에서 자유로울 수 있는 해방의 출구를 찾게 해 주
었고, 그로 인해 최후에는 가야산에서 경론을 탐구하다가 세상을 마치
게 되었던 것이다.46)

　이런 측면에서 〈최치원〉에 등장하는 성적 욕망으로서의 섹슈얼리티
는 사회적 권력으로부터의 해방의 몸짓이면서 동시에 주체성 자각을
통한 자기 정체성 확립의 과정인 것이다. 작품의 말미에 등장하는, 세
속적 욕망에서 벗어나 자연에 은거하여 참된 진리를 추구하는 그의 자
세는, 그가 두 여인을 사회적 권력으로부터 해방시켜줌으로써 인식하
게 된 참된 깨우침의 결과라 할 수 있다. 따라서 〈최치원〉의 섹슈얼리
티는 성적 욕망을 바탕으로 실현된 권력에 대한 저항임과 동시에 주체
성 자각을 통한 자기 정체성 확립의 과정이라 할 수 있다.47)

---

46) 『太平通載』 권68, 〈崔致遠〉, "最後隱於伽倻山海印寺 與兄大德賢俊南岳師定玄 深賾經
　　論 游心沖漠 以終老焉".
47) 기존 논의에서 〈최치원〉의 의미를 소외된 사랑(임형택, 앞의 논문, 102쪽 ; 박희병, 앞의
　　책, 128쪽)을 통해 현실에 대한 비판의식을 바탕으로 삶에 대한 인식론적 전환(김현양,
　　앞의 책, 425쪽)을 보이고 있는 작품임을 지적하기도 하였다. 하지만 소외와 현실비판은
　　전기소설에 전반적으로 등장하는 특징임을 인지한다면 중요한 것은 작품에 형상화되어
　　있는 소외된 상황의 극복과 현실 비판의 구체적 방법의 차이를 구명하는 것이 개별 작품에
　　대한 해석의 정당성을 확보하는 일이라 할 수 있다. 이런 점에서 한 남자와 두 여인의
　　육체적 관계를 통해 형상화된 불륜적 사랑의 구도와 육체적 쾌락을 통한 사회적 권력에의
　　저항이라는 성적 욕망으로서의 섹슈얼리티로 〈최치원〉의 의미를 파악하는 것 또한 해석의
　　정당성을 확보할 수 있다고 할 수 있다.

4. 결론

지금까지 〈최치원〉을 섹슈얼리티를 통해 해석해 보았다. 그 결과 〈최치원〉은 불륜적 사랑의 구도를 통하여 현실 세계에 대한 저항과 자기 정체성 확립의 과정이 형상화된 작품으로 해석될 수 있음을 확인하였다. 또한 권력에 대한 저항이 육체적 관계를 통한 쾌락으로 이루어지고 있음도 살펴보았다. 이러한 논의를 통해 섹슈얼리티의 시각이 〈崔致遠〉의 중층적 의미를 재해석하는데 일정 부분 기여할 수 있음을 확인한 것은 본고의 의의라 할 수 있을 것이다.

하지만 여전히 여운은 남는다. 인귀교환이 중요 모티프로 작동하는 명혼전기에서 성적 욕망의 의미가 죽음(성적 욕망의 상실)이라는 인간적 본연과 어떻게 연결되는가를 밝히는 것은 중요한 과제임에도 본고의 논의가 거기까지는 미치지는 못했다.

또한 논의의 편의와 이론적 정합성을 위해 성적 욕망으로서의 섹슈얼리티를 한 작품에 집중하여 논의한 것이 개별 작품의 특성에 맞는 시각을 확보하기 위함이었다고 하더라도 〈최치원〉에 투영된 섹슈얼리티가 여타의 전기소설에서도 적절히 유효한가를 밝히는 것은 중요한 작업일 것이다. 논의의 중간에 부분적으로 언급하기는 했지만 〈주생전〉, 〈운영전〉, 〈상사동기〉 등과 같은 작품과의 연관성을 보다 구체적으로 다루는 것이 필요하다고 하겠다. 이러한 점들은 본고의 한계라 할 수 있으며 이는 연구자가 풀어야 할 앞으로의 과제로 삼겠다.

〈소현셩록〉에 나타난 성적 태도와 그 의미

전성운

1. 머리말

싱이(소경; 필자주) 계의 나려 면과 사죄 왈 히이 블초ᄒ오나 엇지 감히 외당의 ᄉ싀을 머무러 주당을 은휘ᄒ리 잇고 아츰의 친붕이 서로 ᄎ즈미 완졍ᄒ고 풍뉴를 ᄀ초아 즐기니 히이 본셩이 화려의 ᄯᅳᆺ이 업스나 마지 못ᄒ여 디긕ᄒ고 ᄯᅩᄒᆫ 곡됴를 올니미 심히 괴롭거늘 졔붕과 희롱ᄒ여 두어 슈를 지어 쥬엇ᄉ더니 져 무리 믄득 머믈 ᄯᅳᆺ이 잇거늘 ᄭ지져 퇴거ᄒ라 ᄒ옵ᄂᆞ니 엇지 ᄉ졍의 유의ᄒ미 잇시리잇고 다만 히이 졔붕으로 더브러 풍뉴를 드르미 태태의 치가ᄒ시ᄂᆞᆫ 위풍을 손상ᄒᆞᆯ ᄯᆞᄅᆞᆷ이로쇼이다 부인이 장ᄂᆡ를 다스리노라 칙ᄒ여 경계ᄒ니 …… 혈긔 미셩ᄒᆫ 쇼ᄋ로 췌쳐 젼 힝혀 창녀를 갓가이 ᄒᆞᆯ가 두려 칙 왈 네 뉴신의 닙신ᄒ여 텬은이 즁ᄒ시니 당당이 경심계지ᄒ여 위의를 졍히 ᄒᆞᆯ 거시오 외로온 어미를 다리고 ᄌᄎᆡ 쳐량ᄒ니 문졍이 고요ᄒᆞᆯ 거시어늘 엇지 창악과 장긱을 모드리오 다시 난잡ᄒ미 잇신즉 결연이 용ᄉ치 아니리라[1]

〈소현성록〉의 양부인이 아들 소경을 꾸짖는 장면이다. 소경은 나이가 열다섯에 이르자 모란 같은 얼굴과 달 같은 풍채를 지니게 된다. 그

---

[1] 〈소현성록〉 권지일.

로 인하여 소경에게 구혼하는 자가 구름같이 모여든다. 뿐만 아니라 장안(長安)의 창기들이 소경의 풍류와 용모를 흠앙(欽仰)한다. 창기들은 아름다운 자태를 짓고 공교로운 웃음을 띠어 소경의 눈길이 자신들에게 머물기를 바란다. 그러나 소경은 이들을 다 물리친다.

그러던 어느 날, 소경의 친구들이 창녀들을 거느리고 찾아온다. 이에 소경이 친구와 더불어 음악을 즐길 새, 창기들이 〈예상우의곡〉의 곡조에 맞춰 춤을 추고 노래를 부른다. 창기들의 곡조가 구태의연하다고 생각한 소경은 새로운 가사를 지어 네 기생에게 준다.[2] 기생들은 소경이 자신들에게 가사를 준 것을 빌미로 소경의 첩이 되려고 한다. 특히 육낭이란 기생은 일찍이 다른 사람을 섬기지 않았음을 강조하여 말하며, 소경을 섬기기를 간청하고 소경의 집에 머물러 떠나지 않는다. 그리고 혼정(昏定)에 소경의 어머니 양부인을 찾아뵙고 인사를 드리려고 한다.

양부인은 소경이 집에서 풍물(風物)도 금하는데, 창녀를 외당에 들였다고 대로(大怒)하여 소경을 잡아내리라고 명한다. 이에 소경은 그간의 경위(經緯)를 말하며, 자신은 창기를 꾸짖어 퇴거(退去)하려 했고, 사사로운 감정은 품지 않았다고 말한다. 다만 친구와 풍류를 즐겨 양부인이 치가(治家)하는 위풍을 손상한 것이 죄일 따름이라고 변명한다. 이에 양부인은 창악을 즐기거나 친구를 모으는 따위의 난잡한 일이 다시 있

---

2) "싱의 년이 십외라 모란 깃튼 얼골과 달 깃흔 풍치 일신이 헌앙ㅎ니 구혼ㅎᄂ 직 구름 깃트며 장안의 화류창기드리 싱의 풍용을 흠앙ㅎ야 아릿쫀온 틱도로 공교로이 우셔 남이의 간장을 녹여 흔번 도라보믈 쳥ㅎ나 싱이 다 믈니쳐더니 일일은 친붕이 창녀를 거느려 이의 니르러 풍악으로 즐길시 싱이 깃거 아니나 친붕의게 잡혀 시녀로 셕파의게 쥬식을 비니 일일히 찰혀 딕긔ㅎ더니 좌즁 창기 ᄉ인이 일틱명뉘라 프른 ᄉ미를 나붓기며 블근 치마를 ᄯ어 예상우의곡을 츔츄며 가셩을 놉혀 노래를 부르믹 쳥아흔 소릭 구쇼의 슬피 우는 홍안이 오산협의 외로이 브르지는 원쥬 안연이라도 밋지 못홀지라 소싱이 쇼 왈 진짓 명창이로다 마는 다만 여등의 곡죄 식롭지 아닌지라 내 흔 가ᄉ를 지어 빈손의 갑슬 도도리라."(〈소현셩록〉 권지일)

으면 결단코 용서하지 않겠노라고 말한다. 일련의 사건은 소씨가에서 행해졌던 교영의 독살과 함께, 소경이 결혼하기 전에 벌어진, 성담론과 관련된 중요한 사건의 하나다.

양부인은 과부가 된 딸이 훼절했다는 이유만으로 독살해버리거나, 아들이 친구와 풍류를 즐기다가 창기에게 가사를 써 주고 첩으로 들이려 했다고 준절(峻節)히 꾸짖는다. 이같은 양부인의 처사는 성(性)에 대한 소씨가의 분위기를 미루어 알 수 있게 하며, 나아가 〈소현성록〉이 어떤 성향의 작품이리라는 것도 가늠할 수 있게 한다.

이와 같은 작품을 대상으로 성에 대한 표현을 논하는 것이 가능할 것인가라는 의문이 들 것이다. 또한 이것은 그간 장편소설을 두고 성적 표현과 상상력을 언급하는 것이 불가능하리란 일반적이고 선험적 추론이 타당할 수도 있음을 은연 중에 드러낸다. 장편소설에는 성에 관한 내용과 표현이 살벌할 정도로 엄하게 제한되어 있다. 때문에 장편소설을 대상으로 한 성적 담론 혹은 성적 상상에 대한 고찰은 장편소설을 두고 행할 수 없다고 생각했다. 그러나 섹슈얼리티의 개념이[3] 성적 표현과 상상을 포괄한다고 할 때 성에 대한 태도를 고찰하는 것이 전혀 불가능하다고 추단하는 것은 성급하다. 설령 성적 표현과 상상을 자극하는 그 무엇이 존재하지 않는다고 하더라도, 성에 대한 표현이 철저하

---

3) 섹슈얼리티에 대한 개념은 다소 유동적일 수 있다. 섹슈얼리티는 일반적으로 성적 역할, 성적 행위, 성적 감수성, 성적 지향, 성적 환상과 쾌락, 성적 표현이 모두 포함되는 개념으로 보고 있다. 결국 섹슈얼리티라 함은 성적 욕망을 창조하고 구성하고 표현하는 일련의 것들로 사회 규범과 제도 등과의 관계에서 작용하는 보다 총체적 의미를 지닌다. 본고 역시 이와 같은 일반적 개념의 자장에서 섹슈얼리티란 용어를 사용하였다. 다만 섹슈얼리티가 남녀의 유전적이고 신체적인 것과 연관된 성의 생물학적 구분이나 성 행위 자체를 의미하는 sex, 사회적으로 규정된 성차(性差)를 의미하는 gender와는 다른 개념임은 분명히 해둔다.

게 은폐되거나 나타나지 않는 까닭이 무엇인가를 살필 필요는 있다.

그러므로 본고는 〈소현성록〉에 나타난 성에 대한 태도는 어떠하며, 그와 같은 양상이 갖는 의미는 무엇인가를 고찰해보려 한다. 그런데 여기서 하필 〈소현성록〉이 고찰의 대상이 된 까닭은 무엇인가라는 의문이 들 수 있다. 그것은 한마디로 작품의 소설사적 위상을 고려한 것이다. 기왕의 연구에 의하면, 〈소현성록〉은 초기 다양한 성향의 장편소설에서 본격적이고 유형적인 장편소설로 이행되던 시기에 창작된 작품이다.[4] 그렇기 때문에 초기 장편소설에 나타난 성적 태도의 변화를 살펴보기에 가장 적합한 작품이다. 요컨대 본고는 〈소현성록〉에 나타난 성적 표현 방식을 살핌으로써, 장편소설에서 성에 대한 표현들이 사상(捨象)되는 양상을 읽어보고자 한다.

2. 〈소현성록〉에 나타난 성적 표현 방식

〈소현성록〉에는 성에 대한 표현이나 성적 상상력을 자극할 만한 언급들은 거의 존재하지 않는다. 그렇다고 성에 대한 표현이 작품 내에서 완전히 사라질 수는 없다. 직접적이고 노골적인 성적 표현은 없다고 해도 간접적인 혹은 암시적인 성적 표현들은 존재할 수 있다. 이와 관련하여 먼저 다음 인용을 보도록 하자.

> 샹셰(소경; 필자주) … 벽운당의 드러가니 셕시 몬져 도라와 방심ᄒ여 의
> 샹을 그르고 금침을 취ᄒ여 쉬고져 ᄒ다가 샹셰 드러오믈 보고 대경ᄒ여
> 연망이 니러나 의샹을 슈렴ᄒ더니 홀연 샹셰 겻히 나아와 옥슈를 년ᄒ여

---
4) 전성운, 『조선후기 장편국문소설의 조망』, 보고사, 2002 참조.

왈 편히 쉬미 올커늘 엇지 니러나시느뇨 셕시 져의 집슈ᄒ믈 보고 붓그려 옥면의 홍광이 취지ᄒ니 심신이 요동ᄒ나 싱은 졍인 군즈라 그 용화ᄅᆯ 취ᄒ미 아냐 그 셩심 슉덕을 흠이ᄒ여 쵹을 믈니고 친이ᄒ미 평싱 쳐음이라 부부 냥인의 공경ᄒ미 츠등치 아니터라5)

 〈소현성록〉의 도처에 존재하는 위와 같은 표현을 읽다보면, 성적 표현의 존재 가능성을 의심케 한다. 내용인즉 이렇다. 소경은 새벽에 석씨가 머무는 벽운당에 든다. 석씨는 소경의 혼례복을 짓느라 밤을 새웠기 때문에 옷을 벗고 잠을 자려고 한다. 그런데 의외에 소경이 석씨의 침실을 찾아온 것이다. 소경 딴에는 자신의 혼례복을 지어준 데 대한 감사의 표시로 석씨를 찾았다. 석씨는 뜻밖의 방문에 당황해 하고 소경이 손을 잡자 부끄러워한다. 석씨가 부끄러워하는 모습이나 소경이 손을 잡는 것에서 성적 긴장이 고조된다. 독자는 이와 같은 상황이 성적 행위에 대한 묘사로 이어질 것으로 예상하게 된다. 그러나 정작 이어지는 서술에는 성적 행위에 대한 구체적 언급 없이 끝나고 만다. 잔뜩 바람만 잡다가 "쵹을 믈니고 친이ᄒ미 평싱 쳐음"이란 진술로 상황을 종료시켜 버린다. 더욱이 이런 발언의 앞뒤에, 소경이 "졍인 군즈"라 석씨의 "셩심슉덕을 흠이ᄒ"였다는 언급과 "부부 냥인의 공경ᄒ미 츠등치 아니터"란 말을 덧붙여둠으로써 독자로 하여금 성적 행위를 상상하지 못하게 단단히 못을 박는다. 성심숙덕(誠心淑德)을 흠애(欽愛)했다는 진술과 부부 양인의 공경함이 차등(差等)치 아니했다는 표현은 사뭇 엄숙함을 자아낸다. 결국 이는 성적 행위의 가능성만 제시하고 실제적 행위에 대한 언급이나 암시는 적극 감춘 것이라 하겠다. 이런 감추기가

---

 5) 〈소현성록〉 권지사.

〈소현셩록〉에 드러난 성적 표현의 양상으로 볼 수 있다. 물론, 다음과
같은 경우도 있다.

> 싱이 눈드러 보믹 일위 미인이 안기 굿튼 머리룰 지우고 구룸 굿튼 귀밋
> 출 다스려 빅셜굿튼 옥면의 홍협은 즈틱룰 먹음어 달굿튼 니마와 뉴미셩안
> 의 잉슌호치 견조아 비길딕 업스니 의심컨딕 계궁쇼의 풍진의 젹강흔듯 예
> 쥐션지 인간의 유힝ᄒᆞᄂᆞ지라 셔안의 지혀 칙을 보다가 킥의 드러오믈 보고
> 츄파룰 ᄂᆞ죽이 ᄒᆞ여 쳔연이 머리룰 두루혀 향벽ᄒᆞ니 쇼쇼흔 ᄇᆞ람이 홍군을
> 옴기믹 일좌 오운이 빗최여 요지룰 봄굿고, 머리룰 두루혀 언연ᄒᆞ기룰 허
> 치 아니딕 임의 양겸ᄒᆞ여 츙미흔 쇠틱 믄득 쇼년 셔싱으로 ᄒᆞ여곰 눈이 ᄇᆞ
> 의고 의 ᄅᆞᆯ츌지라[6]

석파는 소경과 석씨의 혼사를 성사시키려는 의도로, 소경으로 하여
금 석씨를 우연히 만나보게 한다. 그는 소경의 성적 욕망을 자극하여,
정대(正大)한 마음을 흩은 후 석씨와의 혼사를 유도하려 했던 것이다.
석파는 소경이 "비록 졍딕ᄒᆞ나 쇼져룰 보면 엇지 능히 슈힝"하겠는가라
고[7] 생각하여 석씨와 소경을 만나게 했던 것이다.

한마디로 석파는 석씨의 미모로 소경의 성적 욕망을 자극하여 혼사를
이루려 하였다. 사실 이 부분에서 작가가 석씨의 아름다움을 서술하는
것을 보면 지극히 관능적임을 알 수 있다. 그 묘사는 13살이라는 석씨의
나이와 어울리지 않는다. 안개 같은 머리와 구름 같은 귀밑머리에 대한
묘사로 시작하여 백설 같은 피부에 붉은 뺨, 앵두 같은 입술과 희게 빛
나는 이로 이어지는 석씨의 외모에 대한 묘사는 오히려 성숙한 여인에

---

6) 〈소현셩록〉 권지삼.
7) "셕패 믄득 싱각ᄒᆞ딕 낭군이 비록 졍딕ᄒᆞ나 쇼져룰 보면 엇지 능히 슈힝ᄒᆞ리 이시리오
   일계로써 져의 뜻을 보리라."(〈소현셩록〉 권지삼)

가깝다. 마지막에, 서술자는 아예 석씨의 충미(充美)한 색태(色態)가 "쇼
년 셔싱으로 ᄒᆞ여곰 눈이 ᄇᆞ이고 이 ᄯᅳᆯ" 정도였다고 단정한다. 이 같
은 서술 내용을 보면, 석파의 계획이 상당히 성공적으로 진행되고 있음
을 알 수 있다.

성적 욕망의 자극은 아름다움의 확인에서 시작된다. 성적 본능을 일
깨울만한 아름다운 여성의 존재를 관능적으로 그릴뿐만 아니라, 그것
을 통해 남성의 성적 본능을 일깨울 수 있다고 서술하는 것 자체가 작
품 내에 성적 표현이 완전히 배제되지 않았음을 의미한다. 오히려 〈소
현성록〉은 성에 대한 언술을 최대한 절제하고 우회적으로 표현함으로
써, 성에 대한 독자의 관심을 붙들어 둔 것으로 볼 수 있다. 석씨를 본
소경이 아무리, "ᄒᆞᆫ 번 보미 그릇 이의 니른줄 뉘웃쳐 년망이 홍슈로
낫출 가리오고 ᄌᆞ로 거러 방문의 나"간다고 해도, 장면에 담겨 있던 성
적 긴장감과 여운이 완전히 사라질 수는 없다. 정대한 것처럼 서술되는
소경의 행위는 오히려 가벼운 앙탈처럼 느껴지기도 한다. 소경과 석씨
의 성적 결합에 대한 기대가 내부적 기운으로 형성되는 것이다. 이것은
결국, 〈소현성록〉의 성적 표현이 다양한 형태로 변형되어 독자의 상상
력을 자극하고 있음을 알 수 있게 한다. 다음의 경우를 보자.

> 이날 시랑이 녹운당의 가 화시를 반기고 인ᄒᆞ여 퇴쵹ᄒᆞ고 취침ᄒᆞ니 셕픠
> 창외의셔 여어 보더니 시랑이 가만이 문 왈 희산을 어늬 씨의 훌고 화시
> 븟그려 묵연ᄒᆞ딕 시랑이 소왈 ᄉᆞ오삭 니별ᄒᆞ엿다가 만ᄂᆞ니 식로이 슈습ᄒᆞ
> 시ᄂᆞ냐 혜건딕 산월이 지격ᄒᆞ엿거늘 엇지 모른다 ᄒᆞᄂᆞ뇨 인ᄒᆞ여 옥슈를 닛
> 그러 힐지항지ᄒᆞ며 굴오딕 부딕 옥동을 나흐쇼셔 어늬 집이 ᄋᆞ들이 귀치
> 아니리오마는 우리집 ᄀᆞᆺ치 외로오미 잇시리오 ᄒᆞ거늘 셕픠 니를 보고 경ᄉᆞ
> 를 어든듯 ᄒᆞ여 도라와 부인긔 급히 고 왈 화시 잉틴 팔삭인가 ᄒᆞᄂᆞ이다

부인이 누엇다가 니ᄂ쥴 ᄭᅵᄃᆞᆺ지 못ᄒᆞ여 왈 너희 엇지 아ᄂᆞᆫ다 셕픠 슈말을 고ᄒᆞ니 부인이 웃ᄂᆞᆫ 입이 벙긋벙긋ᄒᆞ여 미오 깃거ᄒᆞ더라8)

소경은 순무어사(巡撫御使)로 외방에 갔다가 오랜만에 집으로 돌아온다. 소경은 화씨와 잠자리를 함께 하며 정겨운 대화를 나눈다. 소경과 화씨는 그들만의 은밀한 장소, 둘만의 성적인 장소에서 농염한 애정을 표현하고 있는 것이다. 소경은 화씨에게 오랜만에 만나니 새롭게 부끄러움을 타느냐는 물음과 함께 출산일을 묻는다. 이 과정에서 서로 손을 잡거나 빼며[=頡之頏之] 부부간의 애정을 확인한다.

그런데 석파는 이와 같은 부부만의 내밀한 행위를 아무렇지도 않은 듯 엿보고 엿듣는다. 석파가 소경과 화씨의 잠자리를 엿보는 특별한 이유가 있는 것도 아니다. 굳이 이유를 찾자면, 부부 사이의 대화를 통해 화씨가 임신 팔 개월이라는 것을 양부인에게 알리기 위한 장치가 아닌가 하는 점뿐이다. 실제로 석파는 이들의 대화 내용을 양부인에게 전달하며, 이에 양부인은 "웃는 입이 벙긋벙긋ᄒᆞ여 미오 깃거"한다.

이것은 〈소현성록〉에는 부부만의 성적 공간이 없음을 뜻한다. 부부만의 성적 공간은 모든 이들에게 공공연하게 노출되어 있다. 성적 공간의 노출은 석파라는 특정한 인물에게만 한정된 것이 아니다. 소씨가의 모든 인물들은 부부간의 은밀한 행위를 공유한다. 공공연한 훔쳐보기가 행해지고 있는 것이다. 훔쳐보기의 일반적인 공능(功能)은 훔쳐본 대상을 통해 숨겨져 있던 자신의 성적 욕망을 들춰내고, 성적 상상을 부추기는데 있다. 또한 훔쳐보는 안도감의 확인을 통해, 자신이 응시의 소유자임을 깨닫고 쉽게 욕망을 투사하게 된다.

---

8) 〈소현성록〉 권지이.

그렇다면 석파의 훔쳐보기는 자신의 성적 욕망을 대리 충족하기 위해서인가? 그럴 가능성도 완전히 배제할 수는 없다. 그러나 석파의 훔쳐보기의 목적은 억압된 성적 욕망을 처리하기 위해서라기보다 가문 내 규찰이라는 측면이 더 강하다.[9]

그런데 여기서 주목해야 할 것은 훔쳐보기가 등장인물보다는 독자의 성적 호기심과 상상력을 불러일으키고 만족시키는데 기여한다는 점이다. 석파가 부부의 침실을 규시(窺視)하고, 이를 통해 자신의 성적 욕망을 대리 충족하는 주체는 바로 독자가 된다. 요컨대 〈소현성록〉의 곳곳에 존재하는 엿보기는 성적 표현의 직접적 노출이 아니면서도 독자의 성적 상상의 욕구를 충족시켜줄 수 있는 적절한 표현 기법인 셈이다.

> 셕픠 잔을 드러 다시 나아가 ᄀ로ᄃᆡ 첩의 일언의 부인이 하 셜워ᄒ시니 ᄉ죄ᄒᄉ이다 연이나 뉴낭군이 쇼져를 진즁ᄒ샤 슈유블니흔다 ᄒ거늘 첩이 일야ᄂᆞᆫ 가셔 여어보니 과연 낭군 엄졍ᄒᄆ로도 단졍치 못ᄒ샤 다리고 비르시믈 어ᄌᆞ어ᄌᆞ ᄒ시니 가히 우엄즉 ᄒ지라 니셔 ᄆᆞᆫ져 웃거늘 첩이 말니다가 뉴상공이 창을 여러 보시니 첩 등이 급ᄒ여 벽틈의 업드여 신고ᄒ니이다 좌위 다 웃고 윤시 소이 ᄃᆡ왈 셔모ᄂᆞᆫ 닛도 아니ᄒᆞᆫ다[10]

이런 엿보기는 비단 소경과 화씨에게만 국한되지 않는다. 위에 인용한 부분의 경우도 마찬가지다. 소씨, 윤씨, 화씨, 석씨가 백화헌에 술자리를 마련하고 꽃구경을 한다. 이에 석파가 술잔을 잡아 윤씨에게 술을 권한다. 석파는 윤씨에게 술을 권하기 전에 그녀의 덕과 용모를 칭송하는 말을 한다. 석파의 말에 자신의 인생을 회고하게 된 윤씨는 눈물을

---

9) 이는 후술하기로 한다.
10) 〈소현성록〉 권지삼.

비같이 뿌리며 소경의 은혜에 감읍함을 말한다. 이에 소씨는 윤씨를 달래고 석파는 윤씨로 하여금 울게 한 것을 사죄하며 술을 올리는 동시에 자신이 엿보았던 윤씨와 유낭군(윤씨의 남편; 필자주)의 침실에서 벌어진 웃지 못할 장면에 대해 말한다.

석파는 유낭군이 윤씨를 사랑하여 잠깐도 떠나지 못한다는 말을 듣고, 하룻밤은 이들 부부의 침실을 엿보게 된다. 평소 엄정(嚴整)한 유낭군은 윤씨 앞에서는 그리 단정치 못했다. 부부만의 비밀스런 성적 공간에서 남자는 여자에게 엄숙할 필요가 없었을 것이다. 그래서 유낭군은 윤씨를 빌며 달래고 얼렀고, 석파는 그 모습을 세세하게 훔쳐보았다. 그러나 이런 석파의 엿보기는 혼자만의 행위는 아니었다. 석파와 같은 신분의 이파 역시 훔쳐보기에 참여했다. 이것은 석파와 같이 훔쳐보던 이파가 유낭군의 촐랑대는 모습을 보고 웃음을 참지 못하다가 유낭군이 창을 열어보자, 이에 들키지 않으려고 벽 틈에 엎드려 있었다는 말에서 알 수 있다.

결국 성적 공간의 엿보기는 석파, 이파에 의해서 행해지고 종국에는 이것이 모든 사람에게 공개되는 방식을 취하게 된다. 〈소현성록〉의 엿보기는 공공연하게 이루어지며, 공공연하게 이루어짐으로써 성적이지 않은 것처럼 혹은 성적 표현과 상관없는 것처럼 받아들여진다. 그 행위가 부추길 수 있는 성적 충동과 성적 상상력이 발생하지 않는 것처럼 분식(粉飾)되는 것이다. 행위의 실제성과 묘사의 분리가 발생한다.11)

익됴 존당 문안을 맛초민 부인이 긔국의 뉴로 이녀와 이부로 유희홀식

---

11) 그러나 이와 같은 엿보기가 독자에게 유발하는 성적 자극은 작품 내적 의미와는 다르다. 앞서 지적한 것처럼 독자는 자신을 훔쳐보기의 주체로 인식하게 되기 때문이다.

소윤으로 두호롤 치이고 화셕으로 살을 쥬으라 ᄒ니 셕시 좌의 샹셰 잇시 믈 보고 시로이 슈습ᄒ여 머믓끼니 윤시ᄂ 영민ᄒ 녀지라 믄득 긔식을 스 치고 투호롤 ᄇ리고 샹뉵판을 드러 셕시 압히 가 승부롤 결ᄒ믈 직쵹ᄒ니 셕시 마지 못ᄒ여 샹뉵을 칠시 젼혀 흥이 업서ᄒ거ᄂᆯ 윤시 낭쇼 왈 셕뎨 금일 우환을 만난 사ᄅᆷ ᄀᆺ트니 아지 못게라 무슴 일이 잇ᄂ뇨 셕시 옥안을 잠간 붉혀 믁연 부답ᄒ니 셕픠 대쇼 왈 요ᄉ이 쇼졔 ᄉ친지회로 시름ᄒ시 ᄂ가 시버이다 윤시 낭낭이 대쇼 왈 내 ᄆᆞ음의ᄂ 셕시의 근심이 비샹잉혈 인가 ᄒ노라 좌위 경아ᄒ여 소시 그 팔을 ᄊᆞ여 보니 형영이 업ᄂ지라[12]

석씨를 부인으로 맞아들인 소경은 석씨와의 잠자리를 피한다. 좀 더 정확히 말하면, 소경은 석씨와 잠자리는 함께 하지만 섹스는 피한다. 그것은 석씨가 어리다는 이유 때문이다. 소경이 석씨와 성적으로 맺어 지지 못했다는 것은 석씨의 팔에 앵혈(鶯血)이 그대로 남아있는 것을 통해 모든 사람들에게 알려진다. 그러던 중 소경은 칠왕을 만나 석참정 부중에 이르러 술을 마시고 집에 돌아온다. 평소라면 석씨와의 섹스를 피했겠지만, 술에 취한 소경은 평소의 단숙(端肅)함을 유지하지 못한 다. 석씨의 아름다운 모습에 산과 바다 같은 무겁고 깊은 성적 충동을 억누르지 못한다. 이른바 "산히즁졍을 능히 참지 못ᄒ여 옥슈롤 잇그러 원앙금니의 나아"가게 되는 것이다.

그런데 소경과 석씨의 성적 결합이 공개되는 방식이 자못 흥미롭다. 앵혈의 존재를 통해 소경이 석씨와 성적으로 결합하지 않았다는 사실 이 공개된 것처럼, 앵혈의 사라짐을 통해 소경과 석씨의 성적 결합이 공개된다. 양부인이 소씨, 윤씨, 화씨, 석씨를 거느리고 기국(碁局)과 투호(投壺)를 즐길 때, 석씨는 소경이 함께 있는 것을 보고 유난히 부끄

---

12) 〈소현성록〉 권지삼.

러워한다. 이에 윤씨는 석씨가 소경과 성적으로 결합했음을 짐작한다. 그리고 투호를 그만두고 쌍륙판을 들고 석씨와 시합하기를 청한다. 윤씨가 쌍륙놀이를 택한 이유는 뻔하다. 쌍륙을 놀기 위해 팔을 뻗는 석씨의 팔에 앵혈이 없음을 공개하기 위한 것이다. 아니 좀 더 정확하게, 앵혈이 없어진 것을 애써 숨기려는 석씨를 놀려주기 위해서 고의로 쌍륙놀이를 제안했다고 볼 수 있다. 예상할 수 있는 것처럼 석씨는 쌍륙에 흥취를 내지 못하고 맥이 빠진 것처럼 놀이를 한다. 석씨는 앵혈이 사라진 팔이 노출될 것을 염려할 수밖에 없기 때문에 적극적으로 놀이에 임할 수 없었던 것이다. 이에 따라 윤씨는 지난밤 석씨와 소경이 섹스를 했음을 모든 사람들에게 공개한다.

그렇지만 윤씨의 공개는 직접적이고 노골적인 것이 아니다. 석씨가 "비상잉혈"을 근심한다는 우회적인 발언을 통해서다. 영민한 윤씨가 소경과 석씨의 성적 결합을 "긔식을 스쳐" 알아챈 것과 동일한 방식으로 모든 사람에게 공개한다. 이른바 스치기 방식인 셈이다.

이와 같은 스치기는 미루어 짐작할 수 있는 정도만 암시하거나 보여주는 성적 정보 공개 방식이다. 그렇다고 스치기가 변죽만 울리는 것도 아니다. 변죽을 울리는 것처럼 가장하여 가장 핵심적인 생각을 떠올리도록 하는 방식이다. 성적 행위나 성적 행위를 가늠할 수 있는 단서나 표현을 직접적으로 제시하기 때문이다. 예컨대 '비상앵혈'은 처녀성과 함께 그 상실을 떠올리게 하여 성적 행위를 그려내고, 성적 욕망을 부추긴다. 그렇기 때문에 스치는 사고의 과정에서 풍부한 성적 상상력이 발휘된다. 이런 점에서 스치기는 직접적 언술에 비해 더 많은 성적 상상의 즐거움을 유발할 수도 있다. 이른바 비상 앵혈로 성적 표현의 간접화를 도모했지만, 그것이 독자에게 초래하는 성적 상상력은 단순히 간접화에만 머무는 것이 아니라 하겠다.

　　이툿날 쇼졔 약을 다스리다가 좌슈를 즁상ᄒ여 놀나믈 니긔지 못ᄒ여 얼
골이 찬지 ᄀᆞᆺᄐᆫ지라 샹셰 잔잉이 넉여 약을 붓쳐 ᄡᆞ민나 죵시 팔져 져리여
ᄡᅳ지 못ᄒ더라 일일은 부인이 쇼윤과 셕픠 등으로 나와 샹셔를 볼ᄉᆡ 셕시
셔안의 의지ᄒ여 조을고 샹셔ᄂᆞ 부인의 손을 잡고 자거ᄂᆞᆯ 모다 웃고 병풍
밧긔셔 소ᄅᆡᄒ니 셕시 놀나 ᄭᅵ다르미 샹셰 집슈ᄒ엿시믈 보고 블승슈괴ᄒ
여 연망이 니러 부인을 마ᄌᆞ니 샹셰 ᄯᅩ흔 ᄭᅵ여 보고 상의 ᄂᆞ려 왈 연일 ᄌᆞ지
못ᄒ와 잠간 조으므로 맛지 못ᄒ니이다 부인 왈 금일 증셰 엇더ᄒ뇨 ᄃᆡ 왈
좀 나흐니 다힝ᄒ여이다 부인 왈 너의 ᄒᆡᆼ시 진즁ᄒ미 의심업시 셕시로 구
병ᄒ니 모르미 조심 조셥ᄒ라[13]

　소경이 술을 먹고 아파서 몸져눕는다. 그러자 양부인은 석씨로 하여
금 소경을 간병하게 한다. 석씨는 남편의 약을 준비하다 팔을 다친다.
석씨가 팔을 다친 것을 불쌍히 여긴 소경은 석씨의 손을 잡고 누워 잠
이 들고, 석씨 역시 연일 계속된 간병으로 소경에게 손을 집힌 채 의자
에 앉아 존다. 마침 양부인이 소씨, 윤씨, 석파로 더불어 소경의 문병을
온다. 양부인 일행은 손을 잡은 채 잠이 들어 있는 부부의 모습을 보고
웃음을 참지 못한다. 양부인과 그 일행은 다정히 잠든 부부의 모습에서
은연중에 그들의 성적 행위를 떠올렸던 것이다. 양부인이 소경에게 "ᄒᆡᆼ
시 진즁ᄒ미 의심업시 셕시로 구병"하게 한 것이라고 말한 것도 이 때
문이다. 한마디로 양부인은 평소 소경이 여색에 담연(淡然)하고, 행동
거지가 진중(鎭重)하여 병중에 부부 관계를 할 리 없다고 판단하여 석
씨로 간병케 했다고 말한 것이다. 매일 얼굴을 마주하다보면 자연 성적

---

13) 〈소현성록〉 권지오.

행위를 할 수도 있을 것이다. 그렇기 때문에 손을 잡고 잠이 든 모습에서 성적 행위를 스친 것이다.

이상으로 〈소현성록〉에 나타난 성적 표현의 양상을 살폈다. 〈소현성록〉에는 성적 표현이 가능하리라 예상되는 지점을 도덕적 표현으로 차단하거나 은폐하였다. 성적 표현 자체를 거부하고 있는 것처럼 보인다. 그럼에도 불구하고 완전한 차단이 이루어지진 못했다. 이는 엿보기나 스치기를 통한 간접적 표현 방식의 존재를 통해 알 수 있다. 요컨대 성적 행위를 제삼자가 엿보게 함으로써 성적 욕망을 부추기거나 성적 행위를 제삼자가 스칠 수 있도록 암시함으로써 성적 상상력을 유발하고 있다. 이런 방법은 노골적이고 직접적인 표현은 아니다. 하지만 성적 행위와 관련된 표현의 방식임에는 분명하다. 한마디로 직접적 표현은 감추어져 있지만, 엿보기가 스치기의 간접화된 방식으로 성적 표현이 나타나 있다고 하겠다.

3. 〈소현성록〉에 나타난 성적 표현 방식의 의미

앞서 〈소현성록〉에 나타난 성적 표현 방식을 감추기, 엿보기, 스치기의 측면에서 살폈다. 그렇다면 이와 같은 성적 표현의 방식이 갖는 의미는 무엇인지 살필 필요가 있을 것이다. 먼저 감추기 방식이 갖는 의미란 측면을 살피겠다. 이에 앞서 다음 인용을 보자.

> 샹셰 삼 부인을 거ㄴ리민 일삭 너의 십일은 셔당의 쳐ㅎ고 팔일은 화부인긔 잇고 두 부인긔 뉵일식 이시니 그 졔가ㅎ미 이굿고 양부인이 ㅇㅈ의 졔가ㅎ믈 아름다이 넉여 거ㄴ리기를 고로 ㅎ니 화셕 이부인이 졍셩이 동동

ᄒ여 가힝이 착난치 아니ᄒ지라14)

소경은 황제의 사혼으로 여씨를 부인으로 맞아 세 부인을 거느리게
된다. 세 부인을 맞은 소경은 한 달에 10일은 독서당에 머물고, 8일은
원비(元妃) 화씨의 침소에서 자며 석씨와 여씨의 침소에서는 각각 6일
을 머문다. 소경의 이 같은 성적 행위에서는 인간으로서 갖게 되는 성
적 욕망이나 남녀 간의 곡진(曲盡)한 애정을 느낄 수 없다. 성적 행위를
나타내는 표현임에도 불구하고 전혀 성적 충동을 부추기지 않는다. 그
렇기 때문에 양부인은 아들의 "졔가ᄒ믈 아름다이 넉"이게 된다. 한마
디로 성적 행위가 벌어질 것으로 예상되는 세 부인과의 잠자리에 대한
기술은 철저할 정도로 공식적이며, 도덕적인 면모를 띤다.

소경의 성적 행동이 공식적이고 도덕적인 까닭은 다음 두 가지 이유
때문이다. 먼저 성적 행위는 가문 내적 질서 확보와 직결되기 때문이
다. 소경의 성적 행위의 편중은 곧 가문 내적 권력의 편중으로 이어지
기 마련이다. 소경과 특정 부인의 성관계가 잦을수록, 그 부인의 가문
내적 지위는 암묵적으로 높아진다. 결국 소경의 공식적이고 차등적인
성행위는 가문 내적 위계질서의 확립을 위해서 꼭 필요한 조치였다. 소
경이 화씨와 한 달에 8일을 동침한 것은 화씨의 원비로서의 지위를 인
정했기 때문이다. 소경이 석씨나 여씨와 6일만 지낸 것도 이들 사이의
질서 있는 차등의 공평성을 강조하기 위한 방편이었다. 이처럼 소경의
성적 배분이 위계질서에 맞게 균형 있게 이루어졌기 때문에 "거ᄂ리기
를 고로 ᄒ"였다고 말할 수 있으며, "가힝이 착난치 아니ᄒ"게 되었던
것이다.

---

14) 〈소현성록〉 권지사.

소현의 성적 행위가 감춰지거나 도덕적으로 치장되는 것은 그가 완벽한 인간임을 말하기 위한 것이기도 하다. 소경의 성적 행위를 드러내지 않고 감출수록 소경은 더 완전한 정인군자(正人君子)가 된다. 특히 성적 행동이 예상되는 지점에서 드러나는 엄숙함은 그가 도덕적으로 얼마나 뛰어난 인물인지를 단적으로 드러낸다.

> 윤시 곡비ᄒ여 은틱을 샤례ᄒ고 글오ᄃᆡ 첩의 외로온 ᄌ최 이곳의 잇지 못 홀지라 상공이 만일 첩을 어엿비 넉여 경ᄉ의 ᄃ려가시면 친족을 ᄎᆞ즈리이다 싱이 침음 냥구의 왈 쇼져의 말ᄉᆞᆷ이 비록 졀박ᄒ시나 남녀 동ᄒᆡᆼᄒ미 셩교의 버셔ᄂᆞᆫ지라 불평ᄒ오니 쇼졔 만일 어려이 아니 넉이실진ᄃᆡ 형ᄆᆡ지의를 의탁ᄒ여 결의동ᄀᆡᄒ시면 혐의 업셔 뫼셔 갈가 ᄒᄂᆞ이다 윤시 연망이 샤례 왈 만일 여ᄎᆞᄒ면 첩이 싱ᄉ의 더욱 감은ᄒ리이다 어ᄉᆡ 흔연이 년치를 무르니 십칠셰라 ᄌ긔의 일년 맛시어ᄂᆞᆯ 어ᄉᆡ 두번 졀ᄒ여 형ᄆᆡ를 삼고 십분환희ᄒ여 동ᄒᆡᆼᄒ니 윤시 당초 신원코ᄌ 어ᄉᆞ를 보미 은덕이 즁ᄒ여 평싱 우러ᄂᆞᆫ 뜻이 잇더니 어ᄉᆡ ᄲᅥᄲᅥ졍ᄃᆡᄒ여 결약남ᄆᆡᄒ미 깃부고 의혹ᄒ여 슈십일 동ᄒᆡᆼᄒ니 어ᄉᆡ의 거동이 가지록 졍ᄃᆡᄒ여 침소를 멀니ᄒ며 언어 슈쟉홀 적이 만흐ᄃᆡ 맛ᄎᆞᆷᄂᆡ 눈을 ᄂᆞ초아 보지 아니코 웃고 말ᄉᆞᆷ이 활발홀 적이 업ᄉᆞ니, 탄복ᄒ여 진짓 하혜미ᄌᆞ의 뉘라 십여셰 쳐신이 여ᄎᆞ 졍ᄃᆡᄒ니 가히 현인군ᄌ라 ᄒ더라[15]

소경은 순무어사의 직임을 수행하면서 윤씨의 원억(冤抑)을 풀어준다. 이에 윤씨는 소경을 따라 경사(京師)로 가 친족을 찾아 의탁하려는 의도를 드러낸다. 윤씨가 소경을 따라 경사에 가겠다는 말에는 내심 소경과 부부지연을 맺으려는 의도가 있었다. 그러나 소경은 "ᄲᅥᄲᅥ졍ᄃᆡᄒ" 여 윤씨의 "평싱 우러ᄂᆞᆫ 뜻"을 따르지 않고 결의형제를 제안한다. 사실

---

15) 〈소현성록〉 권지이.

소경이 제안한 결의형제는 말뿐인 것으로 언제든지 뒤집을 수 있는 것이다. 그렇기 때문에 윤씨는 "깃부고 의혹ᄒ"였다. 실제로 소경과 윤씨의 결연은 윤씨가 소씨 가문에 들어간 후에도 계속된다. 석파는 양부인에게 윤씨를 양녀로 맞아들이기보다 소경의 재취로 맞는 것이 더 합리적임을 말하고, 소경의 의중을 떠본다. 그러나 혈기방장한 십대의 처신이라고는 믿을 수 없을 정도로 "졍뎍ᄒ"여 "현인군즈"라고 할 소경은 형매지의를 고집한다. 이른바 누구나 성적 결합을 예상하는 상황에서 기대를 반전시킴으로써 소경의 도덕성을 확연히 드러내고 있는 것이다.

소경의 이 같은 행위는 소씨 가문의 도덕적 우월성을 보장받는 요소가 된다. 또한 소광으로부터 비롯된 도학처사(道學處士)로서의 명망과 청정함을 유지하게 된다. 물론 소경은 자신의 도덕적 우월성이나 청정함을 대외적으로 과시할 필요는 없었다. 〈유효공선행록〉의 유연이 유씨가의 도덕적 명망 회복을 위해 처절한 대내·대외적 투쟁을 벌였던 것과는[16] 달리, 소경은 철저하게 자신을 지키면 그만이었다. 이것은 〈소현성록〉에서 풍류랑(風流郎)이 심각하게 부정되지 않을 뿐만 아니라[17] 심지어는 소경의 도학적 성향이 고리타분한 것으로 부정되기까지 한다는[18] 데서도 확인할 수 있다. 요컨대 소경만 도학군자로서의 요건

---

16) 이와 관련해서는 이승복과 전성운의 논문을 참조할 수 있다. 이승복, 『고전소설과 가문의식』 월인, 2000 ; 전성운, 앞의 책 참조.

17) "셕장군이 쇼 왈 소경이 녈녀ᄀ치 슈신ᄒ여 풍뉴남ᄋ의 풍치 업스니 나의 쟝즁보옥으로 엇지 그 지실을 쥬리오 ᄒ니 원ᄂ 쟝군은 무뷔라 션비 도학을 블관이 녁여 활발풍뉴를 구ᄒ고 참졍은 그 즈식이나 겸공침묵ᄒ여 부지 셩품이 니도ᄒ더라."(〈소현성록〉 권지이) "본부 냥녜되샤 은의를 쳘셕ᄀ치 미즈시고 풍뉴호스 뉴학ᄉ를 ᄆ즈샤 아롬다온 공즈를 년ᄒ여 싱ᄒ시며 ᄉ당을 일워 부모의 졔스를 니으시니 효녈녈부의 도리 가쟉ᄒ시믈 감탄ᄒᄂ이다."(〈소현성록〉 권지삼)

18) "왕이 손을 잡고 쇼 왈 춍지ᄂ 진실노 찬믈의 돌이로다 너모 견고ᄒ기로 장부의 풍치 아조 업스니 도학션싱의ᄂ 웃듬이오 풍유랑의ᄂ 말지로다 연이나 오날은 즐기미 올ᄒ니라."(〈소현성록〉 권지사)

을 갖추면 되기 때문에 풍류랑 자체를 부정할 필요는 없었다 하겠다.

그렇다면 석파와 시비들에 의하여 행해지는 엿보기는 어떤 의미를 지니는가. 앞서 언급한 것처럼, 엿보기는 훔쳐보기의 성적 매력을 지닌다. 그러나 이것은 다른 한편으로는 주인공들의 성적 공간을 끊임없이 엿봄으로써, 성에 대한 정보를 공개하고 나아가 모든 이들과 공유하려는 시도이기도 하다. 한 가문 내에서 가장의 성을 독점하는 것은 곧 권력의 독점과 연결된다. 가장의 애정 편중은 필연적으로 권력의 편중을 초래하기 때문이다.

이런 점에서 석파는 소경의 성적 행위를 공개함으로써 치우침을 차단하는 역할을 한다. 공개되지 않은 정보는 수많은 이의 의심을 유발하기 마련이다. 그러므로 발생한 정보는 끊임없이 공개되어야 하며, 그렇게 해야만 모든 이들은 성의 공평한 분배, 조화로운 권력의 분배가 행해짐을 누구나 알게 된다. 결국 석파의 엿보기는 성적 정보의 공개를 통해 권력의 집중화를 차단하고, 공유를 통해 균형과 조화를 추구하려는 의도에서 이루어진 것이다.

> 윤시 지비 왈 만일 여츳ㅎ시면 은덕이 측냥업ᄉ오며 외람ᄒ오나 어ᄉ로 형믜되여시미 부인의 슬하의 졍을 바라ᄂ이다 부인이 흔연이 허락ᄒ니 윤시 드듸여 비알ᄒ여 모녜되고 월영과 화시로 형뎨되야 환희ᄒ더 셕파 등은 품은 뜻이 잇셔 결약ᄒ믈 깃거 아니ᄒ더니 부인이 시녀로 ᄒ여곰 취셩뎐 겻히 희운당을 슈리ᄒ야 윤시로 쳐ᄒ게 ᄒ야 보닌 후[19]

소경과 형매지의(兄妹之義)를 맺은 윤씨가 소씨 가문에 들어온다. 윤씨는 양부인께 모녀가 되기를 청한다. 양부인이 윤씨를 양녀로 받아들

---

19) 〈소현성록〉 권지이.

이자 월영과 화씨는 아무 생각 없이 윤씨를 반긴다. 그러나 석파는 그렇지 않다. 석파는 곧바로 다른 마음을 품는다. 윤씨를 소경의 재취 상대로 여긴 것이다. 석파의 이 같은 시도는 자칫 소씨 가문에 파란으로 작용할 수도 있으며, 윤씨가 소경의 재취가 되는 것은 명분상으로도 그리 적절치 못하다. 그럼에도 불구하고 석파는 양부인에게는 "쇼년 남지 외방의셔 단 두리 동힝ᄒ여 와셔 그 친쳑 못춧고 집의 머무러 두어 결약형뎨ᄒ면 둘의 ᄆᆞᆷ이 울울"할 것이라고 말하여, 양부인의 반허락을 얻은 한편, 소경에게는 부인이 "윤시 ᄌᆡ모를 ᄉᆞ랑ᄒ샤 ᄌᆡ춰를 삼고져 ᄒ"신다고 말하여 혼사가 이미 결정된 것처럼 일을 꾸민다.

그렇다면 이처럼 석파가 소경의 성적 행위에 관심을 가질 뿐만 아니라 성적 상대까지 조정하려 드는 이유는 무엇 때문인가. 그것은 양부인이란 소씨 가문의 절대 권력자와 소씨의 관계를 통해 이해할 수 있는 측면이다.

> 쳐시 팔ᄃᆡ독ᄌᆞ로 일신이 경경ᄒ여 삼십의 니르ᄃᆡ 일졈 혈육이 업스니 부인이 깁히 념녀ᄒ여 대장군 셕슈신의 셔녀 셕파와 냥인의 ᄯᆞᆯ 니파를 어더 장부를 권ᄒ니 쳐시 ᄉᆞ양치 아니코 거두ᄃᆡ 셩ᄃᆡ 엄슉ᄒ니 이녜 ᄯᅩ흔 됴심ᄒ여 쳐ᄉᆞ 부부 셤기미 노쥬 ᄀᆞᆺ더라[20]

석파와 양부인의 관계는 노주(奴主)와 다를 바 없다. 이들은 일반적인 처첩의 적대적 경쟁적 관계가 아닌 노주의 절대 복종 관계를 형성한다. 석파는 양부인을 절대적 존재로 섬기고, 양부인을 절대적으로 섬긴 만큼의 보답을 받는다. 실제로 양부인은 석파가 "일홈이 경(소경; 필자 주)의 셔모나 ᄯᅩ흔 존ᄒ미 모ᄌᆞ"에 있다고 말하며, 소경이 석파에게 깍

---

20) 〈소현성록〉 권지일.

듯한 예를 표해야 한다고 말한다. 그래서 서술자 또한 양부인이 석파를 "지극히 사랑ᄒ고 시랑(소경; 필자주)이 (석파를) 공경ᄒ며 효양ᄒ미 부인 버금"이라고 말한다. 석파는 양부인의 사랑과 신뢰를 토대로 소씨 가문 내에서 양부인 버금의 위치를 차지한 셈이다.

석파가 양부인의 사랑을 받아 소씨 가문 내에서 양부인 다음 가는 위치를 차지했다는 것은 역으로, 석파가 양부인이 신뢰할 만한 행동을 했음을 뜻한다. 실제로 석파는 양부인의 눈과 귀이자 입이다. 양부인은 석파가 없으면 소씨 가문 내에서 발생하는 일을 알아채지 못한다. 교영의 훼절했던 것은 석파의 심복 비자인 춘앵의 엿듣기와 밀고에서 비롯되었다. 이외에도 석파는 끊임없이 소경의 서실(書室)을 살피고 화씨, 윤씨, 석씨의 잠자리를 엿본다. 또한 양부인이 소경에게 말하고자 하나 직접 건네기 곤란한 것이 있으면 석파가 대신한다. 석파는 양부인의 대리인을 자청하며, 양부인은 그런 석파를 믿고 신뢰한 것이다. 요컨대 양부인은 석파를 이용해 소씨 가문의 내에서 발생하는 제반 문제를 총찰(總察)하였다.

양부인이 소경에게 도덕적 완결을 반복적으로 요구한 것도 이와 무관하지 않다. 양부인의 힘의 원천은 소경이다. 소경의 사회적 출세와 도덕적 완결은 양부인의 권위는 좀 더 안전하게 보장한다. 그러므로 양부인은 소경이 여타 가문과의 경쟁에서 도덕적 우위를 유지할 수 있도록 끊임없이 경계하는 한편 효(孝)라는 도덕의 강조를 통해 자신의 권위에 도전할 기회를 차단한다. 양부인이 소양 두 가문의 명예를 더럽혔다는 이유로 교영을 서슴없이 독살한 것이나 소경이 창기와 유흥을 즐기거나 제왕(諸王)들과 몇 잔 술만 마셔도 준절하게 꾸짖는 것도 도덕적 이완이 초래할 위험성을 절감했기 때문이다. 작품의 앞부분에 등장하는 교영의 독살은 소경에게 일종의 도덕적 이완에 대한 매우 강한 충격적 예방주사였던 것이다. 양부인과 소경의 관계에 있어 여인의 삼종지도(三從之道)는 맥없는 말이다. 소경이 지닌 가장의 절대성은 양부인의 권위 앞에서는 여지없이 무너져 버린다.

소씨 가문 내에서 양부인이 누리는 권력의 유지는 소경에 대한 통제만으로는 사실 불가능하다. 소경이 권력의 원천이지만, 그 원천에 대한 경쟁 상대 즉 소씨 가문 내에 존재하는 양부인의 잠재적 적수는 화씨나 석씨와 같은 며느리들이다. 양부인이 화씨가 도덕적으로 완결되지 못함을 반복적으로 지적하거나, 그의 도덕성을 끊임없이 시험하고 요구한 것도 자신의 잠재적 적수가 되리라는 것을 예견했기 때문이다. 양부인이 석씨를 소경의 둘째 부인으로 들이게 된 것도 화씨가 자신의 대리자인 석파와 아들 소경을 원망하는 말을 했기 때문이다.[21] 양부인은 화씨가 자신의 권위에 도전할 가능성이 충분한 인물로 판단하여 견제할 필요성을 느꼈기 때문에 석씨와의 혼사를 허락한 것이다.

물론 그 와중에도 양부인은 석씨의 인물됨이 화씨와 다르다는 것은 먼저 알아보았다. 요컨대 양부인은 화씨가 효를 기본으로 한 부덕을 갖추어 소경과 동일한 삶의 자세를 지향했다면, 굳이 소경의 성적 상대를 더 확보하여 화씨에게 권력이 집중되는 것을 차단할 필요가 없었을 것이다. 양부인은 소경과 화씨의 효를 통해서도 충분히 권위를 보장받을 수 있었기 때문이다. 그러나 화씨는 애초부터 소경과 같지 않았으며, 오히려 아들과 다른 삶의 태도를 지향하는 이른바 권력 독점화를 추구

---

21) "원닉 양부인이 다른 뜻이 업더니 화시 톄읍시투ᄒ여 부인 말슴 슷히 셔모와 가뷔 동심ᄒ다 ᄒ여 말슴이 경도픠악ᄒᆞ믈 보고 ᄌ못 미안이 넉여 쾌히 허혼ᄒᆞ미러라."(〈소현셩록〉, 권지삼).

할 가능성이 있는 위험한 인물이라고 생각되었기 때문에 양부인은 화씨를 견제할 필요가 있었던 것이다.

이것은 석파가 굳이 석씨를 재취로 권했던 것도 이해할 수 있다. 석파는 양부인의 수족과 같은 존재이며, 양부인이 자신의 의도를 노골적으로 표출하기 전에 석파는 양부인이 필요로 하는 것들을 알아챈다. 그리고 그것을 실행에 옮기는 영민한 인물이다. 한마디로 석파는 양부인의 잠재적 적대 세력을 제거하고 견제함으로써 양부인의 절대 권력이 누수(漏水)되지 않도록 만전을 기했다. 석파는 소씨 가문의 인물들을 견제하고 감찰하는 양부인의 역할을 대행함으로써 이인자의 위치를 유지하였다. 석파가 끊임없이 엿보기를 행함에도 불구하고 양부인의 제재가 가해지지 않는 것도 이런 이유 때문이다. 결국 양부인과 석파는 공생적 관계를 맺고 있음을 뜻한다. 석파 자신이 신분적 결함에도 불구하고 양부인의 절대적 권력을 자발적으로 지켜냄으로써 소씨 가문내의 모든 구성원들로부터 권력을 인정받을 수 있었다. 다만 여기서 주목할 것은 석파는 이인자의 권력을 누릴 수 있었음에도 불구하고 그 권력을 적극 행사하거나 남용하지는 않았다는 점이다. 이것은 석파가 끝까지 양부인의 신뢰를 잃지 않고, 소씨 가문내의 구성원들로부터 배척당하지 않았던 원인이 된다. 석파는 규찰을 통해 성과 권력의 조화로운 배급을 위해 노력하는 한편, 양부인의 절대 권력을 지켜낸 수호천사이자 앞잡이였던 것이다.

이제는 스치기의 방식이 어떤 의미를 가지는가를 살필 차례이다. 앞서 스치기는 성적 상상력의 부추김이란 효과가 있음을 지적하였다. 스치기는 독자로 하여금 작중 인물이 상상하는 길을 따르게 함으로써 풍부한 성적 상상력의 제공한다. 이렇게 상상적으로 일탈하게 하는 것은 전면적 억압이 초래하게 될 전복(顚覆)을 방지하기 위해서도 반드시 필요하다. 허용된 범위 내의 일탈을 통해 억압된 성적 욕망을 배출하는 한편, 이를 간접화함으로써 비도덕적이란 비난을 피할 수 있게 된다. 성적 욕망의 억압과 부분적 배출을 스치기라는 간접화 방식과 상상의 허용을 통해 달성했던 것이다.

〈소현성록〉에서 유일하게 성적 행위가 직접적으로 표현되어 있는 부분은 교영과 관련된 내용뿐이다. 서술자는 교영이 유장과 사통하여 살았다고 기술하였으며, 유장은 자신이 교영과 운우의 정을 맺었다고 직접 말한다.[22] 이렇게 이들 행위가 직접적으로 표현된 것은 그것을 부정하려는 의도와 관련된다. 결국 스치기는 상상력의 유발과 분식의 시도 및 표면적으로는 성적 행위를 부정하려는 시도와 같은 이중적 효과를 달성하는 간접화 방식이라 하겠다.

이상에서 본 것과 같은 성적 표현의 양상은 장편소설의 독자가 고착화되고, 독자의 기호에 맞춘 새로운 장편소설 창작 기법이 정착되는 과정에서 등장한 것으로 볼 수 있다. 특히 소씨 가문 내에서의 양부인의 위상이야말로 여성 독자의 의식이 반영된 소설 기법이 등장했음을 의미하는 것이라 할 수 있다.

---

22) "교영이 젹소의 가 머믈시 겻집의 뉴장이란 사름이 이시니 상쳐ᄒ고 환거ᄒ여 아름다온 계집을 구ᄒ더니 니한림의 쳬 격장의셔 외로오믈 듯고 서로 뜻이 마ᄌ 스통ᄒ여 사란지 삼년의 니복야의 원민흔믈 고ᄒ니 …… 기인이 흠신 답 왈 쇼싱은 셔쥐인이라 삼년 젼의 니한님의 부인이 젹거ᄒ야 쇼싱으로 운우의 졍을 미졋더니 이졔 됴졍은ᄉ를 만나 도라올 젹의 언약ᄒ되 경셩 남문 밧 소쳐ᄉ 집이라 ᄒ던고로 쳔신만고 ᄒ여 ᄎᄌ 왓ᄂᆞ니 셩싱은 소시와 쇼싱의 졍을 싱각ᄒ라 소시 이르ᄃᆡ 오라비 하나 잇다 ᄒ니 반드시 그ᄃᆡ로다 아지못게라 악모긔 비와지라."(〈소현성록〉 권지일)

4. 맺는말

본고는 〈소현성록〉에 나타난 성에 대한 태도는 어떠하며, 그와 같은 양상이 갖는 의미는 무엇인가를 고찰해 보았다. 그런데 하필 〈소현성록〉을 고찰의 대상으로 삼은 것은 〈소현성록〉의 소설사적 위상을 고려한 것이다. 기왕의 연구에 의하면, 〈소현성록〉은 초기 다양한 성향의 장편소설에서 본격적이고 유형적인 장편소설로 이행되는 시기에 창작된 작품이다. 그렇기 때문에 초기 장편소설에 나타난 성적 태도의 변화를 살펴보기에 가장 적합한 작품이다. 요컨대 본고는 〈소현성록〉에 나타난 성적 표현 방식을 살핌으로써 초기 장편소설의 성에 대한 표현 금압의 양상과 그것이 의미하는 바를 밝히고자 했다.

그 결과를 통해 다음과 같은 결론을 얻을 수 있었다. 〈소현성록〉에는 성적 표현이 가능하리라 예상되는 지점에 오히려 도덕적 표현이 자리하며, 이를 통해 성적 표현을 미리 차단하거나 은폐하였다. 성적 표현 자체가 드러나는 것을 가로막고 있는 것이다. 그러나 이와 같은 전반적인 성향에도 불구하고 성적 표현이 완전히 차단되지는 못했다. 이는 엿보기나 스치기를 통한 간접적 표현 방식의 존재를 통해 확인할 수 있었다. 요컨대 성적 행위를 제 삼자가 엿보게 함으로써 성적 욕망을 부추기거나 성적 행위를 스칠 수 있도록 암시함으로써 성적 상상력을 유발하고 있다. 이런 방법은 노골적이고 직접적인 표현은 아니다. 하지만 성적 행위와 관련된 표현 방식의 하나임에는 분명하다.

그렇다면 이와 같은 성적 표현이 갖는 의미는 무엇인가? 먼저 감추기와 관련된 측면이다. 〈소현성록〉의 성적 표현이 가급적 은폐된 것은 인물의 도덕성을 강조하고자 하는 의도와 무관하지 않다. 특히 주인공 소경의 도덕적 완결성을 부각시킴으로써, 가문외적으로 처사 가문으로서의 소씨가의 명망과 우월성을 보장받을 수 있게 된다. 그렇기 때문에 양부인은 아들 소경과 가문 구성원의 도덕성을 끈질기고도 강렬하게 요구했던 것이다.

다음으로 엿보기는 가문 내적 권력의 독점화와 질서 유지를 위한 측면이 강하다. 주인공들의 성적 공간을 끊임없이 엿봄으로써 성에 대한 정보를 공개하고 나아가 모든 이들과 공유하려 든다. 한 가문 내에서 가장의 성을 독점하는 것은 곧 권력의 독점과 직결되며, 가장의 애정[=性]의 편중은 필연적으로 권력의 편중을 초래한다. 그렇기 때문에 석파는 소경의 성적 행위를 공개함으로써 치우침을 차단한다. 소경의 성과 관련한 정보는 끊임없이 공개되어야 하며, 그렇게 해야만 모든 이들은 성의 공평한 분배, 조화로운 권력의 분배가 행해짐을 알게 된다. 결국 석파의 엿보기는 성적 정보의 공개를 통해 권력의 집중화를 차단하고 공유를 통해 균형과 조화를 추구하려는 의도의 반영인 셈이다.

마지막으로 스치기는 독자로 하여금 작중 인물이 상상하는 길을 따르게 함으로써 풍부한 성적 상상력을 제공하는데 기여한다. 이와 같은 상상적 일탈은 전면적 억압이 초래하게 될 예상 가능한 전복을 방지하기 위해서 반드시 필요하다. 허용된 범위 내의 일탈을 통해 억압된 성적 욕망을 배출하는 한편, 이를 간접화함으로써 비도덕적이라는 비난을 피할 수 있게 하는 방법인 것이다. 그러나 서술자는 성적 행위가 직접적으로 표현되는 것은 전적으로 거부한다. 교영과 유장이 사통하였던 것에 대한 즉각적이고 단호한 조치야말로 〈소현성록〉에 나타난 성적 표현에 대한 태도를 단적으로 보여준다. 이와 같이 직접적 기술이 차단된 상태에서 스치기는 상상력의 유발과 분식의 시도라는 이중적 효과를 달성하는 간접화 방식이 되었던 것이다.

이상에서 본 것과 같은 성적 표현의 양상은, 장편소설의 독자가 고착화되고 독자의 기호에 맞는 새로운 장편소설 창작 기법이 정착되는 과정에서 등장한 것이다. 이런 고착화의 양상은 양부인과 관련된 내용을 통해서도 확인할 수 있다. 소씨 가문 내에서의 양부인의 위상이야말로 여성 독자의 의식이 반영된 소설 기법이 등장했음을 의미하는 것이다. 여성이 중심적 위치에 서는 이와 같은 소설을 통해 장편소설의 진로와 성에 대한 태도 및 기술 방식의 변화를 설명할 수 있을 것이다.

〈옥루몽〉에 나타난
성애 표현의 의미
: 은밀한 폭력과 정당화된 폭력

유광수

1. 서론

〈옥루몽〉은 〈구운몽〉을 창조적으로 다시 읽어, 인간 욕망을 긍정적으로 드러내고 풍류적 삶을 구체적으로 서사화했다. 문창성의 욕망을 긍정하는 관음보살의 언술이나 적강을 통해 구체적으로 풍류를 즐기는 상황뿐만 아니라, 구조적으로도 종결되지 않는 꿈의 열린 구조를 취하여 풍류적 삶이 영원히 이어짐을 의도적으로 드러냈다.[1] 이렇게 욕망을 긍정적으로 생각하는 〈옥루몽〉 작가는 다양한 성애(性愛) 표현을 통해 구체적으로 인간 욕망과 풍류를 드러낸 것이다. 18·19세기로 오면서 문학 작품 속에 성애 표현이 구체적으로 장면화되는데[2] 〈옥루몽〉

---

* 이 연구는 '성애 표현의 서사적 기능'과 '은폐된 폭력성'을 분석한 앞선 연구(졸고, 「〈옥루몽〉 성애(性愛) 표현의 서사적 기능과 은폐된 폭력성」, 『한국고전여성문학연구』 10, 한국고전여성문학회, 2005a)의 후속 연구로, 앞선 연구를 바탕으로 '은밀한 폭력'과 '정당화된 폭력'에 대해 분석한 것이다.
1) 졸고, 앞의 논문, 2005a.
2) 19세기는 성(性)의 문학적 형상화가 두드러진 시기였다. 중국 음사소설이 유통되고 야담, 소설 등의 장르에서 성적 표현이 구체적으로 서술되었다. 최기숙, 「'성적' 인간의 발견과 '욕망'의 수사학」, 『국제어문』 26, 2002, 53~86쪽 ; 최기숙, 「'사랑'의 담론화 방식과 의미론적 경계-18·19세기 야담집 소재 '사랑 이야기'를 중심으로」, 『열상고전연구』 18, 열상고전연구

역시 이런 분위기와 무관치 않아, 작가는 성애 표현을 통해 인간 욕망
과 삶을 긍정하는 주제적 측면뿐만 아니라, 서사의 활성화를 꾀하고 상
황의 합리적 개연성을 확보하려고 노력하였다. 이런 의도가 효율적으
로 이루어져 세련되고 섬세하며 다양하고 풍성한 서사가 되었다. 그러
나 양반 남성인 작가의 상황으로 말미암아 자신도 모르게 남성 중심
사고가 성애 표현에 반영되게 되었고, 그 결과 여성에 대한 폭력이 성
애 표현에 은폐되어 나타났다.[3]

이와는 달리 작가가 성애 표현에 폭력성이 결부됨을 알면서도 서술
한 경우가 있는데, 미묘하게 폭력성이 드러나는 은밀한 경우와 전면에
폭력이 직접 드러나는 경우로 나누어진다. 앞의 경우는 주도권 다툼의
문제를 첫날밤의 성애를 묻고 답하는 것으로 바꾸어 드러낸 것과 주도
권 쟁취를 위해 개인의 성적 취향에 간섭한 경우이고, 뒤의 경우는 하
층민의 부도덕함을 부각하기 위해 성적 상황이 표현된 것과 변방 인물
의 타자화에 성폭력 상황이 작용한 경우이다. 특히 뒤의 경우는 성애
표현으로 독자들을 감정적으로 자극해 폭력의 정당화를 꾀하고 있다.
이를 각기 '은밀한 폭력'과 '정당화된 폭력'으로 부를 수 있겠는데, 이때
의 폭력은 은폐되어 있는 것이 아니기에 등장인물들이 모두 그 폭력성
을 인식한다는 점에서 '은폐된 폭력'의 경우와[4] 다르다. 독자의 입장에

회, 2003, 305~344쪽 ; 김경미, 「19세기 소설사의 한 국면-성 표현 관습의 변화를 중심으
로」, 『한국고전연구』 9, 한국고전연구학회, 2003, 69~90쪽 ; 김경미, 「淫詞小說의 수용과
19세기 한문소설의 변화」, 『고전문학연구』 25, 한국고전문학회, 2004, 331~356쪽 참조.
3) 졸고, 앞의 논문, 2005a.
4) '취몽친압', '군중정사', '공주 얼굴 노출시키기' 등에 폭력이 은폐되어 있는데, 가해자인
남성들은 자신의 행위를 폭력이라 생각하지 않고 그 행위를 가부장으로서 또 풍류남아로
서 있을 수 있는 개연적 행위로 이해한다. 피해자인 여성도 그 폭력을 제대로 인식하지
못하는 것으로 나타난다. 내적 갈등이 그려지기도 하지만(軍中情事 때 강남홍의 경우) 피
해 여성의 구체적 고민과 상황은 거세, 누락되어 여성들은 남성 풍류와 가부장제를 인정하

서 은밀한 폭력의 경우 그 폭력성을 쉽게 감지하기 어려운 측면이 있는
데 이는 폭력이 은근하고 미묘하게 가해지기 때문이다. 또, 정당화된
폭력의 경우 폭력이 전면에 부각되지만 피해자들이 완전히 타자화되어
폭력이 정당화됨으로 인해 오히려 폭력성이 사라지고 만다. 심지어 피
해자가 괴물로 이해되기도 하는데 이때 그에 대한 폭력은 유희적 성격
을 띠게 되어 독자들은 그 폭력의 폭력성보다는 폭력의 다채로움에 주
목하게 된다.

본고에서는 작가가 폭력이 결부됨을 알면서도 의도적으로 서술한 성
애 표현에 주목하여, 성애 표현을 통해 그 폭력이 어떻게 은밀해지고
어떻게 바뀌며 어떻게 정당화되는지를 탐색하여 〈옥루몽〉에 나타난 약
자(弱者)의 성(性)과 폭력의 관계를 분석하고, 성이 어떻게 '중심', '남
성', '가부장' 이데올로기에 복속되는지를 밝히겠다.[5]

2. 상황적 우위를 통한 은밀한 폭력

은밀한 폭력이 이루어지는 경우는 가해자나 피해자 모두 그 폭력을
분명히 인식하지만 서로 그것을 드러내서 지적할 수 없기에, 암묵적으

는 모습으로 나타난다. 더욱 피해자와 가까운 위치에 있는 여성들까지 그 폭력 상황을
남성 시각에서 바라보며 인정한다. 이렇게 여성들 스스로 남성 폭력에 '동조'하는 역할을
수행하고 '공모'하는 시선을 유지하여 결과적으로 포르노그래피(pornography)의 여성 모
습으로 드러나게 되고 그 성애 상황은 포르노그래피적 환상을 제공하게 된다. 자세한 것은
졸고, 앞의 논문, 2005a 참조.

5) 연구 대본은 완질이면서 가장 시기가 이른 서울대 규장각본 14권 14책 〈옥루몽〉(장효현,
「〈玉樓夢〉의 文獻學的 硏究」, 고려대 석사학위논문, 1981, 13~40쪽 참조)으로 한다. 권
수와 쪽수를 괄호 안의 ':'으로 구분하여 앞에 권수, 뒤에 쪽수를 표시한다. 인용 대목의
기호와 강조는 모두 필자가 첨가한 것이다. 규장각본의 오류나 불명확한 것은 신문관본과
한문현토본으로 校勘하여 바로잡고 표시하여 밝힌다.

로 다른 가치를 통해 드러내고 그래서 미묘한 긴장감이 형성된다. 가해자는 상황적 우위를 점하고 그 위치에서 다른 가치를 지적하는 것처럼 본질을 빗겨가는 은근한 폭력을 가하기 때문에, 피해자가 그 폭력에 대해 직접적으로 지적할 경우 피해자의 언술은 '과도한 민감', '과민한 반응'으로 호도되어버려 오히려 가해자에게 유리한 상황으로 바뀌어 버린다. 이런 미묘함을 잘 아는 가해자는 의도적으로 은밀한 폭력을 가하고 피해자는 어쩔 수 없이 이 폭력적 상황에 놓이게 된다. 그래서 주도권의 문제인 강남홍과 벽성선의 관계는 첩들 간의 있을 수 있는 성적 희롱으로 바뀌어 드러난 것이고, 양창곡과 노균의 주도권 다툼은 황제와 동홍의 동성애를 중심으로 음률과 정치 문제로 전화되어 나타난 것이다.

1) 앵혈 깨짐에 대한 조롱과 주도권 확인

허신(許身)을 오랫동안 미뤄오던 벽성선이 양창곡과 첫날밤을 보낸다. 그날 아침 일찍 강남홍이 찾아와 첫날밤의 성애가 어떠했는지를 묻고 답하는 에로틱한 장면이 있다.[6] 강남홍이 "인간의 격강ᄒ니 인간 봄이 엇더하던요?(10:73뒤)"라고 묻고, 이에 벽성선이 "봄빗츨 다만 스스로 히득할지니 견듸여 엇덧타 말ᄒ지 못하리로다.(10:74앞)"라고 숨김의 우회적 답을 한다. 여기에 양창곡이 밤새도록 "잠들고져 ᄒ되 잠들지 못ᄒ난듸 엇지 할고(10:74뒤)"라며 성애의 은근한 강렬함과 쾌락적 도취의 표현으로 응수하여 상황을 에로틱하게 만들었다.

여기서 강남홍이 벽성선의 첫날밤에 대해 물은 이유는 그 성애 상황

---

6) 이승수, 「〈玉樓夢〉 소고2-장르 포섭 양상과 삽입 작품들의 기능」, 『한국언어문화』 20, 한국언어문화학회, 2001, 83~84쪽 ; 졸고, 앞의 논문, 2005a 참조.

을 알고 싶어서가 아니라, 벽성선의 '고귀함'과 '고고함'의 깨어짐에 대한 은근한 조롱의 감정이 바탕이 된 것으로, 궁극적으로 가정 내에서 자신의 주도권을 공고히 하려는 것 때문이다. 양창곡 집안에서 우위는 처(妻)가 아니라 첩(妾)들이 차지하는데, 첩들 중에서도 강남홍이 우위를 점하고 벽성선은 이에 대해 은근한 견제의 성격을 띤다.7)

강남홍 입장에서 벽성선은 새로운 경쟁자이며 그녀의 출현은 예상치 못한 것이었다. 벽성선의 입장에서도 강남홍이 죽은 줄 알았지 홍혼탈이란 장수가 되어 양창곡과 같이 개선(凱旋)할 줄은 꿈에도 몰랐다. 강남홍은 군공(軍功)을 바탕으로 외적 상황에서 우위를 가지고 있고, 벽성선은 앵혈(鶯血)로 표상되는8) 육체적 신비함과 고고함으로 양창곡의 마음을 사로잡아 집안 내적 우위를 가지고 있었다. 이런 둘이 같은 집안 내에 모이게 되자 미묘한 긴장이 시작된다. 그렇지만 사라지지 않는 가치인 '군공의 업적'과 사라지는 가치인 '앵혈 메커니즘'의 대결은 쉽게 판가름 난다.9) 둘의 은근한 긴장은 이 첫날밤을 분기로 완전히 강남

---

7) 자세한 것은 본고의 논의를 벗어나므로 별고로 미룬다. 다만 분명히 지적할 점은 강남홍과 벽성선, 그리고 윤부인, 황부인의 관계가 〈구운몽〉의 8처첩이 보여주는 이상적인 조화의 모습이 아니라, 그와는 다른 긴장적 조화의 모습을 보여준다는 점이다.

8) 앵혈(鶯血)은 궁녀를 들일 때 13세 이상 숙성한 소녀가 후보자 중에 있을 경우, 그 처녀성을 감별하기 위해 앵무새의 생피를 그 팔목에 묻혀서 문을 경우 처녀로 판정하는 감별법을 말한다. 비과학적 속신에 불과하지만, 구한말까지 궁중에서 이것을 믿었다는 점이(김용숙, 『한국 여속사』, 민음사, 1989, 226쪽) 그 위력을 실감케 한다. 속신이므로 앵혈을 팔에 찍어 동침하면 사라진다는 것은 더더욱 불가능하지만, 민간에서는 그대로 믿어져, 문학적 상상력으로 소설 속에 형상화된 것이다. 이런 형상화의 목적은 남성 욕망에 의한 처녀성의 독점욕이자 지배욕인데, 결과적으로 서사에서 정절의 문제를 확대시키는 결과를 가져왔다.

9) 앵혈 문제를 문학적으로 형상화시키는 것은 작가의 의도와 방식에 따라 다르다. 작품마다 그 서사화 의도와 방식이 다르므로, 어떤 의도에서 어떤 계층의 여성들에게 앵혈을 찍느냐는 서사 내적 맥락에서 파악해야 한다. 예를 들어 〈하진양문록〉의 경우, 사족 여성인 '교주', '옥윤', '양소저'에게만 앵혈이 서사화되는데, 여기서 앵혈은 사족 여성의 정절이 훼손되었음을 드러내는 서사적 기능을 한다. 그래서 진세백에게 가해진 결정적 모함이 교주의 앵혈이 사라짐을 확인하는 것이었다(이대형 교주, 『하진양문록 I』, 이회, 2004,

홍 위주로 바뀌게 된다. 그러므로 강남홍 입장에서 벽성선이 첫날밤을 지낸다는 것은 자신의 우위가 완전히 확정된다는 중요한 의미가 있다. 그래서 첫날밤을 주선한 것도[10] 서둘러 아침 일찍 찾아간 것도 이런 이유에서였다. 그래서 강남홍의 물음에는 벽성선이 그렇게도 지키기를 애썼던 육체적 표지의 깨짐을 시원해하고 다행으로 여기는 심정이 포

110~112쪽 참조). 이렇게 앵혈은 각 작품마다 그 작가의 의도에 따라 다르기 마련이다. 그러므로 〈옥루몽〉에서 앵혈이 어떻게 기능하는지의 문제는 〈옥루몽〉의 서사 내적 상황에서 이해하고 분석해야 할 것이다. 〈옥루몽〉에 많은 여성이 등장하지만, 오직 앵혈이 서사화되는 인물은 '강남홍'과 '벽성선'뿐으로, 사족 여성인 윤부인이나 황부인, 또 같은 기녀인 설중매나 빙빙에게는 전혀 서사화되지 않는다. '사족 여성'은 아버지 가부장의 직접적인 통제가 있으므로 사회적 통제인 앵혈이 부각되지 않은 것이고, '설중매'는 19세기 당시 기녀 풍속을 사실적으로 보여주는 인물로 양기성과 만나기 이전에 이미 육체관계가 있었으므로 앵혈이 부각되지 않는다. 그러나 치조를 지킨 '빙빙'의 경우는 분명 앵혈이 있을 것인데 앵혈에 대해 서사는 주목하지 않는다. 이유는 그녀와 관계 맺는 양기성이 빙빙을 가정 내로 편입시킬 '첩'으로 대한 것이 아니라, 쾌락적 풍류의 대상으로 여겼기 때문이다. 반면, '강남홍'과 '벽성선'은 가정 내로 들어가게 되므로, 지기를 만나기 이전의 육체까지 통제하기 위해 앵혈을 부각시켜 서술한 것이다. 그런데 벽성선은 양창곡과 지기상통(知己相通)했다면서도 의도적으로 허신을 유예하는 반면, 강남홍은 지기상통하자마자 육체관계를 맺는다. 벽성선이 강남홍과 다른 점은 이것으로, 그녀는 앵혈로 표상되는 육체적 순결을 전략적으로 이용하여 신분상승을 꾀하고 그것을 효과적으로 성취한 것이다. 그래서 강남홍은 '지조 높은 기녀'의 전형으로 부각되지만, 벽성선은 전략적으로 육체를 이용하는 욕망하는 인물로 부각된다. 그 중심에 앵혈이 있다. '벽성선의 욕망', '허신유예', '지기상통의 허구성', '네 기녀들의 차이' 그리고 '앵혈 메커니즘' 등에 대한 자세한 것은, 졸고, 「〈옥루몽〉의 벽성선 : 욕망하는 인물, 전략화된 육체와 사회적 검열·통제」, 『한국문화연구』 8, 이화여자대학교 한국문화연구원, 2005b 참조.

10) 벽성선의 시에서도 "천상 난죠의게 스례ᄒ노니 오작를 디신ᄒ야 은ᄒ의 다리를 놋토다 (10:74앞)"라고 하여 강남홍이 주선했음을 인정하고 있다. 강남홍은 벽성선과의 동침을 양창곡에게 강력하게 요구하는데, 이때 강남홍은 비유적이지만 분명하게 '앵혈'을 부각시켜 지적한다. 특히 주목할 점은 〈옥루몽〉 전체에서 강남홍이 이렇게 무료한 모습을 짓는 것은 오직 이 대목뿐이란 점이다.
"(양창곡이 강남홍의 처소에 가서-인용자) 슐을 ᄎ텨 난간머리의 황혼 월ᄉᆨ를 디ᄒ야 셔로 슈비을 마실ᄉᆡ 난셩이 초연이 무료한 빗치 잇셔 십분 질탕혼 홍치 업거날 연왕이 곡졀를 무른딕 난셩이 디왈 "첩이 다름 아니라 상공을 위ᄒ야 잠간 의아ᄒ난 일이 잇나이다. 상공이 션낭을 소셩지열의 두신지 몇 ᄒ의 그 지조 ᄌᆞᆨ를 ᄉᆞ랑ᄒ시미 극ᄒ시나 죵신 비상 홍졈를 의구이 두심 부〃지졍의 협흡ᄒ미 젹으시니 ……"(10:70뒤)

함되어 있다. 실제로 첫날밤을 지낸 후 앵혈이 사라진 것을 보고 벽성
선이 감상(感傷)에 젖는 것도[11] 자신이 집안 내에서 우위를 점한 이유
가 바로 앵혈이었다는 점을 분명히 알고 있기 때문이다.

이렇게 묻는 의도뿐만 아니라, 개인 성애를 '묻는 행위' 그 자체도 폭
력적이다. 남의 개인적 성애를 묻고 검열할 수 있는 위치에 있다는 것
은 고백하는 자에 비해 상대적으로 우위에 있다는 것이고, '묻는 자'는
그런 우위에 있음을 '묻는다는 행위'를 통해 모든 이에게 공표하는 것이
다. 즉 강남홍은 검열자, 개인적 성을 공개하기를 강요하는 감시자, 묻
는 자로 기능하고 벽성선은 고백(confession)하는 자로 위치가 결정되
어, 묻고 답하는 상황에서 '묻는 자' 강남홍의 권력이 드러나고 '대답하
는 자' 벽성선은 고백해야만 하는 피지배자로 격하되게 나타난다.[12] 강
남홍이 '묻는다'는 사실은 이미 권력의 행사이고 그에 대해 구체적인
대답의 유무에 상관없이 벽성선은 이미 권력에 대한 순응, 인정, 용인
하는 측면으로 기능할 수밖에 없어, 묻는 행위는 더욱 강남홍의 권력을
확장시키는 기제가 된다.[13] 그래서 첫날밤 성애를 묻는 강남홍의 행위
는 자신의 주도권을 강조하고 외적으로 확실하게 공표하는 기제로 작
용한 것이다. 실제로 이후 가정 내의 역학관계는 확실하게 '강남홍 우
위'로 재편되고, 서사도 이전까지는 가정 문제는 '벽성선', 외부 문제는
'강남홍'하는 식으로 구분되어 있던 것이 이 장면 이후부터는 가정에서
까지 강남홍을 초점화한다.

---

11) "(벽성선이 -인용자) 스스로 팔를 구버 보미 불근 흔젹이 간 듸 업거늘 심즁의 일변 놀나
  며 일변 창연ᄒ더라."(10:73뒤)
12) 고백과 검열·통제, 그리고 성과 권력의 관계에 대해서는 미셸 푸코, 이규현 옮김, 『성의
  역사1−앎의 의지』, 나남, 2004, 73~95쪽 참조.
13) 권력은 앎과 물음의 왕복관계에 의해 더욱 강화 확장된다. 미셸 푸코, 앞의 책, 116~119
  쪽 참조.

벽성선이 강남홍의 묻는 행위에 직접적으로 대응하지 못한 이유는 그 물음의 폭력이 은밀하기 때문이다. 벽성선이 정면으로 그 폭력성을 지적할 경우, 강남홍은 '첫날밤을 주선한 측면이 있어 궁금하고, 또 인간이면 누구나 가지고 있는 성적 호기심에서 물은 것이며, 같은 첩의 처지여서 격 없이 말한 것인데 너무 과민한 것 아니냐'라며 본질에서 빗겨 말하게 될 것이고, 그러면 벽성선은 그야말로 '별것 아닌 일'을 가지고 너무 '과도하게 반응'한 꼴이 되어 버린다. 이런 미묘함을 벽성선은 물론 강남홍도 잘 알기에 은밀하게 폭력을 가한 것이다. 벽성선의 반발이 예상되었다면 강남홍은 결코 이렇게 묻지 않았을 것이다.

2) 동성애에 대한 간섭과 주도권 다툼

동성애가 실제 사회에 있었고 암묵적으로 인정되었다고는 하지만 동성애는 언제나 부정적인 것으로 여겨졌다.[14] 〈옥루몽〉에서 황제와 동홍은 동성애에 빠지는데[15] 이런 황제의 개인적 취향은 황제로서 흔히 있었던 일이기도 했다.[16] 황제가 동홍에게 빠졌지만 국사(國事)를 전폐

---

14) 동·서양을 막론하고 동성애의 역사는 오래되었고 대부분 부정적으로 인식되었다(노라 칼린, 심인숙 옮김, 『동성애자 억압의 사회사』, 책갈피, 1995, 21~42쪽 ; 류다린, 노승현 옮김, 『중국성문화사』, 심산, 2003, 176~189쪽 ; 윤가현, 『동성애의 심리학』, 학지사, 1998, 52~75쪽 참조). 조선시대에도 동성애는 부정적으로 인식되었다. 대표적인 예로 세종은 봉씨를 비롯한 문종의 후궁들을 이혼시켰는데 이유는 그들의 동성애 때문이었다. 세종은 이후 금지법까지 만들었다(정성희, 『조선의 성풍속』 가람기획, 1998, 114~116, 273~281쪽 ; 윤가현, 앞의 책, 73~74쪽 참조).

15) 자세한 것은 졸고, 앞의 논문, 2005a 참조.

16) 명나라를 방문했던 마테오 리치의 기록을 보면, "소년들이 여성처럼 화장을 하고 악기를 다루며 고운 옷을 입고 호객하는 행위가 북경 골목마다 가득했는데 그에 대한 규제가 전혀 없음"을 비판하고 있는데(조너선 D. 스펜서, 주원준 옮김, 『마테오 리치, 기억의 궁전』, 이산, 1999, 282~283쪽), 이를 보면 명 당대에는 동성애가 사회 일반에 널리 퍼져있었음

한 것도 아니고 게을렀던 것도 아니다. 국무(國務)를 마친 후 개인적 취향에 따라 쾌락을 즐겼을 뿐이다. 그래서 별다른 문제없이 동홍과의 관계는 암묵적으로 용인되었다.

그런데 그 동홍이 노균과 연결되자마자 갑자기 양창곡과 그의 청당 (清黨)이 연이어 상소하면서 정치문제로 비화시켰다. 이때에도 직접 동성애를 언급하거나 노균과 연결된 것을 지적하지는 못하는데, 이는 은밀한 상황이며 확실하지만 드러낼 수 없는 미묘함이 있기 때문이다. 그래서 인재등용시비와 음률시비를[17] 하는 것으로 우회한다. 사실 양창곡과 청당이 황제의 개인적 취향인 동성애를 배제하려고 했다기보다는 '동홍과의' 동성애를 배제하려고 한 것이었다. 이는 동홍 뒤에 있는 노

을 알 수 있다. 중국 성풍속을 사적(史的)으로 살핀 류다린 역시 중국 사회에서 동성애는 매우 널리 퍼져 궁정에서 민간에 이르기까지 적지 않은 사람들이 동성애에 빠져 있었으며, 특히 명 황제들은 남색(男色)을 매우 좋아했음을 지적했다(류다린, 앞의 책, 179~180쪽).

17) 음률시비(音律是非)에 대해서는, 양창곡이 실각한 이후 완전히 실권을 손에 넣은 노균이 봉선(封禪)을 획책하는 대목을 분석한 것과(설성경·심치열, 『옥루몽의 작품세계』, 개문사, 1994, 117~118쪽) 양창곡의 상소문을 분석한 연구(소상국, 「〈옥루몽〉에 나타난 王道·覇道 並用의 정치이념 구현 양상」, 『고전문학연구』 15, 한국고전문학회, 1996, 261~264쪽), 포괄적으로 노균과 양창곡의 대결 구도 속에서 분석한 연구(서대석, 「〈옥루몽〉의 갈등구조」, 『군담소설의 구조와 배경』, 이대출판부, 1985, 337~346쪽)가 있는데, 음률시비의 발생 원인에 대해서는 주목하지 않았다. 동홍이 노균과 연결된 후 청당(清黨)에서 상소한 이는 차례로 소유경, 윤형문, 양창곡인데, 소유경은 인재등용의 문제로 동홍을 배제하려고 했지 음률시비를 하지는 않았다. 음률시비를 처음 한 이는 윤형문이다. 그 상소의 중심 논지는 황잡하고 허탄한 음률에 빠짐을 지적한 것이 아니라 '태평성대가 아니고 교화가 만방에 미치지 못하여 아직 세상이 어지러운데 황제가 선정을 베풀지 않고 음률만 즐긴다면 백성들이 실망하여 낙심할 것이니 풍류를 그만 두는 것이 좋겠다(8:5앞-뒤 참조)'는 것이었다. 윤형문이 탄핵되자 양창곡이 상소를 하는데 그 내용도 역시 윤형문과 다르지 않아, '태평성대가 아닌데 황제가 음률을 즐기는 것은 문제가 있으며 비록 소일하려고 음률을 즐기지만 그러다 보면 차츰 음락(淫樂)에 빠지게 되므로 그만 두는 것이 좋겠다(8:8뒤-11앞 참조)'는 것이었다. 이때까지도 황제가 음률을 즐김은 소일하는 풍류였다. 음률의 부정적 속성이 강조되어 나타나기 시작한 것은 양창곡과 청당이 실각하고 난 이후이다. 즉 처음의 음률시비는 음락에 대한 경계의 문제가 아니라 동홍과의 관계를 차단하려는 의도에서 이루어진 것이다.

균의 속셈을 간파하고 노균의 세력 확대를 원천적으로 봉쇄하기 위해 황제와 노균의 연결고리인 동홍을 배제하려 한 것이다. 동홍이 대상이 되고 방법은 인재등용시비와 음률시비였지만 그 궁극적 목적은 노균에 대한 견제였다.18) 양창곡이 남쪽 원정을 통해 연왕이 되고 명실공히 중앙정계의 실력자가 되어 급기야 '청당'이 결성되자, 노균은 자신의 세력 축소로 인해 고민한다. 그러다가 황제가 동홍을 친근히 함을 알고 동홍을 자신의 휘하에 두어 그를 통해 정치적 국면 전환을 노린다.19) 이렇게 세력 확대를 노리는 노균의 술수를 간파한 양창곡이 이전까지 전혀 신경 쓰지 않던 동홍과의 관계를 정치쟁점화한 것이다.

황제에 대한 이런 은근한 간섭과 함께 양창곡은 동홍에게도 은근한 압력을 행사한다. 양창곡이 동홍에게 던진 중의적(重意的) 한마디는 동홍의 심정을 정곡으로 찌른다. 양창곡은 중의적 언술을 통해 드러냄과 숨김의 은근한 신경전을 펼치며 은밀한 폭력을 가한다.

---

18) 연왕이 동홍을 탄핵하는 상소를 올리면서 상소하는 이유로 노균을 거론하는 것을 보면, 동홍 뒤에 숨어 있는 실세 노균을 견제하기 위한 정치적 전략에서 상소가 이루어진 것임을 알 수 있다.
　　"연왕이 몸을 이러 왈 '노균이 간악흔 무리라 엇지 그 거동을 본 후 알이오, 다만 황상의 총명 예지ᄒ시무로 잠간의 부운의 가리오스 일월지명이 희싁ᄒ시니 닉 이졔 상소코져 ᄒ노라' ᄒ고."(8:7뒤)
19) "잇ᄯᅦ 참지졍스 노균이 …… 연왕의 관일지충과 통천지지로 졔우 융듕ᄒ고 듹공을 셰워 명망훈업이 날노 환혁ᄒ믈 보고 흉두역장을 펼 곳시 업셔 긔운이 져상흔 듯 …… 일〃은 일기 소년이 와 동홍의 말을 고ᄒ거늘 노균은 긔경흔 지라, 일〃이 듯고 심듕의 딕희ᄒ여 …… '…… 흔번 조용이 불너 오라.' 소년이 응낙ᄒ고 가니라. 잇ᄯᅦ 노균이 소년을 보녀고 별당의 깁히 누어 벽을 향ᄒ여 삼일삼야롤 불언불소ᄒ고 무어슬 싱각ᄒ더니 …… 홍을 만뉴ᄒ여 셔당의 두고 …… 일〃은 익예 황명을 밧ᄌ와 홍을 츠ᄌ 노참졍 부둥의 니르럿거늘 …… 참졍이 두어 마딕 말숨을 가르쳐 보녀니라."(7:115뒤-117뒤)
　　"잇ᄯᅦ 노균이 쳔지 동홍을 총이ᄒ시믈 보고 남믹지의롤 믯고져ᄒ여 심듕의 싱각ᄒ딕 '동홍으로 믹부롤 명호즉 누의〃 젼졍부귀ᄂ 말흘 빅 업고 닉 ᄯ오흔 이를 인연ᄒ여 죠흔 도리 잇스리라' ᄒ고."(7:124뒤)

연왕(양창곡−인용자)이 봉안을 흘녀 잠간 보니 (동홍이−인용자) 관옥갓
흔 얼굴의 도화식을 씌여시니 츈산굿흔 눈섭의 잉슌이 분명ᄒ여 십분 녀주
의 긔샹이 잇더라. …… 연왕이 소왈 "닉 무어슬 알니오마ᄂᆞ <u>군은 다만 군의
몸을 잇지 말나</u>." 동홍이 당황무어ᄒ거늘 연왕이 다시 소왈 "<u>군이 닉 말을
몰나 듯ᄂᆞ뇨? 즈식이 되여 불효ᄒ며 신ᄒᆡ 되여 불츙ᄒ면 그 죄 어딕 밋츠리
오, 슈령을 보젼치 못홀지니 이 엇지 닉 몸을 이즈미 아니리오.</u>" 동홍이
면여 토식ᄒ여 다시 답지 못ᄒ고 도라와 노균을 보고 탄왈 "연왕은 심상흔
사룸이 아닐너이다. 흔 마딕 말의 청쳔벽녁이 쏙뒤를 치ᄂᆞ 듯 홍의 등의
츤 쏨이 지금것 마르지 아니ᄒ여이다."ᄒ고   (7:123앞−124앞)

동홍이 양창곡을 찾아와 자신이 어떻게 황제를 섬겨야하는지를 묻자
양창곡은 "군은 다만 군의 몸을 잇지 말나"고 답한다. 이 말에 동홍은
"청쳔벽녁이 쏙뒤를 치ᄂᆞ 듯"이 크게 놀라 "등의 츤 쏨이" 한동안 마르
지 않을 정도가 된다. 동홍이 이렇게 놀란 이유는 양창곡의 말이 중의
적으로 자신의 심곡을 찔렀기 때문이다. 양창곡의 말에서 "군의 몸"은
두 가지로 기능한다. 하나는 '너의 몸'이고 다른 하나는 '너의 목숨'이
다. 그래서 '너는 다만 너의 몸을 잊지 말라'와 '너는 다만 너의 목숨을
잊지 말라'는 이중적 의미를 내포한다. 앞의 것은 동성애에 대한 지적
이고, 뒤의 것은 '제대로 황제를 보필하지 못하면 너의 목숨은 부지하
기 힘들 것이니 너의 목숨을 생각해서 잘 보필하라'는 일반적 의미이
다. 누구나 황제를 섬김에 있어 충성으로 하고 부모를 섬김에 있어 효
로 해야 한다는 것은 사리에 합당한 말로 특별할 것이 없다. 그 정도
말에 그렇게 놀랄 사람은 없다. 이미 동홍은 대신들에게 지탄을 받고
있는 상황으로 본인이 그런 것을 모를 리 없다. 그러므로 사리에 합당
한 말에 그렇게까지 놀라지 않을 것이다. 아주 당연한 것 같은 이 말에

동홍이 놀란 이유는, 양창곡의 의도대로, "군의 몸"을 자신의 '목숨'으로 이해한 것이 아니라 자신의 '몸'으로 이해했기 때문이다. 그래서 '네가 방탕하게 부리는 네 몸이 문제다'라는 날카로운 양창곡 언술의 숨은 뜻을 이해했기에 크게 놀란 것이다. 동홍이 이렇게 놀라자 양창곡은 '웃으며' 전혀 아니란 듯이 "군이 늬 말을 몰나 듯느뇨?"라며 당위적 의론을 펴서 자신의 의도를 숨기고 원래 의도한 것은 '너의 목숨'이었다고 발뺌한다. 자신의 의도가 적중했기에 자신이 의도했던 '몸'의 의미를 은근히 숨기고 황제에게 충성하지 않으면 '목숨'이 위태롭다는 원론적 말로 바꾸어 드러낸 것이다. 특히 양창곡이 '웃었다'는 것에서 그의 의도가 제대로 적중했음이 잘 드러난다.

　이렇게 개인적 성애에 은근하게 간섭하는 것을 드러내서 대응할 수는 없다. 왜냐하면 동성애는 부정적으로 인식되고 그렇기에 상황적 우위는 동홍에게 있는 것이 아니라 간섭하는 양창곡에게 있기 때문이다.[20] 양창곡이 우위에 서 있으므로 동홍이 드러내서 대응한다면, 앞서 본 벽성선의 상황처럼, '과도한 신경', '과민한 반응'으로 되어버리기 쉽다. 사실 동성애를 스스로 드러내서 말하기도 어렵다. 그래서 정치적으로 능란한 양창곡은 정치적으로는 인재등용시비와 음률시비로, 동홍 개인에게는 중의적 언술을 통해 유연하게 자신의 의도를 관철시켜 주도권 확대를 꾀한 것이다. 동홍의 제거는 곧 노균의 몰락이기 때문이다. 이런 양창곡의 전략에도 불구하고 양창곡과 청당은 몰락하여 실각한다. 이후 서사는 황제의 봉선(封禪), 흉노의 침입, 노균의 배신 등으로 이어져 황제와 태후가 위태롭게 되고 국가의 운명이 위험에 처하게

---

20) 동성애와 선정적 성(性)의 정치적 이용에 대해서는, 린 헌트, 조한욱 옮김, 『포르노그라피의 발명』, 책세상, 1996, 11~54쪽 참조.

됨을 보여준다. 이런 서사는 양창곡이 황제와 동홍의 동성애에 간섭한 것이 옳은 행동이었음을 서사적으로 정당화시켜 주는 것이다.

3. 절대 우위를 통한 정당화된 폭력

같은 인간으로서 타인의 개선과 교화의 가능성을 원천적으로 배제하며, 동시에 현재 상황으로 타인의 미래 상황까지 재단하여 결정한다는 점에서, 살인만큼 극단적인 폭력은 없다. 그래서 살인은 일어나서는 안 되는 것으로 여겨지고 일반적으로 살인자는 부정적으로 인식된다. 그런데 때로는 살인이 용납되는데, 자신이 죽을지도 모르는 상황에서 피치 못해 이루어진 '정당방위로서의 살인'과, 도저히 개선의 기미가 보이지 않고 이미 그 존재 자체로 충분히 해악을 끼쳤다고 여겨지는 경우에 수행되는 '처벌로써의 살인'이 그것이다. 그런데 정당방위와 달리 처벌의 경우는 방금 말했듯이 타인에 의해 미래의 개선 가능성까지 원천봉쇄된다는 점에서 그 반론이 만만치 않다. 그래서 처벌의 경우에는 피해자가 '죽어 마땅한 인물'이기 때문에 반드시 행해져야 함이 강조되는 '처벌 이유에 대한 설명'이 구체적이고 장황하게 제시된다. 그래서 소설에서 작가는 이 처벌적 살인은 명확하게 이유를 제시하고, 그 이유에 대해 주변의 인물들은 물론 죽을 당사자에게까지 동의를 받아낸다. 그리고 집행은 재빨리 신속하게 이루어지며 집행 상황은 묘사되지 않거나 짧게 언급하여 그 폭력적 행위에 대한 반발적 동정심을 막는다.[21]

---

21) 공개 처벌이 차츰 비공개로 변하고 처벌 방법의 잔인함이 줄어든 가장 중요한 이유는 이런 반발적 동정심 때문이다. 미셸 푸코, 오생근 역, 『감시와 처벌』, 나남, 1998, 29~61쪽 참조.

결국 합법적 살인인 '처벌'이 되기 위해서는 합리적인 설명이 필요하고, 그 설명이 인물들의 동의를 받아내야 하며, 처벌과정을 생략 또는 간명하게 서술하여 독자들의 동정심을 원천봉쇄해야만 한다.

정당방위로서의 살인은 폭력이 전면에 등장하여 누구나 상황이 폭력적임을 알지만 폭력에 대한 폭력이라는 점으로 정당화되기 때문에 그 폭력성이 사라진다.[22) 그런데 처벌로서의 살인은 앞서 말했듯이 가급적 집행과정을 숨기고 그 타당성만을 부각시키는 것이 일반적임에도 불구하고, 〈옥루몽〉에서는 오히려 전면에 폭력이 부각되고 길게 구체적으로 참혹하게 장면화되어 나타난다. 더욱 그 집행자가 여성이며 또 그녀가 한 번도 폭력을 저지른 적이 없다는 점에서 특이하다. 그렇지만 이 처벌적 살인 상황에서 독자들은 폭력성을 느끼기보다는 오락적 유희성을 느낀다. 왜냐하면 폭력이 난무하는 상황임에도 불구하고 그 폭력성이 사라졌기 때문이다.

1) 부도덕한 도발에 대한 정당방위

강간하려는 마음을 품은 어부를 작살로 찔러 죽이는 장면을 보면, 살인자인 손야차의 행동은 정당하며 마땅히 그래야만 할 것으로 이해하게 된다.

밤이 사오경의 갓가오미 씀집 밧긔 양기 어뷔 셔로 가마니 슈작ᄒᄂ 쇼
릭 나거늘 삼낭(손야차―인용자)이 귀를 기우려 드르니, 일기 왈 "<u>분명이
모로고 엇지 경솔이 ᄒ리요.</u>" 일기 왈 "늬 젼일 어션을 팔나 항쥬 청누의

---

22) 이브미쇼, 나정원 옮김, 『폭력과 정치』, 인간사랑, 1990, 85~115쪽.

지날 시 누샹의 안즌 녀저 져 녀즈와 방불ᄒᆞ더니 이졔 노낭의 슈작를 드르니 졍녕ᄒᆞᆫ 항쥬 졔일방 홍낭이로다." 일기 우 왈 "우리 강호상의셔 여러 희도적질ᄒᆞ되 일즉 가쇽이 업셔 근심ᄒᆞ더니 강남홍은 강남 명긔라. 묘ᄒᆞᆫ 긔회를 허숑치 못ᄒᆞᆯ지니 우리 두리 합력ᄒᆞ야 그 노낭를 쥭인즉 일기 잔약ᄒᆞᆫ 녀즈를 엇지 근심ᄒᆞ리오."ᄒᆞ거늘   (2:32뒤-33앞)

　슈뉴의 그 양기 한지 부지불각의 씀집을 박ᄎᆞ고 달여들거늘 삼낭이 놀ᄂᆞ 크게 소리ᄒᆞ고 물노 쒸여드니 …… 홍이 닝소ᄒᆞ고 션두의 나 안즈며 왈 "너 년소 녀즈로 풍뉴쟝의 노라 노류쟝화로 ᄒᆞ다 열인ᄒᆞ니 엇지 슌죵치 아니리오마ᄂᆞᆫ 두 스룸이 한 녀즈를 닷토믄 너 더옥 붓그리ᄂᆞᆫ 빈라. ᄒᆞᆫ 사룸이 담당ᄒᆞ야 나션즉 너 맛당이 허락ᄒᆞ리라."ᄒᆞᆫ디 그 즁 졈고 쟝디한 지 손의 작슬을 들고 비 머리의 나셔며 왈 "너 맛당이 낭즈을 구ᄒᆞ리라." 말리 맛지 못ᄒᆞ야 뒤의 셧든 한지 손의 든 작슬노 그 한즈를 질너 물의 써르치미, 손 삼낭이 슈듕의 업드렷다가 그 한지 물의 써러지믈(떠러짐을-인용자) 보고 그 손의 든 작슬을 쎅셔 들고 쥬듕의 쒸여 올ᄂᆞ 쥬듕의 잇ᄂᆞ 한즈을 마즈 질너 물속의 더지고   (2:33뒤-34뒤)

강남홍이 기녀임을 알아본 어부들은 손야차를 죽이고 강남홍을 강간하려 한다. 이 위급한 상황에서 강남홍은 성적(性的) 유혹으로 한 어부가 다른 어부를 죽이게 하고 손야차가 나머지를 죽이게 하는 계교를 세워 성공한다. 작살로 사람을 찔러 죽이는 것은 매우 끔찍한 살인이지만 등장인물이나 독자들은 이 행위를 당연하고 마땅한 것으로 인식하기에 그다지 끔찍스러워 하지 않는다. 여성스러운 기녀 강남홍은 자기 눈앞에서 처참한 살인이 두 번이나 일어나지만 전혀 놀라지 않는다. 강남홍의 이때 심정에 대해서 서술자도 침묵한다. 그래서 섬세한 여성인 강남홍도 이 살인을 정당한 것으로 생각하기에 그 폭력성에 반응하지 않는 것으로 여겨지게 된다.

어부들에 대한 폭력이 정당화된 이유는 그들이 '도적'이었다는 사실과 '손야차를 살인하려고 먼저 모의했다'는 사실이 바탕이 되기 때문이다. 그러나 무엇보다 강하게 부각되는 것은 양창곡과 지기상통한 강남홍을 '강간하려는 마음을 먹은 부도덕성' 때문이다. 여기에 어부들이 '지금 겁박하려고 급하게 들이닥친다는 긴박감'이 작용하여, 이런 위급한 상황에서 가능한 것은 어부들을 제거하는 방법 외에는 없다는 인식에 독자가 무의식적으로 동의하게 된다. 그래서 손야차의 '정당방위로서의 살인'이 사람을 작살로 찍어 죽이는 끔찍한 폭력으로 나타났지만 정당화된 것이다.

그러나 어부들의 입장을 생각해 볼 때, 과연 그들이 살인을 당할 정도로 과도한 잘못을 했을까 하는 의문이 든다. 그들이 강남홍을 강간하려 한 것이 잘못인 것은 분명하지만, 강남홍이 '기녀'이기 때문에 강간하려고 한 것이라는 점은 당대 사회 상황과 함께 고려해 볼 때 그것이 죽을 정도의 잘못이라고 하기 어렵다. 한 어부가 "분명이 모로고 엇지 경솔이 ᄒ리요"라고 걱정하자 다른 어부가 '틀림없이 기녀 강남홍'이라는 점을 확인시킨다. 여기서 강조되는 것은 강남홍이 '아름다운 여자'라는 점이 아니라 '분명한 기녀 신분'이라는 점이다. 즉 어부들은 일반 부녀자들을 강간하려고 한 것이 아니라 기녀를 강간하려한 것이다. 이 점은 어부들이 처음부터 강남홍을 겁박할 생각이 아니었다는 것에서도 확인된다. 어부들은 손야차와 강남홍을 물에서 건져준 후 뜸집까지 그들에게 내주었다. 처음부터 정욕에 끌렸다면 그때 손야차를 죽이고 강남홍을 취했을 것이다. 그러나 그렇게 하지 않고 "이곳의 인가 읍스니 엇지 구원ᄒ랴(2:31뒤)"며 그들의 신세를 걱정해주었고 자신들의 처소까지 양보했다. 이들이 강남홍을 겁박하려고 한 것은 기녀임을 알아보고 의심하다가 강남홍과 "노낭의 슈작를" 듣고서 확실하게 '기녀'임을 확인했기 때문이다.

또 그 겁박 의도도 일회적인 쾌락적 욕망 때문이 아니라 근본적인 삶의 문제와 연관되어 있다는 점에서 어부들의 입장을 어느 정도 이해할 수 있다. 이들은 배에서 생활하는 하층민으로 가정을 이루지 못한 상태였다. 이들이 강남홍을 취하려는 이유가 "일즉 가속이 업셔 근심" 했다는 것에 잘 드러난다. 강남홍을 일회적 놀이감으로 대한 것이 아니라 가족으로 삼으려고 한 것이다.[23)]

물론 손야차를 살인하려고 먼저 모의한 어부들이 나쁘다는 점은 분명하다. 그러나 손야차같은 여성은 가족으로 삼기에는 적당치 않은 인물이라는 점을 먼저 고려해야 한다. 손야차는 여성이라기보다는 남성에 가까운데, 이는 서사에서 남성이면서 여성이어야만 하는 존재가 필요했기 때문이다.

> (설파가—인용자) 혼 사름을 다리고 드러와 소져를 보아 왈 "마참 그런 사름이 남즈는 읍고, 일기 녀즈을 어드니, 강호상의 구슬 캐는 사름이라. 물속으로 능이 오륙십 이을 힝흐는 고로 일컷는 지 '슈듕 야츠 손삼낭'이라 흐느이다." …… 그 녀지 신장이 팔쳑이오 머리터리 누루고 얼골리 검어 겻틱 오믹 비린니 촉비흐니 …… (손삼랑이—인용자) 딕왈 "노신이 일즉 졀강 어구의셔 구슬을 키다가 이슴을 맛느 셔로 빠와 삼십여 리을 쫏츠 다니다가 필경 잡아 억기의 머이고 나올 시 겨역 됴슈의 밀이여 다시 슈십여 리를

---

23) 이는 과부들을 약탈하는 풍속인 약탈혼의 일환으로 볼 수 있다. 중요한 것은 약탈혼은 하층민들 사이에서 일어나는 것으로, 사족 부녀를 약탈할 경우 범인들은 법에 의해 태장을 받게 되고 부녀는 원래대로 돌아가게 된다(손진태, 「寡婦 掠奪婚俗에 就하여」, 『韓國民族文化의 硏究』 ;『孫晉泰先生全集』 2, 태학사, 1981, 141~151쪽)는 점이다. 그러므로 어부들이 상대가 기녀임을 재차 확인하는 모습은 하층민인 기녀가 확실해야 약탈혼이 성립하기 때문이다.

그여 물밧긔 느오니 만일 단신으로 힝흔 즉 칠팔십 이는 갈 거시오 무어슬
가진즉 계오 슈십 이를 힝흐느이다."   (2:29뒤-30앞)

　(삼낭이 물속에 있다가—인용자) 홀연 쥬듕이 요란ᄒ며 일위 미인이 빈머
리의 ᄶ러지니 <u>삼낭이 몸을 소소 두루쳐 업고 슐갓치 긔여 슌식간의 륙칠</u>
<u>의을 힝ᄒ야</u> …… 삼낭이 워여 왈 "급흔 사름를 구ᄒ라" ᄒ디 …… 빈를 ᄲᆯ니
져허 이러거늘 <u>삼낭이 그 녀즈를 업은 치 쥬듕의 쒸여 올느 나려 놋코 보니</u>
　　　　　　　　　　　　　　　　　　　　　　　　　　　　　(2:30뒤-31앞)

　강남홍은 양창곡의 정인(情人)으로 여성이며 아름답다. 남성 시각에
서 볼 때 이런 여성을 다른 남성이 업고 헤엄쳐 구해낸다는 것은 온당
치 못하다. 〈옥루몽〉은 하층 여성인 기녀의 결연이전 정절까지 통제할
정도로 남성 위주, 가부장 위주의 시각이 강하다.[24] 그러므로 '죽을 자
를 구해낸다'는 절박성이 있기는 하지만 그것을 여성이 해야지 남성이
해서는 곤란하다. 그래서 설파가 구해온 인물이 '마침' 여성이어야 했
고, 그 여성이 수행해야 할 일이 보통 남성도 하기 힘든 일이므로 그
여성은 "신장이 팔쳑이오 머리터리 누루고 얼골리 검"은 "슈듕 야ᄎ"같
은 인물이어야만 했다. 결국 이 여성은 생물학적으로 여성일 뿐이지 실
제로는 남성이나 다름없다. 손야차에 대한 서술자의 호칭도 처음에는
'손삼랑'이던 것이 강남홍과 함께 명군(明軍)에 투항했을 때부터 '손야
차'로 바뀐다. 이때부터 '장수 손야차'가 되어 그야말로 '야차(夜叉)'같
은 능력을 발휘한다. 강남홍은 백운도사에게 검술과 도술을 배우는 것
이 서술되었지만 손야차의 수행에 대한 서술은 없다. 단순히 같이 있었
으므로 배웠을 것이란 추측이 될 뿐이다. 군담에서 손야차가 큰 역할을
하지만 그녀의 장수로서 용맹의 근거는 어디에도 없다. 그러나 서술자

---

24) 졸고, 앞의 논문, 2005b 참조.

나 주변 인물 모두 그녀의 용맹에 대해 아무도 의아해하지 않는다. 심지어 고육지계(苦肉之計)까지 그녀가 수행하지만 그녀가 '여성임'에 대해서는 아무도 의심하지도 주목하지도 않는다. 그녀의 군중 생활을 보면 '호탕한 남성' 그 자체이며, 고육지계 때 적장들과 나누는 언술은 남성의 언어와 남성의 행위 그 자체이다.[25] 손야차가 나중에 여성임이 밝혀지지만[26] 이때에도 다른 인물들은 그녀가 본래 여성이었다는 것에 대해 놀라지 않을 뿐더러 아예 관심조차 두지 않는다. 심지어 강남홍과 벽성선의 시비(侍婢)들까지 당대 명장인 동초와 마달에게 각기 결연하지만, 손야차는 결연은 물론 그녀가 어디에 거주하는지조차도 서사는 말해주지 않는다. 손야차는 여성이어야만 하는 남성이기 때문이다. 이런 손야차가, 어부들이 구해주려고 배를 그녀 쪽으로 저어가자, 오랫동안 사람을 업고 헤엄쳐 왔음에도 불구하고 그대로 물 속에서 "그 녀주를 업은 치 쥬둥의 쒸여 올ᄂᆞ"온다. 이를 본 어부들이 이 여성을 제거해야 한다고 생각하는 것은 어찌 보면 너무나 당연하기까지 하다. 이런 여성을 억지로 겁박하여 같이 살 수는 없을 것이다. 성적 매력의 문제만이 아니라 녹록한 인물이 아니기 때문이다.

이렇게 어부들의 행위에는 나름의 개연적인 이유가 있다. 그들이 살인과 강간을 모의한 것은 분명 잘못이지만, 그에 대한 대응이 꼭 '살인'이란 폭력이어야 하고 그것도 작살로 찍어 죽이는 끔찍한 방법이어야만 했던 것은 아니다. 손야차가 그녀 자신의 말대로 한 명 정도는 상대할 수 있으므로,[27] 죽고 남은 한 명의 어부를 제압할 수 있었을 것이고

---

25) (5:61앞-73뒤) 참조.
26) 이 밝혀짐도 강남홍의 상소처럼 극적으로 드러나는 것이 아니라, 논공행상 때 양창곡이 손야차에게 상을 내리지 말기를 청하면서 그 이유로 밝혀진다.
27) "삼낭이 왈 '노신이 비록 무용ᄒᆞᄂᆞ 쪽히 일 인를 당ᄒᆞ려이와 다만 이 인을 디젹ᄒᆞ기 어려

그리고 그를 살인이 아닌 다른 방법으로 징치할 수도 있었을 것이다. 실상 그 어부들에게 도움을 받아 강남홍이 살아난 것도 사실이고 보면 은혜가 없다고 할 수 없는데, 그 선행과 은혜는 완전히 배제되어 있다. 어부들의 선행과 가정을 꾸리려는 인간적 상황은 배제되고, 그들이 원래 도적이어서 살인·강간이 마치 그들의 일상사인 것처럼 느껴지게 만들었다. 이렇게 그들을 볼 때, 하층민으로 음란한 살인 도적인 그들에게 애초부터 개선 의지가 있을 리 없고, 한 번 품은 음욕(淫慾)과 살의(殺意)는 이전에도 늘 그랬고 앞으로도 그럴 것이므로, 이들을 교화시키려는 것 자체가 무의미하다는 생각에 동의하게 된다. 실제로 이 어부들은 같은 동료끼리도 성적 욕망에 의해 쉽게 살인을 저지르는 믿을 수 없는 존재들이다. 그래서 결국 어부들의 '변명'은 들어볼 가치도 없는 것이며 그들의 '입장'은 고려의 대상도 아니게 되어 버린다. 여기에 갑자기 들이닥치는 형세의 다급함과 강간이 벌어지려는 위급함이 독자의 감정을 흥분시켜 별다른 고민 없이 손야차의 폭력적 살인을 마땅한 것으로 바라보게 한 것이다.

2) 음란한 변방 괴물에 대한 처벌

여성 '강남홍'이 전쟁터에서는 남성 '홍혼탈'이 되어 활약하는데, 양창곡만 홍혼탈이 남성이 아니라 여성임을 알지 적군은 물론 다른 동료 장수들도 여성임을 모른다. 미모가 뛰어난 강남홍은 남복(男服)을 입었어도 미모를 감출 수 없어 미소년(美少年)으로 여겨져 종종 동성애적 시각에 놓이게 된다. 중요한 점은 이런 동성애적 발언이나 시각이 적들

오니…….'"(2:33앞-뒤)

에게만 나타나지 명나라 군사들에게는 나타나지 않는다는 것이다. 물론 자신의 상관(上官)을 그렇게 보아 말할 수 없기도 하겠지만, 홍혼탈이 명나라로 귀순하기 전 적군으로 대치하고 있을 때에도 명나라 장수들은 어느 누구도 그에 대해 동성애적 발언을 하지 않는다.[28] 또 〈옥루몽〉의 군담 중에서 적들에 의한 동성애적 발언과 시각이 노출되는 것은 오직 '남쪽 원정'에서만이다. 북방 원정에서는 적들도 동성애적 발언을 하지 않는다. 이는 남쪽 오랑캐들이 북쪽 오랑캐들보다 더 무례하고 미개하기 때문이 아니라, 북방원정은 이미 '남성 홍혼탈'이 '여성 강남홍'임을 알게 된 이후에[29] 이루어진다는 점에서 동성애적 발언이 성립하지 않기 때문이다. 전쟁에서 적장을 모욕하고 적의 사기를 떨어뜨리기 위해 남성답지 못한 여성스런 장수들을 성적으로 희롱하는 것은 분명 있을 수 있는 일이다.[30]

이런 동성애적 욕망과 시선으로 인해 처벌되는 이가 발해인데, 그에 대한 폭력은 매우 극단적이어서 처참하고 끔찍하다. 더욱 그 폭력의 가해자가 원래 여성이고 이전까지 한 번도 살상을 저지른 적이 없었다는 점에서 특이하다. 그럼에도 불구하고 그 폭력이 정당화된다. 정당화되는 가장 근본적인 이유는 독자들은 심정적으로 발해의 동성애적 욕망

---

28) 이유는 오직 변방에서 중심을 도발하는 적들만이 음란하고 부도덕하고, 중심의 명(明)은 정대하다는 이데올로기 때문이다.

29) 남방원정에서 개선한 후, 홍혼탈이 상소를 올려 자신이 여성 강남홍임을 밝힌다. 북방원정은 이후에 있다.

30) 홍혼탈을 원군(援軍)으로 데리고 가는 나탁의 속마음을 보면 홍혼탈의 외모를 바라보는 다른 인물들의 시각이 잘 드러나는데 여기에 여성스러움을 장수답지 못한 것으로 이해하고 있다. "나탁이 홍낭을 드리고 도라올 시 심중에 싱각ᄒᆞ듸 '늬 졍셩을 다ᄒᆞ야 구완을 쳥ᄒᆞ미 일기 잔약ᄒᆞᆫ 쇼년을 ᄃᆞ려가니 엇지 졔장의 조소를 면ᄒᆞ리오. 다만 그 용모 ᄌᆞ식이 녀ᄌᆞ의 도 흔치 아닐지라. 만일 남ᄌᆡ 아닌들 늬 오듸 동쳔을 헌신ᄀᆞᆺ치 ᄇᆞ리고 오호편쥬로 범대부를 효측ᄒᆞ리로다.' ᄒᆞ더라."(5:34뒤-35앞)

과 시선에 대해 부정적으로 느끼기 때문이다. 이는 황제와 동홍의 동성애와 달리 상호 친밀성이 전제되지 못한 일방적인 폭력적 욕망이라는 점 때문이며[31] 그 동성애적 폭력의 대상이 강남홍이라는 점에서 그렇다. 그래서 강남홍의 폭력은 강간에서 벗어나려는 정당방위의 성격을 띠기도 한다.

발해의 동성애적 욕망과 상황을 강조하기 위해 발해와 홍혼탈은 각기 남성성과 여성성이 강조되어 나타나고 그 둘은 크게 대조된다. 발해는 탈해가 전세가 불리하자 청빙해온 탈해의 동생이다. 새로 등장하는 발해와 이와 싸울 홍혼탈에 대해 작가는 일반적 수준에서 소개한다.

> 발히는 탈히의 아이(아우—인용자)라.[32] <u>만부부당지용이 잇고 셩품이
> 불갓치 급흐니라.</u>   (7:26뒤)
> 빵검을 글어 손야츠를 맛기고 져근 환도를 츠고 궁시를 씌고 말게 오르
> 니 <u>아리싸온 모양과 한가흔 풍칙</u> 만장과 비흐건딕 너모 상젹지 아니흐니
>   (7:29뒤)

이 정도의 서술로는 둘이 크게 대조되지 않고 대조되지 않으면 동성애적 상황이 분명해지지 않아 궁극적으로 극단적인 폭력이 정당화되기 힘들어진다. 이에 다시 작가는 인물에 대한 묘사와 상황을 각기 상대

---

31) '친밀감'의 문제는 섹슈얼리티의 가장 중요한 측면으로, 이 친밀감은 평등화의 영역에서 기능하며 그것은 본질적으로 의사소통의 가능성과 연관된다. 일방적인 성적 요구, 의사소통이 단절된 요구, 평등적인 관계가 아닌 상황에서의 성적 결합은 진정한 성도 사랑도 아니며 그것은 상대방 측면에서 볼 때 폭력성이 드러난다. 앤소니 기든스, 배은경·황정미 옮김, 『현대 사회의 성·사랑·에로티시즘』, 새물결, 2001, 224~226쪽 참조.

32) 다른 본에는 '탈해의 아우'라고 되어 있는데, 규장각본은 '탈히의 아이'라고 되어 있어 자식으로 착각하기 쉽다. 그렇지만 규장각본도 탈해가 발해에게 '현뎨'라고 말하고 있어 '아이'는 '아우'의 오자임을 알 수 있다.

인물의 시점으로 바꾸어 서술하여 대조를 심화시킨다.

> 원쉬 도독과 진젼의셔 브라보니 발히의 신장이 이십 쳑이오 얼굴이 검고 범의 눈이오 곰의 갈기라. 흉녕흔 모양이 인형갓지 아니흐고 두 손에 각〃 쳘퇴를 들고 소릭 치고 다라드니 도독이 원슈를 도라보며 왈 "이 엇지 사름 의 뉴리오, 만일 귀신이 아닌즉 즘싱의 무리로다."흐고   (7:28앞-뒤)
> 각셜 소디왕 발히 쳘퇴를 두루며 명진을 향흐여 무슈즐욕흐여 뽓홈을 도〃니, 홀연 명진으로 일기 소년 장쉬 머리의 셩관을 쓰고 금포를 닙고 딕완 셜화말을 타고 딕유젼을 츠고 보조궁을 씌여 표연이 나오니 옥갓흔 용모와 별갓흔 눈의 졍긔 명낭 돌올흐고 풍치 표일흐여 시쎡풍진의 보지 못흐든 인물이라. 쏘흔 슈듕의 병긔 업고 셥〃옥슈로 말곱비를 거스리 잡 아 완〃히 나오니 발히 브라보고 대소 왈 "늘고 츄흔 지(뇌천풍-인용자) 드러가고 졈고 묘흔 지 나오니 노애 흔번 쇼견코즈흐노라."흐고 텰퇴를 공 듕의 더져 지조를 즈랑흐며 홍낭을 얼러 왈 "네 얼굴이 귀물이 아닌즉 경국 가인이라. 노애 맛당이 싱금하여 가리라."   (7:30앞-뒤)

발해의 외모와 심성이 야수 같아서 사실 인간이라기보다는 동물 쪽에 가깝게 느껴진다.[33] 남성미와 동물성이 강조되는 발해에 비해 홍혼탈은 여성미가 강조된다. 평소처럼 검을 들지 않고 활을 들고 나온다는 것부터 그렇다.[34] 이렇게 거무튀튀하고 동물 같은 발해와 서로 어울려

---

[33] 앞서 인용한 것처럼 서술자의 입장에서 인물을 묘사하는 것은 일반적인 정형화된 관습적 묘사를 따른다. 그런데 발해의 경우는 그것을 등장인물의 시점으로 바꾸어 다시 "엇지 사 룸의 뉴리오, 만일 귀신이 아닌즉 즘싱의 무리로다"라고 강조한 것이다. 이런 부각은 발해 와 강남홍을 대조적으로 설정하기 위한 것이다. 〈옥루몽〉에서 이런 발해의 묘사처럼 부각 시켜 적장을 묘사하는 경우는 없다. 더 부정적인 적들이 많지만, 오직 발해만을 이렇게 부각시킨다. 그 이유는 '남성 홍혼탈'을 의도적으로 '여성 강남홍'으로 서술하여 여성성을 강조한 것처럼 남성성을 과도하게 강조하여 동물성으로 진화시키고 나아가 괴물로 부각시 키기 위해서이며, 또 그렇게 되어야만 동성애적 상황이 강조되기 때문이다.

[34] 이 장면 외에는 언제나 홍혼탈은 '부용검(芙蓉劍)'을 사용한다. 훗날 아들 양장성에게

칼을 겨루며 맞부딪힌다는 것은 비록 남장을 했다고는 하지만 여성답지 못하다고 작가가 판단했기 때문이다. 또 이 전투 직전에 홍혼탈은 상당히 아팠다는 것도 역시 연약한 여성임을 강조하여 드러내기 위한 조치이다. 이런 대조적 상황에서 발해가 홍혼탈을 보고 내뱉는 "네 얼굴이 귀물이 아닌즉 경국가인이라. 노애 맛당이 싱금하여 가리라"라는 말은 성적 욕망을 그대로 드러낸 것으로 동성애적 발언이다. 독자들은 이 동성애적 발언으로 인해 동성애와 이성애의 야릇한 넘나듦을 경험하게 된다. 만약 홍혼탈이 발해의 말대로 잡혀가게 될 경우, '남성 홍혼탈'을 능욕하려는 발해가 결국 확인하게 되는 것은 '여성 강남홍'이라는 점에서 동성애적 욕망이 이성애로 귀착하게 될 것을 연상하게 된다. 또 독자들은 홍혼탈의 정체를 알고 있으므로 이성애로 인식하면서도 서사에 깊이 몰입된 상태에서 발해의 동성애적 발언과 행동을 통해 동성애 감정을 촉발 받게 된다. 이 언술은 홍혼탈의 정체를 알고 있는 독자들에게도 순간적으로 동성애적 호기심과 상상을 불러일으키기 때문이다. 더욱 발해의 이후 행동이 강간을 의도하는 과도한 흥분의 상태로 여겨지기 때문에 성적 감정이 더욱 강조되는데 여기에 그로테스크한[35] 감정까지 같이 교차하여 서술되어 동성애와 이성애의 감정적 넘나듦이 더욱 고조되는 것이다.

부용검을 물려주는 것으로 자신의 검술과 기예를 전수하고, 이 '부용검'을 보고 강남홍의 사제 청운(靑雲)이 강남홍이 온 것으로 생각하여 양장성에게 즉각적으로 항복한다. 부용검은 그대로 홍혼탈의 상징이어서 전쟁에서 부용검을 사용하지 않는다는 것 자체가 특이한 경우이다.

35) 그로테스크(grotesque)는 섬뜩함과 기묘함, 공포와 재미의 교차, 터무니없음과 과장, 비정상성 등의 부조화로 이루어진다. 근본적으로 육체적 특성을 강조하고 음란하며 잔인하고 야만적이기까지 하며, 이런 강렬한 육체적 특질은 시각적 효과에 주로 호소하고 그것은 재미의 측면에 기여한다. 필립 톰슨, 김영무 역, 『그로테스크』, 서울대학교 출판부, 1986, 27~81쪽 참조.

홍낭이 미소ᄒ고 말 곱비를 들며 보조궁을 다릐여 옥쉬 번드기는 곳의 발히 좌편 눈을 마쳐 안쉬 돌츌ᄒ니 발히 ᄒ 마뎌 소릐를 벽녁갓치 지르고 ᄒ 손으로 살흘 쎅며 ᄒ 손으로 쳘퇴를 들고 노긔 츙쳔ᄒ여 불갓흔 셩식이 일 빈나 더ᄒ여 갑옷슬 버셔 짜헤 더지고 거믄 살을 드러닉여 왈 "네 요괴로 온 지조를 밋고 이갓치 당돌ᄒ니 시험ᄒ여 다시 쏘라. 노애 맛당이 가슴으로 쎠 바드리라."ᄒ고 이를 갈며 다라드니 홍낭이 쏘 미소ᄒ고 말을 돌며 …… 발히 마샹의셔 니러셔며 비를 닉밀며 왈 "노애 맛당이 비로 쎠 네 살을 바들지니 요괴는 머리로 쎠 쳘퇴를 바드라."ᄒ고 우슈의 쳘퇴를 들고 홍낭을 향ᄒ여 더지니 낭이 급히 피ᄒ여 옥슈를 번득여 시위 소릐 나는 곳의 별갓치 쌔른 살이 드러가 발히 말ᄒ는 입을 맛치믹 발히 오히려 살을 쎅며 분긔를 니긔지 못ᄒ며 피를 쑴어 남은 눈이 등잔갓흔 화광을 구울녀 말게 쒸여ᄂ려 범갓치 다라드니 …… 빈활의 속으믈 씨닷고 더욱 분노ᄒ여 길〃 이 쒸며 다시 다라드니 홍낭이 …… 나는 살이 바로 발히 가슴의 쏘아 등ᄀ지 ᄉ못 나와시니 발히 바야흐로 반 길이나 소사 ᄒ 소릐 지르고 업더지니

(7:30뒤-32앞)

홍혼탈과 발해의 대조는 갈수록 극명해진다. 홍혼탈은 작고 유약하며 '섬섬옥수'로 적을 원거리에 놓고 싸우는 활을 들고 나오고, 발해는 벽력 같은 고함을 치며 '검은 살'로 기세등등하게 근접해서 침을 튀기고 숨을 내뿜으며 맹렬히 휘두르는 철퇴를 들고 싸운다. 싸움의 양상도 홍혼탈은 계속해서 미소를 지으며 여유 있게 화살을 쏘고 발해는 고함을 지르며 흥분하여 날뛴다. 홍혼탈이 정태적으로 머물러 있다면 발해는 계속해서 강남홍 쪽으로 급하게 달려드는 형세이다. 구체적 전투의 상황을 보면 남성성이 강조되던 발해는 동물처럼 여겨지다가 급기야 괴물과 같이 변해버려 시종일관 깨끗하고 단정한 느낌을 주는 홍혼탈과 대조된다. 발해는 홍혼탈을 얕잡아보며 달려들다가 '눈 → 입 → 가슴' 순으로 활을 맞고

결국 죽는데, 각 상황마다 발해는 "소리를 벽녁갓치" 질렀고 "이를 갈며 다라"들었으며 급기야 "말게 쒸여ㄴ려 범갓치 다라"들었다. 눈알이 빠지는 것도 아랑곳하지 않았고 입안에 화살이 박히는 것에도 그의 동물적 광포함과 "길 ∥ 이 쒸며" 흥분하는 것을 그만두지 않았다. 마지막에는 흥분하여 말에서 뛰어내려 달려드는 장면은 그야말로 이판사판의 결사적인 흉포함이 나타난다. 이와는 대조적으로 홍혼탈은 피 한 방울 튀기지 않고 여유 있게 미소 지으며 그저 활을 쏠 뿐이다.

이런 대조적 상황이 독자들을 더욱 흥분시킨다. 죽음과 삶, 피 흘림과 깨끗함, 남성적 동물성과 여성적 유약함, 강함과 부드러움, 검고 거대한 동물적 남성과 연약하고 파리한 병색의 작고 유약한 미소년, 미친 듯한 고함과 여유 있고 태평한 모습, 철퇴를 휘두르며 득달같이 달려드는 흥분과 차분한 활시위의 활달함. 특히 발해의 '검은 살'과 홍혼탈의 '흰 옥' 같은 용모는 남성-여성, 어른-아이, 시커먼 성인(成人)-흰 미소년(美少年)을 환기시키며 묘하게 대조되어 이성애와 동성애를 넘나들게 한다. 잡아먹을 듯이 달려드는 검은 살의 흉포한 함성과 피 튀기는 광풍 같은 돌진. 여유 있는 흰 모습의 흰 손이 번득이는 화살의 차분하면서도 단호한 날아감. 흰색과 검은색, 피와 고성의 교차적 배치는 에로틱한 감정의 고조와 함께 그로테스크한 감정이 더해져 더욱 강한 흥분과 긴장, 박진감을 준다.

독자들에게 이런 감정을 주기 위해 위에서 말한 대조적 상황과 서술에, 작가는 의도적으로 발해와 홍혼탈을 지칭하는 용어까지 대조시켜 서술한다. 발해는 계속해서 스스로 "노애"라고 부각시켜 남성이고 연장자임을 강조하고, 홍혼탈에 대해서는 작가가 의도적으로 "홍낭"이라고 지칭하여 여성임을 부각시켰다. 이 대조는 남성과 여성의 대조만이 아

니라 연장자와 연소자, 힘이 넘치는 연륜의 인물과 유약한 어린 인물의
대조를 은연중에 드러내 동성애적 상황 인식을 강조하여 유도한 것이다.
작가는 의도적으로 서술상 공식 호칭인 '홍원수'를 사용하지 않고 '홍랑'
이라는 용어를 계속 의도적으로 사용한다. 발해와 접전하기 전과[36) 발
해를 죽인 후를[37) 보면 군담에서 쓰는 '원수'라는 용어가 다시 분명하게
나타난다. 발해와 싸우는 대목에서만 '홍원수'를 의도적으로 '홍랑'으로
바꾼 것이다. 이렇게 짧은 대목에서 '홍랑'으로 지칭한 것이 무려 8번이
나 된다. 이로 미루어보면 '홍랑'이라는 용어는 실수가 아니라 의도적으
로 사용한 것임을 알 수 있다.[38) 실제로 '홍랑'이라는 용어는 양창곡과
강남홍이 아기자기하게 사랑의 밀어를 나누는 대목 외에는 군담 서사에
서 절대 사용하지 않는 용어이다. 이 용어는 강남홍이 군사적 영웅으로
서 기능할 때가 아니라 한 여성으로서 기능할 때만 사용한다.[39) 결국
여기서 '홍랑'이라 한 것은 홍혼탈을 '군사적 영웅'으로 기능하게 하려
한 것이 아니라 '여성'으로 기능하게 하려고 한 것으로 이해할 수 있다.

---

36) "도독이 또흔 진상의 놉히 안ᄌ 만일 <u>홍원쉬</u> 위틱흥미 잇슨 즉 대군을 모라 구원코져
흥더라."(7:29뒤~30앞)
37) "도독이 딕희흐고 졔장 삼군이 면〃 샹고흐며 <u>원슈</u>의 궁법과 담딕흐믈 놀나더라."(7:32앞)
38) 작가의 실수나 필사자의 실수가 아니다. 또 본고의 대본인 규장각본의 이본적 특성도
아니다. 한문현토본, 신문관본, 갑진본 모두 규장각본과 동일하게 '홍랑'으로 서술되어 있
다. 그러므로 이 용어는 원본 〈옥루몽〉에 있는 것으로 추측할 수 있고 작가가 의도적으로
썼음을 알 수 있다. 해당 부분은 다음과 같다.
　　한문현토활판본 〈原本諺吐 玉樓夢〉(적문서관), 동국대학교한국학연구소 편, 『활자본 고전
소설전집』 6, 아세아문화사, 1976, 229~230쪽 ; 신문관본 〈신교 옥루몽〉, 권2, 99~100쪽
; 갑진본 〈옥누몽〉, 『나손본 필사본고소설자료총서』 30, 보경문화사, 1991, 685~688쪽.
39) 군담에서 작가가 홍혼탈을 '홍랑'으로 지칭한 것은 오직 양창곡이 그를 개인적으로 대할
때이다. 즉 양창곡이 홍혼탈을 '장수'로 보지 않고 '여성'으로 보아 자신의 개인적 욕망을
드러내고 충족시키려할 때에만 '홍랑'이라고 작가가 고려하여 지칭했다. 작가는 각 인물을
지칭하는 용어를 매우 정확하게 사용하고 있는데, 윤형문의 경우를 예로 보아도 '윤자사',
'윤상서', '윤각로' 하는 식으로 그가 승급할 때마다 정확하게 오류 없이 지칭한다.

지칭하는 언어는 대상을 규정하는 효과가 있고 반복에 의해 사고를 고정시키므로, 독자들은 호칭을 통해 그 인물의 정체를 순간적으로 파악하게 된다.[40] 그래서 '홍랑'이라는 지칭의 잦은 사용은 독자들에게 홍혼탈을 여성으로 보도록 강요한다. 그로인해 남성 홍혼탈과 남성 발해의 대결이 아니라 '여성 강남홍'과 '남성 발해'의 대결로 인식하게 하여 그들의 행위와 대조를 강한 성적 감정에서 인식하게 한 것이다.

그런데 이런 동성애적 상황만으로 앞서 보았듯이 과도한 폭력이 행해진다는 것은 너무 심한 감이 없지 않다. 발해를 죽이는 것도 단순히 죽이는 것이 아니라 조롱하듯이 그를 대해 발해가 길길이 날뛰며 죽게 하며, 그 과정에도 눈이 뽑히고 입안에 유혈이 낭자하며 화살이 가슴을 뚫고 지나가도록 하는 과도한 폭력이 난무한다. '강남홍'이 여성적인 활을 들고 나왔지만 이것은 '홍혼탈'이 칼을 들어서 죽이는 것보다 더 심하게 죽이는 것이며, 과정도 너무 구체적으로 장면화되었다. 이렇게 심하게 죽일 경우 비록 적이라 하더라도 독자들의 반발적 동정심을 유발하기 쉽다. 더욱 발해는 일반 병졸이 아니라 장수이다. 이후에 홍혼탈이 양창곡을 구하기 위해 마구 적진을 누비며 살인을 하는데, 그때 죽이는 적들은 모두 '익명의 병졸'들이며 지금 발해를 죽이는 것처럼 잔인하게 장면화하지도 않아 독자들의 심정적 동정심을 자극하지 않았다. 그렇지만 발해는 병졸처럼 배경적 인물이 아니며 그가 죽는 방식도 참혹하기 짝이 없다. 그러므로 그의 죽음과 방식에 대해서는 의미 있는

---

40) 인간에게 현실은 언어에 의해서 재단, 분석되고 해석되어 이해된다. 언어가 '그렇게' 지칭하므로 현실이 '그렇게' 되어있다고 인식하는 것이다. 즉 언어가 없다면 현실을 '그렇게' 인식할 수 없다. 세계를 인식하는 것은 언어를 통해서고, 언어 행위인 빠롤(parole)에 의해 언어 구조인 랑그(langue)가 규정되므로, 언어를 부려 쓰는 행위에 의해 세계에 대한 인식이 결정되고 그렇게 세계가 이해되는 것이다. 소쉬르, 최승언 옮김, 『일반언어학 강의』, 민음사, 1990, 29~31쪽 참조.

어느 정도의 설명이 있어야만 하고, 그렇지 않을 경우 독자들의 반발적 동정심을 자극하게 될 것이다. 그런데 전혀 별다른 설명이 없음에도 불구하고 이상하게도 발해에게 가해진 폭력은 전혀 문제 되지도 않고 반발적 동정심을 불러일으키지도 않는다. 이는 다음과 같은 이유로 발해에게 가해진 폭력이 정당화되었기 때문이다.

우선, 상황이 전쟁터라는 점이다. 서로 죽고 죽이는 것이 일반적인 전쟁터는 살인이 정당화되는 기초적 바탕을 마련한다. 이것은 달려드는 발해를 죽이지 않으면 내가 죽는다는 상황 인식으로 자신을 죽이려던 어부를 죽인 손야차의 정당방위와 같다. 그런데 문제는 이런 전쟁터에서 비록 강남홍이 장수로 전쟁을 수행했지만 그녀가 살인을 한 번도 하지 않았다는 점이다. 그녀가 살인을 한 경우는 그의 지아비 양창곡이 포위되어 위급하게 된 상황에서 그를 살리기 위해 물불을 가리지 않고 적진을 휩쓴 때인데, 그것은 이 발해를 죽인 이후이다.[41] 즉 전쟁에서 강남홍이 공식적으로 처음 살인을 한 때가 바로 발해를 죽이는 이 대목이다. 그동안 강남홍이 살인을 하지 않은 이유는 쉽게 이해할 수 있다. 그녀는 비록 장수이지만 언젠가는 가정으로 돌아갈 여성이므로 살벌지성(殺伐之性)을 풍길 수 없기 때문이다. 그런데 유독 발해를 죽이는 이 장면에서는 단순한 '살인' 정도가 아니라 '너무 과도한 폭력적 살인'을 자행한다는 점이다.

그래서 작가는 발해를 부도덕한 인물로 설정한다. 발해는 탈해의 동생인데, 탈해는 자신의 부모를 죽이고 왕위를 찬탈한 인물이다. 이런 탈해의 청빙에 동생 발해가 왔다는 것은 발해가 탈해와 사이가 나쁘지 않다는 것이고, 그것은 그대로 왕위찬탈에 직간접으로 동조 내지는 가

---

41) 홍혼탈/강남홍이 군담에서 직접적인 살상을 하는 것은 이 두 장면밖에 없다.

담했음을 시사한다. 이런 부도덕성은 손야차가 어부들이 '도적'이고 '음심'을 품었다는 것을 살인의 정당화 기제로 사용한 것과 같다. 그러나 어부들을 죽이는 것은 짧은 단순 언급인데 비해, 이 대목은 너무 구체적으로 길게 폭력이 묘사되어 있다.

그래서 작가는 발해의 부도덕함에 동물적 성격을 부여하고 나아가 괴물로까지 확장시킨다. "범의 눈", "곰의 갈기", "흉녕흔 모양이 인형 갓지" 않다며 양창곡과 홍혼탈은 아예 "이 엇지 사름의 뉘리오 만일 귀신이 아닌즉 즘싱의 무리로다"라고 발해를 규정해 버린다. 이 규정은 그대로 독자들에게 의미 있게 받아들여진다. 홍혼탈을 아름답게 바라본 발해의 시각이 '옳았듯이',[42] 동물로 바라보는 양창곡과 홍혼탈의 시각 역시 '옳을 것'이라고 독자들은 생각하게 된다. 이후 싸움 장면에서 보여주는 발해의 모습은 이런 시각이 옳음을 구체적으로 보여주고 확신시켜주는 것이다. 싸움에서 그렇게 밀리면서도 "소뤼룰 벽녁갓치 지르고" "갑옷슬 버셔" 버리고 "거문 살을 드러"내고는 오히려 "비룰 늬밀며" 광분하고, "길〃이 쒸"며 "범갓치 다라"드는 일련의 행위는 인간이 아니라 동물이며, 한쪽 눈에 박힌 화살을 뽑아 들고 입에 "피룰 쑴"으며 광분하여 흉포하게 달려들다가 결국 화살이 가슴을 뚫고 "등ㄱ지" 나와 "반길이나 소스 흔 소뤼 지르고 업더"지고 마는 것은 동물에서 나아가 괴물이 된 모습이다. 실제 그런 참혹한 지경에 이르러서도 발해는 전혀 고통을 느끼지 않는다. 고통은 인간이 느끼는 것이지 괴물이 느끼는 것이 아니기 때문이다.[43] 이렇게 발해를 동물과 괴물로 규정하게

---

42) 독자들은 홍혼탈이 아름다운 여성 강남홍임을 알고 있으므로 발해의 시각에서 파악되는 홍혼탈의 모습을 쉽게 진실이라고 받아들이게 된다.

43) 실상 타자화된 괴물의 고통에 관심도 없으며 괴물이 고통을 느끼는지도 인간은 알 수 없다. 괴물들의 고통은 그렇게 거세되는 것이다.

됨으로써 그에 대한 징치는 마땅하고 당연하며 또 신속하게 이루어져야 할 것으로 여겨지게 된다. 동물에서 괴물이 되고만 발해는 빨리 제거되어져야 할 부정적 존재로 타자화된 것이다. 타자화된 발해는 더 이상 '동정심을 기울여야할 인간'이 아니고 그저 '제거되어야만 할 부정(不淨)한 오염물'일 뿐이다. 그러므로 그에 대한 살인은 정당화된다.

이렇게 타자화시킴으로써 발해를 제거하는 것이 정당화되지만 그 방식에 있어서의 끔찍한 폭력이 전면화되어 나타난 것은 여전히 쉽게 받아들여지기 힘들다. 이성적으로 생각해서, 동물이고 괴물인 발해를 제거하는 것은 이해되지만 그 방식의 과도함은 감정적 반발을 불러일으킬 수도 있다. 그래서 작가는 효과적으로 독자들을 호도하기 위해 이 장면에 에로틱한 감정과 그로테스크한 감정을 고조시키는 전략을 사용하였다. 그래서 독자들로 하여금 이 폭력 상황을 극도의 흥분과 감정적 몰입상태에서 바라보게 하여, 독자들이 이성적인 냉철한 판단보다는 감성적인 주관적 판단을 하게 만든 것이다. 그래서 전쟁의 일반적 상황인 쌍방의 맞부딪힘과 전투가 아닌 일방적 상황의 과도한 폭력을 독자는 냉철하게 판단하기보다는 감정적인 쏠림으로 바라보게 된다.

발해의 동성애 발언으로 촉발된 상황은 "홍낭"과 "노애"라는 작가의 의도적 용어 서술과 대조로 인해 독자에게 동성애와 이성애의 미묘한 넘나듦을 경험하게 하고 계속되는 발해의 동물성과 괴물성으로 인해 독자의 심정적 판단이 옳음을 이성적으로 합리화시켜 준다. 그래서 결국 전쟁 중에서 한 번도 살상(殺傷)을 한 일이 없는 강남홍이 태연하게 극단적 폭력을 통해 살인을 자행함에도 전혀 의아하게 느껴지지 않는 것이다. 발해는 인간이 아닌 것이다. 그는 동물이고 괴물이며 우리를 파괴시키려는 병균과 같은 존재이다. 그런 그를 제거하는 것은 마땅하

다 못해 신속히 이루어져야 할 조치이다. 그러므로 그를 제거하는 행위
에는 하등의 갈등이 있을 수 없다. 태연하고 유연하게 활시위를 놀리는
강남홍의 담담한 모습은 독자들에게 이런 정당함을 역설한다.

여기서 왜 발해가 그렇게까지 처참하게 죽을 정도로 타자화되어야만
하는가를 생각해보자. 그것은 홍혼탈이 여기서 폭력을 수행해야할 서
사적 이유가 있기에 폭력을 수행하고, 그 폭력을 정당화하기 위해 발해
를 동물·괴물로 타자화시킨 것이다. 앞서 지적했듯이 발해와 접전 대
목 이후에 탈해와 소보살의 계책으로 양창곡이 포위되어 죽을 지경에
이르는데, 사면초가의 위급한 상황에 놓인 양창곡을 구하기 위해 홍혼
탈이 정신없이 적진을 종횡무진 짓밟는다. 만약 이 대목이 없이 홍혼탈
의 그런 모습이 서사화될 경우 조금 생경한 느낌을 준다. 왜냐하면 홍
혼탈은 아무리 급해도 이성을 잃지 않고 특유의 여유 있는 웃음을 띠는
인물이며 또 살상을 한 번도 한 적이 없기 때문이다. 그러나 발해와의
접전으로 독자들은 정당화되기는 했지만 홍혼탈의 살인을 본 상태이
고, 곧바로 양창곡 구출 서사가 이어지므로 그 살상이 크게 의아스럽게
여겨지지 않는다. 홍혼탈이 양창곡을 구하기 위해 가공할만한 무용을
보여주며 적들을 종횡무진 무찔러야 하기에 작가는 미리 발해와의 접
전에서 정당화된 폭력 상황을 연출하여 서사에 합리성을 꾀한 것이다.

이런 이유로 발해가 타자화되어 처참하게 징치되는데 발해가 타자화
될 수 있는 근거는, 그가 동물에서 괴물이 되어도 조금도 이상하지 않
은 변방 인물이기 때문이다. 중국 중심에서 볼 때 그들은 중심을 혼란
스럽게 만들고 중심의 정체성을 훼손시키는 존재들로 중심의 공적인
규범에 도전하는 이방인들이다. 그들은 부자연스럽고 경계를 침범하며
음란하고 모순적인 동시에 이질적이고 광기에 사로잡혀 있는 존재들이

다.44) 그렇기에 중국을 침범한 오랑캐 발해의 패륜, 동물성, 괴물성은 마땅하고 정욕에 치우친 동성애적 언행도 당연하게 여겨진다. '변방'에서는 능히 그런 인물이 있을 수 있기 때문이다. '변방'에서는 부모의 지위를 찬탈하는 부도덕한 일이 가능하며, '황계', '철계', '도화계', '아계', '탕계'45) 같이 사람이 살 수 없는 험지가 있는 것도 당연하게 받아들여진다. 이런 변방에 '괴물'이 출현한다 해도 이상할 것이 전혀 없다. 개와 사자가 교미해서 생긴 '사자방(獅子尨)'이나, '악호(惡虎)', '석연(石燕)' 등은 모두 남방이나 북방, 즉 중국이 아닌 변방에 존재하는 괴물들이다. 변방에서는 여우가 변신하여 여자가 되는 것이 가능하고(소보살), 도술을 부리는 존재들이 수두룩하다(소보살, 축융, 운룡도인, 청운). 홍혼탈이 도술을 배운 곳도 변방이지 중국이 아니다. 명나라를 위해 크게 도움이 된 도술을 사용하면서도 홍혼탈은 그 도술 자체를 공명정대한 것이 아닌, 어쩔 수 없는 편법으로 인식한다. 또 변방에서는 공주라 하더라도 아무 거리낌 없이 뭇 남성들과 어깨를 나란히 하며 전쟁에 나서기도 한다(일지련). 겉과 속이 다른 야심을 드러내는 음흉함(축융)이 있는 곳도 역시 변방이다. 이 모든 변방의 것들은 모두 중심인 중국에 복속되어질 수밖에 없고 또 마땅히 그러해야만 한다. 모든 도술과 괴물들은 홍혼탈에 의해 패퇴당하고 현란한 도술은 중국의 공명정대한 진법(陣法) 앞에 무용지물이 되고 만다. 변방의 가치들은 모

---

44) 리처드 커니, 이지영 옮김, 『이방인·신·괴물』, 개마고원, 2004, 13~14쪽.

45) "…… 그 수이 다숫 시니 잇스니 일 왈 황계요, 이 왈 철계오, 삼 왈 도화계오, 수 왈 아계오, 오 왈 탕계니, 황계를 건넨즉 사름이 몸이 누르며 창질이 일고, 철계예 싸진즉 금철이 녹아 물이 되고, 도화계는 삼월의 도화편즉 물결이 불거 독훈 긔운이 십니의 들니고, 아계는 모르고 물을 마신즉 벙어리 되고 언어를 통치 못ᄒ고, 탕계는 항상 물이 쓸어 사름이 드러셔지 못ᄒ니, 그러훈 고로 강훈 군수와 용밍훈 장슈라도 이 곳의 이르러는 속슈무칙ᄒᄂ니이다."(7:12뒤-13앞)

두 중국 중심 가치에 복속되고 지배당하며 제거된다.

변방의 존재가 중심을 어지럽히는 것은 단순히 물리침의 문제에만 그치는 것이 아니라 적극적으로 처벌받아 마땅한 행위로 부각된다. 대등한 위치의 국가와 국가의 대결이 아니라 '높고 정당한 중심'과 '낮고 비도덕적 변방'의 대결이기 때문이다. 그래서 발해를 죽이는 데에는 중심에 도전한 죄에 대한 '형벌(刑罰)'의 의미가 겹쳐진다. 홍혼탈이 발해를 화살로 쏘아 징치하다가 결국 죽이는데, 그 순서가 처음에는 '눈을 빼는 것'이고, 다음은 '입을 쏘아 말하지 못하게 하고', 나중에 '가슴을 쏘아 죽이는 것'이다. 이는 차례로 형벌의 '알안(挖眼)', '절설(截舌)', '사살(射殺)'에 해당한다.[46] 이렇게 징치하는 활을 쏘는 홍혼탈의 입장도 전쟁에서 적장을 대하는 것이 아니라 죄지은 자에게 형벌을 가하는 집행자, 훈계자의 자세임을 분명히 한다.

> (발해가—인용자) 남은 눈이 등잔 갓흔 화광을 구울녀 말게 쒸여 ᄂ려 범 갓치 다라드니 홍낭이 셜화말을 타고 년망이 치쳐 피ᄒ며 쑤지져 왈 "네 눈이 잇스나 하ᄂᆞᆯ 놉흐물 모르며 내 먼져 ᄡᅩ미, ᄯᅩ 입이 잇시나 말을 삼가지 아니ᄒ기 닉 두 번 ᄡᅩ미여늘, 오히려 이갓치 무례ᄒ니 이ᄂᆞᆫ ᄆᆞ음이 막히여 그러ᄒ니 흉두녁장을 포장ᄒᆞ미라. 닉 셋직 틱 잇스니 다시 네 심통을 ᄡᅩ와 막히인 궁글 통ᄒᆞ게 ᄒᆞ리라." (7:31앞-뒤)

전쟁터에서 발해가 "범갓치 다라"드는 급박한 상황 속에서 여유로운

---

46) '알안(挖眼)'은 인체에서 가장 중요한 기관인 눈을 빼내는 것으로 그 잔인함은 코베기, 혀 자르기, 손 자르기, 다리 자르기를 능가한다. '절설(截舌)'은 사형의 예비적인 수단으로 한나라 초기에는 모반이나 반역의 대죄를 범하는 중죄인 경우에 행해지는 것으로 형을 집행할 때 소리를 지르거나 욕설을 퍼붓지 못하도록 하기 위해서 행해진다. 물론 '사살(射殺)'은 활로 쏘아 죽이는 형벌이다. 왕용쿠안, 김장호 옮김, 『혹형, 피와 전율의 중국사』, 마니아북스, 1999, 152~156; 146~151; 105~110쪽 참조.

훈계를[47] 한다는 것은 정황상 어울리지 않지만, 상대가 격이 다른 하등한 존재라는 관점에서 납득할 수 있다. 우월한 입장의 홍혼탈이 미욱하고 저급한 동물 발해를 훈계하여 깨우치려 하는 것이다. 그러나 발해는 훈계를 받아들이지 않고 더욱 포악하게 행하여 괴물로 변해 버린다. 훈계와 개유에도 불구하고 인간이기를 스스로 거부해버린 발해를 홍혼탈은 어쩔 도리 없이 제거할 수밖에 없는 것이다. 훈계에도 깨우치지 못한 변방의 발해는 제거되어야만 할 괴물로 제 스스로 떨어진 것이다.

결국 발해는 단순한 적장(敵將)이 아니라 중국 황제에게 도전한 대역무도한 죄인이며 중심을 혼란시키는 패륜아이며 동물이고 괴물이다. 마땅히 그 도전은 징치되고 즉각적으로 제거되어야만 한다. 궁극적으로 괴물에 대한 폭력은 폭력이 아닌 것이다. 그 폭력은 정의를 지키는 행위이고 윤리를 수호하려는 노력이며 중심을 높이려는 행동이기에 정당화되고 나아가 장려된다. 이렇게 정당화된 폭력은 오히려 유희적 재미와 쾌락을 유발한다. 독자들은 폭력 자체에 주목하는 것이 아니라 '어떻게 폭력을 행사하느냐'에 관심을 갖는다. 그러므로 다양하고 다채롭고 재미있게 징치하는 것을 보여주어야 하는 것이고, 그것이 더 자극적이고 다양하고 신선한 방법일수록 좋은 것이다.[48] 정당화되어 사라진 폭력성의 자리를 흥분과 재미, 격앙된 감정과 즐거움이 대신하는 것이다.

---

47) 특히 활로 입을 쏜 것에 대해 "입이 잇시나 말을 삼가지 아니ᄒ"였다는 것은 이전에 발해가 "네 얼굴이 귀물이 아닌즉 경국가인이라. 노애 맛당이 싱금하여 가리라."라고 한 것에 대한 지적으로 더럽고 추잡한 동성애 언행에 대한 훈계이다.

48) 〈옥루몽〉 전체 군담에서 홍혼탈은 물론이고, 어떤 장수도 이렇게 잔혹하게 적을 죽이는 장면은 없다.

4. 성(性), 약자(弱者) 그리고 폭력

강남홍이 벽성선의 앵혈 깨짐에 대해 희롱하지만, 첫날밤에 대한 호기심이라는 누구나 공감하는 성(性)적 측면으로 드러냈기에 상황은 자연스러워 보인다. 양창곡이 황제와 동홍의 동성애에 간섭하지만, 음률과 정치 문제, 그리고 중의적 언술로 드러냈기에 어쩌지 못하는 그들의 속사정도 있다. 이렇게 상황적 약자들의 성은 검열되고 공개되고 통제되지만 약자이기에 그대로 폭력적 상황에 노출될 수밖에 없다. 가해자들은 상황적 우위를 점하는 강자일 때만 압력을 가하는 치밀함이 있다. 첫날밤의 성애를 묻는 강남홍이 약자인 벽성선에게 묻지 양창곡에게 묻지 않는 이유가 그것이며, 노균과 주도권 다툼을 하는 양창곡이 직접 노균을 견제하지 않고 상황적 약자인 황제와 동홍의 성애에 간섭하는 이유가 그것이다. 만약 강남홍이 벽성선에게 묻지 않고 양창곡에게 첫날밤의 성애를 물을 경우, 양창곡이 정면으로 거부하면서 분노할 수 있다. 첩이 가부장의 성애에 대해 묻는 것이 외람될 뿐 아니라 묻는 강남홍의 행위가 투기로 비쳐질 수 있기 때문이다. 이렇게 첫날밤을 묻는 그 국면에서는 양창곡이 강남홍보다 상황적 우위를 점하기 때문에 양창곡에게 묻지 않은 것이다. 노균과 주도권 다툼에서 양창곡이 노균을 직접 거론하지 못한 것도 마찬가지이다. 뒤에 숨어 있어 전면에 나서지 않는 노균을 거론하는 것은 상황상 양창곡 스스로 약자의 위치에서 상황적 우위에 있는 노균에게 시비를 거는 상황이 되기 때문이다. 그래서 모두 자신보다 약자의 성을 간섭하고 통제하는 것이다. 다른 많은 가치들 중에서 굳이 성을 부각시킨 이유는, 성은 누구나 쉽게 공감하는 것이면서(첫날밤에 대한 호기심) 또 쉽게 '옳고' '그른' 것으로 판단되기(동성애) 때문이다. 인간 보편의 감정에 호소하고 또 누구에게나 쉽게 공유되는 '옳은 성'과 '그른 성'의 관념은 쉽게 다수의 호응을 이끌어낼 수 있기 때문이다.

약자의 성이 검열되고 박탈되는 정도가 아니라 아예 목숨까지 잃게 되는 경우가 있는데, 어부와 발해의 성이 그렇다. 이들의 성은 부도덕하게 규정되고 그래서 이들은 절대적 약자가 되어 버린다. 하층민의 약탈혼 풍습(어부)과 전쟁터에서 적군 사기를 저하시키려는 언술(발해)의 본래 의도와 입장을 거세하여 강간(어부)과 동성애적 강간 의도(발해)로 부각시켜 부도덕한 성으로 이해하게 만들었다. 상대적 약자에 가해지는 직접적인 폭력은 오히려 상황적 우열의 교차를 가져올 수 있기 때문에 폭력이 은밀하고 은근했지만, 어부와 발해는 절대적 약자가 되기에 그들에 대한 폭력은 전면에 나서고 과격한 양상을 띤다. 어부와 발해가 절대적 약자가 되는 가장 중요한 이유는 그들의 부도덕한 성 때문이다. 그렇지만 누구나 가지고 있는 성을, 부도덕하다는 이유만으로 죽음에 이르게 하는 것은 과도한 측면이 없지 않다. 그래서 작가는 어부들의 부도덕한 성에 '살인의도'를 부가시켰고, 발해의 부도덕한 성에 '변방 괴물성'을 덧붙였다. 그래서 손야차는 여성이 아닌 남성이 되어야만 했고, 둘 다 변방 인물임에도 불구하고 형 탈해와 달리 발해만 괴물이 되어야했던 것이다.[49]

결국 약자의 성은 언제나 검열, 통제, 박탈의 위기에 놓이며 급기야 죽음에 이르게 하기까지 한다. 그래서 성은 오직 강자의 경우에만 인정되는데 그것은 '중심', '남성', '가부장'의 성으로, 이들의 성만이 정당화

---

49) 실제로 패륜적 찬역한 것도 탈해이고 직접 중국을 침범한 것도 탈해이지 발해가 아니다. 그렇지만 더 부도덕한 탈해는 발해와 같이 그렇게 극단적으로 타자화되지 않는다. 오히려 탈해는 양창곡을 일생일대의 위기로 몰아넣어 곤궁하게 할 정도로 지모가 뛰어난 면까지 보인다.

되고 미화되고 용인된다. 심지어 폭력적 강간 상황이라 하더라도 이들
의 성은 '중심', '남성', '가부장' 이데올로기에 의해 풍류적으로 미화된
다.50) 은밀한 폭력의 상황적 우위도 이런 이데올로기적 정당화의 기반
에서 우위를 획득한 것이다. 강남홍의 우위는 '가부장' 양창곡의 사랑
과 '중심'인 중국을 수호한 군공에 의해 획득된 것이고, 황제와 동홍을
간섭한 양창곡의 우위는 '중심'을 섬기겠다는 의도를 바탕으로 한 간쟁
(諫諍)이라는 점에서 우위를 갖는다. 그러나 사랑이나 군공, 간쟁이라
는 것은 그 자체가 우위를 생산하지 못하고 결국 다른 가치에 기대어
상호 관계에서 우위가 결정되는 것이므로, 국면과 상황마다 우위가 바
뀌기에 미묘한 긴장감이 형성된다. 사랑의 대상은 바뀌기 마련이고 군
공도 더 큰 군공 앞에서 퇴색하게 되며 간쟁도 결국 상대적일 뿐이
다.51) 그러므로 진정한 우위인 절대적 우위는 사랑을 주는 '남성', 가정
내 주체인 '가부장', 판단의 주체이며 이념적 가치인 '중심'이 갖고52)
이 절대적 가치의 전횡은 폭력적이라 하더라도 정당화된다. 어부들은
'풍류 남성'이 아닌 음란한 도적이며 강남홍의 '가부장'도 아니고 '중심
남성'인 귀족 남성이 아니라 평생을 물위에서 지내는 주변적 존재인 하층

---

50) 취몽친압(醉夢親狎)이나 군중정사(軍中情事)는 남성의 일방적 폭력으로 그대로 강간상
   황이다(졸고, 앞의 논문, 2005a). 특히 양기성이 설중매를 친압한 것은 순간적 정욕에 이끌
   린 우발적 강간 그 자체로 설중매에 대한 인격적 존중은 전혀 없다. 그 상황도 일회적 욕망
   분출일 뿐이다. 양기성은 당연히 설중매를 첩으로 삼지 않는다. 그러므로 강남홍을 강간하
   려고 모의했어도 성공하지는 못했고 그 의도도 일회적 쾌락이 아닌 가정을 만들려는 것이었
   던 어부들의 경우를 양기성과 대비해 볼 때, 어부들이 매우 억울함을 쉽게 알 수 있다.
   그렇지만 양기성은 '중심'에 있는 '남성'으로 '하층' '도적' 어부에 비길 것이 아니다.
51) 간쟁의 상대적임은 주지의 사실이다. 그래서 양창곡의 상소도 처음에는 받아들여지지만
   나중에는 거부되어 결국 양창곡도 귀양 가게 된다.
52) '중심'의 관념은 지리적으로 '중국'이기도 하며 관념적으로 '유교'이고 신분적으로 '양반'
   이며 확대될 경우 여성에 대한 '남성'이고 처첩에 대한 '가부장'이다. 이는 이데올로기화되
   기 때문에 그 가치는 각 사회와 문화에 따라 다르게 변주된다.

민일 뿐이다. 발해 역시 강남홍의 '가부장'이 아니라 '중심'에 도전하는 변방 인물이고 '진정한 남성'에서 벗어난 패륜적 동물·괴물일 뿐이다.

결국 인간 보편의 누구나 갖고 누리고 향유해야할 성은 오직 그들만의 성이 되어버렸다. 〈옥루몽〉 서두에서 관음보살이 인간 욕망에 대해 긍정하는 언술을 하지만,53) 그 욕망은 인간 모두의 욕망이 아니라 결국 '중심'에 있는 '남성' '가부장'의 욕망일 뿐이고54) 욕망의 한 부분인 성 역시 그들만의 성일 뿐이다. 그들 외의 약자들의 성은 언제나 침해당하고 박탈당하며 왜곡되어 죽음에까지 이를 수 있지만 서사는 이에 대해 주목하지 않는다.

5. 결론

성(性)은 인간 본성이고 자연스러운 감정의 하나이며 지극히 개인적인 영역이다. 그렇지만 강자의 이익과 의도에 따라 약자의 성은 쉽게 검열당하고 통제되어 강자의 이익에 종속된다. 강자는 상황적 우위에서 자신의 이익을 위해 약자의 성을 희생시켜 자신의 주도권을 확산시키고 공고히 한다. 국면에 따라 달라지는 우위의 상대성으로 인해 폭력이 은밀해지고 상황이 미묘해진다.

상황적 우위까지 산출하는 절대적 우위는 '중심', '남성', '가부장'이

---

53) 졸고, 앞의 논문, 2005a 참조.
54) 주인공인 강남홍과 벽성선 등이 매우 자유롭게 욕망을 구현하는 듯하지만 그렇지 않다. 모든 것이 '가부장' '남성' 양창곡에게 복속된다. 강남홍은 여성영웅으로 활약하는 군담대목에서도 '가부장'에게 복종해야할 '첩'으로 나타나고(졸고, 앞의 논문, 2005a), 벽성선은 '남성 가부장' 사회 속에서 앵혈 메커니즘을 통해 신분상승 하려는 노력의 처절함과 측은함이 나타난다(졸고, 앞의 논문, 2005b).

갖는다. 이는 이데올로기가 되어 약자들에게까지 그것이 옳다고 호도
하여 정당화의 기반을 마련한다.[55] 이는 당시 사회를 사는 독자들에게
도 예외는 아니어서 은혜를 베푼 어부들이 작살에 처참하게 죽음을 당
해도 부도덕한 그들의 죽음은 당연하다고 생각하며, 괴물 발해는 즉각
적으로 제거되어야만 할 오염물 같이 여긴다. 어부나 발해는 모두 중심
에 의해 소외된 타자이기 때문이다.

절대적 우위에 의해 중국, 남성, 가부장이 권위를 갖기에 변방, 여성,
처첩은 타자화되기 쉬운 위치에 놓이고 그들의 개인적 성도 역시 타자화
되어 검열·박탈의 위기에 놓인다. 그들을 완전히 타자화시킬 경우, 그
들에 대한 폭력은 유희적이게 되고 그들은 완전히 제거된다(정당화된
폭력). 반면 그들을 포용해야할 경우, 폭력은 은폐되어 폭력성이 드러나
지 않게 된다(은폐된 폭력).[56] 이 둘 사이에 있는 폭력은 상황과 국면에
따라 우위가 상대적으로 미묘하게 바뀌기에 전면에 부각되지도 못하고
그렇다고 완전히 은폐되지도 않는 은밀한 양상을 띤다(은밀한 폭력).

결국 〈옥루몽〉에 나타난 성은 절대적 우위를 갖은 그들만의 성이고
그들만의 풍류이며 쾌락이고 욕망이다. 그것이 구체적으로 서사에 드
러난 것이 에로틱한 정감을 자극하지만 궁극적으로 이런 이데올로기적
정당성을 고착화시키며 재생산하는 기능을 수행하게 된다. 독자들은
텍스트를 수용하면서 자신도 모르는 사이에 그들의 우월적 가치를 인
정하고 그 폭력적 상황을 타당한 것으로 내면화하기 때문이다.

---

55) 이데올로기는 어떤 집단에 의해 사실 또는 진리로 받아들여진 가치체계 또는 신념체계로
  그것을 믿는 사람들에게는 세계에 관한 사실적이면서 당위적인 청사진을 제시해준다. 라이
  만 타우워 사르젠트, 부남철 옮김, 『현대사회와 정치사상』, 한울아카데미, 1994, 8~32쪽
  ; 이명남, 『政治 이데올로기의 主體的 解明』, 전남대학교 출판부, 2000, 26~42쪽 참조.
56) '은폐된 폭력'은 졸고, 앞의 논문, 2005a 참조.

〈변강쇠가〉 성담론의 기능과 의미

1. 문제의 작품 ; 변강쇠가

〈변강쇠가〉는 한국문학사에 있어 '문제적 작품'이다. 이 작품만큼 많이 알려지고 논란의 대상이 된 작품도 없을 것이다. 이 작품이 다루고 있는 충격적 소재 때문에 〈변강쇠가〉는 지난 수십 년 이래로 대중적 관심의 대상이 되어 왔으며, 소설 또는 판소리 가운데 높은 인지도를 자랑하게 되었다. 예술성을 평가하기 어려운 수십 편의 영화와 비디오가 이 작품을 알리는 데 지대한 역할을 했고, 근래에는 지방자치제 활성화 바람을 타고 축제문화, 관광문화의 관심 대상으로 부각되기도 한다. 〈변강쇠가〉의 배경이 된 지리산 주변의 남원과 함양은 각기 변강쇠의 연고권을 주장하면서 경쟁적으로 기념물을 조성하고, 상품을 개발하여 축제를 준비하고 있다. 이들 두 지방에서는 각기 '강쇠' 또는 '변강쇠'라는 명칭을 붙인 전통주를 만들어 상표등록 분쟁을 벌이기도 하고, 〈변강쇠가〉를 바탕으로 한 장승을 조각한 공원을 조성해 놓고 있다.[1]

---

1) 경남 함양의 한 전통주 제조업체는 '변강쇠 술'을 생산해 판매에 나섰고, 변강쇠와 옹녀의 사랑이야기가 전설로 남아 있는 지리산 백장암 계곡에는 〈변강쇠 타령〉을 형상화한 '백장

그동안 부정적 인물로만 인식되던 '변강쇠'는 이제 〈흥부전〉의 '놀부'와 함께 긍정적이고 친근한 이미지로 거듭나고 있다.

'변강쇠'에 대한 인지도가 높은 만큼 〈변강쇠가〉라는 작품 자체에 대한 이해가 깊이 있게 이루어진 것 같지는 않다. 작중인물에 대한 이미지는 긍정적이든 부정적이든 작품에 대한 깊이 있는 이해를 바탕으로 해야 하는데, 〈변강쇠가〉에 대한 이해는 그렇지 못하고 작품의 일부나 특정 장면에 대한 인상에 의존하는 감이 있다. 이러한 현상은 일반독자들에게만 해당되는 것이 아니다. 이 작품의 원전은 실로 난해하여 국문학 전공자가 아니고서는 원전을 제대로 읽고 바르게 이해하기가 어렵다.2) 또한 〈변강쇠가〉에 대한 연구자들의 논의와 시각도 다양하여 작품이 제시하는 주제와 인물에 대한 정확한 이해가 쉽지 않다.

〈변강쇠가〉에 대한 일반독자들의 인식과 마찬가지로3) 이 작품에 대한 기존의 연구도 변강쇠와 옹녀가 벌이는 '성적(性的) 행위'에 초점을 맞추고 있으며,4) 그것이 작품의 본질인 것처럼 인식하고 이를 한국의 대표적 '호색문학(好色文學)'으로 규정하기도 한다. 현대문학 작가들이 이 작품을 받아들이는 방향도 이에서 크게 벗어나지 않는다. 한승원의 중편 〈폐촌(廢村)〉은 〈변강쇠가〉의 성적 측면에 중요한 비중을 두고 이를 새롭게 해석하고 있다. 성담론을 〈변강쇠가〉의 핵심 요소로 보는 것은 연구자가 동의하든 하지 않든 엄연한 현실이며, 고소설 전공자는 어

장승공원'이 조성되어 있다.

2) 〈변강쇠가〉는 도입부의 성적 묘사를 제외하면 난해한 사설과 醫藥 관련 전문 용어의 남용으로 재미가 없고, 그것을 온전하게 주해하기도 힘들어 이 작품을 끝까지 읽고 이해하기가 어렵다.

3) 〈변강쇠가〉를 소재로 한 영화나 비디오 작품들과 마찬가지로 고우영의 만화 〈가루지기전〉 같은 대중 오락물 역시 변강쇠의 성적 측면에 초점을 맞추고 있다.

4) 박관수, 「〈변강쇠가〉의 음란성 재고」, 『고소설연구』 2, 1996. 320~323쪽.

떤 형태로든지 이 문제를 진지하게 검토하고 납득할 만한 견해를 제시해야 한다. 이 글에서는 〈변강쇠가〉에서 다루고 있는 性의 문제가 어떤 의미와 기능을 가지고 있는지를 새로운 시각에서 검토해 보고자 한다.

2. 〈변강쇠가〉의 장르적 성격과 구성적 특성

1) 장르적 성격

〈변강쇠가〉는 장르적 정체성(正體性)이 분명하지 않은 작품이다. 한때 판소리로 불리던 〈변강쇠가〉는 전승되는 도중에 판소리의 기능을 상실하고, 채록된 사설로만 남아 '판소리계 소설'로 취급되고 있다.[5] 근래에 이 작품을 판소리로 재현하려는 시도가 있었지만 그것은 특정 창자의 의욕에서 나온 일회성 행사로 끝났으며,[6] 대중적 보급으로 이어지지는 못했다. 이 작품은 '보고 들으면서 즐기는 공연예술'로서의 기능을 상실하고 '읽고 즐기는 문학'으로서의 기능만을 가지게 되었다.

〈변강쇠가〉의 자료로는 신재효가 채록한 '판소리사설'이 거의 유일한 것이지만 작품의 일부 내용은 서도소리에서도 전승되고 있다.[7] 작

---

5) 송만재의 〈관우희(觀優戲)〉와 이유원의 〈관극팔령(觀劇八令)〉에서는 〈변강쇠가〉가 '판소리 열두 마당' 가운데 하나로 불린 사실을 밝히고 있으며, 정노식은 이 작품이 송흥록과 장자백의 더늠으로 불리고 있었음을 증언하고 있다(『朝鮮唱劇史』, 조선일보사 편집부, 1939, 25쪽).

6) 박동진은 실전(失傳)된 판소리를 복원하는 차원에서 1990년 7월과 12월 두 차례에 걸쳐 〈변강쇠가〉를 판소리창으로 공연하고 이를 계속해서 판소리로 불러야 한다고 주장했으나 더 이상 공연되지 않았다.

7) 〈변강쇠타령〉은 오연화의 서도창으로 전승되고 있으며(서종문, 「변강쇠가 연구」, 서울대 석사학위논문, 1975), 근래에는 권재은의 '경서도소리' 모음집에도 수록되어 있다. 2005년 5월 7~8일에 세종문화회관에서 열린 '이은관 소리인생 70년' 기념공연 목록에도 박정욱의 〈변강쇠타령〉이 들어있다.

품의 연원과 전승과정을 소급해 보면 〈변강쇠가〉는 설화, 소설, 민요, 무속, 민속극 등과 긴밀한 연관성을 가지는 것으로 드러나며,8) 이는 이 작품의 장르적 정체성이 결코 단순하지 않은 이유가 된다.

　김동욱은 일찍이 〈변강쇠가〉의 근원이 설화에 있다고 보고 작품에 수용된 다양한 설화유형들을 근원설화로 제시하였다. 작품의 전반부를 구성하는 강쇠와 옹녀의 성적 행위는 '음남음녀담(淫男淫女談)'에서 유래한 것이며, 후반부를 구성하는 강쇠의 죽음과 장례는 '시신부착담(屍身附着談)'의 변형으로 보았다.9) 이가원은 설화근원설을 구체화하여 작중인물 옹녀의 모델이 실존 인물일 가능성을 염두에 두고 영남 지방에서 전해지는 〈구부총설화(九夫塚說話)〉를 이 작품의 '유일한 근원설화'로 지목하였다.10) 〈변강쇠가〉와 설화와의 관계는 작품의 생성과정에서부터 드러나며 그 전승과정에서도 지속되었을 것으로 추론된다. 〈변강쇠가〉의 설화근원설은 후대의 연구자들에 의해 받아들여지면서 다양한 이론으로 보완되고 수정되었다. 서종문은 '유랑민(流浪民)의 생활상'이 작품의 근원이 되었다고 보았고11), 김종철은 강쇠의 '도시(都市)건달적 인물형'에서 작품의 원형을 찾았다.12) 변강쇠의 죽음과 장례 행사에 주목하여 부락공동체의 무속제의와 관련지어 작품의 근원을 추정한 박경신의 연구와 〈변강쇠가〉의 민중문학적 측면에 의미를 부여하면서 민속극과의 연관성을 강조한 박진태의 논의 등은 〈변강쇠가〉의

---

8) 강진옥, 「변강쇠가」, 『고전소설연구』, 일지사, 1993, 422~439쪽 참조.
9) 김동욱, 「판소리 根源說話添補」, 『대동문화연구』3, 성균관대학교, 1966. 12, 112~113쪽.
10) 이가원은 「九夫塚-〈가루지기타령〉의 根源說話」(『국어국문학』28, 1965, 240~241쪽)에서 이옥의 『鳳城文餘』에 수록된 '구부총설화'를 〈가루지기타령〉의 근원설화로 추정한 바 있다.
11) 서종문, 「〈변강쇠가〉 연구」, 서울대 석사학위논문, 1975 참조.
12) 김종철, 「19세기 판소리사와 〈변강쇠가〉」, 『고전문학연구』3, 1986. 12.

생성과 전승의 양상을 새로운 측면에서 고찰하였다. 이러한 연구들은 〈변강쇠가〉가 하나의 근원에서 생성된 것이 아니라 다양한 민중문학적 요소들을 폭넓게 수용하면서 판소리로 만들어지고, 그것이 전승되는 동안에 인접 장르와의 교섭을 지속하면서 변모되었음을 추론케 한다.

판소리 공연이 중단되고 唱의 기능을 상실한 〈변강쇠가〉가 사설로 정착된 이후로는 이야기로서의 기능을 획득하여 설화와 소설의 형태로 전승되어 왔다. 또한 작품의 내용이 경기민요나 서도창의 형식을 빌려 불리기도 하고, 근래에는 이 작품이 가진 민속적(民俗的) 소원(遡源)을 되살려 민속축제로 재현되기도 한다. 따라서 이 작품을 가리키는 명칭도 '변강쇠가', '변강쇠타령', '가루지기타령', '횡부가(橫負歌)', '변강쇠전' 등으로 다양하게 나타나며, 이는 〈변강쇠가〉의 장르적 정체성이 고정되지 않음을 말해준다.

2) 구성적 특성

〈변강쇠가〉의 성격에 대한 기존의 연구에서는 서로 다른 시각과 평가가 존재한다. 작품의 첫머리에 나오는 '남녀 간의 노골적 성행위'를 떠올리고 이를 '호색문학(好色文學)' 또는 '음란문학(淫亂文學)'으로 규정하기도 하고,13) 변강쇠가 저지른 장승 훼손 사건에 의미를 두고 이 작품을 '금기(禁忌)의 파괴'와 관련하여 해석하기도 하며,14) 변강쇠와 옹녀를

---

13) 〈변강쇠가〉에 관한 10여 편의 기존 논문 가운데 대부분이 음란성을 작품 해석의 대상으로 삼고 있다.

14) 〈변강쇠가〉를 '무속제의'와 연관지어 해석한 박경신의 「무속제의의 측면에서 본 〈변강쇠가〉」(서울대 석사학위논문, 1985)와 변강쇠의 죽음에 의미를 두고 연구한 이강엽의 「〈신재효 변강쇠가〉의 성과 죽음의 문제」(『열상고전연구』 6, 1993) 등이 이런 입장을 대변한다.

비롯한 등장인물들의 살아가는 모습을 주목하여 '유랑서민(流浪庶民)의 생활상'과 연계하여 해석한 경우도 있다.[15] 작품의 본질에 대한 이해의 혼란은 근본적으로 작품 자체의 모호한 구조적 특성에서 기인한다.

〈변강쇠가〉는 판소리계 소설이 가진 구조적 특성을 그대로 보여주는 작품이다. 작품의 전체 줄거리는 "강쇠와 옹녀의 만남 → 강쇠와 옹녀의 유랑 생활 → 강쇠의 장승 훼손 → 장승 훼손에 대한 징벌로서 강쇠의 죽음 → 강쇠의 치상(治喪) 과정 → 결말"로 엮여진 단선적 구조이다. 작품을 구성하는 중요 사건들은 시간적 순서에 따라 엮여 있으며, 사건들 사이에는 논리적 인과관계가 성립된 것처럼 보인다. 이와 같은 작품 구조는 크게 '전반부 - 중반부 - 후반부'의 세 부분으로 나누어진다. 전반부는 강쇠와 옹녀가 각기 자기 고향에서 살 수 없게 된 내력과 각각 떠돌아다니다가 서로 만나 부부의 인연을 맺는 내용이다. 중반부는 강쇠가 옹녀를 데리고 유랑생활을 하다가 산중에 들어가 정착해 살면서 장승을 훼손하여 장승신(神)의 동티를 받아 병을 얻고 마침내 죽음에 이르게 되는 내용이며, 후반부는 장승 죽음을 한 강쇠의 시신을 장사지내는 과정에서 일어나는 몇 가지 삽화들을 이야기하고 작품을 마무리하는 내용이다.

전반부의 내용을 중심으로 볼 때 이 작품은 '남녀 간의 노골적 성행위'를 다룬 '호색소설(好色小說)'이 될 것이고, 중반부의 내용을 중심으로 볼 때 이 작품은 '금기의 파괴와 그에 따른 징벌'을 다룬 '금기소설(禁忌小說)'이 될 것이며, 후반부의 내용을 중심으로 볼 때 이 작품은 '유랑

---

15) 변강쇠의 서민적 생활상에 비중을 두고 작품을 검토한 것으로는 서종문의 상계 논문과 박일용의 「〈변강쇠가〉의 사회적 성격」(『고전문학연구』 6, 1991), 정출헌의 「판소리에 나타난 하층여성의 삶과 그 문학적 형상-변강쇠가의 주인공 옹녀를 중심으로」(『구비문학과 여성』, 2000) 등이 있다.

서민(流浪庶民)의 생활상'을 다룬 '세태소설(世態小說)'이 될 것이다.

전반부에 나오는 강쇠와 옹녀의 '과장된 성욕'과 '노골적 성행위' 장면은 너무나 충격적이고 일상적 관행을 벗어나는 것이어서 작품의 '일부 사설에 치우쳐 작품 전체의 해석을 잘못된 방향으로 이끄는 결과'[16]를 가져올 우려가 있다. 그러나 충격을 진정하고 작품에 대한 이성적 접근을 시도해 보면 두 주인공의 성적 문제가 결코 작품의 핵심이 아님을 알게 된다. 그것은 다음에 나오는 강쇠의 장승 훼손 사건을 이끌어내면서 작품에 대한 독자들의 관심과 흥미를 고조시키는 '유도적 장치'의 기능을 한다. 〈변강쇠가〉가 청중의 관심과 흥미를 중요시하는 대중공연물이었음을 고려하면 전반부에 충격적 장면을 배치한 이유를 이해할 수 있다.

작품의 전반부를 거쳐 중반부에 이르면 변강쇠가 장승을 훼손하고 그에 대한 징벌로 죽음을 맞는 사건이 등장하는데 이 부분을 작품의 핵심으로 볼 수 있다. 작품의 전반부와 후반부는 각각 중반부와의 관련성 안에서 의미를 가지기 때문이다. 전반부는 강쇠가 장승을 훼손하게 되는 과정과 배경을 보여주는 내용이고, 후반부는 장승 동티로 죽은 강쇠를 장사지내는 후일담(後日譚)의 성격을 지니고 있다. 중반부에서는 몇 가지 삽화들이 서로 긴밀하게 결합되어 있으며, 서사 전개에 있어 논리적 타당성을 보여주고 있다. 일하기 싫어하는 강쇠가 땔나무를 하러 갔다가 낮잠을 자느라고 빈 지게로 돌아오게 되자 옹녀의 잔소리가 겁나서 길가에 서 있는 장승을 뽑아 온다. 장승은 지역 간의 경계나 이정표의 기능뿐 아니라 마을을 수호하는 민간신앙의 대상으로 받들어졌기 때문에 함부로 훼손하는 것이 금기로 되어 있었다. 강쇠는 옹녀의 만류와 걱정에도 불구하고 장승을 패서 군불을 때고 자다가 장승신의

---

16) 박관수, 전게 논문, 323쪽.

징벌로 죽음을 당하게 된다.

작품의 후반부는 강쇠의 시신을 장사지내는 과정에서 있었던 일화들을 순차적으로 나열해 나가고 있다. 이 부분은 앞에서 일어난 사건을 마무리하는 결말 부분이지만 치상(治喪)의 과정이 희화(戲化)되고 부연되어 상당한 분량과 비중을 차지한다. 독자나 청중의 흥미를 끌기 위해 그들에게 가까운 인물군상(人物群像)들을 등장시켜 유사한 상황을 반복적, 점층적으로 나열하면서 풍자성과 오락성을 고조시킨다.

이러한 시각에서 작품의 구성을 바라보면 〈변강쇠가〉의 주제는 자못 선명한 편이다.

전반부 : 생활공동체의 부적응자인 두 주인공이 유랑 생활을 하다가 서로 만남.

중반부 : 게으르고 방탕한 자세로 안정된 생활을 꾸려가지 못하다가 마침내 공동체의 관습과 금기를 어기고 그 벌로 죽음을 당하게 됨.

후반부 : 장례를 치르는 과정에서 옹녀에게 음심(淫心)을 품고 접근하는 사람들이 강쇠 혼의 저주를 받아 죽음을 당하지만 마침내 강쇠를 장사지냄.

〈변강쇠가〉의 전체 구성은 작품의 중심인물 변강쇠의 일생을 다루는 것으로 되어 있다. 변강쇠의 '과도한 성적 욕구와 일탈적 성행위', '나태한 생활 태도에 따른 장승 훼손과 그 벌로 인한 죽음', '희화(戲化)된 장례 행각' 등이 서로 연결되어 작품의 큰 틀을 만들고 있지만 이들은 각각 하나의 독립된 서사 단위를 이루면서 그다지 긴밀하게 결합되지 못하고 있다. 작품의 내용을 면밀히 분석해 보면 서사 단락 사이의 연관성과 논리적 체계성이 잘 드러나지 않는다. 이들 세 단락은 판소리계 소설에서 흔히 볼 수 있는 '부분의 독자성'을 유지하면서 느슨하고 엉성하게 얽혀 있다. 전반부에서 소개하는 강쇠와 옹녀의 '과도한 성행위'가 다음 부분에 나오는 강쇠의 '장승 훼손'과 인과적 관계를 갖는다고 보기는 어렵다. 후반부에 나오는 '장례 행각'과 중반부에 나오는 강쇠의 죽음은 서로 대응 관계에 있지만 내용상으로는 상당한 괴리를 보인다. 중반부에서 강쇠의 죽음은 장승신의 징벌이며 이는 그가 무력한 패배자임을 말해 준다. 그러나 후반부에서 강쇠는 무력한 패배자가 아니라 강력한 힘을 가진 신통한 존재로서 자기가 죽기 전에 아내에게 유언으로 남긴 경고를 그대로 실현해 보이고 있다. 옹녀에게 음심(淫心)을 품고 접근하는 뭇 사내들에게 강쇠는 가차 없는 죽음의 벌을 내린다. 마지막에는 그 능력을 상실하여 힘없이 사그라지고 말지만 그가 벌이는 죽음의 행진이 너무나 강렬하여 그가 장승신들에게 비참하게 죽임을 당한 무력한 패배자임을 깨닫지 못하게 한다.

　〈변강쇠가〉를 구성하고 있는 세 단락들이 서로 긴밀한 결합을 이루어 내지 못하기 때문에 작품의 서사 논리도 선명하지 않다. 작품의 초점이 분명하게 드러나지 않고 작품의 주제도 분명하게 파악하기 힘들다. 게다가 각 부분은 필요 이상으로 장황하게 나열되어 있어서 부분이 전체 구조에 충분히 기여하지 못하는 '부분의 독자성'을 심화하고 있다. 전반부에 나오는 '성행위 장면'은 작품 구성상 하나의 삽입요소에 불과한데 이것이 너무나 강렬한 영향을 발휘하면서 다음에 나오는 핵심 내용을 덮어버리는 경향이 있다. 〈변강쇠가〉가 독자들에게 필요 이상의 관심을 끌게 된 것도 이런 이유 때문이고, 끝내 판소리창으로 전승되지 못하여 화석화(化石化)된 것도 이에 기인한다.[17) 중반부에서는 강쇠의 죽음을 이야기하기 전에 질병과 약재에 관한 전문적인 지식이 장황하게 서술되고 있어서 작품에 대한 흥미를 떨어뜨리고 지루함을 느끼게 한다. 후반부의 치상 과정에서 등장하는 잡다한 인물들과 그들의 행태는 그것대로 하나의 독립된 놀이마당을 이루고 있다. 이러한 요소들은 공연예술인 판소리의 측면에서 볼 때는 의미가 있겠지만 서사적 측면에서 볼 때는 반드시 필요한 요소가 아니며 지나치게 번다하여 서사적 명료성을 흐리게 한다.

〈변강쇠가〉의 구조적 문제점은 작품의 중심인물을 누구로 보느냐에 대해 심각한 고민을 하게 만든다. 이 작품의 표제적(表題的) 중심인물은 변강쇠이며 강쇠의 유랑과 정착, 장승 훼손, 죽음과 장례 과정에서 일어나는 사건 등을 이야기한다. 그러나 작품의 내용을 다른 각도에서 보면 옹녀를 실질적 중심인물로 볼 수도 있다. 작품 속에서 옹녀는 처음부터 끝까지 이야기를 이끌어가는 역할을 하며 그리하여 옹녀는 강쇠에 못지않게 높은 비중을 차지하고 있다. 우선 작품의 서두 부분이 옹녀의 인물 소개로부터 시작하며, 결말 부분도 옹녀가 강쇠를 장사지내고 새로운 삶을 찾아 떠나는 것으로 끝나는 점에 유념할 필요가 있다. 상부살이 끼어 여러 차례 서방을 잃은 옹녀는 강쇠를 만나 일시적인 안정을 얻지만 강쇠마저도 잃고 다시 과부가 된다. 결국 강쇠는 옹녀가 일생에 만나게 되는 여러 서방들 가운데 하나이며, 그와의 짧은 인연을 서술한 것이 〈변강쇠가〉라고 볼 수 있다.

옹녀의 입장에서 〈변강쇠가〉의 구조를 파악해 보면 새로운 작품의 구조는 다른 모습으로 드러나게 될 것이다. 작품의 전반부는 옹녀가 여

---

17) 이 작품이 판소리로 전승되지 못한 것도 여기에 기인하는 것으로 본다. 이 부분이 공공성에 저촉되어 공연문화로서의 자리를 잃었을 것이다.

러 차례 서방을 잃은 뒤에 강쇠를 만나게 되는 내용이며, 중반부는 그
녀가 또 다시 서방을 잃는 내용이고, 후반부는 고약하게 죽은 강쇠의
시신을 장례지내고 다른 배필을 찾아 떠나는 내용이다.[18] 〈변강쇠가〉
의 중심인물을 강쇠에서 옹녀로 옮겨 보면 이 작품은 '옹녀의 기구한
운명'을 이야기하는 〈옹녀가〉가 될 것이며, 오히려 작품의 줄거리가 선
명하게 부각되고 내용상의 산만함과 불통일성도 어느 정도 해소될 것
으로 보인다.

3. 〈변강쇠가〉 성담론의 연원과 맥락

〈변강쇠가〉는 작품의 첫머리에 아무런 전제도 없이 "중년에 맹랑한
일이 있었던 것이었다."라고 하면서 옹녀와 강쇠의 성적 특이성과 그들
이 벌이는 성적 행위를 적나라하게 서술하고 있다. "사주에 청상살(青
孀煞)이 겹겹이 쌓인" 옹녀와 "천하의 삽놈" 강쇠가 각각 고향을 띠나오
게 된 내력을 소개하고, 이들이 만나서 벌이는 성적 행위를 묘사하는
것으로 이야기를 시작한다.

도덕적 판단을 배제할 때 〈변강쇠가〉는 성적 특이 현상을 지닌 두
남녀의 만남과 사별을 그린 이야기로 볼 수 있다. 강쇠와 옹녀는 선천
적으로 강한 성적 욕구를 타고났기 때문에 화제의 대상이 되었고 작품
의 소재로 취택되었다. 강쇠와 옹녀의 성적 특이성은 평범한 일상의 삶
을 불가능하게 했고, 그로 인해서 삶의 터전에서도 쫓겨나는 운명을 맞

---

18) "훨씬 갈아 버린 후에 여인에게 하직하여 풍류남자 가리어서 백년해로 하게 하오. 나는
   고향 돌아가서 동아부자 지낼 테요."〈변강쇠가〉

게 되었다. 그들은 각기 타고난 성적 욕구를 해소할 상대역을 만나지 못하고 일정 기간 방황과 유랑을 경험한다.

> 평안도 월경촌에 계집 하나이 있으되 …… 사주의 청상살이 겹겹이 쌓인 고로 상부를 하여도 징글징글하고 지긋지긋하게 단콩 주어먹듯 하겠다.
> 〈변강쇠가〉

옹녀가 여러 차례의 상부(喪夫)를 겪은 것은 옹녀의 타고난 청상살 탓이다. 〈변강쇠가〉에서는 그것이 그녀의 과도한 성적 욕구에서 나온 것으로 암시되어 있다. 그들은 처음 만나는 그날로 '재미있는 그 노릇'을 두 번 세 번 되풀이함으로써 욕구를 충족시켰고, 기회가 있을 때마다 성적 유희를 즐기고 있기 때문이다. 〈변강쇠가〉의 서사 구조에서 볼 때 성은 부수적 문제에 지나지 않으며 작품의 핵심은 '강쇠의 장승 훼손과 그로 인한 죽음'에 있다. 그럼에도 불구하고 독자들이 성 문제에 주목하는 이유는 첫 장면의 강렬한 인상에 사로잡혀 '일탈적 성행위'를 작품의 핵심으로 보고 그의 죽음도 그것과 연관해서 이해하기 때문이다. 작품의 전개과정에서도 수시로 강쇠와 옹녀의 성적 행위를 언급하다가 마지막에 가서는 "오입객이 …… 이 사설 들었으면 징계가 될 듯하니"라고 언급하여 이 작품의 주제가 성적 방탕자에 대한 경계에 있는 듯이 마무리를 짓는다.

변강쇠와 옹녀의 만남과 결연은 정당하고 합법적인 절차를 거쳐 이루어진다. 강쇠는 옹녀에게 "당신은 과부시오. 나는 홀아비니 둘이 살면 어떠하오."라며 옹녀의 의사를 타진하고, 옹녀는 "내가 상부 지질하여 다시 낭군 얻자 하면 궁합 먼저 볼 터이오."라고 화답한다. 그러고 나서 그들은 서로 성씨를 묻고, 생년을 확인한 다음, "오늘 마침 기유일

음양 부장 짝배 자니 당일 행례하옵시다."라는 강쇠의 제안에 옹녀가
허락하여 서로 관계를 가진다.

> 계집이 허락 후에 청석관을 처가로 알고 둘이 손길 마주 잡고 바위 위에
> 올라가서 대사를 지내는데, 신랑 신부 두 년놈이 이력이 찬 것이라 이런
> 야단이 없구나.   〈변강쇠가〉

두 사람의 성행위를 묘사하는 장면에서 작가는 "이런 야단 없겠구나."
라고 하면서 현장의 분위기를 신명나게 중계하고 있다. 남녀의 성기에
대한 묘사, 업어주기, 사랑가 주고받기 등을 차례로 서술해 나가는데,
이 장면은 〈춘향전〉의 '초야경 사설'과 크게 다르지 않다. 그럼에도 불
구하고 이 내용이 충격적이고 유별나게 난 것으로 취급되는 까닭은 작
품의 첫머리에 이 장면을 배치한 것 외에도, 그 묘사와 서술 방식이 직
설적이고 노골적이라는 데 있다. 그러나 강쇠와 옹녀의 행위가 비난받
을 만큼 비도덕적이고 비윤리적인 것은 아니다. 강쇠와 옹녀는 신분상
으로 보거나 처한 상황으로 볼 때 굳이 격식을 갖춘 혼례식을 올리기
힘든 처지에 있다. 그러므로 그들이 서로간의 합의와 동의하에 벌이는
성적 결합에 대해 문제 삼을 근거는 없다. 작품에서도 이를 부도덕한
행위로 몰거나 비난을 가하지 않는다.

강쇠가 죽음을 당하는 것은 그의 성적 일탈성(逸脫性) 때문이 아니라
장승 훼손이라는 금기를 범한 데 따른 징벌이었다. 성적 일탈성이 문제
되었다면 강쇠뿐 아니라 옹녀도 같이 죽음을 당해야 한다. 강쇠와 함께
성적 일탈행위를 벌인 옹녀가 아무런 벌이나 재앙도 받지 않고 살아남
는 것은 변강쇠의 죽음이 성적 일탈성의 결과가 아님을 말해 준다.

강쇠와 옹녀의 성적 특이성은 성적 욕구가 지나치게 강하다는 데 있

었고, 아울러 그들이 성적 욕구를 절제하지 못했다는 데 있었다. 그들은 그것 때문에 고향에서 쫓겨나고 적절한 배우자를 만나지 못하여 유랑생활을 계속하였다. 그들은 일종의 성적 장애자들이었다. 성적 장애자가 적합한 배우자를 만난다는 것이 얼마나 어려운 일인지는『삼국유사』〈지철로왕(智哲老王)〉조에서 잘 나타난다. 지증왕(智證王)은 일국의 왕이었지만 "음장(陰長)이 일척오촌(一尺五寸)"이나 되어 좋은 배필(嘉耦)을 만날 수 없었고, 전국에 사신을 보내어 수소문한 끝에야 비로소 신장(身長)이 칠척오촌(七尺五寸) 되는 여인을 찾아내어 왕후(王后)로 맞아들일 수 있었다.[19] 그 일이 얼마나 어려운 일이었는지는 왕후를 맞아들이고 나서 군신의 하례를 받은 사실로 미루어 짐작할 수 있다. 옹녀가 본의 아니게 그토록 많은 남성들을 죽음으로 몰아넣었던 것은 그녀의 성적 욕구를 채워 줄 적합한 배우자를 만나지 못한 탓이었다. 옹녀가 변강쇠를 만난 것은 비난받을 일이 아니라 다행스러운 일이었다. 변강쇠를 만남으로써 옹녀는 일정 기간 동안 성적 욕구를 충족시키면서 불행한 상부를 당하지 않을 수 있었고, 변강쇠도 옹녀를 만난 덕분에 지향 없는 유랑생활을 마감하고 일시나마 안정된 생활을 누릴 수 있었기 때문이다.

　남녀간에 이루어지는 사랑과 그에 따르는 성행위는 자연스러운 것이며 당연한 일이다. 그럼에도 불구하고 전통사회에서는 '정신적 사랑'에 대해서는 관대하고 미화하기까지 하면서 '육체적 사랑'에 대해서는 부정적이었다. 육체적 결합을 드러내놓고 말하는 일은 금기사항이 되었

---

19) "王陰長一尺五寸 難於嘉耦 發使三道求之 使至牟梁部 冬老樹下 見二狗咬一屎塊如鼓大 爭咬其兩端 訪於里人 有一小女告云 此部相公之女子 洗澣于此隱林而所遺也 尋其家檢之 身長七尺五寸 具事奏聞 王遣車邀入宮中 封爲皇后 群臣皆賀"(『三國遺事』卷一 紀異 智哲老王).

고, 성에 관련된 행위나 성에 관련된 신체 일부를 발음하는 것만으로도 부도덕하고 비윤리적인 것으로 매도되었다. 그런 가운데서도 '육체적 성'에 대한 금기를 깨고 그것을 문학으로 형상화하려는 시도가 끊임없이 이루어져 왔다. 강쇠와 옹녀 두 사람이 주고받는 '기물(器物)타령'은 송세림(宋世林)의 〈주장군전(朱將軍傳)〉, 성여학(成汝學)의 〈관부인전(灌夫人傳)〉에 나오는 내용이고, 그들이 벌이는 업어주기, 사랑가, 성행위 장면 등은 〈춘향전〉이나 『고금소총(古今笑叢)』 소재 설화에서 자주 나오는 내용이다. 〈변강쇠가〉는 지금까지 비공식적으로 또는 간접적으로 이야기되어 온 성담론의 금기를 허물고 이를 직설적이고 공개적으로 서술하고 있다는 점에서 성 문학의 전개에 새로운 전기(轉機)를 제공한 작품이라 하겠다.

서사문학의 흐름을 통해서 볼 때 성담론의 역사는 고대신화에까지 거슬러 올라가며, 설화, 소설, 고려가요, 시조, 사설시조, 민요, 판소리, 민속극 등으로 내려오면서 그것이 점점 구체화되고 확대되는 모습을 볼 수 있다. 〈황조가(黃鳥歌)〉, 〈서동요(薯童謠)〉, 〈처용가(處容歌)〉 등의 배경설화에는 남녀의 농도 짙은 성적 행위가 깔려 있다. 왕비와 수도승의 불륜을 다룬 〈사금갑(射琴匣)〉, 여인에 대한 성적 욕구를 버릴 수 없어 죽은 다음에도 찾아오는 〈도화녀(桃花女) 비형랑(鼻荊郎)〉, 젊은 청년의 절제하지 못한 애정행각을 이야기하는 〈김유신(金庾信)과 천관녀(天官女)〉, 과부가 된 공주(公主)와 구도승(求道僧)의 관계를 다룬 〈원효(元曉)와 요석공주〉 등은 성적 내용을 직접적으로 거론하고 있는 설화이다. 문무왕의 서제(庶弟) 차득령공이 지방을 순회할 때 무진주 관리인 안길(安吉)은 자기의 첩으로 하여금 잠자리를 시중들게 하고 그 대가로 막대한 보답을 받는다.[20]

개방적이고 자유스러웠던 신라의 성 풍속은 고려의 문학에서도 이어
졌으나 '남녀상열지사(男女相悅之詞)'로 몰려 제 모습을 온전히 전해주
지 못하고 시가문학에서 그 편린을 엿볼 수 있을 뿐이다. 외간 남자와
의 간통 장면을 간접적으로 이야기하는 〈쌍화점〉이 그 하나의 예이다.
조선시대의 성담론은 유교 이념의 강한 저지 속에서도 시가, 소설, 설
화, 판소리 등 다양한 장르를 통해서 구현되었다. 〈금오신화(金鰲新
話)〉의 〈만복사저포기〉와 〈이생규장전〉에서는 남녀 주인공의 육체적
관계를 다루고 있지만 "생여여(生與女) 극기정환(極其情歡)"같은 간접적
표현을 사용하고 노골적이거나 구체적으로 묘사하지는 않았다.21) 〈홍
길동전〉은 길동의 아버지 홍 판서의 색욕이 발단을 이루고 있으나 그것
을 길동의 출생담으로 처리함으로써 관심을 다른 데로 돌린다. 김 진사
와 운영의 비밀스러운 사랑을 그린 〈운영전(雲英傳)〉은 남녀 간의 농도
짙은 사랑을 작품의 소재로 삼아 성의 문제를 작품화하는 새로운 시도를
하고 있다. 〈호질(虎叱)〉, 〈심생전(沈生傳)〉, 〈종옥전(鐘玉傳)〉, 〈육미
당기(六美堂記)〉 등에서도 남녀의 성적 관계는 상당한 비중을 차지하지
만 그것은 우회적으로 서술된다. 성적 관계를 서술하면서도 그 장면을
직설적으로 표현하거나 노출하지 않는 것이 소설의 오랜 관습이었다.

성 문제에 대한 직설적 서술은 주로 설화와 판소리 같은 비공식적
문학을 통해서 활발하게 이루어졌다. 『태평한화골계전(太平閑話滑稽
傳)』이나 『용재총화(慵齊叢話)』 같은 초기 설화집에서부터 『어면순(禦

---

20) "至於武珍州 巡行里閈 州吏安吉見是異人 邀致其家 盡情供億 至夜安吉喚妻妾三人曰 今
　　玆侍宿客居士者 終身偕老 …… 其一妻曰 公若許終身並居 則承命矣 從之"(『三國遺事』卷
　　二 文武王 法敏).
21) "一傍別有小室一區 帳褥衾枕 亦甚整麗 帳外熱麝臍燃蘭膏 熒煌映徹 恍如白晝 生與女極
　　其情歡 遂留數日"(〈李生窺墻傳〉).

眠楯)』, 『고금소총(古今笑叢)』같은 후대의 설화집에 이르기까지 많은
설화집에서는 제도권의 규제나 제약을 의식하지 않는 자유롭고 직설적
인 서술이 많이 나타난다. 『계서야담(溪西野談)』에는 내시(內侍)의 처
(妻)가 이웃집에서 공부하는 서생에게 편지를 보내 나이 삼십이 가깝도
록 음양의 이치를 모르는 자기의 한을 풀어달라고 하는 이야기가 나온
다.22) 『난실만필(蘭室漫筆)』에는 또다른 내시처의 이야기가 나오는데
여기서는 여성의 성에 대한 언급이 매우 사실적으로 그려지고 있다.

　　나를 내시의 처로 시집보냈는데 신혼 첫날밤 내시는 내 옷을 벗기고 맨
　살갗을 비비면서 가슴과 배꼽을 애무하며 입술과 혀를 물고 빨고 하였지
　요. 내 그때 나이가 겨우 열여섯이었으니 남녀가 동침한다는 것이 그냥 이
　런 것뿐인 줄 알았지요. 나중에 음문이 점차 열리면서 괴로운 마음이 점점
　심해졌습니다. 남자와 동침하고 싶은 욕정이 일어나면 원망이 가슴에 가득
　차고 심지어 눈물까지 흘렸답니다.(以我嫁于內官爲妻. 初婚之夜 解衣親膚
　撫弄乳臍 舐吮脣舌 老身伊時 年纔十六 意謂男女枕席, 祇與是耳. 其後, 情
　竇漸開而漸覺厭苦, 久而轉甚. 時値欲與同枕 則冤憤塡胸 或至涕泣.『蘭室漫
　筆』〈宦妻〉)

　『난실만필(蘭室漫筆)』에는 성에 대한 금기가 약화되면서 성에 대한
서술과 묘사가 대담해지는 예들이 자주 나온다. 〈치농(癡儂)〉에서는 여
성이 먼저 자기 몸을 내보이면서 젊은 남자를 유혹하기도 하고23) 우연
히 젊은 선비와 통정한 할미가 젊은이를 협박하여 성적 관계를 연장하
지도 한다.24)

---

22) "妾乃宦侍之妻也. 年近三十 尙不知陰陽之理 是爲終身之恨 今夜適從容 願踰墻而來訪
　　也"(『溪西野談』卷一〈洪元燮〉).
23) 『蘭室漫筆』下卷 第五話〈癡儂〉.

판소리는 성담론의 방식에 있어서 새로운 장을 여는 돌파구가 되었다. 소설이나 설화에서 우회적이고 간접적 방식으로 서술되던 성담론이 여기서는 직접적 서술과 직설적 묘사로 나타나기 시작한다. 이러한 현상은 판소리의 서민문화적 특성 또는 공연문화적 특성과 관련이 있다. 무가(巫歌)의 전통을 일정 부분 수용하고 있는 판소리는 사실의 논리적 전달보다 상황의 재현에 많은 비중을 둔다. 성인 청중을 대상으로 하는 판소리의 경우 성에 대한 묘사나 서술에는 청중들의 호기심과 욕구를 충족시킬 수 있는 대담하고 직설적인 표현이 과감하게 사용된다. 판소리 〈춘향가〉의 초야경 사설에 나오는 성행위 장면은 〈변강쇠가〉의 그것에 못지않게 적나라하다.

> 그러면 너 죽어 될 것 잇다 너는 죽어 방이확이 되고 나는 죽어 방이고가 되야 경신연 경신월 경신일 경신시의 강틔공 조작방이 그져 쩔쑤덩 〃 〃 〃 씩커들난 날린 줄 알여무나
>
> ……
>
> 이궁 져궁 다 바리고 네 양각 亽 슈룡궁의 늬으 심쥴 방망치로 질을 늬자구나
>
> ……
>
> 나는 탈 것 업셔신니 금야 삼경 깁푼 밤의 춘향 빅를 넌짓 타고 홋이불노 도슬 다라 늬 기겨로 노를 져어 오목셤을 드러가되 순풍의 음양슈를 실음 업시 건네갈 제〈열녀춘향수절가〉

〈심청가〉에서도 **뺑덕어미**를 등장시켜 성에 대한 거침없는 담화를 유도하여 청중들에게 흥미를 고조시키는 역할을 한다.[25] 〈배비장전〉 역

---

24) 『蘭室漫筆』 下卷 第九話 〈困境〉.
25) "본촌의 셔방질 일수 잘ᄒ여 밤낫업시 흘네ᄒ난 기갓치 눈이 벌게 〃 단이난 쎙덕어미가

시 성적 욕망의 절제와 한계를 해학적으로 서술하면서 성 문제를 문학의 전면에 내세우고 있다. 판소리의 영향으로 나타난 판소리계 소설은 성의 문학적 형상화 방식을 획기적으로 변화시키는 계기가 되었다. 판소리 〈춘향가〉, 〈배비장타령〉, 〈심청가〉 등에 나오는 성의 서술과 묘사는 판소리 사설의 정착으로 이루어진 '판소리계 소설'에 그대로 수용되면서 종래의 문장체 소설과는 확연히 구분되는 모습을 보였다. 〈변강쇠가〉의 성담론은 이러한 서사적 전통과 맥락에서 이루어진 것이며 이를 좀더 과감하게 시도한 사례이다.

판소리계 소설의 성담론 방식은 문장체 소설의 성담론 표현 방식을 획기적으로 변화시키면서 다른 소설에도 적지 않은 영향을 끼친 것으로 보인다. 이것은 조선후기 서민문화의 확산과 조응하면서 성에 대한 금기가 급격히 사라지는 당대의 사회상을 반영하고 있다. 19세기 말에 이르면 국가의 개방화가 확대되고 사회의 규제가 완화되면서 성에 대한 표현의 방식도 종전과 크게 달라진다. 성을 주제로 한 작품이 대거 유입되고[26] 국내의 문학 작품에서도 이를 반영하는 다양한 시도가 이루어진다. 미혼 남녀의 혼전 성관계가 암시적으로 나타나는 〈숙영낭자전〉, 유부남과 유부녀의 육체적 사랑은 사실적으로 그린 〈절화기담(折花奇談)〉과 〈포의교집(布衣交集)〉 같은 작품이 나오게 되었는데 이는 〈변강쇠가〉의 출현과 같은 시기에 해당한다.

…… 이년의 입버르장이가 쏘흔 아릭 버릇과 갓타여 흑시 반쩍도 노지 안이ᄒ라고 ᄒ는 년이라"(〈심청전〉 완판 71장본).

26) 김경미, 「19세기 소설사의 한 국면─성 표현 관습의 변화를 중심으로」, 『한국고전연구』 9, 2003, 69~94쪽.

4. 〈변강쇠가〉에 있어서 성담론의 기능

〈변강쇠가〉에서 성 문제를 비중 있게 다루고 있는 것은 사실이지만 그것이 작품의 전부는 아니며 작품의 핵심적 요소가 되는 것도 아니다. 작품의 전반부에서 옹녀와 강쇠가 벌이는 과도한 성행위 장면은 독자의 흥미와 관심을 끌어내는 유도적 장치로 작용하고 있으며, 따라서 성적 측면에 지나친 비중을 두고 작품을 의미와 가치를 평가하는 것은 〈변강쇠가〉에 대한 온당한 해석이 될 수 없다.

성 문제는 그 자체가 호기심을 자극하는 흥미로운 이야깃거리이지만 그것만으로 작품을 구성하는 경우는 드물다. 작품 속에서 성에 대한 묘사나 서술은 다른 메시지를 표현하는 위한 수단이며 방편이다. 작품 속에서 성은 그것 자체가 목적이 되기보다는 다른 요소와 결합하여 핵심 주제를 드러내는 보조적 장치로 존재하는 경우가 대부분이다.[27]

한국의 서사 전통에서 성은 인간의 도덕성과 성실성을 논단하는 잣대로 사용되어 왔다. 특히 부도덕하거나 게으른 사람을 폄하할 때 성적 일탈성과 방탕성을 결부시키는 경향이 항용 있었으며, 이는 〈심청전〉의 뺑덕어미나 〈사씨남정기〉의 교씨에 대한 서술에서 볼 수 있다.

> 본촌의 셔방질 일수 잘ㅎ여 밤낫업시 흘네ㅎ난 기갓치 눈이 벌게 〃 단이난 쎙덕어미가 심봉사의 젼곡이 만이 잇난 줄을 알고 자원쳡이 되어 살더니 이 년의 입버르장이가 쏘흔 아릭 버릇과 갓타여 흐시 반쪅도 노지 안이 ㅎ랴고 ㅎ는 년이라 〈심청전 완판〉

---

27) 성의 문제는 작품의 한 부분을 이루거나 단편 설화로서 존재하는 경우가 대부분이고 그것만으로 작품을 구성한 경우는 찾기 힘들다. 성을 작품의 중심 소재로 삼은 일본의 〈호색일대남〉이나 중국의 〈금병매〉는 예외적인 경우이지만 이들 작품들도 성 자체를 다루기보다는 성을 통해서 인간의 삶과 이념을 이야기하고자 한다.

뺑덕어미는 심 봉사의 후처가 되어 재산을 탕진하고 맹인잔치 가는
길에 심 봉사를 버려두고 황 봉사를 따라 도주하는 부도덕한 인물이
다.[28] 그의 인간성을 소개하는 장면에서 성적으로 문란하다는 점을 우
선적으로 지적함으로써 그녀의 도덕적 악행을 당연한 것으로 받아들이
도록 유도한다.

〈사씨남정기〉의 교씨 역시 갖은 악행을 저지르는 악인형의 대표적
인물인데 그의 악행을 이야기하면서 성적 문란을 함께 거론하고 있다.

> 교시 교언영식으로 참언을 지어닉미 그 간악이 일심흔지라 …… 한님이
> 닉당의셔 즈는 날이면 교녜 동청으로 스통흐여 동침흐되 스긔 비밀흐여 납
> 미 밧근 알 니 업더라   〈사씨남정기〉

〈변강쇠가〉는 이러한 서사 관습을 수용하여 성담론을 변강쇠의 부정
적 성격과 일탈적 행위를 예고하는 보조 장치로 이용하고 있다.

> 강쇠의 평생 행세, 일하여 본 놈이냐. 낮이면 잠만 자고 밤이면 배만 타
> 니 …… 건장한 저 신체에 밤낮으로 하는 것이 잠자기와 그 노릇뿐, 굶어
> 죽기 고사하고 우선 얼어 죽을 테니   〈변강쇠가〉

강쇠가 성적 탐닉에 빠져 게으르게 되고, 그 게으름 때문에 안정된
생활을 하지 못하여 유랑생활을 하던 끝에 지리산으로 들어가게 되며,
마침내 장승을 훼손하는 만행을 저지르게 되었다는 것이다. 성과 윤리
도덕의 문제를 인과관계로 연관지어 설명하는 논리가 별다른 저항감
없이 받아들여지는 것은 오랜 기간 반복된 서사 관습의 결과이다. 이러

---

28) 정하영, 「沈淸傳에 나타난 惡人像」, 『국어국문학』 87, 국어국문학회, 1987, 5~29쪽.

한 논리는 '인간의 도덕성'과 '자연적 재난'을 인과관계로 인식한 경우
와 마찬가지로 비합리적이고 비이성적 면이 있다. 성적으로 방종한 사
람이 게으를 수도 있고 그렇지 않을 수도 있다. 오히려 방종에 가까운
성적 능력을 과시하는 사람이 매사에 정력적으로 일하는 경우를 흔히
볼 수 있다. 그럼에도 불구하고 성 문제를 게으름과 연계한 것은 조선
시대의 통치 이념과 깊은 관계가 있다. 조선사회에서 가장 경계했던 것
은 음란함과 게으름이었다. 몸을 움직여 살아야 하는 농경사회에서 부
지런함은 가장 큰 미덕이었고, 게으름은 무엇보다도 경계할 부도덕 행
위였다. 자기들은 게으르게 살면서도 '아랫것'들을 부려야 하는 지배계
층의 지배논리는 게으름을 죄악시하기까지 했다.『논어(論語)』에서 재
여(宰予)의 낮잠을 나무란 공자의 꾸지람을 필요 이상으로 자주 인용한
이유도 여기에 있었다.[29]

〈변강쇠가〉에서는 조선사회에서 가장 경계한 두 가지 금기, 즉 게으
름과 음란함을 같은 차원에 놓고 이들을 서로 연관지어 다루고 있다.
강쇠의 게으름이 그의 과도한 성적 탐닉에서 비롯한 것이며, 그것 때문
에 결국에는 장승을 훼손하여 죽음을 당하게 되었다는 논리를 펴고 있
는 것이다. 변강쇠가 훼손한 장승은 이정표(里程標)로서의 실용적 기능
과 수호신으로서의 종교적 기능을 동시에 수행하는 상징물이다. 그것
은 개인의 소유물이 아니라 지역의 공동 재산이다. 이것을 훼손하는 것
은 비도덕적이고 반사회적인 범죄행위이다. 조선사회에서 국가를 통치
하는 수단은 법률과 도덕이었으며 이것은 관습의 뒷받침을 받아 유지
된다. 법률의 힘이 충분히 미치지 못하는 서민사회에서 관습은 법률을

---

29) "宰予晝寢 子曰 朽木不可雕也 糞土之牆不可杇也 於予與 何誅 子曰 始吾於人也 聽其言
而信其行 今吾於人也 聽其言而觀其行 於予與 改是"(『論語』〈公冶長〉九).

대신한다. 이러한 관습과 질서를 파괴한 강쇠를 폄훼하는 방법으로 그의 성적 일탈성을 거론하였다. 강쇠의 비도덕성과 반사회성은 결국 그의 게으름 때문이며 이것은 그의 성적 문란함에서 비롯한다는 논리이다. 이러한 논리 체계는 앞에서 지적한 〈심청전〉의 뺑덕어미나 〈사씨남정기〉의 교씨에게 적용한 논리와 일맥상통한다.

성적 탐닉과 비도덕성을 불가분의 인과관계로 다룬 〈변강쇠가〉의 논리가 어떤 고장을 거쳐 작품의 바탕에 자리하게 되었는지를 검토해 볼 필요가 있다. 강쇠의 성적 탐닉이 그의 비도덕성과 필연적으로 결부될 근거는 없다. 이 두 가지는 서로 별개의 요소이다. 〈신재효본〉에서는 강쇠의 성적 특이성을 작품의 핵심 요소로 부각시키고 있으나 그 이전의 자료에서는 그것이 그리 큰 비중을 차지하지 않았다. 송만재의 〈관우희(觀優戱)〉와 이유원(李裕元)의 〈관극팔령(觀劇八令)〉에서는 〈변강쇠가〉의 성 문제가 거론되지 않으며,[30] 천석화의 〈변강쇠설화〉에서도 강쇠의 장승 훼손이 작품의 핵심적 요소로 나온다. 경기도 지방에서 불려지는 〈변강쇠타령〉에서는 강쇠의 성행위 장면이 나올 자리에 '놀부의 악행'을 대신 노래하고 있다.[31] 이런 사정을 고려할 때 성 문제가 〈변강쇠가〉의 필수적 요소가 아니며 따라서 그것이 비도덕성의 원인이 될 수 없다는 점도 알 수 있다. 〈신재효본〉에서는 기존 사설을 정리하면서 변강쇠의 성적 탐닉을 작품의 도입부에 삽입하고 확대 부연하여 독

---

30) 〈관우희〉와 〈관극팔령〉에서는 다같이 강쇠가 장승을 훼손한 사건만을 언급하고 있을 뿐 그의 호색 문제는 언급하지 않는다.
　"官道松堠斫作薪 頑皮嗔眼夢中嚬 紅顔無奈靑山哭 瓜圃癡黏有幾人"(宋晩載, 〈觀優戱〉).
　"堪笑路傍一木人 可能咀呪百千神 莫非主媼緣奇薄 辭或是之不是眞"(李裕元, 〈觀劇八令〉 長亭堠 第八令).
31) 경기민요 〈변강쇠타령〉은 모두 5절로 되어 있는데 1절은 강쇠의 고약한 심사, 2절은 장승 훼손, 3절은 나무타령, 4절은 장승 형상, 5절은 강쇠 부부의 놀이 등을 주제로 삼고 있다.

자들의 관심과 흥미를 끌고자 한 것이 아닌가 짐작된다. 신재효의 판소리 개작본들이 성에 관한 내용을 확대하거나 새로운 요소를 삽입하는 경향이 있음은 이미 〈춘향가〉나 〈심청가〉를 통해서 확인된 바 있다.[32]

5. 〈변강쇠가〉 성담론의 새로운 이해

〈변강쇠가〉는 한국문학사에서 있어서 성 문제의 문학적 형상화를 촉진하는 데 기여한 작품이다. 이 작품에서 성담론은 작품의 핵심 부분이 아니고 핵심 내용을 이끌어내기 위한 도입 부분에 지나지 않지만 금기시되어 오던 성 문제를 공개적으로 이야기하고 있다는 점에서 의의가 있다. 드러나지 않는 곳에서 낮은 목소리로 이야기해 오던 성 문제를 공개적으로 당당하게 거론하는 판소리 창자(唱者)의 용기에 청중들은 공감과 격려를 보냈을 것이다. 작품 속에서 벌어지는 상천민(常賤民) 강쇠와 옹녀의 성적 행위를 통해서 청중들은 억눌린 성을 해방하고 대리만족을 느낄 수 있었다. 강쇠와 옹녀는 청중의 요구에 부응하고 그들을 대신해서 호색한(好色漢), 호색녀(好色女)라는 비난을 기꺼이 감내한 인물이다. 일찍이 김우종은 〈장화홍련전〉의 계모 허씨를 위해 '불망비(不忘碑)'를 세워야 한다고 주장한 적이 있지만,[33] 이제 강쇠나 옹녀를 위해서도 이런 배려가 있어야 하지 않을까 생각된다.

강쇠와 옹녀의 행위에 '호색'이란 말은 애초에 해당되지 않는 것이다. 그들은 단지 성적으로 특이한 체질과 성향을 가진 인물이었을 뿐이다.

32) 전경욱, 「신재효 개작 춘향가 가요의 형성 원리」, 『춘향전의 사설 형성 원리』, 고대 민족문화연구소, 1990. 12. ; 서종문, 「신재효 판소리사설 연구」, 서울대 박사학위논문, 1984 참조.
33) 김우종, 「罪囚를 위한 不忘碑 -〈장화홍련전〉 재고-」, 『현대문학』 35, 1957. 11쪽.

그들에게 잘못이 있다면 애초에 남다르게 타고난 그들의 성적 욕구에 있었고, 그들이 비난받아야 할 이유가 있었다면 그들의 만남과 결연을 양반사회의 관습대로 하지 않은 데 있었다. 그들은 오다가다 만난 사이로 '청석관 바위 위에서' 초야를 치렀고, 작가는 이들의 은밀한 행위를 독자들에게 노출시키는 연출 작업을 했다. 이런 시각에서 볼 때 강쇠와 옹녀의 성적 행위를 작품의 본질로 보지 않고 그들의 유랑적 삶에 의미를 두고 작품을 해석한 서종문의 견해는 다른 의미에서 설득력을 가진다.[34]

〈변강쇠가〉에서는 성 문제를 다루면서도 그것을 단죄하지는 않았다. 작가가 겉으로는 야유를 하면서도 강쇠와 옹녀의 성행위 장면을 매우 자상하게 묘사하고 있다. 성 문제를 윤리나 도덕과 결부시켜 비난하지 않고 관찰자적 태도를 보임으로써 도덕적 판단 대상에서 제외시키고 있다. 이러한 작가의 태도는 작품의 구성과 전개에서 확연하게 감지할 수 있다. 작품에 대한 선입견을 버리고 줄거리를 따라가면 강쇠의 죽음은 성행위 때문이 아니며, 옹녀의 상부살도 성 문제와는 관계가 없는 것으로 보인다.

> 열다섯에 얻은 서방 첫날밤 잠자리에 급상한에 죽고, 열여섯에 얻은 서방 당창병에 튀고, 열일곱에 얻은 서방 용천병에 폐고, 열여덟에 얻은 서방 벼락맞아 죽고, 열아홉에 얻은 서방 천하대적으로 포청으로 떨어지고, 스무살에 얻은 서방 비상 먹고 돌아가니   〈변강쇠가〉

옹녀가 열다섯 살부터 맞아들인 서방들은 각각 '급상한', '당창병', '용천병', '벼락', '천하대적', '비상' 등이 원인이 되어 죽었고, 변강쇠는 장승 동티로 목숨을 잃었다. 이렇게 많은 '서방'들이 죽은 것은 옹녀가

---

34) 서종문, 「〈변강쇠가〉 연구」, 서울대 석사학위 논문, 1975.

타고난 청상살 때문이었다. 그들이 죽은 것은 옹녀의 성적 욕구와는 직접적으로 관련이 없었다. 변강쇠의 죽음도 마찬가지이다. 오히려 옹녀는 게으름을 부리는 강쇠에게 부지런히 일해서 잘 살아 보자고 '잔소리'를 해 대고, 장승을 뽑아온 변강쇠를 나무라며 장승을 제 자리에 갖다 놓으라고 닥달을 했다. 〈변강쇠가〉에서 강쇠와 옹녀의 성적 일탈이 불행의 원인이 되지는 않았다.

동서고금을 막론하고 진지한 문학이 성 문제에 대해 도덕적이고 종교적인 기준을 적용하여 단죄하거나 비난한 경우는 드물다. 오히려 문학은 성에 대해서 관대하고 성적 억압을 해방하고 분출하는 해방구의 역할을 해 왔다. 〈변강쇠가〉의 작가가 오랜 서사관습(敍事慣習)의 틀을 벗어나 성을 담론의 대상에 올려놓은 것은 성 문제에 대한 긍정적 입장을 말해 주는 것이다. 작가는 강쇠를 소개하면서 그의 성적 행위에 대해 '천하의 잡놈', '일국의 난봉' 같은 부정적 언사를 자주 사용하고 있다. 그러나 이런 표면적 언사는 판소리의 인물 묘사에서 흔히 사용되는 상투어이며, 이것이 강쇠의 성행위에 대한 부정적 인식에서 나온 것으로 볼 수는 없다.

〈변강쇠가〉에 대한 새로운 이해와 평가는 독자나 작가에게 자유롭게 열려 있다. 〈변강쇠가〉에서 성담론은 작품의 본질이 아니라 부수적 장치에 지나지 않았지만 후대의 독자들은 이 부분을 작품의 본질에 버금가는 요소로 인식하고 거기에 의미를 부여하고 있다. '변강쇠 비디오 시리즈'의 범람으로 작품에 대한 인식은 회복할 수 없는 왜곡과 훼손을 입었지만, 그것은 작품에 대한 새로운 인식의 가능성을 열어주는 계기가 되기도 했다. 성담론에 대한 새로운 인식을 통해서 작품의 성격과 작중인물을 새롭게 보려는 시도가 일어나고 있다. 〈변강쇠가〉를 바탕으로 하는 축제가 열리고 기념공원이 조성되면서 변강쇠에 대한 부정적 이미지는 긍정적이고 호의적으로 바뀌는 모습을 볼 수 있다.

〈변강쇠가〉에 대한 새로운 이해는 현대소설 작품을 통해서 구체적으로 이루어졌다. 1976년에 한승원이 발표한 중편 〈폐촌(廢村)〉은 〈변강쇠가〉를 새롭게 이해하고 이를 창작의 모티프로 삼아 쓴 작품이다. 한승원은 〈변강쇠가〉의 성적 측면을 주목하면서 거기에 긍정적 의미를 부여하고 있다.

> 이 소설에서 나는 〈변강쇠타령〉에 나오는 변강쇠와 옹녀의 생명력, 그들에게 짐져진 비극적인 운명을 현대 속에서 되살려 보았다. 이 소설은 한때 당국으로부터 경고를 받은 적이 있는데, 그것은 어쩌면 그 생명력 왕성한 변강쇠와 옹녀의 넋 때문이었을 것이다.　　　　　　　(〈폐촌〉, 작가노트)

〈폐촌〉은 작가가 밝히고 있는 바와 같이 〈변강쇠가〉의 두 가지 요소, 즉 성적 특이성과 그들의 유랑민적 생활상을 적절히 결합하여 형상화하고 있다. 이 작품의 두 주인공인 '벤강쉬'와 '미륵례'는 어려서부터 특이한 체질 때문에 남들의 주목을 받고 화제의 대상이 된다.

> "글씨 말시, 저놈, 앞으로 두고 보소마는, 이 동네에서는 비바우 영감네 작은딸한테는 맞을랑가 몰라도, 글안하면 몽달귀신으로 늙어 죽을 것이네."
> "저놈이 인제 열두어 살 묵었는디도 저러는디, 앞으로 스무남은 살 묵도록 커보소, 어찌겠는가?"
> ......
> "차암말로 우리 하룻머리골에 장사 났어!"
> "장사가 나면 꼭 그 짝 될 여자가 따라 생긴닥 하등만잉."〈폐촌(廢村)〉

동네 사람들은 큰 성기와 주체할 수 없는 성욕을 가진 벤강쉬를 비난하지 않고 '장사'라고 부른다. 그는 어려서 말미잘에게 성교를 시도하다가 상처를 입기도 하고, 세 번이나 결혼을 했지만 그의 몸을 감당하지 못한 신부가 모두 도망쳐 버리고 만다. 작가는 벤강쉬의 성적 특이성을 〈변강쇠가〉와는 다른 모습으로 묘사하고 있다.

> 그가 그렇게 밤이면 미친 듯이 들성대는 것은 그의 큰 생식기가 성나 있는 때문인데, 그게 성이 나면 그는 그걸 움켜잡은 채 벌겋게 충혈된 눈을 뒤룩거리며 이를 갈고 악을 쓰며 줄달음질을 쳐 다녀야만 간신히 배겨날 수 있게 된다더라는 소문이, 첫새벽에 산골짜기를 싸고 도는 해조음처럼 마을 안에 파다해졌다. 〈폐촌(廢村)〉

벤강쉬는 이러한 행태로 인해 마을에서 늘 위험스러운 존재로 취급받고 동네사람들은 마침내 그를 마음에서 추방하자는 논의를 벌이기에 이른다.

> 이 무렵 큰몰 사람들 사이에는 그를 큰몰 안에서 쫓아내자는 말들이 나돌고 있었는데, …… 그 쫓아내야 한다는 이유가 참으로 별난 것이었다. 홀아비로 몇 년을 살아오는 그는 거의 미치광이가 되어 있다는 것이었고, 그런 그는 언제 누구네 집에 뛰어들어 그 집의 여자를 겁탈할지 알 수 없다는 것이었다. 〈폐촌(廢村)〉

〈폐촌〉의 작가는 벤강쇠가 고향을 떠나게 된 까닭이 그의 과도한 성욕 때문이었다고 밝힌다. 〈변강쇠가〉에서는 암시적으로 제시한 강쇠와 옹녀의 유랑 생활 내력을 구체적으로 밝히고 있다. 밴강쉬의 이러한 생활은 그의 타고난 짝인 미륵례와 결합을 이루지 못했기 때문이었다. 그

는 일찍부터 미륵례를 연모하고 있었으나 6·25동란은 그들 집안을 좌
우로 갈라놓았고 그 소용돌이 속에서 그들은 서로 원수가 되어 헤어진
다. 좌우대립의 와중에서 가족을 모두 잃고 고향을 떠났던 미륵례는 여
러 곳을 전전하다 마침내 고향을 찾아 돌아온다. 그녀는 서방을 얻어
10여 년간 탈없이 살았으나 타고난 청상살 때문인지 서방을 간수하지
못하고 큰 수캐를 데리고 성적 욕구를 채우며 살아간다.

> "말미잘 안 있는가? 그 비바우 영감네 딸이 꼭 그것 같은 모양이네, 그렇께
> 금메, 아무리 무쇠 같은 놈도 하루 저녁이면 녹아나고 마는 모양이드랑께."
> "그래도 그년을 데리고 한 십여 년 이상을 산 그 서방놈은 참말로 무던한
> 강철이었든 모양이여."
> "나는 미륵례가 왜 하필 그렇게 큰 개를 데리고 혼자 들어올라고 하고
> 있는가 하는 것이 팔모로 생각해도 요상하단 말시."　　　〈폐촌(廢村)〉

벤강쇠는 그녀에게 접근하지만 그녀의 완강한 거부와 개서방의 저항
으로 뜻을 이루지 못한다. 그러다가 마침내 개서방을 죽이고 미륵례와
결합을 이룬다. 그들이 결합을 이룬 날 밤에 마을에서는 이들 두 사람
을 내쫓자는 결의가 이루어지는데, 그들의 과다한 성욕은 위험을 내포
하고 있으며 그것이 재앙을 부를지도 모른다는 이유를 내세운다. 벤강
쇠는 자신의 추방 결의를 통고하러 온 동네 청년들에게 자기네가 무슨
잘못을 저질렀느냐고 강하게 저항하면서 절대로 마을을 떠나지 않겠다
고 다짐한다. 마을 사람들이 위험하고 부도덕하다고 비난하는 두 사람
의 성적 탐닉이 당자들에게는 너무나 자연스럽고 일상적인 것이었다.
〈폐촌〉에서는 벤강쇠와 미륵례의 결합에 대해 새로운 해석을 내렸다.
그것은 성적 특이성을 가진 두 남녀의 결합이며 동시에 좌우대립의 상

처를 치유하고 서로 화합하여 인간적 삶을 되찾는 축제로 제시한다. 이 작품은 〈변강쇠가〉의 성담론에 대한 새로운 해석이며 고전의 현대화 작업의 한 모델로 볼 수 있다.

6. 맺음말

〈변강쇠가〉는 그 특이한 소재와 서술 방식으로 독자와 연구자의 주목을 받아온 작품이다. '과도한 성행위', '장승 훼손과 그에 따른 죽음', '희화된 장례 행각' 등이 각각 작품의 전반부, 중반부, 후반부를 구성하고 있으나 부분들 사이의 결합은 긴밀하게 연결되지 못하여 '부분의 독자성'을 드러내 보이고 있다. 이 작품은 표제상으로는 강쇠를 중심인물로 내세우고 있지만, 내용상으로는 옹녀를 중심인물로 볼 수도 있다. 따라서 이 작품에 대한 시각은 다양하고 작품의 의미와 가치에 대한 평가도 서로 다르게 나타날 수 있다.

〈변강쇠가〉의 핵심 요소는 성 문제가 아니지만 이 작품에 대한 기존의 이해는 작중인물이 벌이는 '성적 행위'에 비중을 두고 있으며, 그것을 통해서 작품의 의미와 가치를 파악하고자 한다. 성 문제에 대한 진지한 접근이 결여된 한국문학에 있어서 성의 문제를 적극적이고 공개적으로 거론한 〈변강쇠가〉는 소재적 측면에서 볼 때 특이하고 소중한 작품이다. 이 작품에 거론된 성의 문제에 대해서는 여러 가지 논란이 있었으나 이를 계기로 문학에 나타난 성의 문제를 진지하게 검토할 수 있는 자리가 마련되었다는 점은 부인할 수 없다. 〈변강쇠가〉의 성담론은 성에 관한 금기를 깨뜨리면서 그 표현방식이 전통적 서사 방식에서

벗어나 있다. 그러나 그것이 전혀 새로운 것만은 아니고 『삼국유사』와
고려가요, 조선시대의 설화와 소설을 통해서 전승되는 서사적 전통을
계승하고 있다는 점을 간과할 수 없다. 조선 말기에 이르면 판소리의
등장으로 성에 대한 표현이 대담하고 직설적으로 이루어지고, 그것이
그대로 소설문학에 반영되어 나타난다. 〈변강쇠가〉의 성담론은 〈춘향
가〉와 〈심청가〉의 그것과 일정 부분 공통점이 있으며 〈절화기담(折花
奇談)〉 같은 개화기의 한문소설과도 상통하는 면을 보인다.

　〈변강쇠가〉에서 성 문제를 비중 있게 다루고 있지만 그것은 작품의
도입부에서 놓여 독자의 흥미와 관심을 끄는 삽화적 요소로 존재한다.
따라서 성 문제를 통해서 작품의 의미가 온전히 드러나는 것은 아니다.
작가는 성에 관한 언급을 통해서 작중인물의 성격과 행위를 제시하고
자 하는데, 이것은 한국서사전통의 오래된 관습과 관련이 있다. 윤리적
으로 부정적인 인물을 비하할 때 성적 문제점을 결부시키는 경향이 이
작품에서도 나타나 보인다. 그러나 작품의 내면에서는 성 문제에 대해
객관적이고 방관자적 태도를 취함으로써 성 문제를 문학으로 형상화할
수 있었다.

　작가는 강쇠와 옹녀의 성을 '호색'으로 규정하지 않고 성적 특이자로
바라보면서 그들을 단죄하거나 비난하지 않았다. 성에 대해 관대하고
개방적인 자세는 진지한 문학이 지향해 오던 바였으며 〈변강쇠가〉에서
도 같은 입장을 볼 수 있다. 〈변강쇠가〉에 대한 새로운 이해는 독자들
뿐 아니라 현대문학 작가에 의해서도 이루어지고 있으며, 그 한 예가
한승원의 〈폐촌〉이다. 이 작품에서는 〈변강쇠가〉의 성 문제를 적극적
으로 해석하고 긍정적 측면에서 의미를 부여하고 있다. 강쇠와 옹녀의
처지를 성적 특이자의 특면에서 바라보면서 그들의 불행을 민족의 불

행과 연계시켜 형상화하고 있다. 현대문학 작가의 이러한 해석은 〈변 강쇠가〉를 새로운 시각에서 바라보고 새롭게 이해할 수 있는 계기를 제공하고 있다.

〈사랑가〉의 변모 양상과 성적 주체의 문제

박상란

1. 서론

〈춘향전〉[1]은 남녀 간의 애정 관계를 테마로 한 다른 고소설에 비해 강렬한 성적 장면을 연출한다. 이는 이본에 따라 정도의 차이는 있지만 판소리 춘향가에 이미 정착되어 있던 것이다. 일찍이 김동욱은 〈춘향전〉에 나타나는 이러한 '성적 폭로' 내지 '에로티시즘'은 당시 도덕의 외피 속에 흐르고 있는 인간성의 폭로이자 인간적 자유의 쟁취를 의미한다고 하면서 이를 조선후기 서민문학의 본질적 특징과 관련시켰다.[2] 즉, 〈춘향전〉의 성적 장면은 당시 서민계층의, '인간의 현실 긍정'을 반영한다는 것이다. 〈춘향전〉의 성적 테마에 관한한 이후의 논자들도 여기서 크게 벗어나지 않는 것으로 보인다.[3]

---

1) 〈춘향전〉은 엄밀한 의미에서 판소리계 소설로 창본 춘향가와 구분해야겠지만 그 형성과 관련된 판소리계 소설의 특수성을 중시해 이 글에서는 둘을 혼용하여 쓰고자 한다.

2) 김동욱, 『춘향전 연구』, 연세대학교 출판부, 1965, 342쪽, 358~361쪽.

3) 대표적으로, 성현경, 「이고본 춘향전 연구-그 축제적 구조와 의미, 문체와 작자」, 『판소리연구』 3, 판소리학회, 1992, 35쪽 ; 박희병, 「춘향전의 역사적 성격 분석-봉건사회 해체기적 특징을 중심으로」, 『전환기의 동아시아 문학』, 임형택·최원식 편, 창작과 비평사, 1985, 95쪽.

한편 19세기에 들어 양반 계층이 판소리 연행에 관여함으로써 〈춘향전〉이 양반적 성격에 의해 굴절되는 현상을 중심으로 〈춘향전〉 이본의 통시적 배열이 상정되곤 하였다.4) 그 방향은 대개 중세적 가치를 지향하면서 전승 〈춘향전〉을 윤색한 신재효본을 중심으로 그 전과 후 정도를 상정하는 것이다.5) 이에 따라 대체로 〈남원고사〉와 이고본, 완판 33장본 등이 전기의 것으로, 그리고 완판 84장본, 장자백본, 신학균본, 박순호 소장본 등이 그 후기의 것으로 간주되고 있다. 이 이본들은 〈춘향전〉 본래의 민중적 발랄함을 내장하는 것에서 양반적 미의식에 의해 그것이 굴절·변질된 것으로 배열되어 있다.6) 무엇보다 중요한 변화는 춘향의 신분이 양반의 서녀로 격상되면서 그녀의 행동거지 및 의식이 이에 맞게 단정하고 정숙한 면모로 바뀐 것이다.7)

문제는 〈춘향전〉을 전체적으로 보았을 때는 이러한, 변모양상에 대한 가설이 맞을지 모르지만 성적 장면이 집중적으로 나타나는 사랑가의 경우만 놓고 보면 후기에 이르러 노골적인 면이 없지 않다는 점이다.8) 폭로 양상이 노골적일 뿐만 아니라 관련 더늠이 집적되면서 장황

---

4) 김동욱 외, 『춘향전 비교 연구』, 삼영사, 1979, 19~20쪽 ; 박희병, 앞의 논문, 86~87쪽 ; 성현경, 「남원고사본 춘향전의 구조의 의미」, 『춘향전 어떻게 읽을 것인가』, 박이정, 1993, 357쪽 ; 설성경, 「춘향전의 계통」, 『춘향전 어떻게 읽을 것인가』, 349쪽.

5) 김석배, 「신재효의 판소리 지원활동과 그 한계」, 『판소리 연구』, 태학사, 1998, 326쪽.

6) 대표적으로 김흥규, 「판소리의 사회적 성격과 그 변모」, 『세계의 문학』 3권 4호, 민음사, 1978, 87쪽. 물론 신재효본의 영향을 직·간접적으로 받았다고 하는 김세종, 장자백, 김창환의 춘향가 그리고 신학균본 춘향가에 신재효의 개작 사설의 영향이 거의 발견되지 않는다는 사실이 지적되기도 했다.(김석배, 앞의 논문(1998), 315쪽;신동흔, 「평민 독자의 입장에서 본 춘향전의 주제-'신학규본 별춘향가'를 중심으로」, 『판소리연구』 6, 1995, 165쪽) 한편 정병헌은 양반의 참여에 의해 춘향전이 국민예술로 승화되었다고 하여 양반층의 개입을 긍정적으로 평가한 바 있다.(「판소리 형성과 변화」, 『판소리연구』 1, 1989, 110쪽)

7) 유영대, 「19세기 판소리에서의 더늠첨가 방향」, 『판소리 연구』, 1998, 126쪽;정병헌, 「신재효본 춘향가의 두 목소리」, 『춘향전 어떻게 읽을 것인가』, 1993, 395쪽, 주2.

8) 신동흔은 완판 33장본과 84장본을 비교하며 후자의 이러한 현상을 지적하면서 이를 서

하게 되는 경우도 있다.9) 이렇게 되면 '민중적 성격→양반적 성격'에 따라 성적 뉘앙스도 강화된다고 할 수 있다. 따라서 '성적 폭로'가 꼭 민중적인 성격을 의미하는 것은 아니라고 본다. 후기의 양상은 별도의 고찰이 필요한 것이다.

이러한 점에서 특히, 후기의 판소리 연행에 관여한 양반의 성격에 주목할 필요가 있다. 다만 그 '성격'이 이념과 미의식보다 판소리와의 관련 지점인, 그 향유 방식과 목적을 고려하는 측면에서 검토되어야 할 것이다. 여기에는 풍류, 유흥 등 양반 계급의 생활, 풍속, 그리고 19세기의, 양반층 자체 내의 의식 분화10)가 포함된다. 또한 판소리 향유계층을 '서민/양반' 등으로 단순히 이분화하여 보기보다 같은 양반이라도 상층양반, 몰락 양반, 부호, 아전, 별감 등으로 세분하여 볼 필요가 있다. 이들의 지향은 겹치기도 하지만 많은 부분 변별되기 때문이다. 그들 향유층 중 누구의 관심과 요구가 판소리, 특히 사랑가 연행에 크게 작용했겠는가 하는 점은 그 변모 양상 내지 의미를 살피는 데 중요할 것이다.

또한 '성적 폭로'를 통해 누구의 성욕이 실현된 것인가 하는 점은 사랑가의 성적 의미를 해명하는 데 관건이다. 이런 점에서 춘향이 성행위에 즐겨 참여하는가, 거기에서 만족을 느끼는가 하는 점을 눈여겨볼 필요가 있다.

사랑가에서 춘향의 성행위 참여 방식은 자발적인 것으로 보이지 않는다. 거부하지 않는다는 점에서의 동참이고 그런 점에서 '허신(許身)'

술자의 의도와 실현의 불일치에 따른 어색함으로 본 바 있다.(「〈춘향가〉 주제의식의 역사적 변모양상-완판 계열 이본을 중심으로」, 『판소리연구』 8, 1997, 242쪽)

9) 김석배, 앞의 논문(1993), 461쪽.

10) 양반층 내부에서 중세적 관념과 세속적 관심의 공존함을 말한다.(김흥규, 앞의 논문, 93쪽)

이란 말이 적절하다. 성행위를 주도하는 인물은 이몽룡이다. 그리고 작품 초반부터 그의 성욕이 문제되었고 그것을 실현하는 과정이 사랑가이다. 여기에서 춘향은 성적인 대상, 타자로 등장하는데 이는 기생이라는 그녀의 신분적 처지에 기인한 것으로 보인다.

그런데 사랑가의 성적 장면이 좀 더 노골적으로 변하는 후기 〈춘향가〉에서 춘향의 성적 타자성이 강화된다는 점에 주목할 필요가 있다. 즉, 사랑가의 성적 폭로는 춘향의 성적 타자성과 긴밀히 관련될 뿐만 아니라 그것을 기반으로 한다는 것이다. 앞서 사랑가의 노골화 경향이 향유층의 문제와 관련된다고 하였는데 춘향의 성적 타자성 역시 그녀의 신분 뿐 아니라 향유층의 성격과 무관하지 않을 것이다. 향유층이 결국 좌우한 것은 사설의 선택과 배제이고 그에 따른 성적 주체의 설정이기 때문이다. 따라서 사랑가의 성적 주체는 그것으로부터 성적 관심을 충족하고자 하는 향유층이라 할 수 있다.

이 글은 춘향이 요조숙녀, 열녀로 분장되면서도 사랑가는 성적으로 여전히 노골적이거나 노골적으로 변한다는 점, 그 과정에서 춘향의 성적 타자성이 강화되는 맥락을 규명하는 데 관심이 있다. 이를 위해 우선 사설 구성 방식과 성적 주체의 성격을 중심으로 사랑가의 변모 양상을 고찰하고자 한다. 궁극적으로는 후기 사랑가에 작용한 향유층의 관심과의 의도를 중심으로 사랑가의 성적 주체 문제를 논의하고자 한다.

분석 대상 이본은 전기 〈춘향가〉와 후기 〈춘향가〉이다. 여기에서 전기, 후기라 함은 신재효의 개작 사건을 중심으로 그 전과 후의, 전승 상황을 반영하는 〈춘향전〉을 말한다.11) 다만 19세기에 한정되지만 전

---

11) 따라서 이러한 구분은 필사 내지 연행을 통한, 〈춘향전〉의 구체적인 정착 연대를 기준으로 한 것이 아니다. 다른 구비문학 자료도 그렇겠지만 그러한 정착 연대를 통해 시대적

기는 전승 〈춘향전〉의 면모를 염두에 둔 것이고 후기는 신재효의 개작
사건 이후의, 혹은 그로부터 직·간접적인 영향을 받은 이본들을 염두
에 둔 것이다. 많은 이본들 중 전승 〈춘향가〉의 면모를 잘 보여 준다고
하는 〈남원고사〉[12], 이고본[13], 완판 33장본 〈열녀춘향수절가〉를 통해
전기 사랑가의 문제를, 신재효 동창 〈춘향가〉, 완판 84장본 〈열녀춘향
수절가〉를 통해 후기 사랑가의 문제를 논의하려고 한다.[14] 이 중 동창
춘향가는 엄밀한 의미에서 후기라기보다는 전, 후기의 접점에서 전승
사랑가의 면모를 보여주는 동시에 후기로의 변모 방향을 보여준다는,
특이한 위상을 염두에 두고 분석에 들어가고자 한다.

2. 사랑가[15]의 변모 양상

1) 전기

〈남원고사〉

*광한루에서
셔거라 보자(자진 사랑가)
홍문연의 범증이가(긴 사랑가)

전개 과정을 논하기보다는 각 이본의 구조 내지 내용 분석을 통해 초기 형태를 가늠한다든
지 그 이후의 변모 양상을 논의하는 것이 춘향전 이해에 긴요할 것이라 본다.

12) 김동욱, 앞의 책(1979), 20쪽 ; 김종철, 「〈남원고사〉의 골계적 정신에 대한 연구」, 『판소
리연구』 8, 1997, 73쪽.

13) 정출헌, 「「춘향전」의 인물형상과 작중역할의 현실주의적 성격—이고본 『춘향전』을 중심
으로」, 『판소리연구』 4, 1993, 93쪽 ; 성현경, 앞의 논문(1992), 7~8쪽.

14) 이상 춘향전 자료는 김진영 외 편저, 『춘향전 전집』 1·4·5, 13쪽(박이정, 1997, 2004)을
활용함.

어우화 늬 스랑이야(자진 사랑가)

*춘향방에서
천자풀이
바리가
덕자타령
옷벗기 사설
비점가(초야교구)
인자타령
춘향 연자타령
(연일 행락)
안거라 보즈 셔거라 보즈

*이별 대목에서
널낭 죽어

〈남원고사〉 사랑가는 광한루에서부터 이루어진다. 거기에서 이미 사랑가의 주요 구성 요소인 자진사랑가류와 긴 사랑가가 불리어진 것이다. "셔거라 보자"는 처음 만나는 기쁨을, "홍문연의 범증이가"는 애무하는 행위를, "어우화 늬 스랑이야"는 성적 만족을 노래하는 것이니 둘은 광한루에서 이미 첫 교합을 가진 것 보인다.

밤에 춘향의 방에서 이루어지는 사랑가에는 각종 삽입 가요가 동원

---

15) 사랑가는 '긴사랑가', '자진사랑가' 등 특정 삽입 가요를 지칭하기도 하고 초야교구 사설 주변의 각종 타령 등 이별 전까지 춘향의 방안에서 벌어진 사랑의 행위 모두를 가리키기도 한다. 전승계보의 측면에서 사랑가에 대한 연구로는, 박미애, 「김연수제 춘향가 중 사랑가에 대한 연구」, 『판소리 춘향가』 3(민속학술자료총서), 놀이마탕 터, 2001 ; 성기련, 「판소리 〈춘향가〉 중 '고수관제 사랑가' 연구」, 『춘향가』 5(민속학술자료총서), 2002.

된다. 천자풀이의 말미에서 성행위에 대한 암시16)가 나타나지만 본격
적으로 성적 의미를 지니는 것은 옷벗기 사설부터이다. 이어 비점가가
나오는데 이것이 둘의 초야교구사설이다. "두 몸이 흔 몸 되니 모들 합
ᄌ 비졈이오 나아갈 진 믈너갈 퇴ᄌ 줄 빈ᄌ 비졈이요 조흘 호ᄌ 실
산ᄌ 물 슈ᄌ 다 비졈이라"를 보면 남녀간의 성행위 장면과 그에 대한
만족감을 비점가를 통해 그려냈음을 알 수 있다.

　다음 장면은 인자타령과 연자타령에 실어 둘이 교대로 부르는 사랑
가이다. 여기까지가 두 사람의 초야사설이고 다음은 그렇게 연일 두 사
람이 만나 성행위를 하며 논다는 사연을 요약적으로 보여준다. 그러면
서 다시 "안거라 보자" 등의 사랑가가 나오고 "안고 썰고 즌겨리치고
몸셔리치고 소름 돗칠 제 인간지낙이 이 분인가 ᄒ노미라"라고 하면서
그들의 만남이 연일 성희의 절정에 이르고 있음을 말해주고 있다.

　마지막으로 다른 이본과는 달리 '널낭 죽어' 사설이 이별 대목에서
불리지만 이미 사랑하며 놀 때 이 노래와 같이 애틋한 심정을 지녔기
때문에 이별이 더욱 슬프다는 의미를 띤다.

　이상 〈남원고사〉의 사랑가는 여러 장면에 흩어져 있다는 점, 성적 장
면을 환기하면서도 사랑의 정감을 토로하는 자진·긴사랑가류가 주를
이룬다는 점, 초야교합하는 장면이 '비점가'를 통해 매개적으로 연출된
다는 점, 성적 뉘앙스가 강한 '널낭 죽어'가 이별대목에서 불리어진다
는 점 등이 특징이다. 이러한 점을 볼 때 〈남원고사〉의 사랑가는 서정
적인 성격이 짙고, 따라서 성적 노골성이 심하지 않다고 할 수 있다.
물론 "안고 썰고 즌겨리치고 몸셔리치고 소름 돗칠 제"와 같이 성희의
클라이맥스를 강렬하게 표현하기도 하지만 그것이 초야교합 사설에서

16) "…네 비 투고 션유홀 제 두 귀 잡고 법즉 녀"

서사적 흐름에 따라 제시되지 않고 여러 날에 걸친 사랑의 행위를 요약하는 장면에 들어 있기 때문에 노골적으로 보이지 않는다. 한마디로 〈남원고사〉의 사랑가는 성희의 기쁨을 서정적으로 표현한 것이라 할 수 있다.

그런데 이러한 성희의 기쁨은 이몽룡의 것이다. 춘향은 광한루 사랑가에서부터 애무를 받고 사랑을 받는 존재이다. 자신의 방에서 이루어진 사랑가에서 춘향은 옷을 벗으라는 요구에 아무 저항 없이 바로 벗고 교합 후 이도령의 인자 타령에 이어 연자 타령을 불렀을 뿐이다. 따라서 춘향이 그 모든 사랑가 장면에서 어떤 느낌을 가졌는지 도대체 알 수 없는 것이다. 성희의 클라이맥스에서 성적 기쁨을 느꼈는지조차 드러난 문맥으로는 알 수 없다.

이는 작품 서두에서부터 춘향이 독립적으로 서사화되지 않은 것과 무관하지 않다. 즉, 춘향의 출생과 삶이 별도로 그려져 있지 않은데다 추천하는 행위가 춘향의 시점이 아니라 이도령의 시점에서 그려져 있는 것이다. 따라서 이도령의 이야기 속에 춘향 삽화가 끼어들면서 그의 시각에 따라 재구성된 춘향이가 등장한 것이라고 할 수 있다.

당시 이도령은 색정적인 인물로 "식의 상홀가" 염려되어 책방에 기생, 통인 수청을 들이지 않아 성적으로 몹시 목말라 하던 차였다. 이러한 인물이 봄을 맞아 "불승탕정"되어 광한루에 왔으니 거기에 추천하러 온 춘향이 정상적으로 보일 리 없다. 따라서 "츈흥을 못 니긔여" 단장하고 나와 "빅만교틱"를 부린다고 한 것이다. 이후 몽룡은 "심신이 황홀" 한 지경에 빠져 춘향을 '불여호', '숑골미', '물 찬 져비' 등으로 보게 된다. 즉, 춘향은 만날 당시부터 몽룡의 일방적인 성욕의 대상이 되어 그의 필요에 따라 움직이게 된 것이다. 춘향이 이도령의 부름에 응해 광한루에 찾아간 것도 월매를 겨냥한 협박 때문이었다. 그리고 직접 본 다음에는 "탄복 흠션ᄒ믈 마지 아니ᄒ나" 이는 이도령이 "만고영걸"에, "명만일국 지상", "보국안민홀" 기상을 지녀서이다. 즉, 춘향은 한 남성에 대한 성적 감정보다는 현실적인 위협 때문에 그의 명령에 응하고, 성공가능성을 보고 그를 마음에 둔 것이다. 반면 성욕 충족에 급급한 이도령에게 있어 춘향은 오로지 성적인 대상일 뿐이다. "계집 말 부ᄅᆞ 눈 당단이나 아옵ᄂᆞ잇가" 하는 방자의 물음과 "경셩의셔 싱댱흔 늬가 현마 계집 말 부룰 줄이야 모로랴"에서와 같은 이몽룡의 반응에서 당시 오입장이들이 기생을 말처럼 부리면서 데리고 놀았음을 알 수 있거니와[17] 이도령 역시 춘향을 오입의 대상으로 여겼음을 알 수 있다.

요컨대 춘향은 처음부터 이도령에게 성적으로 끌리지 않았고 현실적인 문제들 때문에 순순히 그의 성적 요청에 응한 것으로 보인다. 더욱이 그녀의 성적인 만족 여부도 나타나지 않는다. 어디까지나 이도령의 성이 문제가 되었으며 그의 성욕을 만족시키는 과정이 만남에서부터 사랑가까지의 주 내용이다. 따라서 〈남원고사〉의 사랑가는 자진사랑가류의 서정적 삽입 가요를 통해 성적 주체로서 이도령의 성행위 내지 성적 기쁨을 노래한 것이라 할 수 있다.

〈이고본〉

*춘향 방에서
안거라 보자
만첩청산 늘근범이

---

17) "… 내생(來生)에는 호곶(壺串)의 숫말이 되어서 수십 필의 암말을 거느리고 마음껏 즐기는 것이 원이다."(이능화, 『조선해어화사』, 동문선, 1992, 127쪽)와 같은, 기생 행락에 빠진 오입장이의 말에서 이러한 성풍속을 알 수 있다.

바리가(장형)

너는 죽어

옷벗기기 사설

업고 사랑가

춘향이 업고 사랑가

비점가

〈남원고사〉와 비교할 때 이고본 사랑가는 "안거라 보자", "만첩청산 늘근범이" 등 긴·자진사랑가로 시작되고, 본격적인 사랑가가 연출되기 전에 장형의 바리가와 그림사설이 연출된다는 점이 다르다. 그리고 "너는 죽어" 역시 이별 대목이 아니라 본격적인 사랑가 전에 불리어진다는 점, 다른 이본에서는 보기 드문 '이튿날 깨우기' 사설이 들어 있고 사랑가가 하루만에 끝난다는 점이 특징적이다.

이러한 형식적인 측면보다 중요한 것은 이고본에는 둘이 교대로 업고 사랑가를 부르는 장면이 나온다는 점이다. 물론 여기에서 후대의 업음질의 단초를 볼 수 있지만 그것이 아직은 특별한 성적 의미를 환기하지 않는다. 이도령이 흥에 겨워 춘향을 업고 노래를 부르자 춘향이 자발적으로 이도령을 업고 노래를 부른 데 지나지 않는다. 그리고 그 노래가 사랑의 감정을 올곧게 나타내는 긴·자진사랑가류라는 점에서도 후대의, 성적 효과를 노린 업음질과는 다르다고 할 수 있다. 마지막으로 이고본의 특징은 '옷벗기기' 사설이 장황하다는 것이다. 이는 성적 주체의 문제 즉, 춘향의 행위가 〈남원고사〉에서처럼 수동적이지만은 않다는 것과 관련된다.

우선 춘향은 '옷벗기기' 사설에 들어가기에 앞서 이도령이 젖가슴을 만지자 이를 거부한다. 이는 사후 언약에 대한 다짐이 이루어지지 않았기 때문이다. 그 후에도 춘향은 이도령의 성적 행위에 대해 여러 번 간섭하고 교정하는데 이러한 춘향의 관여가 가장 잘 나타나는 것이 '옷벗기기' 사설이다. 이도령이 손수 벗으라고 하니 춘향은 자신을 창기로 여기는 행위라며 일침을 가하고는 여염집 부부간에 옷벗기는 과정을 자세히 일러준다. 이러한 춘향의 관여로 '옷벗기기' 사설이 길어졌지만 그 후 '업고 사랑가'에서도 춘향은 이도령이 추어주는 말에 응수를 한다든지 자신도 업고 노래를 부르겠다고 나서는 등 다소 능동적인 모습을 보인다.

　이러한 춘향의 적극적인 관여는 성적 주체의 문제와 관련해서 주목할 만하다. 물론 만남의 장면에서 춘향이 독립적으로 입전되지 않고 추천하는 과정에서 이도령의 성욕에 의해 성적 대상으로 비친 점은 〈남원고사〉와 같다. 하지만 사랑가 장면에서는 자신의 뜻에 맞지 않는 부분이 있으면 바로 화를 내고, 본심을 말하며 상대방이 할 일을 지시한다. 또한 이도령이 업고 사랑가를 부를 때 대답하라는 요구를 받지 않았는데도 "그어치요" 하면서 맞대응을 하고는 자신도 이도령을 업고 사랑가를 부른다. 게다가 벗고 업을 때의 신체적인 불편함을 바로 알릴 뿐만 아니라 먼저 자자고 하기까지 한다. 따라서 여기 사랑가에서 춘향은 다소 적극적으로 성적 행위에 관여한다고 할 수 있다. 하지만 그녀가 성행위를 주도한다고 할 수는 없다. 전반적인 사랑의 행위 과정에선 〈남원고사〉의 춘향과 같기 때문이다. 무엇보다 여기 춘향 역시 성욕을 실현했는지, 성적 기쁨을 느꼈는지 알 수 없다. '업고 사랑가'를 부르긴 하지만 이도령을 남자로서 좋아하기보다 높은 벼슬할 서방으로서 더 애착을 갖는 것으로 나타나기 때문이다. 처음부터 성욕이 없었다는 점도 〈남원고사〉의 춘향과 같다.

　요컨대 이고본 사랑가 역시 긴·자진사랑가류의 서정적 삽입가요로

성적 주체인 이도령의 성행위 내지 성적 기쁨을 주로 나타냈다고 할
수 있다.

〈완판 33장〉[18]

*광한루에서
수작

*춘향 방에서
굽이굽이 지푼 사랑
저리가거라
동정칠빅원 무산갓치 놉푼 사랑
너는 죽어
옷벗기기 사설
업음질
업고 사랑가
춘향이 업고 사랑가
탈승짜노래
(연일 사랑)

완판 33장본 사랑가 역시 자진사랑가류로 시작한다는 점에서 앞의
이본들과 대차 없다. 여기서의 특징은 업음질 사설이 등장하며 그것이
앞의 이고본에 비해 다소 성행위로서의 면모를 띤다는 것이다. 그리고
긴사랑가가 옷벗기기 사설과 관련되면서 그 성적 의미가 강화된 측면

---

18) 완판 33장본과 완판 84장본 간의 관계에 대해선 전자에서 후자로의 전승 계열을 상정하
  는 것이 통설이다.(대표적으로, 김동욱, 앞의 책(1979), 19쪽 ; 신동흔, 앞의 논문(1997),
  239쪽)

이 있다. 마지막으로 여기에는 초야교구 사설이 따로 없고 탈승자노래로서 그 성행위를 환기한다는 특징이 있다. 전반적으로 완판 33장 사랑가는 〈춘향전〉 전체에 비해 분량이 적은 것은 아니지만 역시 단출한 편이다. 업음질 사설이 들어 있긴 하지만 후대에 비해 성적으로 노골적인 정도가 덜하고 주로 긴·자진사랑가류로 성적 행위, 기쁨 등을 노래한 것이라고 할 수 있다.

춘향의 태도는 앞의 이본들에 비해 유난히 부끄러워한다는 점이 특징이다. 특히, 업음질과 옷벗기 장면에서 그렇다. 〈남원고사〉의 춘향이 무반응으로, 이고본의 춘향이 적극적인 관여로 성행위에 임했다면 여기 춘향은 순순히 요구에 응하면서도 부끄러움을 토로했다는 특징이 있는 것이다. 물론 노래에 응수하거나 교대로 업음질을 하기도 했지만 이 또한 이도령의 요구에 의한 것이다. 춘향이 자신의 느낌을 토로한 것은 업어주니 어떠하냐는 이도령의 물음에 "흔정이 업시 좃소"라는 한 마디 뿐이다. 따라서 전체적으로 성행위를 주도하는 것은 이도령이고 그의 성적 기쁨 내지 성행위를 노래한 것이 사랑가라고 할 수 있다. 춘향은 그의 성행위에 순순히 응하면서 그 성욕을 충족시키는 대상일 뿐이다.

이러한 점은 앞의 이본들에서처럼 춘향이 별도로 입전되지 않고 이도령의 시선에 의해 "왼갓 춘정" 못이기는 존재로 등장하는 것과 무관하지 않다. 추천행위 묘사도 이도령의 시점에서 이루어지며 역시 그의 눈에 춘향은 금, 옥, 신선, 귀신, 해당화로 비쳐진다. 특히, 여기에서는 초래사설에서 춘향이 방자와 입씨름을 하지도 않으며 별다른 유혹과 위협이 없었는데도 선뜻 광한루로 따라 나선다는 점에서 그녀의 수동성이 더 강조되었다고 할 수 있다.

요컨대 애초부터, 혹은 이도령을 대상으로 한 성적 관심이 없었기 때문에, 혹은 그것만이 문제가 아니기 때문에 여기 사랑가의 춘향은 성적 행위에 수동적으로 응한 것으로 보인다. 반면 처음부터 이도령의 성욕이 문제가 되었기 때문에 사랑가가 그의 주도로 이루어지고 춘향은 그 대상으로서의 역할을 한다고 할 수 있다.

2) 후기

〈신재효 동창〉

*춘향 방에서
만첩산중 늘근범이
옷벗기기 사설
양반사랑가
육담사랑가
고수관 사랑가
(연일 사랑)

우선 동창 사랑가에는 옷벗기기 사설이 장형화되어 있는데 이는 춘향에 대한 이중적인 시각에 의한 것으로 보인다. 즉, 처음엔 춘향은 여자이고, 무엇보다 열녀 될 아이기 때문에 성행위를 부끄러워해야 한다고 하였다. 그런데 옷벗기기가 지연되면서 이러한 '열녀 춘향'은 '기생 춘향'으로 바뀐다. 규중처자도 아니면서 옷벗는 것을 거부한다며 이도령이 춘향의 기생신분을 들먹이면서 부터이다. 따라서 춘향은 열녀 될 여자라는 면에서는 부끄러워하며 소극적인 태도를 취해야 하는 동시에 기생이기 때문에 태연히 성행위에 임해야 하는, 곤란한 처지에 놓이게 된다. 여기 춘향은 열녀와 기생이라는 상반된 정체성을 한 자리에서 부여받았기 때문에 운신하기가 쉽지 않게 된 것이다. 이러한 모순된 서술 시각이 옷벗기기 사설에 작용하다 보니 춘향은 옷을 벗기도, 안 벗기도 곤란한 상태가 되었다고 할 수 있다. 자연 춘향의 옷벗기가 지연되고 이로 인해 옷벗기기 사설이 장형화된 것이다. 물론 여기에서 문제는 벗는 것 자체가 아니라 춘향이 스스로 벗고 말농질, 업음질 등 사랑놀이에 응하는 것이다. 이러한 이중적 시각은 춘향의 행위 방식을 제한하는 동시에 이도령의 행위, 사랑놀이의 편폭은 크게 늘리는 결과를 낳게 된다. 남자에게는 어떠한 행위도 허용되기 때문이다. 따라서 이도령의 자유분방한 행위에 의해 옷벗기기 사설이 장황하게 되었다고도 할 수 있다.

동창 사랑가의 두 번째 특징은 "兩班의 스랑歌라 辭說이 有識ᄒ여 우슘집이 젹다ᄒ고 진멋진 道슈임이 육담 작난으로 널음식 히가면셔 판ᄉ귐을 ᄒ는듸 이런 야단이 업셔"에서처럼 '양반사랑가'를 지향하는 듯하다가 다음과 같이 '육담사랑가'로 판을 바꾸면서 좀 더 노골적인 성행위 장면을 연출한다는 것이다.

> "쓰긋 쓰긋 늬 사랑 즈질 즈질 늬 스랑 입으로 쑉쑉 맛츄면셔 이겨 늬 슐항아리 下門을 싸득싸득 아겨 늬 반찬 찬합 무슨 약염 그리ᄒ여 왼갓 마시 다 들엇노 스랑의 못견듸여 아기갓치 어루것다 역쑤리 쏙 찔너셔 힛득ᄒ고 도라보면 게쑤나 살을 쏙 집어 쓰더 이야 ᄒ고 쇼리ᄒ면 게 누긔랄게 허허 웃고 달여드러 두 낫 흔틔 쫙 듸듯가 쌔드듯 쏙 쎠안고 왼몸 썰썰 흔드다가 암너닌 슈킈갓치 잘근잘근 물어보고 홀네ᄒ난 암말갓치 살착 살착 츠도보고 민 밥 쥬난 왈즈갓치 멀직이 물너안져 굿쥬 굿쥬 불너보고 말모난 驅從갓치 엽셰셔 잡아달여 이라 이라 모라보고 흔참을 농챵이다 울울 달여들며……"

즉, 여기에서 연출되는 하문 따독이기, 아기같이 어루기, 개처럼 물어보기, 말처럼 차보기 등은 전기 이본에 없던 것으로 가장 적나라하면서도 기괴한 사랑놀이의 종목이다. 물론 "외용외용 말농질과 스랑 스랑 어붐질은 광듸의 스셜"에서 보면 당시 말농질과 업음질 사설이 전승되고 있음을 알 수 있는데, 이 중 업음질은 이고본, 완판 33장본의 '업고 사랑가' 부르기 정도와 관련되겠지만 거기에선 아직 사랑놀이로서의 성격이 구체적으로 드러나 있지 않다. 말농질은 〈남원고사〉의 "계집 말 부르는 당단"과 관련 있을 것 같지만 사설로 정착된 것을 전기 이본에서 볼 수 없다. 문제는 이러한 육담 사랑가가 당시 전승되던 것인가의 여부보다 양반 사랑가를 지향한다면서 춘향의 성격을 제한해 놓고선 이러한 노골적인 사랑놀이가를 삽입했다는 점이다. 한편 육담사랑가에 이어 '고수관 옛판 사랑가'[19]가 나오는데 이 역시 전체적으로는 잠시도 틈 없이 함께 살고 싶다는, 사랑의 감정을 서정적으로 표현한 것이다. 이로써 보면 사랑가 더늠으로 유명하여 당시에도 옛판으로 지칭된 '고수관사랑가'는 자진사랑가류의 서정적인 노래였음을 알 수 있다. 따라서 동창에 나오는 '육담사랑가'는 그런 옛판과도 구분된다.

요컨대 동창 사랑가는 겉으로는 '양반사랑가'를 지향하면서 성적으로 보다 노골적인 '육담사랑가'를 연출하고 있다는 점, 거기에 옛판인 '고수관사랑가'를 삽입하면서 각종 사랑가, 사랑놀이 종목을 총 집결시키고 있다는 점에서, 다분히 성적인 측면이 강화되어 있다고 할 수 있다.

한편 성적 주체의 측면에서 보면 동창의 춘향은 열녀될 여자이기 때

---

19) "고슈관이 옛판으로 스랑가 혼마듸을 썩 집어 늬떨어 업즈 업즈 늬 등의 업즈 베라 베라 늬 팔을 베라 春光이 不到玉門關 네 玉門을 열어볼가 自言居水勝居山 네비 타고 노라볼가 天生配匹 우리 緣分 밥 먹어도 두리 먹고 잠을 즈도 두리 즈고 오좀도 두리 누고 똥이라도 두리 누고 …… 빈틈 업시 두리 함긔 살아보식."

문에 행위 양식에 있어서 크게 제한을 받는다. 이는 앞서 〈남원고사〉에서 춘향이 소극적인 것과는 차원이 다르다. 거기에서는 이도령의 사랑놀이에 응하고 성희의 기쁨을 토로하지 않는다는 점에서 소극적이라면 여기에서는 열녀 될 여자이기 때문에 스스로 벗고 사랑놀이에 참여하지 못한다는 점에서 소극적이라는 것이다. 특히, 전승 〈춘향가〉의 것으로 추정되는 '외용외용 말농질'은 후대 이본에서 볼 때 춘향이 말처럼 흉내를 내면서, 'ᄉ랑 ᄉ랑 어붐질'은 춘향이 업힌 자세에서 성행위를 하되 모두 이도령의 요구에 의한 것이다. 따라서 그것들은 이도령의 사랑놀이에 춘향이 동원된 꼴이므로 거기에서 '외용외용'한다고 해서 춘향이 적극적으로 성행위에 참여한다고 할 수 없다. 그런데 이마저도 열녀 될 여자이기 때문에 할 수 없도록 했으니 춘향의 운신의 폭을 크게 좁혀 놓은 것으로 볼 수 있다. 반면 이도령의 권한은 한껏 늘려 앞의 이본들보다 그의 적극성, 일방성, 강압성은 크게 강화되어 있다고 할 수 있다.

요컨대 동창 사랑가는 '양반사랑가'를 지향한다면서 성행위에 있어 춘향의 행동반경을 크게 좁혀 놓았고 실제로는 '육담사랑가'를 비롯한 각종 사랑가를 삽입함으로써 이도령의 행동반경을 한껏 넓혀 놓았다는 특징이 있다. 여기 사랑가는 전기와 후기의 두 모습이, 춘향의 정체성 역시 열녀와 기생으로 착종되어 있지만 성적 노골성, 그리고 그것과 무관하지 않은 성적 주체성 문제와 관련시켜 보면 후기의 성격을 더 지향한다고 할 수 있다.

〈열녀춘향수절가〉

옷벗기기 사설
초야교구사설

(연일 사랑)
동정칠백 월하초에 무산같이 높은 사랑
저리 가거라
너는 죽어
이리 보와도 내 사랑
정자 노래
궁자 노래
벗기며 어루는 사설
업음질
말노림
탈 승자 노래

〈열녀춘향수절가〉 사랑가는 벗기기 사설부터 시작되면서 초야교구
사설에 바로 들어간다는 특징이 있다. 만첩청산류의 어르기 사설이 생
략된 것이다. 이렇게 첫날밤을 보낸 이후 연일 사랑놀이가 이어지는데
이 때 각종 사랑가가 동원되어 이전의 어떤 이본보다 종합적이고 장형
화된 면모를 보인다. 특히, 그전에 안 보이던 정자 노래와 궁자 노래가
동원되었다. 그리고 만첩청산류는 완판 33장에 이어 어르며 벗기는 사
랑가로 쓰였다. 무엇보다 업음질과 말농질이 구체적이면서 관능적인
것으로 묘사되었다는 특징이 있다.

이 중 업음질은 업는 자세에서 하는 성행위로 구체화되어 있고 말놀
이는 여성을 말처럼 부리면서 하는 사랑놀이로서의 정체가 확연히 드
러난다.

너와 나와 버신 짐의 너은 온 방바닥을 기여 단여라 나는 네 궁둥이여
싹 붓터셔 네 허리를 잔쪽 찌고 볼기짝을 늬 손바닥으로 탁 치면서 이리

하거든 호홍그려 퇴금질노 물너시며 쒸여라 알심잇게 쒸거드면 탈 승짜 노
릭가 잇난이라. ······ 마부는 늬가 되야 네 구경얼 늬지시 잡아 구경거럼 반
부시로 화장으로 거러라 기총마 쒸듯 쒸여라 ······.

말놀이는 엎드린 자세에서 하는 성행위를 말한다. 남자는 뒤에서 온
갖 행위를 지시하고 여자는 엎드린 자세에서 그 지시에 따라 갖은 행위
로 응하면서 하는 성행위를 말하는 것이다. 이러한 성행위 자세를 구체
적으로 보여줌으로써 여기 사랑가는 성적으로 노골적인 효과를 낸다고
할 수 있다. 요컨대 〈열녀춘향수절가〉의 사랑가는 각종 사랑가의 집합
체이자 특히, 말농질의 구체적 묘사로 인해 성적으로 가장 노골적인 양
상을 띤다고 할 수 있다.

한편 성적 주체의 측면에서 보면 여기에 와서 춘향의 성적 타자성은
가장 강화되었다고 할 수 있다. 우선 각 사랑가에서 춘향은 부끄러워하
며 순순히 이도령의 요구에 따른다는 의미에서 성적으로 수동적이다.
그런데 이러한 사랑가가 양적으로 화대되면서 그녀의 성적 수동성도
그만큼 강화되었다고 할 수 있다. 물론 그녀가 성적으로 어떤 느낌을
받았는지, 성적 쾌락을 느꼈는지조차 알 수 없다. 특히, 말농질의 경우
춘향은 인간 이하의 말처럼 부려진다. 춘향은 이도령의 성적 욕구를 충
족시키기 위해, 그가 선호하는 방식대로 성행위에 동원된 것이다.

이러한 춘향의 면모는 사랑가를 제외한 장면에서 춘향이 앞의 이본
들에 비해 자색이 조촐할 뿐 아니라 여염처자로서의 정숙함과 자질을
갖추었고, 그런 점에서 다소 주체적인 면모를 보이는 것과 대비된다.
춘향은 신재효본 남창에서부터 독립적으로 입전되면서 열녀로서의 자
질이 부여되었는데 여기 〈열녀춘향수절가〉의 사랑가에 와서 그러한 양

상이 좀더 강조되었을 뿐만 아니라 특히, 추천 행위가 춘향의 시점에서
연출된 것이다.

물론 광한루 주변을 구경하던 이몽룡의 눈에 춘향의 모습이 보이는
것은 앞의 이본들과 같다. 하지만 춘향의 모습은 곧 다른 경치들과 섞
여버리고 이도령은 다시 견우직녀 타령을 한다. 이도령이 이러한 타령
을 한 후 춘향의 모습을 보게 되는, 다른 이본들과 다른 것이다. 그가
처음부터 춘향에게 크게 주의하지 않았음을 알 수 있다. 이는 여기 이
도령이 '탕정'에 빠져 있지 않은 것과도 관련될 것이다. 그리고는 이어
완벽하진 않지만 춘향의 시점에서 추천 과정이 서술된다. 따라서 사랑
가에 앞서 만남 장면에선 춘향의 주체적인 면모가 다른 어떤 이본보다
크게 부각되어 있다고 할 수 있다. 그런 점에서도 여기 사랑가에서 춘
향의 소극적인 면모, 성적 타자로서의 면모는 주목할 필요가 있다.

이상 〈열녀춘향수절가〉의 사랑가는 각종 사랑가를 동원하여 앞의 이
본들보다 성적으로 가장 노골적인 장면을 연출했으며 그만큼 춘향의
성적 타자성이 강화되었다고 할 수 있다. 이는 춘향의 열녀화와 무관하
게, 사랑가 자체는 성적으로 더 노골적일 수 있으며 춘향은 성적으로
더 타자화될 수 있다는 점을 시사한다고 할 수 있다.

3. 사랑가의 성적 주체 문제

지금까지 살펴본 바와 같이 사랑가는 후기 〈춘향가〉에 이르러 관능
적인 면모가 강화된다. 후기에 들어 각종 사랑가가 동원되어 전체 사랑
가의 편폭이 확장되는가 하면 업음질, 말놀이 등 사랑놀이가 등장하
면서 성적으로 한층 노골적인 면모를 띠는 것이다.

한편 전기 사랑가에서부터 성적 행위의 주체는 이도령이다. 성적 주체의 문제는 단지 성행위 장면에서 누가 그것을 주도하는가 하는 것뿐아니라 애초에 누구의 성욕이 문제 되었으며, 그것이 실현되었는가 하는 제반 사항과 관련된다. 사랑가에서는 이도령이 일방적으로 성행위를 주도하는 것으로 보인다. 그리고 애초에 그의 성욕이 문제가 되었고 그것을 실현하는 쪽으로 사랑가가 연출된 것이다.

그런데 특히, 후기에 빈번히, 그리고 구체적으로 연출되는 사랑놀이가의 경우 춘향의 성적 타자성은 더욱 강화되어 그녀는 인간 이하의 존재로 취급될 정도다. 여기서 춘향은 말로 취급된다. 원숭이로 취급된예도 있다.[20] 따라서 후기 사랑가에서 이도령의 성적 주체성은 한층강화되면서 춘향의 성적 타자성 역시 심화된다고 할 수 있다.

요컨대 후기 〈춘향가〉에 이르러 사랑가는 관능성이 강화되는 방향으로 변하고 그 변하는 만큼 춘향의 성적 소외 역시 심화된다고 할 수있다. 그렇다면 이러한 사랑가의 변모 양상과 성적 주체 문제를 어떻게이해해야 할까? 이 글에서는 춘향과 이몽룡으로 대표되는 당시 기생과양반과의 교방 풍속 내지 창자 광대를 포함해 사랑가를 둘러싼 향유층의 동향을 중심으로 이 문제에 접근하고자 한다.

우선 긴·자진사랑가류는 당시 잡가 등 민속가요에 있던 것으로 주로시정의 유흥적 분위기 속에서 연창되며 특히, 남녀간의 성행위를 진솔하게 표현한 것이다. 이것이 교방으로 흘러들어 각종 기생놀이에서 흥을 돋우는 레퍼토리로 활용되었을 가능성이 있다. 하지만 사랑놀이가에 표현된 적나라한 성행위 장면은 기생놀이를 포함한 교방 풍속에서만 가능한 것으로 보인다. 여기에서 주요한 놀이 주체는 관기를 관리하

---

20) "잇씩 도령임 츈힝을 덜이고 노는듸 원성이 타고 노듯 ᄒ는 거시엿ᄃ"(박순호 소장 68장본)

던 아전과 별감을 비롯한 시정의 왈자들로 추정된다.[21] 그들은 이러한 놀이를 통해 성적 욕구를 충족했으며 이것이 관아, 궁궐 주변의 한 풍속이 되었던 것으로 보인다. 따라서 사랑놀이는 보통의 성적 행위보다 다소 짓궂은 면이 있으며 성도착적 측면마저 보일 정도로 행위가 과장되어 있는 것이다. 이들 아전과 별감, 그리고 오입쟁이들의 욕망을 충족시켜 줄 상대역은 당시 사회에서 기생밖에 없다고 본다. 기생은 그들의 필요와 욕망에 의해 언제든지 동원되어 어떤 행위라도 감수해야 하는 관비이기 때문이다. 사랑가의 춘향은 이러한 당시 관비로서 기생의 형상이 투영된 것으로 보인다.[22] 사랑가에서 춘향이 기꺼워하지 않으면서, 불편을 감수하면서, 어떠한 자세라도 취하는 것은 이 때문이다.

한편 광대는 선행 담화 자료 특히, 각종 사랑가와 사랑놀이가 중에서 적절한 노래를 골라 자신의 사랑가 판을 짜겠지만 그 자신 이상의 교방 풍속에 연루되어 있기 때문에 사랑가가 전혀 남의 얘기가 아니다.[23] 광대는 여러 가지 목적으로 관아 내지 궁궐 주변을 서성거리며, 아전, 별감들과 가까이 지내면서 그들을 통해 기생놀이에 참여했을 가능성이 있다. 광대는 아전, 별감들이 양반을 위해 마련한 기생놀이에 재인으로 동원되어 질탕한 사랑놀이를 구경했을 것이기 때문이다. 한편 시정 왈자들의 기생 놀음에 광대가 악대로서 참여했을 가능성도 있다.[24] 따라서 이런

---

21) 이에 대해서는 김종철, 「〈무숙이타령〉(왈자타령)과 19세기 서울 시정」, 『판소리 연구』, 1998, 576~577, 587, 604쪽 참조.

22) 〈계우사〉에는 관기 의양의 처지가 다음과 같이 나타난다. "숭원上院 독쑉 관亐關子 홀슈 옵셔 올ᄂ온니 드러오던 그날부텀 별감방別監房 보두부죵捕盜部長 오입즁니 셔방임네 늬 쇽 아러 길 쓰리랴 호령 핀준 늬마질과 여츳ᄒ면 가슴튁고 ᄉ즉ᄒ는 셔방임네"(김종철, 「계우사」, 『판소리연구』 5, 1994, 429쪽)

23) 조광국, 『기녀담 기녀등장소설 연구』, 월인, 2000, 71쪽 참조 ; 김동욱, 앞의 책(1965), 360~361쪽 참조.

24) 김종철, 앞의 글(1994), 421, 438, 439~440쪽 참조.

저런 계기로 광대는 이들 기생을 대동한 풍류에 참여하여 구경하거나 함께 유흥을 벌였다고 할 수 있다. 이런 점에서 보면 사랑가에 반영된 사랑놀이는 다수의 한량들이 여러 기생을 데리고 벌이는 질탕한 성희였는지도 모른다.[25] 그만큼 놀이로서의 성격이 강하고 그것이 사랑가에도 반영되어 중중머리의 흥겨운 장단으로 불린 것이다.

요컨대 사랑가에서도 특히, 사랑놀이가는 이렇게 교방 풍속의 하나인 기생놀이가 그 동참자 중의 하나인 광대를 매개로 해서 판소리 〈춘향전〉에 흘러들어 왔다고 할 수 있다.[26] 그리고 사랑가의 춘향 형상엔 당시 이러한 기생놀이의 대상으로서 기생의 모습이 반영된 것으로 볼 수 있다. 물론 각종 사랑가 중에서 특정 노래를 선택하고 배제하는 데 있어 전권을 쥔 것은 광대이지만 이에 영향을 미치는 것은 향유층의 감식안이다. 여기에서 판소리 좌상객으로서 양반의 역할을 검토할 필요가 있다.

물론 양반들은 표면적으로는 성적 장면이 노골적으로 표현된 것을 선호하지 않았을 것이다. 하지만 자제와 금기에 짓눌려 온 만큼 속으로는 그 어떤 부류보다 그것을 갈망했을 수도 있다. 그 실례가 바로 그들이 향유한, 소화, 곧 외설담일 것이다. 더욱이 19세기에 들어 양반층

---

25) 조광국도 사랑가에 나타난 이도령의 면모가 "조선 후기 사회에서 많은 양반들이 妓房을 찾아들면서 유희적 분위기에 젖었던 향락적 기방 풍속을 충실히 반영한 것"으로, "기방에서 기녀들과 놀아날 때 많은 양반이나 양반 자제들은 '사랑가', '궁자타령' 등을 부르면서, 벌거벗고 서로 업어주기도 하고 벌거벗고 말 타는 등 성적 유희를" 즐긴 것으로 추정한 바 있다.(앞의 책, 242쪽)

26) 김동욱은 사랑가와 관련하여, "러브 신의 성인적인 단도직입성도 초야경의 애욕도" "광대들이 양반과의 가무적인 봉사 가운데서 또 그들의 생활 가운데서 익혀온 바 이조 중엽사회의 요지경적 축도"이며 "남원도호부라는 지방 관아 도시를 중심으로 일어나는 하나의 생활 기록"으로서 "다분히 그런 도시에 매어있었을 광대의 눈에 얼비친 생활의 기록"이라고 한 바 있다.(앞의 책(1965), 349~350쪽) 또한 '음란(淫亂)'한 사랑가는 "春香과 李道令의 노래라기보다는 廣大들 자신들의 노래"라고 한 바 있다.(앞의 책(1979), 17쪽)

내에서 세속적 삶에 흥미를 느끼고, 감정의 표현과 발산을 원하는 부류가 출현했다는 추정이 있다.[27] 후기 사랑가의 장형화는 이러한 양반 계층의 풍류 의식 내지 성적 관심과 무관하지 않다고 본다.[28] 여기에다 사랑놀이가가 관능적이긴 하지만 기생놀이를 모델로 했다는 점, 흥겨운 장단에 맞춰 연창된다는 점에서 양반층은 사설의 내용을 그리 노골적인 것으로 여기지 않았을 수도 있다. 무엇보다 사랑가에서 성행위 자체는 관능적이라 하더라도 그것을 주도하는 것은 이도령이 대표하는 남성, 양반이라는 점도 그들 양반 부류의 풍류 속에 들어맞았을 것이다. 마지막으로 사대부 여성이 아니라 기생을 상대로 벌이는 사랑놀이이기 때문에 그들의 눈과 귀에 그리 거슬리지 않았을 수도 있다.[29]

이상 사랑놀이가에는 당시 교방 풍속 중 기생놀이 즉, 기생을 대상으로 한 오입쟁이들의 성적인 놀이가 반영된 것으로 보인다. 사랑가의 춘향이 온갖 성행위에 동원되었던 것은 이 때문이다. 따라서 그 장면이 아무리 관능적인 것이라 하더라도 만인의 공기인 기생과 상대한 것이기 때문에 하나의 풍류로 여겨졌을 가능성이 있다.

요컨대 사랑가의 관능화 내지 춘향의 성적 타자성 문제는 사랑가 자체의 전승·유통 관계, 향유층의 향유 방식 내지 목적과 무관하지 않다

---

27) 김흥규, 앞의 논문, 92쪽.

28) 양반층의 호색 지향과 관련해서는 조광국, 앞의 책, 70~71, 76, 101쪽 ; 이능화, 앞의 책, 105쪽 참조.

29) 김동욱은 〈춘향전〉이 많은 청자를 흡수한 것은 에로티시즘문학이라는 점 때문이겠지만 무엇보다 "그 모랄이 표면적인 봉건적 이념과 배치안되었기 때문"(앞의 책(1965), 360쪽)이라고 한 바 있는데 여기서 봉건적 이념에 들어맞는다는 것은 사랑가에 일반 남녀 특히, 사대부 여성이 관련되지 않고 양반과 기생의 문제가 표출되어 있기 때문인 것으로 보인다. 이런 점에서 변강쇠가가 '인간의 원초적 비밀의 문제인 性'을 거론했기 때문에 실전되었다는 견해(정병헌, 앞의 논문(1989), 98쪽)는 재고할 필요가 있다. 같은 성을 거론하더라도 특히, 여성에 의한 적나라한 성행위와 양반과 기생 간의 특히, 여성의 성적 타자성을 근간으로 하는 성행위와는 다른 것이다.

고 본다. 이렇게 보면 사랑가의 실질적인 성적 주체는 작품 속의 성적 주체인 이몽룡으로 하여금 춘향을 상대로 성행위를 하도록 요구한, 혹은 그것을 묵인한 당시 향유층이라 할 수 있다. 여기에는 사랑놀이가의 바탕이 된 기생놀이의 주체로서 왈자들, 그것이 사랑가에 투입되는 데 직접적인 통로가 되며 청중의 요구에 따라 적절히 판을 짜고 이를 즐겨 연창한 광대들, 〈춘향전〉의 다른 장면에는 간섭하고 이러한 사랑가에 대해서는 묵인한 양반들 등 남성들이 포함된다.

4. 결론

이 글은 춘향이 요조숙녀로 분장되고 주체적인 면모가 강조되는 후기 사랑가에 관능적인 면모가 강하게 나타나는 동시에 춘향의 성적 타자성이 강화되는 맥락을 규명한 것이다.

후기 사랑가의 관능화 내지 성적 주체의 문제는 사랑가의 전승, 유통 과정에 관여한 향유층의 동향과 긴밀히 관련되어 있다. 이러한 점에서 사랑가의 실질적인 성적 주체는 기생놀이의 주체로서 왈자들, 그것을 매개하는 동시에 판짜기에 동원한 광대들, 이를 묵인한 양반들이라고 할 수 있다.

제3부

섹슈얼리티와
고소설의 인접장르

제3부

〈각수록〉에 나타난 성과 그 의미

'관계성'으로서의 섹슈얼리티 : 성, 사랑, 권력

조선 후기 문헌 설화의 여성 전형 연구

〈각수록〉에 나타난 성과 그 의미

김준형

1. 들어가는 말

『각수록(覺睡錄)』은 20세기를 전후한 시기에 찬집된 것으로 추정되는 패설집으로, 여기에는 총 25편의 이야기가 실려 있다.[1] 실린 이야기는 모두 성(性)과 관련된다. 물론 성을 소재로 한 패설집이『각수록』이 처음은 아니다.『각수록』이전의 것으로『어면순(禦眠楯)』과『속어면순(續禦眠楯)』등이 있다.[2]『각수록』과 비슷한 시기, 혹은 그보다 조금 일찍 찬집된 것으로 추정하는『기문(奇聞)』이나『파적록(破寂錄)』등에도 성 이야기가 적잖이 실려 있다. 그렇지만『각수록』은 수록된 이야기가 모두 성 담론이고, 이야기의 내용 대부분이 비도덕·반윤리적인 성을 다룬다는 점에서 다른 패설집과 일정한 거리를 둔다. 비도덕을 넘어서서 반도덕적·반사회적인 이야기까지도 담고 있다. 우리 고전 문학 작품 중에 이렇게까지 반사회적인 작품이 있을까 할 정도로 여기에 수

---

1) 패설에 대한 정의 및 범주, 『각수록』의 패설사적 위치에 대해서는 김준형의 『한국패설문학연구』(보고사, 2004)를 참조할 것.

2) 『어면순』에는 전체 이야기의 40%(82편 중 35편), 『속어면순』에는 전체 이야기의 70%(32편 중 27편)가 성과 관련된 이야기다.

록된 이야기들은 충격적이다.

그렇지만 독자는 이 작품을 읽으면서도 전혀 거북해 하지 않는다. 그 원인은 어디에 있는가? 이 물음이 이 글에서 해명할 첫 번째 과제다. 즉 『각수록』에 실린 이야기가 반사회적인데, 독자는 그것을 보면서도 그리 어색해 하지 않는 이유를 찾는 것이 이 글에서 제기하는 첫 번째 문제다. 이 문제에 대한 해답은 『각수록』을 쓴 찬자의 글쓰기 방식에서 찾아야 할 것이다. 그 방법을 구명하는 것, 이것이 이 글의 첫 번째 목표인 셈이다.

이 글의 두 번째 과제는 『각수록』에 그려진 성을 통해 찬자가 의도했던 바를 파악하는 일이다. 찬자는 도대체 무슨 이유로 반사회적인 성을 다루어야만 했던가? 이 물음은 사회의 전면에 나설 수 없었던 조선 후기 지식인, 더 나아가 근대를 맞이하는 지식인들의 처지와 연결할 수 있음직하다. 근대 전환기, 혹은 일제 강점기에는 다양한 매체에서 성 이야기를 접할 수 있다. 그런데 일부 지식인들은 성 이야기를 우리의 '민족성'을 이해하는 척도로까지 확장하기도 한다. 성과 민족. 전혀 어울리지 않는 두 요소가 실제로 암울했던 시기에 조화롭게 다루어지고 있었던 것이다. 이런 현상을 어떻게 설명할 것인가? 그것은 탈출구를 가질 수 없었던 인물들이 스스로를 위로하는 수단일 수 있지 않을까? 이 글의 두 번째 목표는 바로 이러한 문제에 대한 나름의 해답을 찾아 가는 데에 있다.

2. 『각수록』의 작품세계와 일그러진 성(性)

1) 『각수록』의 작품 세계

『각수록』은 현재 국립중앙도서관에 소장된 본이 유일하다.3) 총 21장, 매면 10행, 매행 20자로 일정하다. 책 후미에는 "原本李在瑛藏"과 "西紀 一九四三年 十一月 謄寫"란 기록이 있다. 이를 통해 이 책은 이재영(李在瑛, 1898-?) 소장본을 필사한 것이고, 필사 시기가 1943년 11월임을 확인할 수 있다. 이 외의 다른 부대 사항을 확인할 수 없다.

『각수록』에 수록된 작품은 총 25편이다. 그 내용을 간략히 소개하면 다음과 같다.

일련 번호	제 목	내 용	비고
1	花山居士傳	화산거사가 강원도에 유람 갔다가 여주인 釤을 강간함.	강간을 浩然之氣와 貫一之道로 이해함.
2	力將軍傳	역장군이 湖池國을 공격함.	역장군은 남 성기, 호지국은 여 성기의 의인화.
3	玄風密陽	狂居士가 지나가는 미인을 보고 외설스러운 글을 지음.	방언을 이용한 시(語戲).
4	兩釗相婚	절개 지키는 과부를 한 총각이 꾀를 써서 아내로 맞이함.	과부의 행위를 그대로 모방함.
5	辣椒行媒	담양 胥吏가 산초 빻는 여인에게 음문이 썩을 것이라 함. 여인은 산초 빻던 손을 음문에 넣었다가 통증을 느낌. 이에 여인은 서리에게 구원을 청하고 서리는 여인을 간음함.	
6	柿商非夫	商人 사위를 맞이한 촌가에 한 장사꾼이 오자, 그를 사위로 오인하여 딸과 동침시킴. 뒷날 사위가 아님을 알고 돌려보냄.	
7	割臂圖婚	한 선비가 양쪽 팔뚝에 고기를 넣고 절개를 지키는 과부를 찾아감. 선비는 일부러 과부의 신체에 접촉하고는 팔뚝을 베는 것처럼 꾸며 고기를 잘라냄. 과부는 놀라 이후에는 선비가 접촉해도 반항하지 않음.	

---

3) 고려대에 소장된 『覺睡錄』은 표제만 '覺睡錄'이고, 수록된 내용은 『破寂錄』이다.

8	陽物退嚴	한 재상이 나라에서 제일 뛰어난 사위를 얻기 위해 여러 사람들과 혼사를 의논함. 그러나 딸은 양물이 건실한 서방을 택함.	
9	牝驢産僧	한 중이 암탕나귀와 음란한 짓을 함. 도제가 이에 암탕나귀의 음혈을 찌르자, 이후 암탕나귀는 성질이 사나워짐. 중이 도제에게 다른 말과 바꿔오라 하니, 도제는 말을 팔아 술을 먹고 대신 당나귀가 중 10명을 낳다가 죽었다고 대답함.	
10	易瓦示喩	申翊聖이 첫날밤 공주의 아래에 있게 됨. 뒷날 아침 신익성은 침실 지붕에 올라가 암키와와 수키와를 바꾸는 행위를 함.	
11	陰門接口	추운 겨울 날 아내가 오줌을 싸다가 음모가 땅에 붙음. 남편은 그것을 불어주다가 수염이 땅에 붙음. 이에 딸이 뜨거운 물로 둘을 풀어줌.	
12	陰囊無入處	지아비를 맞이하기 위한 두 딸이 빼어난 신랑 후보를 물리치고 '양물이 음문에 들어오는 것'을 이야기한 박도령에게 시집감.	
13	蟹挾兩人	촌 아낙이 오줌을 싸다가 게에게 음문이 물림. 중은 물린 것을 떼어주려다가 오히려 게의 다른 한 다리에 입술이 물림. 한참 후 게의 다리가 떨어져나가자 그 상황에서 벗어남.	
14	習事付足	한 선비가 시집가는 처제에게 음사를 가르쳐준다며 간음함. 결혼 후 동서가 이 사연을 알고 처형을 간음함. 이후 선비와 동서는 웃으며 화해함.	
15	附耳接型	한 갖바치가 못생긴 이웃집 처녀를 예쁘게 만들어주겠다며 간음함. 처녀의 아버지가 이를 알고 갖바치의 부인에게 접근하여 뱃속 아이의 귀를 만들어 준다며 간음함. 둘은 나중에 화해함.	
16	潘南務安	노처녀가 봄날 교외에 누워 치마를 걷고 누구든지 마음껏 간음하게 함. 이후 쌍둥이를 낳았는데, 사또가 아이의 성을 박씨로 하고, 본향은 각각 반남과 무안으로 내림.	初則陰門潘南潘南 後則務安務安
17	寶之刺之	한 선비가 退溪와 南冥의 道學 高下를 시험하기 위해 각각 그들을 찾아가 보지와 자지가 무엇인가를 물음. 남명은 쫓아내나, 퇴계는 친절히 설명함. 이에 퇴계의 도학이 높음을 앎.	寶池: 步藏之者而寶而不市者也 刺池: 坐藏之者而刺而不兵者也
18	口劣陽物	서울선비가 영남 풍속은 상중에 부부가 한 방에 거처한다며 영남 선비를 비판함. 영남선비는 서울 사람은 영남	

		사람의 양물만도 못해 喪中에 고기를 먹는다고 비판함.	
19	後孔小科	부인을 간음하면 과거에 오를 것이라는 말을 들은 선비가 한 부인의 뒷구멍을 간음하고 도망감. 집주인이 선비를 찾자, 그는 자신을 잡으려는 줄 알고 도망감. 주인은 그가 경망하니 소과에나 급제하겠다고 함. 선비는 과연 그 말처럼 됨.	
20	易牛換妻	김씨와 박씨는 사돈인데, 시장에서 만나 술을 마시다가 소를 바꿔 타고 집으로 돌아와 부인과 잠을 잠. 알고 보니 안사돈임. 새벽에 돌아오다가 서로 만남. 둘은 웃으며 헤어짐.	
21	多産脫陰	사위의 집에 간 장인이 술에 취해 부인들이 자는 방에 들어가 벌거벗은 채로 잠. 뒷날 여인들이 그의 양물을 만지작거리다 남자임을 알고 피함.	
22	筮仕卜妾	洪鳳漢의 문하에 있는 무변이 고향으로 가겠다며 소원을 말함. 홍봉한은 이들의 소원대로 장무변에게는 자신이 받는 식사를 주고, 다리를 치겠다고 한 이무변은 선전관으로 삼고, 자신의 첩을 강간하겠다는 현무변에게는 첩과 벼슬을 줌.	
23	冐奷治瘧	한 常人이 학질을 앓고 있는 선비를 치료하겠다며 산으로 데려가 비역질을 함. 선비의 병은 나았지만 수치감을 느낌. 이후 선비의 부인이 학질에 걸리자 선비는 혀를 차며 놀림.	
24	衰服誤夫	상복을 입은 선비의 간통 장면을 목격한 소금장수가 그 상복을 훔쳐 입고 선비의 아내를 간음함. 아내는 관계를 맺은 사람이 남편이 아님을 알고 뇌물을 주어 보냄. 소금장수는 다시 선비에게 가서 뇌물을 받음.	
25	避倅結網巾	과부가 포천 원이 잣을 심하게 거두어가는 것을 괴로워하자, 과부의 친척인 서진사가 태수를 찾아가서 한 사람이 인간 세상이 싫어 어미 뱃속에서 나오지 않았다는 골계의 이야기를 들려줌.	골계의 말은 어미 뱃속에서 17년 동안 산 사람의 이야기인데, 이 역시 음담임.

　　표로 제시한 내용에서도 확인할 수 있듯이, 『각수록』에 수록된 25편은 모두 성 이야기다. 성 또한 일반적이지 않다. 비정상적이며, 반사회적이다. 물론 일부는 전대 이야기를 다소 변개시킨 형태로 볼 여지가 있다. 하지만 그 틈새에는 절묘하게 반사회적인 성이 들어 있다.

성의 종류도 다양하다. 〈화산거사전(花山居士傳)〉은 강간을, 〈빈려산승(牝驢産僧)〉은 수간(獸姦)을, 〈습사부족(習事付足)〉은 근친상간을, 〈역우환처(易牛換妻)〉는 부부교환을, 〈기간치학(妓奸治瘧)〉은 동성애[비역질]를 소재로 활용했다. 정상적인 성이라기보다는 비정상적인 성이다.

나머지 작품들도 현대의 시각이 아닌 당대의 시각에서 보면 다분히 충격적인 내용이다. 동양위(東陽尉) 신익성(申翊聖)을 내세워 남녀의 성 자세의 역전을 다룬 〈역와시유(易瓦示喻)〉나, 상중(喪中) 성행위를 담은 〈최복오부(衰服誤夫)〉·〈구열양물(口劣陽物)〉 등도 일반적인 성 이야기로 보기 어렵다. 또한 〈양검상혼(兩釖相婚)〉·〈할비도혼(割臂圖婚)〉 등처럼 정절을 지키는 과부는 언제나 부정의 대상이 된다. 〈양물퇴암(陽物退巖)〉이나 〈음낭무입처(陰囊無入處)〉에서는 학력·재산·명예보다 더 중요한 것이 인간의 감정[곧 양물]임을 역설한다. 『각수록』에서는 중세 사회에서 요구하는 모든 도덕관념을 부정한 셈이다. 이 현상을 어떻게 이해할 것인가?

이 물음을 해결하기 위해서는 두 측면에 주목할 필요가 있다. 하나는 작품 자체의 출처를 밝히는 일이며, 다른 하나는 찬자가 작품을 어떻게 변개시켰는가를 파악하는 일이다.

전자는 『각수록』에 실린 25편의 출처를 밝히고, 그 이야기와의 차이를 파악하는 일이 우선되어야 한다. 그래야만 찬자가 작품을 어떻게 변모시켰고, 그를 통해 무엇을 말하고자 했는가를 이해할 수 있기 때문이다. 후자는 지극히 주관적인 경험이라 하더라도, 『각수록』을 읽는 독자는 반사회적인 작품을 읽으면서도 그리 낯을 붉히거나 어색해 하지 않는다. 대부분은 자연스레 읽는다. 그 원인은 『각수록』 찬자의 의도에서 비롯된다. 찬자는 독자의 기호를 적극적으로 충족시키기 위해 일부러 널리 향유되던 이야기의 틀을 활용했고, 때문에 독자는 반사회적인 내용을 접하면서도 해당 이야기를 자신이 아는 보편적인 이야기로 이해했던 것이다. 이 두 접근 방향은 『각수록』을 이해하는 전제가 된다.

이제 항을 달리하여 『각수록』에 수록된 이야기의 원천과 찬자의 글쓰기 방식에 대한 보다 정밀한 고찰을 해보자.

2) 『각수록』에 나타난 성 이야기의 원천과 변이 양상

『각수록』에 수록된 이야기는 크게 두 경로를 통해 정착되었음이 분명해 보인다. 그 하나는 구전되던 이야기를 채록하여 기록한 것이고, 다른 하나는 전대 문헌을 개작하여 기록한 것이다. 특히 후자는 개작 정도에 따라 부분적인 개작과 창작에 가까운 전면적인 개작을 한 경우로 나눌 수 있다.

먼저 구전되던 이야기를 채록해서 기록한 경우를 보자. 이 경로를 인정하는 이유는 『각수록』 이전의 패설집에 전혀 보이지 않던 이야기가 『각수록』에서만 나타나기 때문이다.[4) 그런데도 그 이야기는 패설집이 아닌 주변 장르, 예컨대 소설과 같은 장르의 삽화로 종종 활용된다. 이런 현상은 해당 이야기가 구전으로 널리 향유되다가 각각의 갈래에 정

---

4) 물론 이전의 작품집에 보이지 않던 이야기가 『각수록』에 처음으로 보인다고 해서 그것이 곧 구전되던 이야기를 정착한 것이라고 말할 수는 없다. 실제 『각수록』에 실린 다수의 이야기는 다른 문헌에서는 전혀 볼 수 없는 새로운 이야기다. 그런데도 몇 이야기에 한해 반드시 구전성을 인정하는 것은 구전성을 배제하고서는 설명이 불가능하기 때문이다. 실제로 〈力將軍傳〉을 보더라도 이 점은 익히 확인이 된다. 이 작품은 구비설화로 채록된 것도 있고, 소설로 향유된 것도 있다. 그렇지만 이들은 모두 틀만 같지, 그 내용은 전혀 다른 양상을 보인다. 이는 곧 이 이야기가 구전되는 과정에서 별도로 정착이 되었기 때문에 가능한 일이라 하겠다.

착되었기 때문에 나타난 한 양상이라 하겠다. 실제로『각수록』에 실린 〈화산거사전(花山居士傳)〉·〈역장군전(力將軍傳)〉·〈현풍밀양(玄風密陽)〉은 '적어도' 구전되던 이야기가 채록되어 기록되었음이 확실하다.

〈화산거사전〉은 화산거사가 강원도에 갔다가 날이 저물어 한 집에 머무르다가 그 집 여주인 침(針)을 강간하는 이야기다.『각수록』에는 화산거사가 침을 범하는 행위를 두고, "이것은 맹자의 호연지기로 공부자의 관일지도를 행한 것으로, 너도 또한 그 즐거움을 누리고, 나도 또한 그 즐거움을 누려 두 사람이 모두 즐거웠으니 곁에 있는 사람들이야 무슨 상관을 하리오?"[5] 라고 한다. 성행위를 맹자(孟子)의 호연지기(浩然之氣)로 공자(孔子)의 관일지도(貫一之道)를 행한 것으로 보았다. 이 표현은 20세기를 전후한 시기에 창작된 소설에서 널리 쓰였던 것으로 보인다. 실제 한 소설에서는 남녀가 만나 운우지정을 나누는 것을 "감히 맹자의 호연지기를 좇아서 공부자의 관일지도를 행한 것이니, 이불 속에서는 한 줄기 바람이 불어오고, 발은 삼경 밝은 달 아래 춤춘다. 너도 즐겁고 나도 즐거우니 이 어찌 좋고 또 좋은 것이 아니리오? [敢從以孟子浩然之氣, 行夫子一貫之道, 衾生一陣風, 足舞三更月, 爾榮樂, 我榮樂, 斯豈不好好之復好乎?]"라고 쓰기도 했다. 남녀 간의 행위를 '맹자의 호연지기를 좇아 공자의 관일지도를 행했으니 운운'하는 식의 표현법이 당시 일반적이었음을 짐작할 수 있다. 물론 두 작품 간의 직접적인 관련성은 없다.

〈현풍밀양〉은 광거사(狂居士)가 미인을 보고 희롱조로 쓴 어희(語戱)를 다룬 이야기다. 광거사가 쓴 어희는 "彼美如何弓楮脫, 執灰擊, 玄風

---

5) 1화〈花山居士傳〉. 乃以孟子浩然之氣, 行夫子貫一之道, 爾亦樂其樂, 我亦樂其樂, 兩人相樂, 傍人何關.

密陽, 其味如何鳥熊鳥熊"이다. 이는 "저 미인을 활딱 벗기고, 잡아 재쳐서, 콱 박으면, 그 맛은 새콤새콤"으로 번역해야 한다.6) 뒷부분에 한해보면, 현풍을 본(本)으로 삼은 성씨는 '곽'이고, 밀양을 본으로 한 성씨는 '박'이다. 따라서 현풍과 밀양을 합해 읽으면 '콱 박으면'이 되는 셈이다. 또한 조(鳥)는 '새'고 웅(熊)은 '곰'이다. 합해 읽으면 '새콤새콤'이된다. 이러한 말장난은 전대 패설집에서도 볼 수 없던 것이다. 이 역시성행위를 호연지기와 관일지도로 이해한 것과 같은 형태의 이야기로, 어느 순간에 널리 행해졌던 말장난을 기록한 것이라 하겠다. 그런데 이러한 이야기가 민간에 그저 떠돌아다니던 것으로 보기는 어렵다. 이야기에 어느 정도의 식견이 요구되기 때문이다. 그렇다면 이런 이야기의주된 향유층은 누구인가? 이 물음은 곧 『각수록』 찬자의 신분적 층위를이해하는 데에도 일정한 도움이 된다. 이 물음에 대한 해답을 구하기위해서는 〈역장군전〉에 주목할 필요가 있다.

〈역장군전〉은 역장군[남성 성기]이 두 낭관을 데리고 호지국(湖池國[여성 성기])을 공격하다 큰 못에 빠져 하얀 피를 토하고 죽는다는 이야기다.7) 〈역장군전〉은 남녀의 성행위를 전쟁의 방식으로 그려낸다. 이런 방식은 송세림(宋世琳, 1479~1519)의 〈주장군전(朱將軍傳)〉이나 성여학(成汝學, 1557~1617 이후)의 〈관부인전(灌婦人傳)〉과 같은 가전(假

---

6) 3화 〈玄風密陽〉. 彼美如何弓楮脫, 저미인을 활딱 벗기고(防音弓曰滑, 楮當屋切, 脫曰百枳高, 合讀則曰滑濁百枳高, 言脫衣之謂也.), 執灰擊, 잡아 재쳐서(防音執曰雜兒, 灰曰災, 擊曰處西, 合讀則曰雜兒災處西, 言翻身之謂也.) 玄風密陽, 콱 박으면(玄風大姓曰郭氏, 密陽大姓曰朴氏, 合讀則曰郭朴乙面, 言貫之之謂也.) 其味如何鳥熊鳥熊, 그 맛은 새콤새콤(防音鳥曰賽, 熊曰古音, 合讀則曰賽古音, 言酸之謂也.)

7) 2화 〈力將軍傳〉. 南邦强族曰力將軍, 獨目而長身. 與北邦胡池國, 甚善. 湖池國一朝反, 力將軍大怒欲攻之, 左右郎官諫曰: "胡池國深遠, 且外有松林鬱鬱, 不可易攻也." 力將軍搖頭而不聽, 率二郎官而攻之, 乃陷大澤中, 吐白血而死.

傳)의 문학 전통보다는 오히려『천군연의(天君演義)』와 같은 소설에 맥이 닿아 있다. 실제로 〈역장군전〉은 국문으로도 향유되었는데, 그 작품이 소설의 내지[정명기본『장한절효기』]에 쓰여 있다는 점도 이 작품의 존립 근거를 방증한다.8) 그만큼 〈역장군전〉은 널리 향유되었던 작품이다. 그런데 이 작품을 누가 향유하였는가? 그 양상을 확인케 하는 흥미로운 기록이 있다.

> 어렸을 때 書堂에서 작난군들이 淫文을 지어 가지고, 웃고 야단들을 하였든 것이다. 一例를 들면,
> "無風天地一衾動, 不雨天地兩岸濕"
> "力將軍이 大怒하야 率毛兵三千하고, 伐保之國할새 囊先生이 諫曰 保之國은 柵檣城廓이 堅固하고 中有大地하야 其深을 不可測量이로소이다. 力將軍이 不聞하고 突迫於保之國하야 進退數合에 吐白血而死라."9)

인용문은 이명선(李明善)이 1937년 8월에 정리한 자료다. 당신이 어렸을 때인 1920년대 초반에 이미 〈역장군전〉과 같은 이야기가 서당 학동들 사이에서 향유되고 있었음을 말한 것이다. 음문(淫文)의 글쓰기가 서당에서는 비교적 자유롭게 이루어지고 있었음을 알 수 있다.

이러한 과정에서 〈역장군전〉과 같은 작품도 학동들 사이에 씌어지고, 또한 향유되어 왔던 것이다. 앞서 말장난[어희]이 중심인 〈화산거사전〉이나 〈현풍밀양〉과 같은 이야기들도 이러한 분위기에서 향유되었음을 유추할 수 있다.10) 이로써 본다면『각수록』의 찬자는 최소한

---

8) 이 자료는 김준형의 앞의 책(보고사, 2004) 167~168쪽에 실려 있다.
9) 이명선 채록 정리, 〈보지 雜錄〉 중. 1937. 8. 21.『이명선전집』1(보고사, 2006) 160~166쪽.
10) 이 외에도 〈潘南務安〉이나 〈實之刺之〉와 같이 다른 패설집에서 볼 수 없는 어희를 중심에 둔 이야기들 역시 이들처럼 특수한 집단에서 구전되던 이야기가 채록된 것일 개연성도

서당 교육 이상의 교육을 받은 어느 정도의 지식을 갖춘 인물임을 미루어 짐작할 수 있겠다.

찬자는 이처럼 특수한 집단에서 향유되었거나, 혹은 향유되던 이야기를 채록하여『각수록』에 수록하기도 했다. 그렇지만 찬자의 신분적 층위의 일단을 유추하고,『각수록』에 실린 이야기가 찬자 주변에서 향유되던 이야기였을 개연성이 높음을 확인했다는 점만으로는『각수록』을 편찬한 찬자의 의도를 파악할 수 없다. 〈현풍밀양〉에서 광거사가 독백조로 한 말, "누가 말했던가? 술과 계집이 사람의 성품을 미혹케 하는 것이라고……. 내가 술이 바다처럼 있고 계집이 산처럼 있는 데서 노닐게 된다면, 그 즐거움은 삼공(三公)과도 바꾸지 아니할지라."[11] 라는 말을 통해 술과 계집이 사람의 성품을 미혹하게 하는 존재가 아니라고 역설하는 찬자의 면모를 엿볼 수 있지만, 이것만으로는 찬자의 궁극적인 의도를 읽어냈다고 볼 수 없다.

이 문제를 해결하기 위해서는『각수록』에 수록된 이야기의 정착 경로 중 다른 한 경로, 즉 전대 문헌을 개작하여 수록한 경로를 살피는 것이 순서다.

『각수록』에는 전대 문헌을 개작한 작품이 많다. 물론『각수록』에 실린 이야기가 다른 문헌에 수록된 이야기를 직접 보고 개작한 것인지, 혹은 문헌에 수록된 이야기가 구전되는 과정에서 채록된 것인지는 명확치 않다. 이 문제는 그리 중요하지도 않다. 보다 중요한 것은 경로가 어찌하든 간에『각수록』에 실린 이야기는 전대 이야기와 일정한 변이

있다. 특히 〈보지자지〉는 지금까지도 연로한 분들 사이에서 많이 이야기되는데, 등장인물은 지역에 따라 달리 나타난다. 그러나 이들 작품은 그를 증명할 다른 부대 기록이나 자료가 보이지 않아 '일단' 구전되던 이야기에 포함시키지 않는다.

11) 3화 〈玄風密陽〉. 誰云: '酒色是迷人之性乎.' 吾則當傲遊於酒海色山, 不以三公易其樂也.

양상을 보인다는 점이다. 그리고 그 방향이 일관되게 성적으로 변모되어 나타난다는 점도 흥미로운 현상이다. 이 현상은 찬자가 의도한 개작 방향이라 할 수 있고, 그것이 곧 찬자의 궁극적인 의도로 이해할 수 있기 때문이다.

『각수록』에 수록된 이야기 중에 전대 문헌과 일정한 관련을 보이는 이야기는 비교적 많다. 예컨대 8화 〈양물퇴암(陽物退巖)〉·9화 〈빈려산승(牝驢産僧)〉은 각각 『어면순』 수재 〈처애택량(處艾擇良)〉·〈란음마(爛陰馬)〉와, 11화 〈음문접구(陰門接口)〉는 『어수신화(禦睡新話)』 수재 〈춘전난출(春前難出)〉과, 14화 〈습사부족(習事付足)〉·18화 〈구열양물(口劣陽物)〉은 각각 『속어면순』 수재 〈처녀선습(處女先習)〉·〈양린상조(兩吝相嘲)〉와, 19화 〈후공소과(後孔小科)〉는 『교수잡사(攪睡襍史)』 수재 〈문괘피흉(聞卦避凶)〉과, 21화 〈다산탈음(多産脫陰)〉은 『파수록(破睡錄)』 4화와,[12] 24화 〈최복오부(衰服誤夫)〉는 『성수패설(醒睡稗説)』 수재 〈진가난분(眞仮難分)〉과 『거면록(祛眠錄)』 수재 〈벽승양물(劈僧陽物)〉과 관련을 보이며, 23화 〈기간치학(旣奸治瘧)〉은 『어면순』을 비롯하여 『교수잡사』·『어수신화』·『기문(奇聞)』·『소낭(笑囊)』 등 여러 패설집에 두루 실려 전하는 이야기와 관련을 보인다. 25화 〈피쉬결망건(避倅結網巾)〉은 중국 풍몽룡(馮夢龍, 1574~1646)의 『소부(笑府)』에 실린 이야기의 변용이다. 이처럼 『각수록』에 실린 이야기는 전대 문헌과 일정한 관계를 맺는다.

『각수록』에 보이는 전대 이야기의 수용 방향을 결론지어 말하자면, 그 방향이 모두 성적인 것으로 향해 있다고 할 수 있다. 그것도 정상적

---

12) 『파수록』은 제목이 없다. 여기에 쓴 이야기 순서는 1958년에 민속학자료간행회에서 유인(油印)한 『古今笑叢』본에 따른다.

인 성이 아닌 반사회적인 성이 중심축을 이룬다. 그 한 예로 〈후공소과(後孔小科)〉를 들 수 있다. 이 이야기는 『교수잡사』에도 실려 있는데, 〈문괘피흉(聞卦避凶)〉이 그것이다. 〈문괘피흉〉의 서사 분절을 보자.

① 한 선비가 길을 떠나면서 유명한 장님을 찾아가 점을 침.
② 장님은 선비에게 3일째 되는 날 횡액을 만날 수 있으니 가지 말라고 함.
③ 선비가 부득이 가야한다고 말하자, 장님은 3일째 되는 날 처음 만난 여인과 간통하면 무사하다고 함.
④ 3일째 되는 날, 선비는 우물가에서 만난 여인을 따라가 장님의 말을 들어 사정함.
⑤ 여인은 사람을 살리는 일이라며 허락하고 하룻밤을 지냄.
⑥ 뒷날 여인과 작별하고 주막에 들르니, 어제 다리가 무너졌는데, 미리 보낸 자신의 말이 그 다리를 지나다가 죽었다고 함.
⑦ 이는 神卜임.

이 이야기는 찬자기 논평한 것처럼 신복(神卜)에 대한 것이다. 그런데 『각수록』에 실린 〈후공소과〉는 〈문괘피흉〉과 일정한 차이를 보인다.

① 영남 선비가 과거를 보러 가는 도중에 유명한 점쟁이를 찾아가 점을 침.
② 점쟁이는 과천에 가서 부인을 간음하면 과거에 급제할 것이라 함.
③ 과천에 이르러 유숙하는데, 그 집주인은 당직이어서 나감.
④ 선비가 부인에게 성 행위를 애걸하자, 부인은 앞구멍은 주인이 있으니 대신 뒷구멍만 허락하겠다고 함.
⑤ 선비는 이에 뒷구멍을 간음하고 새벽에 길을 나섬.
⑥ 집주인이 퇴근해서 선비의 안부를 묻자, 부인은 전날의 일을 사실대로 이야기함.
⑦ 집주인은 손님을 잘못 대접했다며 그를 데려올 테니 앞구멍을 허락하라

하고 선비를 쫓아감.

⑧ 선비는 집주인이 화가 나서 쫓아오는 줄 알고 도망가자, 집주인은 선비
   의 사람됨이 경망하다면서 고작 소과에나 급제하겠다고 함.

⑨ 과연 선비는 소과에만 급제함.

〈후공소과〉는 〈문괘피흉〉과 동일한 유형의 이야기다. 그렇지만 후반
부는 〈문괘피흉〉과 일정한 거리를 둔다. 『각수록』 찬자는 비교적 널리
알려진 신복(神卜) 이야기 유형을 일부러 성 이야기로 뒤집었다. 〈문괘
피흉〉은 점쟁이의 신통한 점복에 대해 칭찬과 감탄을 요구하지만, 〈후
공소과〉에서 점쟁이의 점복은 이야기의 중심에서 벗어나 있다. 등장하
는 주동 인물도 신통한 점쟁이에서 선비·집주인·집주인의 부인으로
옮겨간다. 그리고 찬자는 옮겨간 인물 모두를 희화화하며 조롱할 뿐이
다. 〈문괘피흉〉의 신이함이 〈후공소과〉에서는 성을 통한 희화와 조롱
으로 바뀐 것이다. 즉 찬자는 이야기가 지닌 신이함보다 이야기를 통한
소위 비꼼의 미학을 드러낸 셈이다.

그런데 이야기의 성적인 변개와 함께 이야기 대상에 대한 비꼼의 방
식은 단순히 이야기 내용을 변화시키는 데에만 주안점을 둔 것이 아니
라, 그 방식이 비윤리·반사회적인 형태로까지 나아가고 있다는 점에서
문제의 심각성이 드러난다. 실제 『각수록』의 찬자가 세세한 부분까지
도 반사회적인 이야기로의 전환을 꾀하는 모습은 여러 방식으로 나타
난다. 인물을 바꾸거나, 내용의 미세한 변화, 일정한 삽화의 첨가 등을
통해 그러한 양상을 드러내고 있는 것이다.

전대에 향유되던 이야기에서 인물만 바꾼 대표적인 작품으로 〈음문
접구(陰門接口)〉를 들 수 있다. 이 이야기는 『어수신화』에 실린 〈춘전
난출(春前難出)〉과 유사하다. 그렇지만 두 작품은 후반부에서 일정한

차이를 보인다. 〈춘전난출〉은 홍풍헌(洪風憲)의 처가 겨울에 얼음 위에서 오줌을 누다 음모가 땅에 붙어버리자, 풍헌은 입김을 불어 그것을 떼 내려 한다. 그러나 풍헌의 수염도 얼음에 붙어, 결국 풍헌은 음문을 향해 엎드려 있게 된다. 다음 날, 김약정(金約正)이 찾아오자, 풍헌은 내년 봄 이후에나 관청 출입을 할 수 있겠다고 말하며 이야기가 끝난다. 그러나『각수록』에 실린 〈음문접구〉는 〈춘전난출〉처럼 뒷날 누가 찾아오고 당사자가 우스갯소리를 하는 형태가 아니다. 딸이 직접 뜨거운 물을 가져다가 그 얼어붙은 것을 떼어준다. 딸은 부모의 기괴한 행태를 보고 '주저하며 나아가지 못하다가[躊躇不進]' 결국은 나아가 문제를 해결한다. 부모의 기괴한 행태를 해결하는 주체로서의 딸의 등장은 친구가 찾아와 농담하는 것보다 문제적이다. 찬자는 일부러 문제 해결자로서의 친구를 딸로 바꾼 것이다. 이야기를 듣고 한바탕 웃을 수 있지만, 돌아서면 다시금 생각해볼 여지를 남겨둔 셈이다. 이런 양상은 비단 이 이야기에만 한정되지 않는다. 〈부이접형(附耳接型)〉이나 〈습사부족(習事付足)〉은 이보다 더 큰 문제를 유발한다.

〈부이접형〉이나 〈습사부족〉은 동일한 유형의 이야기다. 이 유형은 서거정(徐居正, 1420~1488)의『태평한화골계전(太平閑話滑稽傳)』에서부터 근대까지 존재했던 보편적인 이야기다. 한 사람이 다른 한 사람을 기지로 속이자, 훗날 속임을 당한 사람이 복수를 하고, 결국 둘은 다시 화평하게 지냈다는 줄거리다.『태평한화골계전』77화도[13] 그러하다. 청룡사 주지 종혜(宗惠)의 친한 친구가 종혜가 있는 고을의 책임자로 온다. 그렇지만 친구는 청룡사를 돌보지 않는다. 이에 화가 난 종혜는

---

13)『태평한화골계전』의 제목은 없다. 이야기 순서는 박경신 교수가 대교한『태평한화골계전』(국학자료원, 1998)에 따른다.

쥐똥을 절의 법식으로 담은 된장이라 하며 친구에게 그것을 먹인다. 훗날 친구는 이에 복수하고자 하여 설사하는 날 종혜를 불러 자신의 증상을 봐 달라고 한다. 종혜가 친구의 엉덩이를 볼 때, 친구는 일시에 설사똥을 분출하고, 순간 종혜의 얼굴은 똥으로 범벅된다. 그리고 둘은 껄껄대며 웃는다. 이 이야기에는 문제적인 어떤 요소도 없다. 단지 상층민들의 한 때의 여유로움만 남아 있을 뿐이다.

『각수록』에 실린 〈부이접형〉이나 〈습사부족〉 역시 이야기의 결과를 보면 어떠한 갈등의 불씨도 남기지 않고 완전히 해소된 형태처럼 보인다. 그렇지만 장난을 치는 주체가 친구가 아닌 이웃이나 친척이라는 점에서 두 작품은 이들과 일정한 거리를 둔다. 또한 장난의 대상이 '성'이라는 점에서 문제의 심각성이 제기된다.

〈부이접형〉에서 갖바치는 못생긴 이웃집 처녀를 꾀어 간음한다. 자신은 못생긴 가죽으로도 예쁜 가죽신을 만드는 것처럼 못생긴 여자도 예쁜 여자로 만들 수 있다고 유혹한 것이다. 이 사실을 안 처녀의 부친은 임신한 갖바치 부인에게 접근해서 간음한다. 처녀의 부친은 지아비가 하나면 귀가 없는 아이를 낳기 때문에 지아비가 둘이어야 한다고 꾄 것이다. 이 사실을 안 갖바치는 처녀의 부친을 찾아가 따지자, 처녀의 부친은 같은 방식으로 항의한다. 그러자 갖바치는 "둘 다 허물이 있으니 차라리 용서하는 것만 못하겠소."라며[14] 돌아간다.

이 이야기는 전대의 이야기 유형을 활용하되, 그 장난과 복수의 내용만 성으로 바꾼 것이다. 따라서 독자는 이 이야기를 읽으면서 이미 익숙한 이야기 유형으로 이해하여 특이함을 느끼지 못한다. 그렇지만 읽고 난 다음에서야 문제의 심각성을 발견한다. 〈부이접형〉은 전대 이야

---

14) 15화 〈附耳接型〉. 兩相有過, 不如恕之.

기 유형을 이용하되, 장난의 주체를 친구에서 이웃으로 변개하고, 장난의 내용도 언어나 특정한 행위가 아닌 성으로 바꾸었다. 이미 익숙한 이야기 유형 안에 문제적인 내용을 담아낸 것이다. 이 점이 곧 『각수록』 찬자의 이야기 찬집 방향인 것이다.

물론 이 이야기는 심각한 문제를 담아내고 있지만, 읽는 사람에 따라 이를 이웃 간의 장난으로 치부해버릴 수도 있다. 찬자는 그렇게 이해하지 못하도록 이와 동일한 이야기를 다시 써 넣었다. 그리고 장난의 대상을 이웃이 아닌 친척으로 확장하였다. 성적 장난이 가족을 포함한 친척의 경우는 이웃과 또 다른 느낌을 줄 수밖에 없기 때문이다.

〈습사부족〉은 〈부이접형〉과 동일한 이야기라 할 수 있지만, 그 등장인물이 처제와 형부, 처형과 제부의 관계라는 점에서 문제의 심각성이 있다. 〈습사부족〉에서 형부는 결혼하는 처제에게 첫날밤을 지내기 위해서는 미리 연습해야 한다며 처제를 간음한다. 이를 안 제부는 복수를 위해 임신한 처형에게 접근하여 아이의 팔과 다리가 아직 만들어지지 않았으니 자신이 대신 그것을 만들어주겠다며 간음한다는 내용이다. 이 이야기 역시 앞서 언급한 이야기의 유형이다. 그리고 다른 이야기의 결말처럼 이 이야기의 결말도 조화롭다.[15)

> (동서가 자신의 부인을 간음했다는 사실을 안) 선비는 크게 화를 내며 말하였다. "내 반드시 무례한 이 놈을 죽이리라!" 그리고는 큰 도끼를 지니고 동서의 집으로 급히 와서는 문 앞에 서서 큰 소리로 외쳤다. "어전(御前)의 청룡기냐? 진두(陣頭)의 대장기냐? 다리를 붙인다는 것이 다 무엇이냐?" 그의 동서도 나오면서 성난 눈으로 대답하였다. "해동(海東)의 푸른 매[蒼鷹]냐? 새상(塞上)의 흰 매[白鷹]냐? 일을 익힌다는 것이 다 무엇이

---

15) 이에 대해서는 김준형의 앞의 책(보고사, 2004. 169~170쪽)에서 논의한 바 있다.

나?" 그러자 선비는 껄껄 웃으며 말하였다. "피차 같은 것일세." 마침내 둘
은 처음처럼 서로 좋게 지냈다.16)

둘은 아무 일도 없었다는 듯이 다시 좋게 지낸다. 결말은 밝고 유쾌
하다. 결말을 통해 갈등은 완전 해소된 것이다. 그렇지만 정말 갈등이
완전히 해결되었는가에 대해 다시 질문을 던져보자. 밝고 유쾌하게 끝
이 났지만, 이것이 진정으로 밝고 유쾌해야 할 일인가? 두 동서 간의
행위는 윤리적으로 용납할 수 없는 반인륜적인 것이다. 둘의 행위에 대
해 화해나 타협은 있을 수 없다. 그런데도 이야기의 결말은 조화롭다.
"처음처럼 사이좋게 지"내게 되었다는 것이다. 결말은 사이좋게 지냈다
고 그렸지만, 다시금 생각하면 이 결말은 오히려 두렵고 쓸쓸하다.

〈습사부족〉은 전대의 보편적인 이야기 유형을 가지고 오면서 부분적
으로 인물을 바꾸거나, 사건을 비틀어 놓은 것이다. 이러한 방식은 찬
자의 의도적인 행위로 보인다.17) 찬자는 독자가 의식하지 못하게끔 보
편적인 이야기 유형을 부분적으로 변개하면서 그 이야기 안에 심각한
문제를 담아내고 있었던 것이다. 이야기는 상쾌한 듯하지만, 그 이면에
는 울분과 공포가 함께 존재하는 것이다.

이야기의 방향을 성에 맞추고, 이야기의 내용 역시 비윤리·반사회적
인 형태로 바꾸는 방식은 세세한 부분에도 드러난다. 수간(獸姦)과 관
련된 〈빈려산승(牝驢産僧)〉은 『어면순』에 실린 〈란음마(爛陰馬)〉와 유
사하다. 하지만 그 세부적인 내용은 조금 다르다. 〈란음마〉에서는 수간

---

16) 14화 〈習事付足〉. 士人大怒曰: "吾必殺無禮是夫矣." 携大斧而徑往同壻之家, 立門而呼
曰: "御前之靑龍旗耶, 陣頭之大將旗耶, 付脚者何耶?" 同壻出門, 怒目而對曰: "海東之蒼
鷹耶, 塞上之白鷹耶, 習事者何也?" 士人啞然大笑曰: "彼此同矣." 遂相好如初.
17) 찬자가 이처럼 일부러 이야기를 비트는 이유에 대해서는 다음 장에서 보다 구체적으로
설명이 된다.

을 하던 암말에게 문제가 발생하자 주지승은 말이 질투한다며 내보낸
다. 하지만 〈빈려산승〉에서 주지승은 굳이 다른 말과 바꿔오도록 한다.
〈빈려산승〉의 주지승은 잘못이 있더라도 고치지 않는다. 대신 질투하
지 않는 다른 말로 대체하려 할 뿐이다. 이로써 〈빈려산승〉의 주지승은
〈란음마〉의 주지승보다 더 큰 욕을 본다.

〈최복오부(衰服誤夫)〉는 한 사람이 우연히 간통 장면을 목격하고 두
사람에게서 재물을 얻어낸다는 유형의 이야기다. 그런데 이 이야기에
서 간통의 주체는 작품마다 다르게 그려진다. 『성수패설』에 실린 〈진
가난분(眞假難分)〉에서는 상인(常人)이다. 『거면록(袪眠錄)』의 〈벽승
양물(劈僧陽物)〉에서는 중이다. 그렇지만 『각수록』에 등장하는 간통의
주체는 상주(喪主)다. 상중(喪中)에 있는 인물이 간통하는 것은 일반인
이나 중의 간통과 그 희화화의 정도가 다를 수밖에 없다.

이처럼 『각수록』에 다루어지는 이야기는 전대 이야기 유형에서 크게
벗어나지 않지만, 그 내용은 전대 이야기와 일정한 차이를 두었던 것이
다. 그 변개의 방향을 성으로, 또한 그 내용을 반사회적인 형태로 향하
게 한 것은 우연이 아닌 『각수록』 찬자의 의도적인 개작이었던 셈이다.

전대 이야기 유형과 직접적인 관련을 보이지 않는 작품들도 성적인
방향으로 향하기는 매 한가지다. 예컨대 홍봉한(洪鳳漢, 1713~1778)
문하에 있었던 세 무변의 이야기를 다룬 〈서사복첩(筮仕卜妾)〉도 그러
하다. 〈서사복첩〉에서 세 무변의 희망은 각각 대감[홍봉한]처럼 배불리
먹는 것, 대감의 다리를 부러뜨리는 것, 대감의 첩을 강간하는 것이다.
홍봉한은 이에 세 무변의 소원을 들어준다. 그렇지만 세 명 중 홍봉한
이 가장 높이 평가한 인물은 첩을 강간한 무변이다. 이 선택은 홍봉한
이 아닌 『각수록』 찬자의 것이다. 즉 찬자가 제일로 중시한 것은 바로

정에 이끌리는 인간들이었던 셈이다. 이처럼 전대 이야기와 일정한 차이를 보이는 이야기 역시 그 방향은 오로지 성으로 향해 있었던 것이다. 그런데 이러한 이야기들은 오락적인 면에 그치지 않고, 심각한 문제를 담아내기도 한다.

퇴계(退溪)와 남명(南冥)의 도학(道學) 고하를 시험해보려고 한 선비가 그 둘을 찾아가 '보지'가 무엇이고 '자지'가 무엇인지를 묻고, 이에 대해 대답을 한 퇴계의 학문이 더 높음을 알았다는 〈보지자지(寶之刺之)〉는 『삼국유사(三國遺事)』〈탑상(塔像)〉에 실린 의상(義湘)과 원효(元曉) 이야기의 변형태로도 볼 수 있다. 하지만 두 작품 간의 직접적인 상관성이 없고, 내용 역시 상당히 속화되어 있다. 〈보지자지〉의 경우는 퇴계나 남명을 등장시켜 '보지'·'자지'에 대한 질문을 던지고, 그에 대해 답변한 퇴계를 높였다. 그렇다고 해서 이 이야기가 진정으로 퇴계의 도학이 높음을 말하고자 한 것은 아니다. 오히려 두 도학자 모두 조롱하고 있을 뿐이다. 〈보지자지〉는 '고명한' 도학자들을 성적인 자리로 이끌었다는 점에서 중세 사회의 가장 높은 권위의 상징조차 비틀어 놓은 것이다. 그런데 이보다 더 심한 문제를 제기한 작품은 〈역우환처(易牛換妻)〉가 아닐까 한다.

〈역우환처〉는 사돈 간에[18] 부인을 바꾸어 잔 이야기다. 〈역우환처〉는 사돈 사이인 김아무개와 박아무개가 소를 끌고 가다가 길에서 우연히 만난다. 둘은 같이 술을 마시다가 취해 소를 바꿔 타고 집으로 간다. 그러나 소는 본래의 집으로 가고, 김모와 박모는 바뀐 집에서 부인과

---

18) 19화 〈易牛換妻〉에서는 查頓에 대해 "우리말에, 서로 혼인한 사람들 간에 사돈이라 부른다(邦語相婚者相謂曰查頓)"라는 주석까지 붙였는데, 이는 단순히 사돈의 의미를 모르는 사람들을 위한 장치로 보이지는 않는다. 오히려 이 주석은 부부를 바꾼 사람들이 '사돈'이라는 것을 굳이 강조하기 위한 것으로 이해하는 것이 더 타당하다.

동침한다. 새벽에 깨어보니 자신의 옆에 안사돈이 있어서 급히 소를 타고 돌아오다가 둘은 또다시 길에서 만난다. 그러자 두 사람은 다음과 같이 말을 한다.

두 사람은 손을 저으면서 말하였다.
"하룻밤 부인이 바뀐 일은 당신과 나만 알고 있고 다른 사람들은 알지 못하게 합시다."
<u>그리고는 서로 웃으면서 헤어졌다.</u> 19)

〈역우환처〉역시 서로의 부인을 바꾸어 간음했는데도 종말은 아무 일이 없었다는 듯이 서로 웃으면서 헤어질 뿐이다. 이처럼 반사회적인 행위를 한 인물에 대해서도 『각수록』의 찬자는 아무 목소리를 내지 않는다. 그저 화해롭고 조화로운 결말만 남아 있을 뿐이다. 실제로 이러한 일을 한 인물이 있다면 그는 당연히 도덕적인 지탄과 비판이 따라야 할 것이다. 그런데도 단지 '우스운' 이야기라는 이유로 이들의 행위에 대해 아무 일도 없다는 듯이 처리한다. 왜 그러한가? 『각수록』의 찬자는 도덕적으로 문제가 있는 인물인가?

지금까지 『각수록』에 수재한 이야기를 살피면서, 찬자는 기존 이야기를 어떠한 방향으로 새롭게 엮어나가고, 그 방법이 어떠한가를 살폈다. 그 결과, 찬자는 모든 이야기를 성적인 방향으로 변모시켰고, 그 방법은 내용을 반사회적인 것으로 귀결시키는 데에 있음도 확인하였다. 이러한 고찰을 통해 『각수록』의 성격도 얼마간 드러났다고 믿는다. 그렇지만 이 결과만으로는 『각수록』이라는 패설집의 존재 양상, 더 나아가 조선후기와 근대 전환기에 이루어진 성 담론이 중심을 이룬 숱한

---

19) 20화 〈易牛換妻〉. 兩人相揮手而語曰 : "一夜易妻, 我知子知, 勿復使人知之." 相笑而別.

작품집의 성격을 파악하는 데에는 한계가 있다. 따라서 『각수록』을 통해 해결해야 할 보다 큰 문제는 지금까지 얻어진 결과를 토대로 이루어진 새로운 문제 제기라 할 것이다. 정말 『각수록』의 찬자는 도덕적으로 문제가 있었기 때문에, 혹은 단순한 흥미를 위해 일부러 일그러진 성'만을 대상으로 한 작품만 골라 이 작품집을 만들었던 것인가?

이 물음에 대한 답변은 '결코 그렇지 않다'다. 달아날 수도 없고 다가설 수도 없는 꽉 막힌 현실에서, 탈출구조차 찾지 못한 현실에서, 공포에 질린 현실에서 『각수록』의 찬자는 성적인 웃음을 통해 자신의 울음을 토로하고 있었기 때문이다. 인간의 삶에 마지막 문제가 제기될 때마다 오직 웃음만이 답변을 주며, 자신을 누르는 강박관념은 에로티즘으로 연결이 되고, 이 에로티즘은 공포로부터의 혐오스런 탈출구로 작용하는 것이 사실이다.[20] 『각수록』의 찬자 역시 이처럼 자신을 짓누르는 불안한 현실에 대한 탈출구로 성 이야기에 빠졌고, 자신이 처한 상황이 더욱 절박했기에 성 이야기의 강도 또한 높아질 수밖에 없었던 것이다. 『각수록』에 실린 이야기가 전부 성 담론이고, 또한 그 내용 역시 기존 윤리에 반하는 내용이 중심일 수밖에 없었던 것은 이러한 이유에서 비롯된다.

이제 항을 달리하여 『각수록』에서 다루어지는 성이 어떠한 의미를 갖고, 20세기를 전후한 시기에 성을 바라보는 몇 가지 양상까지도 엿보기로 하자.

---

20) 조르주 바타이유, 유기환 옮김, 『에로스의 눈물』, 문학과의식, 2002, 144~161쪽.

3. 『각수록』에 그려진 성의 의미

모든 동물에게 성은 존재한다. 그것은 종족을 보존하기 위한 생산의 측면으로서의 성이다. 그렇지만 인간은 생산 목적 이외의 요인인 쾌락, 즉 소비의 측면에서 다루어지는 별도의 성이 존재한다. 소비로서의 성은 결코 부정되어온 적이 없다. 이러한 성이 부정이 되기 시작한 것은 쾌락의 가치를 부정하고 노동의 가치만을 존중하던 시기, 즉 다분히 근대에 가까운 시기부터였던 것으로 추정할 수 있다. 그리고 쾌락을 추구하는 행위는 죄의식으로 평가되고, 오로지 노동의 가치만을 중시되었다. 근대적인 사유에서 비롯된 것이다.

실제 16세기 말~17세기 초에 찬집된『속어면순』수재 〈노기판결(老妓判決)〉을 보면 성을 두고 이야기하는 것이 그리 큰 문제가 되지 않았음을 엿볼 수 있다.[21] 그렇지만 20세기를 전후한 시기에 지어진 이야기에는 성에 대한 도덕성을 강요하는 경우가 빈번하게 나타난다. 예컨대『교수잡사』에 실린 〈취악폐궁(臭惡廢弓)〉과 같은 경우다.

〈취악폐궁〉은 활쏘기를 업으로 삼는 한 사내가 낮잠 자는 여인의 음호에 손가락을 넣었다가, 이후 그 손가락에서 심한 악취가 나 활시위도 당길 수 없는 정도가 되어 결국 활쏘기를 그만둔다는 내용이다. 쾌락만을 좇은 행위 때문에 결국 자신의 생업까지 포기해야 하는 벌을 받았음을 말해주는 이야기라 하겠다. 설화에서도 쾌락만을 좇은 행위에 대해

---

21) 이 이야기는 갑과 을이 음양에 대한 이야기를 하면서 여성은 남성의 양물의 크기에 미혹하는가, 혹은 기술에 미혹하는가를 놓고 언쟁을 벌이다가 결론이 나지 않자 찬자인 성여학에게 판결을 내달라고 한다. 성여학은 〈呂不韋傳〉을 인용하여 갑의 손을 들지만 을은 여기에 불복한다. 그 때 늙은 기생이 그 앞을 지나가자, 성여학은 그 기생을 불러 물어본다. 늙은 기생도 또한 갑의 손을 들어준다는 내용이다. 이 이야기는 성여학이 직접 등장한다는 점에서 사실로 볼 수 있다.

도덕이라는 잣대로 이를 징벌하는 양상이 여러 군데서 보인다. 20세기를 전후한 시기에 채록된 구비설화들에서도 이러한 모습을 쉽게 찾을 수 있다. 널리 분포된 〈달래나보지〉와 같은 이야기는 오누이간의 근친상간에 대한 죄의식을 설명한 가장 대표적인 예라 할 수 있겠다. 또한 홀로된 며느리가 잠을 자면서 걷힌 치마를 시아버지가 지팡이로 잘 덮어주었는데, 이후 며느리는 지팡이를 낳았다는 이야기22) 등도 쾌락의 행위에 대한 도덕적 징벌인 셈이다.

　쾌락을 추구하는 그 자체는 근대로 접어들면서 강력한 금기로 작용했다. 노동의 가치를 중시하는 사회, 즉 이성의 사회에서는 당연한 결과다. 그렇지만 성은 가장 감성적인 것이다. 이성과 반대의 가치를 갖는다. 그러하기 때문에 이성이 지배하는 사회에서 성은 금기의 영역일 수밖에 없다. 그런데도 『각수록』의 찬자는 이성의 가치가 중시되는 사회에 살면서 철저하게 반사회적이며 비인륜적인 이야기를 거리낌 없이 써넣었다. 그 이유는 무엇인가?

　여기에 답변을 하기 위해서는 다시금 성이 가장 감성적인 것이라는 점에 주목할 필요가 있다. 성에 대한 이야기를 다룬 것은 그만큼 찬자가 이성보다 감성에 더 충실했음을 뜻하기 때문이다. 실제로 『각수록』의 찬자는 철저하게 인간의 감성이 이성보다 우선되어야 함을 지적한다. 예컨대 〈양물퇴암(陽物退巖)〉이나 〈음낭무입처(陰囊無入處)〉에서 신부가 신랑을 선택하는 기준은 어떠한 재능이나 재산이나 학력이 아니다. 신부들이 요구하는 것은 직접적인 성행위에 있을 뿐이다. 〈양물퇴암〉에서는 "문장과 재물이 좋기야 좋지요. 그러나 그것도 커다란 양물 하나만 못"하

---

22) 이명선, 『이야기』 1, 〈집팽이를 낳다〉. 鄭弘順 술, 1939. 2. 10. 원문은 『이명선전집』 1 (보고사, 2006), 215~216쪽에 실려 있다.

다면서 양물로 바위로 끌어올릴 수 있다는 낭군을 선택하여 아들 8명과
딸 8명을 낳고 백년해로하기도 한다.[23] 〈음낭무입처〉에서 신부는 "양물
이 음문에 들어오는 것, 이것이 부부의 시작"이라[24] 주장하기도 한다.
신부의 주장은 『각수록』 찬자의 목소리로 이해해도 무방할 듯하다. 찬자
는 감성에 충실하여 『각수록』을 편찬하였던 것이다.

그렇지만 『각수록』의 찬자가 속한 사회는 이성의 질서가 지배한다.
감성의 장치가 많은 것은 그만큼 이성을 요구하는 사회 질서에 배치된
다. 그런데도 찬자는 자신이 속한 현실을 이성에 기초하여 비판하지 못
한다. 『각수록』 찬자가 사회를 비판적으로 본 이야기는 그나마 맨 마지
막에 수록된 〈피쉬결망건(避倅結網巾)〉 한 편뿐이다. 이 이야기는 포천
에서 잣을 과다하게 거둬들이자, 서진사가 고을 원에게 가서 한 편의
이야기를 들려준다는 내용이다. 서진사가 들려준 이야기는 한 아이가
17년이 지나도록 어미 뱃속에서 나오지 않기에, 그 어미가 아이에게 왜
나오지 않는가를 묻자, 아이는 "세상에 나오면 포천 고을원이 잣을 까
라고 할 것이니 차라리 뱃속 안일한 곳에 있으면서 그 고통을 면하는
것만 못하지요"[25] 라고 대답했다는 줄거리를 갖는다. 이 이야기는 풍
몽룡의 『소부(笑府)』에 실린 이야기를 변용한 것인데, 세상에 나오기보
다 어미 뱃속에 있는 것이 낫다는 것은 그만큼 현실의 질곡이 심함을
의미한다. 이 점에서 〈피쉬결망건〉은 사회에 비판적인 면을 담아낸 이
야기로 볼 수 있다. 그러나 〈피쉬결망건〉 역시 후반에는 결국 음담으로
회귀하며, 또한 음담으로 제기한 사회 문제도 해결한다. 『각수록』의 찬

---

23) 8화 〈陽物退巖〉. 新婦曰: "文章金帛, 好則好矣, 而不如一個大陽物." 遂退黃某及鄭某,
　　而嫁於李郎, 生八子八女, 偕老百歲.
24) 12화 〈陰囊無入處〉. 陽物之入於陰門, 是夫婦之始.
25) 25화 〈避倅結網巾〉. 生則爲抱川倅剝柏子耳. 不如在腹中安逸之處, 庶免其苦矣.

자가 이성으로 사회를 비판하려고 해도 그것조차 자신에게 어떠한 의미가 될 수 없었기 때문에, 결국은 다시금 감성의 세계로 되돌아갈 수밖에 없었던 것이다.

현실과 이상이 이율배반적으로 존재하는 모순된 사회를 보면서 어느 정도나마 이성적으로 그 사회를 비판할 수 있다면『파적록』이나『교수잡사』에서처럼 부분적으로 사회에 대한 냉철한 풍자의 이야기를 담을 수 있다.[26] 그러나 그 상태를 넘어선 사람은 결코 이성적인 내용을 담지 못한다. 합리적인 방법으로 사회 질서에 이의를 제기할 수 없을 때에는 감성에 따라 사회 질서에 접근하는 경향이 강해진다. 감성의 유로로 이어지는 것이다. 그렇지만 지나친 감성의 노출은 곧 이성의 한계를 넘어선 분노와 좌절에 다름 아니다. 실제로『각수록』의 찬자가 그려낸 실로 다양한 반인륜적 이야기들은 웃음을 넘어선 찬자의 울음이었던 셈이다. 이러한 양상은 우리 사회에만 한정되지 않는다. 사드가 감옥에서 처절한 삶을 살면서 그가 그려낸 것은 반인륜적인 행태의 이야기며, 고야처럼 36년 간 청각 장애의 감옥에서 그려낸 그림이 성과 죽음이 공존하는 마니에리슴이 아닌가?[27]『각수록』에서 말하고자 하는 것도 윤리의 전복을 그려냄으로써 '도덕을 넘어선 도덕'을 독자들에게 요구한 것이라 하겠다.

윤리는 공동체를 위한 것이다. 공동체를 위한다는 것은 달리 말하면 현재의 상황이 미래까지 지속되기를 바라는 것이기도 하다. 하지만 절망의 상태에 놓여 있는 사람들은 그러한 상황이 오랫동안 지속되기를 바라지 않는다. 때문에 금지된 영역을 보여줌으로써, 금지된 것에 대한

---

26) 이 양상에 대해서는 김준형의 앞의 책(보고사, 2004) 195~207쪽을 참조할 것.
27) 조르주 바타이유, 앞의 책, 2004.

위반을 함으로써 자신의 울분을 드러내고 있는 것이다. 『각수록』의 찬
자 역시 마찬가지였다. 이러한 방법이 찬자가 가질 수 있었던 최선의
방법이기 때문이다. 성이란 죽음을 내포하는 것이면서, 또한 죽음 속에
서도 생을 찬양하는 것이다.[28] 따라서 성적인 고백은 자신에 대한 부
정이면서도 희망일 수밖에 없다. 일그러진 성을 이야기하면서 자신은
이 세상에서 격리되어 있지 않다고 역설하는 것이다. 『각수록』의 찬자
는 일그러진 성을 그려냄으로써 이 점을 이야기하고 있었다. 사회의 어
느 한 틈에도 설 수 없었던 자신을 돌아보면서, 사회를 조롱하고 사회
를 지배하는 이데올로기를 비꼬면서도 그래도 자신은 살아있음을 역설
적으로 드러내 보이고자 했던 것이다.[29]

　조선 후기에서 근대로 전환하는 과정에서 성 이야기는 빈번하게 등
장한다. 그리고 성 이야기는 단지 일회적인 웃음으로만 끝나지 않는다.
특이하게도 계몽과 민족이라는 고리와 맞물려 존재하는 경우가 많다.
실제로 1899년 『매일신문』〈논설〉에는 흥미로운 자료가 수록된다. 이
이야기는 『소낭(笑囊)』113화를[30] 비롯한 여타의 패설집에서 흔히 볼
수 있는 음담 중의 하나다. 세 딸이 있는데, 첫날밤 첫째 딸은 옷 벗기
를 거부하다가 소박을 맞는다. 둘째 딸은 언니가 소박맞은 것을 계기로
삼아 미리 옷을 벗었다가 소박을 맞는다. 셋째 딸은 두 언니의 경험을
토대로 어찌할 줄을 몰라 한다는 내용이다. 이 이야기는 어떠한 방식으
로 보든지 음담 이상의 해석은 도저히 불가능해 보인다. 하지만 『매일신
문』〈논설〉 조항에서는 이 이야기를 실은 다음과 같은 논평을 붙인다.

---

28) 조르주 바타이유, 최윤정 옮김, 『문학과 악』, 민음사, 1995, 17쪽.

29) 김준형, 앞의 책, 2004.

30) 『소낭』 역시 유일본으로 제목은 없다.

"지금 완고라 흐고 스스로 직희는 자는 큰쏠의 고집흠이요, 기화의 졸업 흐엿다는 자는 둘지 쏠의 과히 능흠이라. 씃히 쏠의 즁도 쓰는 거시 기화에 먼져 씌다른 자라 헐 것시니, 그러헌즉 째를 짜라 맛당흔 거슬 지으며 풍속 을 좃차 변통흐는 거시 올흔 쥴노 아노라"31)

큰 딸은 폐쇄적인 완고함을 대표하고, 둘째 딸은 개화를 대표하며, 막내는 중용을 중시한 인물이라 한다. 그리고 때에 따라 변통해야 함을 강조한다. 개방과 폐쇄의 중간에서 중용을 지키는 것이 중요함을 일깨 우기 위해 인용한 이야기가 음담이란 점이 흥미롭다.

『제국신문』에서 과부의 재가를 긍정하는 데에 쓰인 자료 역시 음담 이다.32) 또한 1910년대에 찬집된 소위 구활자본 패설집이라 할 수 있 는 『앙천대소(仰天大笑)』와 같은 데서도 음담을 포함한 많은 이야기가 계몽적인 글들과 함께 실린다. 이처럼 중세에서 근대로 이행하는 과정 에서 음담이 사회적인 내용의 글과 한데 어울리는 현상은 흔히 볼 수 있다. 이러한 모습은 세상에 적극적으로 참여할 수 없었던 지식인들이 어떠한 방법도 찾지 못하고 스스로 자신의 삶과 죽음에 대한 혼선의 양상을 그대로 드러낸 것이라 할 수 있다. 자신의 무력함을 감성에 의 지하면서도, 그러면서도 감성에 빠져있는 자신에게서 벗어나려는 몸부 림이 성을 통한 계몽으로 이어졌다고 볼 수 있겠다. 이렇게 하여 성과 민족, 성과 계몽은 서로 어울리지 않을 듯하면서도 묘하게 연결되어 존 재할 수 있었던 것이다.

이러한 양상은 1930년대를 살았던 학자들도 성에 집착했다는 점에서

---

31) 『매일신문』 1899년 3월 20일 〈론설〉. 이 자료는 김영민·구장률·이유미 편, 『근대계몽 기 단형서사문학 자료전집』 상(소명출판, 2003)에 수록되어 있다.
32) 『제국신문』 1906년 7월 12~16일. 〈俚語奇談〉. 김영민 외 편, 앞의 책, 2003.

일정한 타당성을 갖는다. 최근 발견된 1930년대에 유행하던 이야기를 정리한 이명선의 자료집을 보면,[33] 그 이야기의 중심이 성에 놓여있음을 알 수 있다. 또한 1932년 정대일(丁大一)은 『속지해(續志諧)』를 출간하는데,[34] 여기에 수록된 이야기의 중심 역시 성이다. 특히 정대일은 1947년에 1920~40년대까지 조사한 것으로 보이는 자료들 중에서 음담만을 모아 『조선상말전집』을 출간한다. 그런데 이 책 서문에 쓴 공삼달(孔三達)은 이 책의 성격을 흥미롭게 서술한다.

> 丁公大一 先生은 일찍 우리나라의 後進性을 揚棄하고 先進國에 比肩하려면 西洋文化를 攝取하여 科學的 知識을 據得함이 緊急事이기는 하나, 그것보다도 于先 民族의 바탕을 이루고 있는 傳統的인 무엇을 찾아내는 것이 基本的인 것이라 깨닫고 民族性의 硏究에 專急하였던 것이다. …(중략)… 民族意識이 極度로 昂揚된 오늘날, 이런 基本的 硏究資料가 마땅히 널리 頒布되어 民族性의 科學的 究明이 있어 이 混亂狀態를 바로 잡아야 할 것을 切□히 느끼는 同攻者들은 …(하략)[35]

우리의 민족성을 이해하기 위한 방편의 하나로 '음담'을 선택했다는 것이다. 이 말은 지나친 성적 이야기에 대한 자기변호가 아니다. 성이라는 것을 통해 지식인들의 좌절과 그 극복 양상을 읽어내려고 했던 단면인 셈이다. 성은 곧 눈물을 거친 웃음이요, 허(虛)를 거친 위(僞)이기 때문이다.

이러한 양상은 일반 민중에게서도 그대로 적용되었던 것으로 보인

---

33) 이는 '이야기'란 제명을 붙인 노트 4권인데, 여기에 기록된 자료는 『이명선전집』 1권(보고사, 2006)에 실었다.

34) 丁大一, 『續志諧』, 三門社, 1932.

35) 정대일, 『조선상말전집』, 향토문화연구소, 1947(프린트본).

다. 1930년대 이명선의 『이야기』에는 흥미로운 자료가 다수 보이는데, 그 중에는 역사적인 사건을 섹슈얼리티로 풀어낸 경우도 있다. 패배한 역사를 성으로 보상을 받아내는 방식의 이야기가 그러하다. 〈임장군(林將軍)〉과 같은 경우도 그러하다.[36] 이 이야기는 어떠한 대업도 이루지 못하고 안타깝게 죽은 임경업의 탄생을 기록한 것이다. 임경업의 모친이 사회에서 요구하는 원칙에서 벗어난 성관계를 부정했기 때문에 임경업은 그러한 운명을 가질 수밖에 없었다고 말한 셈이다. 즉 감성을 거부하고 이성을 존중함으로써 임경업은 대업을 이룰 수 없는 운명을 가지고 태어난 것이다. 〈임장군〉과 같은 이야기가 단지 흥미만을 위해 만들어지고 향유된 것은 아니다. 이러한 이야기들은 암흑기를 살아가는 과정에서, 나아갈 수도 달아날 수도 없는 자신의 처지에 대해 감성적인 물음을 던지는 과정에서 만들어졌던 것이기 때문이다.

『각수록』에 그려진 성은 비인륜적이며 반사회적이다. 그렇지만 그것을 단순히 흥미 위주로만 이해해서는 안 될 것이다. 그것은 중세의 질곡에서 근대로 넘어가는 과정에서 어느 정도 지식을 갖고 있는 사람들이 자신에 원론적인 물음, 혹은 자신과 사회에 대한 갈등의 물음을 담아낸 것이기 때문이다. 에로티즘은 금기를 위반했다는 데서 자신이 잠시 행복하다는 착각을 하게 한다. 그렇지만 지속적인 행복감을 주지는 못한다. 다시금 자신을 옭죄는 현실로 돌아가야 하기 때문이다. 이러한 이유로 인해 『각수록』은 등장할 수 있었고, 우리들은 이러한 모습을 통해 그 당시를 살아갔던 사람들의 초상을 엿볼 수 있는 것이 아닌가? 그리고 그 초상은 지금도 여전히 유효하지 않은가?

---

36) 이명선 채록 정리, 〈임장군〉, 1937. 8. 21. 『이명선전집』1, 보고사, 2006, 157~159쪽.

'관계성'으로서의 섹슈얼리티
: 성, 사랑, 권력

최기숙

1. 서론

　조선시대의 서사 문학에 나타난 작중 인물들의 '섹슈얼리티'의 문제
는 남녀 간 애정의 서사에 수반되는 부수적 요소로 간주되거나, 이를
구성하는 전제로 이해됨으로써 중심적 관심 영역으로부터 소외되어 온
경향이 있다. 서사 문학사에서 작중 인물들의 '성적 관계'를 중심으로
구성되는 담론은 '애정' 서사로서 이해되어 왔는데, 이는 '애정'이나 '사
랑'이라는 어휘가 시대를 초월하는 인간 보편의 정서적 영역이자 경험
적 영역으로 간주되고, '성'을 둘러싼 남녀 관계를 포괄적으로 정의하
는 용어로 간주되었기 때문이다. 그러나 '섹슈얼리티'를 매개로 한 남
녀간의 관계는 사회, 역사적 배경에 따라 각기 다른 함의를 가지며, 이
것이 인간을 감정의 주체로서 이해하게 만드는 사랑의 정서적 체험으
로 이해되거나, '혼인'이라는 제도와 관련을 맺을 경우, 보다 다원적인
의미 영역을 확보한다. 예컨대 조선시대에 혼인 이외의 애정 관계를 제
도적으로 허용한 처첩제도나 기생제도는 '섹슈얼리티'가 권력적 역학
관계 속에서 의미를 행사하고 있음을 보여준다. 조선시대의 처첩제나

기생제도는 가부장의 권력을 행사하는 남성이 여성의 섹슈얼리티를 통제하는 장치로 기능하면서, 여성의 섹슈얼리티가 가부장제가 지배하는 가족 제도에 종속되어 통제와 훈육의 대상으로 정착되었음을 시사한다. '정절' 이데올로기 역시 여성의 섹슈얼리티를 지배했던 '성' 정치의 핵심적 내용이었던 것이다.[1]

섹슈얼리티를 매개로 한 남녀간의 관계는 단순한 감정의 표현이나 교환의 문제로 제한되지 않으며, 이것을 체험하고 표현하고자 하는 주체와 대상과의 관계 및 그들이 기반해 있는 사회와의 관계 속에서 의미를 구현하기 마련이다.[2] 이성간의 섹슈얼리티를 매개로 한 만남은 단지 관계성의 발견과 지속의 문제를 떠나 주체 자신의 자각과 사회화의 직접적인 통로가 된다는 점에서 중요한 의미 영역을 확보한다. '사랑'을 예로 들 경우, 이는 섹슈얼리티의 관계성을 매개로 성립한다는 점에서 주체의 자기 인식과 이것의 사회화에 관한 사적이고 공적인 의미 영역을 확보하는 중요한 매개가 된다. '사랑'은 경험 주체나 대상을 지배하는 사회적 통념이나 정치적 규약들로부터 간섭되고 통제되었기 때문에, 이를 둘러싼 사회적 함의는 역사적으로 변모되어 왔으며, 이에 대한 문학적 형상화 방식도 사회와 역사적 조건에 따라 달라져 왔던 것이다.

이러한 맥락에서 이 글에서는 18·19세기의 야담집[3]에 제시된 '성'의

---

1) 조선시대의 정절 이데올로기에 대한 반성적 고찰은 아래의 논문을 참조.
    정출헌, 「〈향랑전〉을 통해 본 열녀 탄생의 매카니즘」, 『한국고전여성문학연구』 3집, 한국고전여성문학회, 2001 ; 강명관, 「〈삼강행실도〉-약자에게 가해진 도덕의 폭력」, 『한국고전여성문학연구』 5집, 한국전여성문학회, 2002 ; 최기숙, 「'성적' 인간의 발견과 '욕망'의 수사학」, 『국제어문학』 26집, 국제어문학회, 2002a.
2) 예컨대 니클라스 루만은 '사랑'을 상징적으로 일반화된 커뮤니케이션의 매체, 마음에서 일어나는 의사소통의 '기호'로 접근하고 있다(Niklas Luhmann, *Love as Passion:The Codification of Intimacy*, Standford University, 1982, 2장).
3) 이 글에서는 18·19세기의 대표적 야담집으로 거론되는 『기문총화』(김동욱 역, 아세아문

담론화 방식과 그것들의 의미론적 영역에 관해 탐색해 보고자 한다. 그
간 '성'과 '사랑'이라는 주제적 측면에서 '야담'을 연구한 사례는 많지
않다.4) '사랑'에 대한 본격적인 관심보다는 혼인으로 인한 여성의 신분
상승 욕망에 관심을 갖거나,5) 배우자를 선택하는 여성의 '지감(知鑑)'
능력에 주목하고,6) 각 텍스트의 변이 양상7) 및 소설과의 관련성이라는
측면8)에서 조명한 것이 대부분이다.9)

　따라서 이 글에서는 성과 사랑이 '섹슈얼리티'의 '관계성' 속에서 발견

화사, 1999. 이는 연세대 소장 4책본이다), 『청구야담』(시귀선·이월영 역, 한국문화사,
1995. 이는 국립중앙대도서관본이다. 이와 아울러 『주해 청구야담』 I · II · III권(최웅 외
편, 국학자료원, 1996. 이는 규장각 소장 국문본이다)을 참고했다), 『동야휘집』(상·하권,
정명기 편, 보고사, 1992. 이는 大阪府立圖書館 소장본이다), 『동패락송』(김동욱 역, 아세
아문화사, 1996. 이는 천리대 소장본이다), 『천예록』(김동욱 외 역, 명문당, 1995. 이는
천리대 소장본이다), 이우성·임형택 편역의 『이조한문단편집』 상·중·하(일조각, 1973,
1978. 이하 이 책은 '『이』'로 약칭), 『설화문학총서』 1~2권(김동주편역, 전통문화연구회,
1997. 이하 이 책은 '『설』'로 약칭) 등을 참고했다. 『계서야담』은 『기문총화』의 범위를 벗
어나지 않는 자료집으로 확인되었으므로(정명기, 「야담 연구에서 자료의 문제」, 『야담문
학연구의 현단계』 I, 보고사, 2001, 33면) 따로 언급하지 않았으며, 1907~1919년 사이에
편찬된 것으로 추징되는 『양은천미』(정명기 역, 보고사, 2000. 이는 김동욱 교수 수장본으
로 단국대 도서관에 소장되어 있다)를 포함시켰다. 본문을 직접 인용할 경우 잘못된 한자
는 바로잡아 제시하였다.

4) 18·19세기 야담집에서 '성'과 '사랑'을 어휘적 차원에서 표현한 양상에 관해서는 최기숙,
「'사랑'의 담론화 방식과 의미론적 경계—18·19세기 야담집 소재 '사랑 이야기'를 중심으로」
(『열상고전연구』 18집, 열상고전연구회, 2003)을 참조.

5) 이신성, 「『천예록』소재 여성인물야담의 성격에 대하여」, 정명기 편, 『야담문학연구의
현단계』 2, 보고사, 2001.

6) 이신성, 「〈일타홍 이야기〉의 전개양상과 그 의미」, 정명기 편(2001-2권) ; 「〈일타홍 이
야기〉의 여성지인담 성격 연구」, 정명기 편, 『야담문학연구의 현단계』 3, 보고사, 2001
; 강영순, 「〈옥단춘전〉의 지인소설적 성격 연구」, 정명기 편(2001-3권).

7) 정명기, 「〈정향 이야기〉의 구조와 의미 연구」, 정명기 편(2001-3권).

8) 이강옥, 「조선호기 사대부일화가 조선후기 야담계일화 및 소설로 발전하는 한 양상—
'사대부-기생 관계담'을 중심으로」, 정명기 편(2001-3권) ; 강진옥, 「야담소재 신소설의
개작양상에 나타난 여성수난과 그 의미」, 정명기 편(2001 -3권).

9) 이는 사랑을 사회 역사적인 관점에서 이해하기보다는 개인의 보편적 경험 내용으로 이해
한 결과이다.

되고 수행되는 과정을 표현하는 방식, 독자나 서술자의 관심 영역, 섹슈
얼리티를 매개로 한 사랑이 경험되는 구체적인 형태나 그것이 수반하는
사회적 문제 및 이를 통한 '개인'과 '사회'의 관계에 대한 성찰에 주목하
고자 한다. 그 중에서도 특히 성과 사랑의 관련성, 그것이 제도와 권력을
매개로 행사되는 방식에 주목함으로써, 성이 폭력적으로 행사되는 방식,
사랑이 특정한 사회, 역사적 배경 속에서 위반과 금지의 대상으로 제도
화되는 방식에 관해 살펴보고자 한다. 이를 통해 궁극적으로는 해당 시
기에 '성'과 '사랑'의 문화적 이해에 관한 지형도를 그려보고자 한다.

2. '성'과 '사랑'의 언어 정치

1) 강간의 수사학

해당 시기의 야담집에는 상호성이 배제된 가운데 여성의 섹슈얼리티
가 폭력적으로 구성되고 행사되는 이야기들이 수록되어 있다. 이는 폭
행이나 협박 따위의 불법적인 수단으로 여성에게 성관계를 가하는 행
위[10]라는 점에서 오늘날의 사전적 정의에 의한 '강간(強姦)'에 해당된
다. 법적으로는 이는 '강요·강제에 의해, 동의 없이 이루어진 성교'[11]
로 정의할 수 있다. 이러한 현상은 개인의 육체와 성이 전적으로 사적
인 전유물로서 존재하는 것이 아니라 타인과의 관계 속에서 재규정되

---

10) 신기철·신용철 편, 『새우리말큰사전』 상, 삼성출판사, 1989, 84쪽.
11) 이 정의는 성에 대한 가학·피학적 정의, 곧 강요·강제에 의한 성교가 교감적일 수 있음
  을 가정한다. 강간 행위는 여성의 성이 사회적으로는 탈취되거나 팔리고, 구매되고, 물물
  교환되거나, 남에 의해 교환되는 것임을 의미한다(캐서린 맥키넌, 「강간: 강요와 동의에
  대하여」, 케티 콘보이·나디아 메디나·사라 스탠베리 편, 『여성의 몸, 어떻게 읽을 것인
  가?』, 고경하 외 편역, 한울, 2001, 57~59쪽).

고 의미화 되며, 위협과 폭력의 대상으로 간주될 수 있음을 보여준다.

① 그래서 옷과 허리띠로 그녀의 사지를 묶고 강간을 하고는 묶은 손발을
  풀어주었사옵니다(乃以衣帶 縛其四肢而强姦之 仍解其縛). (『기문총화』
  3:312)

② 선비는 그 계집아이를 들이어 몹시 총애하느라 집으로 돌아갈 줄을 몰
  랐다(納之甚寵 忘其歸). (『청구야담』 41화, 202/204쪽)

③ 이완은 그녀와 더불어 함께 잠자리에 들었다(公因與之押 與之共宿). (『기
  문총화』5:533, 273쪽)

④ 드디어 업복은 마음껏 음탕하게 희롱하여 추악한 형상을 지극하게 하였
  다(業福乃恣意淫弄 極其醜狀). (『청구야담』, 115화, 496/198쪽)

⑤ 만옥이 손으로 만져보니 젊은 미녀였다. 탕정(蕩情)을 이기지 못하여 급
  히 운우지락을 즐겼다(不勝蕩情 急說雲雨之樂). / 만옥은 즐거이 욕심
  을 풀었다(仍快暢所欲). (『양은천미』 11화, 94-96/98쪽)

⑥ 그 처녀는 비록 매우 당황하고 놀라고 겁이 났으나, 여자의 유약한 자질
  로 어찌 강장한 기운을 당해낼 수 있으리오. 삼히 소리도 내지 못하고
  머리를 조아리고 짝하자는 명령을 따를 수밖에 없었으니, 이것이 동방
  의 화촉을 밝히는 한 마당의 기회였던 것이다(其處女雖其倘悅驚怵 以若
  柔弱之質 怎當强壯之氣 不敢發聲 俯首從命偶 是東房花燭一場之期也).
  (『청구야담』 100화, 453/456쪽)

⑦ 어느날 밤 옆집에 살고 있는 모갑이 담을 넘어 침실로 들어와 억지로
  겁탈하려 하였다. 과부는 죽기를 한하고 굳게 저항하니(一日夜 隣居某甲
  踰墻入寢內 欲强劫之. 寡女抵死牢拒) (『청구야담』 108화, 478/480쪽」)

⑧ 원으로 하여금 겁간하게 하려는 심산이었다(將令守劫奸). (『설』 1권:25
  화, 177-179쪽)

⑨ "(…) 길에서 소복(素服)한 여인(女人)을 만나거든 반드시 그 여인(女人)

을 얻어야 가(可)히 죽기를 면(免)하고 과거(科擧)를 하리라." 하더라.
(『주해 청구야담』Ⅰ권:권지육 11화, 452쪽)

위에서 '남성'이 '여성'에게 육체적으로 가하는 성의 일방적이고 폭력
인 행사는 '강간'이라는 어휘를 통해 지시되었다. '강간'은 '强姦'(①)이
나 '劫姦'(⑧)이라는 직접적인 용어로 표현되지만, 이끌어 동침을 한다
거나(③ 與之押 與之共宿)12), 남성의 성적 욕망을 해소하고 쾌락을 충
족시키는 차원에서 표현되었다(④ 恣意淫弄 極其醜狀 ⑤ 不勝蕩情 急說
雲雨之樂, 仍快暢所欲). 여성 인물에게 행사한 남성 인물의 성적 행위가
폭력적임은 거부나 저항, 자결 등 여성 인물의 반응을 통해 명백해진
다.13) 그러나 한편에서는 남성에 의해 일방적으로 행사되는 '강간' 행
위를 상호적 합의에 따른 '화간(⑨ 和姦)'으로 표현함으로써 폭력성의
의미를 희석화시키기도 했다. ⑥에서는 강간의 폭력성을 '동방의 화촉
(東房花燭)'으로 미화함으로써, 남녀간의 섹슈얼리티의 관계가 남성 중
심적으로 왜곡되어 표출되는 과정을 보여준 것이다.

위에서 남성 인물의 강간 계기가 밝혀진 경우 가장 압도적인 비율을
차지하는 원인은 '시각적 아름다움'에 의해 촉발된 성적 충동이다(①-
⑤). 성 충동에 대한 옹호는 해당 시기의 야담집에서 시각적인 아름다
움에 대한 성적 충동을 '자연적인 것'으로 설득하거나, 남성의 성욕이
란 자기 절제에 의해 통어되는 '주체'의 문제가 아니라, 유혹하는 '타자'
의 문제일 뿐이라는 남성 중심적 성 인식과 맥락을 같이 한다.14)

---

12) 이 이야기는 '강간'과 '간통'의 경계가 모호하다. '강간'과 '간통'의 경계는 '여성' 인물의
판단에 의거하지만, 여기서는 여성 인물의 입장이 배제되었기 때문에 그 관계가 불분명한
것이다. 그런 이유로 이 이야기는 2절의 '간통'의 담론에서도 함께 논의하기로 한다.

13) 성적 주체로서의 자기 인식이 결여된 미성년의 경우에는 이를 용인하는 형태로 제시됨으
로써 남성 인물의 폭력성의 의미가 희석화 되기도 한다(④).

그런데 위에서 남성에 의해 일방적으로 행사되는 성 관계는 계집종과 딸과 함께 사는 '과부'라든가(⑦) 남편이 부재한 '유부녀'(⑧) 등 남성의 보호를 받지 못하는 사회적 약자(여성)에게 가해진 육체적 폭력의 행사로 나타난다. 특히, ⑧과 ⑨에서는 남성이 부와 출세를 위해 여성의 '성'을 이용하려 함으로써, 여성의 성적 정체성이 '사취'되는 파행성을 보여준다. 이는 '강간'이 신체적인 약자뿐만이 아니라 '사회적'인 약자에게 가해지는 폭력성이라는 권력적 관계 역학 속에서 행사되었음을 의미한다.

위 이야기들에서 남성 인물에 의해 수행된 '강간'은 현재에는 '성폭행'으로 분류되는 성범죄에 속한다. 연구자에 따라 성범죄를 분류하는 방식에는 차이가 있지만, 폭력이나 강제성이 수반된 강간이나 강간미수, 강제추행 등은 모두 성폭력에 포함된다. 이는 형법 제 32장에 의거해 다루어지며, 최근에는 성폭력특별법(성폭력 범죄의 처벌 및 피해자 보상에 관한 법률, 1993. 12. 제정)으로 보완되어 적용되고 있다.[15) 성범죄 중에서 피해자에게 즉각적이면서도 장기적인 영향을 미치는 가장 강력한 폭력 범죄는 강간이라고 한다. 피해자에게 보이는 장단기 후유증은 분노를 비롯한 정서 장애, 섭식 장애, 수면 장애, 행동적인 자기 비난, 성격적인 자기 비난, 자학, 신뢰감 상실, 가족과의 갈등, 성생활에서의 불만족 등 다양한 외상 후 스트레스 증후군을 보인다는 것이다. 성범죄에 대한 사후 치유에 앞서 예방과 근절이 중요한 이유가 여기에 있다.[16)

'강간'을 피해자의 입장에서 사유하고 보호하려는 적극적인 사회적 관심이 제기된 것은 비교적 최근의 일이다. 18·19세기 야담집에서 강

---

14) 해당 일화와 분석에 관해서는 졸고(2002a), 77~82쪽을 참조.
15) 윤가현, 「성범죄의 심리학적 접근」, 『한국심리학회 추계심포지엄』, 한국심리학회, 2006, 11~12쪽.
16) 윤가현(2006), 14~15쪽.

간이 서사화되는 방식이나 이후에 여성의 신체적, 심리적 반응이나 상해 과정에 대한 언급은 나타나지 않은 것은 이야기를 창작하고 전달하며 향유하는 주체에서 여성적 시각이 소거되었을 때 나타나는 역사·사회적 징후로 해석할 수 있다. 이러한 맥락 속에서 상호 교감이나 친밀감이 전제되지 않은 섹슈얼리티의 수행에 있어 여성은 신체적, 사회적 약자로서의 불이익을 '개인적'으로 감수해야 하는 반면, 남성은 이를 '자연스러운 욕망'의 표현으로 설득하고, '상호적인 사랑'으로 호도하며, '혼인'으로 귀결시킴으로써 행위의 정당성을 주장할 수 있는 사회적 통로를 부여받는 것으로 표현되었던 것이다.

2) 간통의 수사학

조선왕조는 화민성속(化民成俗)', '부식강상(扶植綱常)'의 기치 아래 수차례 『삼강행실도』류를 간행하면서 이데올로기의 공세를 통한 지배 헤게모니를 창출할 것을 기대하였다.[17] 이 중에서도 열녀 규범은 가부장제의 질서를 공고히 하는 여성들의 절대 규범으로서 호소되었으며, 그에 따라 혼인한 여성이 남편 이외의 남성과 성적 관계를 맺는 것은 분명한 범법 행위로서 간주되었다. 이는 기생이나 처첩제도를 통해 남성의 성적 자율성을 인정한 것과는 대조적이다. 혼인한 여성은 남편 이외의 남성을 사랑할 수 없음은 물론 만날 수 있는 권리나 자유조차 인정되지 않았다. 그 경우에는 '간통죄'에 해당하는 처벌을 받았는데, '간통'의 법제화나 사회적 규제의 실제 사례를 살펴보면, 이는 가족 간의 윤리나 관계를 보호하기 위한 사회적 규범이라기보다는, 남성의 여성

---

17) 박희병, 『한국고전인물전연구』, 한길사, 1992, 164쪽.

에 대한 성적 지배 형식으로서 부각되는 경우가 많았다.[18] 간통은 불명
예스럽고 부도덕한 일이었을 뿐더러, 불결하고 더러운 '천한' 행위로
간주되었다. '음녀(淫女)'나 '음란(淫亂)', '부정(不淨)', '부정(不貞)' 등
의 용어는 부부 관계 이외에 행사되는 성적 관계를 '더럽고 불결한 것'
으로 간주하는 '위생적' 관념을 도덕성과 환치하여 이해하고 있음을 보
여준다. 그러나 이러한 어휘들은 모두 '여성'에게만 전용된 것으로서,
정절 관념이 '여성'에게만 부과되었던 조선시대의 성 정치가 언술적으
로 표현된 사례이다.

① 어떤 통인 하나가 그 기생과 더불어 어지럽게 음란한 짓거리를 하고 있
　었다(有一知印與其妓狼藉行淫). (『기문총화』 2:220)

② 통인이 몰래 정태화가 마음에 둔 기생과 더불어 침실에서 정을 통하고
　있다고 비장이 급히 아뢰는 것이었다. 정태화가 웃으며 말하였다. "그게
　어찌 내게 보고할 일이더냐? 실은 내가 통인이 가까이 지내는 기생과
　정을 통한 것이니라. 통인이 어찌 감히 내가 마음에 둔 기생과 간통을
　하겠느냐?" 하고는 끝내 불문에 부쳤다(知印潛與其所眄妓 淫於寢房 裨
　將急告之. 公笑曰, 此其告我者耶? 我實淫其所押. 渠豈敢奸我所眄乎?)
　(『기문총화』 5:545)

③ 삼년상을 마친 후에 집으로 돌아오니 그 아내 황씨가 실행하여 한 계집
　아이를 낳았다(服闋始歸 則妾黃氏 失行産一女). (『청구야담』 103화,
　462, 465쪽)

④ "(…) 저 계집은 틈을 타 아까 죽은 사내와 몰래 간통을 하고 도리어 나를

---

18) 특히 신분적 상하관계의 문제가 중첩된 경우, 이는 보다 심각해졌다. 『조선왕조실록』(이하
　'『실록』'으로 지칭)에는 여종과 간통한 관리/사인(士人)에 대해 파직을 요청하고 처벌을 내리라
　는 상소가 받아들여지지 않은 일이 기록되어 있다(경종 1년 2월 15일(병오), 『실록』 41집 149면;
　영조 4년 10월 12일(기축), 『실록』 42집 87면 / 경종 1년 6월 4일(계해), 『실록』 41집 162면).

해치려고 한 것이 한 두 번이 아니었소(而彼娥隨隙 潛奸於娥者所死男子 反欲害我 非一非再). (…)"(『기문총화』2:255)

⑤ 그 중이 그녀를 끌어안고 별별 음란한 짓거리를 다했다(則其和尙摟抱其 女子 淫戱無所不至). / 그리고는 다시 중과 더불어 한바탕 음란한 짓거 리를 해대더니 벌거벗은 몸으로 함께 이불 속으로 들어가 서로 껴안고 눕는 것이었다. 이때 선비는 처음 올 때 간음하려던 마음이 구름과 안개 가 걷히듯 사라지고 분개하는 마음이 갑절로 일었다(又與僧一場淫戱 而 裸體同入衾中 相抱而臥. 此時 儒生初來欲奸之心 雲消霧散 而憤慨之心倍 激矣). / "음탕한 아내가 그 중을 보고 탐을 내다가 드디어 그 중과 간통 을 하였습니다(淫婦見而欲之 遂與通奸矣)."(『기문총화』 2:205)

⑥ 이윽고 석반(夕飯)을 드리고 밥먹은 후(後)에 인(因)하여 촉(燭)을 밝히고 상대(相對)하여 담소(談笑)를 이윽히 할 새 어깨를 겹치고 무릎을 대어 이 미 임의(任意) 희학(戱謔)하다가 서로 더불어 취침(就寢)하니 그 곡절(曲 折)을 알지 못할러라(『주해 청구야담』 I 권:권지오 6화(匿屍身海倅償恩)

⑦ 공이 젊었을 때 항간의 한 여자와 서로 좋아하였다. 매일 밤 몰래 가서 그녀의 남편이 없는 틈을 엿보아 보면 몰래 여자와 정을 통하고 돌아왔다 (公少時 有與一閭婦相好者 每夜潛往瞰其夫不在 輒與之 歡樂而歸). (『양 은천미』12화, 100쪽)

⑧ 그 사람은 원래 탕자의 솜씨에 능숙한지라, 난새가 엎어지고 봉새가 거 꾸러질 듯이 그 취미를 곡진히 하여 부인이 정신을 차리지 못하도록 희 롱했다(其人素慣宕子手段 顚鸞倒鳳曲盡其趣. 弄得婦人魂不附體). (『동 야휘집』 권지십사 11화:635쪽)

위에서 '간통'으로 간주된 사례는 통인과 기생(①, ②), 유부녀와 성 인 남성(나무꾼, 중, 선비, 무부(武夫))(③-⑦)로서, 부부 관계 이외의 남녀가 성적 관계를 맺는 상황에 해당한다. 이는 '相好'(⑦)를 제외하고는 '行淫'(①), '淫'(②), '失行'(③), '潛奸'(④), '淫戱', '通奸'(⑤), '戱謔'(⑥), '歡樂'(⑦) '宕子手段', '弄'(⑧) 등 성적 행위를 중심으로 논의되었으며, '음란하다'거나 '유희적'이라는 쾌락성을 중심으로 표현됨으로써 이에 대한 강한 거부와 비판 의사를 표현하였다. 그 과정에서 여성의 기혼 사실이 밝혀진 데 비해, 남성 인물의 혼인 여부는 드러나 있지 않다. 이와 아울러 '간통'의 행위는 당사자가 아니라 주변 인물이나 서술자에 의해 규정된다는 공통점을 지니며, 이에 따라 '타자화'된 시선에 의해 기술되고 있음을 발견할 수 있다. 즉, 이들의 관계를 관찰하고 전달하는 인물은 여성 인물의 남편(③, ④)이거나 그 주변인(통인:①, ②), 그 여성을 강간하려던 남성(⑤), 서술자(⑥, ⑧)로서, 당사자의 입장에서 서술한 경우는 찾을 수 없다.

위의 사례들은 '부부관계'를 위협하는 '남녀간'의 '쾌락적 유희'를 허용하지 않았던 당대의 성(性) 인식을 반영하는 것으로서, 행위 당사자 쌍방에 대한 사회적 비판과 감정적 거부를 표현하는 듯하지만, 실질적으로 사회적 처벌을 받는 인물은 여성 인물들로 제한된다. 남성 인물들은 '참회'와 '용서'를 통해 면죄부를 부여받거나, 상대 여성을 스스로 처벌함으로써 도덕의 심판자로 자리바꿈하는 과정을 보여준다.[19]

3. '성'의 권력성과 '사랑'의 제도성

'성'과 '사랑'이 담론화되는 지점을 살펴보기 위해 섹슈얼리티를 매개로 한 남녀간의 '관계성'에 주목하기로 한다. '성'과 '사랑'은 주체-개인

---

19) 이에 관해서는 3장에서 상술한다.

이라는 의미 영역 안으로 제한되지 않으며, 사회·역사적 맥락 속에서 각기 다른 의미론적 영역을 확보해 왔다. 오늘날의 의미에서 '강간'으로 간주되는 이야기들이 18·19세기 야담집에서 종종 '애정담'이나 '혼인담'으로 이해되는 것은 '성'의 권력성과 '사랑'의 제도성에 대한 이해의 범주가 시대에 따라 차별적으로 규정되었음을 반영한다.

1) 폭력으로서의 성 정치

사회·역사적으로 '강간'은 폭력에 속하기 이전에 풍기문란의 범주에 속했으며, 개인적 상처이기 이전에 불법적인 쾌락이었다. 강간은 음란성을 중심으로 논의되었기 때문에 피해자 역시 범죄에 연루되어 있다는 의혹의 시선으로부터 자유로울 수 없었다.[20]

그러나 '강간'은 성에 대한 육체적 소유 욕망을 강제적으로 실현하는 태도로서, 개인의 육체를 상해할 뿐 아니라 그 정신성까지 위협한다는 점에서 폭력적이다.[21] 강간의 행위자는 남성으로 제한되는데, 여성이 그 가장 큰 피해자라는 점에서 남녀간의 권력적 역학관계를 반영하는 파행적 사례이기도 하다.

횡성 읍내에 사는 한 여자가 있었다. 시집을 간 뒤에 홀연 한 장부가 그

---

20) 조르주 비가렐로, 이상해 역, 『강간의 역사』, 당대, 2002, 50~51쪽.

21) 조르주 비가렐로는 강간이란 난폭함의 결과라는 점에서 다른 폭력에 의한 상처와 동일하지만, 그 상처가 희생자에게 수치심을 각인시키고 인격을 훼손시키며 자신에 대한 다른 사람의 인식 자체를 완전히 바꾸어 놓는다는 점에서 또다른 상처를 발생시킨다고 보았다. 그에 비해 폭행을 한 자는 이러한 인식 자체를 하지 않거나, 아니면 욕망을 해소하는 그 순간 이를 망각하고 만다는 것이다. 희생자는 바로 이 더럽혀졌다는 생각 때문에 입을 다물게 되고, 고소를 망설이게 되지만, 주변인은 오히려 그에 대해 비난하게 된다(조르주 비가렐로, 2002, 41~42쪽).

녀의 방에 들어와서는 겁탈을 하는 것이었다. 그녀가 온갖 방법으로 항거
를 하였으나 어찌할 수가 없었다. 그 장부는 매일 밤만 되면 어김없이 찾아
왔는데, 다른 사람들은 아무도 보지 못하고 그녀에게만 보였다. 비록 그녀
의 남편이 옆에 있어도 어렵지 않게 같이 앉아 있다가 함께 잠자리에 들었
다. 그 장부와 교합을 할 때마다 몹시 고통스러워 그 아픔을 참을 수가 없
었다. 그녀는 그 장부가 귀물임을 알았으나 물리칠 방법이 없었다(橫城邑
內有女子 出嫁之後 忽有一箇丈夫 入來而惻奸. 其女百般拒之 (而)無奈何矣.
每夜必來 他人皆不見. 而渠獨見之 雖其夫在傍 而無難同坐]而同寢. 每交合
之時 通楚不可堪. 其女知其爲鬼祟 而無計却之). (『기문총화』2:235)

위의 사례는 '겁간(惻奸)'당하는 여성의 육체적 고통과 공포를 표현
한 것으로, 남편의 입장에서는 아내의 겁간에 대한 공포와 무력함을 시
사한다. '강간'은 여성의 사회적 정체성이나 심리적이고 정신적인 자의
식을 배제한 채 여성을 오직 육체적인 욕망의 대상으로 간주했다는 점
에서 폭력적이고, 여성에 대한 신체적 지배 형식으로 표현되었다는 점
에서 위협적이었다.

그런데 해당 시기의 야담집에서 '강간'은 여성에게 가해지는 '폭력성'의
차원에서 기술됨으로써, '성범죄'의 입장에서 조명되는 것만이 아니라, 여
성의 성욕에 대한 남성적 시혜의 관점에서 기술되거나, 여성의 '사랑'을
자극하고 촉발시키는 기회로서 설득되는 현상을 보이기도 한다. 해당 시
기의 야담집에서 강간과 겁간을 다룬 이야기들 중 여성의 관점에서 사건
을 기술하고 상황을 설명한 것은 존재하지 않는다. 이들에서는 '강간'과
'간통'의 상황에서 야기되는 남성의 성적 욕망과 쾌락적 해소만이 언급될
뿐, 여성이 경험하는 육체적, 심리적 공포나 상처는 외면하고 있다.

해당 시기의 야담집에 실린 '강간'의 일화들은 서로 다른 세 가지 담

론을 구성한다.

첫째는 강간 행위를 명백한 범죄 행위로 조명한 경우이다.[22] 이 경우 피해자 여성은 강간에 저항하거나 죽음으로써 대결하고, 가해자 남성은 법적인 처벌을 받는다.

① (…) 그래서 옷과 허리띠로 그녀의 사지를 묶고 강간을 하고는 묶은 손발을 풀어주었사옵니다(乃以衣帶 縛其四肢而强姦之 仍解其縛). (『기문총화』3:312)

② 어느날 밤 옆집에 살고 있는 모갑이 담을 넘어 침실로 들어와 억지로 겁탈하려 하였다. 과부는 죽기를 한하고 굳게 저항하니 모갑이는 한칼에 과부를 찔러 죽인 뒤 그녀의 딸과 계집종도 함께 죽이고는 가버렸다(一日夜 隣居某甲 踰墻入寢內 欲强劫之. 寡女抵死牢拒 某甲一釖刺殺之 并殺其女與婢去). (『청구야담』 108화, 478쪽)

③ 겨우 음식이나 넣어주며 혼인날을 기다렸다. 원으로 하여금 겁간하게 하려는 심산이었다(僅通飲食 以待期日 將令守劫奸). (『설』1권:25화, 177쪽)

강간당한 여성이 자결하는 ①의 이야기는 성적 폭력이 여성의 사회적 정체성 자체를 근본적으로 박탈하는 과정을 보여준다. 여기서 가해자 남성은 순간적인 성적 충동에 의해 강간을 범한 욕망과 충동의 희생자로서 조명된다. ②는 옆집 과부를 겁탈하려던 남자가 저항하는 과부와 그

---

22) 『실록』에도 임신 중의 기녀를 강간하려다 응하지 않자 살해한 경상우병사(慶尙右兵使)를 파직시킨 사례가 전한다(영조 10년 1월 10일(정해), 『실록』 42집 410면). 또한 강간의 위기에 저항한 처녀가 자신이 간통한 처녀라고 소문이 나자 상대 남성을 살해한 사건도 기록되어 있다. 이 여인은 절개를 인정받아 용서받았다(영조 19년 11월 23일(임인), 『실록』 43집 118면). 이는 당대에 강간이 명백한 범죄 행위로 간주되었음을 보여준다. 그러나 한편으로는 양민의 여자를 강간한 이의천의 탄핵을 기각한 기록도 전한다(경종 1년 9월 10일(무술), 『실록』 41집 173면).

딸, 계집종을 살해하는 내용이다. 강간 사실이 사람이 아니라 개에 의해 밝혀졌다는 것은 성범죄의 폐쇄성을 방증한다. ③에서는 당숙이 질녀를 이용해 출세하려고 원님에게 질녀를 겁간시키려다가 실패한다는 내용 이다. 질녀는 위기를 모면하기 위해 원님과의 혼인을 허락했으나, 골방 에서 풀려나자 당숙을 향해 칼을 휘두름으로써 범법자가 된다. 결국 이 사건은 여인의 남편에게 전달되어 여인이 풀려나는 것으로 종결된다.

이 이야기들은 '강간'을 분명한 '범죄' 행위로 간주하고, 피해자 여성 을 동정 어린 시선으로 바라보며, 가해자 남성들이 법적 처벌을 받는 것으로 처리하였다.[23] 그럼에도 불구하고 ③의 경우에는 여인을 겁간 의 위기에 처하게 만든 신의 없는 남편[24]의 무책임함을 지적하기보다 는 여인을 겁탈의 위기에서 구한 시혜자이자, 정의의 심판자로 조명함 으로써, 남성 중심적인 서술 시각을 견지한다.

야담에 나타난 '강간'이 처리되는 두 번째 방식은 피해자 여성의 입장 을 소거시킴으로써 강간 행위를 정당화하거나, 이를 성욕의 자연스러 운 표출로 이해함으로써 합리화하는 경우이다. 경우에 따라서는 여성 과 남성의 인권을 차등적으로 인식함으로써, 강간을 정당화하기도 하 는데, 그 대상이 미성년자나 신분이 낮은 여성 인물인 것이 대부분이 다. 조선시대에 과부 보쌈이나 여종에 대한 성행위의 요구는 묵인되는

---

23) ①의 가해자는 사형 선고를 받고, ②에서는 장살(杖殺)되며, ③에서는 파직(원님)되거나 유배(당숙 부자)됨으로써 범법자로서의 대가를 치른다. 그러나 『실록』에는 강간에 저항하 다가 옥독한 여인의 이야기를 다루면서, 가해자 남성에 대해서는 '강간 미수에 해당되어 장류(杖流)해야 하나 너무 가볍기 때문에 감사도배(減死島配)하라고 명'하는 기록이 전한 다(영조 13년 9월 23일(무신), 『실록』 42집 571면).

24) 여인의 남편은 여인을 데려가겠다고 약속한 뒤, 이를 지키지 않았고, 당숙은 이를 빌미 로 질녀에게 원님과의 혼인을 강요했다. 여성이 경험한 강간 위기의 근본적 계기는 '남편 의 부재'라는 상황적 조건에 기인했던 것이다.

것이 상례였는데, 특히 여종은 생살권을 쥐고 있는 주인으로부터 자신의 정조를 지키기가 어려웠다.[25]

④ 그 중 부유한 종에게 딸이 있었는데, 이름은 향단이었고, 나이는 열아홉으로 아름다운 자태와 용모를 가지고 있었다. 선비는 그 계집아이를 들이어 몹시 총애하느라 집으로 돌아갈 줄을 몰랐다(士人見一奴富饒者女名香丹 年十九 有姿貌. 納之甚寵 忘其歸). (『청구야담』41화, 202, 204쪽)

⑤ "제 남편은 사냥을 하러 나가서 혼자 집을 지키고 있는 것입니다." 이완은 그녀와 더불어 함께 잠자리에 들었다. 한밤중에 어떤 사람이 사슴 한 마리를 끌고 오더니 이완을 결박하고 죽이려 하였다. 이완이 천천히 말하였다. "보아하니 자네도 예사 사내는 아니로군. 그런데 계집 하나 때문에 장사를 죽이려 한단 말인가?"("吾夫出獵 獨守空閨耳." 公因與之押 與之共宿. 夜半有人携一鹿來 縛公欲殺. 公徐曰, "看汝亦非庸人. 乃以一女殺壯士耶?") (『기문총화』5:533, 273쪽)

⑥ 그녀는 본성이 여리고 약하였다. 게다가 자비의 마음도 생겨 몸을 침상에 내던지며 말했다. "마음대로 하시오." 드디어 업복은 마음껏 음탕하게 희롱하여 추악한 형상을 지극하게 하였다. (…) 그녀는 그때부터 종일토록 혼잣말을 하였는데, 대개 '사자(使者)'라는 말을 벗어나지 않았다. 하루는 그녀가 새벽에 일어나 나가더니 문득 간 곳을 알 수 없었다(女性本荏弱. 且生慈悲之心 投身于床曰, "任汝爲之." 業福乃恣意淫弄 極其醜狀. (…) 女自是竟日獨語 皆不出使者設也. 一日晨起 忽不知所之). (『청구야담』 115화, 495-498쪽)

④에서 여자 노비를 '총애(寵愛)'한 주인 남성의 행동이 상호성에 근간한 '사랑'이라는 언급은 나타나지 않았다. 여기서 여종과의 성적 관

---

25) 정연식, 『일상으로 본 조선시대 이야기』 2권, 청년사, 2001, 36쪽.

계는 주인으로서의 정당한 '권리'로서 기술되었다. 당사자인 '향단'조차
그를 섬겨야 할 주인으로 간주하여, '희생'을 자처한다.[26] ⑤에서도 사
냥꾼의 '첩'을 강간한 남성이 그 남편에게 '계집 하나 때문에 장사를 죽
이려 한단 말인가'라고 대응함으로써 남성의 인권적 우월성을 주장하
기도 했다. ④와 ⑤의 남성 인물들은 신분이 낮거나 남편이 없는 사회
적 약자의 섹슈얼리티를 '소유'의 대상으로 간주하고 있다. 이는 신분
이 낮은 여성 계층, 예컨대 과부나 여종, 기생에 대한 강간을 노총각이
나 상처한 홀아비, 과객 등의 '대체용 성'으로 인식하기도 했던 조선시
대의 사회상을 반영한다.

위에서 남성 인물들은 자신의 성적 충동에 순응하는 형태로 여성 인
물과 성적 관계를 맺지만, 상대방의 의사는 배려하지 않으며, 그에 대
한 죄의식도 보여주지 않았다. 그에 비해 여성들은 육체적 고통이나 심
리적 공포와 수치심 등을 경험했을 뿐더러, 이를 계기로 자신의 생물학
적이고 사회적 삶의 근거를 박탈당하거나, 자아를 상실하기도 했다. ⑥
에서는 미성년[27]의 여성이 강간당한 이후 실성하여 집을 나간 이야기
를 다루었음에도 불구하고, 강간 주체의 죄의식이나 처벌에 대한 언급
을 생략함으로써, 성적 주체로서의 여성성에 대한 몰이해의 시선을 반

---

26) 여기서 여종과 주인의 관계는 주인의 입장에서 '일방적'으로 기술되어 있다. 따라서 그들
간의 성적 관계의 의미는 사실상 모호하다. 그러나 성적 관계가 일방적으로 남성의 입장에
서 기술되었다는 점에서 이 항목에서 다루었다. 해당 이야기의 분석에 관해서는 졸고, 「불
멸의 존재론, '한'의 생명력과 '귀신'의 음성학-18·19세기 야담집 소재 '귀신'과 '자살' 일
화를 중심으로」(『열상고전연구』 12집, 열상고전연구회, 2002b), 331~333쪽을 참조.

27) 피해자 여성은 아직 '계년(笄年:여자가 처음으로 비녀를 꽂던 나이로 보통 15세 정도)'에
도 이르지 못한 미성년이다. 따라서 그녀에 대한 남성 인물의 성적 유혹이나 희롱 행위는
조선시대의 법률에 따르더라도 분명한 범법 행위에 속한다. 조선시대의 법률에는 12세
이하의 어린 소녀를 간음한 자는 비록 화간이라고 해도 강간으로 인정하여 사형을 선고했
기 때문이다(정성희, 『조선의 성풍속』, 가람기획, 1998, 182~183쪽).

영한다. 「미인을 잃고 기박한 운수를 탄식하다(失佳人數歎薄倖)」라는 제목은 가해자의 관점에서 미인을 잃은 안타까움을 표현한 것으로서, 상처 입은 미성년 여성의 입장을 소외시키는 파행성을 보여준다.

야담에 나타난 '강간'이 처리되는 세 번째 방식은 강간과 화간의 경계가 모호하게 처리되어 남성의 강간을 합리화하는 경우이다. 이 경우 여성 인물이 남성의 '강간'을 '천생연분'이나 '인연론'으로 수용하여 폭력성 자체를 무마시키기도 한다.

야담에서는 강간을 당한 여성 인물들이 이 문제에 관해 직접적으로 피해를 호소하는 일은 극히 드물며, 대개는 강간 행위자와 혼인함으로써 사회적 생존을 연장해 나간다. '섹슈얼리티'가 폭력적으로 행사되는 '강간'을 '사랑'의 가능성 속에서 타진하게 만들거나 '화간(和姦:간통)'으로 수용하게 만든 것은 성 행위 이후에 곧잘 혼인으로 귀결되는 남녀 관계의 '기이한' 진전 때문이었다.[28] 더구나 '혼인'을 자청하는 피해자 여인의 태도는 남성의 성적 폭력을 상호적 '사랑'으로 판단하게 하는 직접적인 계기가 되었다. 그 결과 남성 인물들의 성적 방종이나 폭력적 행사는 여성 인물이 '사랑'을 '발견'하고 '필연적 운명'을 깨닫는 이야기로 담론화됨으로써, 여성들의 신체적 자율성을 공동화(空洞化)하고 있다.

---

28) 실제로 강간은 조간(刁姦:상대방을 유혹하여 집으로 유인해 공공연한 성관계를 가지는 것)이나 화간(和姦:간통)과 잘 구분되지 않았기 때문에 가해자에 대한 실질적인 사회적인 처벌이 모호하였으며, 그런 이유로 피해자에 대한 보호책이 미비했다(정성희(1998), 140쪽). 『실록』에도 강간죄로 기소된 김치량을 논핵하는 과정에서 강간과 화간의 경계가 모호하게 처리되는 과정을 보여준다. : '임금이 "그 일은 의심의 여지가 없지만 공해(公)에서 강간한 데 대한 율문(律文)이 없으며 또 한진은 본디 창기이다. 처음에는 협박을 당하였으나 끝내는 스스로 정절을 지킬 수 없는 것이니, 강간으로 논할 수 없다. 이는 바로 율문에 이른바 강제로 끌려 여기에 왔으나 화응한 것에 해당되니, 죄를 마땅히 감등시켜야 한다." 고 여기고, 이에 김치량은 그 이름을 사판에서 삭제한 다음 먼 변방에 정배시켜 게 하였으며(하략)'(영조 24년 3월 23일(정미), 『실록』 43집, 287쪽)

⑦ 만옥이 손으로 만져보니 젊은 미녀였다. 탕정을 이기지 못하여 급히 운우지락을 즐겼다. (…) 그녀가 만옥을 대하여 말했다. "일이 이미 이렇게 되었으니 이것 또한 천생연분인가 하옵니다. 이제는 어찌하겠습니까?" (晚玉以手摸之 乃年少美女也. 不勝蕩情 急說雲雨之樂. (…) 其女對晚玉曰, "事已至此 此亦天緣. 今無奈何?"). (『양은천미』11화, 44-96쪽)

⑧ "(…) 길에서 소복(素服)한 여인(女人)을 만나거든 반드시 그 여인(女人)을 얻어야 가(可)히 죽기를 면(免)하고 과거(科舉)를 하리라." 하더라. (…) 그 여자(女子)가 듣고 잠잠(潛潛)하연지 양구(良久)에 길이 한숨지어 가로되, "(…) 이도 또한 천생연분(天生緣分)이요, 또 사생(死生)이 천명(天命)에 매이었으니, 어찌 이렇게 가벼이 죽으리고." 드디어 동침(同寢)함을 허락(許諾)하고 또 가로되, (『주해 청구야담』 I 권:권지육 11화, 452-455쪽)

⑨ 그 처녀는 비록 매우 당황하고 놀라고 겁이 났으나, 여자의 유약한 자질로 어찌 강장한 기운을 당해낼 수 있으리오. 감히 소리도 내지 못하고 머리를 조아리고 짝하자는 명령을 따를 수밖에 없었으니, 이것이 동방의 화촉을 밝히는 한 마당의 기회였던 것이다. (…) "그러나 저는 수절과부로서 까닭도 없이 이웃집 양반과 더불어 손을 잡고 들어가 옷까지 바꾸어 입었으니 평생 지켜오던 정절은 이미 훼손하여 남은 것이 없습니다. 이제부터는 진사님과 더불어 함께 살도록 하겠습니다." (其處女雖其倘悅驚怵 以若柔弱之質 怎當强壯之氣 不敢發聲 俯首從命偶 是東房花燭一場之期也. (…) "然吾已守寡之女 無端與隣班携手而入換衣而着 平生貞節毀敗無餘. 今則將與進士主 同居以生.") (『청구야담』100화, 451-455쪽)

⑦의 남편은 순라병을 피해 산중에 숨어들었다가 자신의 첩과 동침한 남성의 처지를 가엾게 여겨 그에게 아내를 양도한다. 이 여성은 남성의 성적 욕망의 대상으로서 부각되어 두 남자 사이에서 교환물로 처리된 것이다. 그런데 이야기에 등장하는 첩도 강간을 '상처'로 인식하지 않으

며, 남편이 자신을 타인에게 양도하자, 이를 '천생연분'으로 수용한다. 이 여인에게서 무엇보다 중요한 것은 생존의 원칙이며 생활의 논리였던 것이다. '시'의 형식으로 이들의 관계를 논평한 서술자도, 이들의 인간관계를 '풍류'라는 유희적 관점에서 긍정적으로 수용함으로써[29] 여성에게 가해진 성적 폭력성에 대한 비판적 관점을 소거시키고 있다.

⑧에서도 과거 급제를 위해서는 강간도 불사하는 남성적 욕망을 비판하는 대신, 희생자 자신이 이를 '몽조'에 부합하는 '필연적 운명'으로 수용하는 과정으로 제시함으로써 통해 남성의 행위를 합리화했다. 이는 '과부의 개가 금지'가 시행되던 조선시대에 개가를 위해서는 법망의 틈새를 이용할 수밖에 없었던 시대적 상황을 반영한다. 이 여인은 자신을 강간하려 한 남성을 비난하거나 그의 요구에 저항하는 대신, 이를 하늘이 정한 '운명'으로 해석하고 개가의 '기회'로 포착함으로써 새로운 인생의 전환점을 마련했던 것이다.

이러한 것은 ⑨에서와 같이 남성의 강간 행위를 '동방의 화촉'이라고 미화하는 서술자의 논리에도 반영되어 있다. ⑨는 강간의 위기에 처한 과부를 도와주려던 남성이 오히려 가해자의 딸을 강간한다는 내용으로, 그가 '두 첩'을 얻고 '부'를 획득한 것으로 마무리됨으로써, 그의 처신에 대한 반성을 결락하고 있다.

⑩ 별감이 즉시 문을 열고 들어와서 우선 촛불에 비춰보니 그야말로 국중 일색이었다. 옷을 풀고 침석에 나아가 운우지락이 바야흐로 무르익었을

---

29) "기이한 사람은 풍류랑 속에 많으니(奇人多在風流郎) / 첩을 양보하고 돈도 주며 함께 잔을 들었네(讓妾酬金共擧觴). // 오늘 은혜를 베풀어도 갚을 수 없는 처지라지만(今日施恩不報地) / 뒷날의 재앙을 모면케 해줄 줄을 어찌 알리오(那知後日免身殃)?"(『양은천미』 11화, 97쪽)

때 그 여자가 깨닫고 외쳤다. "누군데 이런 비례한 짓을 하오?" "임자는 지난번 눈이 마주친 사람이 기억 안나오? 일이 여기에 이르렀으니, 이 또한 하늘이 주신 연분이 아니겠소? 이웃 사람 몰라게 맙시다." 새댁은 울며, "당신이 꽃을 탐내는 욕망으로 제 월장(越墻:정식 혼담이 없이 남녀가 서로 관계를 맺는 것)의 수치를 돌보지 않았으니 한되고 부끄럽소." 이에 별감은 더욱 사랑하고 공경하여 그 후로 왕래가 잦았던 것이다(別監即爲開戶入來. 點燭試看 則眞是國色也. 解衣就枕 雲雨方濃. 娘覺而大呼曰, "何人非禮如此耶?" 別監曰, "子不記向日撞面人乎? 事已至此 亦是天緣. 願無隣里驚動." 娘泣曰, "君以探花之慾 不顧妾之越牆之羞 可恨且愧." 低頭無言. 別監愛而敬之. 此後往來頻頻). (『이』(상):「재회」, 326/452쪽)

⑪ 부인은 어둠을 무서워하여 자주 노파를 불렀다. 노파는 "이 늙은이가 같이 자 드리지요." 하고 그 사람을 이끌어 그 침상으로 올려 보냈다. 부인이 노파인 줄 알고 이불을 들추고 그 몸을 어루만지며 말했다. "할머니 몸이 이처럼 부드럽군요." 그 사람은 말없이 이불 속으로 들어가 갑자기 몸 위로 올랐다. 부인은 이미 마음이 취하고 정신이 어지러워졌으므로 이렇게 되도록 자세히 알아볼 겨를도 없이 그의 경박함에 몸을 맡겼다. 그 사람은 원래 탕자의 솜씨에 능숙한지라, 난새가 엎어지고 봉새가 거꾸러질 듯이 그 취미를 곡진히 하여 부인이 정신을 차리지 못하도록 희롱했다(婦畏暗黑 數數呼媼. 媼曰, "老身當同榻作伴耳." 乃引其人登婦床. 婦猶以爲媼也. 啓被撫其身曰, "姥體柔滑如是." 其人不言. 鑽進被裏 驀地騰身而上. 婦已心醉神蕩 到此不暇致詳 任他輕薄. 其人素慣宕子手段 顚鸞倒鳳曲盡其趣. 弄得婦人魂不附體.). (…) 부인은 그들의 수법에 빠져서 마침내 버릴 수가 없이 되었다. 서로의 사랑은 부부의 사랑보다 더했다(婦業墮術中 遂不能捨. 相愛逾于夫婦). (『동야휘집』 권지십사 11화:634-635쪽)

위의 ⑩과 ⑪은 노파를 돈으로 매수하여 강간 기회를 얻은 남성이 여인과 '간통' 관계를 맺는 내용이다. 이 여성들은 모두 기혼자로서, ⑩의 여성은 술에 취하여, ⑪의 여성은 성적 쾌락에 설득되어 '강간'을 계기로 '불륜관계'를 지속한다. ⑩의 남성은 자신의 행위를 '하늘이 내린 연분[天緣]'으로 합리화하기도 했다. 이 여인은 수치심을 느끼지만 이를 공개할 경우 사회적 비난을 감수해야 한다는 것을 알고 있기 때문에 남자의 제안을 수락한다. ⑪에서는 희생자 여성이 성적 쾌락에 길들여지는 과정을 부각시킴으로써, 남성의 폭력성에 대한 비판의 관점을 희석시키고 있다. 특히 ⑪은 여성이 이를 계기로 자신의 성적 정체성을 자각하는 것으로 서술함으로써, 궁극적으로는 여성을 성적인 주체의 자리에서 소외시켰다. 이는 피해자가 '눈앞의 쾌락에 빠져, 피해자 역시 희미하게나마 욕망을 즐긴다고 생각해 버림으로써 그 행위가 지닌 폭력성을 외면'[30]해 버리는 관찰자의 관점을 반영한다.

이 이야기들의 남성 인물들은 (첫 번째 경우를 제외하고는) 강간 행위를 폭행이나 범죄의 차원에서 이해하지 않았다. 이를 성폭행으로 간주하여 속죄와 처벌의 대상으로 삼은 것은 오히려 소수로 제한된다. 남성에게 강간당한 여성은 이를 숨기거나, 혼인을 통해 보상받으려 했으므로, 가해 남성이 처벌되는 일은 사실상 드물었다.

조르주 비가렐리는 앙시앙 레짐의 시대의 강간과 관련하여 '가해자의 인식 세계는 폭행을 가한다는 의식의 부재와 희생자 쪽에서 먼저 자신을 유혹했다는 확신'으로 특징지어지며, 가해자의 이런 인식 세계는 "도발은 여성의 몫이라는 명제가 팽배해 있는 사회"의 일반적인 인식에 힘입어 오히려 더 큰 무게로 법정을 압박하였음을 지적한 바 있다.[31] 이러한 상황은 18·19세기의 야담집에 수록된 강간 일화에 나타

---

30) 조르주 비가렐로(2002), 42쪽.

난 작중 인물들의 사회적, 법적 인식과 유사하다. 더구나 위의 세 가지 경우에서 있어서 '기생'과의 성적 관계는 예외적인데, 기생의 육체적 주체성은 행사될 수 없다는 사회적 인식 때문에 관리가 기생에게 요구하는 성 관계는 '수청'으로 용인됨으로써, 폭력성의 혐의에서 자유로울 수 있었던 것이다.[32]

야담의 장르적 속성상, 삼인칭 객관적 시점을 취하는 이야기 형식은 실질적으로는 야담 향유층의 '입장'과 '시선'을 '객관적인 사실'의 형식으로 전달하는 서술 효과를 파생시켰다. 이는 야담 향유층의 인식을 '자연적'이고 '사실적'인 것으로 전달하는 서사적 힘을 행사한다. 위의 이야기들에서 여성에게 가해진 육체적 폭력성이 사랑의 담론이나 혼인 담으로 왜곡되거나 남성의 행운담이나 무용담으로 기술된 것, 그 과정에서 희생자 여성의 입장에 대한 서술이 배제된 것은 이러한 서술 시점과 무관하지 않다. 이러한 기술 태도는 이야기의 생성 공간이 남성에 의한 성의 폭력적 행사를 묵시적으로 용인해 왔음을 보여준다.

2) 위반과 금지의 사랑

해당 시기의 야담집에서 남녀간 섹슈얼리티의 관계가 상호성의 의미 영역 안에서 행사되는 경우, 이는 '사랑의 담론' 혹은 '애정담'을 구성한다. 그런데 미혼 여성, 또는 기생과 남성의 관계가 '사랑'으로 옹호되는 데 비해, 기혼 여성과 남성의 관계는 '불륜'이라는 불온한 대상으로 호명된다. 남성 인물의 기혼 여부가 문제되지 않는 것은 '섹슈얼리티'를 매개

---

31) 조르주 비가렐로(2002), 43쪽.
32) 이에 관해서는 졸고(2002a), 55~77쪽을 참조.

로 한 관계가 남성 중심적으로 구조화된 사회·역사적 상황에 기인한다.

'간통(姦通)'이란 결혼하여 배우자가 있는 사람이 배우자가 아닌 사람과 성적 관계를 맺는 것을 의미하는데,33) 이는 당사자간의 합의나 사랑이 전제되는 경우일지라도, 사회가 합의한 '부부'라는 제도를 위협하는 행위로 간주됨으로써, 반사회적 행위로 지탄받을 뿐더러, 사회적 처벌의 대상이 된다. 이는 개인의 육체나 개인간의 사랑의 관계조차 '사회화'의 영역에서 이해되고 있음을 보여준다.

'간통'의 논리는 근대에 이르기까지(최근까지도) 여성에게 훨씬 엄격하게 적용되었는데,34) 그 이유로는 가부장제의 제도 하에 자손을 낳는 여성의 순결이 중요시될 수밖에 없었다는 것, 즉 섹슈얼리티가 남성 중심으로 관리되어 왔고 여성은 그 타자로서 존재하기 때문에, 여기에 인간의 소유욕이 가세하여 약자인 여성에게 가혹하게 갚아진다는 지적이 있어 왔다.35)

---

33) 신기철·신용철 편(1989), 58쪽.
34) 로마 제국시대의 에픽테투스에 따르면 간통은 '도둑질'이었다. 이웃의 아내를 가로채는 일은 마치 식탁에서 이웃에게 제공한 돼지고기를 빼앗아 먹는 것과 같은 부도덕한 일로 간주되었다(폴 벤느, 주명철·전수연 역,『사생활의 역사』1권, 새물결, 2002, 103쪽).
　　고대 그리스에서 남편은 아내 외에 첩실, 남녀 노예, 남창과 창녀, 남녀 애인과 성관계를 가질 수 있었으나, 아내는 남편 이외의 남자로부터 격리되었고, 발각되면 엄한 처벌을 받았다(매릴린 옐롬, 이호영 옮김,『아내 : 순종 혹은 반항의 역사』, 시공사, 2003, 58~59쪽). 기독교 전통이 있는 서양에서는 간통 사범에게 신체형을 가했는데, 13세기 프랑스에서는 간통을 저지른 남녀는 벌거벗고 길거리를 행진해야 했으며, 14세기 독일에서는 생매장당하거나 말뚝으로 찔리는 형벌을 받았다(같은 책, 42쪽). 아메리카 원주민들은 부정한 아내를 불구로 만들거나 추방했으며, 아파치족의 경우에는 코와 귀를 베는 신체형을 가했다(같은 책, 393쪽).
35) 최혜실,『신여성들은 무엇을 꿈꾸었는가』, 생각의 나무, 2000, 249쪽.
　　19세기 프랑스의 경우에도 간통을 저지른 여자가 죽음의 처벌을 받을 수 있었던 반면, 간통을 저지른 남자는 아무런 문제가 없었고, 남자끼리 공모하여 덮어주기도 했다. 여성의 간통은 가족의 가장 신성한 것, 즉 혈통적 합법성에 손상을 가져올 위험을 초래했기 때문에 가혹한 처벌이 가해졌으나, 당시의 민법전은 아이 아버지가 누구인지 확인하는 '인지청구'를 금지했고, 임신시킨 남자가 임신한 처녀와 결혼하는 것이 관습적인 도덕률이었다(미

18·19세기의 야담집에서도 '간통' 서사의 경우, 이에 대한 비판은 당사자 양측에게 주어지는 것이 아니라, 여성 인물로 제한된다.[36] '간통한 여자'의 남편이 그 아내를 살해할 수 있는 권한을 부여받은 자로 등장하는데 비해, '간통한 남자'의 아내가 그 남편을 대하는 태도에 관한 언급은 제시되지 않는다. 이는 당대의 불평등한 성적 인식이 서사 내용에 투영된 결과이다. 실제로 조선시대에 불륜의 관계를 맺은 여인은 '음녀'라는 사회적 지탄을 감수해야 했을 뿐더러, 음행녀 명부인「자녀안」이나「유녀적」에 이름이 기재되어 평생 간음녀로 낙인찍히거나 관비가 되는 경우도 종종 있었다. 여자들의 간통은 결혼 이전에는 파혼의 사유가 되었고, 결혼 이후에는 이혼의 사유가 되었다. 이에 비해 여성과 성관계를 맺은 남성이 비난의 대상으로 조명되는 경우는 드물었으며, 장모와 간통했을 경우에만 이혼 사유로 인정받았던 것이다.[37]

해당 시기의 야담집에서 '간통'이 담론화되는 지점은 여성 인물의 신분에 따라 두 부류로 나뉘어진다.

첫 번째 경우는 관기(官妓)나 궁녀(宮女)의 '사랑'을 간통으로 규정하는 이야기이다. 기적(妓籍)에 등재된 기생들은 관리들에게 유희 문화를

셀 페로 편, 『사생활의 역사』 4권, 새물결, 2002, 196쪽). 19세기 농촌에서 젊은 처녀들은 목동이나 주인의 성적 욕구의 대상이 되었고 남자들은 정력을 과시하기 위해 이들을 강간했다고 한다(같은 책, 211쪽).

36) 이와는 달리 『실록』에서는 사대부의 '간통'이 정쟁 담론으로 논의되기도 하며(예컨대 김춘택과 장희재 아내와의 간통사건에 대한 기록을 들 수 있다: 숙종 27년 11월 19일(임인), 『실록』, 39집 655면/ 숙종 28년 5월 27일(무신), 『실록』 39집 683쪽./ 숙종 32년 9월 18일(계유), 『실록』 40집 230면 등), 과부의 간통을 둘러싸고 시가와 외척이 반대소송을 걸기도 하고(숙종 29년 7월 26일(경오, 『실록』 40집 38면), 재산을 빼앗기 위해 상대를 모해하는 방편으로 이용되는 등(숙종 14년 5월 11일(임오), 『실록』 39집, 144쪽), 실질적인 권력 다툼의 계기로 동원되기도 한다. 이는 섹슈얼리티의 정치적 행사를 보다 직접적으로 증거하는 사례이다.

37) 정성희(1998), 139쪽.

제공하는 의무를 강요받았으며, 때에 따라서는 '성'을 바쳐야 하는 책무를 요청받았기 때문에, 그들의 육체는 '공적'인 의미 영역을 포함하고 있었다. 법으로 금지되어 있었지만 지방 기생의 경우, 고을 수령의 수청을 드는 것도 묵인되는 것이 상례였으므로[38], 기생의 육체는 사실상 사생활의 물리적 근거이자 주체적 삶의 근원이라기보다는 공적 영역의 수단적 매개이자, 이를 통한 사생활의 연명 통로로 간주되었다.

궁녀 또한 개인의 성적 정체성을 국가에 차압당한 존재였으므로, '정조'는 생존을 위한 필수적 의무였다. 조선시대의 법에 궁녀가 외부인 및 환관과 간통하면 사형을 받았으며,[39] 정배(定配)되기도 했다.[40]

① 이윤성이 그들의 불륜을 불문에 부친 것이나 장지항이 그들을 강에다 빠뜨린 것은 모두 체신을 지켰다고 말할 수 있다(李之不問 張之沈江 俱爲得體云爾). (『기문총화』2:220)

② 새벽에 뒷간에 가는데, 통인이 몰래 정태화가 마음에 둔 기생과 더불어 침실에서 정을 통하고 있다고 비장이 급히 아뢰는 것이었다. 정태화가 웃으며 말하였다. "그게 어찌 내게 보고할 일이더냐? 실은 내가 통인이 가까이 지내는 기생과 정을 통한 것이니라. 통인이 어찌 감히 내가 마음에 둔 기생과 간통을 하겠느냐?"하고는 끝내 불문에 부쳤다(知印潛與其所眄妓 淫於寢房 裨將急告之. 公笑曰, 此其告我者耶? 我實淫其所眄. 渠豈敢奸我所眄乎?). (『기문총화』5:545)

③ 선조 때에는 대궐 밖에 사는 궁녀와도 간통을 금하는 법이 있었다. 오성부원군 이항복이 도승지로 있을 때, 그의 집 청지기가 이 법을 어겨 장

---

38) 정연식, 『일상으로 본 조선시대 이야기』 1권, 청년사, 2001, 20~21, 29쪽.
39) 정성희(1998), 184쪽. 실제로 숙종 42년 8월 10일(정유)의 기록에 외인과 간통하여 아들을 낳은 궁녀가 그 간부(奸夫)와 함께 처형된 사례가 전한다(『실록』 40집, 610쪽).
40) 『실록』에는 방자나인(房子內人)인 궁녀가 내관(內官)과 간통하다 발각되어 정배된 기록이 실려 있다(숙종 27년 3월 37일(갑인), 『실록』 39권, 594쪽).

차 무거운 벌을 받게 되었다(宣廟朝有放出宮女交奸之律. 鰲城爲知申事
時其僚從犯此律 將陷重辟 鰲城悶之). (『기문총화』5:437)

위의 사례는 '관기'와 '궁녀'의 개인적 사랑을 '간통'으로 담론화한 이
야기들이다. ①은 의무적으로 관리의 수청을 들어야 하는 관기가 개인
적으로 한 사랑이 '간통'으로 취급되어 그가 후임 관리에 의해 처벌되는
과정을 보여준다. 지방의 기생은 대개 관노나 통인, 사령 등 하급 관속
들을 남편으로 두는 것이 상례였으므로[41], 이 이야기에 등장하는 통인
은 사실상 기부(妓夫)[42]였던 셈이다. 그러나 관기는 지방으로 부임한
관찰사나 어사, 또는 사신 등 어명을 받는 고관들의 잠자리 시중을 들
어야 할 의무가 있었으므로, 남편을 둔 수청기생은 사생활과 공무 사이
에서 갈등을 겪을 수밖에 없었다. 당시에 관기의 사랑이란 '선택' 사항
이 아니라 원천적으로 '불가능'한 '금기'였고, 제도적으로는 명백한 '위
법 행위'였다. 이 이야기는 바로 이러한 상황에서 기생과 기부의 성 관
계를 '간통'으로 간주하고 '처벌'의 대상으로 삼았던 관리의 시선을 보
여준다. 이에 비해 ②는 기생의 간통을 묵인하는 것이 사대부의 '도량'
으로 간주되는 관점을 보여준다. 즉 기생의 사랑은 명백한 '간통'이었
지만 이것을 '사랑'으로 용인한 것은 권력자의 개인적 성격과 인품에
좌우되는 예외적 사항이었던 것이다.

③은 궐 밖으로 나간 궁녀와 사랑한 청지기를 살리기 위한 이항복의
노력을 보여준다. 그는 궁녀와 청지기의 관계를 정신적인 교감이나 육

---

41) 정연식(2001), 35쪽.
42) 고종때 박제형(朴齊炯)의 저술『근세조선정감(近世朝鮮政鑑)』에 따르면 기녀의 남편은
   각전별감(各殿別監), 포도군관(捕盜軍官), 정원사령(政院使令), 금부나장(禁府羅將), 궁
   가척리(宮家戚里)의 겸인(傔人) 이외에는 기부가 되지 못했다고 한다.(이능화, 이재곤 옮
   김, 『조선해어화사』, 동문선, 1992, 104쪽)

체적 친밀성의 의미에서 옹호하기보다는 자연스러운 성적 충동으로 해석했다. 그 과정에서도 궁녀의 사랑이나 성욕에 대한 언급은 제시되지 않았으며, 오직 남성의 성적 충동만을 자연스러운 생리적 특성으로 언급하였다. 이 역시 남성 중심적 시각에서 담론화 된 결과로 볼 수 있다.

이와 같이 관기와 궁녀의 사랑을 '간통'으로 담론화한 이야기들은 관기들의 개인적 삶을 사회적으로 관리했던 제도적 모순에 근간한 것으로서, '사랑'이 제도적 차원에서 통제되는 사례를 보여준다. 개인적 사랑을 차압당했던 조선시대의 '관기'와 '궁녀'는 '사랑'이라는 사생활의 영역마저 위법 행위로 '해석'됨으로써 사회적 처벌을 받았던 것이다. 이 이야기들이 전하는 '간통'의 사례들은 특정한 사회적 조건이 '생산한' 범법 행위로 이해할 수 있다.

두 번째 경우는 유부녀의 불륜에 관한 것으로서, 해당 이야기 중 가장 큰 비중을 차지한다. 조선시대의 법률은 서로 다른 신분간의 간통을 엄격히 규제하고 있어, 동일한 신분이나 지위를 가진 남녀보다 다른 신분이나 지위의 남녀일 경우에 더욱 무거운 처벌을 받았다. 특히 천민 남자와 양인 여자와의 관계가 가장 무거운 처벌을 받았다. 그러나 양인 남자와 여종과의 간통은 일반 화간율보다 오히려 가벼운 처벌을 받았고, 자기 집의 여종과 관계한 경우에는 전혀 문제삼지 않았다. 혹 문제가 되더라도 천첩으로 삼으면 그뿐이었다. 양반 남자와 여종간의 간통은 공공연한 사회적 관행이었으므로 2품 이상의 대신과 관계한 여종이 자식을 갖게 되면, 주인의 허락을 받아 양인화할 수 있는 규정까지 생겨났다. 그러나 양반 여자의 간통은 같은 신분과의 관계라도 중형을 받았다.43)

---

43) 정성희(1998), 146~147쪽.

④ 삼년상을 마친 후에야 비로소 집으로 돌아오니 그 아내 황씨가 실행하여 한 계집아이를 낳았다. 문유채가 그녀를 쫓아내니, 황씨는 도망하여 친족의 집에 숨었는데, 황씨의 집안에서는 문유채가 황씨를 죽였다고 의심하여 관가에 가서 그를 고발하였다. (…) 문유채의 억울함을 알고 황씨녀를 기포(譏捕)하여 장살(杖殺)시키고, 문생은 마침내 풀려나게 되었다(服闋始歸 則妻黃氏 失行産一女. 文生黜之. 黃仍逃匿親族 黃家疑生殺之 詣官告訊. (…)時知其冤 譏捕得黃女 杖殺之 生遂放釋). (『청구야담』103화, 462쪽)

⑤ "나는 예사 사람이 아니라 산적이라오. 여러 해 동안 이런 집을 온 골짜기에 지어 도마다 있소. 그곳에는 반드시 미인 한 사람을 두었는데, 저 계집은 틈을 타 아까 죽은 사내와 몰래 간통을 하고 도리어 나를 해치려고 한 것이 한 두 번이 아니었소. 그래서 내 부득이 아까와 같은 일을 벌였던 것이오. 비록 저 사내는 죽었으나, 이 계집이야 어찌 차마 죽이겠소. 이 산골까지와 저 계집을 그대에게 주겠다고 한 것은 진정 이 때문이었소(吾非常人 乃是綠林豪客也. 累年排置如此屋全一壑 道道有之. 必有一介美娥. 而彼娥隨隙 潛奸於俄者所死男子 反欲害我 非一非再故 吾不得已有俄者光景也. 雖殺彼客 彼娥豈忍殺之. 以此丘壑與彼娥許君者 良有以也.)." (…) 임경업이 한결같이 머리를 젓자, 나무꾼이 말하였다. "그만 두게, 그만둬!" 하고는 즉시 칼을 한번 휘둘러 그 미인의 머리를 베어 버렸다(林公一向掉頭 樵夫曰, "已矣已矣." 卽旋劍一揮 斷彼娥之頭.). (『기문총화』2:255)

⑥ 선비가 뒤따라가 창틈으로 바라보니 그 중이 여자를 끌어안고 온갖 음란한 행동을 하였다(儒生隨其後 而從窓窺見, 則其和向摟抱其女子 淫戲無所不至). / 다시 중과 함께 한바탕 음란한 놀이를 하더니 벌거벗은 몸으로 함께 이불 속으로 들어가 서로 껴안고 누웠다. 이때 선비는 처음 올 때 품었던 간음하려는 마음이 구름과 안개가 걷히듯 사라지고 분개하는 마음이 배가 되었다(又與僧一場淫戲 而裸體同入衾中 相抱而臥. 此

時 儒生初來欲奸之心 雲消霧散 而憤慨之心倍激矣). / "음탕한 아내가 그 중을 보고 탐을 내다가 드디어 그 중과 간통을 하였습니다(淫婦見而欲之 遂與通奸矣)." (『기문총화』 2:205)

⑦ 보아하니 자네도 예사 사내는 아니로군. 그런데 계집 하나 때문에 장사를 죽일 한단 말인가(看汝亦非庸人. 乃以一女殺壯士也)?" (『기문총화』 5:533)

⑧ 공이 젊었을 때 항간의 한 여자와 서로 좋아하였다. 매일 밤 몰래 가서 그녀의 남편이 없는 틈을 엿보아 보면 몰래 여자와 정을 통하고 돌아왔다 (公少時 有與一閭婦相好者 每夜潛往瞰其夫不在 輒與之 歡樂而歸). (『양은천미』 12화, 100쪽)

⑨ 이윽고 석반(夕飯)을 드리고 밥 먹은 후(後)에 인(因)하여 촉(燭)을 밝히고 상대(相對)하여 담소(談笑)를 이윽히 할 새 어깨를 겹치고 무릎을 대어 이미 임의(任意) 희학(戲謔)하다가 서로 더불어 취침(就寢)하니 그 곡절(曲折)을 알지 못할러라(『주해 청구야담』 Ⅰ권:권지오 6화)

위에서 행위 당사자를 처벌하는 주체는 관리(④)와 여성 인물의 남편 (⑤), 혹은 그 여자를 강간하려던 다른 남성(⑥)이며, '처벌'을 받는 대상은 '여성' 인물(④-⑥)로 제한된다. ⑦에서는 강간, 혹은 간통을 한 아내의 처리 문제가 소거되어 있으며, ⑧에서는 여자의 남편이 간부를 쫓아오지만, 간부가 피신하여 위기를 모면하는 것으로 처리되었다. ⑨ 에서는 남편이 아내와 간부를 모두 '용서'하는데, 후일 그가 간부의 도움을 받아 위기를 모면한다는 것에 이야기의 초점이 맞추어져 있다.

④는 아내의 외도를 목도한 문유채가 도리어 아내를 살해한 누명을 쓰고 수감생활을 하다가 출가한다는 내용으로, '아내'의 입장은 배제된 채, 남편의 관점에서 기술되었다. ⑨에서는 '간통'을 하는 여성의 적극

성이 부각되었음에도 불구하고, 유혹하는 여성의 심리에 대한 관심보다는 유혹하는 여성을 관찰하는 남성적 시선에 집중하고 있다.

⑤는 '남편'이 아내의 '부정'을 단죄할 수 있는 사회적 자격을 부여받은 자로 용인되었음을 보여준다. 실제로 조선시대의 법률에 따르면 유부녀와 화간한 자는 장형 90대의 처벌을 받았으며, 간음의 현장에서 남편이 간부를 죽였을 경우 '불응위율(不應爲律)'에 따라 장형의 처벌을 받아야 했다.44) 그러나 ⑤에서는 남편에게 '아내의 간통'을 단죄할 수 있는 서사적 자격을 부여함으로써, 아내의 성에 관한 소유권을 행사하려 했던 야담 향유층들의 인식의 일단을 반영한다.

⑥은 상중(喪中)의 여성을 '간음'하려던 선비가 여성의 '음란한' 장면을 '엿보고' 상대 남성45)을 쏘아 죽인 뒤, 여인에게 살해되었던 전 남편을 꿈에서 만나 급제한다는 이야기이다. 여인의 간부를 살해한 선비도 처음에는 여인을 간음하려는 의도를 갖고 있었지만, 여인의 '간통'을 목격한 뒤 그에 대한 처벌권을 행사할 권리를 부여받은 것처럼 행동한다. 서사 내적으로도 이 선비의 행동을 둘러싼 논란은 제기되지 않는다. 오히려 여인에게 살해되었던 전남편이 간음의 의사를 갖고 있던 선비에게 '보상'을 내림으로써, 선비의 행동은 정당화된다.

⑦과 ⑨는 자신의 아내와 간음한 정부를 용서해 준 남편이 후일 그의

---

44) 정성희(1998), 181, 187쪽. '불응위(不應爲)'란 무릇 당연히 해서는 안될 짓을 하는 범법 행위들을 말한다.

45) 이 이야기에서 여인의 간부로 등장하는 남성의 신분은 승려이다. 조선 초기 법전『경제 육전』에서는 중이 과부집에 들어가는 것만으로도 간통으로 간주하여 처벌하도록 되어 있었을 뿐더러, 부녀자가 절에 올라가면 실절(失節)하여 정조를 잃은 것으로 논죄한다고 되어 있었다(정연식(2001), 100~101쪽). 또한 조선시대는 예법을 존중했던 만큼, 상중에 있으면서 범간한 자는 범간죄에 죄 2등을 가중하여 장형 1백 대와 함께 유배 3천 리의 형벌을 받았다(정성희(1998), 184쪽).

도움을 받는다는 내용으로서, '아내'나 '정부'가 남성들간의 이해관계에
의해 교환물로 처리되는 과정을 보여준다. 여기서 여성의 육체를 매개
로 한 남성들의 계약 관계는 '의리'로 변용되어 설득되며, 여성의 육체가
주체로부터 소외된 채 교환되는 과정에 대한 반성은 제기되지 않는다.

위의 이야기들에서 유독 여성의 '간통'만을 화제로 삼으며, 간통한 아
내나 그 정부에 대한 사형(私刑)을 용인한 것은 모두 남성 중심적 시각
에 의해 기술된 결과다.[46] 남성에게 아내의 간통은 질투의 대상이 되
었을 뿐더러, 가부장으로서의 자신의 권위에 대한 도전으로 간주되었
다.[47] 아내의 간통에 준엄하게 대처하는 것을 남편의 특권인 것처럼
기술하거나, 이를 관용하는 자에게 인격자의 명예를 선사하는 것들은
'간통'이란 전적으로 남성적 권위와 가부장의 권위에 대한 명백한 도전
이며 범법행위라는 인식을 강조하고 있다.

여성의 간통을 기술하는 관점은 그 경위와 과정, 직·간접적인 계기
에 대한 서술에 초점을 맞추기보다는 '결과적인 음행'에 집중되어 있다.
그 결과 '간통'이 남녀간의 상호적 합의에 의해 성립하고 있음에도 불구

---

46) 이와는 달리 『실록』에는 간통한 유부녀를 간부와 함께 처형한 사례도 기록되었으며(경
   종 1년 11월 26일(계축), 『실록』 41집, 184쪽), 남편이 기생과 간통하자 그 아내가 기생을
   살해한 사건도 기록되어 있다. 상소자는 간통한 남편을 파직시키라고 제안했다(영조 6년
   9월 5일(신미), 『실록』 42집, 233쪽). 그 외에도 과부를 임신시킨 남자를 적발하여 처벌을
   요청한 기록이 있고(영조 7년 1월 7일(신미), 『실록』 42집, 243쪽), 과부와 간통한 남자가
   자살하거나 며느리와 간통한 남자가 참형당한 기록(영조 10년 7월 22일(을미), 『실록』 42
   집, 447쪽), 부자 과부와 간통한 관리의 비리를 고발한 사례(영조 13년 9월 20일(을사),
   『실록』 42집, 570쪽), 간통한 여자가 노비로 전락해 귀양가고 남자도 귀양간 사례(영조
   33년 5월 23일(계축), 『실록』 43집, 649쪽)도 전한다. 이는 실제로는 간통한 남성에 대한
   사회적 처벌의 요청이 있었고 이것이 시행되었음을 보여준다.
47) 다만 야담에 수록된 '간통' 이야기들이 인척간의 사례를 다루지 않은 것은 이것은 명백한
   범죄로 인식되었기 때문이다. 『실록』에는 인척간의 간통 관계 및 처벌 사례가 수록되어
   있다(예컨대 사족의 딸이 형부와 간통하여 둘 다 사형에 처해진 사례가 있다: 영조 33년
   11월 18일(병오), 『실록』 43집, 669쪽).

하고, 여성 쪽에 비판의 시선이 치중되어 있음을 확인할 수 있었다. 남성의 경우, 자신의 음행에 대한 자각적 반성이 수반되는 이야기가 존재하는 데 비해, 여성의 경우, 자신의 행위를 반성하는 태도는 발견되지 않는다. 그러나 이는 엄밀히 말해 반성의 부재가 아니라 반성 기회의 부재라고 할 수 있다. 여성은 '반성'의 기회조차 박탈당한 채 남편이나 다른 남자에 의해 처벌되기 때문이다. 물론 반성 자체를 거부하고 자신의 행위를 정당화하는 항변의 기회가 주어진 바도 없었다.

한편, 유부녀에 대한 성적 충동을 실현시키고자 했던 남성일지라도, 그 여인이 다른 남성과 성관계를 갖는 것을 목도하는 경우, 두 남녀를 처벌하는 권리를 스스로에게 부여함으로써 도덕의 대변자로 자처하는 모습을 보여준다. 이때 그가 경험하는 자기 모순과 분열성에 대한 지적이 배제된 것은, 여성의 음행이 남성의 부적절한 성 충동의 표현보다 부도덕한 것으로 인식되었음을 보여준다.

4. 결론

18·19세기의 야담집에 수록된 '강간'과 '간통'의 서사는 섹슈얼리티를 매개로 한 남녀 간의 감정적 교류에서 나아가 이것을 체험하고 표현하는 주체와 대상과의 관계 및 그들이 기반해 있는 사회와의 관계 속에서 의미를 구현한다.

해당 시기의 야담집에서 강간은 명백한 범법 행위로 간주되었지만, 피해자 여성의 입장을 소거시킴으로써 이를 정당화하거나 성적 충동을 긍정하면서 이를 '사랑'으로 호도하고, 상호적 합의에 따른 것으로 기술함으로써 폭력성을 희석화시키기도 하였다. 이는 당대적 지배 이념에 포섭된 서술 주체와 서술 시각의 권력성을 보여준다. 그 과정에서 폭력의 희생이 되는 대상들은 신체적 약자로 제한되지 않고 제도적으로 보호받을 수 없었던 사회적 약자로 확대되고 있음을 발견할 수 있었다. 피해자 여성이 강간을 천생연분이나 인연론으로 수용하는 과정은 여성의 사회적 생존을 위한 행위가 '사랑'이나 '운명'으로 환치되는 형식을 통해 여성 자신의 신체가 공동화되고 소외되는 과정을 보여준다.

또한 부부 관계 이외의 성적 교유나 쾌락을 중심으로 한 남녀관계는 개인적 '사랑'의 영역을 넘어서 사회적 범죄의 대상으로 인식되었으며, 특히 당사자 여성에게 처벌이 집중되고 있음을 확인할 수 있었다. 이는 개인적 사생활의 영역으로 간주되는 '사랑'이 실제로는 사회적으로 관리되고 통제되었음을 입증하며, 성에 대한 불평등한 인식이 지배적이었음을 보여주었다. 그 과정에서 사생활의 영역을 차압당한 '관기'나 '궁녀'의 개인적 사랑은 '간통'이라는 불명예의 대상으로 지목됨으로써, 특정한 사회적 조건이 '사랑의 경험'을 '범법'의 대상으로 규제하고 있음을 보여주었다. 이러한 서사적 담론은 주로 야담의 주요 향유층이었던 남성 중심의 시각에서 기술된 결과로서, 섹슈얼리티가 일방적 행사되는 과정에서 가장 큰 희생자가 되었던 여성의 음성이 배제된 데서 연유한다.

이러한 서술 시각에 의해 통제되는 이야기의 논리는 현실의 특정한 세계 인식의 내용을 문학의 형식으로 향유하게 함으로써, 이를 이데올로기적인 담론의 문제로서가 아니라 취향과 유희의 소비 수단으로 설득하는 문화적 힘을 발휘했던 것이다.

조선 후기 문헌 설화의 여성 전형 연구

윤예영

1. 서론

하나의 이데올로기는 지극히 자명해보이고, 내적 정합성을 갖춘 듯
이 보인다. 그러나 그러한 외형과 달리 이데올로기는 서로 다른 가치들
이 만나 충돌하고, 때로는 모순되는 언술들이 공존하는 이질적 총체이
다. 이데올로기는 항구불변의 시스템이 아니라 수많은 담론들이 교차
하는 가운데 생성되는 담론적 구성물이기 때문이다. 본고는 조선 후기
문헌설화에 나타난 여성 전형과 각 전형들 사이의 관계를 살펴보고, 이
를 통해 조선 후기 여성의 섹슈얼리티와 이를 통제하던 이데올로기를
살펴보고자 한다.

'전형'(stereotype)은 어떤 집단이나 개인의 태도·행위·기대 등을
과도하게 단순화하고 일반적으로 가치 부여한 시각을 뜻한다.[1] 우리는

---

[1] 전형(stereotype)은 매우 제한된 이데올로기적 관점과 가치들을 수행하는 광범위한 문화
적 실천과 과정의 요소이다. 이것은 우리가 살아가는 사회 세계에 대한 지각 그리고 인지
적 구성에 있어 필수적인 것은 아니며, 기존의 권력 관계가 필수적이며 고정된 것이라는
확신을 강화한다는 점에서 범주의 유연성을 거부하므로 인지적 틀로서의 범주(category)
와는 구별된다.(Michael Pickering, 『*Stereotyping; The Politics of Representation*』,
Palgrave, 2001, pp.2~9.) 또한 성차별주의, 인종차별주의 등 여타 형태의 편견적인 문화

'어머니는 자애롭고, 흑인은 위험하고, 노동자는 근면하다'는 식의 편견 속에서 살아간다. 이러한 편견은 어떤 집단의 공통된 의견을 드러낸다. 전형은 이러한 통념을 반영한 이미지로서, 수용되고 유통되는 과정에서 그것을 생산한 이데올로기를 재생산할 뿐만 아니라 강화하는 수단이 되기도 한다. 이러한 전형은 일상의 층위에서 무비판적으로 받아들여지면서, 주체를 호명하는 이데올로기의 도구로 기능하게 된다.

설화는 집단에 의해 창작되고 수용되는 가운데 이념을 흡수하고, 재생산하는 끊임없는 과정 속에 놓여 있다. 이런 점에서 설화는 다른 서사 장르에 비해 구조적 전형성뿐만 아니라, 이념적 전형성도 높다고 말할 수 있다. 그 중에서도 문헌 설화는 구비 설화에 비해 향유 계층이 비교적 고정되고 제한되어 있다는 점에서, 특정 집단의 시선과 욕망을 확인하기에 보다 적합한 대상이다. 본고에서는 문헌설화의 향유집단을 조선시대의 남성 지배층으로 가정하고, 문헌설화에 나타난 다양한 여성전형과 여성 섹슈얼리티에 대한 이데올로기적 측면을 고찰하고자 한다.

이러한 연구는 몇 가지 문제를 전제한다. 먼저 이미지와 현실, 그리고 이데올로기와의 관계를 어떻게 설정할 것인가의 문제이다. 이미지는 일차적으로는 대상에 대한 재현이나 모방으로 볼 수 있다. 시각적 기호는 언어적 기호와 비교했을 때 보다 도상적이라고 말할 수 있다. 그럼에도 불구하고 전형적 이미지는 여러 가지 이유에서 도상 기호라기보다는 상징 기호에 가깝다. 예를 들어 '인색한 유태인'의 전형은 분명 그것이 편견에 기초한 것이라 할지라도 일면적으로는 지시 대상에

저변에 작용하는 것으로서, 변화를 거부하며, 그 문화의 구성원들이 타문화 구성원들에 대한 태도를 형성하는데 중요한 역할을 한다.(앤드류 에드거·피터 세즈윅 편, 박명진 외 공역, 『문화 이론 사전』, 한나래, 2003, 253쪽)

대한 정보를 담고 있다. 유태인의 속성 가운데 분명 인색하다고 볼 수 있는 어떤 부분이 있을 것이다. 그럼에도 불구하고 다른 수많은 속성 가운데 '인색하다'는 속성을 선택하고, 그러한 속성을 '근면하다'거나, '경제적이다'는 등의 다른 식의 서술이 아닌 '인색하다'라고 명명하는 과정은 분명 자의적이다. 이것은 지시 대상과 이미지 사이에서 생길 수밖에 없는 괴리라기보다는, 의도적이며 자의적인 왜곡에 가깝다.

이렇게 전형이 사실이 아닌 욕망이나 명령을 담고 있다고 하더라도 그것을 단순히 현실에 대한 왜곡이라고 말하는 것에 그쳐서는 안 된다. 조선 후기에는 단순히 음행을 저질렀다는 소문만으로 소문을 낸 사람을 죽이거나, 소문의 당사자인 여성을 친족이나 여성 스스로 살해하는 경우가 있었다.[2] 정절 모해에 대항해서 자신의 순결을 밝히는 여성들이 열녀의 한 부류로 전형화될 정도로, 여성이 실제 실행(失行)을 했느냐의 여부와 관계없이 그가 어떤 여성으로 인식되느냐, 어떻게 평가되느냐는 중요한 문제였다. 이는 여성이 한 번 부정한 여성으로 낙인 찍히면, 실체에 관계없이 그러한 이미지 속에 갇혀버리고, 고정된 이미지에 따라 판단되기 때문이다. 이러한 경우 전형은 현실에 대한 왜곡을 넘어서서 인식의 수단이자 행동의 준거가 되며, 현실을 조작하는 힘을 갖는 것이다.[3]

또 다른 문제는 텍스트에서 전형을 어떻게 뽑아낼 것인가의 문제이

---

2) 김선경, 「조선 후기 여성의 성, 감시와 처벌」, 『역사연구』 8, 2000, 82~90쪽.
3) 전형에 대한 초반의 연구가 전형의 부정적 측면과 해로운 결과들에 초점이 맞춰졌다면, 최근의 연구들은 전형을 피할 수 없는, 필수적인 특징을 갖고 있는 것으로 인정하며, 더 나아가 사회적 응집력의 요인이며, 자신과 타인과의 관계 설정에 창조적으로 작용하는 요소로까지 인정하고 있다. 이런 점에서 전형은 왜곡의 문제가 아니라, 이용의 측면까지 논의되어야 한다. 뤼스 아모시·안 에르슈베르 피에로, 조성애 역, 『상투어』, 동문선, 1997, 54~87쪽.

다. 조선시대의 다양한 여성들의 이미지 가운데 어떤 것을 전형적인 이미지로 보고, 어떤 것을 일탈적 혹은 대항적 이미지로 볼 것인지 결정해야 한다. 예를 들어 기녀나 첩은 특정한 직분에 관련된 일반적인 범주이다. 기녀는 그 소속과 직능에 따라 여러 종류가 있다. 궁중이나 관가의 향연에 동원되었던 여악(女樂)에서부터 변방에서 군인들에게 성적 서비스를 제공했던 매춘부에 이르기까지 다양하다. 그러나 문헌설화에 가장 빈번하게 등장하는 기녀의 이미지는 이러한 현실적 대상들을 세세하게 다 아우르지 않는다. 문헌설화에 나타난 기녀의 전형은 텍스트의 창작과 수용을 담당한 사대부 계층과 가장 빈번한 접촉을 가졌던 관기(官妓)이다. 첩의 경우도 마찬가지이다. 첩은 그 신분에 따라 양첩과 천첩으로 구분되며, 이들이 가정 내에서 차지하는 지위와 역할도 달랐다. 양첩의 경우에는 자손을 번성시키고 살림을 전담하는 등 중요한 역할을 했다. 반면 기녀나 종 출신인 천첩의 경우는 이와 달랐다. 문헌설화에 고정적으로 등장하는 이들의 이미지는 남성의 성적 욕망을 위한 도구적 존재로 나타나며, 이러한 시각은 후대로 갈수록 더욱 고정된다. 합법적인 명목은 사라지고 '사나희의 희롱ㅎ는 물건'으로 비하된다.[4]

이러한 점에서 본고는 일탈적 이미지보다는 전형적 이미지, 저항적 이미지보다는 지배적 이미지를 연구 대상으로 삼는다. 일탈적 이미지, 저항적 이미지는 기본적으로 전형적이고 지배적인 이미지와의 길항작용을 통해 생성되며, 전형적 이미지를 기반으로 하기 때문이다. 더 나아가 다양한 현실 속의 존재 양태가 몇몇의 특정한 이미지로 대표되는 이유가 무엇인지까지 생각해보아야 한다. 또한 이러한 지배적인 전형

4) 독립신문, 1989년 2월 12일 ; 전미경, 「개화기 가족 윤리 의식의 변화와 가족갈등에 관한 연구: 신문과 신소설을 중심으로」, 동국대 박사학위논문, 1999, 115쪽에서 재인용.

이 어떠한 담론에서 어떻게 사용되는지를 통해 당대의 여성의 섹슈얼리티를 통제하는 이데올로기를 재구성할 수 있을 것이다.

조선시대 여성의 이미지에 관한 기존의 연구는 상당히 많이 축적되어 있다. 특히 본고에서 다루는 열녀와 기녀 등에 대한 개별적인 논의들이 상세히 이루어졌다.[5] 본고는 이러한 연구 성과를 바탕으로 기존에 개별적인 전형으로 다루어졌던 이미지들 사이의 관계를 살펴보고, 이를 통해 별개로 보이는 여성 이미지들이 사실상 같은 체계 내에 위치한다는 것을 밝힘으로써, 조선시대 여성의 섹슈얼리티를 통제하던 이데올로기를 구조적으로 드러내고자 한다.

이데올로기 비판은 두 가지 차원에서 이루어질 수 있다. 담론의 표층에 있는 수사학을 연구하는 것과 보다 심층에 있는 메커니즘을 드러내는 방법이 있다. 본고에서는 이러한 두 가지 층위를 동시에 설명하고자 한다. 먼저 여성 전형을 생산하는 심층 구조를 밝힘으로써, 각각의 전형들 사이의 관계를 살펴본다. 그리고 각각의 여성 전형들이 어떤 방식으로 전형화되었는지 살펴봄으로써 담론 표층의 수사학적 전략을 분석

---

5) 강진옥, 「열녀전승의 역사적 전개를 통해 본 여성적 대응양상과 그 의미」, 『여성학논집』 12, 이화여대 한국여성연구원, 1995 ; 권태연, 「조선시대 기녀의 사회적 존재양태와 섹슈얼리티 연구」, 박용옥 편, 『여성』, 국학자료원, 2001 ; 김대숙, 「문헌설화 소재 열과 애정의 주체로서의 여성」, 『한국고전여성문학연구』 3, 한국고전여성문학회, 2001 ; 김선경, 「조선 후기 여성의 성, 감시와 처벌」, 『역사연구』 8, 역사학연구소, 2000 ; 박무영, 「남편의 '잉첩'과 아내의 '적국'」, 『문헌과 해석』 18호, 태학사, 2002 ; 서지영, 「조선시대 기녀 섹슈얼리티와 사랑의 담론」, 『한국고전여성문학연구』 5, 한국고전여성문학회, 2002 ; 이능화, 이재곤 역, 『조선해어화사』, 동문선, 1992 ; 이혜순, 「열녀상의 전통과 변모」, 『眞檀學報』, 진단학회, 1998 ; 정성희, 『조선의 성풍속』, 가람기획, 1998 ; 정지영, 「장화홍련전; 조선후기 재혼가족 구성원의 지위」, 『역사비평』 61, 2002 ; 정지영, 「조선 후기의 첩과 가족 질서」, 『사회와 역사』 65호, 한국사회사학회, 2004 ; 정출헌, 「향랑전을 통해 본 열녀 탄생의 메카니즘」, 『한국고전여성문학연구』, 한국고전여성문학회, 2001 ; 홍인숙, 「조선후기 열녀전 연구」, 이화여대 석사논문, 2001.

할 것이다.

이미지로서의 전형은 현실을 그대로 반영하지 않는다는 점에서 '재현'이기보다는 '욕망'이나 '명령'에 가깝다. 조선 후기 열녀의 전형은 대부분 자결한다. 그러나 현실에서는 과부가 된 모든 여성들이 자결하는 것은 아니었다. 재가를 하는 경우도 있고, 수절하는 경우도 있다. 반대로 열녀가 되고 싶어도 될 수 없는 여성들도 있었다. 이러한 현실과 이미지 사이의 간극에서 오히려 전형을 연구하는 의의를 발견할 수 있다. 그러므로 문헌설화에 나타난 여성상들을 있는 그대로 다루기보다는 그러한 이미지를 생산해내는 근본적인 가치론, 그러한 가치론과 이미지와의 관계, 각 이미지 사이의 관계를 살펴보자 한다. 이러한 작업은 당대의 지배이데올로기에 대한 다양한 대항적 담론들을 분석하기 위한 기초 작업이 될 것이다.

2. 섹슈얼리티의 사회적 모델

조선시대는 명목상으로는 일부일처제 사회였다. 오늘날과는 달리 혼인 관계 이외의 성관계는 모두 간통으로 여겼다.[6] 이러한 사실은 결혼 제도를 정상으로, 그리고 결혼 이외의 관계를 비정상으로 규정하는 이항대립적 체계로 파악될 수 있다. 그러나 현실적으로 남녀의 섹슈얼리티는 결혼관계와 비결혼관계로만 설명될 수 없다. 결혼관계가 없으면, 혼외 관계도 없으며, 비정상적 관계가 없으면 정상적 관계도 없다. 다시 말해 결혼과 비정상의 이항대립은 비결혼과 정상이라는 또 다른 항

---

6) 장병인, 「조선 중·후기 간통에 대한 규제 강화」, 『한국사연구』 121, 한국사연구회, 2000, 1쪽.

을 함축한다. 그러므로 섹슈얼리티를 강제(injunction)의 관점에서 분
절하면 다음과 같이 기호 사각형으로 표현할 수 있다.

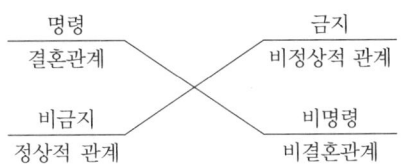

〈표 1〉 섹슈얼리티의 사회적 모델[7]

　사회는 개인의 성을 강제의 구조를 통해 통제한다. 강제는 한편으로
는 명령으로, 다른 한편으로는 금지로 실현되는데, 각각은 명령되지 않
은 것과, 금지되지 않은 것을 전제한다. 기호 사각형의 각 항은 객관적
내용을 갖지 않는다. 즉 텍스트와 컨텍스트에 따라 대응되는 구체적 내
용은 달라질 수 있다.[8] 예컨대 위의 모델은 조선시대 남성에게는 그대
로 적용할 수 있을 것이다. 조선시대에는 결혼관계를 통해 성관계가 명
령되었으며, 반면 근친상간, 동성연애 등의 비정상적 관계는 금지되었
다. 한편 축첩이나, 기녀를 취하는 등의 다양한 혼외 관계는 명령되지
않았으나 공식적, 비공식적으로 존재했다. 한편 남성이 결혼은 했지만
색(色)을 멀리하는 등의 무성적 행위는 음양의 이치를 모르는 바보로
희화화되거나, 반대로 학문적, 정신적 고결함을 나타내는 척도로 여겨
지는 등 금지되지 않았다.

----

7) A.J. Greimas, 김성도 역, 「기호학적 제약의 놀이」, 『의미에 관하여』, 인간사랑, 1997,
　186~191쪽.
8) 그레마스는 전통적인 프랑스 사회에서 각 항에 투자되는 내용을 다음과 같이 예시했다.
　명령에는 부부간의 성관계, 금지에는 근친상간·동성애 등의 비정상적인 관계들, 비금지에
　는 남자의 간음, 비명령에는 여자의 간음을 대응시켰다. A.J. Greimas, 위의 책, 190쪽.

그렇다면 조선시대 여성의 섹슈얼리티도 이와 마찬가지로 설명할 수 있을까? 같은 시대라고 하더라도 남성과 여성에게 적용되는 기준이 달랐다는 점에서 위의 사각형은 여성을 대상으로 했을 때 내용의 대입과 항목의 관계가 조정되어야 할 것 같다. 우선 결혼 관계는 명령된다. 그러나 부부 사이에서 여성의 섹슈얼리티가 대를 잇기 위한 수단으로만 이용되고 쾌락의 대상으로는 여겨지지 않았다는 점에서, 결혼관계는 오히려 무성적 관계에 가까웠을 것이다.

한편 금지에 해당되는 내용은 남성에 비해 외연이 넓었다. 간통은 조선시대 남성, 여성을 불문하고 강하게 금지되는 것이었지만, 남성의 경우에는 법적용도 느슨했고, 현실적으로 혼외관계를 가질 수 있는 제도적 장치까지 마련되어 있었다. 그러나 반대로 여성의 경우에는 여성이 폭력에 의해 관계를 맺게 되는 경우까지도, 여성이 목숨을 끊으면서까지 자신의 결백을 주장하지 않는 한 결국 음란한 여성으로 낙인 찍혔다. 이러한 당대 분위기를 생각한다면 여성의 간통은 명령되지 않은 것보다는 금지된 것에 가깝다. 그러므로 여성의 경우 금지되는 것에는 남성의 금지항에 해당되는 동성애나, 근친상간을 포함하여 모든 종류의 간통이 포함된다.

한편 첩이나 기녀의 섹슈얼리티는 명령되지 않았다. 첩과 기녀는 정상적인 결혼 관계 내부에 존재하지 않았으며, 오늘날의 관점에서 본다면 공식화된 매춘이라고 할 수 있다. 이것은 남성이 주체가 되어 축첩을 하거나 기녀를 취하는 것과는 구분되어야 한다. 남성의 경우에는 주체로서 대상을 자발적으로 택하는 것인 데 반해, 기녀나 첩의 경우에는 어디까지나 주체가 아닌 남성의 섹슈얼리티의 대상 혹은 수단으로 존재했기 때문이다.

한편, 결혼한 여성의 무성적 행위는 금지되지 않았다. 그러나 이것은 남성의 무성적 행위와는 다르게 해석된다. 남성의 무성적 행위는 '계색 (戒色)'으로 합리화되거나, '음양의 이치를 모르는 바보'로 희화화되는 반면, 결혼한 여성의 무성적 행위는 질투하는 여성, 남성같은 여성으로 이미지화되며, 이것은 때때로 남성들에게 위협적인 존재로 인식되거나, 반대로 여성이 가진 남성성 때문에 긍정적으로 평가되기도 한다.

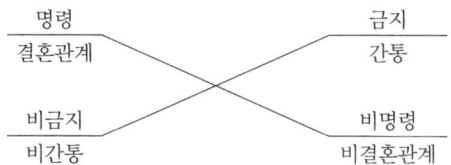

〈표 2〉 조선 후기 여성 섹슈얼리티의 사회적 모델

위에서 살펴본 바와 같이 조선시대 여성의 섹슈얼리티는 기본적으로 결혼을 중심으로 관리되었다. 표면적으로는 결혼과 결혼 이외의 간통이라는 양항만이 존재하는 듯하지만, 결혼관계의 여집합으로서의 비결혼관계(혼외관계), 간통의 여집합으로서의 비간통을 전제하고 있다. 뿐만 아니라, 아래에서 보다 자세히 살펴보겠지만, 결혼관계는 간통과의 차이를 통해 존재하며, 비간통을 비결혼 관계와의 차이를 통해 의미를 획득한다. 예를 들어 결혼관계를 대표하는 전형에 열녀, 간통에 음녀, 비간통은 질투하는 부인, 비결혼관계에 기녀를 위치시킨다고 했을 때, 열녀는 음녀가 있기 때문에 존재하고, 반대로 음녀는 열녀가 있기 때문에 존재한다. 마찬가지로 질투하는 부인은 기녀가 있기 때문에 존재하고, 기녀는 질투하는 부인이 있기 때문에 존재한다. 열녀와 질투하는 부인은 여성의 허가된 섹슈얼리티의 양태를 전형화한 동일한 부류라면, 음녀와 기녀는 여성에게 금지된 섹슈얼리티의 양태를 전형화한 부류이다.

이러한 의미의 기본 구조는 가치 체계를 나타낼 경우에는 정태적이지만, 통사론적 조작이 가해지는 경우에는 역동적으로 의미를 생성하는 모델이다. 예를 들어 기녀와 첩의 경우에는 비결혼관계의 전형이다. 그럼에도 불구하고 분명 정절을 지키는 열녀의 전형을 지향하는 기녀와 첩도 있다. 이러한 경우 모순항의 부정을 통해 비결혼 관계가 결혼 관계를 지향하는 것으로 볼 수 있다. 한편 기녀와 첩의 비결혼관계가 강조되었을 경우에는 간통의 항으로 이동할 수 있다.9)

이상에서 조선 후기의 여성의 섹슈얼리티가 의미론적 관점에서 어떻게 분절될 수 있는지 살펴보았다. 여성의 성적 상태는 논리적으로는 네 가지 항목과 그들 사이의 관계에 의해 정의된다. 서로 별개의 존재들로 여겨지는 여성의 전형들이 사실은 섹슈얼리티의 사회적 모델 위에서 함께 공존한다. 다음 장에서는 여성의 섹슈얼리티가 어떻게 전형화되었는지를 살펴보도록 하겠다.

---

9) 기호 사각형을 통해 표현되는 의미의 분절은 정태적이다. 그런데 의미를 파악하거나 생산하는 주체의 관점에서 보면 이 분절의 요소가 변형을 겪는 동적 과정으로 파악된다. 즉 텍스트의 의미 효과는 하나의 사항으로부터 다른 사항으로의 이행을 통해 파악될 수 있다. 이러한 이행은 표층 서사의 통사론적 전개와 대응된다. 예를 들어 춘향의 신분을 기녀라고 했을 때 이야기의 출발은 비결혼관계에서 시작된다. 춘향 자신은 기녀가 아니라고 하더라도, 그의 출신상 현실적으로는 첩 이상의 지위를 차지할 수는 없다. 이러한 춘향이 이도령과 관계를 맺는다. 부모의 중매없이 이루어진 이들의 결합은 당대의 통념에 따르면 간통에 해당된다. 그러나 이도령과의 기약없는 이별과 변사또의 횡포는 춘향과 이도령과의 결합을 부정하는 비간통의 항으로 이동시킨다. 춘향이 변사또의 위협과 이도령의 마지막 시험을 통과하는 것은 비간통의 긍정에 대응되며, 그 결과로 춘향은 결혼관계 즉 정실부인이자 열녀의 칭호를 부여받는다. 이러한 관점에서 볼 때 춘향은 서사 전개에 따라 기녀에서 음녀로, 음녀에서 한처로, 한처에서 열녀로 변화하는 모습을 보인다. 그러므로 춘향전의 서사는 금지의 체계에서 명령의 체계를 지향하는 가치지향을 나타낸다고 할 수 있다. 박인철, 위의 책, 346~348쪽.

3. 조선 후기 여성의 전형

앞에서 살펴본 여성의 섹슈얼리티는 네 가지 항목과 각 항목들 사이의 관계로 이루어져 있다. 여기에서는 각 항에 위치시킬 수 있는 대표적인 전형들을 살펴보고자 한다.

결혼관계를 대표하는 여성전형은 열녀를 들 수 있다. 이들은 평상시에는 현숙한 부인의 역할을 하지만, 유사시에는 남성을 능가하는 의기를 내어 목숨을 끊는다. 이때 열녀의 섹슈얼리티는 부정될 수밖에 없다. 즉 지키거나 빼앗는 가치로만 여겨지며, 여성이 주체적으로 향유하거나 사용할 수 있는 것이 아니다. 열녀는 순결함의 화신이자 명백한 선으로 전형화된다. 이와 반대편에 있는 여성전형은 남성을 유혹하거나, 유혹에 넘어가는 여성 등 소위 음란한 여성이라고 불리는 집단이 존재한다. 이들은 열녀와는 반대로 순결을 잃어버린 여성으로, 명백한 불의로 전형화된다.

비결혼관계를 대표하는 여성전형은 열녀와는 반대로 오로지 성적 대상으로만 존재하는 여성들을 들 수 있다. 생존의 전략으로 자신의 성을 이용할 수밖에 없었던 첩이나 기녀들이 이에 해당된다. 비간통을 대표하는 여성은 첩이나 기녀와는 반대로 성적으로 소외된 여성들을 들 수 있다. 열녀처럼 무성적 존재이지만 이상화되지 않은 존재들이다. 이들은 남성처럼 사납거나, 그들의 잠재된 성적 욕망을 부녀에게 금지된 질투로 표현하는 여성들이다. 앞에서 살펴본 〈표 2-조선 후기 여성 섹슈얼리티의 사회적 모델〉의 각 항에 이러한 전형들을 대응시키면 다음과 같다.[10]

---

10) 이때의 각각의 전형의 명칭은 텍스트에서 사용되었던 어휘를 그대로 사용하였기 때문에 몇 가지 용어상의 문제가 있다. 열녀, 음녀, 한처, 투부 등은 어휘 자체에 대상의 속성이나 가치평가가 들어있는 반면, 기녀나 첩은 가치중립적인 범주명이므로 혼동의 여지가 있다.

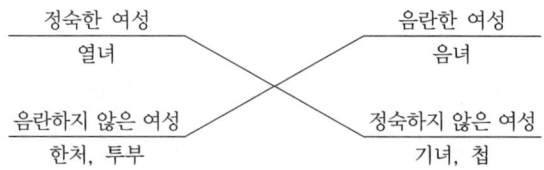

1) 열녀 - 정숙한 여성

　조선시대 여성의 성은 결혼 관계에서만 유일하게 긍정될 수 있었다. 그러나 이것 역시도 자손 번성을 위한 목적으로 사용될 때 긍정되는 것이지, 쾌락의 도구나 향유의 대상으로 인정되는 것은 아니었다. 평소에 가부장이 성혼한 아들과 사랑방에 거처하다가 임신에 좋은 일자를 택해 아들을 안채에 들여보내기도 할 정도로 부부 사이의 관계가 가부장의 통제를 거쳐야 했으며, 부부 사이의 성관계는 임신과 태교, 그리고 남성의 건강을 위해 지켜져야 할 사항들에 의해 행해졌다.[11] 결국 부부 사이의 성은 임신과 출산을 위해 명령된 것이지, 욕망 충족을 위해서 명령된 것은 아니었다. 이러한 사실들은 결혼 관계가 전적으로 가

　그러나 일반적으로 기녀나 첩이 정숙하지 않은 여성, 절개를 지키지 않는 여성으로 전형화되지만, 이를 가리키는 개별 명칭이 없는 까닭에 불가피하게 기녀, 첩이라는 범주명을 전형으로 삼을 수밖에 없다. 그러나 본고에서 다룰 것은 일반적인 범주에 대한 것이 아니라, 절개를 지키지 않는 여성의 이미지로 고정된 기녀와 첩의 전형을 의미한다. 또한 한처나 투부의 경우 열녀의 '절개있다(烈)', 음녀의 '음란하다(淫)'가 일종의 가치평가가 담긴 서술어인데 반해, 무섭다(悍), 질투하다(妬)는 가치평가적이라기보다는 여성의 성격이나 행동에 대한 서술이라는 점에서 다른 용어와 균형이 맞지 않는다. 그럼에도 불구하고 여성의 사나움, 여성의 질투가 바람직하지 않은 것으로 여겨졌다는 점에서 이것을 완전히 가치중립적인 용어로만 볼 수는 없다. 뿐만 아니라 기본 구조상으로는 음란하지 않음이 비금지항에 위치함에도 불구하고 부인의 질투를 표면적으로는 금기 사항으로 설정했던 당대의 여건의 모순적 측면에 대해서도 생각해볼 수 있을 것이다. 명분상으로는 금지되었지만, 사실상 부인의 질투는 금지될 수 없는 것임을 드러낸다.

11)　정성희, 『조선의 성풍속』, 가람기획, 1998, 69~78쪽.

부장제의 유지에 초점이 맞춰져 있으며, 반대로 결혼 관계 외에 여성의
성을 이용하는 것은 남성의 혈통 보존에 적대적인 행위로 해석되었던
것과도 관련된다.

　이러한 관점에서 볼 때 열녀의 전형은 가부장제의 존속에 기여하는
정절 이데올로기를 가장 극단적으로 반영한 이미지라고 할 수 있다. 생
산적인 목적에 종속된 성은 이러한 목적을 더 이상 실현시킬 수 없을
때 존재 가치를 잃는다. 다음은 열녀 설화는 조선 후기 열녀상을 전형
적으로 보여주고 있다.

> (1-1) 이씨는 뒷산 조상의 묘소에 각종 비석을 완비하고, 하루는 양자 부부
> 를 데리고 묘소에 가서 성묘한 다음, 돌아와 양자를 불러 앉혀놓고 다음과
> 같이 말했다. "내가 남편 부고 받은 즉시 죽지 않고 이제껏 산 것은 시가에
> 노인들을 모실 사람이 없었고, 또 시가의 대가 끊어지게 되어 있어서였다.
> 이제 너희들이 소견이 들어 가사를 처리할 만하니, 지금부터 책임지고 가
> 정을 이끌어 가도록 해라."하고 당부하여 밤늦게까지 얘기를 하고 헤어졌다.
> 　이튿날 아침에 보니 이씨는 독약을 물에 타 마시고 사망해 있었다. 이
> 독약은 시집으로 올 때 가지고 온 것이었다. 그리고 부인의 시체 옆에는
> 장문의 편지가 놓여 있었는데, 그 속에는 가정의 여러 가지 예법 절차와
> 재산 관계, 종들에 관한 문서, 장례 절차, 또한 이씨가 지금까지 살아야
> 했던 이유 등을 모두 기록하고, 끝으로 저 세상에 가서 남편을 만나 이러한
> 사정들을 보고해 드리는 것이 소원이라고 적고 있었다. 뒤에 이씨의 절행
> 을 인근 마을에서 상부에 보고해 정문이 세워졌다.[12]

---

12) 김현룡, 『한국문헌설화』 3, 건국대학교출판부, 1999, 127쪽.(본고에서는 『한국문헌설화』
　　3권과 4권에 실린 문헌설화들을 인용하였다. 이후에는 서명을 다시 쓰지 않고 김현룡(3),
　　김현룡(4)로 표기하고, 페이지수만을 병기하도록 하겠다.)

임진왜란 이후에 열녀의 전형은 남편 사후에 바로 따라 죽는 여성들, 혹은 자손이 없을 경우에는 양자를 들여 후사를 잇고, 살아남은 시부모를 죽을 때까지 봉양한 후에 자결하는 여성들이 대부분이다.13) (1-1)은 이러한 조선 후기 열녀의 전형을 잘 보여주고 있다. 여기에서 이씨에게 정문이 수여되는 결정적인 계기가 그녀의 죽음이라는 점이 주목된다. 예외적으로 열절보다는 수절의 어려움을 강조한 경우도 있지만, 대개의 경우는 죽음을 통해 열행이 완성되는 것으로 인식되었다.

그렇다면 수년 간 시부모를 봉양하고, 양자를 키워 성혼시킬 때까지 정절을 지킬 수 있었던 여성이 돌연히 죽어야 하는 이유는 무엇인가? 이씨의 유언에서 주목할 부분은 지금까지 죽지 않았던 이유에 대해서는 마치 변명이라도 하듯이 구구절절하지만, 죽어야 할 이유는 나와 있지 않다는 점이다. 사실 열녀가 왜 죽어야 하는가라는 질문은 동어반복적이다. 이것은 열녀는 왜 열녀인가라는 질문과도 같다. 왜냐하면 조선 중기 이후에는 열녀의 이미지 속에 죽음의 요소가 필수적으로 들어 있었기 때문이다. 정절을 지키기 위해서 죽는 경우도 있지만, 오히려 죽었기 때문에 정절을 지킨 것으로 인정하는 전도 현상도 일어난다.14)

다음 인용문은 수절과부가 처하게 되는 여러 가지 부조리한 상황에 대한 이야기이다.

(1-2) '수절'이란 두 글자는 쉽게 말할 것이 못 된다. 내 열 여덟 살에 홀로 되어 양반집 자식으로서 체통을 지키려고, 유복자를 품에 안고 차가운 새

---

13) 이혜순, 「열녀상의 전통과 변모」, 『震檀學報』, 진단학회, 1998, 175~180쪽 ; 홍인숙, 「조선후기 열녀전 연구」, 이화여대 석사학위논문, 2001, 23~38쪽.
14) 정출헌, 「향랑전을 통해 본 열녀 탄생의 메카니즘」, 『한국고전여성문학연구』, 한국고전여성문학회, 2001.

벽 바람과 비 내리는 밤중에 외로운 등불 아래 차디찬 벽만 보고 잠 못 이루
고 앉았을 때, 남성에 대한 그리움은 진정하기 어려웠다. 한 번은 외사촌
오빠가 와서 사랑방에 유숙하는데, 병풍 사이로 그 늠름한 남성적인 모습
을 보고, 정욕을 억제하기 어려워 밤새 집안이 다 잠든 사이에 등불을 들고
사랑으로 나가려고 방문 밖을 나섰다가는 고개 숙여 다시 방안으로 들어오
고, 또 나섰다가 들어오기를 거듭하는 동안, 새벽에 부엌에 나온 여자 종들
의 소리를 듣고 소스라쳐 방안에 엎어져 울다가 잠들어 꿈을 꾸었다. 이
때 마침 꿈속에, 사랑방으로 가서 외사촌 오빠에게 이 외로움을 호소하고
함께 이불 속으로 들어가는 순간, 갑자기 장막 속에서 얼굴에 피를 흘리며
목침을 두드리면서 울고 있는 사람을 보았다. 자세히 살펴보니 곧 사망한
남편이었기에 소리치고 잠을 깨니, 희미한 등불 아래 어린 아이가 포대기
속에서 젖 달라고 울고 있었다. 이에 정신을 가다듬어 한없는 서러움에 눈
물을 머금고 반성하기를 거듭하고 또 맹세하고 울면서 마음을 진정했다.
여자의 정이란 어디로 흐를지 모르는 것이다. 그때 부엌에 여자 종들이 나
오지 않았다면 또 비참한 모습의 남편 꿈을 꾸지 않았다면 나의 운명은 지
금 어떻게 되었을지 알 수 없다. 수절과부의 행실은 강하게 노력하여 억제
하지 않으면 어려운 일이다. 이 내용을 적어 우리 집 가정 법도로 삼게 하
라. 장씨 부인은 이렇게 말하고 웃으면서 운명했다. 이후 이 가문은 절행으
로 이름이 났다.15)

(1-3) 상황을 파악한 이씨는 피할 수 없음을 알고 부드러운 목소리로, "내
평소 재혼을 생각하고 있었는데 잘 되었다."고 말하고 안심시켰다. 기분이
좋아진 한필욱은 곧 밖으로 나가 기다리고 있던 불량배들에게 일이 잘 되
었음을 얘기하고 돌아가라 했다. 그리고 방으로 돌아오니 불이 꺼져 있었
고 불을 켜니 이미 이씨는 목을 매 죽어 있었다. 한필욱은 곧 담을 넘어
도망갔고, 이튿날 아침 시부모가 돌아와서는 이 사실을 관가에 고소했다.

---

15) 김현룡(3), 135~136쪽.

관가에서는 한필욱을 잡아 상부에 보고한 다음 매를 쳐 죽였고, 불량배들은 죄의 경중을 가려 귀양보냈다. 조정에서 이 사실을 듣고 정문을 세워 포양했다.16)

(1-4) 박 과부는 자신이 관청에 고해 사실을 밝혀야 하겠다고 마음먹고 치마를 쓰고 나가 관청에 가서 억울함을 호소했다. 그러나 이미 관장은 물론 모든 관속들이 김조술로부터 수많은 뇌물을 제공받았으므로, 박과부를 비웃고 결백하다면 세월이 지나 밝혀지지 않겠느냐고 하며 냉담했다. 박 과부는 장도를 꺼내 죽음으로 결백을 밝히겠다고 하니, 관장은 "큰 칼로 죽지 작은 칼로 위협만 하느냐?"라고 하면서 관비를 시켜 박 과부를 끌어내게 했다. 이에 박 과부는 관청문 밖에서 장도로 목을 찔러 자결했다. 시아버지 민씨는 관청에 가서 여러 가지 원통함을 하소연하는 과정에서 관장에 대한 모욕적인 언사와 또 관청의 공정하지 못한 처사를 비난했으므로, 관장에 의해 고발되어 안동부의 감옥에 수감되고 말았다.…(중략)… 김 감사는 박 과부의 관을 가지고 오게 해 관정에서 뚜껑을 열고 시체를 검시하게 하니, 시체가 조금도 손상되지 않았고, 목에 칼자국이 선명했다. 그리고 배가 등에 붙어 말라 있었으며, 몸이 돌처럼 딱딱했다. 이렇게 해 약장사 노파를 문초한 결과 뇌물에 의한 조작된 사실이 모두 밝혀졌고, 김조술은 사형을 당했으며, 종 만석은 면천되고 박 과부는 정문이 세워졌다. 17)

(1-2)에서 장씨 부인은 임희진이라는 선비의 유복자를 낳고 80평생을 살면서 집안을 번성시키고 죽음을 눈앞에 두고 유언을 한다. 그는 앞으로 집안에 청춘과부가 생기면 수절을 강요하지 말고 잘 생각해서 선택하라는 말을 하면서 자신의 경험담을 이야기한다. 이 이야기에서 장씨 부인이 평생을 수절한 것은 겉으로 보기에는 쉬운 일 같았으나,

16) 김현룡(3), 117쪽.
17) 김현룡(3), 119쪽.

외사촌에게 욕정을 느낄 정도로 **뼈**를 깎는 자신과의 싸움이 있었다는 것이다. 문면에서는 장부인이 마치 수절이 얼마나 비인간적인 것인가를 회술하는 것처럼 나타나지만, "이 가문은 이후 대대로 절행으로 빛났다"라는 요약은 오히려 이러한 인간적 번뇌와의 싸움에서 이겨낸 것이기에 수절에 더 빛나는 가치가 부여된 것으로 볼 수 있다. 결국 과부의 개가를 허용하는 이야기의 서두가 수절을 강조하는 결말로 전도된다.

  (1-3)의 청상과부는 앞의 장씨 부인과는 달리 흔들리지 않는 굳은 절개를 지니고 있다. 그럼에도 불구하고 그를 넘보는 강폭한 남성의 힘을 당해 낼 수 없어서 결국은 그의 청에 응하는 척하다가 정절을 지키기 위해 자살한다. (1-4)의 박과부의 이야기도 마찬가지이다. 이웃에 사는 김조술은 끊임없이 박과부를 위협하고, 이것이 마음대로 되지 않자 박과부가 자신과 사통해서 임신했다는 악의적인 소문을 퍼뜨린다. 일단 여성이 부정하다는 소문이 난 이상 그것이 사실 여부에 관계없이 기정사실화되기도 하고, 여성뿐만 아니라 그가 속한 가문에 대한 오명이 되기 때문에 살인을 불러올 만큼 심각한 일이었다.[18] 정절 모해에 맞선 여성에 대한 대표적인 이야기인 〈은애전〉에서 은애는 자신의 정절을 훼손했다고 모함한 남성을 죽이고, 〈홍열부전〉에서는 여성의 수치를 참아내고 옷을 벗어 몸을 드러내는 등의 극단적 행동을 통해 자신의 정절을 밝힌다.[19] 이러한 행동의 공통점은 이들의 문제 해결방식이 모두 순결을 증명하는 직접적인 방법이 아님에도 불구하고, 행동의 극단성 때문에 그들이 의로운 사람으로 인정받았다는 점이다. (1-4)에서도 박과부는 자살했기 때문에 자신의 정절을 증명할 수 있었다.

---

18) 김선경, 위의 논문, 69~75쪽.

19) 이혜순·김경미, 『한국의 열녀전』, 월인, 2002, 88~91쪽.

이러한 과부들의 이미지에 반영된 통념은 과부는 내적으로는 끊임없는 인간적인 욕망에 시달려야 하며, 외적으로는 과부를 넘보는 강폭한 남성들에게 맞서야 하지만, 그들에 대항할 아무런 힘과 수단도 갖지 못하는 존재라는 것이다. 그리고 이러한 이야기는 그러한 통념을 다시 한 번 확인하고 강화하는 역할을 했을 것이다. 결국 수절과 실절의 양항을 삶과 죽음에 대응시키는 편의적인 논조는 다음과 같이 완성된 형태로 나타나기도 한다.

> 논하여 말한다. 부인이 한 남편을 따르다가 죽는 것은 큰 도리이다. 그러나 남편이 병으로 죽었을 때 반드시 따라 죽어야 한다는 것은 성인도 만들지 않은 제도이다. 간혹 때와 장소에 따라 정말 어쩔 수 없을 때가 있기는 하다. 그래서 살아서 구차하게 연명하느니 죽는 것이 차라리 낫다고 여기는 사람에 대해서는 군자도 깊이 인정했던 것이다. 영녀가 머리카락을 자르고 코를 베고 자른 것은 참으로 장렬한 일이었으나 차라리 한 번에 죽는 게 편하지 않았을까? 홍씨의 원통함과 괴로움은 바로 이러한 시대를 만난 데 있다. 삼강이 무너지고 구법이 사라져 큰 제방이 한 번 무너지니 강과 익의 귀함으로 왕왕 상중에서 만날 약속을 하는 지경이 되었다. 외로운 난초가 숲에 있고, 백옥이 상자 속에 있으면 그것을 온전히 할 수 있으나 향을 훔치고 금을 도둑질하는 무리들이 예기치 못한 때에 몰래 넘보지 않겠는가? 이에 열부는 화가 닥쳐서 절개를 이루기보다는 차라리 평소에 있던 곳에서 조용히 목숨을 끊어 일찌감치 남편과 돌아간 것이다![20]

이는 〈홍열부전〉의 논평부에 해당된다. 많은 열녀전에서 열녀들의 목소리는 그들이 죽지 않고 살아야만 했던 이유에 대한 구구절절한 변명을 통해서만 나타난다면, 반대로 이들의 이야기를 전하는 서술자의

---

20) 이혜순·김경미, 〈홍열부전〉, 위의 책, 191~193쪽.

논평은 그들이 죽었어야 하는 이유에 대한 합리화와 이에 대한 찬양이 주를 이룬다. 정절의 가치를 성리학적 이념으로 위장하고자 해도 인간의 생명을 중히 여기는 성인의 말씀과의 모순되는 현실을 남성적 시선을 가진 내포작가 역시 외면할 수는 없다. 그러한 간극을 메우기 위한 논거로 위에서 제시한 것은 화가 "닥쳐서 절개를 이루기보다는 차라리 평소에 있던 곳에서 조용히 목숨을 끊는 것"이 낫다는 것이다. 이러한 논리는 살아 있는 것은 필연적으로 실절과 연결될 수밖에 없고, 죽음은 이러한 위험을 피할 수 있는 가장 손쉬운 해결책이라는 것이다. 이러한 논리를 전개시킬 때 사용될 수 있는 좋은 전거들이 바로 앞에서 살펴본 실절하는 여성들의 이미지이다.

어떻게 이러한 결론이 가능한가? 여기서 논평자가 열녀를 "외로운 난초", "상자 속의 백옥"에 비유하고 있다는 점에 주목할 필요가 있다. '난초'와 '백옥'은 수의성(隨意性)을 지니지 않은 물상이다. 누가 짓밟히면 밟혀야 하고, 누군가가 상자 속에서 꺼내면 딸려 나가야 하는 물건이다. 난초는 완상의 대상이고, 백옥은 부귀를 드러내는 보배이다. 이들은 모두 실용적인 목적으로 쓰이는 것이 아니라 보호되고, 지켜짐으로써 가치를 획득하는 상징적 가치를 지닌 것이다. 이러한 비유는 기녀를 아무나 취할 수 있는 담장 밑의 꽃으로 비유하고, 음란한 여성을 그릇에 비유하는 어법과는 상반된다. 또 여성을 어떻게 인식하고 있는지, 그 여성에게 요구하는 가치가 무엇인가를 잘 보여준다.

이러한 수사법은 정절을 지켜야할 모든 책임을 여성에게 전가시키는 논리로 기능한다. 정절을 지킬 수 있는 능력은 주어지지 않은 존재가 그 의무를 수행하기 위해 취할 수 있는 유일한 방법은 죽음밖에 없다는 점을 기정사실화한다. 이러한 인식에 기초했을 때, 정절을 잃은 여성은

뿌리 뽑힌 난초이며, 흠이 생긴 백옥이 된다. 이것은 더 이상 완상의
대상이 되지 못하고, 보배로서의 가치를 가지지 못한다.

　이러한 담론들 속에서 결혼 관계 내에 위치한 여성의 성은 순결과
더러움, 자손 번성과 무욕이라는 양극의 상태밖에 없는 대상으로 신화
화된다.

2) 음녀 – 음란한 여성

　앞에서 살펴본 열녀의 성은 결혼 관계 내에서 정절 혹은 순결의 이름
으로 여성의 무성적 지위가 강하게 명령된 것이라면 앞으로 살펴볼 음
녀의 전형은 결혼 외 관계에서 여성의 성적 행위들에 대한 강한 금지가
투사된 이미지들이다. 이러한 결혼 외 관계에 대한 강한 금지 때문에
음녀에 관한 이야기는 처벌의 서사가 주를 이룬다. 다음 두 편의 이야
기는 유부녀와 과부의 간통에 관한 이야기이다.

　　(2-1) 차부(車夫)가 생각하니 남편을 거절하고 외간남자인 자기(차부)와
　　음희를 강하게 하는 부인의 그 음탕함에 통분을 느끼고, 일어나 칼을 뽑아
　　그 부인을 찔러 죽이고 달아났다. 이튿날 아침 사람들이 모여들고, 집에
　　있던 종에게 물으니 어젯밤 남편이 나왔다가 언제 돌아갔는지 모른다고 했
　　다. 곧 남편은 처갓집 사람들에 의해 살처자로 고소되고 남편은 어떠한 증
　　거도 댈 수가 없어 꼼짝없이 살인자로 사형이 선고되었다. 그래서 사형장
　　으로 나가기 위해 소가 끄는 수레를 탔다. 수레를 모는 사람은 다름 아닌,
　　그 부인을 죽인 용산차부였다. 의협심이 강한 차부는 부인 남편이 억울하
　　게 죽음을 당하는 것을 보고 있을 수가 없어서 자신이 부인을 죽인 범인임
　　을 관청에 자백했다. 심리를 맡은 옥관은 "한 음부를 죽이고 무고한 사람의

목숨을 구한 것은 의로운 행동이다."하면서 차부를 용서하고 면천한 다음 상까지 내렸다.21)

(2-2) "두려워 마시고 저의 소청을 들으십시오. 청상과부로 몇 년을 살았지만, 남녀 음양의 이치를 모르는 이 원통함을 호소할 곳이 없어서 이렇게 알지 못하는 분에게 호소 드립니다. 음양의 이치를 알게 해주시면 죽어도 한이 없겠으니 가엾게 여기시고 이 한을 풀어 주십시오." 하면서 가슴이 찢어지는 것 같은 하소연을 했다. 그래서 민진원은 그 부인을 안고 자리에 들어 끊어질 듯 타오르는 뜨거운 운우의 환애를 느끼게 해줬다. 일이 끝난 후 부인은, "제가 지금까지 살아 있었던 것은 이 경험 때문이었습니다. 이 소원이 이루어졌으니 그런 감사와 다행이 없습니다. 이제 이 생명은 더 살아 있을 이유가 없습니다."하면서 말릴 겨를도 없이 즉석에서 칼로 찔러 자결하였다. …(중략)… 부친은 "일은 잘 처리했다만 그러나 부인의 생명을 구하지 못한 것 때문에 앞날에 화가 미칠지 모르겠다. 하지만 그것은 너의 죄는 아니다."고 하면서 용서했다. 이후 민진원은 크게 출세했는데, 아마도 그 부인에게 음양을 알게 해준 적선 덕분일 것이다.22)

(2-1)에서 별감의 부인이 별감이 숙직을 하는 동안 차부를 유혹해서 음행을 한다. 그런데 중간에 여자의 남편이 돌아오자 여자는 차부를 숨기고 남편을 서둘러 다시 궁중으로 돌아가게 한다. 이를 숨어서 지켜보던 차부는 갑자기 의협심이 생겨나 부인을 죽이고, 나중에 별감이 부인 죽인 죄를 뒤집어쓰자 자신의 범행을 자백한다. 이 과정에서 간음의 공모자였던 차부는 처벌의 주체가 된다. 음녀와 간부 사이의 공모 관계가 악인과 의인의 대결 관계로 전환되는 것이다.

---

21) 김현룡(4), 252~253쪽.
22) 김현룡(4), 180쪽.

이와 유사한 이야기로 과부나, 과부의 여종을 탐하던 선비가 우연히 과부의 음행 사실을 알고 과부를 처단하는 이야기가 있다. 이 이야기에서 과부는 간부와 짜고 본남편을 살해하는 극악한 악녀로 그려져 있다.23) 이러한 이야기들에서 유혹에 넘어간 남성의 죄나 여성의 비밀을 탐색하는 남성의 은밀한 시선에 대한 문제제기는 찾아볼 수 없다.

(2-2)는 남녀 음양의 이치를 알지 못하는 자신의 한을 낯선 선비를 통해 해결하고자 하는 청상과부에 관한 전형적인 이야기이다. (2-1)에서는 서로 뜻이 맞은 남녀가 간통을 하고, 음녀를 처벌한 간부가 불의를 처단한 의인으로 그려졌다면, 이 이야기에서는 과부의 정절을 빼앗은 남성이 여성의 간청에 못 이겨 한을 해소시켜주는 인정이 많은 사람으로 그려진다. 그 결과 남성의 행위는 '적선'이라는 명분을 획득하게 되고, 과부는 그 덕분에 평생의 한을 풀게 된다. 그러나 한을 풀게 된 과부는 그 자리에서 돌연 자살한다. '정절을 지켜야 한다'라는 가치와 '성적 욕망은 해소되어야 한다'라는 가치의 충돌에서 여성에게 우선시되어야 하는 것은 역시 정절의 가치인 것이다.

이와 반대로 진행되는 이야기도 있는데, 선비 이용묵의 옆집에 살던 청상과부가 이용묵에게 청혼한다. 이용묵은 집이 가난해서 첩을 들일 수 없고, 과거 시험 준비에 방해가 된다는 이유로 과부의 청을 거절한다. 그러자 다음날 과부는 자살하고, 과부의 시체를 거두어달라는 유언마저 거절한 이용묵은 과거에도 떨어지게 된다. 서술자는 이러한 이용묵의 운명을 '박절한 인정에 대한 경계'라고 논평한다.24) 결국 과부의 소원을 들어주지 않았기 때문에 선비는 불운한 삶을 마쳤다는 것이다.

23) 김현룡(4), 246~247쪽.
24) 김현룡(3), 182쪽.

남성의 관점에서 볼 때 청상과부의 욕망은 음욕이 아닌 해소되어야 하는 한이다. 그러나 여성의 경우에는 현실에서는 해소할 수 없는 음욕이다. 남성이 이를 해소시켜주는 것은 적선이지만, 여성이 이를 해소하는 것은 실절이다. 이와 같은 이중적인 잣대 사이에서 남성은 면책되고, 여성은 한을 풀어도 살 수 없고, 한을 풀지 못해도 죽는 딜레마에 빠진다. 이것은 곧 청상과부의 이미지가 화해할 수 없는 모순적 가치들의 충돌 지점임을 말해준다.

그렇다면 여성의 성적 욕망은 여성의 죽음을 전제하지 않고서는 긍정될 수 없는 것인가? 다음의 이야기에서는 남성의 유혹에 넘어가 실절하게 된 처녀가 결국은 유녀로 전락하고, 사라져버리는 이야기이다.

> (2-3) 진복이 점점 자라니 매우 자색이 있고 아름다웠다. 그런데 노파 친척들이 재산을 넘보고 노파를 헐뜯었는데, 재산을 친척들에게 주지 않으려고 타성 딸을 키우면서 그에게 재산을 넘기려 한다고 하여 온갖 모략을 일삼았다. 그러나 노파가 흔들리지 않으니, 친척들은 진복에게 초점을 맞추어 그를 망치려고 계책을 꾸몄다. 한 친척이 진복에게 "승정원 주서인 한 청년이 진복을 보고 좋아해 1천금을 내고 부실로 삼고자 하니 허락하라."하면서 회유했다. 진복이 말을 듣지 않다가 끈질긴 유혹에 기어이 넘어가 허락했다. 하루 밤에는 그 친척이 약속한 승정원 주서에게 데리고 가겠다면서 말에 태워, 여러 거리를 꼬불꼬불 돌아 한 큰 건물로 데리고 들어가, 둘러쳐진 병풍 안으로 안내하고 앉아 있으라 했다. 조금 있으니 검은 턱수염이 길게 난, 몸이 크고 건장한 남자가 나타나더니, 진복을 안고 옷을 벗겨 제멋대로 음행하고는 버리고 가버렸다. 진복은 어쩔 줄을 모르고 날새기를 기다렸다가, 아침에 사람들에게 물으니 그 건물은 사헌부 건물이라 했고, 수염난 사람은 망나니라 했다. 집밖을 나가보지 않고 자란 진복은 묻고 물어 한나절이나 걸려 집에 돌아왔다. 얘기를 들은 진복의 부친 재상

은 딸로 인정하지 않으려 했고, 창가에 보내 살게 하라 했다. 스스로 몸을 망친 것을 안 진복은 마침내 음부로 전락해 전전하면서 살다가 시집도 못 가고 곤궁하게 일생을 마쳤다. 진복은 한 번 마음을 잘못 결정해 일생을 수치로 살았고, 또 세상에는 이렇게 사람을 해치는 일을 하는 사람도 있으 니 두려운 세상이다.25)

(2-3)의 진복은 재상집 측실의 딸이었다. 진복이 양모(養母)의 재산 을 물려받게 될 것을 시기한 노파의 친척들은 고의적으로 진복의 실행 을 유도한다. 이는 여성의 실절은 그 진위여부에 관계없이 여성의 운명 에서 치명적인 결함이 된다는 사회적 통념과도 관련된다. 그러나 이 이 야기의 초점은 앞의 이야기들에서와 마찬가지로 정절을 지키지 못한 여성들의 책임에 모아지고 있다. 진복을 음해한 친척이나, 그에 공모한 사헌부의 망나니와 같은 인물들은 '사람을 해치는 일을 하는 사람'으로 통칭되고, 이러한 사람들이 있는 '두려운 세상'에서 진복이 '마음을 잘 못 결정'했다는 점이 타락의 이유로 규정된다.

(2-1), (2-2), (2-3)은 남편이 집에 없을 때, 남편이 죽은 여성, 혹은 집 밖으로 유인되어 나간 여성은 불특정 다수에게 노출된다. 즉 일시적 이든 영구적이든 가부장의 권위가 해제된 상태에서 늘 여성의 성은 약 탈이나 남용의 대상이 된다. 이러한 설정은 다음과 같은 두 가지 전제 를 바탕으로 한다. 여성의 공간은 가부장의 보호 아래에 있는 안전한 공간과 보호받을 수 없는 위험한 공간으로 나뉘고, 남성은 이 두 개의 공간 사이를 자유롭게 오고 갈 수 있지만, 여성은 한 번 보호의 울타리 를 넘어섰을 때에는 되돌아 올 수 없다는 것이다.

이러한 음녀의 전형이 숨기고 있는 모순은 여성에게 정절을 지킬 것

25) 김현룡(4), 239~240쪽.

을 요구하지만, 그것을 요구하는 주체가 그 책임을 나누어 갖지 않는다는 점이다. 여성이 정절을 잃었을 경우 가장 적극적인 처벌의 주체가 되는 것은 국가나 여성 자신이 아니라 바로 가부장이다.[26] 전쟁으로 인해 불가피하게 정절을 잃어버린 여성에 관련된 이야기에서도, 여성은 끝까지 남성에 대한 신의를 저버리지 않는데 반해, 남성은 여성을 구하려는 노력을 하지 않거나, 오히려 남겨진 여성의 유산을 이용해서 부유하게 살았다는 이야기[27]에서 가부장의 이중성이 단적으로 드러난다. 결국 살아남은 여성들은 음녀의 또 다른 이름인 '환향녀'라는 불명예스러운 호칭을 얻게 될 뿐이다.

이상의 이야기들의 공통은 모두 여성에 대한 처벌의 서사이다. 처벌의 주체가 때로는 간부이고, 때로는 여성을 보호해야할 가부장이기도 하고, 때로는 여성 자신이 되기도 한다. 그러나 여성의 실절을 방조하거나, 유발시킨 남성 주체에 대한 처벌은 약하거나, 오히려 그에 대한 보상이 이루어진다. 그렇기 때문에 여성이 음행으로 인해 죽게 되지 않을지라도 결말은 가문으로부터의 축출, 온전한 정신을 갖고 살아 갈 수 없는 극단적인 상태로 내몰리게 된다.

3) 기녀와 첩 – 정숙하지 않은 여성

앞에서 살펴본 바에 의하면, 열녀는 정절을 지키기 위해 죽고, 음녀는 정절을 지키지 않았기 때문에 죽게 된다. 만일 열녀와 음녀만이 존재하는 세상이라면 남성의 성적인 욕망 또한 긍정될 수 없을 것이다.

---

26) 김선경, 앞의 논문, 73~75쪽.
27) 김현룡(3), 162~164쪽.

그렇기 때문에 그 잉여분을 담당할 또 다른 여성들이 필요하게 되고, 이것은 명령되지 않은 것과, 금지되지 않은 관계를 통해 실현된다. 정절을 잃었다는 이유로 더 이상 보호받을 가치가 없는 여성들이 죽지 않고 살아남았을 때 가는 곳은 어디인가. 결국 그들은 동일한 사회로 돌아온다. 그러나 사회는 그들에게 다른 이름을 부여하고, 그들의 존재와 행동의 양태는 다른 기준에 의해 통제된다.

정절을 잃은 여성들 혹은 애초에 박탈된 이들은 오히려 생존의 전략으로서 자신의 성을 전면적으로 이용한다. 이를 대표하는 여성들로 첩이나 기녀를 들 수 있다. 기녀들의 경우에는 사족여성들의 정절을 보호한다는 명분하에 사대부 남성들에게 색을 제공하기 위한 부류로서 존재했으며, 첩은 자손 번성이라는 명분하에 사실상 남성의 자유로운 성생활을 위한 성적 대상으로 존재했다.[28]

『자해필담(紫海筆談)』에 실린 김명원에 관련된 설화는 이러한 부류의 여성들의 성이 이용되는 방식을 잘 보여준다. 기생을 사랑했던 김명원은 한 기생을 사랑해서, 그 기생이 종실의 첩이 된 후에도 담을 넘어 다니면서 그 기생과 관계를 한다. 이러한 관계를 기첩을 소유한 종실에게 들키지만, 김명원이 선비라는 이유로 장원급제를 하면 오히려 그 첩을 주겠다는 약속을 받아낸다. 약속대로 장원급제를 한 그는 기생을 첩으로 받는다. 하지만 김명원의 첩이 된 기녀는 또 다시 한 영천위 신의와 관계를 맺게 되고, 결국 그 기녀는 의주로 귀양가게 된다.[29] 이 이야기에서도 알 수 있듯이 기녀와 첩은 동일한 집단이 아니지만, 현실세

---

28) 조선시대에는 매춘이 엄하게 금지되었지만, 이러한 점에서 생각해보면 첩과 기녀는 제도권 내로 흡수된 양성화된 매춘의 한 형태로 볼 수 있다. 정성희, 같은 책, 218~220쪽.
29) 김현룡(3), 444~445쪽.

계에서 지시대상이 겹치거나, 동일한 가치를 지닌 대상처럼 다루어지
기도 했다. 이러한 현실에서 기녀와 첩의 성은 탈취, 양도, 증여의 대상
으로 남성들 사이에서 교환된다.

다음의 이야기들은 기녀와 첩의 성에 대한 이러한 인식을 잘 드러내
준다.

(3-1) 내가 병인에 통영에 가서 여자 종 순월을 사귀었다. 순월이 임신 4,
5개월에 나는 학질을 앓아, 짐을 싸 서울로 돌아왔다. 뒤에 순월이 낙태했
다는 말을 들었는데, 또 이어 5,6 개월 후에 들으니 순월은 다른 사람 아이
를 수태했다고 했다. 그 당시 동료 진용여는 기생 말녀를 데리고 있었는데,
진씨가 상경하니 말녀는 관장의 형벌을 받아 매를 맞으면서도 절개를 지
켜, 도망해 서울로 와서 진씨의 첩이 되어 살고 있다. 내 진씨에게 이르기
를 "말녀의 절개 지킴은 가상스러운 일이지만, 마침내 진 형의 짐이 되어
걱정을 끼칠 것이다. 이는 순월이 내 아이를 지워버려 나에게 걱정을 끼치
지 않은 깨끗함보다 못한 일이다. 이는 남의 그릇을 빌려 쓰다가 그 그릇이
깨어지면 변상해 갚아 버리는 깨끗한 처지와 같은 것이다. 순월이 나의 씨
를 낙태하고, 또 다른 사람 아이를 잉태해서 나를 기다리는 것이 어쩌면
훨씬 깨끗함이 아니겠는가?" 하고 설명했다. 얘기를 들은 사람들이 크게
웃더라.[30]

(3-2) 하루는 술에 취해서 집으로 들어가는데 어떤 남자가 뒷문으로 빠져
나갔다. 남곤이 놀라서 기생에게 묻기를 "뒷문으로 나가는 나그네는 누구
인가?"하였다. 기생이 겉으로는 놀라는 체하며 눈물을 흘리며 말하기를
"영감께서 나를 미워하신다면 버리셔도 좋고 죄를 주셔도 좋습니다. 뒷문
의 나그네란 무슨 말씀입니까?" 하고 작은 칼을 뽑아서 손가락 위로 내리쳤

---

30) 김현룡(3), 462쪽.

다. 손가락 하나가 칼날의 움직임과 동시에 땅바닥으로 떨어졌다. 곤이 깜
짝 놀라 말하기를 "창녀가 두 가지 마음을 가지는 것이 족히 나무랄 것은
못된다. 그 잘못을 가리려 하여 다른 사람이 차마 하지 못하는 짓을 해서야
되겠는가" 하고 소매를 떨쳐 돌아갔다. 이튿날 기생을 쫓아버렸다.[31]

(3-1)과 (3-2)는 기첩의 절개에 관한 이야기이다. (3-1)에서는 기녀
가 관장의 형벌을 맞으면서도 절개를 지킨 기녀의 이야기는 열녀 춘향
의 이미지와 유사하다. 그러나 춘향이 수절을 통해 정처의 지위에 오르
는데 반해, 이 이야기에서 수절을 하는 기첩에 대한 평가는 오히려 부
정적이다. 서술자는 기첩의 존재가 언젠가는 큰 짐이 될 것이며, 차라
리 떠나버린 남자의 아이를 지우고 금세 다른 남자의 아이를 임신한
여종 순월의 깨끗함만 못하다고 이야기한다. 이 이야기에서 주목할 것
은 열녀와 음녀를 평가하는 기준이 무효화된다는 점이다. 수절과 실절
은 의로움과 의롭지 못함으로 대응되는 것이 아니라, 짐이 되는 부담스
러움이냐 나중을 걱정할 필요 없는 자유로움이냐는 기준으로 전환된
다. 결국 이해(利害)의 관점에서 기첩의 수절은 해가 되지만, 여종의 변
절은 득이 된다.

이는 서술자가 관계했던 여성의 임신을 '깨진 그릇'에 비유하고, 낙태
를 '그릇을 변상'하는 것으로 보는 비유에서도 단적으로 드러난다. 여
성을 욕망 해소의 도구로 생각하는 관점에서 보았을 때, 여성은 그러한
욕망을 담는 용기이며, 임신을 하는 것은 그러한 욕망을 자유롭게 해소
할 수 없게 만드는 파손의 행위이다. 이러한 비유는 기본적으로 여성의
성을 물상화하고, 남성을 그러한 물상을 이용하는 주체로 비유한다는

---

31) 이능화, 이재곤 역, 『조선해어화사』, 동문선, 1992, 161쪽.

점은 앞에서 살펴본 백옥과 난초에 대한 비유와 유사하지만, 각각 여성에게 귀속시키는 속성은 상이하다. 보석이나 난초는 귀중하게 보관하고, 가꾸어야 하는 상징적 가치를 지닌 것이지만, 그릇은 실용적 목적을 위해 사용하는 가치를 지니는 것이기 때문이다.

(3-2)에서도 마찬가지이다. 남곤이 몰래 다른 남자와 사통하던 기첩을 내쫓은 까닭은 그의 의롭지 못한 것을 탓했기 때문이 아니다. "창녀가 두 가지 마음을 가지는 것이 족히 나무랄 것은 못"된다. 절의의 덕목은 애초에 기녀에게는 요구되지 않는 것이다. 그보다는 기녀가 자신의 죄를 숨기기 위해 "다른 사람이 차마 하지 못하는 짓"을 했기 때문에 버림받는 것이다. 손가락을 끊어 보이는 열녀의 행동은 진실을 드러내는 행위로 인식되지만, 기녀의 행동은 거짓을 꾸미는 행위로 여겨진다. 그 행위가 다른 사람이 '차마 하지 못할 일'이라는 점에서는 마찬가지이지만, 열녀의 경우에는 의로운 행위로, 기녀의 경우에는 해서는 안되는 행위로 해석된다.

열녀가 행동과 마음이 일치하는 존재로 여겨지는 것과는 반대로, 기녀와 첩은 행동과 마음이 일치하지 않는 거짓된 존재 혹은 비밀을 갖고 있는 존재로 여겨진다. 열녀의 행동은 곧 열녀의 심중의 절개를 드러내는 지표인데 반해, 기녀나 첩의 언행은 항상 그들의 마음이나 그 속에 감추어둔 욕망과 배치되는 존재로 전형화되어 있는 것이다.

그러나 첩이나 기녀의 이러한 속성은 '절개없음'으로 비난되는 것이 아니라 오히려 (3-1)에서 드러난 바와 같이 오히려 남성주체로 하여금 대상을 이용할 수 있게 하는 필요조건이 된다. 즉 첩이나 기녀의 존재가 그의 마음을 문제 삼을 필요가 없는 존재로 만들어버림으로써, 이를 이용하는 남성의 입장이 합리화될 수 있다. 이러한 관계는 여성과 남성

사이에서 일종의 계약관계를 성립시킨다. 여성이 절개나, 신의라는 내포가 없는 순수한 대상으로서의 성, 즉 색(色)을 제공하는 대신, 남성은 단지 그것을 이용하는 만큼의 대가를 지불하는 관계가 성립한다.

이처럼 여성의 성과 그에 상응하는 남성의 대가가 오고가는 관계는 부부관계와는 다른 '이해관계' 혹은 '먹여주고 입혀주어야 하는' 관계로 표현된다.32) 그렇다면 예의 가치에 기초한 부부관계와 이해의 가치에 기초한 축첩행위 사이의 충돌은 어떤 식으로 해결되는가? 명백하게 양립할 수 없는 가치들의 충돌은 처첩갈등이라는 부차적인 문제를 표면화시킴으로써 은폐된다. (3-3)은 재가녀를 측실로 받아들이는 과정에 관한 이야기이고, (3-4)의 경우는 반대로 첩을 쫓아내는 이야기이다.

(3-3) "문벌 가문의 처녀로 14세에 시집가서 15세에 과부가 되었는데, 곧 친정 부친마저 사망하고 오빠에게 의지해 있었습니다. 오빠는 세상풍속을 거부하고 저를 재혼시키려 하나 친척들이 가문에 수치가 된다고 반대했습니다. 이에 오빠는 저를 가마에 태우고 집을 나와 정처 없이 사방을 이렇게 돌아다녔는데, 오빠 생각은 친척을 피해 적당한 사람을 만나면 개가시키려한 것 같습니다. 오늘 여기서 당신을 만나서는 취한 사이에 당신을 제가있는 이 안방으로 업고 와 넣어 놓고는, 지금 아마도 오빠와 종들은 모두떠난 것 같아 보입니다. 그리고 이 상자에는 5, 6백 냥의 돈이 들었는데, 저의 생활비인 것 같습니다."라고 설명하면서 상자를 가리켰다. 이 말을 들은 권 진사 아들은 당화해 밖에 나가 보니 다 떠나고 어린 여자 종 둘만 있었다. 그래서 그 여자와 동침을 하고 환애했다. ⋯(중략)⋯ 이때 권진사는 "집안에 첩을 들이는 것이 첫째 망조이고, 자부가 질투가 심하니 늘 첩과 싸워 집이 어지러워지리니 이것이 둘째 망조이다."라고 하면서 기어이 아들의 목을 치라고 했다. 이 때 자부는 현재는 말할 것도 없고, 시부모 사후

---

32) 김현룡(3), 463쪽.

에도 결코 질투하는 일 없이 첩과 함께 의좋게 잘 살겠다는 약속을 단단히
했다. 이런 다음 권진사는 형벌을 그치고 종을 시켜 점에 가서 그 여인을
가마에 태워 오게 해 아들의 첩으로 삼았고, 이후 집안에는 영원히 분란
없이 잘 살았다.

(3-4) 문중의 어른들이 와서 지금까지 살던 첩실을 갑자기 쫓는 것은 너무
박절하지 않느냐고 말하니까, 정 공은 첩을 보낸 뒤 집안 어른에게, "본래
여색에 관심이 없었는데, 우연히 평양에서 첩을 데리고 와, 엊그제 그의
행동을 보니까 아마도 지나치게 첩에게 빠지면, 부자간의 은의를 상하고
부부 사이에 반목이 생길 것 같아, 정이 깊어지기 전에 끊는 것이 좋을 것
으로 생각했습니다."라고 대답했다. 정공의 처사는 좀 박절한 것 같아서
보통 사람들이 할 수 없는 일이었다.[33]

(3-3)에서 과부를 첩으로 들이는 명분은 일단 취한 이상 인정상 그를
첩으로 받아들여야 한다는 것이다. 그런데 여기에서 주목할 점은 이야
기의 초점이 취첩의 관건이 정실의 반대를 어떻게 막느냐에 맞춰져 있
다는 점이다. 아들이 걱정했던 것은 아버지의 반대였지만, 사실상 인정
상 그럴 수 있겠느냐는 명분을 들어 아들의 취첩에 동의한다. 결국 형
틀까지 꾸민 것은 며느리로부터 절대로 질투하지 않겠다는 다짐을 받
기 위한 연극이고, 그러한 다짐을 받은 후에야 모든 갈등이 해소된다.

그러나 이러한 갈등의 이면에는 무엇이 있는가? 결국 가부장과 가부
장 사이에서 교환과 증여의 형식의 대상이 되는 여성의 성이다. 과부의
오빠는 그 여성을 먹여 살릴 돈과 그 몸종을 남기고 간다. 이것은 사실
상 축첩을 해서 남성이 여성이 부양하는 데 드는 비용에 다름없다. 그

---

33) 김현룡(3), 449쪽.

리고 이것은 최종적으로 새롭게 편입되는 또 다른 가문의 가부장의 승인에 의해 마무리된다. 그렇다면 이러한 교환의 법칙에서 여성이 지불해야하는 대가는 이것이 전부인가?

(3-4)는 정확히 위의 절차와 반대된다. 정공은 더운 날 자신의 마음에 꼭 맞게 제호탕을 대령한 첩의 행동을 보고, 그에 대한 애정이 지나쳐질 것을 두려워해서 첩에게 땅문서와 보배를 안기며 고향에 가서 마음에 맞는 사람을 만나 살라며 첩을 내쫓는다. 이때의 명분은 (3-3)에서 권진사의 아버지가 아들을 형틀에 매고 했던 말과 동일하다. 즉 자신의 애정이 지나쳐지면 부인과의 갈등이 생기고, 어른에 대한 예의를 잃어버리게 될 것이라는 축첩의 폐단에 대한 것이다.

여성을 넘겨주고 넘겨받는 남성들 사이에서는 돈이 오고간다면, 여성이 남성에게 제공해야하는 대가는 무엇인가. 넘치지도 덜하지도 않은, 즉 (3-1)에 나타난 바와 같은 부담스럽지 않고, 책임질 필요가 없는 애정이다. 그리고 이때의 애정은 가정이라는 또 다른 틀을 침범하지 않아야 한다. 즉 (3-3)의 결말에서 '영원히 분란없이 사는' 것의 조건은 결국 처첩 갈등이 없는 가정의 화목인 셈이다. 결국 첩을 내쫓는 행위에서 책임은 기첩을 하는 남성에게 있는 것이 아니라 남성에게 위기감을 준 지나치게 영리한 첩의 행동으로 돌려진다. 첩이 놓여 있는 이러한 위태로운 생존 환경은 사실 주인과의 관계에서만 나타나는 것이 아니라 정실부인과의 관계, 여타의 가족들과의 관계, 첩으로서 행해야 하는 갖가지 노동 등과 관련될 때 보다 복잡해진다.[34]

앞에서 살펴본 바로는 여성의 실절은 음녀라는 불명예스러운 낙인이 찍히고, 더 이상 보호받을 수 있는 여성으로 살아갈 수 없음을 의미한

---

34) 정지영, 위의 논문, 25~29쪽.

다. 그럼에도 모든 여성들이 열녀가 되었던 것은 아니다. 죽지 않고 살아남은 여성들, 가문으로부터의 축출된 여성들은 결국 첩이나 기녀라는 이름으로 제도권 안으로 흡수되었다. 그러나 그들의 이름이 바뀐 이상 그들에게 부여되는 가치 또한 바뀐다. 더 이상 그들은 보호되거나 혹은 훼손되는 존재가 아니라 대가가 오고 가는 교환 속에서 이용되는 실용적 가치를 부여받게 된다. 정공에게 버림받은 첩은 결국 고향으로 돌아가서 또 다른 이의 첩이 되었을 것이다. 이때 정공의 첩은 박과부가 걸쳐야 했던 과정을 다시 밟게 될 것이다. 결국 이 두 이야기를 통해 남성들 사이에서 실용적인 가치로 순환되는 익명의 여성들의 반복되는 삶의 패턴을 추론해 볼 수 있다.

4) 한처, 투부 – 음란하지 않은 여성

여성의 섹슈얼리티의 비금지항은 간통의 모순항으로서의 비간통에 해당된다. 열녀로 대표되는 결혼 관계가 부부 사이의 무성적 관계를 대표하는 것이라면, 부부 사이의 성적 관계는 금지되지는 않았지만 강하게 명령되는 것도 아니었다. 오히려 부부 사이의 다정한 관계는 남성과 가문에게 해로운 것이며, 이러한 관계를 유발할 수 있는 부인의 아름다움, 여성스러움은 위험한 요소로 인식되었다. 뿐만 아니라 아내를 사랑하는 남성은 사회적인 능력이 부족하거나, 어딘가 부족한 사람으로 그려지기도 한다. 아래는 정처에 대한 이런 인식을 드러내는 이야기이다.

(4-1) 유씨 선비가 나이 많도록 벼슬을 못하고 기분이 상해 있었다. 하루는 한 높은 벼슬자리 사람이 행차하면서 벽제 소리가 요란하고 으리으리하게

호위해 지나가는 것을 보았다. 유 선비가 숨어서 살펴보니 옛날에 자기와 같이 공부했던 친구였다. 유 선비는 행차를 보면서, 저 친구는 저렇게 출세했는데 같이 공부한 나는 왜 이렇게 초라한가 하고 한탄했다. 그러다가 문득 "이 세상에 아내를 사랑하는 것은 나를 당할 사람이 없다고 내 자부하니, 저놈이 비록 벼슬은 높지만 애처에 관한 한 나를 미치지 못하리라."하고 뽐내 보였다. 얘기 들은 사람들이 모두 웃더라. 35)

(4-2) 정한주는 참판 정약의 손자이며 판서 오정창의 사위다. 결혼 후 신행하니 오정창 딸인 신부가 천하절색 미인이어서 보는 사람마다 그 미모에 할 말을 잊을 정도였다. 시부모님께 인사를 드리려 하는데, 시부모 정약이 보고는 인사를 받지 않고 방에 들어가 문을 닫아걸고 드러누웠다. 그러고는 "손부가 우리 집을 망칠 것이다. 부녀가 지나치게 예쁘면 덕과 복이 없는 법이니, 우리 집안이 장차 어찌 될지 모르겠다. 어찌 이런 것이 우리 집에 들어왔느냐?"하고 탄식하며 여러 날 식사를 하지 않았다. …(중략)… 정한주는 아내와의 정이 두터웠는데, 조부의 처사에 의해 아내와 헤어져 그리워하고 있었다. 이 때 정한주 아내는 먼 섬으로 유배를 떠나게 되었고 조부는 정한주에게 내다보지도 못하게 했다. 아내를 그리워해 병에 걸린 정한주는 미칠 것 같아 참을 수가 없어서, 몰래 빠져나가 귀양가는 아내를 중도에서 만났다. 서로 부둥켜안고 울고 또 울다가, 아내는 그 자리에서 자결해 한 맺힌 청춘을 마감했다. 이후 정한주는 과거에 급제는 했으나, 6품의 한림밖에 오르지 못하고 일찍 죽었다. 36)

(4-3) 하루 밤에는 독서하다가 그림의 여자를 보고, 형체가 나타나서 사랑을 나누었으면 좋겠다고 하소연했다. 그랬더니 병풍 뒤에서 그림과 꼭 같은 여인이 나타났다. 장유는 어쩔 줄 몰라 하면서 여인을 껴안았다. 여인은

---

35) 김현룡(3), 345쪽.
36) 김현룡(3), 347쪽.

밀치면서 "저는 하늘의 선녀로, 당신이 전생에 하늘에 있을 때 함께 공부하곤 했는데, 당신이 놀이에 빠져 독서를 게을리 하니, 옥황상제께서 저를 보내 독려하라 했습니다. 한 번 발전이 있을 때마다 한 번씩 당신을 모시게 되어 있으니, 그리 아시고 열심히 독서하십시오. 향시에 급제하면 오겠습니다. …(중략)… 그로부터 몇 년 후 장유가 대과 급제했다. 집에 돌아오니 부인이 어린 아이를 안고 나와 맞으면서 당신 아이라고 했다. 이어 그림 속의 여인도 부인 따라 나와 절했다. 그리고 그 동안의 얘기를 설명했다. 모두가 부인이 계획한 것으로, 독서에 몰두하게 하기 위해 일등 미색을 구해 연극을 꾸몄다고 실토했다. 37)

(4-1)은 벼슬을 못하는 남자가 자신이 부인을 사랑하는 것으로 위안을 삼았다는 이야기이다. 물론 동일한 상황이 다른 관점에서 서술된다면 부부간의 화목한 정과 성공은 동시에 얻을 수 없다는 세상 이치에 관한 교훈적인 이야기가 되었겠지만, 이 이야기는 다른 사람들이 웃었다는 마지막 문장에서 알 수 있듯이, 남자의 어리석음을 조롱거리로 삼고 있는 소화이다. 이 이야기가 웃음을 유발시키는 것은 아내를 사랑하는 것을 자랑하는 것 자체가 남자에게 부끄러운 일이라는 인식 그리고 아내를 사랑하는 것과 출세를 동등한 가치로 비교할 수 없다는 인식을 바탕을 두고 있기 때문이다.

(4-2)에서는 부인과의 사랑에 대한 부정적인 인식이 보다 노골적으로 서사화되어 있다. 아름다운 며느리에 대한 조부의 말은 부인의 지나친 아름다움을 위협적인 요소로 여기는 통념을 반영하고 있다. 그리고 서술자 역시 정한주가 6품의 한림밖에 오르지 못한 것을 조부의 예언이 실현된 것처럼 서술하고 있다. 즉 부인의 자색과 그와의 지나친 사랑이

---

37) 김현룡(3), 349쪽.

남편의 삶을 불운하게 만든 원인으로 연결시키고 있는 것이다.

이처럼 부인을 사랑하는 것을 부정적으로 여겼던 까닭은 대개 남편이 부인에게 너무 빠져들면 남자로서 해야 할 도리에 방해가 되거나, 건강을 해칠 염려가 있다는 등의 이유를 든다. (4-3)에서 장유는 젊은 시절 부인과의 즐거움에 빠져 독서를 게을리한다. 이를 걱정한 부인은 천상에서 적강한 선녀의 존재를 꾸며내어 남편을 열심히 공부하게 한다. 결국 정처가 주도해서 첩을 들여 그의 미색을 이용하여 남편의 학문을 독려한 것이다. 이 이야기의 모순은 부인과의 즐거움은 독서를 방해하는 장애물이지만 첩의 아름다움은 대과급제를 가능하게 하는 힘을 가지고 있었다는 점이다.

그렇다면 왜 장유의 부인은 "현숙하고 재능이 많았고", 그의 첩은 적강 선녀라고 속일만큼 "일등 미색"인 것인가? 정처의 전형적인 이미지는 부덕을 갖추고 지혜를 발휘하는 여성들이다. 반대로 첩의 이미지는 젊고 아름다우며 사랑스러운 이미지를 갖고 있다. 이러한 전형화는 처첩 가운데 남성의 욕망의 대상이 되는 것은 첩이지 부인이어서는 안 된다는 통념을 보여준다. 그렇다면 반대로 정처의 남편에 대한 욕망은 어떻게 표현되는가? 남성의 욕망의 대상이 되지 못하는 부인의 욕망은 질투의 형식으로 나타난다.

(4-4) 부인이 화를 내면서 "관직이 높아지면 몸이 커진다고 해놓고, 지금 시험해 보니 일 푼도 커지지 않았으니 왜 그렇소?"하고 따졌다. 남편은 천천히 말하기를 "내 몸이 커진 것은 친구들이 가장 잘 느끼고, 내 물건이 커진 것은 첩이 가장 잘 알게 된다."라고 알아듣기 힘든 말을 했다. 이에 부인이 "내가 못 느끼는 물건을 첩은 어찌 커진 것을 안단 말이요?"하고 퉁명스럽게 말했다. 이에 남편이 자세히 설명했다. "남편 관직이 높아지면

법률에 의해 그 부인 직급이 따라 높아지게 되어 있어. 그러니 내 몸이 커진 만큼 당신 몸 역시 모르는 사이에 따라 커졌다오. 분명히 내 물건이 몸 커진 만큼 커졌는데, 당신 음혈도 당신 커진 몸만큼 따라 커졌으니, 내 것 커진 것을 어찌 느끼겠소. 그러나 남자가 아무리 관직이 높아져도 첩은 직급이 높아지지 않으니, 그 음혈이 그대로 작은 상태로 있어서, 남자 물건 커진 것을 잘 느낀다오."했다. 이 설명을 들은 부인은 고개를 숙이고 가만히 있더라.38)

이 이야기는 단순히 첩이 정처보다 성적으로 더 매력이 있다는 것으로 해석할 수도 있으나, 정처와 첩의 관계를 압축적으로 보여주는 것으로 해석할 수 있다. 남편의 설명을 따르면 정처는 남편의 지위에 따라 내명부의 직급이 올라가지만, 정식 혼인 관계가 아닌 첩은 그렇지 않다. 반면 첩은 남편의 애정도에 있어서 보다 우월한 위치를 점한다. 이것은 정처와 첩 사이에 남편을 중심으로 어떻게 권력이 배타적으로 분배되는가를 보여준다. 정처는 집안에서뿐만 아니라 대외적으로도 우월한 사회적 힘을 갖지만, 첩은 반대로 남성과의 개인적인 욕망의 관계에 있어 우월한 지위를 점한다. 이는 반대로 말하면 처는 남편과의 애정 관계에서 소외된 반면, 첩은 사회적 인정에서 소외되었다고 말할 수 있다. 물론 누구에게 애정을 주고 누구에게 사회적 권한을 주는가는 전적으로 이들을 매개하는 남성의 몫이다.

그럼에도 불구하고 정처의 질투는 그의 본질적인 악덕인 것처럼 기술된다. 부인이 투기하는 것은 그의 성질이 사납기 때문이며, 여성답지 못하기 때문이라는 통념을 바탕으로 한 이야기들은 많다. 첩이나 기생을 사랑하는 남편에게 질투를 느끼는 여성은 성질이 포악한 여성으로

---

38) 김현룡(3), 363쪽.

그려지고, 남자 같은 성격을 지닌 사람으로 그려진다.[39]

4. 결론 : 충돌하는 가치들

이상에서 섹슈얼리티의 사회적 모델에 기초한 조선 후기 여성 전형을 살펴보았다. 어떤 여성들을 정숙한 여성으로 명명하며, 어떤 여성들을 음란한 여성이라 명명하는지, 그리고 그렇게 전형화시키는데 사용되는 수사학적 전략들은 무엇인지 살펴보았다. 또한 각각의 여성 이미지들 사이의 관계를 통해 조선 후기 사회에서 여성에게 명령된 것과 금지된 것들, 허용되는 것과 배제되는 것들의 영역을 살펴보았다. 이러한 구성물 안에서 열녀와 음녀, 한처와 첩은 서로 배타적으로 존재한다. 뿐만 아니라 그들이 존재해야하는 물리적, 위계적 공간까지도 구분되어 있다. 그럼에도 불구하고 남성주체는 열녀에 대해서는 포상을, 음녀에 대해서는 처벌을 내리고, 한처에 대해서는 소외를 첩과 기녀에 대해서 애정을 분배한다. 이러한 남성주체는 여성들의 물리적, 위계적 경계를 자유롭게 넘나들며, 그 사이에서 이들은 서로 견주고, 선택하며, 모순되는 욕망을 표출하기도 한다. 때로는 기녀에게도 열녀가 될 것을 요구하고, 열녀에게는 유순하고 부드러울 것을 요구하기까지 한다.

(4-1) 이하원 판서는 집이 충주였는데, 마을에 13세 된 한 처녀가 있었다. 하루는 호랑이가 나타나 처녀 모친을 물어갔다. 이 처녀가 막대기를 가지고 끝까지 따라가 쫓으니, 호랑이는 힘이 빠져 모친을 놓고 달아났다. 그래서

---

39) 김현룡(3), 425~436쪽.

처녀는 모친을 업고 와 살리니, 온 마을에 효녀로 소문이 났다. 이하원이 벼슬해 서울에 와서 사는데, 이웃 사람이 마침 자부감을 구하고 있어서, 자기 마을의 효녀로 이름난 그 처녀를 소개해 결혼하게 했다. 그런데 이 처녀는 너무 거칠어 전혀 구고를 봉양하지 않고, 또 남편을 구박하기 때문에 견딜 수가 없었다. 그래서 그 시부모가 이하원에게 집안을 망쳤다고 원망을 많이 했다. 기어이 이 여자는 형조에 불려가 불효로 매를 맞았다. 옛날의 효녀가 불효부(不孝婦)가 되었으니, 이 공의 실망은 컸다. …(중략)… 선산의 향낭도 〈산유화가〉를 지은 열녀지만, 선산 사람들의 말에 의하면 가정부인으로서는 합당하지 못했다고 한다. 남자들도 큰 공적을 남기는 자는 성격이 모가 나고 편벽한데, 하물며 여자는 말할 것이 있겠는가?[40]

(4-2) 평양 기생 무정개는 판서 유진동의 사랑을 받았다. 유판서를 따라 몇 고을을 두루 구경하다가 마침 전남편의 종을 만났다. 슬퍼서 목메어 울었다. 유판서의 종이 이 광경을 보고 나무라기를 "아씨의 애정이 전적으로 그에게 있으니 우리 상전을 소중히 여기지 않음을 알겠습니다." 하였다. 무정개가 대답하기를 "너는 사리에 통달했다고 말할 수 없다. 내가 너희 상전을 위해서 마땅히 수절해야 할 것이지만, 만약 불행하게도 다른 사람에게 시집가게 되어 너를 다시 만났다면 이에서 열 배나 더 할 것이다." 그 말의 민첩함이 이와 같았다.[41]

(4-1)은 열녀가 반드시 바람직한 가정 부인은 아니라고 말한다. 즉 보통 사람과는 다른 열녀의 성격은 모가 나고 편벽되어 평상시에는 부덕을 갖추지 못했을 것이라는 이야기이다. (4-2)에서 유판서의 종은 지난날의 주인을 그리워하는 기생 무정개가 절의 없다고 비난한다. 이에 대해서 무정개는 만일 자신이 유판서와 헤어져 또 다른 주인을 섬기

---

40) 김현룡(3), 273쪽.
41) 이능화, 같은 책, 231쪽.

게 되면 그때는 지금보다 더 슬퍼할 것이라고 대답한다. 이 대답은 지금 갖고 있는 과거의 주인에 대한 정과 미래에 갖게 될 현재의 주인에 대한 정을 견주었을 때, 미래에 갖게 될 지금 주인에 대한 정이 더 클 것이므로, 자신이 지금 과거의 주인을 그리워하는 것이 문제되지 않는다는 교묘한 말장난이다. 현재의 주인을 생각하는 마음이 그렇게 크다면 미래에는 수절해야할 것임에도 불구하고, 오히려 변절을 통해 주인을 생각하는 마음을 드러내겠다는 말이기 때문이다.

이러한 이야기는 다른 관점에서 해석될 수 있다. (4-1)의 경우는 열녀가 정숙한 것은 칭찬할만한 일이지만, 그것을 가능케 한 곧은 성격은 오히려 흠이 된다는 것이다. 정숙한 여성은 각도를 달리하면 무서운 여성이라는 것이다. 반대로 (4-2)에서는 기녀는 기본적으로 정숙할 수 없는 여성임에도 불구하고 불가능한 덕목까지 강요받는다. 이러한 모순은 어디에서 비롯되는 것일까? 이는 지금까지 살펴본 모델과는 다른 모델의 가능성을 암시한다. 섹슈얼리티의 사회적 모델이 명령과 금지의 체계였다면, 욕망과 기피의 체계로서 존재하는 개인적 모델 또한 가능한 것이다.

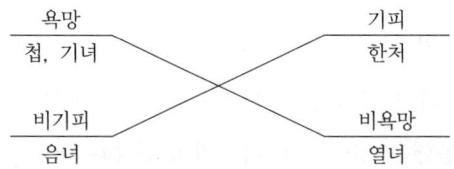

〈표 3〉 조선 후기 여성 섹슈얼리티의 개인적 모델

'처는 술이 있어도 없다고 하고, 첩은 술이 없어도 있다고 한다'는 속담이나, '처가 달여오는 약은 매일 양이 다르고, 첩이 달여오는 약은 양이 매일 같다'라는 속담은 처와 첩이 놓인 모순된 가치론을 잘 드러낸다. 처는 남편이 술을 마시는 것이 싫어서 술이 있어도 없다고 하지만, 첩은 남편의 비위를 맞추려고 없는 술도 만들어서 내놓는다. 처는 약이 졸아들면 졸아든 대로, 넘치면 넘치는 대로 주지만, 첩은 매일 똑같은 양을 주기 위해 남으면 버리고 모자라면 보탠다. 사회적 관점에서 보면 남편의 건강을 염려하고, 남편을 속이지 않는 처의 행동이 바람직하지만, 남성 개인의 욕망을 기준으로 하면 첩의 행동이 바람직하다.

첩이나 기생의 전략은 남성의 욕망의 대상이 되지만, 무서운 부인, 질투하는 부인은 기피의 대상이 된다. 의로운 열녀는 남성 욕망의 대상이 되지 않으며, 음녀의 유혹은 기피되지 않는다. 즉 욕망은 명령되지 않고, 명령은 욕망되지 않으며, 금기는 기피되지 않으며, 명령되지 않은 것은 기피된다. 명령과 금지의 체계와 욕망과 기피의 체계가 서로 강하게 충돌하는 사회, 욕망을 명령하지 않고, 기피되는 것을 금지하지 않는 사회는 어떤 사회인가? 위선적인 사회라고 해야 할 것인가, 아니면 도덕적인 사회라고 해야 할 것인가?

유가에서는 인간의 욕망 자체를 금지하지는 않았다. 천리라는 정해진 한계 내에서 추구할 때 욕망을 인간의 본심으로 인정했다. 그러나 그것이 신분과 지위를 넘어설 때에는 인심(人心)이 아니라 사사로운 욕심(私慾)으로 여겼다. 이러한 논리에 따르면, 남성이 여색을 찾는 것도 본성이고, 사나운 부인을 싫어하는 것도 본성이다. 또한 본성을 따르더라도 지나치게 여색에 빠지지 않고, 부인을 미워하더라도 함부로 내쫓지 않는다. 남성은 스스로의 몸을 다스릴 수 있는 주체이기 때문이다.

그렇다면 여성은 어떠한가? 이러한 논리적 틀 속에서 여성은 스스로 자신의 몸의 주체가 될 수 있었을까? 여성 주체의 관점에서 여성 섹슈얼리티의 구조를 다시 그리고, 지배적 가치 구조의 전복을 꾀하는 대항적 담론의 분석은 차후의 가제로 남겨두겠다.

규범과 욕망의 틈새 : 조선시대 문학 속의 섹슈얼리티   p.11

『中庸』

『禮記』

『烈女傳』

국사편찬위원회 편, 『혼인과 연애의 풍속도』, 두산동아, 2005.

김경미, 「19세기 소설사의 한 국면-성표현관습의 변화를 중심으로」, 『한국고전연구』 9집, 2003.

김경미·조혜란 역, 『19세기 서울의 사랑-절화기담, 포의교집』, 여이연, 2003.

김만중, 정규복·진경환 역주, 『구운몽』, 고려대민족문화연구소, 1996.

김시습, 심경호 역, 『금오신화』, 홍익출판사, 2000.

김풍기 역, 『옥루몽1-5』, 그린비, 2006.

권택영, 「욕망에서 사랑으로-라깡과 크리스테바의 타자」, 『우리시대의 욕망읽기』, 라깡과 현대정신분석학회 편, 문예출판사, 1999.

박일용, 『조선시대 애정소설-사실과 낭만의 소설사적 전개양상』, 집문당, 1993.

_____, 「〈만복사저포기〉의 형상화 방식과 그 현실적 의미」, 『고소설 연구』 18집, 고소설학회, 2004.

_____, 「〈이생규장전〉의 밀회 장면에 나타난 환상성과 그 현실적 의미」, 『고소설연구』 20집, 고소설학회, 2005.

박희병, 『한국전기소설의 미학』, 돌베개, 1997.

서지영, 「조선시대 기녀 섹슈얼리티와 사랑의 담론」, 『한국고전여성문학연구』 5집, 한국고전여성문학회, 2002.

_____, 「조선시대 중인층 풍류공간의 문화사적 의미-서구 살롱과의 비교를 중심으로」, 『진단학보』 95호, 진단학회, 2003.

신해진 역, 『조선후기 세태소설선』, 월인, 1999.

유광수, 「옥루몽, 성애표현의 서사적 기능과 은폐된 폭력성」, 『한국고전여성문학연구』 10집, 2005.

이상구 역, 『17세기 애정전기소설』, 월인, 1999.

이성혜 역, 『只在堂 姜澹雲 詩集』, 보고사, 2002.

이숙인, 「여성 몸의 유교적 구성- 몸의 주체화를 위하여」, 『전통과 현대』 여름호, 1999.

_____, 『동아시아 고대의 여성사상』, 여이연, 2005.

이승수, 「〈옥루몽〉 소고 1−남녀지기론의 허실과 여성의 발견」, 『한국고전여성문학연구』 1집, 한국고전여성문학회, 2000.

이승환, 「유가적 몸과 소속된 몸」, 『전통과 현대』 여름호, 1999.

이화중국여성문학연구회 편, 『동아시아 여성의 기원』, 이화여대출판부, 2002.

이혜순·김경미, 『한국의 열녀전』, 월인, 2002.

장병인, 「조선시대 성범죄에 대한 국가규제의 변화」, 『역사비평』 56집, 2001.

_____, 「조선 중·후기 간통에 대한 규제의 강화」, 『한국사연구』 121집, 한국사연구회, 2003.

조광국, 『기녀담, 기녀등장소설 연구』, 월인, 2000.

조혜란, 「고소설에 나타난 남성섹슈얼리티의 재현양상」, 『고소설 연구』 20집, 한국고소설 학회, 2005.

최기숙, 「관계성으로서의 섹슈얼리티: 성, 사랑, 권력−18, 19세기 야담집 소재 '강간', '간 통' 담론을 중심으로」, 『여성문학연구』 10집, 2003.

최지연, 「〈옥루몽〉의 여성 인물 형상화와 그 의미」, 『한국고전연구』 10집, 한국고전연구학 회, 2004.

한국성폭력상담소편, 『섹슈얼리티 강의』, 동녘, 1999.

한형조, 「전통 예(禮)의 원리와 기능」, 『전통예교와 시민윤리』, 한국정신문화연구원 편, 청계, 2001.

로즈메리 잭슨, 서강여성문학연구회 역, 『환상성−전복의 문학』, 문학동네, 2001.

미셸 푸코, 이규현 역, 『성의 역사Ⅰ−앎의 의지』, 나남, 1990.

볼프강 라트, 장혜경 역, 『사랑 그 딜레마의 역사』, 이끌리오, 1999.

브라이언 터너, 임인숙 역, 『몸과 사회』, 몸과 마음, 2002.

아니카 르메르, 이미선 역, 『자크 라캉』, 문예출판사, 1994.

안소니 기든스, 배은경·황정미 역, 『현대사회의 성·사랑·에로티시즘−친밀성의 구조변동』, 새물결, 2001.

에이브럼즈 M.H., 최상규 역, 『문학용어사전』, 예림기획, 1997.

조르주 바타이유, 조한경 역, 『에로티시즘』, 민음사, 1989.

필립 아리에스 편, 『성과 사랑의 역사』, 황금가지, 1996.

Pat Caplan ed. *The cultural construction of sexuality*, Lodon & New York: Tavistock Publications, 1987.

조선시대 애정소설에 나타난 사랑과 성   p.39

심경호 옮김, 『매월당 김시습 금오신화』, 홍익출판사, 2000.

이상구 역주, 『17세기 애정전기소설』, 월인, 1999.

이우성·임형택, 『이조한문단편집』상, 일조각, 1996.

김경미·조혜란 역주, 『19세기 서울의 사랑 : 절화기담, 포의교집』, 여이연, 2003.

김문희, 「17세기 애정소설의 장르적 역동성」, 『한국고전연구』 7집, 한국고전연구학회 편, 2001.

박일용, 『조선시대의 애정소설』, 집문당, 1993.

윤재민, 「전기소설의 인물성격」, 『민족문화연구』 28집, 고려대학교 민족문화연구소편, 1995.

_____, 「전기소설의 성격」, 『한국한문학연구』 19집, 한국한문학회편, 1996.

정성희, 『조선의 성풍속』, 가람기획, 1998.

정종대, 『염정소설구조연구』, 계명문화사, 1990.

조혜정, 『한국의 여성과 남성』, 문학과 지성사, 1988.

팽철호, 『중국고전문학 풍격론』, 사람과 책, 2001.

이쫑티엔, 홍광훈 옮김, 『중국의 남자와 여자』, 법인문화사, 2000.

앤소니 기든스, 배은경·황정미 옮김, 『현대인의 성·사랑·에로티시즘』, 새물결, 2001.

고트프리트 리슈케·앙겔리카 트라미츠, 김이섭 옮김, 『세계풍속사』 3, 까치, 2000.

19세기 소설에 나타난 여성 섹슈얼리티   p.81

〈새자료 매화전〉, 『한국학보』 2-4, 일지사, 1976.

〈옥루몽〉, 『활자본고전소설전집』

이규경, 『오주연문장전산고』

이능화, 『조선해어화사』, 동문선.

이옥, 『이옥전집』, 소명출판, 실시학사 고전문학연구회 역주, 2001.

정용수 역, 『후탄선생정정주해』, 국학자료원, 2006.

강명관, 『조선후기여항문학연구』, 창작과비평사, 1997.

_____, 『조선시대 문학예술의 공간』, 소명출판, 2001.

고동환, 『조선시대 서울도시사』, 태학사, 2007.

김경미·조혜란, 『19세기 서울의 사랑 절화기담 포의교집』, 여이연, 2003.

김경미, 「19세기 소설사의 한 국면-성표현 관습의 변화를 중심으로」, 『한국고전연구』 9, 2003.

_____, 「음사소설의 수용과 19세기 한문소설의 변화-〈금병매〉를 중심으로」, 『고전문학연구』 25, 2004.

_____, 「젠더 위반에 대한 조선의 새로운 상상, 〈방한림전〉」, 『한국고전연구』 17, 한국고전연구학회, 2008.

김종철, 『판소리의 정서와 미학』, 역사비평사, 1996.

서종문, 『판소리사설 연구』, 형설출판사, 1994.

서지영, 「규범과 욕망의 틈새」, 『한국고전연구』 15, 한국고전연구학회, 2007.

신지연, 「1920-30년대 '동성(연)애' 관련 기사의 수사학」, 『민족문화연구』, 고대민족문화연구원, 2006.

심진경, 『한국문학과 섹슈얼리티』, 소명출판, 2006.

안대회, 「북상기 연구」, 한국고전문학연구회 발표요지.

유광수, 「옥루몽, 성애 표현의 서사적 기능과 은폐된 폭력성」, 『한국고전여성문학연구』 10집, 2005.

윤채근, 「〈절화기담〉에 나타나는 환유적 사랑」, 『한국고전연구』 8, 2002.

이화한문학연구회 엮음, 『우리 한문학과 일상문화』, 소명출판, 2007.

이상구, 「고소설에 나타난 성적 욕망과 좌절」, 『고소설연구』 25, 한국고소설학회, 2008.

조혜란, 「고소설에 나타난 남성 섹슈얼리티의 재현 양상」, 『고소설연구』 20, 한국고소설학회, 2005.

진재교, 「雜記古談 소재 〈宦妻〉의 서사와 여성상」, 『고소설연구』 13, 2002.

미셸 푸코, 이규현 역, 『性의 역사』, 나남, 1991.

제프리 웍스, 서동진 채규형 역, 『섹슈얼리티:성의 정치』, 현실문화연구, 1997.

고소설에 나타난 남성 섹슈얼리티의 재현 양상   p.107

〈소현성록〉 15권, 이화여자대학교 소장본

〈현몽쌍룡기〉 18권, 한국학중앙연구원 소장본

김경미, 「음사소설의 수용과 19세기 한문소설의 변화」, 『고전문학연구』 25호, 한국고전문학회, 2004.

김종철, 『판소리의 정서와 미학』, 역사비평사, 1996.

박수선 외, 「미혼성인남녀의 섹슈얼리티에 관한 기초연구」, 『대한가정학회지』 42권 5호, 2004.

서동진, 『누가 성정치학을 두려워하랴』, 문예마당, 1996.

심정순 편, 『섹슈얼리티와 대중문화』, 동인, 1999.

앤소니 기든스, 배은경 외 역, 『현대 사회의 성·사랑·에로티시즘』, 새물결, 2001.

여세주, 「조선조 남성훼절형 소설의 형성과 변이양상 연구」, 계명대학교 박사논문, 1990.

미셀 푸코, 이규현 외 역, 『성의 역사 I』, 나남출판사, 1990.

이숙인, 「'정음(貞淫)'과 '덕색(德色)'의 개념으로 본 유교의 성담론」, 『철학』 67, 한국철학회, 2001.

임형택·이우성 역, 『이조한문단편집 상』, 일조각, 1980.

장화, 김영식 역, 『박물지』, 홍익출판사, 1998.

정길수, 「17세기 장편소설의 형성 경로와 장편화 방법」, 서울대 박사논문, 2005.

정하영, 「〈변강쇠가〉 성담론의 기능과 의미」, 『고소설연구』 19, 한국고소설학회, 2005.

조혜란, 「여성, 전쟁, 기억 그리고 〈박씨전〉」, 『한국고전여성문학』 9, 한국고전여성문학회, 2004.

한길연, 「대하소설의 의식성향과 향유층위에 관한 연구」, 서울대 박사학위 논문, 2005.

〈최치원〉의 성적 욕망과 자기 정체성 확립   p.139

강상순, 「조선후기 장편소설의 낭만성 검토」, 『우리어문연구』 19, 우리어문학회, 2002.

김경미·정출헌·조혜란, 「초기한국소설사에 나타난 가부장제 기획·여성·욕망」, 『파라 para21』 2, 2003.

김금녀, 「섹슈얼리티의 전통성과 근대성에 관한 연구」, 『首善論集』 25집, 성균관대학교, 2000.

김지영, 「조선시대 애정소설에 나타난 사랑과 성」, 『한국고전여성문학연구』 10, 한국고전여성문학회, 2005.

김현양, 「〈崔致遠〉의 장르 성격 논의에 대한 비판적 검토」, 『민족문학사연구』 제10호, 민족문학사연구소, 1997.

박일용, 「소설의 발생과 수이전 일문의 장르적 성격」, 『조선시대의 애정소설』, 집문당,

1993.

박희병, 『韓國傳奇小說의 美學』, 돌베개, 1997.

신태수, 「古小說의 性愛 樣相과 그 社會的 性格」, 『고소설연구』 제8집, 한국고소설학회, 1999.

유광수, 「〈옥루몽〉에 나타난 성애표현의 의미」-은밀화된 폭력과 정당화된 폭력, 『고소설연구』 제20집, 한국고소설학회, 2005.

윤재민, 「전기소설의 인물 성격」, 『민족문화연구』 28, 고려대 민족문화연구소, 1995.

이상구, 「나말여초 전기의 특징과 소설적 성취」, 『배달말』 30, 배달말학회, 2002.

이재운, 『최치원 연구』, 백산자료원, 1999.

이정원, 『조선조 애정 전기소설의 소설시학 연구』, 서강대 박사학위논문, 2003.

이헌홍, 「崔致遠傳의 傳奇小說的 構造」, 『睡蓮語文論集』 第9集, 부산여자대학교, 1982.

장효현, 「傳奇小說 연구의 성과와 과제-장르 개념과 장르사의 문제」, 『민족문화연구』 제28호, 고려대 민족문화연구소, 1995.

_____, 「형성기 고전소설의 현실성과 낭만성의 문제」, 『민족문학사연구』 10집, 민족문학사연구소, 1997.

정출헌, 「나말여초 서사문학사의 구도와 수이전」, 『고소설사의 구도와 시각』, 소명, 1999.

정하영, 「〈변강쇠가〉 성담론의 기능과 의미」, 『고소설연구』 제19집, 한국고소설학회, 2005.

조혜란, 「고소설에 나타난 남성 섹슈얼리티의 재현 양상」, 『고소설연구』 제20집, 한국고소설학회, 2005.

최기숙, 「'관계성'으로서의 섹슈얼리티 : 성, 사랑, 권력」, 『여성문학연구』 10, 한국여성문학연구회, 2003.

최영성, 『최치원의 사상 연구』, 아세아문화사, 1990.

미셸 푸코, 이규현 옮김, 『성의 역사』 1권, 나남, 1990.

미셸 푸코, 문경자·신은경 옮김, 『성의 역사』 3권, 나남, 1990.

지그문트 프로이트, 김정일 옮김, 『프로이트 전집 7: 성욕에 관한 세 편의 에세이』, 열린책들, 1997.

질 들뢰즈, 권영숙·조형근 옮김, 『들뢰즈의 푸코』, 새길, 1995.

劉光裕·楊慧文, 『柳宗元新傳』, 上海人民出版社, 1989.

〈옥루몽〉에 나타난 성애 표현의 의미 : 은밀한 폭력과 정당화된 폭력   p.191

규장각본 〈옥루몽〉(한글필사본)

갑진본 〈옥누몽〉(한글필사본) / 『나손본 필사본고소설자료총서』 30, 보경문화사, 1991.

신문관본 〈신교 옥루몽〉(한글활판본)

적문서관판 〈原本諺吐 玉樓夢〉(한문현토활판본) / 동국대학교한국학연구소편, 『활자본 고전소설전집』 6, 아세아문화사, 1976.

동양문고본 〈하진양문록〉(한글필사본) / 이대형 교주, 『하진양문록』 I , II , III , 이회, 2004.

김경미, 「19세기 소설사의 한 국면—성 표현 관습의 변화를 중심으로」, 『한국고전연구』 9, 한국고전연구학회, 2003.

＿＿＿, 「淫詞小說의 수용과 19세기 한문소설의 변화」, 『고전문학연구』 25, 한국고전문학회, 2004.

김용숙, 『한국 여속사』, 민음사, 1989.

서대석, 「〈옥루몽〉의 갈등구조」, 『군담소설의 구조와 배경』, 이대출판부, 1985.

설성경 · 심치열, 『옥루몽의 작품세계』, 개문사, 1994.

손진태, 「寡婦 掠奪婚俗에 就하여」, 『韓國民族文化의 硏究』 ; 『孫晉泰先生全集』 2, 태학사, 1981.

유광수, 「〈옥루몽〉 성애(性愛) 표현의 서사적 기능과 은폐된 폭력성」, 『한국고전여성문학연구』 10, 한국고전여성문학회, 2005a.

＿＿＿, 「〈옥루몽〉의 벽성선 : 욕망하는 인물, 전략화된 육체와 사회적 검열 · 통제」, 『한국문화연구』 8, 이화여자대학교 한국문화연구원, 2005b.

윤가현, 『동성애의 심리학』, 학지사, 1998.

이명남, 『政治 이데올로기의 主體的 解明』, 전남대학교 출판부, 2000.

이승수, 「〈玉樓夢〉 소고2—장르 포섭 양상과 삽입 작품들의 기능」, 『한국언어문화』 20, 한국언어문화학회, 2001.

장효현, 「〈玉樓夢〉의 文獻學的 硏究」, 고려대 석사논문, 1981.

정성희, 『조선의 성풍속』 가람기획, 1998.

조광국, 「〈옥루몽〉에 나타난 王道·覇道 竝用의 정치이념 구현 양상」, 『고전문학연구』 15, 한국고전문학회, 1996.

최기숙, 「'사랑'의 담론화 방식과 의미론적 경계—18·19세기 야담집 소재 '사랑 이야기'를 중심으로」, 『열상고전연구』 18, 열상고전연구회, 2003.

＿＿＿, 「'성적' 인간의 발견과 '욕망'의 수사학」, 『국제어문』 26, 2002.

필립 톰슨, 김영무 역, 『그로테스크』, 서울대학교 출판부, 1986.

노라 칼린, 심인숙 옮김, 『동성애자 억압의 사회사』, 책갈피, 1995.

라이만 타우워 사르젠트, 부남철 옮김, 『현대사회와 정치사상』, 한울아카데미, 1994.

류다린, 노승현 옮김, 『중국성문화사』, 심산, 2003.

리처드 커니, 이지영 옮김, 『이방인·신·괴물』, 개마고원, 2004.

린 헌트, 조한욱 옮김, 『포르노그라피의 발명』, 책세상, 1996.

미셸 푸코, 오생근 역, 『감시와 처벌』, 나남, 1998.

미셸 푸코, 이규현 옮김, 『성의 역사1-앎의 의지』, 나남, 2004.

소쉬르, 최승언 옮김, 『일반언어학 강의』, 민음사, 1990.

앤소니 기든스, 배은경·황정미 옮김, 『현대 사회의 성·사랑·에로티시즘』, 새물결, 2001.

왕용쿠안, 김장호 옮김, 『혹형, 피와 전율의 중국사』, 마니아북스, 1999.

이브미쇼, 나정원 옮김, 『폭력과 정치』, 인간사랑, 1990.

조너선 D. 스펜서, 주원준 옮김, 『마테오 리치, 기억의 궁전』, 이산, 1999.

〈변강쇠가〉 성담론의 기능과 의미 p.231

강진옥, 〈변강쇠가〉, 『고전소설연구』, 일지사, 1993.

김경미, 「19세기 소설사의 한 국면-성 표현 관습의 변화를 중심으로」, 『한국고전연구』9, 2003.

김종철, 「〈변강쇠가〉의 미적 특질」, 『판소리연구』 4, 1993.

_____, 「19세기 판소리사와 〈변강쇠가〉」, 고전문학연구 3, 1986.

박경신, 「무속제의 측면에서 본 〈변강쇠가〉」, 서울대 석사논문, 1985.

박관수, 「〈변강쇠가〉의 음란성 재고」, 『고소설연구』 2, 1996.

박일용, 「〈변강쇠가〉의 사회적 성격」, 『고전문학연구』 6, 1991.

서종문, 「〈변강쇠가〉 연구」 서울대 석사학위 논문, 1975.

_____, 『신재효 판소리사설 연구』, 서울대 박사논문, 1984.

이강엽, 「〈신재효 변강쇠가〉의 성과 죽음의 문제」, 『열상고전연구』 6, 1993.

전경욱, 『춘향전의 사설 형성 원리』, 고대 민족문화연구소, 1990.

전신재, 「〈변강쇠가〉의 비극성」, 『선청어문』 18, 1989.

정병헌, 「〈변강쇠가〉에 나타난 신재효의 현실인식」, 『한국언어문학』 24, 1986.

정천구, 「〈변강쇠가〉의 갈등 양상과 의미 재해석」, 『어문학』 76, 2002.

정출헌, 「판소리에 타나난 하층여성의 삶과 그 문학적 형상」, 『구비문학과 여성』, 2000.

정하영, 「沈淸傳에 나타난 惡人像」, 『국어국문학』 97, 국어국문학회, 1987.

황인원, 「〈변강쇠가〉의 줄거리 체계와 작중인물의 성격과 작중기능」, 고려대 석사논문, 1988.

〈사랑가〉의 변모 양상과 성적 주체의 문제   p.263

김동욱, 『춘향전 연구』, 연세대학교 출판부, 1965.

김동욱 외, 『춘향전 비교 연구』, 삼영사, 1979.

김석배 외, 『춘향전 어떻게 읽을 것인가』, 박이정, 1993.

김종철, 「게우사」, 『판소리연구』 5, 판소리학회, 1994.

_____, 「〈남원고사〉의 골계적 정신에 대한 연구」, 『판소리연구』 8, 판소리학회, 1997.

김종철 외, 『판소리 연구』, 태학사, 1998.

김흥규, 「판소리의 사회적 성격과 그 변모」, 『세계의 문학』 3권 4호, 민음사, 1978.

박희병, 「춘향전의 역사적 성격 분석-봉건사회 해체기적 특징을 중심으로」, 『전환기의 동아시아 문학』(임형택·최원식 편), 창작과 비평사, 1985.

성기련, 「판소리 〈춘향가〉 중 '고수관제 사랑가' 연구」, 『춘향가 5』(민속학술자료총서), 2002.

성현경, 「이고본 춘향전 연구-그 축제적 구조와 의미, 문체와 작자」. 『판소리연구』 3, 판소리학회, 1992.

신동흔, 「〈춘향가〉 주제의식의 역사적 변모양상-완판 계열 이본을 중심으로」, 『판소리연구』 8, 판소리학회, 1997.

_____, 「평민 독자의 입장에서 본 춘향전의 주제-'신학규본 별춘향가'를 중심으로」, 『판소리연구』 6, 판소리학회, 1995.

이능화, 『조선해어화사』, 동문선, 1992.

정병헌, 「판소리 형성과 변화」, 『판소리연구』 1, 판소리학회, 1989.

정출헌, 「〈춘향전〉의 인물형상과 작중역할의 현실주의적 성격-이고본 『춘향전』을 중심으로」, 『판소리연구』 4, 판소리학회, 1993.

정하영, 『춘향전의 탐구』, 집문당, 2003.

조광국, 『기녀담 기녀등장소설 연구』, 월인, 2000.

〈각수록〉에 나타난 성과 그 의미   p.291

김준형, 『한국패설문학연구』, 보고사, 2004.

김준형 편, 『이명선전집』 1, 보고사, 2006.

서거정, 박경신 역, 『태평한화골계전』, 국학자료원, 1998.

이명선, 정홍순 술, 『이야기』 1, 〈집팽이를 났다〉, 1939.

정대일, 『續志譜』, 삼문사, 1932.

_____, 『조선상말전집』(프린트본), 향토문화연구소, 1947.

조르주 바타이유, 최윤정 옮김, 『문학과 악』, 민음사, 1995.

_____, 유기환 옮김, 『에로스의 눈물』, 문학과의식, 2002.

'관계성'으로서의 섹슈얼리티 : 성, 사랑, 권력   p.319

강명관, 「〈삼강행실도〉-약자에게 가해진 도덕의 폭력」, 『한국고전여성문학연구』 5집, 한
    국전여성문학회, 2002.

강영순, 「〈옥단춘전〉의 지인소설적 성격 연구」, 정명기 편, 『야담문학연구의 현단계』 3,
    보고사, 2001.

강진옥, 「야담소재 신소설의 개작양상에 나타난 여성수난과 그 의미」, 정명기 편, 『야담문
    학연구의 현단계』 3, 보고사, 2001.

김동욱 외 역, 『천예록』, 명문당, 1995.

김동욱 역, 『동패락송』, 아세아문화사, 1996.

_____, 『기문총화』, 아세아문화사, 1999.

김동주 편역, 『설화문학총서』(1-2권), 전통문화연구회, 1997.

매릴린 옐롬, 이호영 옮김, 『아내 : 순종 혹은 반항의 역사』, 시공사, 2003.

미셸 페로 편, 『사생활의 역사』 4권, 새물결, 2002

박희병, 『한국고전인물전연구』, 한길사, 1992, 164쪽.

시귀선·이월영 역, 『청구야담』, 한국문화사, 1995.

신기철·신용철 편, 『새우리말큰사전』 상, 삼성출판사, 1989, 84쪽.

윤가현, 「성범죄의 심리학적 접근」, 『한국심리학회 추계심포지엄』, 한국심리학회, 2006.

이강옥, 「조선호기 사대부일화가 조선후기 야담계일화 및 소설로 발전하는 한 양상-'사대

부-기생 관계담'을 중심으로」, 정명기 편, 『야담문학연구의 현단계』 3, 보고사, 2001.

이능화, 이재곤 옮김, 『조선해어화사』, 동문선, 1992.

이신성, 「〈일타홍 이야기〉의 여성지인담 성격 연구」, 정명기 편, 『야담문학연구의 현단계』 3, 보고사, 2001.

_____, 「〈일타홍 이야기〉의 전개양상과 그 의미」, 정명기 편, 『야담문학연구의 현단계』 2, 보고사, 2001.

_____, 「『천예록』 소재 여성인물야담의 성격에 대하여」, 정명기 편, 『야담문학연구의 현단계』 2, 보고사, 2001.

이우성·임형택 편역, 『이조한문단편집』(상·중·하), 일조각, 1973, 1978.

정명기 편, 『동야휘집』(상·하), 보고사, 1992.

정명기 역, 『양은천미』, 보고사, 2000.

정명기, 「〈정향 이야기〉의 구조와 의미 연구」, 『야담문학연구의 현단계』 3, 보고사, 2001.

_____, 「야담 연구에서 자료의 문제」, 『야담문학연구의 현단계』 I, 보고사, 2001.

정성희, 『조선의 성풍속』, 가람기획, 1998.

정연식, 『일상으로 본 조선시대 이야기』 1권·2권, 청년사, 2001.

정출헌, 「〈향랑전〉을 통해 본 열녀 탄생의 매카니즘」, 『한국고전여성문학연구』 3집, 한국고전여성문학회, 2001.

조르주 비가렐로, 이상해 역, 『강간의 역사』, 당대, 2002.

최기숙, 「'성적' 인간의 발견과 '욕망'의 수사학」, 『국제어문학』 26집, 국제어문학회, 2002ⓐ.

_____, 「불멸의 존재론, '한'의 생명력과 '귀신'의 음성학-18·19세기 야담집 소재 '귀신'과 '자살' 일화를 중심으로」(『열상고전연구』 12집, 열상고전연구회, 2002ⓑ.

_____, 「'사랑'의 담론화 방식과 의미론적 경계-18·19세기 야담집 소재 '사랑 이야기'를 중심으로」, 『열상고전연구』 18집, 열상고전연구회, 2003.

최웅 외 편, 『주해 청구야담』 I·II·III권, 국학자료원, 1996.

최혜실, 『신여성들은 무엇을 꿈꾸었는가』, 생각의 나무, 2000.

캐서린 맥키넌, 「강간: 강요와 동의에 대하여」, 케티 콘보이·나디아 메디나·사라 스탠베리 편, 고경하 외 편역, 『여성의 몸, 어떻게 읽을 것인가?』, 한울, 2001.

폴 벤느, 주명철·전수연 역, 『사생활의 역사』 1권, 새물결, 2002.

Niklas Luhmann, *Love as Passion:The Codification of Intimacy*, Standford University, 1982,

조선 후기 문헌 설화의 여성 전형 연구   p.355

강진옥, 「열녀전승의 역사적 전개를 통해 본 여성적 대응양상과 그 의미」, 『여성학논집』 12, 이화여대 한국여성연구원, 1995.

권태연, 「조선시대 기녀의 사회적 존재양태와 섹슈얼리티 연구」, 박용옥 편, 『여성』, 국학 자료원, 2001.

그레마스 A. J., 김성도 역, 「기호학적 제약의 놀이」, 『의미에 관하여』, 인간사랑, 1997.

김대숙, 「문헌설화 소재 열과 애정의 주체로서의 여성」, 『한국고전여성문학연구』 3, 한국 고전여성문학회, 2001.

김선경, 「조선 후기 여성의 성, 감시와 처벌」, 『역사연구』 8, 역사학연구소, 2000.

김현룡, 『한국문헌설화』 3·4, 건국대학교출판부, 1999.

박인철, 『파리 학파의 기호학』, 민음사, 2004.

서지영, 「조선시대 기녀 섹슈얼리티와 사랑의 담론」, 『한국고전여성문학연구』 5, 한국고전 여성문학회, 2002.

송효섭, 「도깨비의 기호학」, 『기호학연구』 15, 한국기호학회.

엄기주, 「야담에 나타난 정절의식의 굴절양상」, 『성대문학』 28.

이능화, 이재곤 역, 『조선해어화사』, 동문선, 1992.

이숙인, 「'정음'과 '덕색'의 개념으로 본 유교의 성담론」, 한국철학회, 철학, 2001.

_____, 『동아시아 고대의 여성사상』, 여이연, 2005.

이혜순·김경미, 『한국의 열녀전』, 월인, 2002.

이혜순, 「열녀상의 전통과 변모」, 『眞檀學報』, 진단학회, 1998.

장병인, 「조선 중·후기 간통에 대한 규제의 강화」, 『한국사연구』 121, 한국사연구회, 2003.

_____, 「조선시대 성범죄에 대한 국가규제의 변화」, 『역사비평』 56, 2001.

정성희, 『조선의 성풍속』, 가람기획, 1998.

정지영, 「장화홍련전: 조선후기 재혼가족 구성원의 지위」, 『역사비평』 61, 2002.

_____, 「조선 후기의 첩과 가족 질서」, 『사회와 역사』 65호, 한국사회사학회, 2004.

정출헌, 「향랑전을 통해 본 열녀 탄생의 메카니즘」, 『한국고전여성문학연구』, 한국고전여 성문학회, 2001.

홍인숙, 『조선후기 열녀전 연구』, 이화여대 석사논문, 2001.